suhrkamp taschenbuch 2376

»Ein Abenteuer des Lesens.« *Süddeutsche Zeitung*
»Ein intelligentes Buch für intelligente Leser, eine Fundgrube voll nachdenklichem Lesespaß.« *Welt am Sonntag*
»Ein Fest des Erzählens.« *Falter, Wien*
»Wer noch das Buch sucht, das er mitnimmt auf die vielzitierte Insel: Jetzt hat er es!« *Kölner Stadtanzeiger*
Und im »Literarischen Quartett« annoncierte Marcel Reich-Ranicki: »Wir haben das Recht und die Pflicht, dieses Buch nachdrücklich zu empfehlen. Dies ist ein geistreicher Unterhaltungsroman für gebildete Leser.«
Die Rede ist von *Besessen*, dem großen Roman von Antonia S. Byatt, mit dem sie auf Anhieb berühmt wurde. Und die Rede ist von einer spannenden literarischen Detektivgeschichte, von einem großen Liebesroman, von einer Reise zurück ins Viktorianische Zeitalter.
»Antonia S. Byatt verbindet die Leidenschaft und Seelenerforschung der Literatur des 19. Jahrhunderts mit einer Detektivgeschichte, und das Ergebnis ist ein literarischer Thriller.« *New York Newsday*
Antonia S. Byatt, geboren 1936, veröffentlichte zahlreiche Romane, Erzählungen und Essays. Für den Roman *Besessen* erhielt sie u. a. den Booker Prize. 1994 erschien im Insel Verlag ihr Roman *Morpho Eugenia*. Sowohl *Besessen* als auch *Morpho Eugenia* werden inzwischen in den USA und England verfilmt.

Antonia S. Byatt

Besessen

Roman

Aus dem Englischen
von Melanie Walz

Suhrkamp

Originaltitel: *Possession. A Romance*
Umschlagfoto: Steve Wallace/Vintage

suhrkamp taschenbuch 2376
Erste Auflage 1994

Lizenzausgabe mit freundlicher Genehmigung des Insel Verlags
Suhrkamp Taschenbuch Verlag

Druck: Ebner Ulm
Printed in Germany
Umschlag nach Entwürfen von
Willy Fleckhaus und Rolf Staudt

1 2 3 4 5 6 – 99 98 97 96 95 94

BESESSEN

Für Isobel Armstrong

Und wenn bisweilen das Gespinst so dünn erscheint,
Daß es fast durchsichtig – wenn durch die falsche Welt
Die wahre fast sich zeigt – was sieht man da?
Ist sie denn so verderbt? Sieht man sich nicht
Jugend und Ernst und Eifer zugesellt,
Schönheit und Geist – und Rang und Reichtum, so man will:
Die ihrer Rechte sich begeben, den Genoß,
Gefährten grüßen (mich, mein Herr), vereint
Dem Sludgetum huldigen – nein, mein werden,
Von mir besessen [...]

Das alles könnte, kann sein, und es ist,
Lügt man zur rechten Zeit: Und drum lügt Sludge!
Ei, wär' er ärger als der Dichter, der besingt
Erfundner Griechen Taten sagenhaft
Vor Trojas Toren, das es niemals gab? [...]

Warum nach Dichtern greifen? Prosa, klar und schlicht,
Dem Hausverstand geweiht – wie steht's um sie?
Was finge sie ohne der Lügen Hilfe an?
Ein jeder über die Beschaffenheit
Der Dinge urteilt, wie sie ihm erscheint,
Nicht, wie sie ist; er sieht nur, was er will,
Blind dem, was ihm nicht paßt, verzeichnet nur
Das, was er sucht, schert sich nicht um den Rest.
Ob Weltgeschichte, Echsenzeitalter,
Nomadenvölker, Hundertjährger Krieg,
Jérôme Napoléon – wie es beliebt.
Wie es dem Schriftsteller beliebt. Und wir
Bezahlen ihn und preisen ihn, weil er
Den Steinen Leben eingehaucht, Nebel
Mit Glut erfüllt, wiedererweckt, was war.
Stets heißt es: »Wie verstanden Sie es wohl,
Sicher durch dieses Labyrinth zu gehn?
Aus Luft zu bauen dieses Mauerwerk?
Wie auf so schwankend Grund mit sichrer Hand

Zu gründen Epos, Lebensschilderung,
Erzählung?« oder, anders ausgedrückt:
»Aus wieviel Lügen wurde fabriziert
Die Wahrheit, die man uns so bieder präsentiert?«

Aus *Mr. Sludge, das »Medium«*
von Robert Browning

ERSTES KAPITEL

Alles ist da. Der Garten und der Baum,
An seinem Fuß die Schlange, goldne Frucht,
Im Schatten des Gezweigs die Frau,
Der Wasserlauf, der Rasenfleck.
All das, es ist und war. Am Rand der alten Welt,
Im Hain der Hesperiden schimmerte
Golden die Frucht am ewigen Zweig
Und kräuselt' sich dem Drachen Ladon der juwelenprächtige
Kamm,
Scharrt' er mit goldener Klaue, bleckt' den silbernen Zahn,
Und schlummerte und wartete Äonen lang,
Bis Herakles, der listenreiche Held,
Ihn zu berauben, zu bestehlen kam.

Randolph Henry Ash:
Der Garten der Proserpina, 1861

Das Buch war dick, schwarz und völlig verstaubt. Sein Einband war verbogen und knarrte; es hatte einiges durchgemacht. Der Buchrücken fehlte, das heißt, er ragte wie ein unförmiges Lesezeichen zwischen den Seiten hervor. Wie eine Mumie war das Buch um und um mit schmutzigem, einst weißem Band verschnürt, dessen Enden eine ordentliche Schleife bildeten. Der Bibliothekar händigte es Roland Michell aus, der im Lesesaal der London Library wartete. Es war aus dem Sperrfach Nr. 5 exhumiert worden, wo es ansonsten zwischen *De Priapo* und *Die griechische Knabenliebe* stand. Es war zehn Uhr vormittags an einem Septembertag im Jahr 1986. Roland saß an seinem Lieblingsplatz, dem kleinen Tisch mit einem Stuhl hinter einem viereckigen Pfeiler, aber mit Sicht auf die Uhr über dem Kamin. Zu seiner Rechten fiel Sonnenlicht durch ein hohes Fenster, aus dem man die grünen Wipfel der Bäume am St. James Square sah.

Die London Library war Rolands liebster Aufenthaltsort. Sie war heruntergekommen, aber zivilisiert; in ihr lebte die Geschichte, aber man konnte genausogut lebende Dichter und Denker antreffen, die auf den gekerbten Metallböden der Magazine hockten oder auf Treppenabsätzen freundschaftlich diskutierten. Hier hatte man Carlyle gesehen, hier hatte sich George Eliot zwischen den Regalen bewegt. Roland sah ihre schwarzen seidenen Röcke, ihre Samtschleppen, die zwischen den Kirchenvätern über den Boden fegten, und hörte ihren festen Tritt zwischen den deutschen Dichtern auf dem Metall widerhallen. Hier hatte Randolph Henry Ash sich aufgehalten und seinen aufnahmefähigen Geist mit unbeachteten Nebensächlichkeiten aus Geschichte und Topographie, aus den Zufallsverbindungen von Wissenschaft und »vermischten Abhandlungen« gefüttert – Tanz, Taubstummheit, Technik, Templerorden, Teufelsanbeter, Theosophie, Tierheilkunde, Tod, Träume. Zu seiner Zeit wurden Schriften über die Evolution unter dem Stichwort »präadamitisch« eingeordnet. Erst vor kurzem hatte Roland herausgefunden, daß die London Library Ashs persönliches Exemplar von Vicos *Principj di una scienza nuova* besaß. Bedauerlicherweise war Ashs Bibliothek über Europa und Amerika verstreut. Die meisten Werke aus ihrem einstigen Bestand befanden sich – wo sonst? – in der Stant Collection der Robert Dale Owen University in New Mexico, wo Mortimer Cropper an seiner Jahrhundertedition der *Gesammelten Briefe von Randolph Henry Ash* arbeitete. Heutzutage war so etwas egal, Bücher konnten den Äther durchdringen wie Licht und Ton. Aber vielleicht war es doch möglich, daß Ash in seinen Vico etwas hineingekritzelt hatte, was sogar dem unermüdlichen Cropper entgangen war. Außerdem suchte Roland Quellen für Ashs *Garten der Proserpina*. Und es würde ein Genuß sein, die Sätze zu lesen, die Ash gelesen hatte, die seine Finger berührt, seine Augen betrachtet hatten.

Es war nicht zu übersehen, daß das Buch seit langem nicht berührt worden war, möglicherweise seit es hier ruhte. Der Bibliothekar holte ein kariertes Staubtuch und wischte den Schmutz ab, schwarzen, dicken, hartnäckigen viktorianischen Schmutz aus Qualm und Rauch, der sich angesammelt hatte, bevor die Gesetze zur Reinhaltung der Luft erlassen worden waren. Roland öffnete die Verschnürung. Das Buch sprang auf wie eine Schachtel und spie Seiten auf Seiten verblichenen Papiers aus – blau, gelblich, grau –, bedeckt mit rostfarbener Schrift, den bräunlichen Spuren einer Stahlfeder. Mit freudigem Erschrecken erkannte Roland die Handschrift. Es schien sich um Notizen zu Vico zu handeln, die auf Rückseiten von Bücherzetteln und Briefen geschrieben waren. Der Bibliothekar meinte, daß es nicht den Anschein habe, als hätte sie zwischenzeitlich jemand angefaßt. Wo sie über die Seiten hinausragten, waren sie rußgeschwärzt, so daß sie aussahen wie schwarzgeränderte Trauerkarten. Die Schmutzränder stimmten ganz genau mit der Lage der Zettel im Buch überein.

Roland fragte, ob es erlaubt sei, daß er diese Notizen untersuche. Er nannte seine Referenzen: Er war Teilzeitassistent bei Professor Blackadder, der seit 1959 die Herausgabe der *Gesammelten Werke* Ashs betreute. Der Bibliothekar entfernte sich auf Zehenspitzen, um zu telephonieren; während seiner Abwesenheit raschelten und knisterten die alten Blätter, als hätte ihre Befreiung ihnen Leben eingeflößt. Ash hatte sie in das Buch gelegt. Der Bibliothekar kam zurück und sagte, es sei erlaubt, Roland solle bitte nur darauf achten, die Reihenfolge der eingelegten Textfragmente nicht zu verändern, da sie noch nicht erfaßt und ausgewertet seien. Sollte Mr. Michell etwas Wichtiges entdekken, würde ihn das interessieren.

Das war um halb elf Uhr. Die nächste halbe Stunde arbeitete Roland aufs Geratewohl; er blätterte im Vico vor und zurück, halb auf der Suche nach den Proserpina-Indizien, halb mit der Lektüre der Notizen beschäftigt, die ihm nicht leichtfiel, da Ash für diese Notizen in verschiedenen Sprachen eine mikroskopisch kleine Schrift benutzt hatte, die auf den ersten Blick wenig Verwandtschaft mit der großzügigeren Handschrift seiner Gedichte und Briefe zu besitzen schien.

Um elf Uhr stieß er auf die Stelle bei Vico, die zu sein schien, was er suchte. Vico hatte die poetischen Metaphern der Mythen und Legenden auf ihren historischen Kern hin untersucht: Darin hatte seine »neue Wissenschaft« bestanden. Seine Proserpina war das Getreide, der Keim, aus dem sich Handel und Gemeinwesen entwickelt hatten. Randolph Henry Ashs Proserpina hatte man für eine viktorianische Metapher des Glaubenszweifels gehalten, für eine Auseinandersetzung mit dem Auferstehungsmythos. Lord Leighton hatte sie gemalt, eine goldene Figur voller Verzweiflung, die in einem Tunnel der Dunkelheit schwebte. Blackadder war der Überzeugung, daß sie für Ash eine Verkörperung der Geschichte in ihrer mythischen Anfangszeit dargestellt hatte. (Ash hatte auch ein Gedicht über Gibbon geschrieben und eines über Beda Venerabilis, zwei Historiker sehr verschiedener Art. Blackadder hatte einen Artikel über R. H. Ash und die relative Historiographie verfaßt.)

Roland verglich Ashs Text mit der Vico-Übersetzung und notierte einzelne Stellen auf einer Karteikarte. Er hatte zwei Karteikästen mitgebracht, tomatenrot der eine, grasgrün der andere, mit elastischen Plastikscharnieren, die in der Stille der Bibliothek laut knarrten.

Und sie bezeichneten die Ähren des Getreides, mit wunderschöner natürlicher und notwendiger Übertragung, als goldene Äpfel, indem sie den Begriff des Apfels, der eine natürliche Frucht des Sommers ist, auf die Ähren übertrugen [...]. Herkules stieg hinab [in die Unterwelt], um Theseus zu befreien, und dieser selbst war hinabgestiegen, um Proserpina zu holen, die – wie wir erklärt haben – dasselbe ist wie Ceres, das Getreide. [...] So steigt Aeneas in die Unterwelt und gibt dem Dis, dem Gotte des heroischen Reichtums, das heißt des poetischen Goldes – er ist derselbe wie Pluto, der Räuber der Proserpina-Ceres – den goldenen Zweig: wobei der Dichter die Metapher von den goldenen Äpfeln, den Ähren, weiterbildet zu dem goldenen Zweig, der Ernte ... Diese poetische Welt war in drei Reiche geteilt: eines des Jupiter, im Himmel; eines des Saturn, auf der Erde; das dritte des Pluto in der Unterwelt, genannt Dis, der Gott des heroischen Reichtums, des ersten Goldes, des Getreides; denn die bebauten Felder sind die wahren Reichtümer der Völker. [...] Herkules, der die Hydra und den Löwen tötet und die goldenen Äpfel (die Ernten, was ein der Geschichte würdiges Unternehmen ist, nicht die Orangen von Portugal, was eines Parasiten würdig wäre) aus Hesperien holt, also der Begründer des Ackerbaus, trat hervor im Zeitalter Saturns [...]

[...] der Mythos des berühmten Hercules Gallicus, der mit Ketten poetischen Goldes (also von Getreide), die ihm aus dem Mund herauskommen, eine Menge Menschen an den Ohren ankettet und sie hinter sich zieht, wohin er will; man hat diesen Mythos bisher als

Symbol der Beredsamkeit aufgefaßt, doch entstand er zu einer Zeit, wo die Heroen noch keine artikulierte Sprache besaßen.

Randolph Henry Ashs Proserpina, deren Haut »im Dunkeln golden schimmert«, war zudem »so golden wie Getreide«. Und sie war »behängt mit goldnen Ketten«, was sowohl Schmuck als auch Fesseln bedeuten konnte. Roland schrieb säuberlich Querverweise unter die Begriffe *Getreide, Äpfel, Kette, Zweig*. Der Vico-Seite mit dieser Textpassage war eine zusammengefaltete Rechnung für Kerzen beigelegt, auf deren Rückseite Ash geschrieben hatte: »Das Individuum erscheint für einen Augenblick, gesellt sich der Gemeinschaft des Gedankens zu, wirkt auf sie ein und stirbt; die Gattung aber, die nicht sterblich ist, erntet die Früchte seiner ephemeren Existenz.« Roland schrieb das ab und legte eine neue Karteikarte an, die er mit Fragen vollschrieb.

»*Frage*: Ist das ein Zitat oder von Ash? Ist Proserpina die Gattung? Sehr typisch für das 19. Jhdt. Oder ist sie das Individuum? Wann hat er seine Notizen eingelegt? Vor oder nach der *Entstehung der Arten*? Aber beweisen würde das nichts, möglicherweise allgemeines Interesse an der Evolution ...«

Inzwischen war es 11.15 Uhr. Die Uhr tickte, Stäubchen tanzten im Sonnenlicht, Roland dachte über die ermüdende und faszinierende Endlosigkeit der Suche nach Wissen nach. Hier saß er und rekonstruierte die Lektüre eines Toten, und das Zeitmaß seiner Erkundung bezog er von der Bibliotheksuhr und aus einem leisen Zusammenziehen seines Magens. (Kaffee gibt es nicht in der London Library.) Die Schätze, die er entdeckt hatte, würde er Blackadder zeigen müssen, und Blackadder würde mit einer Mischung aus Begeisterung und Verdrossenheit reagieren; zumindest würde es ihn freuen, daß sie im Sperrfach Nr. 5 ruhten und nicht – wie so vieles – zur Robert Dale Owen University in Harmony City entführt worden waren. Er hatte keine rechte Lust, Blackadder Bericht zu erstatten. Es war ein angenehmes Gefühl, etwas als einziger zu wissen. Proserpina befand sich zwischen den Seiten 288 und 289. Nach Seite 300 kamen zwei gefaltete Bogen Schreibpapier. Roland entfaltete sie behutsam. Es waren Briefe in Ashs flüssiger Handschrift; beide waren mit seiner

Anschrift in der Great Russell Street überschrieben und auf den 21. Juni datiert. Eine Jahresangabe fehlte. Beide begannen mit der Anrede »Hochverehrte Dame«, und beide waren nicht unterschrieben. Einer war beträchtlich kürzer als der andere.

Hochverehrte Dame,

seit unserer außergewöhnlichen Unterhaltung konnte ich an nichts anderes denken. Es war mir als Dichter, es ist dem Menschen als solchem vielleicht nicht oft gegeben, so offenem Einfühlungsvermögen, solchem Geist und Urteil zugleich zu begegnen. Ich schreibe Ihnen in der festen Überzeugung, daß wir unser ~~interessantes~~ Gespräch fortsetzen müssen, und mit der Bitte, ~~die ich unter dem Eindruck, daß auch Sie von unserem wirklich außergewöhnlichen~~ ob ich Sie wohl aufsuchen dürfte, vielleicht in der nächsten Woche. Ich spüre, nein, ich weiß – mit einer Gewißheit, die nicht Torheit oder Mißverständnis sein kann –, daß wir uns noch einmal unterhalten müssen. Ich weiß, daß Sie nur selten ausgehen, und muß mich doppelt glücklich schätzen, daß der gute Crabb Sie zu seiner Frühstücksgesellschaft zu locken vermochte. Zu denken, daß es uns möglich war, inmitten der studentischen Scherze und während Crabbs wohlgedrechselter Anekdoten – sogar der über die Büste – soviel zu sagen, was bedeutsam war, nur für Sie und mich. ~~Gewiß täusche ich mich nicht~~

Der zweite lautete:

Hochverehrte Dame,

seit unserer angenehmen und unerwarteten Unterhaltung mußte ich beständig daran zurückdenken. Gibt es eine Möglichkeit, sie wiederaufzunehmen, ungestörter, mit mehr Muße? Ich weiß, daß Sie nur selten ausgehen, und muß mich doppelt glücklich schätzen, daß der gute Crabb Sie zu seiner Frühstücksgesellschaft zu locken vermochte. Wie dankbar muß ich für seine exzellente Gesundheit sein, die es ihm erlaubte, im Alter von zweiundachtzig Jahren zu so früher Stunde Dichter und Studenten und Mathematiker und politische Denker zu bewirten und die Anekdote von der Büste mit seinem gewohnten Feuer zu erzählen, ohne das Auftragen des gebutterten Toasts allzusehr zu verzögern.

Fiel es Ihnen nicht als ebenso seltsam auf wie mir, daß wir einander ohne weiteres so gut verstanden haben? Denn so war es, habe ich nicht recht? Oder handelt es sich um Trugbilde des Geistes eines Dichters, der nicht mehr jung ist und sich nicht wirklich geschätzt weiß, wenn er gewahr wird, daß der ungekannte, verschlüsselte, vorgeblich unmißverständliche Sinn seiner Worte, der ihm kein Sinn zu sein schien, da niemand ihn verstehen wollte, doch den *einen* klarsichtigen Leser gefunden hatte, der sich amüsiert zeigen und sich ein Urteil bilden konnte? Was Sie über Alexander Selkirks Monolog sagten, Ihre kluge Auslegung der wirren Reden meines John Bunyan, Ihre Einfühlung in die Leidenschaft Iñez de Castros ... auf so schauerliche Weise *resurrecta* ... doch genug von meinem egoistischen Gestammel und dem meiner *personae*, die, wie Sie so treffend bemerkten, *nicht* meine Masken sind. Es würde mich schmerzen, wenn Sie denken müßten, ich hätte die Überlegenheit Ihres feinen Ohres und Ihres noch feineren Geschmacks nicht erkannt. Ich bin mir dessen gewiß, daß Sie sich dem erwähnten großen Feen-Epos widmen müssen – unter Ihrer Hand wird etwas über die Maßen Eigenes und Originelles daraus entstehen. Und ich frage mich, ob Sie in diesem Zusammenhang Vicos Geschichte der frühesten Völker im Sinn gehabt haben mögen – seine Vorstellung, daß die alten Götter und die Heroen, die ihnen folgten, Personifizierungen der Schicksale und Hoffnungen des Volkes sind, die als Symbole dem Geist der Gemeinschaft entspringen? Dies ließe sich übertragen auf die Legenden, die Ihre Fee als Gründerin existierender Burgen und als Begründerin ernsthafter Landwirtschaftsreformen nennen – einer der für uns Heutige sonderbarsten Aspekte ihrer Geschichte. Doch ich schweife schon wieder ab; zweifellos wissen Sie bereits, wie Sie selbst das Thema am vorteilhaftesten darstellen werden – Sie, die Sie in Ihrer Zurückgezogenheit so weise und klug sind.

Es mag eine Illusion sein, herbeigeführt durch die Wirkung der köstlichen Droge der *Verständigung*, doch ich kann nicht anders als glauben, ~~daß Sie meine Eindrücke daß weitere Gespräche höchst fruchtbar für uns beide daß wir einander wiedersehen müssen. Ich kann mich nicht~~ Es kann nicht sein, daß ich mich täusche ~~in~~ wenn ich glaube, daß unsere Begegnung auch für Sie ~~bedeutungsvoll~~ interessant war, selbst wenn Sie Ihre Zurückgezogenzeit über alles

Ich weiß, daß sie zu dieser kleinen Gesellschaft ohne alle Förmlichkeiten nur kamen, um unseren lieben Crabb zu ehren, der Ihren verehrten Vater unterstützt und den Wert seiner Arbeit zu einer Zeit erkannt hat, als ihm dies sehr viel bedeutete. Aber Sie *sind* gekommen, und deshalb gestatte ich mir die Hoffnung, daß es möglich sein wird, Sie dazu zu verleiten, Ihre friedvollen Tage abermals zu unterbrechen, um

Ich bin davon überzeugt, daß Sie verstehen

Zuerst war Roland von diesen Briefentwürfen zutiefst schokkiert, dann, als Forscher, fasziniert. Ganz automatisch versuchte sein Verstand, diesen abgebrochenen Dialog mit einer Unbekannten zu datieren und einzuordnen. Die Briefe trugen keine Jahresangabe, aber sie mußten nach der Veröffentlichung von Ashs dramatischen Gedichten *Götter, Menschen und Heroen* geschrieben worden sein; diese Gedichte waren 1856 erschienen; anders, als Ash gehofft, vielleicht erwartet hatte, waren sie auf wenig Widerhall bei der Kritik gestoßen, die seine Verse als unverständlich, seine Vorlieben als widernatürlich und seine Figuren als übertrieben und unglaubwürdig bezeichnet hatte. »Die einsamen Gedanken Alexander Selkirks« hieß eines dieser Gedichte, das sich mit den Grübeleien des ausgesetzten Seemanns auf seiner Insel befaßte. »Die Gnade des Kesselflickers« galt dem Nachsinnen Bunyans im Gefängnis über die göttliche Gnade, und die dritte Anspielung bezog sich auf ein Gedicht, in dem Pedro von Portugal 1356 eine leidenschaftliche und bizarr anmutende Liebeserklärung an den einbalsamierten Leichnam seiner ermordeten Gattin Iñez de Castro richtet, der ihn auf seinen Reisen begleitete, ledrig und skelettgleich, mit Spitzen und Goldreif gekrönt, mit Ketten von Perlen und Diamanten geschmückt, die knöchernen Finger voller Ringe. Ash siedelte seine Gestalten gern am Rande oder schon jenseits des Wahnsinns an, wo sie aus den Resten von Erfahrung, die ihnen noch zugänglich waren, Gedankensysteme und Überlebensstrategien entwickelten. Es dürfte nicht schwer sein, dachte Roland, die Frühstücksgesellschaft zu rekonstruieren; es handelte sich zweifellos um einen der späteren Versuche Crabb Robinsons, den Studenten der damals neuen Universität von London zu anregenden Gesprächen zu verhelfen.

Crabb Robinsons Hinterlassenschaft befand sich in der Dr. Williams Library am Gordon Square, die ursprünglich als Universitätsgebäude vorgesehen gewesen war; Robinson hatte das Vorhaben, Nichtakademiker am Universitätsleben teilhaben zu lassen, finanziell unterstützt. Es konnte nicht allzu schwierig sein, in Robinsons Tagebuch herauszufinden, wann genau Ash zusammen mit einem Mathematikprofessor, einem politischen Denker (Bagehot?) und einer Dame, die zurückgezogen lebte und literarisch bewandert war, die Gedichte schrieb oder zu schreiben beabsichtigte, in der Nummer 30 am Russell Square zum Frühstück eingeladen gewesen war.

Wer konnte die Dame sein? Christina Rossetti? Wohl kaum. Er konnte sich nicht vorstellen, daß Miss Rossetti sich mit Ashs theologischen und sexualpsychologischen Ansichten einverstanden erklärt haben könnte. Auch das Feenepos konnte er nicht identifizieren, und das erfüllte ihn mit dem nicht ungewohnten Gefühl der eigenen Ignoranz wie mit einem grauen Nebel, in dem sich hie und da verschwommen Gegenstände ausmachen ließen – der Widerschein einer Kuppel, der Schatten eines Dachs im Dunkeln.

War der Briefwechsel fortgeführt worden? Wenn ja, wo waren die Briefe? Welche unschätzbaren Informationen über Ashs »ungekannten, verschlüsselten, vorgeblich unmißverständlichen Sinn« mochten sie enthalten! Wie vielen gängigen Meinungen würden sie den Boden entziehen! Aber war es überhaupt zu einem Briefwechsel gekommen? Oder war Ash an seinem Unvermögen, die Dringlichkeit seines Anliegens darzustellen, zuletzt gescheitert? Dieses Gefühl von Dringlichkeit bewegte und schockierte Roland am meisten. Er glaubte, Ash relativ gut zu kennen, so gut, wie man jemanden kennen kann, dessen Leben sich auf seinen Geist konzentriert zu haben schien, der vierzig Jahre lang ein ruhiges und vorbildliches Eheleben geführt hatte und dessen Korrespondenz zwar umfangreich war, doch gleichzeitig zurückhaltend, höflich und nicht übermäßig temperamentvoll. Gerade das gefiel Roland an Randolph Henry Ash. Die wilde Kraft und die verblüffende Vielfalt der Verweise des Werks überwältigten ihn, und insgeheim empfand er eine ganz persönliche Befriedigung bei dem Gedanken, daß all das aus einem so beschaulichen und unaufgeregten Privatleben hervorgegangen war.

Er las die Briefe noch einmal. War eine letzte Fassung abgesandt worden? Oder war der Impuls erstorben oder unterdrückt worden? Roland fühlte sich selbst von einem unerklärlichen und untypischen Impuls ergriffen. Es kam ihm plötzlich ganz undenkbar vor, diese lebendigen Worte wieder bei Seite 300 in den Vico zu legen und sie dem Sperrfach Nr. 5 zurückzugeben. Er blickte auf: Niemand sah zu ihm hin: Er schob die Briefe in seine eigene Ausgabe der *Ausgewählten Werke*, die er immer bei sich hatte. Dann beschäftigte er sich weiter mit den Notizen zu Vico und transkribierte die interessantesten Eintragungen auf seine Karteikarten, bis das Geräusch der Klingel, das den Tag in der Bibliothek beendete, zu ihm hinunterdrang. Das Mittagessen hatte er ganz vergessen.

Als er die Bibliothek verließ, mit dem grasgrünen und dem tomatenroten Karteikasten auf den *Ausgewählten Werken*, nickten ihm die Bibliotheksangestellten freundlich zu. Er war ein vertrauter Anblick. Auf Anschlagzetteln wurde vor der Beschädigung der Bestände und vor Diebstahl gewarnt, aber es wäre ihm nicht eingefallen, das auf sich zu beziehen. Er verließ das Gebäude gewohnten Schritts, mit der schäbigen, unförmigen Aktentasche unter dem Arm. Er bestieg den Bus Nr. 14 und setzte sich ins Obergeschoß, seine Beute fest an sich gedrückt. Auf dem Weg nach Putney, wo er im Souterrain eines verkommenen viktorianischen Hauses wohnte, durchlebte er die gewohnten Stadien von Halbschlaf, schreckhaftem Erwachen und zunehmender Besorgnis über Val.

ZWEITES KAPITEL

Ein Mensch ist die Chronik seiner Atemzüge und Gedanken, seiner Taten, Atome und Verwundungen, seiner Liebe, Teilnahmslosigkeit und Abneigung und ebenso seiner Rasse und Nation, des Bodens, der ihn und seine Vorfahren nährte, der Steine und des Staubs langvertrauter Orte, der längst verstummten Gewissenskämpfe, des Lächelns der Mädchen und der bedächtigen Worte alter Frauen, der Zufälle und der stetigen Wirkung unerbittlicher Gesetze – das und noch etwas anderes, eine einsame Flamme, die in allem den Gesetzen unterliegt, die dem Feuer eigentümlich sind, und dennoch von einem Augenblick zum nächsten entzündet und gelöscht wird und in der ganzen Leere künftiger Zeiten nie wieder entfacht werden kann.

So schrieb Randolph Henry Ash um 1840, als er an *Ragnarök* arbeitete, einem Versepos in zwölf Büchern, das manchen als Christianisierung der nordischen Mythen erschien und von anderen als atheistische und in ihrer Verzweiflung satanische Schrift denunziert wurde. Was ein Mensch war, hatte Randolph Ash beschäftigt, auch wenn er dieses unverbindliche Satzungetüm ohne weiteres in andere Begriffe, Wendungen und Rhythmen hätte kleiden können, um am Ende die gleiche nichtssagende Metapher zu verwenden. Zumindest dachte das Roland in poststrukturalistischer und dekonstruktivistischer Manier. Hätte man ihn gefragt, wer Roland Michell war, hätte er eine davon sehr verschiedene Antwort geben müssen.

1986 war er neunundzwanzig Jahre alt, Absolvent des Prince Albert College in London (1978) und an derselben Universität promoviert (1985). Seine Dissertation trug den Titel »Geschichte, Historiker und Poesie? Eine Untersuchung der Präsentation historischer ›Belege‹ in den Gedichten Randolph Henry Ashs«. Sein Doktorvater war James Blackadder gewesen – eine entmutigende Erfahrung. Blackadder war selbst entmutigt und konnte dieses Gefühl sehr gut vermitteln. (Daneben war er ein ernsthafter Wissenschaftler.) Jetzt arbeitete Roland als Teilzeitkraft in der sogenannten Ash Factory Blackadders (warum nicht

Ashram, hatte Val gesagt), die vom Britischen Museum aus operierte, dem Ashs Gattin Ellen nach seinem Tod einen beträchtlichen Teil der Manuskripte seiner Gedichte geschenkt hatte. Die Ash Factory wurde von der London University mit bescheidenen Mitteln und von der Newsome Foundation in Albuquerque großzügig unterstützt; letztere Institution war eine gemeinnützige Stiftung, und einer ihrer Treuhänder war Mortimer Cropper. Nun hätte man denken können, daß Blackadder und Cropper sich in schönster Harmonie der Ash-Forschung widmeten, aber nichts wäre falscher gewesen. Blackadder verdächtigte Cropper finsterer Absichten auf die Manuskripte, die die British Library verwahrte, aber nicht besaß, und unterstellte ihm, daß er sich deren Besitzer gewogen machen wollte, indem er Großzügigkeit und Hilfsbereitschaft demonstrierte. Blackadder war Schotte und war der Ansicht, daß britische Texte in Großbritannien von Briten untersucht werden sollten. Es mag zwar sonderbar erscheinen, Roland Michell beschreiben zu wollen, indem man die komplizierten Beziehungen zwischen Blackadder, Cropper und Ash darlegt, aber so pflegte Roland sich selbst zu definieren, wenn er sich nicht durch Vals Augen sah.

Er betrachtete sich als Nachzügler. Er war zu spät gekommen, um mitzuerleben, was nur noch Reminiszenz war, das Aufbegehren und die Lebenslust und die Unbekümmertheit und Jugendlichkeit der sechziger Jahre, den verheißungsvollen Anbruch eines Tages, der sich ihm und seinen Altersgenossen als ziemlich trübselige Angelegenheit präsentierte. Während der psychedelischen Jahre war er in einer heruntergekommenen Baumwollstadt in Lancashire zur Schule gegangen, die vom Liverpooler Krach und den Londoner Umtrieben gleichermaßen unberührt blieb. Sein Vater war ein kleiner Beamter im Grafschaftsrat. Seine Mutter war Doktor der englischen Literatur und vom Leben enttäuscht. Er betrachtete sich selbst, als wäre er ein Bewerbungsformular – für eine Arbeit, einen akademischen Grad, ein Leben –, aber wenn er an seine Mutter dachte, ließ das Adjektiv sich nicht verdrängen. Sie war enttäuscht. Von sich selbst, von seinem Vater, von ihm. Der Grimm ihrer Enttäuschung hatte seine Erziehung bestimmt, die in einem unermüdlichen Hin und Her zwischen den Einrichtungen einer achtlos zusammengebastelten Einheitsmittelschule bestanden hatte, der Aneurin-Bevan-Schule, einem Amalgam aus der Glasdale Old Grammar School, St. Thomas à Beckets C of E Secondary School und der Clothiers Guild Technical Modern School. Seine Mutter hatte zuviel Stout getrunken, »sich die Schule vorgenommen« und ihn vom Werkunterricht in den Lateinkurs, vom Gemeinschaftskundeunterricht in die Französischklasse überwechseln lassen; sie hatte ihn Zeitungen austragen geschickt und mit dem Geld einen Nachhilfelehrer für Mathematik bezahlt. Auf diese Weise hatte er eine altmodische Bildung erworben, lückenhaft, wo Lehrer versagt hatten oder im Klassenzimmer Chaos geherrscht hatte. Er hatte immer das geleistet, was man von ihm erwartete – zuerst die entsprechenden Noten, dann den entsprechenden Magisterabschluß, dann die Promotion. Jetzt war er mehr oder weniger erwerbslos und schlug sich als Teilzeitassistent, als Mädchen für alles bei Blackadder und als Tellerwäscher durchs Leben. In den überschwenglichen sechziger Jahren wäre er schnell und ohne eigenes Zutun aufgestiegen, aber jetzt betrachtete er sich als Versager und hatte dabei Schuldgefühle.

Er war von kleiner Statur, hatte weiches, verblüffend schwarzes Haar und zarte Züge. Val nannte ihn Maulwurf, und das konnte er nicht leiden. Er hatte es ihr nie gesagt.

Er lebte mit Val zusammen. Sie hatten sich auf einer Veranstaltung für Studienanfänger kennengelernt, als er achtzehn war. Inzwischen dachte er – zu Recht oder nicht ganz zu Recht –, daß Val der erste Mensch gewesen war, an den sein studentisches Selbst ein Wort gerichtet hatte – ein persönliches Wort. Er erinnerte sich, daß ihre Erscheinung ihm gefallen hatte; sie hatte sanft, braun und unsicher gewirkt. Sie war allein gewesen, eine Teetasse in der Hand, und hatte starr aus dem Fenster geblickt, als erwartete sie nicht, daß jemand sie ansprach, und wollte es auch nicht. Sie wirkte ruhig und unaggressiv, und deshalb hatte er sie angesprochen. Seither hatten sie alles gemeinsam getan. Sie besuchten dieselben Kurse und traten in dieselben Vereine ein; sie saßen zusammen im Seminar und gingen zusammen in das National Film Theatre; sie teilten ihre sexuellen Erlebnisse und eine Einzimmerwohnung, die sie im zweiten Jahr ihres Zusammenlebens bezogen. Sie ernährten sich anspruchslos von Haferbrei, Linsen, Bohnen und Joghurt; sie tranken ab und zu etwas Bier; sie teilten ihre Buchkäufe; sie waren beide ganz und gar auf ihr Stipendium angewiesen, das in London nicht annähernd ausreichte und nicht durch Ferienjobs aufgebessert werden konnte, weil die Ölkrise dem ein Ende gemacht hatte. Val, davon war Roland überzeugt, hatte für seinen guten Magisterabschluß gesorgt (zusammen mit seiner Mutter und Randolph Henry Ash). Sie erwartete es einfach von ihm – sie brachte ihn dazu, zu sagen, was er dachte, sie diskutierte mit ihm, sie lebte ständig in der Furcht, sie selbst, sie beide könnten nicht genug arbeiten. Sie stritten fast nie; wenn sie es taten, lag es fast immer daran, daß Roland sich an Vals Reserviertheit angesichts der ganzen Welt störte, an ihrer mangelnden Bereitschaft, in den Seminaren und später ihm selbst gegenüber Meinungen zu vertreten. Früher hatte sie eine Vielzahl gelassener Meinungen gehabt, das wußte er, die sie ihm schüchtern und schelmisch wie Angebote, wie Köder dargeboten hatte. Sie hatte Gedichte geliebt. Einmal hatte sie sich nackt in seiner dunklen Wohnung aufgesetzt und Robert Graves rezitiert:

Von ihrer Liebe spricht sie halb im Schlaf,
Flüsternd, in leisen Worten,
In Nacht und Dunkelheit:
So regt die Erde sich im Winterschlaf,
Läßt Gras und Blumen wachsen,
Obwohl es schneit,
Obwohl es stetig schneit.

Eine rauhe Stimme mit weichem Klang, im Tonfall zwischen London und Liverpool, wie man damals sprach. Als Roland etwas sagen wollte, legte sie ihm die Hand auf den Mund, was nicht schlimm war, da er nichts zu sagen gewußt hätte. Später, als Roland ab und zu Erfolg hatte, fiel ihm auf, daß Val immer schweigsamer wurde; wenn sie ihm widersprach, verwendete sie zunehmend seine eigenen Ideen, manchmal ins Gegenteil gewendet, aber darum um nichts unabhängiger. Sogar ihre Examensarbeit schrieb sie über »Männliche Bauchrednerei: die Frauen bei Henry Randolph Ash«. Das hatte Roland nicht gewollt. Als er ihr vorschlug, sie solle etwas eigenes machen, etwas Originelles, eine eigene Stimme haben, warf sie ihm vor, er mache sich über sie lustig. Als er sie fragte, was sie damit meine, hüllte sie sich in Schweigen, wie immer, wenn sie stritten. Da Schweigen auch Rolands einzige Form der Aggression war, konnte dieser Zustand tagelang anhalten; ein schreckliches Mal, als er »Männliche Bauchrednerei« offen kritisiert hatte, waren es Wochen gewesen. Mit der Zeit verwandelte sich das unheilschwangere Schweigen in versöhnliche Silben, die in ihre friedliche Koexistenz zurückführten. Rolands Abschlußprüfung hatte die erwarteten guten Ergebnisse. Vals Arbeiten waren gefällig, bescheiden, gut strukturiert, in ihrer großen, zuversichtlichen Handschrift verfaßt. »Männliche Bauchrednerei« wurde als gute Arbeit beurteilt, von den Prüfern jedoch disqualifiziert, weil sie vermuteten, daß sie hauptsächlich aus Rolands Feder stamme – eine doppelte Ungerechtigkeit, da er sich geweigert hatte, die Arbeit zu lesen, und ihre Hauptthese nicht teilte (sie besagte, daß Randolph Henry Ash Frauen weder gemocht noch verstanden habe, daß seine weiblichen Figuren Konstrukte seiner eigenen Ängste und Aggressionen seien, daß sogar der Zyklus *Ask an Embla* die Frucht von Narzißmus, nicht von Liebe sei, da der Dichter sich an seine Seele wende. – Im übrigen hatte keiner von Ashs Biographen je eine befriedigende Erklärung für das Vorbild der Embla geben können). Val schnitt sehr schlecht ab. Roland hatte angenommen, daß sie damit rechnete, aber es wurde schnell und erschrekkend deutlich, daß dem nicht so war. Es kam zu Tränen, Nächten voll erstickten Schluchzens und den ersten Szenen.

Val verließ ihn zum erstenmal, seit sie zusammenlebten, und fuhr für einige Zeit »nach Hause«. Das Zuhause war in Croydon – eine Sozialwohnung, die sie mit ihrer Mutter bewohnte; die Mutter lebte von der Fürsorge und erhielt in unregelmäßigen Abständen Unterhaltszahlungen von Vals Vater, der in der Handelsmarine war und sich seit Vals fünftem Lebensjahr nicht mehr hatte blicken lassen. Während ihres ganzen gemeinsamen Lebens hatte Val kein einziges Mal angeboten, Roland mit ihrer Mutter bekanntzumachen, obwohl er sie zweimal nach Glasdale mitgenommen hatte, wo sie seinem Vater beim Geschirrspülen geholfen und die gehässigen Bemerkungen seiner Mutter über ihre Lebensumstände mit den Worten abgetan hatte: »Vergiß es, Maulwurf. Kenne ich bestens. Der einzige Unterschied ist, daß meine trinkt. Wenn du in unserer Küche ein Streichholz anzündest, geht die ganze Bude in die Luft.«

Als Val ihn verlassen hatte, erkannte Roland so überwältigt wie bei einer religiösen Erleuchtung, daß er dieses Leben nicht weiterführen wollte. Er machte sich im Bett breit, riß die Fenster auf, ging allein in die Tate Gallery und sah sich die verschmelzende blaue und goldene Luft von Turners Norham Castle an. Er briet einen Fasan für Fergus Wolff, seinen Rivalen im Kampf um einen Platz im Institut, was spannend und zivilisiert war, mochte der Fasan noch so zäh und voller Schrotkörner sein. Er hegte Pläne, die keine Pläne waren, sondern Vorstellungen von ungestörter Tätigkeit und ungeteilter Aufmerksamkeit – Dinge, die er nie gekannt hatte. Nach einer Woche kam eine tränenüberströmte und trostbedürftige Val zurück, die ankündigte, daß sie zumindest ihren Lebensunterhalt verdienen und Stenographieunterricht nehmen wolle. »Du willst mich wenigstens haben«, erklärte sie Roland mit nassen und tränenverschmiertem Gesicht. »Warum, weiß ich nicht, aber du willst mich wenigstens haben.« »Natürlich«, hatte Roland gesagt. »Natürlich.«

Als sein Stipendium versiegte, sorgte Val für den Lebensunterhalt, während er sich um seine Promotion kümmerte. Sie kaufte sich eine Kugelkopf-Maschine und tippte abends zu Hause für die Universität; tagsüber arbeitete sie in allen möglichen gutbezahlten Teilzeitjobs – im Bankenviertel, in Schwesternschulen, in Frachtunternehmen und Kunstgalerien. Sie wollte sich nicht spezialisieren. Sie war nicht dazu zu bewegen, über ihre Arbeit zu reden, und erwähnte sie nur in Zusammenhang mit dem Wort »Fron«. »Bevor ich ins Bett gehe, muß ich noch ein paar Fronsachen erledigen« oder, befremdlicher: »Heute morgen wäre ich auf meinem Fronweg fast überfahren worden.« Ihre Stimme begann höhnisch zu klingen – ein Ton, der Roland vertraut war; zum erstenmal in seinem Leben fragte er sich, wie seine Mutter *vor* ihrer Enttäuschung gewesen sein mochte (die Enttäuschung war sein Vater und in gewisser Hinsicht er selbst). Nachts verfolgte ihn das unüberhörbare, arrhythmische Klappern der Schreibmaschine.

Inzwischen gab es zwei Vals. Die eine saß stumm zu Hause, in alten Jeans und ausgebeulten Krepphemden mit schwarz-violettem Blumenmuster. Sie hatte glanzloses, glattes, braunes Haar, das ein bleiches, sonnenentwöhntes Gesicht umrahmte. Ab und zu hatte sie rotlackierte Nägel, die der anderen gehörten, die einen engen, schwarzen Rock trug und ein schwarzes Jackett mit Schulterpolstern über einer pinkfarbenen Seidenbluse; sie war mit rosa und braunem Lidschatten geschminkt, sie hatte Rouge auf den Backenknochen und einen Pflaumenmund. Diese herzzerreißend strahlende Val trug Schuhe mit hohen Absätzen und eine schwarze Baskenmütze. Sie hatte schöne Beine, von denen unter den häuslichen Jeans nichts zu sehen war. Ihr Haar war im Pagenschnitt frisiert und bisweilen von einem schwarzen Band gehalten. Nur Parfum benutzte sie nicht. Sie wollte nicht attraktiv wirken. Roland wünschte fast, daß es so wäre, daß ein protziger Bankier sie zum Abendessen ausführte oder ein kleiner Anwalt sie in den Playboy-Club einlud. Er schämte sich für diese Wunschträume und fürchtete nicht wenig, Val könne argwöhnen, daß er sie hegte.

Wenn er eine Arbeit bekäme, wäre es leichter, eine Veränderung in die Wege zu leiten. Seine Bewerbungen waren ohne Ausnahme erfolglos. Als in seinem Institut eine Stelle frei wurde, bewarben sich 600 Aspiranten. Roland wurde zu einem Gespräch eingeladen – aus Höflichkeit, wie er annahm –, aber die Stelle bekam Fergus Wolff, dessen Laufbahn weit weniger geradlinig verlaufen war; Fergus konnte mit Geistesblitzen oder Sottisen aufwarten, aber er war nie langweilig und vernünftig; seine Lehrer, die er faszinierte und zur Verzweiflung brachte, liebten ihn, während sie Roland mit keinem wärmeren Gefühl als einem zustimmenden Kopfnicken bedachten. Außerdem hatte Fergus sich das richtige Gebiet ausgesucht, nämlich Komparatistik. Val empörte sich über diese Geschichte mehr als Roland, und ihre Empörung verstörte ihn nicht weniger als sein Versagen, denn er konnte Fergus gut leiden und wollte daran eigentlich nichts ändern. Val prägte einen ihrer typischen Begriffe für Fergus, eine Bezeichnung, die schief und unzutreffend war. »Diese aufgeblasene blonde Sexbombe«, nannte sie ihn. »Dieser aufgeblasene Sexprotz.« Sie verwendete sexistische Ausdrücke gern als eine Art Bumerang. Roland mochte das nicht; Fergus entzog sich einer solchen Terminologie – er war blond, und er war bei Frauen sehr erfolgreich, weiter nichts. Er wurde nicht mehr eingeladen, und Roland fürchtete, daß Fergus annehmen müsse, dies sei auf seinen, Rolands, Neid zurückzuführen.

Als er an diesem Abend nach Hause kam, konnte er riechen, daß Val in einer ihrer »Stimmungen« war. Das Souterrain erfüllten die scharfen, warmen Ausdünstungen gebratener Zwiebeln, was bedeutete, daß sie etwas Kompliziertes kochte. Normalerweise, das heißt, wenn sie apathisch war, machte sie eine Dose auf oder kochte Eier oder machte allerhöchstens eine Avocado mit Vinaigrettesauce an. Wenn sie sehr gut aufgelegt oder sehr übellaunig war, dann kochte sie. Als er die Wohnung betrat, stand sie am Spülbecken und schnitt Zucchini und Auberginen in Scheiben; sie blickte nicht auf, und er nahm an, daß ihre Laune nicht die beste war. Leise stellt er seine Aktentasche ab. Sie bewohnten ein lichtarmes Zimmer im Souterrain, das sie aprikosenfarben und weiß gestrichen hatten, damit es heller wirkte; möbliert war es mit einer Doppelliege, zwei uralten Sesseln mit spiralförmig eingerollten Armlehnen und Kopfstützen, plump und plüschig und staubig, einem alten Büroschreibtisch aus gebeizter Eiche, an dem Roland arbeitete, und einem Schreibtisch aus unbehandeltem Buchenholz, auf dem die Schreibmaschine stand. Die Schreibtische standen an den Seitenwänden, Rolands Schreibtischlampe war schwarz, Vals pinkfarben. Die Bücherregale an der Rückwand bestanden aus Ziegelsteinen und Brettern, die unter den Standardwerken durchhingen, die vereinzelt doppelt vorhanden waren, größtenteils aber als Gemeinschaftsbesitz. Sie hatten Poster aufgehängt: eines vom Britischen Museum mit einer verschlungen und geometrisch gemusterten Koranseite und eines, mit dem die Tate Gallery für eine Turner-Ausstellung geworben hatte.

Roland besaß drei Abbildungen von Randolph Henry Ash.

Eine stand auf seinem Schreibtisch – eine Photographie der Totenmaske, die zu den Prunkstücken der Stant Collection in Harmony City gehörte. Niemand konnte erklären, wie es zur Maske dieses düsteren, wie gemeißelt wirkenden Kopfes mit der hohen Stirn gekommen war, denn es gab auch eine Photographie, die den Dichter mit imposantem Bart in seinem letzten Schlaf zeigte. Wer hatte ihn rasiert und wann? hatte Roland gerätselt und hatte Mortimer Cropper in seiner Ash-Biographie *Der große Bauchredner* gefragt, ohne eine Antwort darauf zu finden. Die zwei anderen Porträts waren Photographien, die die National Portrait Gallery von den zwei Ash-Porträts in ihrem Besitz angefertigt hatte. Val hatte beide in den dunklen Flur verbannt. Sie sagte, sie könne es nicht vertragen, von ihm angestarrt zu werden, sie wolle ein bißchen Privatleben haben, in dem sich Randolph Ash nicht breitmachte.

Im schwachen Licht des Flurs waren die Bilder schwer zu erkennen. Eines war von Manet gemalt, das andere von G. F. Watts. Der Manet stammte aus dem Jahr 1867, als der Maler sich in England aufgehalten hatte, und erinnerte in mancher Hinsicht an sein Porträt Zolas. Der Maler zeigte Ash, den er zuvor in Paris kennengelernt hatte, im Dreiviertelprofil an seinem Schreibtisch in einem reichgeschnitzten Mahagonistuhl. Er saß vor einer Art Triptychon – Farne, die ein Gewässer umrahmten, in dem zwischen Wasserpflanzen Fische rosig und silbrig schimmerten, so daß man das Gefühl hatte, den Dichter am Boden eines Waldes oder Gebüschs sitzen zu sehen, bis man, wie Mortimer Cropper ausgeführt hatte, merkte, daß der Hintergrund eine jener unterteilten Wardschen Kisten war, in denen die Viktorianer unter kontrollierten Bedingungen Herbarien angelegt und Aquarien unterhalten hatten, um die Physiologie von Pflanzen und Fischen zu studieren. Manets Ash war ein dunkelhaariger, eindrucksvoller Mann mit tiefliegenden Augen unter einer mächtigen Stirn und einem kraftvollen Bart, der Gelassenheit, Selbstsicherheit und Ironie ausstrahlte. Er wirkte aufmerksam und intelligent, aber auch bedächtig. Auf dem Schreibtisch vor ihm waren Gegenstände ausgelegt, die als elegant und vollendet ausgeführtes Stilleben das Komplement zu Ashs mächtigem Kopf und den ambivalenten Naturarrangements bildeten: ein Häufchen unbearbeiteter Gesteinsproben, darunter zwei beinahe runde Steine, die fast wie Kanonenkugeln aussahen, schwarz der eine, schwefelgelb der andere, diverse Ammoniten und Trilobiten, eine große Kristallkugel, ein Tintenfaß aus grünem Glas, das zusammengesetzte Skelett einer Katze, ein Stapel Bücher, erkennbar darunter die *Divina Commedia* und *Faust*, sowie ein Stundenglas mit hölzernem Rahmen. Das Tintenfaß, die Kristallkugel, das Stundenglas, die zwei erkennbaren Bücher und zwei weitere, die man nach langem geduldigen Suchen als *Don Quixote* und Lyells *Geologie* hatte identifizieren können, befanden sich heute in der Stant Collection, wo ein Zimmer aufgebaut war, mit Wardschen Kisten und allem übrigen, das aussah wie auf Manets Bild. Auch der Stuhl und ebenso der Schreibtisch waren dieser Sammlung einverleibt worden.

Das Porträt von Watts war verschwommener und nicht so gebieterisch. Es war 1876 gemalt worden, und es zeigte einen älteren und ätherischer wirkenden Dichter, dessen Kopf, wie üblich bei Gemälden von Watts, auf einer undeutlichen, dunklen Säule – dem Körper – in ein geistiges Licht ragt. Es gab einen Hintergrund, aber er war nicht mehr zu erkennen. Auf dem Original konnte man mit etwas Mühe eine felsige Wildnis ausmachen; auf der Photographie reduzierte sie sich auf dunklere und hellere Stellen. Das Wichtige an diesem Bild waren die Augen, groß und leuchtend, und der Bart, ein Strom von Silber, Elfenbein, Weiß und Blaugrau, Furchen und Gabelungen, die an die Wirbel da Vincis denken ließen und die Lichtquelle des Bildes waren, was man sogar auf der Photographie erkennen konnte. Diese Bilder, fand Roland, wirkten sowohl echter als auch nüchterner, weil es Photographien waren. Sie hatten weniger Leben – das Leben der Farben –, waren aber realistischer im modernen Sinn, nach modernen Erwartungen. Sie waren nicht im besten Zustand – die Wohnung war ungepflegt und feucht. Aber er hatte nicht genug Geld, um sich neue zu kaufen.

Am Ende des Zimmers sah man aus dem Fenster in einen kleinen Hof mit Treppenstufen zum Garten, der zwischen Geländerstreben im obersten Fensterdrittel sichtbar war. Als sie die Wohnung besichtigt hatten, war sie ihnen als Wohnung mit Garten beschrieben worden, und die Besichtigung war die einzige Gelegenheit, bei der sie den Garten zu sehen bekommen hatten, dessen Betreten ihnen später explizit untersagt wurde. Sie durften nicht einmal in ihrem düsteren Eckchen Hof Blumentöpfe aufstellen; die Gründe für diese Verbote wurden nicht sonderlich einleuchtend, aber vehement von ihrer Vermieterin verfochten, einer Mrs. Irving, weit in den Achtzigern, die die drei Stockwerke über ihnen mit zahllosen Katzen in einem stechenden Zoogestank bewohnte und die den Garten in einem ebenso hellen, aufgeräumten und erfreulichen Zustand erhielt, wie ihr Wohnzimmer ärmlich und verkommen war. Val sagte, sie hätte sie wie eine alte Hexe hergelockt, indem sie im Garten wortreich die ruhige Lage gepriesen und jedem von ihnen eine kleine samtige und goldene Aprikose von einem der Spalierbäume an der Ziegelmauer geschenkt hatte. Der Garten war länglich, schmal und schattig; kleine sonnige Rasenflecken waren von Buchshecken umsäumt, Rosen verströmten ihren Duft – fleischige Damaszenerrosen, stämmige elfenbeinfarbene, zarte rosagetönte –, und die Beete bezähmten wunderlich gestreifte und gesprenkelte Lilien mit bronzefarbenen und goldenen Rändern, stolz und warm und üppig. Und verboten. Aber das wußten sie damals nicht, als Mrs. Irving ihnen mit ihrer brüchigen und einschmeichelnden Stimme von der Ziegelmauer erzählt hatte, die es seit dem Bürgerkrieg und noch länger gab, die Grenzmauer der Ländereien von General Fairfax gewesen war, als Putney ein eigenes Dorf war, als Cromwells Milizen sich dort versammelt hatten, als in St. Mary an der Brücke die Putney-Dispute über die Gewissensfreiheit abgehalten wurden. Randolph Henry Ash hatte ein Gedicht geschrieben, das er einem Leveller in Putney in den Mund legte. Er war sogar hergekommen und hatte den Fluß bei Ebbe besichtigt – das konnte man aus Ellen Ashs Tagebuch entnehmen; sie hatten ein kaltes Huhn und Petersilienpastete mitgebracht. Dieser Umstand und die Zufallsverbindung von Fairfax, der den Dichter Marvell gefördert hatte, mit dem Garten voller Blumen und Früchte hinter seinen Mauern hatten Roland und Val in die Gartenwohnung mit der verbotenen Aussicht gelockt.

Im Frühling leuchtete das warme Gelb der Narzissen durchs

Fenster herunter. Wilder Wein rankte sich am Fensterrahmen entlang und bewegte sich mit seinen kleinen, runden Haftscheiben in geradezu atemberaubender Geschwindigkeit über das Glas. Große Büschel Falscher Jasmin von einem besonders wuchsfreudigen Exemplar an der Hausecke fielen über das Geländer und dufteten betörend, bis Mrs. Irving erschien – in der Gärtnerkleidung, in der sie die beiden damals in den Garten gelockt hatte: Gummistiefel und große Schürze über ausrangiertem Tweedkostüm – und sie zurückband. Einmal hatte Roland gefragt, ob er im Garten helfen und so ein eingeschränktes Aufenthaltsrecht erwerben könne. Mrs. Irving hatte ihm erklärt, daß er vom Gärtnern nicht die geringste Ahnung habe, daß die jungen Leute alle gleich seien, gedankenlos und rücksichtslos, und daß sie, Mrs. Irving, ihre Privatsphäre respektiert zu sehen wünsche. »Man sollte meinen, daß die Katzen den Garten nicht gerade schöner machen«, sagte Val, aber sie sagte es, bevor sie die Feuchtigkeitsflecken an Küchen- und Badezimmerdecke entdeckten, die eindeutig nach Katzenpisse rochen, wenn man nahe genug kam. Auch den Katzen war der Zutritt verboten, Hausarrest auferlegt. Roland fand, daß sie sich nach einer anderen Wohnung umsehen sollten, sagte aber nichts, weil er kein Geld verdiente und weil er eine so folgenreiche Entscheidung für Val und sich scheute.

Val stellte ihm gegrilltes mariniertes Lamm, Ratatouille und heißes griechisches Brot hin. Er fragte: »Soll ich eine Flasche Wein holen?«, und Val sagte, ehrlich und unangenehm genug: »Das hättest du dir früher überlegen sollen; jetzt wird alles kalt.« Sie aßen an einem Kartentisch, den sie aufklappten und danach zusammenklappten.

»Heute habe ich eine erstaunliche Entdeckung gemacht«, erzählte er ihr.

»Oh?«

»Ich war in der London Library. Sie haben dort Ashs Vico, seine eigene Ausgabe. Im Safe eingesperrt. Ich habe sie mir bringen lassen, und sie war mit Notizen von ihm vollgestopft, überall, auf Rechnungen und Zettel geschrieben. Und ich bin absolut sicher, daß niemand auf die Idee gekommen ist reinzuschauen, seit er die Zettel reingelegt hat, weil die Ecken ganz schwarz sind und die Stellen mit denen im Buch übereinstimmen ...«

»Wie interessant.« Desinteressiert.

»Es könnte die ganze Ash-Forschung revolutionieren. *Könnte* es. Sie haben sie mich lesen lassen, sie haben sie nicht weggenommen. Ich bin überzeugt, daß überhaupt niemand wußte, was da drin ist.«

»Vermutlich nicht.«

»Ich muß es Blackadder sagen. Er wird sich selber ein Bild machen wollen und sich vergewissern, daß Cropper nicht vor ihm da war ...«

»Vermutlich.«

Es klang nach schlechter Stimmung.

»Entschuldige, Val. Ich wollte dich nicht langweilen. Es macht wirklich einen aufregenden Eindruck.«

»Kommt ganz drauf an, was einen scharf macht. Vermutlich haben wir alle unsere diversen kleinen Macken.«

»Ich könnte darüber schreiben. Einen Artikel. Eine wichtige Entdeckung. Ich hätte bessere Aussichten auf einen Job.«

»Jobs gibt es keine.« Dann sagte sie: »Und wenn es welche gibt, kriegt sie Fergus Wolff.«

Er kannte seine Val: Er hatte sie bei der ehrenhaften Anstrengung beobachtet, die letzte Bemerkung zu unterdrücken.

»Wenn du wirklich meinst, daß meine Arbeit so unwichtig ist ...«

»Du machst die Arbeit, auf die du scharf bist«, sagte Val. »Wie jeder, wenn er Glück hat und was findet, worauf er scharf ist. Du hast diesen Tick mit diesem Toten, der einen Tick mit anderen Toten hatte. Ist ja in Ordnung, aber es gibt Leute, die das überhaupt nicht interessiert. Aus meiner Fronperspektive bekomme ich dies und das zu sehen. Letzte Woche, in der Keramikexportfirma, habe ich unter einem Aktenstoß im Schreibtisch meines Chefs Photos gefunden. Sachen, die kleinen Jungen angetan werden, mit Ketten und Knebeln – widerlich. Diese Woche, als ich fleißig wie immer die Patientenberichte bei diesem Arzt aufgeräumt habe, kam mir zufällig dieser Sechzehnjährige unter, dem letztes Jahr ein Bein abgenommen wurde – er kriegt ein künstliches, aber das dauert Monate, sie brauchen ewig dafür –, und jetzt ist das andere Bein auch befallen, er weiß es nicht, aber ich weiß es, ich weiß eine Menge Sachen. Sie passen nicht zusammen, sie ergeben alle keinen Sinn. Es gab diesen Mann, der nach Amsterdam fuhr, um Diamanten zu kaufen, ich habe seiner Sekretärin geholfen, die Reise zu buchen, erste Klasse, auch für den Wagen, kein Problem, und er geht am Kanal spazieren und schaut die Häuser an und wird mit einem Messer in den Rücken gestochen, eine Niere ist hin, Wundbrand, und jetzt ist er mausetot. Einfach so. Solche Leute nehmen meine Frondienste in Anspruch, heute rot, morgen tot. Randolph Henry Ash hat vor langer Zeit geschrieben. Sei mir nicht böse, wenn es mich nicht interessiert, was er in seinen Vico geschrieben hat.«

»O Val, so schreckliche Dinge, warum hast du nie – «

»Oh, es ist alles *sehr* interessant, meine kleinen Fronbeobachtungen aus der Schlüssellochperspektive, gar keine Frage. Es hat bloß keinen Sinn, und es nützt mir nichts. Wahrscheinlich beneide ich dich, weil du das Weltbild dieses alten Knaben zusammensetzt. Aber was nützt *dir* das, Herr Maulwurf? Wie sieht *dein* Weltbild aus? Und wo willst du je das Geld hernehmen, um aus der Katzenpisse rauszukommen *und damit wir uns nicht dauernd im Weg sind*?«

Irgend etwas hatte sie aus der Fassung gebracht, folgerte Roland, etwas, was bewirkt hatte, daß sie mehrmals die Wendung »scharf sein« benutzt hatte, was untypisch für sie war. Vielleicht hatte jemand sie angefaßt. Oder gerade nicht. Nein, das war schäbig von ihm. Wut und Gereiztheit machten sie scharf, das wußte er. Er wußte mehr über Val, als gut für ihn war. Er ging zu ihr und streichelte ihren Nacken, und sie schniefte und machte sich steif und lehnte sich dann zurück. Nach einer Weile gingen sie zum Bett.

Über den heimlichen Diebstahl hatte er nichts gesagt; er konnte es ihr nicht sagen. Spät in der Nacht las er die Briefe nochmals im Badezimmer. »Hochverehrte Dame, seit unserer außergewöhnlichen Unterhaltung konnte ich an nichts anderes denken.« Drängend, unvollendet. Schockierend. Roland hatte sich nie besonders für Randolph Henry Ashs zu Staub gewordenen Körper interessiert; er brachte seine Zeit nicht damit zu, Ashs Haus in der Russell Street zu besuchen und sich auf die steinernen Gartenbänke zu setzen, auf denen er gesessen hatte; das war Croppers Stil. Roland gefiel sein Wissen um den Weg, den Ashs Denken nahm, das er durch die Wendungen und Windungen seiner Syntax erspürte und das in einem unerwarteten Attribut plötzlich klar und deutlich zutage trat. Diese toten Briefe hingegen verstörten ihn, sogar physisch, weil sie nur Anfänge waren. Er stellte sich keinen Ash vor, dessen Feder sich geschwind über das Papier bewegte, aber er hatte eine Vorstellung von den Fingerkuppen der Hände des Toten, die diese halbbeschriebenen Blätter berührt und zusammengefaltet hatten, bevor sie sie in das Buch gelegt hatten, statt sie wegzuwerfen. *Wer?* Er mußte versuchen, es zu erfahren.

DRITTES KAPITEL

An diesem düstren Ort
Nagt Nidhögg, schwarzgeschuppter Drache,
An des Baumes Wurzeln, und als Nest
Dient ihm zugleich das, wovon er sich nährt.
R. H. Ash: *Ragnarök III*

Am nächsten Morgen fuhr Roland mit dem Fahrrad nach Bloomsbury, während Val noch damit beschäftigt war, ihr Bürogesicht aufzumalen. In gefährlichem Slalom bahnte er sich seinen Weg durch den kilometerlangen stinkenden Stau über Putney Bridge, das Embankment entlang und über den Parliament Square. Er hatte kein Arbeitszimmer im Institut, sondern benutzte für seine spärlichen Lehrstunden ein zeitweilig unbesetztes Zimmer. In der leeren Stille dieses Zimmers leerte er seine Satteltaschen; dann ging er in die Abstellkammer, wo der Kopierapparat unförmig zwischen schmutzstarrenden Geschirrtüchern und einem nicht einladenderen Waschbecken thronte. Während die Maschine dröhnend und summend warmlief, holte er die zwei Briefe hervor und las sie noch einmal. Dann legte er sie zum Ablichten auf die schwarze Glasscheibe und wartete, bis die grünen Lichtschäfte aufleuchteten und erloschen. Der Apparat spie heiße, nach Chemie riechende Photokopien der Briefe aus, denen die Leere zwischen Vorlage und Kopierformat einen schwarzen Rand verliehen hatte wie der Schmutz eines Jahrhunderts den Originalen. Er war ehrlich: Er schrieb die Anzahl seiner Kopien in das Buch, das auf dem Abtropfbrett lag. Roland Michell, 2 Kopien, 10 Pence. Er war nicht ehrlich. Er besaß jetzt eine Kopie und konnte die Briefe unbemerkt in den Vico der London Library zurücklegen. Aber das wollte er nicht. Er hatte das Gefühl, daß sie ihm gehörten. Leute, die von Dingen fasziniert waren, die berühmten Menschen gehört hatten, waren ihm immer ein bißchen lächerlich vorgekommen – Balzacs verzierter Stock, Robert Louis Stevensons Flageolett, eine schwarze Seidenmantille, die George Eliot getragen hatte. Mortimer Cropper pflegte Randolph Henry Ashs große goldene Uhr aus einer Uhrtasche zutage zu fördern und seine Armbanduhr nach ihr einzustellen. Rolands Photokopien waren weitaus klarer und lesbarer als die verblaßte bräunlichgraue Schrift der Originale; die Kopierfarbe schimmerte tiefschwarz, weil sie wahrscheinlich frisch eingefüllt worden war. Aber ihm ging es um die Originale.

Als die Dr. Williams Library geöffnet wurde, stellte er sich vor und bat um Einblick in das umfangreiche Manuskript des Tagebuchs von Crabb Robinson. Er war nicht zum erstenmal hier, aber er mußte Blackadders Namen ins Feld führen, obgleich er keineswegs beabsichtigte, Blackadder zu zeigen, was er gefunden hatte, zumindest noch nicht jetzt, solange seine eigene Neugier nicht befriedigt war und die Briefe nicht zurückgebracht waren.

Er begann seine Lektüre beim Jahr 1856, dem Jahr, in dem *Götter, Menschen und Heroen* erschienen war, das der unermüdliche Crabb Robinson gelesen und kommentiert hatte.

4. Juni. – Verschiedene Gedichte aus Randolph Ashs neuem Buch gelesen. Aufgefallen sind mir insbesondere die, in denen Augustinus sprechen soll, Gottschalk, der Benediktinermönch aus dem neunten Jahrhundert, und »Nachbar Willig« aus Bunyans *Pilgrim's Progress*. Außerdem eine sonderbare Beschwörung des Franz Mesmer und des jungen Mozart, die zusammen am Hof des Erzherzogs in Wien die Glasharmonika spielen, voller Töne und eigentümlicher Melodien, ausgezeichnet erdacht und ausgeführt. Dieser Gottschalk, ein Vorläufer Luthers, auch darin, daß er sich wie jener gegen den Klosterdienst auflehnt, möchte im unbeugsamen Beharren auf seiner augustinischen Prädestinationslehre wohl als Bildnis so mancher heutiger Anhänger unserer evangelischen Partei erscheinen und Nachbar Willig als Satire auf meinesgleichen, die wir das Christentum weder im Vergötzen eines Stückes Brot noch in den fünf Lehrsätzen der Jansenisten zu erkennen vermögen. Wie es seine Art ist, kennt Ash für den braven Willig, den man ihm verwandt wähnen könnte, weit mehr Strenge, als er auf den abscheulichen Mönch verwendet, dessen Raserei indes einer gewissen Erhabenheit des Wahrhaften nicht enträt. Randolph Ash zu *situieren* mutet als wenig aussichtsreiches Unterfangen an, und ich fürchte wohl, daß er als Dichter nicht zu vielen sprechen wird. Die Schilderung des Schwarzwalds

in »Gottschalk« ist vollendet, doch wer ist schon willens, den damit einhergehenden Tadel unserer Theologie anzuhören? Melodien webt und verbindet er mit so unerhörten Reimen, mit so unbegreiflichen und neuartigen Metaphern, daß man sich schwertut, ihm zu folgen. Wenn ich Ash lese, muß ich an den jungen Coleridge denken, der genüßlich sein Epigramm über Donne zum besten gibt:

Des Muse mit dem schweren Schritt des Dromedars
Aus Eisenstäben Liebesknoten zu schlingen gegeben war.

Keinem Ashforscher war diese Tagebuchstelle – Gegenstand regelmäßiger Zitate – unbekannt. Roland hatte etwas für Crabb Robinson übrig – einen Mann, der von unerschöpflichem Wohlwollen gewesen war, der intellektuelle Neugier mit Entzücken über Literatur und Bildung zu verbinden gewußt und sich nie in den Vordergrund gedrängt hatte.

»In frühen Jahren wurde mir offenbar, daß es mir an Talent mangelte, um den Platz unter englischen Dichtern einzunehmen, nach dem es mich gelüstet hätte; doch kam mir der Gedanke, daß ich Gelegenheit hatte, mit vielen der hervorragendsten Geister unserer Tage zu verkehren, und daß ich gut daran täte, meine Gespräche mit ihnen aufzuzeichnen.« Er hatte sie alle gekannt, zwei Generationen hindurch: Wordsworth, Coleridge, de Quincey und Lamb, Madame de Staël, Goethe und Schiller, Carlyle, G. H. Lewes, Tennyson, Clough und Bagehot. Roland überflog das Jahr 1857 und machte sich an 1858. Im Februar dieses Jahres hatte Robinson eingetragen:

Wäre dies meine letzte Stunde (und bei einem Menschen in den Achtzigern kann sie so fern nicht sein), müßte ich Gott danken, weil er mir erlaubte, soviel der Größe zu erblicken, die dem einzelnen verliehen ward. Das Heroische des Weibes gewahrte ich in Mrs. Siddons, das Verzaubernde dieses Geschlechts in Mrs. Jordan und Mademoiselle Mars; verzückt lauschte ich den träumerischen Monologen Coleridges – »dieses alten wortgewaltigen Mannes«; ich reiste mit Wordsworth, dem größten unserer lyrisch-philosophischen Dichter, ich erfreute mich am Witz und am Feuer Charles Lambs, und es war mir vergönnt, mit Goethe an seiner Tafel freimütig zu sprechen, der ohne allen Zweifel der größte Geist seines Zeitalters und seines Landes war. Dankesschuld gestand er nur Shakespeare, Spinoza und Linné zu, wie Wordsworth, als dieser beschloß, Dichter zu sein, und nur Chaucer, Spenser, Shakespeare und Milton fürchtete bei dem Gedanken, an ihnen gemessen zu werden.

Im Monat Juni fand Roland, was er suchte.

Meine Frühstücksgesellschaft verlief aufs angenehmste. Zu Gast waren Bagehot, Ash, Mrs. Jameson, Professor Spear, Miss LaMotte mit ihrer Freundin Miss Glover, letztere etwas verschlossen. Ash kannte Miss LaMotte nicht, die gekommen war, um mir eine Freude zu machen und um mit mir über ihren Vater, meinen geschätzten Freund, zu sprechen, dessen *Mythologien* nicht ohne mein Zutun dem englischen Publikum zur Kenntnis gelangt sind. Lebhaft wurde die Poesie erörtert, Dantes unvergleichliche Größe, doch auch das Genialische, das in Shakespeares Gedichten aufblitzt, recht eigentlich im Übermut seiner frühen Dichtungen, die Ash ganz ausnehmend bewundert. Miss LaMotte sprach lebhafter, als ich von ihr erwartet hätte, und die Gemütsbewegung verleiht ihr einen eigentümlichen Reiz. Wir sprachen auch über die sogenannten spirituellen Erscheinungen, über die Lady Byron mir so eindringlich berichtet hat. Die Rede kam darauf, daß Mrs. Stowe erklärte hatte, mit dem Geist Charlotte Brontës Zwiesprache gehalten zu haben. Miss Glover überwand nun ihre Zurückhaltung und trat wärmstens dafür ein, daß solche Dinge möglich seien und sich tatsächlich ereigneten. Ash erklärte, daß er sich nur mittels überprüfbarer Experimente überzeugen ließe, die ihm bislang niemand angeboten habe und wohl auch künftig nicht anbieten werde. Bagehot sagte, Ashs Darstellung der Mesmerschen Vorstellungswelt beweise, daß er dem Positivismus weit weniger verhaftet sei, als er nun den Anschein zu wecken suche. Ash erwiderte darauf, die historische Phantasie erfordere eine poetische Einfühlung in die Geisteswelt seiner Figuren, die bei ihm so stark ausgeprägt sei, daß er Gefahr laufe, gar keine eigenen Überzeugungen mehr zu besitzen. In der Frage der Poltergeister wandten sich nun alle an Miss LaMotte, doch diese äußerte keine Meinung, sondern antwortete lediglich mit einem rätselhaften Lächeln.

Roland schrieb die Passage ab und las weiter; Miss LaMotte wurde nicht wieder erwähnt, während Ash regelmäßig als Gast oder Gastgeber Erwähnung fand. Robinson lobte Mrs. Ashs vorbildliche Haushaltsführung und bedauerte, daß sie nie die Mutter geworden war, für die sie alle Voraussetzungen erfüllte. Weder bei Miss LaMotte noch bei Miss Glover hatte er eine besondere Kenntnis der Dichtungen Ashs festgestellt. Vielleicht hatte die »angenehme und unerwartete« beziehungsweise »außergewöhnliche« Unterhaltung sich anderswo, bei einem anderen Anlaß ereignet. In Rolands verkrampfter Handschrift wirkten Crabb Robinsons Aufzeichnungen befremdlich, weniger selbstbewußt, weniger als selbstverständlicher Bestandteil eines Lebens. Roland dachte daran, daß er – statistisch gesehen – den Text verändert haben mußte, am ehesten durch Abschreibfehler. Bei Mortimer Cropper mußten die Studenten Textpassagen – meist von Ash – abschreiben, wieder abschreiben, die zweite Fassung tippen und das Ergebnis mit strengem Blick auf Fehler überprüfen. Cropper behauptete, es habe noch nie einen Text ohne Fehler gegeben. Selbst im Zeitalter der Photokopie ließ er diese demütigenden Übungen absolvieren. Blackadder waren solche Methoden fremd, auch wenn er haufenweise Fehler korrigierte und dabei sarkastische Kommentare über das englische Bildungsniveau vor sich hinmurmelte. Zu seiner Zeit, so Blackadder, waren Studenten mit Orthographie und Grammatik vertraut gewesen und konnten Gedichte und die Bibel auswendig aufsagen. Doch in typisch englischer Manier hielt er es nicht für seine Aufgabe, den ungebildeten Studenten beizubringen, was sie nicht gelernt hatten, sondern ließ sie im Nebel seines Tadels und seiner Mißachtung herumstolpern.

Roland suchte Blackadder im Britischen Museum. Er wußte nicht, was er ihm erzählen wollte, und beschäftigte sich deshalb mit der Suche nach einem Platz im Lesesaal unter der hohen Kuppel; er hatte das Gefühl, daß sie trotz ihrer Höhe unmöglich genug Sauerstoff für all die fleißigen Leser enthalten konnte und daß diese wie die ersterbende Flamme in Humphry Davys Sicherheitsgrubenlampe betäubt zusammensackten, während ihnen die Luft ausging. Es war Nachmittag – den Vormittag hatte ihn Crabb Robinson gekostet –, und das bedeutete, daß die bequemen, hohen, mit blauem Leder bezogenen Tische, die Speichen des großen Rades, dessen Nabe das Pult des Aufsehers war und dessen Rand die Kataloge bildeten, sämtlich belegt waren und daß Roland sich mit einem der niedrigen, verschämten, dreieckigen Segmente begnügen mußte, die man später zwischen die Speichen geschoben hatte. Diese Einschübe waren Gespenstertische, zweitklassige Tische, Möchtegerntische – DD, GG, OO. Roland fand einen freien Platz am Ende von AA (für Ash), nicht weit von der Tür entfernt. In seiner Freude, zu diesem inneren Kreis der Gelehrsamkeit zugelassen zu werden, hatte er ihn damals mit Dantes Paradiso verglichen, wo Heilige, Patriarchen und Jungfrauen, säuberlich nach Rängen unterteilt, im Kreis der »Himmelsrose« saßen, aber ebenso die Blätter eines riesigen Buches waren, einst im ganzen Universum verstreut und jetzt vereint. Die Vergoldungen auf dem blauen Leder beflügelten seine mittelalterlichen Phantastereien.

In diesem Fall war die Ash Factory tief in den Eingeweiden des Gebäudes das Inferno. Vom Lesesaal gelangte man über eiserne Sprossen zu ihr hinunter, und ein hohes, verschlossenes Portal führte aus ihr hinaus in die lichtlose Welt ägyptischer Nekropolen mit blicklos starrenden Pharaonen, geduckten Schreibern, untergeordneten Sphingen und leeren Sarkophagen. In der Höllenhitze der Ash Factory warfen Neonröhren ihr häßliches Licht auf Metallschränke und gläserne Zellen, aus denen Schreibmaschinengeklapper drang. Mikroleseschirme glommen grünlich im Halbdämmer. Bisweilen roch es nach Schwefel, wenn einer der Kopierer den Geist aufgab. Sogar Klagelaute und Kreischen suchten den Ort heim: In den unteren Regionen des Britischen Museums herrscht überall durchdringender Katzengeruch; sie arbeiten sich durch Gitter und Lüftungsschlitze herein, streichen hier herum und werden verfolgt und ab und zu heimlich gefüttert.

Blackadder saß mitten im scheinbaren Chaos seiner großen Ausgabe, das in Wahrheit Ordnung war, und prüfte ein Häufchen kleiner Papierschnipsel in einer Mulde zwischen den aufgehäuften Karteikarten, deren Ecken zerfaserten, und überquellenden marmorierten Aktenordnern. Hinter ihm huschte lautlos seine Büroassistentin umher, die blasse Paola, die ihr langes, farbloses Haar mit einem Gummiband zusammengebunden hatte, deren große Brillengläser an eine Eule denken ließen und deren Fingerspitzen grau vor Staub waren. Tiefer im Inneren, hinter dem Raum mit der Schreibmaschine, bewohnte Dr. Beatrice Nest eine kleine Höhle aus Aktenschränken, beinahe eingemauert von den Kisten, die Tagebücher und Korrespondenzen Ellen Ashs enthielten.

Blackadder war vierundfünfzig Jahre alt und aus Pflichtgefühl Ashs Herausgeber geworden. Er war Sohn und Enkel schottischer Lehrer. Sein Großvater pflegte beim Feuerschein Gedichte zu rezitieren: *Marmion, Childe Harold, Ragnarök.* Sein Vater schickte ihn an das Downing College in Cambridge, damit er bei F. R. Leavis studierte. Leavis verfuhr mit Blackadder so, wie er mit allen ernsthaften Studenten verfuhr: Er zeigte ihm die schreckliche und großartige Bedeutung und den Anspruch der englischen Literatur auf und untergrub gleichzeitig jedes Vertrauen des jungen Mannes auf die eigene Fähigkeit, zu ihr beizutragen oder sie zu verändern. Der junge Blackadder schrieb Gedichte, stellte sich Dr. Leavis' Kommentar dazu vor und verbrannte sie. Er entwickelte einen essayistischen Stil von spartanischer Lakonik, Doppeldeutigkeit und Undurchdringlichkeit. Sein Schicksal wurde durch ein Seminar zum Thema Datierung entschieden. Der Raum war überfüllt, Studenten hockten auf dem Boden, saßen auf den Armlehnen der Stühle. Mit offenem Hemdkragen stand der schlanke und sportliche Dr. Leavis auf der Fensterbank und machte sich am Klappfenster zu schaffen, um frische Luft und das kalte Licht von Cambridge hereinzulassen. Das Material, das es zu datieren galt, bestand aus einem Troubadourgedicht, ein paar Versen eines Dramas aus der Zeit des Puritanismus, einigen satirischen Verspaaren, einer Meditation in Blankversen über vulkanischen Schlamm und einem Liebessonett. Blackadder, der von seinem Großvater geschult worden war, erkannte sofort, daß diese Gedichte ausnahmslos von Randolph Henry Ash stammten, Zeugnisse seiner Bauchrednergabe, seines beunruhigend breiten Repertoires. Blackadder mußte entscheiden, ob er sein Wissen kundtun wollte oder das Seminar seinen Lauf nehmen lassen wollte, so daß Leavis unselige Studenten dazu verleiten konnte, falsche Zuschreibungen vorzunehmen, um sodann die eigene Brillanz zu demonstrieren, indem er Fälschung und Original unterschied, viktorianische Verfremdung und den Ausdruck echter Empfindungen. Blackadder entschied sich dafür zu schweigen, und Ash wurde ordnungsgemäß decouvriert und überführt. Blackadder hatte undeutlich das Gefühl, Ash verraten zu haben; mit mehr Recht hätte er den Verdacht hegen können, sich selbst, seinen Großvater, vielleicht sogar Dr. Leavis verraten zu haben. Er leistete Abbitte: Er schrieb seine Doktorarbeit über »Bewußte Argumentation und unbewußte Einflußnahme als Element der Spannung in den Versepen Randolph Henry Ashs«. Er wurde zum Ash-Experten, als dieser ganz besonders aus der Mode war. 1959 hatte er sich breitschlagen lassen, die *Gesammelten Gedichte und Dramen* zu edieren, und den Segen des derzeitigen Lord Ash erhalten, eines betagten Methodisten, Mitglied des Oberhauses, der von einem entfernten Cousin Ashs abstammte und die Rechte an den Manuskripten in Familienbesitz wahrte. In jenen Tagen der Unschuld hatte Blackadder diese Arbeit als eine Aufgabe von begrenzter Dauer betrachtet, der anderes folgen würde.

Seine Assistenten, deren Anzahl schwankte, sandte er wie Noahs Tauben und Raben in die Bibliotheken der ganzen Welt, mit numerierten Papierstreifen versehen, die an Garderoben- oder Essensmarken denken ließen und jeweils eine Frage enthielten – eine halbe Zeile, die ein Zitat sein konnte, ein Name, den es zu erforschen galt. Die Radnabe eines römischen Wagens: in Gibbons Fußnoten aufgespürt. »Die gefährliche, geträumte Melone des Weisen«: Wer hätte vermutet, daß sie einem Traum Descartes' entsprang? Ash hatte sich einfach für alles interessiert: arabische Astronomie, afrikanische Transportsysteme, Engel und Galläpfel, die Hydraulik und die Guillotine, Druiden und die Grande armée, Katharer und Setzerjungen, das Ektoplasma und die Sonnenverehrung, den Mageninhalt im Eise begrabener Mastodonten und die wahre Natur des Mannas. Die Anmerkungen überwucherten und verschlangen den Text. Blackadder erschienen sie häßlich und linkisch, doch unentbehrlich, die sie wie die Köpfe der Hydra auftauchten, zwei, die es zu lösen galt, an Stelle einer, die gelöst war.

Oft dachte er an seinem düstren Ort darüber nach, wie ein Mensch sich in seine Arbeit verwandelte. Wer wäre er heute, wenn er beispielsweise Staatsbeamter geworden wäre und Wohngeld zu verteilen hätte oder wenn er Polizist wäre und sich mit Haar- und Hautstückchen und Daumenabdrücken beschäftigen würde? (Eine Spekulation, die zu Ash paßte.) Was wäre ein Wissen, das um seiner selbst willen, zu seinem, James Blackadders, Nutzen und Frommen gesammelt würde, ohne irgendeinen Bezug auf das, was Randolph Henry Ash sich einzuverleiben, zu verdauen und auszuscheiden beliebt haben mochte?

Bisweilen gestattete Blackadder sich den illusionslosen Gedanken, daß er sein Arbeitsleben, das hieß sein Leben als denkender, bewußter Mensch, in dieser Tätigkeit beenden würde, daß seine Gedanken zur Gänze die eines anderen, seine Arbeit zur Gänze die eines anderen gewesen sein würden. Und dann dachte er, daß es letzten Endes so schlimm nicht sei. Schließlich war Ash für ihn nach so vielen Jahren immer noch faszinierend. Es war eine angenehme Unterordnung, wenn man es so nennen konnte. Er nahm an, daß Mortimer Cropper sich für den Herrn und Meister über Randolph Ash hielt, während er, Blackadder, wußte, wo sein Platz war.

Im Fernsehen hatte er einmal einen Naturforscher gesehen, der ihm als gute Analogie zu ihm selbst erschienen war. Dieser Mann zog mit einem Beutel aus und sammelte Eulenlosung, die er kennzeichnete und später mit der Pinzette auseinanderzupfte und in diversen Flüssigkeiten reinigte, bis er die Reste und Überbleibsel von Knochen, Klauen, Pelz und Gefieder, die die Eule als kompaktes Päckchen ausgeschieden hatte, ordnen und sortieren und aus ihnen auf die tote Spitzmaus oder Blindschleiche schließen konnte, die geflüchtet, gestorben und durch den Verdauungstrakt der Eule befördert worden war. Diese Vorstellung gefiel ihm, und für einen kurzen Augenblick erwog er, ein Gedicht darüber zu schreiben. Dann stellte er fest, daß Ash ihm zuvorgekommen war. Er hatte einen Archäologen beschrieben:

Die Schlachten alter Zeiten abzulesen
Von Klingensplittern, Knochenscherben, aus geborstenen
Hirnschalen, wie der Pfarrer es versteht,

Im trockenen Dung der Eule zu enträtseln
Den Tod der Wühlmaus und der blinden Schlange,
Vom weißen Todesboten mit den weichen Schwingen,
Des blutiger Schnabel sich aus zarten Daunen krümmt...

Und Blackadder konnte nicht mehr sagen, ob ihm der Naturforscher im Fernsehen aufgefallen war, weil Ashs Bild sich seinem Geist eingeprägt hatte, oder ob es davon unabhängig gewesen war.

Aus Tunneln von Regalen gelangte Roland in Blackadders fahlerleuchtetes Reich. Paola lächelte ihm zu, Blackadder runzelte die Stirn. Blackadder war grau – graue Haut, eisengraues Haar, verhältnismäßig lang, denn er war stolz darauf, daß es sich noch nicht lichtete. Seine Kleidung – Tweedjackett und Cordhosen – war ordentlich, abgenutzt und staubig wie alles hier unten. Wenn er lächelte, was sehr selten vorkam, war es ein angenehmes, ironisches Lächeln.

Roland sagte: »Ich glaube, ich habe etwas entdeckt.«

»Wahrscheinlich wird sich herausstellen, daß es bereits an die zwanzigmal entdeckt wurde. Worum handelt es sich?«

»Ich habe mir seinen Vico angesehen, und da stecken noch immer seine Notizen drin, bei jeder Seite, Unmengen. In der London Library.«

»Cropper wird das Buch mit dem Mikroskop abgesucht haben.«

»Das glaube ich nicht. Wirklich nicht. Der Staub ist ganz schwarz und markiert die Ränder. Das Buch ist seit Jahrzehnten nicht angerührt worden. Möglicherweise noch nie zuvor. Ich habe einen Teil gelesen.«

»Brauchbar?«

»O ja, und wie.«

Blackadder, der nicht gerne Erregung zeigte, begann Blätter auf seinem Tisch aneinanderzuheften. »Vielleicht sollte ich einen Blick darauf werfen«, sagte er, »mich mit eigenen Augen vergewissern. Ich werde mal hingehen. Sie haben doch nichts durcheinandergebracht?«

»Nein, nein. *Nein.* Das heißt, ein großer Teil der Notizen ist rausgeflogen, als das Buch geöffnet wurde, aber wir haben sie zurückgelegt, in der richtigen Reihenfolge, glaube ich.«

»Ich kann es einfach nicht fassen. Ich dachte, Cropper besäße die Gabe der Ubiquität. Und keinen Ton, wenn Sie verstehen, was ich meine, damit das Ganze nicht über den Atlantik rauscht, während die London Library neue Teppiche und einen Kaffeeautomaten anschafft und Cropper uns wieder mal eines seiner netten, kollegialen Faxe schickt, in dem er uns Zugang zur Stant Collection und jede nur erdenkliche Hilfe via Mikrofilm anbietet. Sie haben doch niemandem etwas gesagt, oder?«

»Nur dem Bibliothekar.«

»Ich gehe gleich hin. Sie müssen sich mit Patriotismus statt Geld zufriedengeben. Ich muß dafür sorgen, daß sie dichthalten.«

»Sie würden sicher nie –«

»Angesichts von Croppers Scheckbuch traue ich niemandem, nie-man-dem.«

Blackadder zwängte sich in seinen Mantel, einen abgetragenen Dufflecoat. Roland hatte jeden – ohnehin nicht sehr realistischen – Gedanken daran aufgegeben, die entwendeten Briefe mit Blackadder zu besprechen. Trotzdem fragte er: »Wissen Sie etwas über jemanden namens LaMotte?«

»Isidore LaMotte. *Mythologien*, 1832 erschienen. Originaltitel: *Mythologies indigènes de la Bretagne et de la Grande Bretagne*, auch *Mythologies françaises* genannt. Ein dickes, gelehrtes Kompendium zu Folklore und Legenden, in gewisser Hinsicht von der damals zeittypischen Suche nach dem Schlüssel zu allen Mythologien geprägt, aber auch mit bretonischer Identität und Kultur beschäftigt. Höchstwahrscheinlich hat Ash die Sammlung gelesen, allerdings kann ich mich an keinen konkreten Fall –«

»Es gab eine Miss LaMotte ...«

»Ach, das war die Tochter. Sie schrieb religiöse Gedichte, oder täusche ich mich? Ein etwas düsteres Büchlein *Letzte Dinge*, und Kindergeschichten, *Novembergeschichten*. Unholde, die nachts ihr Unwesen treiben. Und ein Versepos, das unlesbar sein soll.«

»Die Feministinnen interessieren sich für sie«, sagte Paola.

»Das wundert mich nicht«, sagte Blackadder. »Für Randolph Ash haben sie keine Zeit. Ihre Wünsche erschöpfen sich darin, Ellens endloses Tagebuch zu lesen, sobald unsere Freundin dort hinten es fertigbringen wird, es dem staunenden Publikum vorzustellen. Sie denken, Randolph Ash hätte die Autorin Ellen unterdrückt und ihre Kreativität ausgebeutet. Das zu beweisen dürfte ihnen zwar schwerfallen, aber ich müßte mich sehr täuschen, wenn es ihnen überhaupt auf irgendwelche Beweise ankäme. Sie wissen von vornherein, was sie beweisen wollen, und brauchen keine Belege. Ihr ganzes Material beschränkt sich darauf, daß die Dame eine Menge Zeit auf dem Sofa verbracht hat, was unter den gegebenen Umständen nicht sehr ungewöhnlich war. Ihr Problem – und Beatrices Problem – besteht darin, daß Ellen Ash schlicht *langweilig* ist. Keine Jane Carlyle, leider, leider. Die arme Beatrice wollte zuerst zeigen, wie selbstlos und hilfreich Ellen Ash war, und es endete damit, daß sie – ich übertreibe nicht – *fünfundzwanzig Jahre lang* jedes Johannisbeergeleerezept und jeden einzelnen Ausflug nach Broadstairs überprüft hat, um eines Tages aufzuwachen und festzustellen, daß niemand mehr etwas von Aufopferung und Selbstverleugnung wissen wollte, sondern daß man von ihr Beweise dafür erwartete, daß Ellen vor Rebellion und Wut und unterdrücktem Talent übergekocht wäre. Arme Beatrice. Eine einzige Publikation und ein schmales Büchlein mit dem keineswegs ironisch gemeinten Titel *Gehilfinnen* ist bei unseren heutigen Feministinnen keine gute Empfehlung. Eine bescheidene Anthologie der weisen, geistreichen und gefühlvollen Worte der Gefährtinnen großer Männer – D. Wordsworth, J. Carlyle, E. Tennyson, Ellen Ash – aus dem Jahr 1950. Aber die Leute vom Institut für Frauenforschung können nichts davon veröffentlichen, solange die gute alte Bea die offizielle Herausgeberin ist. Sie hat noch nicht begriffen, was mit ihr passiert ist.«

Roland hatte keine Lust, einen Vortrag Blackadders zum Thema der längst überfälligen Veröffentlichung von Ellen Ashs Tagebüchern durch Beatrice Nest zu hören. Wenn Blackadder auf Beatrice zu sprechen kam, nahm seine Stimme einen streitsüchtigen, knurrenden Ton an, der Roland an bellende Hunde erinnerte (bellende Hunde kannte er nur aus dem Fernsehen), während der Gedanke an Cropper bei seinem Doktorvater ein verstohlenes, verschwörerisches Gehabe hervorrief.

Roland bot nicht an, Blackadder in die London Library zu begleiten. Er wollte einen Kaffee trinken, und danach konnte er die Spuren von Miss LaMotte verfolgen, die nun mittels des Katalogs eine Identität wie jede andere tote Seele besaß.

Er fand sich zwischen den ägyptischen Schwergewichten wieder und sah zwischen zwei gigantischen steinernen Beinen etwas Schnelles, Weißes und Goldenes, das sich als Fergus Wolff entpuppte, der ebenfalls einen Kaffee trinken wollte. Fergus war hochgewachsen, sein messinggelbes Haar war oben lang und unten kurz geschnitten, in der Manier, die der Version der achtziger Jahre von einem Dreißigerjahrehaarschnitt entsprach, und er trug einen blendendweißen dicken Sweater und weite, schwarze Hosen. Er begrüßte Roland mit einem erfreuten, gierigen Lächeln aus strahlend blauen Augen und einem breiten Mund mit endlosen Reihen starker, weißer Zähne. Er war älter als Roland, ein Kind der sechziger Jahre, das sich eine Zeitlang absentiert hatte, die Freiheit und die Pariser Revolutionen erkoren hatte, um zu Füßen von Barthes und Foucault zu sitzen, bevor es zurückgekehrt war, um das Prince Albert College mit seinem Glanz zu blenden. Insgesamt war er ein umgänglicher Zeitgenosse, obwohl die meisten, die ihn kannten, den ganz undeutlichen Gedanken hegten, daß er in irgendeiner unbekannten Weise gefährlich sein könnte. Roland mochte Fergus, weil Fergus ihn zu mögen schien.

Fergus schrieb gerade an einer dekonstruktivistischen Darstellung von Balzacs *Chef d'œuvre inconnu*. Roland wunderte sich schon lange nicht mehr darüber, daß die Abteilung für Englische Literatur das Studium französischer Bücher förderte. Heutzutage schien es gar kein anderes Forschungsgebiet mehr zu geben, und außerdem wollte Roland nicht als bornierter Brite gelten. Sein eigenes Französisch war gut, was er der leidenschaftlichen Einmischung seiner Mutter in seine Erziehung verdankte. Fergus machte sich auf der Bank in der Cafeteria breit und erklärte, die Herausforderung liege darin, etwas zu dekonstruieren, was sich ganz offensichtlich bereits selbst dekonstruiert habe, da es in der Geschichte um ein Bild ging, das aus nichts als einer chaotischen Anhäufung von Pinselstrichen bestand. Roland hörte ihm höflich zu und sagte:

»Weißt du irgendwas über eine Miss LaMotte, die etwa um die Mitte des letzten Jahrhunderts Kindergeschichten und religiöse Gedichte geschrieben hat?«

Darüber lachte Fergus ziemlich lange, und dann sagte er knapp:

»Allerdings.«

»Wer war sie?«

»Sie hieß Christabel LaMotte, Tochter des Mythographen Isidore LaMotte. *Letzte Dinge, Novembergeschichten,* ein Versepos namens *Die schöne Melusine*. Sehr bizarr. Kennst du die Geschichte der Fee Melusine? Sie heiratete einen Sterblichen, um eine Seele zu bekommen, und schloß einen Pakt mit ihm, daß er sie samstags nie belauschen dürfe, und er hielt sich jahrelang daran; sie hatten sechs Söhne, alle mit sonderbaren Defekten – komische Ohren, riesige Hauer, einen Katzenkopf, der aus der Wange wächst, drei Augen, lauter solche Sachen. Einer hieß Geoffroy à la Grande Dent, und einer hieß Scheusal. Im Poitou hat sie Burgen gebaut, die es heute noch gibt. Und zuletzt hat er natürlich doch durch das Schlüsselloch geguckt – oder einer anderen Version zufolge mit seiner Schwertspitze ein Loch in ihre Eisentür gemacht –, und sie vergnügte sich in einer großen Marmorbadewanne, nur daß ihre untere Körperhälfte ein Fisch oder eine Schlange war, Rabelais sagt, eine ›Andouille‹, eine Art Wurst, du verstehst den Symbolgehalt, und ihr muskulöser Schwanz peitschte das Wasser. Aber er sagte nichts, und sie ließ sich auch nichts anmerken, bis Geoffroy, der ungeratene Sohn, sich daran störte, daß sein Bruder Fromont in einem Kloster Zuflucht suchte, und, als Fromont sich weigerte, rauszukommen, Reisig davor auftürmte und Kloster, Mönche und Fromont verbrannte. Als sie das erfuhren, sagte Raimondin (der eigentliche Ritter, ihr Gemahl): ›Das ist deine Schuld. Ich hätte nie eine abscheuliche Schlange heiraten dürfen.‹ Und sie machte ihm bittere Vorhaltungen und verwandelte sich in einen Drachen und flog über die Zinnen davon mit schrecklichem Krach und Geheul.

Ach ja, vorher schärfte sie ihm noch ein, daß er den Sohn Scheusal töten müsse, weil er sonst alle ins Verderben reißen würde, was Raimondin pflichtschuldigst erledigte. Und sie kommt immer, um den Grafen von Lusignan nahe Todesfälle anzukündigen – eine Art Dame Blanche oder Fata Bianca. Du kannst dir denken, daß es jede Menge symbolische und mythologische und psychoanalytische Interpretationen gibt. Christabel LaMotte schrieb ihr langes und verwickeltes Versepos über diese Geschichte in den sechziger Jahren des 19. Jahrhunderts, und es wurde Anfang der siebziger Jahre veröffentlicht. Es ist ein sonderbares Gedicht – tragisch und kitschig und symbolisch bis zum Gehtnichtmehr, eine Art Traumwelt mit absonderlichen Wesen und verborgenen Bedeutungen und einer ausgesprochen gruseligen Sexualität oder Sinnlichkeit. Die Feministinnen sind natürlich total aus dem Häuschen darüber. Sie behaupten, es würde das ohnmächtige Begehren der Frau ausdrücken. Bis sie es wiederentdeckt haben, war es mehr oder weniger vergessen – Virginia Woolf kannte es, für sie war es ein Bild der grundsätzlichen Androgynität des schöpferischen Menschen –, aber die neuen Feministinnen sehen Melusine in ihrem Bad als Symbol der weiblichen Sexualität, die sich selbst genug ist und keine Männer braucht. Mir gefällt es, es hat etwas Beunruhigendes. Es ändert ständig den Blickpunkt, von der minutiösen Beschreibung des Schuppenschwanzes zum kosmischen Kampf.«

»Sehr gut. Ich lese es nach.«

»Warum wolltest du es wissen?«

»Es gab einen Querverweis bei Randolph Ash. Früher oder später gibt es bei ihm zu allem einen Querverweis. Warum hast du vorhin gelacht?«

»Ich bin durch Zufall LaMotte-Kenner geworden. Es gibt zwei Experten, die alles über sie wissen: Professor Leonora Stern von Tallahassee und Dr. Maud Bailey an der Lincoln University. Ich habe die beiden in Paris auf der Konferenz über Sexualität und Textstruktur kennengelernt, an die du dich vielleicht erinnerst. Ich glaube, sie haben was gegen Männer. Mit der gefürchteten Maud hatte ich eine kurze Affäre, in Paris und später hier.«

Er hielt inne und runzelte die Stirn. Er öffnete den Mund, um noch etwas zu sagen, und schloß ihn wieder. Nach einer Pause sagte er: »Sie – ich meine, Maud – leitet ein Archiv für Frauenliteratur in Lincoln. Sie haben ziemlich viel unveröffentlichte Sachen von Christabel. Wenn du so etwas suchst, ist das die richtige Adresse.«

»Danke, das ist ein guter Tip. Und wie ist sie? Frißt sie mich auf?«

»Sie läßt Männern das Blut in den Adern gefrieren«, sagte Fergus mit einem Gesichtsausdruck, der nicht leicht zu deuten war.

VIERTES KAPITEL

Das Dickicht ist dornig
Der Turm glasig und karg
Kein friedlicher Taubenschlag
Kein Damengemach

Der Wind pfeift grämlich
Über das schroffe Land
Am schwarzen Fenster
Sieht er ihre weiße Hand

Er hört die Stimme
Des eklen Nachtmahrs
Rapunzel Rapunzel
Laß herab dein Haar

Flutende Wogen
Funkelnden Golds
Schimmernde Flechten
Vom Haupt entrollt

Schwarze Klauen
Krallen sich drein
Die zitternden Strähnen
Beben vor Pein

Sein Blick folgt stumm
Des Buckligen Bild
In seinem Auge
Die Träne quillt

Christabel LaMotte

Als Roland in Lincoln ankam, war er übellaunig, weil er gezwungen worden war, den Zug zu nehmen. Mit dem Bus wäre es billiger gewesen, auch wenn es etwas länger gedauert hätte, aber Dr. Bailey hatte ihm eine Postkarte geschickt, auf der sie kurz angebunden mitgeteilt hatte, daß es ihr recht wäre, ihn mittags am Bahnhof abzuholen; so wäre es am besten, da das Universitätsgelände außerhalb der Stadt lag. Natürlich konnte er sich im Zug mit dem wenigen vertraut machen, was er über Christabel LaMotte hatte besorgen können, zwei Bücher aus der Bibliothek seines Colleges. Das eine war schmal und damenhaft; es stammte aus dem Jahr 1947 und trug – nach einem von Christabels Gedichten – den Titel *Weißes Linnen*. Das andere war eine umfangreiche Essaysammlung hauptsächlich amerikanischen Ursprungs und feministischer Natur, 1977 erschienen, und hieß *Im eigenen Gespinst umsponnen – LaMottes Strategien der Verweigerung*.

Veronica Honiton gab einen kurzen biographischen Überblick. Christabels Großeltern Jean-Baptiste und Emilie LaMotte waren während der Terreur von 1794 nach England geflohen und hatten sich dort niedergelassen; auch der Sturz Bonapartes konnte sie nicht zur Rückkehr bewegen. Isidore, 1801 geboren, hatte in Cambridge studiert und mit dem Gedanken gespielt, Dichter zu werden, bevor er die Laufbahn eines ernsthaften Historikers und Mythographen eingeschlagen hatte,

von den deutschen Forschungen zu volkstümlichen Überlieferungen und den Ursprüngen der biblischen Erzählungen stark beeinflußt, doch in seinem bretonischen mystisch gefärbten Christentum fest verwurzelt. Seine Mutter Emilie war die ältere Schwester des republikanischen und antiklerikalen Historikers Benoît de Kercoz, der sich ebenfalls der Erforschung des Volksbrauchtums widmete und den Familiensitz Kernemet bewohnte. 1823 heiratete Isidore LaMotte Miss Arabel Gumpert, die Tochter des Kanonikus Rupert Gumpert der Gemeinde St. Paul, dessen unbeirrbare religiöse Überzeugungen ein Fundament der Sicherheit in Christabels Kindheit sein sollten. Der Ehe entstammten zwei Töchter, die 1830 geborene Sophie, die Sir George Bailey von Seal Close in den Lincolnshire Wolds heiratete, und Christabel, die 1825 geboren wurde und bei den Eltern lebte, bis eine kleine Erbschaft von seiten ihrer Tante Antoinette de Kercoz es ihr im Jahr 1858 erlaubte, mit einer Freundin, die sie bei einem Vortrag Ruskins kennengelernt hatte, einen eigenen Haushalt zu gründen.

Wie Christabel hegte auch Blanche Glover künstlerische Ambitionen; sie malte große Ölbilder, die sämtlich nicht erhalten sind, und fertigte die kunstvollen und rätselhaften Holzschnitte, mit denen Christabels entzückende, wenngleich etwas verwirrende *Geschichten für unschuldige Leser*, ihre *Novembergeschichten* und ihre religiösen Gedichte *Orationen* illustriert sind. Es heißt, Miss Glover habe Christabel als erste dazu ermutigt, sich an das ehrgeizige und rätselhafte Versepos *Die schöne Melusine* zu wagen, das die altbekannte Geschichte der Fee erzählt, die zur Hälfte Frau und zur Hälfte Schlange gewesen sein soll, ein Werk, das an allen Stellen überladen wirkt; die Präraphaeliten bewunderten es, insbesondere Swinburne, der es als »stille, kräftige Schlange« bezeichnet hat, »die mehr Kraft und Gift beweist, als man aus weiblicher Feder gewohnt zu sein vermeint, und dennoch erzählerische Kraft vermissen und an Coleridges Schlange denken läßt, die mit dem Schwanz im eigenen Maul die Phantasie vorstellen sollte«. Heute ist es zu Recht vergessen, aber Christabel hat sich mit ihrer zarten, themengebundenen Lyrik, die von sensiblem Empfinden zeugt und gleichzeitig von einem ausgeglichenen Geist und einem keineswegs unerschütterlichen, aber zuversichtlichen Glauben kündet, ihren bescheidenen, doch unverrückbaren Platz geschaffen.

Miss Glover ertrank 1860 unter ungeklärten Umständen in der Themse. Dieser Todesfall scheint Christabel sehr bedrückt zu haben; sie kehrte zu ihrer Familie zurück und verbrachte ihre restlichen Tage bei ihrer Schwester Sophie. Nach *Melusine* kennen wir keine weiteren Schriften aus ihrer Feder; sie scheint sich immer mehr in ein freiwillig auferlegtes Schweigen geflüchtet zu haben. Im Jahr 1890 starb sie im Alter von fünfundsechzig Jahren.

Veronica Honitons Kommentare zu Christabels Gedichten beschränkten sich auf ihren »häuslichen Mystizismus«, den sie mit George Herberts Verklärung der Magd, die »den Raum kehrt, als solle er die Gesetzestafeln empfangen«, verglich.

Sauberkeit weiß ich zu schätzen
Rüschen, gestärkt und rein
Was ordentlich getan ist
Kann nicht von Übel sein.

Das Haus ist blank und wartet
Auf den teuren Gast
Der unser weißes Linnen
Mit kühlen Händen faßt –
Er wird es zusammenlegen
Und uns führen zur ewigen Rast.

Dreißig Jahre später war Christabel LaMotte in den Augen der Feministinnen von Verzweiflung und Empörung erfüllt. Sie schrieben über »Arachnes zerrissenes Netz: Kunst als verworfenes Gespinst in den Gedichten LaMottes«. Oder: »Melusine und der dämonische Schatten: Gute Mutter, schlechte Schlange.« »Gezähmtes Aufbegehren: Christabel LaMottes zwiespältige Häuslichkeit.« »Weiße Handschuhe: Blanche Glover: Verhüllte lesbische Sexualität bei LaMotte.« Es gab einen Essay von Maud Bailey persönlich über »Melusine, die Städtegründerin: eine subversive weibliche Kosmogonie«. Roland wußte, daß er diesen Aufsatz eigentlich als ersten lesen müßte, aber Umfang und Wissenschaftlichkeit schreckten ihn gleichermaßen ab. Er begann, »Arachnes zerrissenes Netz« zu lesen, in dem eines von Christabels Insektengedichten, die zahlreich zu sein schienen, elegant zerlegt wurde.

Häßliches, verkrampftes Wesen
Verachtete Kreatur
Spinnst die leuchtend zarten Fäden
Wunder der Natur
Schlingen, die summende Opfer umgarnen, stoffgewordenes
Sinngedicht
In Materie gebannte Ordnung, Geometrie aus Wasser und Licht.

Es fiel ihm schwer, sich zu konzentrieren. Draußen flog das flache Land vorbei, eine Keksfabrik, eine Firma, die Metallkoffer herstellte, Felder, Hecken, Gräben, freundlich und unspektakulär. Miss Honitons Buch war als Frontispiz eine sepiafarbene, sehr frühe Photographie unter knisterndem, halb durchsichtigem Seidenpapier vorangestellt, das einzige Bild von Christabel, das er kannte. Sie war mit einem weiten, zeltförmigen Mantel und einer kleinen Haube bekleidet, die innen mit Rüschen besetzt und mit einer großen Schleife unter dem Kinn festgebunden war. Die Kleider forderten mehr Aufmerksamkeit als die Person, die in ihnen zu verschwinden drohte; der Kopf war schräggeneigt – vielleicht aus Skepsis, vielleicht aus Schicklichkeit. Über den Schläfen zeigte sich helles, krauses Haar, und zwischen den geöffneten Lippen sah man große, ebenmäßige Zähne. Die Photographie vermittelte keinen Eindruck von einer bestimmten Person; sie zeigte die spezielle Spezies schüchterne Dichterin der allgemeinen Gattung viktorianische Dame.

Maud Bailey war nicht sofort zu erkennen, und da Roland selbst gänzlich unauffällig war, gehörten beide zu den letzten auf dem Bahnsteig. Sie war kaum zu übersehen, auch wenn sie schwer einzuordnen war. Sie war groß, sicher so groß wie Fergus Wolff, viel größer als Roland. Für einen Akademiker war sie erstaunlich elegant gekleidet, dachte Roland, der diverse andere Begriffe verwarf, um die hochgewachsene, grünweiße Gestalt zu beschreiben – das lange, tiefgrüne Gewand über dem tiefgrünen Rock, das weiße Seidenhemd unter dem Gewand und die langen, weißbestrumpften Beine, die in langen, grünglänzenden Schuhen steckten. Durch die Strümpfe schimmerte rosig-goldene Haut. Ihr Haar war von einem Seidenturban mit Pfauenaugenmuster verdeckt, der das Gesicht umrahmte. Augen und Wimpern waren blond, das konnte er sehen. Sie hatte eine klare, weiße Haut, ungeschminkte Lippen, regelmäßige, großzügige Gesichtszüge. Sie lächelte nicht; sie nickte ihm zu und versuchte, seine Reisetasche zu nehmen, was er abwehrte. Sie fuhr einen grünen Käfer, der wie frisch poliert glänzte.

»Ihre Frage hat mir zu denken gegeben«, sagte sie unterwegs. »Ich bin froh, daß Sie kommen konnten. Ich hoffe, es wird nicht umsonst gewesen sein.« Ihre Stimme hatte einen bewußt unterdrückten Patrizierton, heruntergespieltes Snobenglisch. Sie roch nach Farn und nach etwas Strengem. Ihre Stimme gefiel Roland nicht.

»Vielleicht ist es ein reines Hirngespinst.«

»Wir werden sehen.«

Die Lincoln University bestand aus weißgekachelten Türmen, die durch violette, orangefarbene und ab und zu giftgrüne Kacheln aufgelockert waren. Dr. Bailey sagte, bei starkem Wind würden die Kacheln losgerissen und seien eine Gefahr für die Passanten. Starker Wind herrschte oft. Das Universitätsgelände war so flach wie das Moor, auf dem es angelegt war; es sah aus wie ein überdimensioniertes Schachbrett, dessen sich ein phantasiereicher Landschaftsgärtner erbarmt und das er mit einem Labyrinth von Teichen und Kanälen überzogen hatte, die das rechteckige Gitterwerk durchquerten und umspielten. Jetzt waren sie mit Laubklumpen verstopft, zwischen denen hin und wieder die hellen, stumpfen Schnauzen von Graskarpfen auftauchten. Die Universität war in expansionswütigen Zeiten angelegt worden und hatte inzwischen ein leicht vergammeltes Flair angenommen – zubetonierte Risse gähnten zwischen den weißen Pfeilern mit ihrer flotten Verkleidung.

Der Wind fuhr in die Falten des schweren Kopfputzes von Dr. Bailey und zauste Rolands schwarze Mähne. Roland vergrub die Hände in den Taschen und ging einen Schritt hinter ihr. Das Gelände wirkte verlassen, obwohl keine Ferien waren. Er fragte Dr. Bailey, wo die Studenten seien, und sie sagte, heute, mittwochs, sei kein Unterricht. »Sie verschwinden dann, wohin, wissen wir auch nicht. Wie durch ein Wunder. Ein paar sind in der Bibliothek, die meisten nicht. Ich kann mir nicht denken, wo sie stekken.«

Der Wind kräuselte das dunkle Wasser; orangebraune Blätter verliehen seiner Oberfläche ein gezacktes und zugleich matschiges Aussehen.

Ihr Büro befand sich ganz oben im Tennyson-Turm – »Ich hatte nur die Wahl zwischen Tennyson und Maid Marian«, sagte sie mit etwas verächtlicher Stimme, als die Glastür des Turms sich hinter ihnen schloß. »Der Alderman, der die Anlage finanziert hat, wollte, daß alles nach Sherwood-Sagen benannt wird. Hier ist der Lehrstuhl für Englische Literatur, die Fakultät für Kunstgeschichte und das Institut für Frauenforschung. Unser Archiv für Frauenliteratur nicht, das ist in der Bibliothek untergebracht. Ich bringe Sie hin. Möchten Sie einen Kaffee?«

Sie fuhren in einem Paternoster nach oben. Der Aufzug ohne Türen, der seine Geschwindigkeit nicht änderte, machte Roland nervös; Dr. Bailey trat vor ihm hinein und begann zu entschwinden, bevor er zu folgen wagte, so daß er hineinklettern mußte und beinahe hängengeblieben wäre. Sie äußerte keinen Kommentar. Die Wände des Paternosters waren mit Spiegelglas verkleidet und schimmerten bronzefarben; von allen Seiten wurde ihm ihr glühendes Spiegelbild entgegengeworfen. Oben stieg sie gelassen aus, und er folgte wieder zu spät und stolperte.

Ihr Zimmer besaß eine Fensterwand; die anderen Wände waren vom Boden bis zur Decke mit Büchern bedeckt. Die Bücher waren systematisch, alphabetisch und nach Themen geordnet, und sie waren staubfrei; letzteres war das einzige Indiz, das etwas wie Hausfrauentätigkeit in diesem asketischen Raum verriet. Das einzig Schöne in dieser Umgebung war Maud Bailey selbst, die sehr graziös auf ein Knie sank, um einen Wasserkocher anzuschließen, und aus einem Wandschrank zwei blau-weiß-gemusterte japanische Becher holte.

»Setzen Sie sich«, sagte sie kühl und deutete auf einen hellblau gepolsterten Stuhl, auf dem wohl die Studenten saßen, wenn sie ihre Arbeiten zurückbekamen. Sie reichte ihm walnußbraunen Nescafé. Ihren Turban hatte sie nicht abgenommen. »Und was kann ich jetzt für Sie tun?« fragte sie, während sie sich hinter der Schranke des Schreibtischs niederließ. Roland überlegte, wie er ihren Fragen ausweichen konnte. Bevor er gekommen war, hatte er unbestimmt den Gedanken gehegt, ihr unter Umständen die Kopien der entwendeten Briefe zu zeigen. Jetzt war ihm bewußt, daß daran nicht zu denken war. Ihre Stimme war ohne Wärme. Er sagte:

»Ich arbeite über Randolph Henry Ash. Wie ich Ihnen schrieb. Vor kurzem ist mir die Möglichkeit aufgefallen, daß er mit Christabel LaMotte korrespondiert haben könnte. Ich weiß nicht, ob eine derartige Korrespondenz Ihnen unter Umständen bekannt ist. Begegnet sind sie sich, das steht fest.«

»Wann?«

Er hielt ihr eine Kopie seiner Abschrift des Tagebucheintrags Crabb Robinsons hin.

»Vielleicht findet sich eine Erwähnung in Blanche Glovers Tagebuch. Wir besitzen hier im Archiv für Frauenliteratur eines ihrer Tagebücher. Es betrifft denselben Zeitraum – sie begann es zu führen, als die beiden nach Richmond zogen. Die Unterlagen in unserem Archiv sind in der Hauptsache das, was bei Christabels Tod in ihrem Nachlaß gefunden wurde – sie hatte explizit den Wunsch geäußert, es einer ihrer Nichten zu vermachen, May Bailey, ›in der Hoffnung, daß sie sich eines Tages doch für die Dichtkunst interessiert‹.«

»Hat sie es getan?«

»Meines Wissens nicht. Sie heiratete einen Cousin und kam nach Norfolk und kriegte zehn Kinder und führte einen großen Haushalt. Ich stamme von ihr ab; sie war meine Ururgroßmutter, so daß ich Christabels Großgroßgroßnichte bin. Ich konnte meinen Vater dazu überreden, die Papiere unserem Archiv anzuvertrauen, als ich hier zu arbeiten anfing. Es ist nicht viel, aber es sind wichtige Dinge – Manuskripte der Erzählungen, Unmengen undatierter Gedichte auf Papierschnipseln und natürlich alle Fassungen der *Melusine*, die sie mindestens achtmal umgeschrieben hat, jedesmal verändert. Außerdem ein Notizbuch und ein paar Briefe und dieses eine Tagebuch von Blanche Glover, das etwa ein Jahr umfaßt. Ich kann nicht sagen, ob wir früher mehr Tagebücher besessen haben – um diese Dinge hat sich leider niemand gekümmert –, gefunden wurde jedenfalls nichts.«

»Und LaMotte – hat sie ein Tagebuch geführt?«

»Unseres Wissens nicht. Wahrscheinlich nicht. Einer ihrer Nichten riet sie in einem Brief davon ab. Es ist ein interessanter, origineller Brief. ›Vermagst Du Deine Gedanken in Ordnung zu bringen und zu Kunst zu formen – gut denn; findest Du Erfüllung in Pflichten und Freuden des Alltagslebens – auch gut; doch hüte Dich davor, krankhafter Selbsterforschung zu verfallen, denn nichts raubt wie sie einer Frau die Kraft, Taugliches hervorzubringen oder ein nützliches Leben zu führen. Zweiteres wird der Herr weise zu bestimmen wissen – Gelegenheiten werden sich anbieten. Ersteres ist eine Frage des Willens.‹«

»Da bin ich mir nicht sicher.«

»Es ist ein interessanter Standpunkt. Ziemlich spät, 1886. Kunst als Willensakt. Für eine Frau eine ziemlich ungewöhnliche Ansicht. Vielleicht nicht nur für eine Frau.«

»Besitzen Sie Briefe von ihr?«

»Nicht sehr viele. Ein bißchen Familienkorrespondenz – Ermahnungen, wie die Stelle, die ich eben zitierte, Rezepte zum Brotbacken und Weinmachen, Beschwerden. Ein paar Briefe aus der Zeit in Richmond und ein, zwei Briefe aus der Bretagne, als sie dort zu Besuch war; sie hatte Verwandte dort, wie Sie vielleicht wissen. Enge Freunde scheint sie außer Miss Glover nicht besessen zu haben, und die beiden pflegten sich nicht zu schreiben, da sie zusammenlebten. Die Briefe sind bisher nicht veröffentlicht worden – Leonora Stern arbeitet an einer Ausgabe, aber das Material ist einfach zu spärlich. Ich vermute, daß Sir George Bailey von Seal Court etwas besitzen könnte, aber er ist nicht bereit, irgend jemandem Einblick zu gewähren. Er hat Leonora mit einem Jagdgewehr bedroht. Ich hatte gedacht, es wäre besser, sie ginge hin – sie kommt von der Universität Tallahassee, wie Sie wahrscheinlich wissen – und nicht ich, weil es unschöne Familienstreitigkeiten und gerichtliche Auseinandersetzungen zwischen den Seal-Court-Baileys und der Norfolk-Linie gegeben hat. Aber Leonoras Auftreten hatte eine sehr unglückliche Wirkung. Sehr unglücklich. Ja. Nun, ja. Wie sind Sie auf die Idee gekommen, daß Randolph Henry Ash sich für LaMotte interessiert haben könnte?«

»In einem Buch aus seinem Besitz habe ich den unvollendeten Entwurf eines Briefs an eine unbekannte Frau gefunden. Ich dachte, es könnte sich um sie handeln. Crabb Robinson ist darin erwähnt. Er schreibt, sie hätte seine Gedichte verstanden.«

»Das klingt sehr unwahrscheinlich. Ich kann mir nicht vorstellen, daß seine Gedichte ihr zugesagt haben sollen. Diese ganze kosmische Männlichkeit. Das häßliche antifeministische Gedicht über dieses Medium, wie heißt es gleich – *Mumienfleisch*? Dieses schwerfällige Geraune. Alles, was sie genau nicht war.«

Roland betrachtete den blassen, scharfgeschnittenen Mund mit einem gewissen Gefühl der Hoffnungslosigkeit. Er wünschte, er wäre nicht hergekommen. Die Feindseligkeit Ash gegenüber schien auch ihm zu gelten, zumindest empfand er es so. Maud Bailey sprach weiter: »Ich habe in meiner Kartei nachgesehen – ich arbeite an einer ausführlichen Untersuchung der *Melusine* –

und nur einen Verweis auf Ash gefunden. In einer Notiz an William Rossetti über ein Gedicht, das er für sie veröffentlicht hat – das Manuskript ist in Tallahassee.

›In diesen düstren Novembertagen bin ich niemandem ähnlicher als dem armen Geschöpf, das RHA ersann, in seinem schrecklichen *In-Pace* eingemauert, zum Schweigen gezwungen und nach dem Ende sich verzehrend. Es erfordert den Mut eines Mannes, in seinen Gedanken Kerker für unschuldige Wesen zu bauen, und die Geduld einer Frau, solche in der nüchternen Wirklichkeit zu erdulden.‹«

»Bezieht sich das auf Ashs *Gefangene Zauberin*?«

»Selbstverständlich.« Unfreundlich.

»Wann wurde es geschrieben?«

»1869. Glaube ich – ja. Es ist sehr nachdrücklich, aber es wird Ihnen nicht weiterhelfen.«

»Ausgesprochen feindselig.«

»Richtig.«

Roland trank seinen Kaffee in kleinen Schlucken. Maud Bailey steckte die Karteikarte an ihren Platz zurück. Während sie sich mit dem Karteikasten zu schaffen machte, sagte sie: »Sie kennen sicher Fergus Wolff. Er ist an Ihrem College, vermute ich.«

»O ja. Fergus hat mir geraten, Sie über LaMotte zu befragen.«

Schweigen. Die Finger waren geschäftig.

»Ich kenne Fergus. Ich habe ihn in Paris bei einer Konferenz kennengelernt.«

Die Stimme klang etwas weniger barsch, etwas weniger besserwisserisch und überlegen, dachte er nicht ohne Bosheit.

»Das hat er mir erzählt«, sagte Roland obenhin und beobachtete sie, um zu sehen, ob ihre Reaktion verriet, daß sie sich denken konnte, was Fergus erzählt, wie er über sie gesprochen hatte. Sie preßte die Lippen aufeinander und stand auf.

»Ich bringe Sie zum Archiv.«

Die Bibliothek der Lincoln University hätte keinen größeren Gegensatz zur Ash Factory bieten können. Sie bestand aus Stahlstreben in einem gläsernen Kasten mit durchsichtigen, glitzernden Türen und Rohren statt Wänden und erinnerte an eine Schachtel voll Spielzeug oder einen riesenhaften Baukasten. Die widerhallenden Metallregale und die geräuschdämpfenden dicken Teppiche waren rot und gelb, genau wie die Treppengeländer und Aufzugtüren. Im Sommer mußte es hier sehr bunt und sehr heiß sein, doch an diesem nassen Herbsttag klebte der schiefergraue Himmel wie ein zweiter Kasten dicht vor den Fensterscheiben, in denen sich flackernde Lichter spiegelten, die unirdisch wirkten, als gehörten sie zu einem Feenreich. Das Archiv für Frauenliteratur erinnerte an ein Aquarium mit hohen Wänden. Maud Bailey nötigte Roland, auf einem Stahlrohrstuhl an einem Tisch aus hellem Eichenholz Platz zu nehmen, als wäre er ein widerspenstiges Kind im Kindergarten, und stellte ihm Kartons hin – *Melusine I, Melusine II, Melusine III* und *IV, Melusine undatiert, Bretonische Gedichte, Relig. Gedichte, Lyrik allg.* und *Blanche* beschriftet. In diesem letzten Karton wies sie ihn auf ein längliches, dickes, grünes Buch mit düster marmoriertem Vorsatzpapier vorne und hinten hin, das fast wie ein Kontobuch aussah:

Ein Tagebuch unseres häuslichen Lebens
In unserem Haus zu Richmond
Blanche Glover
Geführt vom Tage unseres Einzugs an
dem 1. Mai 1858

Roland nahm es behutsam in die Hand. Es strahlte nicht das magnetische Fluidum der zwei Briefe aus, die zusammengefaltet in seiner Tasche steckten, aber es reizte seine Neugier.

Seine Tagesrückfahrkarte beunruhigte ihn; die begrenzte Geduld Maud Baileys beunruhigte ihn. Das Tagebuch war in einer aufgeregten, angenehmen Schrift geführt, knapp und schwungvoll. Er blätterte. Teppiche, Vorhänge, die Freuden der Unabhängigkeit, »Heute haben wir eine Frau als Köchin und Mädchen für alles eingestellt«, eine neue Methode, Rhabarber einzukochen, ein Gemälde des kindlichen Gottes Hermes und seiner Mutter und, ja, da war es, das Frühstück bei Crabb Robinson.

»Da ist es.«

»Gut. Dann lasse ich Sie allein. Ich hole Sie ab, wenn die Bibliothek schließt. Sie haben zwei Stunden Zeit.«

»Danke.«

Wir gingen zu einer Frühstücksgesellschaft bei Mr. Robinson, der ein freundlicher, jedoch nicht sonderlich unterhaltsamer alter Herr ist und uns eine umständliche Geschichte über eine Wielandbüste erzählte, die er der Vergessenheit entrissen hat, zum großen Entzükken Goethes wie anderer erlauchter Geister. Nichts, was festgehalten zu werden verdiente, wurde gesprochen, ganz gewiß nicht von meiner unbedeutenden Person, wenngleich ich das nicht anders wollte. Es waren Mrs. Jameson anwesend, Mr. Bagehot, Ash, der Dichter, ohne Mrs. Ash, die sich nicht wohlfühlte, und einige jüngere Mitglieder der Londoner Universität. Die Prinzessin wurde allgemein bewundert, und das zu Recht. Sie sagte sehr kluge und vernünftige Dinge zu Mr. Ash, dessen Dichtungen ich nicht bewundern kann, obwohl sie behauptete, sie außerordentlich zu bewundern, was ihm natürlich schmeichelte. In meinen Augen mangelt es ihm an der lyrischen Flüssigkeit und Eindringlichkeit, über die Alfred Tennyson gebietet, und an seiner Ernsthaftigkeit hege ich Zweifel. Sein Gedicht über Mesmer verwirrt mich aufs höchste, denn ich kann nicht mit Gewißheit sagen, welches seine Haltung zum animalischen Magnetismus ist, ob er ihn ernst nimmt oder sich darüber belustigt, und nicht anders verhält es sich mit seinen anderen Werken, so daß man sich zuletzt wohl fragen darf, ob hinter alledem möglicherweise nicht gar soviel zu finden sei. Ich für meine Person erduldete eine lange Belehrung über die Traktarianer von einem jungen und nicht wenig von sich eingenommenen Liberalen der Universität. Es hätte ihn gewiß überrascht, meine wahre Meinung über diese Angelegenheit zu erfahren, doch diese Vertraulichkeit gewährte ich ihm nicht, sondern schwieg fein und lächelte und nickte, so gut ich konnte, und behielt meine Gedanken wohlweislich für mich. Dennoch war ich beinahe froh darüber, daß Mr. Robinson sich entschloß, der Tischgesellschaft lang und breit von seinen Reisen in Italien mit Wordsworth zu berichten, welcher mit jedem Schritt, den sie taten, den Wunsch aussprach, zu Hause zu sein, und nur unter den größten Schwierigkeiten dazu zu bewegen war, einen Blick auf das zu tun, was sie umgab.

Auch ich wünschte, ich wäre zu Hause, und war so froh, als wir unsere eigene, geliebte Haustür hinter uns schließen konnten und uns in der Stille unseres kleinen Salons wiederfanden.

Ein Zuhause ist etwas Großartiges, was zu Mr. Robinson zu sagen ich nicht den Mut besaß, wenn man gewiß sein kann, daß es das *eigene Zuhause* ist, so wie das unsere. Wenn ich an meine frühere Existenz zurückdenke – an das, was ich unter den gegebenen Umständen für den Rest meines Lebens erwarten durfte, einen Platz, den man mir am äußersten Rande des Wohnzimmerteppichs einer fremden Familie zuwies, die Dachstube eines Bediensteten oder Vergleichbares –, so danke ich für alles, auch das Geringste, das mir unaussprechlich lieb und teuer ist. Wir nahmen einen späten Imbiß zu uns, den Liza aus kaltem Geflügel und einem Salat bereitete, gingen nachmittags im Park spazieren, arbeiteten und aßen des Abends warme Milch mit Weißbrot, mit Zucker überstreut, wie es für Wordsworth gepaßt hätte. Wir spielten und sangen und lasen laut aus der *Faerie Queene*. Unsere Tage verweben die einfachen Freuden des Alltags, die wir nie gering achten sollten, mit den höheren Genüssen der Kunst und des Denkens, die wir nun nach eigenem Ermessen kosten dürfen, ohne daß andere sich anmaßen könnten, es uns zu untersagen oder etwas daran auszusetzen. Gewiß ist Richmond das Land, wo Milch und Honig fließt, sagte ich zur Prinzessin, die erwiderte, es sei nur zu hoffen, daß keine böse Fee uns unser glückliches Los neide.

Weiter fand sich dreieinhalb Wochen lang nichts außer einfachen Mahlzeiten, Spaziergängen, Vorlesen, Musik und Blanches künstlerischen Plänen. Dann stieß Roland auf einen Satz, der etwas bedeuten konnte oder auch nicht – je nachdem, wie aufmerksam man ihn las.

Ich bin mir nicht sicher, ob ich ein Thema aus Malory in Öl gestalten möchte – Merlins Gefangennahme durch Jungfer Nimue oder die einsame Maid von Astolat. In meinem Kopf bewegen sich unklare Bilder, doch keine genaue Vorstellung von etwas Bestimmtem. Die ganze Woche über habe ich in Richmond Park Eichen gezeichnet, doch meine Linien sind sämtlich zu schwach für die Macht und Festigkeit ihres Umfangs. Was bewegt uns dazu, das, was rohe Kraft ausdrücken sollte, als zierlich darzustellen? Nimue oder die Maid würden ein Modell erfordern, und es ist nicht zu erwarten, daß die Prinzessin so viel von ihrer Zeit aufbringt, auch wenn ich hoffe, daß ihr die Zeit, die sie für *Christabel vor Sir Leoline* verwendet hat, nicht als verloren erscheint. Ich male so kraftlos, als wären meine Arbeiten bemaltes Glas, das von rückwärts beleuchtet und belebt werden muß, und doch gibt es dieses Rückwärts nicht. Oh, es mangelt mir an *Kraft*. Sie hat *Christabel* in ihrem Schlafzimmer aufgehängt, wo die Morgensonne darauf fällt und meine Schwächen enthüllt. Ihre Gedanken sind gefangengenommen von einem langen Brief, den sie heute erhielt und mir nicht zeigte, sondern lächelnd las und zusammenfaltete.

Nichts als Rolands Wunsch und Interesse vermochte zu suggerieren, daß es sich bei diesem langen Brief um seinen Brief handelte. Hatte es mehr Briefe als diesen einen gegeben? Drei Wochen später stieß er auf einen weiteren bedeutungsvollen/bedeutungslosen Satz.

Liza und ich haben voller Geschäftigkeit das Apfel- und Quittengelee bereitet; die Küche ist mit Schleiern und Girlanden tropfender Tücher verhängt, die wie Spinnweben zwischen die Beine umgekehrter Stühle gespannt sind. Liza hat sich die Zunge verbrannt, als sie feststellen wollte, ob das Gelee fest genug sei, aus Gier, oder weil sie mir einen Gefallen tun wollte. (Liza ist gierig. Ich bin mir dessen gewiß, daß sie nachts Brot und Früchte verzehrt. Morgens vor dem Frühstück finde ich Spuren roher Schnitte am Brotlaib, die ich nicht gemacht habe.) Dieses Jahr hat die Prinzessin sich uns nicht zugesellt. Sie beendete ihren literarischen Brief, obwohl sie dies leugnete und sagte, sie schreibe den *Gläsernen Sarg* für den Erzählband zu Ende. Ich glaube, daß sie weniger Gedichte schreibt als früher. Zumindest zeigt sie sie mir abends nicht mehr, wie sie es früher tat. Dieser Briefwechsel ist für ihre wahre Begabung höchst verderblich. Sie bedarf keinerlei brieflicher Schmeichelei. Sie weiß um ihren Wert. Ich wollte nur, ich wäre mir meines Wertes ebenso gewiß.

Zwei Wochen darauf:

Briefe, Briefe, Briefe. Nicht für mich, wohlgemerkt. Ich soll nichts sehen, ich soll nichts merken. Ich bin kein blinder Wurm, Madame, und ich bin keine Kammerzofe, die darin geübt ist, den Kopf abzuwenden und nicht zu sehen, was sie nicht sehen soll. Es gibt keine

Notwendigkeit, davonzulaufen, um sie im Nähkörbchen zu verstekken oder unter den Taschentüchern zu verbergen. Ich bin kein Spion, kein Aufpasser, keine Gouvernante. Eine Gouvernante ganz gewiß nicht. Vor diesem Schicksal hast du mich errettet, und keine Sekunde, keinen einzigen Augenblick lang solltest du glauben, daß ich Undank verspürte oder die geringste Forderung stellte.

Zwei Wochen danach:

Ein Kobold schleicht um unser Haus. Er zerrt an den Läden, er poltert und schnaubt vor der Tür. In alten Zeiten hat man Vogelbeeren und alte Hufeisen über dem Türsturz angebracht, um das Elfenvolk zu vertreiben. Das werde ich tun, zum Zeichen, um den Eingang zu verwehren, wenn es möglich ist. Hund Wacker machen Kobolde reizbar. Sein Fell sträubt sich wie bei einem Wolf, der den Jagdhund hört. Er fletscht die Zähne vor dem Unsichtbaren. Wie klein, wie sicher erscheint uns ein bedrohtes Heim. Wie groß wirken die Riegel, wie schauerlich wäre es zu sehen, wie sie brechen, bersten.

Zwei Wochen später:

Was ist aus unserem freimütigen Umgang geworden? Aus den kleinen, unbenennbaren Dingen, die wir in friedlicher Harmonie zu teilen gewohnt waren? Der neugierige Kobold sucht die Ritzen und Löcher in unseren Wänden, um uns frech zu belauschen. Sie lacht und tut es ab und sagt, er sei harmlos, aber sie begreift nicht, was das Wichtige ist, um das wir wissen und das es zu bewahren gilt, weil es so ist und weil wir es müssen und weil es so sein muß, immer. Ihr gefällt es, wie er um unsere festen Wände herumtanzt und keucht. Sie denkt, er werde immer so zahm bleiben, wie er jetzt ist. Ich darf nicht behaupten, es besser zu wissen, ich weiß nichts, habe nie viel gewußt, aber ich ängstige mich um ihretwillen. Ich fragte sie, wieviel sie in letzter Zeit geschrieben habe, und sie lachte und sagte, sie lerne so viel, so viel, und wenn sie alles gelernt habe, besitze sie etwas Neues zum Schreiben und Neues zum Erzählen. Und sie küßte mich und nannte mich ihre liebe, gute Blanche und sagte, ich wisse doch, daß sie ein vernünftiges Mädchen sei und nicht töricht. Ich sagte, töricht seien wir alle, sehr töricht, und daß wir Gottes Stärke bedürften, um uns in unserer Schwäche zu helfen. Sie sagte, sie hätte die Gegenwart dessen nie so sehr gespürt wie zuletzt. Ich ging auf mein Zimmer und betete, wie ich nie mehr gebetet habe – aus Herzenseinsamkeit –, seit ich darum betete, Mrs. Teapes Haus zu verlassen, ohne Hoffnung, daß meine Gebete erhört werden würden. Die Flamme der Kerze warf flackernde Schatten an die Zimmerdecke, die wie riesenhafte Finger zuckten. Solche bewegten Linien von Licht und Schatten könnte ich für Nimue und Merlin verwenden. Sie trat ein, als ich kniete, und richtete mich auf und sagte, wir dürften *gewiß nie streiten* und sie würde mir niemals, niemals Anlaß geben, an ihr zu zweifeln, und ich dürfte sie dessen niemals verdächtigen. Ich zweifle nicht, daß sie meinte, was sie sagte. Sie war bewegt; ich sah Tränenspuren. Wir schwiegen miteinander, auf unsere eigene Weise, für lange Zeit.

Am nächsten Tag:

Der Wolf hat unsere Tür verlassen. Hund Wackers Herd gehört ihm wieder. Ich habe die Maid von Astolat begonnen, die mir mit einemmal als das Beste erschien.

Die Eintragung und das Tagebuch selbst endeten unvermittelt; es war nicht einmal das Ende des Jahres. Roland hätte gern gewußt, ob es weitere Tagebücher gab. Er legte Papierstreifen in die Eintragungen, aus denen seine fragwürdige Geschichte oder Nichtgeschichte bestand. Es gab nichts, was erlaubte, den Kobold mit dem Briefschreiber oder den Briefschreiber mit Randolph Henry Ash in Verbindung zu bringen, und dennoch war er zutiefst davon überzeugt, daß alle drei ein und derselbe waren. Wenn ja, hätte Blanche es dann nicht gesagt? Er mußte Maud Bailey über den Kobold ausfragen, aber wie konnte er das tun, ohne sich in irgendeiner Weise zu offenbaren – sein Interesse an der Sache zu erklären? Ohne sich wieder einen tadelnden und arroganten Blick zuzuziehen?

Maud Bailey blickte zur Tür herein.

»Die Bibliothek schließt. Haben Sie etwas gefunden?«

»Ich glaube ja. Vielleicht bilde ich mir alles nur ein. Ich müßte jemanden verschiedene Dinge fragen, Sie. Kann man das Manuskript kopieren? Ich hatte nicht genug Zeit, um abzuschreiben, was mir aufgefallen ist. Ich –«

»Sie scheinen gut vorangekommen zu sein.« Ohne Wärme. Dann, eine Spur weniger unfreundlich: »Spannend?«

»Ich weiß nicht so richtig. Es ist alles sehr hypothetisch.«

»Wenn ich helfen kann«, sagte Maud, die Blanches Tagebuch in den Karton zurückpackte, »sagen Sie es mir. Wollen wir Kaffee trinken? Beim Institut für Frauenforschung gibt es eine Cafeteria.«

»Darf ich da rein?«

»Selbstverständlich«, sagte die unnahbare Stimme.

Sie saßen an einem niedrigen Ecktisch unter einem Plakat, das für die Kinderkrippe der Universität warb, und blickten auf Plakate zum Thema Familienplanung – »Jede Frau hat das Recht, über ihren Körper selbst zu entscheiden. Wir sind da, um Frauen zu helfen« – und für eine feministische Revue: »Kommt und seht die Hexen, die Vampirinnen, Kalis Töchter und die Fatae Morganae. Wir garantieren Nervenkitzel und einen tiefen Einblick in Wonnen, Witz und Wut der Weiblichkeit«. Der Raum war weitgehend leer: In der gegenüberliegenden Ecke unterhielten sich lachend Frauen in Jeans, und am Fenster waren zwei Mädchen in ein ernsthaftes Gespräch vertieft, die rosigen Köpfe mit dem Stoppelhaarschnitt vertraulich einander zugebeugt. In dieser Umgebung wirkte Mauds Eleganz noch auffallender. Sie war eine überaus unnahbare Frau; Roland, der sich verzweifelt dazu entschlossen hatte, alles zu riskieren und ihr die Photokopien der Briefe zu zeigen, der das Bedürfnis nach Vertraulichkeit und Geheimhaltung hatte, mußte sich über den Tisch beugen und flüstern.

»Wissen Sie, wer der Kobold ist, der Blanche Glover so beschäftigt hat? Ist irgend etwas über ihn bekannt? Der Wolf an der Tür?«

»Nicht mit Gewißheit. Ich glaube, Leonora Stern hat versucht, in ihm einen jungen Mr. Thomas Hearst aus Richmond zu identifizieren, der ab und zu mit den Damen Oboe spielte. Beide waren gute Pianistinnen. Es gibt zwei oder drei Briefe Christabels an Hearst – in einem hat sie ihm sogar ein paar Gedichte geschickt, die er dankenswerterweise aufbewahrt hat. 1860 heiratete er und verschwand von der Bildfläche. Vielleicht hat Blanche sich den Kobold eingebildet. Sie war sehr phantasiereich.«

»Und eifersüchtig.«

»Natürlich.«

»Und die literarischen Briefe, von denen sie spricht? Weiß man, von wem die stammen? Ob sie etwas mit dem Kobold zu tun haben?«

»Meines Wissens nicht. Sie erhielt waschkörbeweise Briefe von Leuten wie Coventry Patmore, die ihre ›reizende Natürlichkeit‹ und ›edle Bescheidenheit‹ bewunderten. Die Briefe können von jedem x-Beliebigen stammen. Sie meinen, es wäre R. H. Ash gewesen?«

»Nein. Das heißt. Ich zeige Ihnen vielleicht besser, was ich mitgebracht habe.«

Er holte die Kopien der zwei Briefe hervor und sagte, als sie sie entfaltete:

»Ich muß es erklären. Ich habe sie entdeckt. Ich habe sie niemandem gezeigt. Niemand weiß, daß es sie gibt.«

Sie las sie. »Warum?«

»Ich weiß es nicht. Ich wollte nicht darüber reden. Warum, weiß ich nicht.«

Sie las zu Ende.

»Zeitlich würde es passen«, sagte sie. »Sie könnten eine ganze Geschichte daraus machen. Ohne wirkliche Grundlage. Mit weitreichenden Folgen. Die LaMotte-Forschung, alles, auch das, was über *Melusine* geschrieben worden ist, wäre betroffen. Die Sache mit dem Feenepos – man wird neugierig.«

»Ja, nicht wahr? Für die Ash-Forschung würde es auch eine Menge bedeuten. Seine Briefe sind eigentlich eher langweilig, sehr höflich und distanziert. Das hier ist etwas völlig anderes.«

»Wo befinden sich die Originale?«

Roland zögerte. Er brauchte jemanden, der ihm half, mit dem er sprechen konnte.

»Ich habe sie an mich genommen«, sagte er. »Ich fand sie in einem Buch und habe sie genommen. Einfach so, ohne mir etwas dabei zu denken.«

»*Warum?*« Schroff, aber lebhafter. »Wie kam das?«

»Sie wirkten so lebendig. Sie hatten etwas Dringliches – es kam mir vor, als müßte ich handeln. Es war ein Impuls, wie eine Eingebung. Ich wollte sie zurücklegen. Nächste Woche tue ich es. Ich habe sie noch. Nicht daß ich denken würde, sie gehörten mir, aber Cropper und Blackadder und Lord Ash gehören sie genausowenig. Sie hatten etwas so Privates. Ich erkläre es wahrscheinlich nicht sehr gut.«

»Nein. Ich nehme an, daß sie eine ziemlich wichtige wissenschaftliche Entdeckung darstellen. Eine Chance für Sie.«

»Natürlich würde ich mich gern damit beschäftigen«, sagte Roland in aller Unschuld, bevor er begriff, was ihre Worte unterstellten. »Augenblick – so habe ich es nicht gemeint, so nicht. Es war etwas Persönliches. Sie können das nicht verstehen. Ich bin ein altmodischer Literaturwissenschaftler, kein Biograph – damit kann ich überhaupt nichts – es ging nicht um *mich* – nächste Woche lege ich sie zurück – ich dachte, sie sollten ein Geheimnis bleiben. Etwas Privates. Und ich hätte mich natürlich gern damit beschäftigt.«

Sie wurde rot. Blut mischte sich in das Elfenbein.

»Entschuldigung. Obwohl meine Unterstellung eine ganz normale Vermutung war. Im übrigen kann ich mir tatsächlich nicht vorstellen, wie man es fertigbringt, solche Manuskripte einfach so, mir nichts, dir nichts, einzustecken – ich könnte es nicht. Aber ich verstehe, daß Sie an so etwas gar nicht gedacht haben. Ich verstehe.«

»Ich wollte einfach wissen, wie es weiterging.«

»Ich kann Sie Blanches Tagebuch nicht kopieren lassen – der Rücken ist zu brüchig –, aber Sie können die Stellen abschreiben. Und in den Kartons weitersuchen. Wer weiß, auf was Sie noch stoßen. Nach Randolph Henry Ash hat dort bisher niemand gesucht. Kann ich Ihnen ein Gästezimmer für die Nacht besorgen?«

Roland dachte nach. Ein Gästezimmer schien ihm äußerst verlockend, ein Ort des Friedens, wo er ohne Val schlafen, über Ash nachdenken und zur Besinnung kommen konnte. Ein Gästezimmer würde Geld kosten, das er nicht hatte. Außerdem war er mit einer Tagesrückfahrkarte gekommen.

»Ich bin mit einer Tagesrückfahrkarte da.«

»Die könnten wir umtauschen.«

»Ja, aber – ich habe keinen festen Job. Ich kann mir das eigentlich nicht leisten.«

Jetzt war sie feuerrot. »Daran habe ich nicht gedacht. Kommen Sie mit in meine Wohnung. Ich habe ein Gästebett. Das ist immer noch besser, als eine neue Fahrkarte zu kaufen, wenn Sie schon hier sind. Ich mache uns etwas zu essen, und morgen können Sie sich das restliche Archiv ansehen. Einverstanden?«

Er sah auf die glänzendschwarzen Spuren der verblaßten bräunlichen Schrift. Er sagte: »In Ordnung.«

Maud wohnte im Erdgeschoß eines roten Ziegelgebäudes aus dem 18. Jahrhundert am Stadtrand von Lincoln. Ihre Wohnung bestand aus zwei Zimmern; Küche und Bad waren in ehemalige Gesinderäume eingebaut, und ihre Eingangstür war früher der Lieferanteneingang gewesen. Das Haus gehörte der Universität, die in den oberen Stockwerken Appartements untergebracht hatte. Aus der Küche mit ihrem Fußboden von großen Steinplatten sah man in einen Hof, der mit roten Ziegeln gepflastert war und den immergrüne Pflanzen in Kübeln und Trögen zierten.

Mauds Wohnzimmer war nicht so eingerichtet, wie man es von einem Spezialisten für Viktorianische Literatur erwartete. Es war ein weißgestrichener Raum mit weißen Lampenschirmen, weißem Tisch und einem weißen Berberteppich. Alles andere in diesem Zimmer war farbig – blau, rot, gelb, dunkles Pink, keine hellen Töne, keine Mischfarben. In Nischen links und rechts vom Kamin befanden sich Gläser, Flaschen, Flakons und Briefbeschwerer aus Glas, auf die das Licht von Punktstrahlern fiel. Roland fühlte sich beobachtet und fehl am Platz, als wäre er in einer Galerie oder im Wartezimmer eines Chirurgen. Maud verschwand, um das Abendessen herzurichten; sie wollte sich dabei nicht helfen lassen; Roland rief in der Wohnung in Putney an, aber niemand nahm ab. Maud brachte ihm einen Aperitif und sagte: »Warum lesen Sie nicht die *Geschichten für Unschuldige*? Ich habe eine Erstausgabe.«

Das Buch hatte einen abgeschabten grünen Ledereinband, in den gotisch anmutende Buchstaben geprägt waren. Roland saß auf Mauds großem weißen Sofa vor dem Holzfeuer und blätterte in dem Buch.

Es war einmal eine Königin, die alles besaß, was man sich wünschen konnte, doch ihr Herz hing an einem seltenen stummen Vogel, von dem ein Reisender berichtet hatte und der in den schneebedeckten Gipfeln der Berge nistete, nur ein einziges Ei legte, sein goldenes und silbernes Küken ausbrütete, ein einziges Mal sang und dann verging wie schmelzender Schnee.

Und es war einmal ein armer Schuster, der hatte drei wohlgeratene, gesunde Söhne und zwei hübsche Töchter und eine dritte Tochter, der nichts geriet, was sie begann; sie zerschlug die Schüsseln und verknotete ihr Spinngarn, ließ die Milch gerinnen, brachte keine Butter zustande, konnte kein Feuer anzünden, ohne daß der Rauch ins Zimmer quoll, und war eine so nutzlose, hoffnungslose, verträumte Tochter, daß ihre Mutter oft sagte, sie wünschte, sie wäre einmal draußen im wilden Wald auf sich allein gestellt, denn dann würde sie lernen, auf Ermahnungen zu hören und ihre Arbeit ordentlich zu verrichten. Und diese Worte weckten in der ungeratenen Tochter den Wunsch, sich in den wilden Wald hinauszuwagen, wo es keine Schüsseln und keine Näharbeiten gab und wo Fähigkeiten vonnöten sein mochten, über die sie verfügte.

Er betrachtete die Holzschnitte, die auf der Titelseite als »Illustrationen von B. G.« bezeichnet wurden. Eine Frauengestalt mit Kopftuch, wehender Schürze und Holzpantinen stand auf einer Lichtung, die dunkle Tannenbäume säumten, zwischen deren Ästen überall weiße Augen blitzten. Eine andere Gestalt, die in ein Netz gehüllt zu sein schien, mit Glöckchen behängt, schlug mit ihren netzumhüllten Fäusten gegen die Tür einer Bauernkate, und hinter den Fenstern im Obergeschoß grinsten verzerrte, aufgedunsene Gesichter. Ein Häuschen, ebenfalls von schwarzen Tannen umringt, vor dem der Wolf lag, mit der Schnauze auf den geweißten Stufen, den langen Körper wie den eines Drachen um das Haus gewunden, und das Fell des Wolfs bildete die gleichen Zacken wie die Befiederung der Bäume.

Maud Bailey servierte eingelegte Krabben, ein Omelett mit grünem Salat, etwas Bleu de Bresse und eine Schüssel voller saurer Äpfel. Sie unterhielten sich über *Geschichten für Unschuldige*; Maud sagte, es seien großenteils eher brutale Märchen in der Tradition Tiecks und der Grimms, mit Tieren und Widerspenstigen als Hauptpersonen. Sie sahen sich gemeinsam das Märchen über die Frau an, die gesagt hatte, sie wolle alles um ein Kind geben, egal was für ein Kind, selbst einen Swinegel als Kind, und die prompt ein Ungeheuer zur Welt gebracht hatte, halb Mensch, halb Igel. Blanche hatte das Swinegel-Kind gezeichnet, in einem viktorianischen Kinderstuhl an einem viktorianischen Tisch; hinter ihm sah man die dunklen Scheiben eines Glasschranks, vor ihm eine große Hand, die auf seinen Teller deutete. Das ungeschlachte, pelzbehaarte Gesicht hatte es verzogen, als wolle es in Tränen ausbrechen. Die Stacheln standen wie ein Heiligenschein von seinem häßlichen Kopf ab, der ohne Hals in die Schultern überging, wo sie in einem gestärkten Krauskragen verschwanden. Die dicken, kleinen Hände endeten in unförmigen Krallen. Roland fragte Maud, was die Literaturwissenschaftler dazu sagten. Maud sagte, Leonora Stern sei der Ansicht, daß es die Angst der viktorianischen Frau oder jeder Frau darstelle, ein Ungeheuer zu gebären. Es war Frankenstein verwandt, dem Nebenprodukt der schmerzvollen Wehen Mary Shelleys und ihrer Angst vor dem Geburtsvorgang.

»Glauben Sie das auch?«

»Das Märchen ist alt, von Grimm. Der Swinegel sitzt auf einem schwarzen Gockel in einem hohen Baum und spielt auf dem Dudelsack und legt die Leute rein. Wenn man sich Christabels Version ansieht, kann man einiges über sie begreifen. Ich glaube, sie mochte einfach keine Kinder – wahrscheinlich wie viele alte Jungfern damals.«

»Blanche hat Mitleid mit dem Swinegel.«

»Tatsächlich?« Maud betrachtete das kleine Bild. »Ja, Sie haben recht. Christabel nicht. Er wird ein schlauer Schweinehirte, mästet seine Herden mit Ahornsamen, und am Ende gibt es ein großes Schlachtfest mit Schweinebraten und knusprigen Schwarten. Für heutige Kinder, denen sogar die Gerasener Schweine leid tun, wahrscheinlich schwer zu verdauen. Christabel schildert ihn als Naturgewalt. Er gewinnt, und das gegen alle Wahrscheinlichkeit. Am Ende gewinnt er die Hand einer Königstochter, die seine Swinegelhaut nachts verbrennen soll, und als sie es tut, hält sie einen wunderschönen Prinzen in den Armen, der ganz schwarz und versengt ist. Christabel sagt: ›Und sollte er seine Rüstung aus Stacheln und seinen frechen Mutterwitz vermißt haben, so sagt die Geschichte davon nichts, denn wir müssen uns mit dem guten Ende begnügen und dürfen nicht weiter fragen.‹«

»Das gefällt mir.«

»Mir auch.«

»Haben Sie wegen der Familienverbindung angefangen, sich mit ihr zu beschäftigen?«

»Möglicherweise. Ich glaube nicht. Als Kind kannte ich ein kurzes Gedicht von ihr, und ich habe es nie vergessen. Die Baileys können mit Christabel nicht viel anfangen. Bildung ist nicht gerade ihre Stärke. Ich bin eine Ausnahme. Meine Norfolk-Großmutter hat mir eingebleut, daß zuviel Bildung ein Mädchen verdirbt. Und die Norfolk-Baileys wollen mit den Lincolnshire-Baileys nichts zu tun haben. Die Lincolnshire-Linie hat ihre Söhne im Ersten Weltkrieg verloren, bis auf einen, der als Invalide übrigblieb und verarmte, während die Norfolk-Baileys immer reicher wurden. Sophie LaMotte heiratete einen Lincolnshire-Bailey, und so wäre niemand auf die Idee gekommen, mir zu erzählen, daß es eine Dichterin in der Familie gab, eine angeheiratete obendrein. Zwei Derbysieger und eine Rekordbesteigung der Eiger-Nordwand, so etwas zählt in meiner Familie.«

»Was war das für ein Gedicht?«

»Es war das über die Cumäische Sibylle. Es stand in einem Büchlein, das mir einmal zu Weihnachten geschenkt wurde – *Gespenster und andere wunderliche Erscheinungen* hieß es. Ich hole es Ihnen.«

Er las

Wer bist du?
Der Fledermaus gleich
Krall' ich mich fest
Unnahbar, unerreicht
Im ledrigen Nest.

Wer warst du?
Der Gott des Goldes war mein Sporn
Mißtönend sein Gesang
Seinem Schrei ich verlorn
Sein Gleißen mich durchdrang.

Was siehst du?
Ich sah das Firmament
Den Himmel unbewegt
Ich sah das Totenhemd
Dem Kaiser angelegt.

Was erhoffst du?
Die Liebe ist der Lüge Frucht
Das Verlangen erloschen
Der Staub unsere Zuflucht
Dem Tod gilt mein Hoffen.

»Ein trauriges Gedicht.«

»Junge Mädchen sind gern traurig. Das gibt ihnen ein Gefühl der Stärke. Die Sibylle war in ihrem Gefäß sicher; niemand konnte ihr etwas anhaben, es verlangte sie zu sterben. Was eine Sibylle ist, wußte ich gar nicht. Der Rhythmus gefiel mir. Und als ich dann über Schwellen zu schreiben begann, fiel das Gedicht mir wieder ein und sie auch.

Ich schrieb damals eine Arbeit über die Raumvorstellungen viktorianischer Frauen – ›Marginalität und Dichtung des Marginalen‹ –, über Agoraphobie und Klaustrophobie und die paradoxe Sehnsucht nach dem unbegrenzten Raum, nach wilden Mooren und freien Flächen, während man gleichzeitig in immer engere und unzugängliche Räume eingesperrt ist, so wie Emily Dickinsons freiwilliges Eremitentum, wie das Gefäß der Sibylle.«

»Wie Ashs Zauberin in ihrem Verlies.«

»Das ist etwas anderes. Er bestraft sie für ihre Schönheit und für das, was er für ihre Verderbtheit hält.«

»Nein, das stimmt nicht. Er schreibt über jene, sie selbst inbegriffen, die glaubten, ihre Schönheit und Verderbtheit erforderten Bestrafung. Sie hatte dasselbe Urteil über sich wie die anderen. Ash nicht. Er überläßt es der Intelligenz des Lesers.«

Widerspruchsgeist flammte in Mauds Augen auf, aber sie sagte nur: »Und Sie? Warum beschäftigen Sie sich mit Ash?«

»Meine Mutter mochte ihn. Sie hatte Englische Literatur studiert. Als Kind wurde ich mit seinem Bild von Sir Walter Raleigh vertraut gemacht und mit seinem Gedicht über die Schlacht bei Agincourt und dem über König Offa auf seinem Erdwall. Und dann mit *Ragnarök*.« Er zögerte. »Das blieb übrig, nachdem alles andere durch die Lehr- und Examensmühle gedreht worden war.«

Maud lächelte jetzt. »Richtig. So ist es. Was kann schon unsere Ausbildung überleben.«

Sie machte ihm ein Bett auf dem hohen, weißen Sofa in ihrem Wohnzimmer – ein richtiges Bett mit gebügelten Laken und Kissen in smaragdgrünen Bezügen; keine Spur von Schlafsäcken oder Wolldecken; aus einem versteckten Bettkasten zauberte sie eine weiße Daunendecke hervor. Sie reichte ihm eine unbenutzte Zahnbürste in Zellophanverpackung und sagte: »Zu schade, daß Sir George so ein schrecklicher Schrat ist. Wer weiß, auf was er sitzen mag. Kennen Sie Seal Court? Viktorianische Gotik in ihrer verspieltesten Ausführung, mit Zinnen und Spitzbogen, das Ganze in einem tiefen Tal gelegen. Wir können hinfahren – wenn Sie Zeit haben, meine ich. Für Christabels Lebensumstände habe ich mich nie besonders interessiert – eigentlich komisch –, Sachen, die sie berührt haben könnte, Orte, wo sie gewesen sein könnte, haben fast etwas Abstoßendes für mich – das, worum es wirklich geht, ist die *Sprache*, das, was in ihrem Geist vorging, oder?«

»Ganz genau –«

»Blanches Kobold und dergleichen haben mich nie interessiert. Ich dachte, es wäre nicht wichtig, wer das war, sondern nur, daß sie glaubte, daß etwas da war. Aber Sie sind auf etwas gestoßen, was –«

»Warten Sie«, sagte er und nahm den Umschlag aus seiner Brieftasche. »Ich habe sie mitgebracht. Was hätte ich auch sonst tun sollen? Sie sind etwas verblichen, aber ...«

Seit unserer außergewöhnlichen Unterhaltung konnte ich an nichts anderes denken... Ich spüre, nein, ich weiß, mit einer Gewißheit, die nicht Torheit oder Mißverständnis sein kann, daß wir uns noch einmal unterhalten müssen...

»Ich verstehe«, sagte sie. »Sie sind lebendig.«

»Sie haben keine Enden.«

»Nein, es sind Anfänge. Würden Sie gerne sehen, wo sie gelebt hat? Und ihr Ende gefunden hat?«

Der Gedanke an eine Zimmerdecke, mit Katzenpisse befleckt, und an ein Zimmer ohne Aussicht stellte sich flüchtig ein.

»Warum nicht? Wenn ich schon hier bin.«

»Gehen Sie zuerst ins Badezimmer. Ja, bitte.«

»Danke. Für alles. Gute Nacht.«

Im Badezimmer bewegte er sich wie benommen. Es war kein Raum, in dem man auf dem Klo lesen oder in der Wanne vor sich hindämmern konnte, sondern ein kühler, grüner, gläserner Ort, der vor Sauberkeit blitzte; große, dunkelgrüne Gefäße auf wassergrünen, dicken Glasregalen, ein Fußboden aus gläsernen Fliesen, die dazu einluden, ihre trügerische Tiefe zu erkunden, ein Duschvorhang, der glitzerte wie ein gläserner Wasserfall, und eine ebensolche Jalousie vor dem Fenster, auf der Wasserstäubchen und Lichtfunken tanzten. Mauds grüngemusterte Badetücher lagen säuberlich gefaltet auf einem Gestell. Nirgends war ein Fleck oder ein Staubflöckchen zu entdecken. Als Roland sich die Zähne putzte, sah er sein Spiegelbild im bläulichgrünen Porzellan des Waschbeckens. Er mußte an sein eigenes Badezimmer denken, an dieses Chaos aus schmutziger Unterwäsche, offenen Schminktöpfchen, tropfenden Strümpfen und Hemden, klebrigen Flaschen mit Haarkuren und Rasierschaumtuben.

Später stand Maud im Bad und wendete ihren geschmeidigen Körper unter dem heißen Strahl der Dusche. Ein Bild stand ihr beharrlich vor Augen, das eines riesigen, ungemachten, schmutzigen und unordentlichen Betts, dessen Laken und Bezug an einzelnen Stellen kleine Gipfel wie aus Eischnee bildeten. Wenn sie an Fergus Wolff dachte, sah sie jedesmal dieses leere Schlachtfeld vor sich. Hätte sie den Wunsch gehabt, weitere Erinnerungen heraufzubeschwören, hätten diese in ungespülten Kaffeetassen bestanden, in Hosen, die dort lagen, wo sie ausgezogen worden waren, in staubigen Papierhaufen, mit den Ringen von Weingläsern verziert, in einem Teppich, den Staub und Asche bedeckten, im Geruch alter Socken, dem abgestandener Luft und anderen Gerüchen. Freud hatte recht, dachte Maud, die ihre weißen Beine sorgfältig einseifte, Lust und Unlust liegen nicht weit auseinander. Die Konferenz in Paris, auf der sie Fergus kennengelernt hatte, galt dem Thema des Geschlechts und der Autonomie von Texten. Sie hatte über Schwellen gesprochen, und er hatte einen großspurigen Vortrag mit dem Titel »Die Potenz des Kastraten: Phallogozentrische Strukturierung der hermaphroditischen Held/Inn/en Balzacs« gehalten, in dem er eine feministische These zu vertreten schien; man konnte sich des Eindrucks nicht erwehren, daß er es nicht ernst meinte und keine Angst davor hatte, sich selbst zu parodieren. Er erwartete von Maud, daß sie mit ihm ins Bett ging. »Du weißt, daß wir beide die intelligentesten Anwesenden sind. Du bist das Schönste, was ich je gesehen, was ich mir je erträumt habe. Ich will dich haben, ich brauche dich, spürst du es nicht, es ist unwiderstehlich.« Warum es das gewesen war, konnte Maud sich auf vernünftigem Weg nicht erklären. Aber er hatte recht behalten. Und dann hatten die Auseinandersetzungen begonnen. Maud schauderte.

Sie schlüpfte in ihr einfaches, langärmeliges Nachthemd und befreite ihr blondes Haar von der Duschhaube. Sie bürstete es mit energischen Strichen und betrachtete im Spiegel ihre makellos ebenmäßigen Züge. Simone Weil zufolge weiß eine schöne Frau: »Das bin ich«, wenn sie in den Spiegel sieht, und mit der gleichen Gewißheit weiß eine häßliche Frau: »Das bin nicht ich«. Maud war klar, daß diese Erklärung den Sachverhalt etwas zu sehr vereinfachte. Die hübsche Maske im Spiegel hatte nichts, überhaupt nichts mit ihr zu tun. Die Feministinnen, die bei einer Versammlung gebuht und gepfiffen hatten, als sie sprechen wollte, weil sie ihr strahlend hellblondes Haar für das Ergebnis eines Mittels hielten, das Tierversuche voraussetzt, hatten nicht viel anders geurteilt. Zu Anfang ihrer akademischen

Laufbahn hatte sie es kurzgeschoren getragen – Stoppeln auf einer weißschimmernden Kopfhaut. Fergus hatte erraten, daß sie sich vor der Maske fürchtete, und hatte das Problem auf seine Weise gelöst, indem er in affektiertem Deutsch Verse von Heine zitierte.

Die schönste Jungfrau sitzet
Dort oben wunderbar,
Ihr goldnes Geschmeide blitzet,
Sie kämmt ihr goldenes Haar.
Ich glaube, die Wellen verschlingen
Am Ende Schiffer und Kahn;
Und das hat mit ihrem Singen
Die Lorelei getan.

»Du solltest dich schämen, so einen Blödsinn zu glauben«, hatte Fergus gesagt, »und das, wo du sonst ein so kluges Mädchen bist.« »Ich glaube es ja nicht«, hatte sie wenig überzeugend geantwortet, und er hatte gewettet, daß sie nicht wagen würde, ihr Haar wachsen zu lassen, und sie hatte es wachsen lassen: bis zu den Augenbrauen, dann bis zu den Ohren, dann bis zum Halsansatz und weiter. Als sie sich trennten, reichte der Zopf den halben Rücken hinab. Und aus Stolz wollte sie es danach nicht abschneiden und trug es seitdem immer hochgesteckt und bedeckt.

Roland kam sich vor, als würde er auf Mauds hohem Sofa schweben. Im Zimmer hing ein schwacher Duft von Wein und einem Hauch Zimt. Roland lag in seinem weißen und smaragdgrünen Nest im milden Licht einer schweren Messinglampe, deren Schirm außen grün und innen mattweiß war. Er mußte an die Schläferin denken, die auf den vielen Federbetten keine Ruhe finden konnte, weil die verborgene Erbse sie quälte, die echte Prinzessin aus dem Märchen. Blanche Glover nannte Christabel Prinzessin. Maud Bailey war ebenfalls eine dünnhäutige Prinzessin. Er war ein Eindringling, der sich Zugang zu ihrer Festung verschafft hatte, wie Randolph Henry Ash. Er öffnete *Geschichten für Unschuldige* und las:

Es war einmal ein Schneiderlein von bescheidenem und gütigem Wesen, das eines Tages einen finsteren Wald durchquerte – vielleicht auf der Suche nach Arbeit, denn in jenen Tagen mußte man weit gehen, um sein Brot mehr schlecht als recht zu verdienen, und die Arbeit eines guten Handwerkers, wie unser Held einer war, war weit weniger angesehen als billiges Flickwerk, das nicht passen wollte und bald auseinanderfiel. Er glaubte, er würde schon auf irgend jemanden treffen, der seine Dienste brauchen konnte, denn er war ein unverbesserlicher Optimist und erwartete jeden Augenblick eine Zufallsbegegnung von der Hand eines günstigen Schicksals, obwohl dies unwahrscheinlicher und unwahrscheinlicher ward, als er sich immer tiefer in den dunklen, dichten Wald vorwagte, wo selbst das Mondlicht nur noch als bläulicher Schimmer auf dem Moos dumpf leuchtete. Doch er erreichte ein Häuschen auf einer Lichtung mitten im Wald, das ihn zu erwarten schien, und der gelbe Lichtschein, der zwischen den Läden hervordrang, erquickte sein Herz. Er nahm seinen Mut zusammen und klopfte keck an die Tür, und im Haus raschelte es und klapperte es, und die Tür wurde einen Spaltbreit geöffnet, und vor ihm stand ein kleiner Mann mit einem Gesicht von aschgrauer Farbe und einem ebensolchen langen Bart.

»Ich bin ein Reisender und habe mich im Wald verirrt«, sagte unser Schneiderlein, »und ich bin ein Handwerksmeister, der Arbeit sucht.«

»Einen Handwerksmeister benötige ich nicht«, sagte der kleine graue Mann. »Und ich fürchte mich vor Dieben. Ich kann dich nicht hereinlassen.«

»Wäre ich ein Dieb, hätte ich mir mit Gewalt Zutritt verschaffen oder mich heimlich in dein Haus schleichen können«, sagte das Schneiderlein. »Ich bin ein ehrlicher Schneider.«

Hinter dem kleinen Mann stand ein großer grauer Hund, so groß wie der kleine Mann, mit roten Augen, und sein Atem war so heiß wie Dampf. Dieses furchterregende Tier hatte anfangs geknurrt, aber nun winselte es freundlich und wedelte mit dem Schwanz, und der kleine graue Mann sagte: »Otto ist der Ansicht, daß du eine ehrliche Haut bist. Du kannst bei uns ein Bett bekommen, wenn du uns beim Kochen und Aufräumen und Arbeiten hilfst.«

Und so durfte der Schneider eintreten, und er betrat einen merkwürdigen Haushalt. Auf einem Schaukelstuhl hockte ein buntgefiederter Hahn mit seiner weißen Gefährtin. Vor dem Feuer stand eine schwarz-weiß-gefleckte Ziege mit kleinen Hörnern und Augen wie aus Bernstein, und vor dem Herd lag eine fette Katze, deren Fell in allen Farben schillerte und deren grüne Augen, in denen die Pupillen schwarze Schlitze waren, unser Schneiderlein anblickten. Und hinter dem Tisch war eine zierliche Kuh mit dunklem Fell und großen, sanften, braunen Augen, mit milchigem Atem und einem warmen, feuchten Maul. »Guten Morgen«, sagte das Schneiderlein zu dieser Gesellschaft, denn er war ein wohlerzogener Mann, und die Tiere sahen ihn sehr aufmerksam an, als verstünden sie jedes Wort.

»Zu essen und zu trinken findest du in der Küche«, sagte der kleine graue Mann. »Bereite uns etwas zu essen, dann werden wir gemeinsam speisen.«

Und das Schneiderlein machte sich daran, aus Mehl und Fleisch und Zwiebeln, die er in der Küche vorfand, eine herrliche Pastete zu verfertigen, die er am Ende mit wunderschönen Blättern und Blumen aus Teig verzierte, denn das war er seinem Handwerkerstolz schuldig, selbst wenn er das eigene Handwerk nicht ausüben konnte. Und als die Pastete buk, brachte er der Kuh Heu und dem Hahn und der Henne goldene Körner und der Katze Milch und dem Hund Knochen und Fleischreste. Und als unser Schneider und der kleine graue Mann die Pastete verzehrten, deren warmer Duft das kleine Haus erfüllte, sagte der kleine graue Mann: »Otto hat sich nicht getäuscht, du bist eine gute und ehrliche Haut; du vergißt keines der Wesen, die hier sind, du hast nichts versäumt und nichts vergessen. Für deine Güte werde ich dir ein Geschenk machen. Welches dieser drei Dinge wünschst du dir?«

Und er legte drei Dinge vor den Schneider hin. Das erste war eine kleine Börse aus weichem Leder, die klingelte, als er sie hinlegte. Das zweite war ein Kochtopf, außen schwarz und innen gescheuert, daß er glänzte, fest und rund. Und das dritte war ein kleiner gläserner Schlüssel von zierlichster Gestalt, der in allen Farben des Regenbogens glitzerte. Und der Schneider sah zu den Tieren hin, ob die ihm wohl einen Rat geben könnten, und sie sahen ihn alle mit mildem Blick an. Und da dachte er sich: »Ich habe wohl von solchen Geschenken gehört, die das Waldvolk einem macht. Das erste mag eine Börse sein, die niemals leer ist, und das zweite ein Topf, der immer, wenn man es auf die rechte Weise verlangt, eine gute Mahlzeit kocht. Von solchen Dingen habe ich gehört, und ich habe Männer gekannt, die aus solchen Börsen bezahlt wurden und aus solchen Töpfen gegessen haben. Von einem gläsernen Schlüssel aber habe ich noch nie gehört, und ich kann mir nicht denken, wozu er gut sein mag; er würde gewiß in jedem Schloß zerbrechen.« Doch sein Herz verlangte es nach dem gläsernen Schlüssel, weil er ein Handwerksmeister war und wußte, daß es großer Meisterschaft bedurft hatte, um den zierlichen Bart zu blasen, und weil er sich um sein Leben nicht vorstellen konnte, wozu der Schlüssel dienen mochte, und weil die Neugier eine mächtige Antriebskraft des Menschen ist. Und deshalb sagte er zu dem kleinen Mann: »Ich will den hübschen gläsernen Schlüssel.« Und der kleine Mann erwiderte: »Du hast nicht weise, sondern kühn gewählt. Der Schlüssel ist der Schlüssel zu Abenteuern, wenn du bereit bist, sie zu suchen.«

»Warum nicht«, sagte der Schneider, »da meine Kunst an diesem unwirtlichen Ort nicht gefragt ist und da ich nicht weise gewählt habe.«

Und da kamen die Tiere näher mit ihrem warmen, milden Atem, der nach Heu und Sommer duftete, und mit ihrem sanften, trostreichen Blick, der kein menschlicher Blick war, und der Hund legte seinen Kopf schwer auf den Fuß des Schneiders, und die buntscheckige Katze setzte sich auf die Armlehne seines Stuhls.

»Du mußt dieses Haus verlassen«, sagte der kleine graue Mann, »und den Westwind rufen und ihm den Schlüssel zeigen, wenn er kommt, und du mußt dich ohne Widerstreben von ihm tragen lassen, wohin er will. Wehrst du dich oder stellst du ihm Fragen, wird er dich in eine Dornenhecke werfen, und du wirst viel Ungemach zu erdulden haben, bis du dich daraus befreien kannst. Wenn er dich mitnimmt, wird er dich in einer Heide auf einem grauen Stein absetzen, einem Stein aus Granit, der die Pforte zu deinem Abenteuer ist, auch wenn es dir scheinen will, als läge er seit Anbeginn der Welt unverrückt an seinem Ort. Auf diesen Stein mußt du eine Schwanzfeder unseres Hähnchens legen, die es dir aus freien Stücken geben wird, und die Tür wird sich öffnen. Du mußt ohne Furcht und ohne Zögern in die Tiefe hinabsteigen, tiefer und tiefer; du wirst sehen, daß der gläserne Schlüssel Licht auf deinen Weg wirft, wenn du ihn vor dich hältst. Nach einiger Zeit wirst du in einen steinernen Raum gelangen, aus dem zwei Türen in verzweigte Gänge führen, denen du nicht folgen darfst, und wo eine dritte, niedrige Tür, die ein Vorhang verhüllt, deiner harrt. Du darfst den Vorhang nicht berühren, sondern mußt mit der milchweißen Feder darüberstreichen, die unsere Henne dir geben wird, und der Vorhang wird sich lautlos öffnen, wie von unsichtbaren Händen bewegt, und die Türen hinter ihm werden geöffnet sein, und du wirst einen Saal betreten, wo du finden wirst, was du finden sollst.«

»Ich will es wagen«, sagte das Schneiderlein, »obwohl ich mich vor den dunklen Orten unter der Erde rechtschaffen fürchte – den Stellen, an die kein Lichtstrahl dringt und über denen nur Düsternis und Schwere ist.« Und Hahn und Henne ließen ihn eine schimmernde kohlschwarze und smaragdgrüne Feder und eine weiche, weiße Feder nehmen, und er nahm Abschied von ihnen allen und trat auf die Lichtung hinaus und hielt seinen Schlüssel empor und rief den Westwind.

Ei, welch köstlicher Schauder durchfuhr ihn, als ihn der Westwind mit seinen langen, luftigen Armen ergriff und an den Bäumen vorbei in die Lüfte hob, so daß die Blätter zitterten und raschelten und säuselten und die Strohhalme vor dem Haus tanzten und der Staub zu kleinen Fontänen aufgewirbelt wurde! Die Bäume, die in den Windstößen schwankten, haschten mit ihren knotigen Zweigen nach ihm, als er zwischen ihnen vorbeifuhr, und dann spürte er, daß der unsichtbare Wind ihn an seine Brust drückte und mitnahm, ohne in seinem rasenden Lauf den Himmel entlang innezuhalten. Er vertraute sich dem luftigen Kissen an und jammerte nicht und wehrte sich nicht, und der seufzende Gesang des Westwinds hüllte ihn ein mit seinem feinen Regen, den aufblitzenden Sonnenstrahlen, den dahinziehenden Wolken und dem flackernden Licht der Sterne.

Wie der kleine graue Mann es ihm vorausgesagt hatte, setzte der Wind ihn auf einem großen, grauen Granitbrocken ab, dessen Oberfläche zerfurcht und narbig und leer war. Er hörte den Wind heulend davonfliegen und bückte sich, um die Hahnenfeder auf den Stein zu legen, und – siehe da – mit lautem Knarren und Knirschen bewegte sich der große Stein in die Höhe und verschwand dann im Erdreich, als hätte er Angeln, wobei Erdboden und Heide sich wie träges Meereswasser teilten, und unter den Wurzeln des Heidekrauts und den Wurzelknorren des Stechginsters wurde ein dunkler Gang sichtbar, aus dem es feucht und kalt wehte. Und er nahm seinen Mut zusammen und trat hinein und dachte dabei an die Decke aus Gestein und Erdreich und Moor, die über seinem Kopf lastete, und die Luft war klamm und der Boden naß. Da fiel ihm der kleine Schlüssel ein; er hielt ihn vor sich hin, und der Schlüssel verströmte ein schwach glimmendes Licht, das die Stufen, die nach unten führten, eine nach der anderen in einen silbrigen Schimmer tauchte. So gelangte er in den Raum mit den Türen, und unter zweien der Türen leuchtete ein verlockender, warmer Lichtschein hervor, während die dritte Tür von einem modrig riechenden ledernen Vorhang verdeckt war. Er berührte den Vorhang ganz leise mit der Spitze der weichen Hennenfeder, und der Vorhang öffnete sich und faltete sich zusammen wie Fledermausflügel, und hinter ihm führte eine ebenfalls geöffnete kleine Tür in ein winziges dunkles Loch, so winzig, daß es ihn dünkte, er könne sich nie und nimmer hineinzwängen. Es wurde ihm ängstlich zumute, denn von diesem engen Ort hatte sein grauer Freund nichts gesagt, und er fürchtete, dieses Wagnis nicht zu überleben.

Er warf einen Blick zurück, und er sah, daß der Gang, aus dem er gekommen war, sich in nichts von zahllosen anderen Gängen unterschied, die alle gleichermaßen verwinkelt und gewunden waren, und er erkannte, daß er niemals den Weg zurück finden würde und besser daran täte, weiterzugehen und zu sehen, was seiner harrte. Es erforderte allen Mut, der ihm verblieben war, den Kopf in die dunkle Öffnung zu stecken, und er schloß die Augen, als er sich in das enge Loch hineinwand, und öffnete sie wieder, als er in einen Raum purzelte, einen großen Raum aus Stein, den ein unbestimmtes, schwaches Licht erfüllte, das das Glimmen seines Schlüssels übertönte. Es wollte ihm wie ein Wunder erscheinen, daß der Schlüssel nicht zerbrochen war, aber er hielt ihn unversehrt in der Hand, ohne den kleinsten Kratzer. Er sah sich um, und drei Dinge weckten seine Neugier: Das erste war ein großer Haufen von staub- und spinnwebenbedeckten Flaschen und Glasgefäßen, das zweite war eine mannshohe Glaskuppel, ein wenig größer als unser Held und Schneiderlein, und das dritte war ein blinkender gläserner Sarg, der auf einem vergoldeten und mit einem reichverzierten samtenen

Bahrtuch bedeckten Gestell ruhte. Und von diesen drei Dingen ging das Licht aus, das schimmerte wie Perlen im Wasser, wie das Meeresleuchten, das nächtens auf der Oberfläche der Südsee entsteht oder sein weißliches Licht über die silbrigen Untiefen unseres heimatlichen Ärmelkanals wirft.

Dies, dachte er, muß mein Abenteuer sein: eines dieser drei Dinge oder alle drei. Er sah sich die vielfarbigen Flaschen an, die rot und grün und blau und bernsteingelb waren und nichts weiter zu enthalten schienen als hier eine Spur von Rauch, dort ein paar Tropfen Flüssigkeit. Eine jede von ihnen war sorgsam zugekorkt und versiegelt, und unser Schneiderlein war bedächtig genug, sie nicht aufzubrechen, sondern abzuwarten, bis er sich an diesem Ort besser auskannte und wußte, was zu tun war.

Er trat zu der Glaskuppel – einer Kuppel, ähnlich den wunderlichen Glasstürzen in den Salons eurer Eltern, unter denen bunte kleine Vögel so natürlich auf ihren Ästen sitzen, als wären sie lebendig, oder Schwärme von Motten und Schmetterlingen kauern. Vielleicht habt ihr auch einmal eine Glaskugel gesehen, die ein Häuschen birgt und in der es zu schneien beginnt, wenn man sie schüttelt. Die Glaskuppel hier enthielt ein Schloß in einem wunderschönen Park mit Bäumen und Terrassen und Gärten und Fischteichen und Kletterrosen und bunten Fahnen, die von seinen Türmen hingen. Es war ein prächtiger Anblick, an dem man sich nicht sattsehen konnte: die unzähligen Fenster und die Wendeltreppen und der Rasen und eine Schaukel in einem der Bäume, kurzum, alles, was man sich nur wünschen konnte, nur daß alles unbeweglich war und so klein, daß es eines Vergrößerungsglases bedurfte, wollte man die Feinheiten und Einzelheiten untersuchen. Das Schneiderlein, das stolz darauf war, ein Handwerker zu sein, der sich auf sein Gewerbe verstand, war voller Staunen ob dieser exzellenten Arbeit und konnte sich gar nicht vorstellen, mit welchen zierlichen Geräten oder Instrumenten dergleichen sich fertigen ließ. Es wischte ein wenig Staub von der Glaskuppel, um ihren Inhalt besser bewundern zu können, und dann trat es zu dem gläsernen Sarg.

Ist euch jemals aufgefallen, wie still und ruhig das Wasser eines Flusses zu strömen scheint, wenn dieser sich einem Wasserfall nähert und die Wasserpflanzen unter seiner Oberfläche wie unbewegt der Strömung folgen? Unter dem dicken Glas des Sarges lag ein dichtes Gespinst langer, goldener Fäden, deren Schlingen und Knäuel ihn ausfüllten, so daß es dem Schneiderlein scheinen wollte, als sei es auf eine Kiste voll gesponnenen Goldes gestoßen, aus dem sich goldene Gewänder schneidern ließen. Doch dann erblickte er zwischen den Strähnen ein Gesicht, und es war das schönste Gesicht, das er sich je hätte vorstellen oder erträumen können, ein stilles, weißes Gesicht, auf dessen marmornen Wangen goldene Wimpern ruhten und das einen wunderschönen blassen Mund besaß. Das goldene Haar umhüllte die Schlafende wie ein Mantel; daß sie schlief und nicht tot war, konnte er daran erkennen, daß lose Strähnen, die sich auf ihr Gesicht verirrt hatten, im Hauch ihres Atems leise bebten. Und er erkannte, daß das wahre Abenteuer, wie es nun einmal üblich ist, in der Befreiung der Schläferin bestehen würde und daß diese seine dankbare Braut sein würde. Sie lag so schön und friedlich da, daß es ihm widerstrebte, sie zu wecken. Gern hätte er gewußt, wie sie hergekommen war und wie lange sie schon dort ruhte und wie ihre Stimme klingen mochte und tausend andere Lächerlichkeiten, während sie ein- und ausatmete und die goldenen Strähnen leise bebten.

Und mit einemmal sah er ein kleines Schlüsselloch in einer Seite des Sargs, der so glatt war wie ein Ei von grünlichem Eis, und er wußte, daß dies das Schlüsselloch für seinen kleinen, zaubermächtigen Schlüssel war, und mit einem leisen Seufzer steckte er den Schlüssel hinein und wartete ab. Und der kleine Schlüssel glitt in das Schlüsselloch und schmolz auf der Stelle, ohne eine Spur von Schlüssel und Schlüsselloch zu hinterlassen, so daß die ganze Oberfläche des Sargs glatt und eben war. Und dann zerbrach der gläserne Sarg sehr ordentlich und mit glockenhellem Klingen in viele lange Splitter, die leise klirrend den Boden berührten. Und die blasse Schläferin öffnete ihre Augen, die so blau waren wie Vergißmeinnicht oder der Sommerhimmel, und das Schneiderlein, das wußte, was es zu tun hatte, beugte sich nieder und küßte die marmorne Wange.

»Du bist es«, sagte die junge Frau, »du bist derjenige, auf den ich gewartet habe, der mich aus meiner Verzauberung erlöst. Du bist der Prinz.«

»O nein«, sagte unser Held, »das ist ein Irrtum. Ich bin nicht mehr – und nicht weniger – als ein guter Handwerker, ein Schneider, auf der Suche nach Arbeit, ehrlicher Arbeit, um mein Brot zu verdienen.«

Da lachte die junge Frau fröhlich, und ihre Stimme klang von Augenblick zu Augenblick kräftiger nach den Jahren des Schweigens, bis das Gelächter in dem wunderlichen Gewölbe widerhallte und die Glassplitter klingelten wie zerbrochene Glocken.

»Du wirst niemals wieder darauf angewiesen sein, dein Brot zu verdienen, wenn du mir hilfst, diesen unheimlichen Ort zu verlassen«, sagte sie. »Siehst du das herrliche Schloß unter jener Glaskuppel?«

»Gewiß, und ich bewundere die Fertigkeit dessen, der es geschaffen hat.«

»Es ist nicht das Werk menschlicher Kunstfertigkeit, sondern Schwarzer Magie, denn es ist das Schloß, in dem ich lebte und dessen Wälder und Wiesen ich mit meinem geliebten Bruder durchstreifte, bis eines Nachts ein Schwarzkünstler Schutz vor stürmischem Wetter suchte. Ich besaß einen Zwillingsbruder, der so schön war wie der helle Tag und so sanftmütig wie ein Rehkalb und so gut wie frisches Brot, den ich so innig liebte und der mich so innig liebte, daß wir einander gelobt hatten, niemals zu heiraten, sondern bis ans Ende unserer Tage friedlich miteinander in unserem Schloß zu leben und den ganzen lieben Tag lang zu jagen und uns zu vergnügen. Doch als der Fremde in jener stürmischen Nacht mit seinem nassen Hut und dem Mantel, von dem das Regenwasser lief, und mit seinem falschen Lächeln an unsere Tür klopfte, öffnete mein Bruder ihm bereitwillig und bewirtete ihn mit Fleisch und Wein und gab ihm ein Bett für die Nacht und sang und spielte Karten mit ihm und saß am Feuer und redete von der weiten Welt und ihren Abenteuern. Es stimmte mich mißvergnügt und sogar ein wenig traurig, daß mein Bruder an der Gesellschaft eines Fremden soviel Gefallen fand, und ich ging früh zu Bett und lauschte dem Heulen des Westwinds, der um die Türme und Zinnen brauste, und nach einer Weile fiel ich in einen unruhigen Schlummer, aus dem mich die Töne einer unbekannten und wunderschön klingenden Musik weckten, die überall um mich herum zu hören waren. Ich setzte mich im Bett auf und blickte um mich, und ich sah, wie die Tür meines Gemachs sich langsam öffnete und der Fremde hereinschritt, nicht mehr durchnäßt, mit schwarzen Locken und einem tückischen Lächeln in seinem Gesicht. Ich konnte mich nicht rühren; es war, als wäre mein Körper gefesselt und mein Mund zugebunden. Er sagte zu mir, daß er mir nichts Böses wolle, sondern ein Zauberer sei und die Musik für mich hergezaubert habe und daß er mich zu heiraten wünsche, um friedlich mit mir und meinem Bruder in unserem Schloß zu leben. Und ich sagte – antworten konnte ich ihm –, daß es mich nicht danach gelüste zu heiraten und daß ich nur den Wunsch hätte, ledig und glücklich mit meinem geliebten Bruder zu leben. Darauf sagte er, daß dies nicht möglich sei, daß er meine Hand erlangen würde, ob ich es wolle oder nicht, und daß mein Bruder in dieser Angelegenheit so denke wie er. Ich sagte, das würden wir sehen, und er antwortete frech, während die unsichtbaren Instrumente im ganzen Zimmer klangen und seufzten und dröhnten: ›Sieh nur zu, aber sprechen wirst du über das, was in diesem Raum vor sich gegangen ist, nicht, denn ich habe deinen Mund so gut versiegelt, als hätte ich dir die Zunge herausgeschnitten.‹

Am nächsten Tag wollte ich meinen Bruder warnen, doch es war so, wie der Schwarzkünstler gesagt hatte. Sobald ich den Mund öffnete, um über seine Drohungen zu sprechen, waren meine Lippen wie zugenäht, und meine Zunge war wie gelähmt.

Es stand mir frei, um das Salz zu bitten oder über das schlechte Wetter zu sprechen, und so fiel meinem Bruder zu meinem großen Kummer nichts an mir auf, und er machte sich fröhlich auf, um mit seinem neuen Freund zu jagen, während ich am Herd sitzen blieb und schweren Herzens an die Zukunft dachte. Den ganzen Tag wartete ich, und am Spätnachmittag, als die Schatten auf dem Rasen immer länger wurden und die letzten Sonnenstrahlen grell und kalt schienen, wußte ich mit Gewißheit, daß etwas Schreckliches geschehen war, und lief aus dem Schloß in die dunklen Wälder. Und aus den dunklen Wäldern kam der schwarze Mann, der mit einer Hand sein Pferd führte und mit der anderen einen großen, grauen Hund, der eine so traurige Miene hatte, wie ich sie an noch keiner Kreatur je sah. Er sagte zu mir, mein Bruder habe plötzlich den Entschluß gefaßt fortzugehen und werde für eine lange und ungewisse Zeitspanne nicht wiederkehren und habe mich und das Schloß seiner, des Schwarzen Magiers, Obhut anvertraut. Er erzählte mir dies leichthin, als sei es ihm gleichgültig, ob ich ihm glaubte oder nicht. Ich sagte, niemals würde ich mich seiner Willkür fügen, und ich war froh, meine Stimme fest und klar zu hören, denn ich hatte befürchtet, meine Lippen möchten wieder versiegelt sein. Als ich sprach, tropften große Tränen aus den Augen des grauen Hundes, immer mehr und immer schwerere Tränen, und ich ahnte, daß dieses Tier mein Bruder sein mußte, der durch schwarze Künste in ein armes, hilfloses Geschöpf verwandelt worden war. Das empörte mich, und ich sagte zu dem Schwarzkünstler, daß er niemals mit meiner Einwilligung mein Haus betreten oder sich mir nähern würde, und er sagte, es sei in der Tat so, daß er ohne meine Einwilligung nichts vermöge und deshalb Sorge tragen wolle, sie zu erlangen. Und ich sagte, dies werde nie der Fall sein und er solle es sich aus dem Kopf schlagen. Daraufhin wurde er ungehalten und drohte mir, mich der Sprache auf immer zu berauben, wenn ich nicht einwilligte. Ich sagte, ohne meinen geliebten Bruder hätte ich niemanden, mit dem zu sprechen mich gelüste, und es kümmere mich wenig, wo ich mich befände. Daraufhin sagte er, ich würde schon sehen, ob ich nach hundert Jahren in einem Sarg aus Glas immer noch so dächte. Er bewegte seine Hände ein paarmal, und das Schloß schrumpfte zu dem zusammen, was du hier siehst, und er bewegte sie nochmals, und es war von der Glaskuppel umgeben, die du hier siehst. Und mein Gesinde, meine Diener und Mägde, hat er in die Flaschen gesperrt, die du hier siehst, und mich hat er in den gläsernen Sarg gesperrt, in dem du mich gefunden hast. Und wenn du mich willst, so verlassen wir diesen Ort, bevor der Zauberer zurückkehrt, denn das tut er von Zeit zu Zeit, um zu sehen, ob ich nachgebe.«

»Gewiß will ich dich«, sagte das Schneiderlein, »denn du bist das Wunder, das mir versprochen war und das mein verschwundener gläserner Schlüssel befreit hat, und schon jetzt liebe ich dich von ganzem Herzen. Warum jedoch du mich wollen solltest, nur weil ich den Sarg geöffnet habe, scheint mir weit weniger verständlich, und ich hoffe, wenn du erst in deine Rechte wieder eingesetzt bist und wieder über dein Land und deine Leute gebietest, wirst du dir auch das Recht zugestehen, noch einmal darüber nachzudenken und ledig zu bleiben, wenn das dein Wunsch ist. Ich bin ausreichend damit belohnt, das herrliche goldene Gespinst deines Haars erblickt und deine weiße und zarte Wange mit meinen Lippen berührt zu haben.« Und ihr dürft euch wohl fragen, meine lieben unschuldigen Leser, ob diese Worte mehr von seiner Güte oder seiner Schläue künden, denn die Prinzessin schien gar so großen Wert darauf zu legen, ihre Hand aus freien Stücken zu gewähren, und das Schloß mitsamt seinen Gärten, auch wenn es jetzt den Ausmaßen von Nadeln und Fingernägeln und Fingerhüten entsprach, war ein prächtiger, vornehmer Herrensitz, auf dem ein jeder mit Vergnügen residiert hätte. Daraufhin errötete die schöne Dame, und ihre marmornen Wangen färbten sich rosig, und sie sagte mit leiser Stimme, daß der Zauberspruch nun einmal besage, daß der Kuß nach erfolgter Zerstörung des gläsernen Sarges ein Versprechen bedeute, wie es in der Natur von Küssen liegt, ob sie freiwillig oder unfreiwillig gewährt werden. Während sie damit beschäftigt waren, die moralischen Spitzfindigkeiten der Situation zu erörtern, in der sie sich befanden, war plötzlich ein Rauschen und eine Melodie zu vernehmen, und die Dame sagte voller Besorgnis, der Schwarzkünstler sei auf dem Weg zu ihnen. Und unserem Helden wurde nun recht furchtsam zumute, denn sein kleiner grauer Mentor hatte ihm für diese Situation keine Instruktionen mitgegeben. Sei's drum, dachte er, ich muß die Dame beschützen, so gut ich kann, denn ich stehe in ihrer Schuld, und ich habe sie nicht aus Schlaf und Schweigen befreit, um sie schnöde im Stich zu lassen. Außer seinen spitzen Nadeln und seiner Schere führte er keine Waffe mit sich, doch es kam ihm der Gedanke, daß er sich die Glassplitter des zerbrochenen Sarkophags zunutze machen könne, und er ergriff den größten und spitzesten Splitter und wand seine lederne Schürze als Griff darum und wartete.

Auf der Türschwelle erschien der Schwarzkünstler, in einen wehenden schwarzen Umhang gehüllt, mit einem furchterregenden Lächeln, und das Schneiderlein zitterte und streckte gottergeben seinen Splitter vor, denn es war fest davon überzeugt, daß sein Widersacher den Splitter durch Zauberei abwehren oder seine Hand erstarren lassen würde. Doch der Zauberer näherte sich nur unverwandt und streckte eine Hand aus, um die Dame zu berühren, und in diesem Moment richtete unser Held seine Waffe auf das Herz des Zauberers und durchbohrte es, so daß der Splitter tief eindrang und der Zauberer tot zu Boden fiel. Und siehe da, sogleich begann er vor ihren Augen zu schrumpfen und zu verdorren, bis nur noch eine Handvoll Staub und Glasglimmer zu sehen war. Und dann weinte die Dame ein paar Tränen und sagte, der Schneider habe sie nun gleich zweimal gerettet und sei in jeder Hinsicht ihrer Hand wert.

Und sie klatschte in die Hände, und sofort erhob sich alles in die Luft – Mann, Frau, Schloß, Glasgefäße, Staubhäufchen – und wurde auf einem kühlen Hügel abgesetzt, wo der kleine graue Mann mit Otto, dem Hund, bereits wartete. Und gewiß, meine scharfsinnigen Leser, habt ihr längst begriffen, daß Otto der nämliche Hund war, in den der Bruder der schönen Schläferin verzaubert worden war. Sie umarmte seinen struppigen grauen Hals und weinte große Tränen, und als ihre Tränen sich mit den Tränen vermischten, die aus den Augen des Tieres tropften, da war der Zauber gebrochen, und vor ihr stand ein Jüngling mit goldenem Haar in Jagdkleidung. Und sie fielen sich um den Hals und hielten einander lange in den Armen, weil ihre Herzen übervoll waren. Unterdessen hatte das Schneiderlein zusammen mit dem kleinen grauen Mann die Glaskuppel um das Schloß mit der Hahnenfeder und der Hennenfeder berührt, und unter lautem Rumpeln und Rauschen wurde das Schloß sichtbar, wie es immer ausgesehen haben mußte, mit herrlichen Treppen und unzähligen Türen. Und dann entkorkten der Schneider und der kleine graue Mann die Flaschen und Gefäße, und Rauch und Flüssigkeiten stiegen zischend aus ihnen empor und verwandelten sich in Männer und Frauen, in Butler und Förster und Köchin und Stubenmädchen, und alle waren sie sehr verwundert, sich an diesem Ort wiederzufinden. Dann erzählte die Dame ihrem Bruder, daß das Schneiderlein sie aus ihrem Schlaf erlöst und den Schwarzkünstler getötet und ihre Hand gewonnen habe, und der Jüngling sagte, der Schneider habe sich ihm gegenüber freundlich erwiesen und er solle mit ihnen in ihrem Schloß leben und glücklich sein bis ans Ende seiner Tage. Und so geschah es, und wenn sie nicht gestorben sind, dann leben sie noch heute. Der Jüngling und seine Schwester gingen in den Wäldern auf die Jagd, und unser Schneiderlein, dessen Neigungen anders geartet waren, blieb zu Hause und war des Abends fröhlich und vergnügt mit ihnen. Nur eines ging ihm ab: Ein Handwerker kann nicht sein, ohne sein Gewerbe auszuüben, und deshalb ließ es sich die herrlichsten Seidenstoffe und glänzendsten Garne bringen und fertigte zum Vergnügen, was es einst aus Not hatte fertigen müssen.

FÜNFTES KAPITEL

Der Ackersmann, die Scholle wendend, sieht
(Indes Luft, die der leere Bauch erzeugt,
In seinem Kopf rumort) das Erdreich sich
Bewegen und gebären einen Dämon,
Goldenen Auges, höckeriger Stirn,
Der alsobald zu sprechen anhebt und
Den Schatz verheißt, der leere Schüsseln füllt,
Das Los zu mildern, das unwendbar schien.
So spürt auch sie den kleinen alten Gott
An ihrem Rock, hört seinen leisen Schritt
Und sieht den Abdruck seines Fußes, seine Spur
In der noch warmen Asche. Überall,
Selbst aus der Wiege ruft er nimmermüd:
»Fürchte dich nicht! Sei mir nur gut, nimm mich
Und herze mich – der Schatz ist dir gewiß,
Den wir, die alten Götter, euch bewahrt.«
Was soll man fürchten von so kleinen Göttern?

R.H. Ash: *Die gefangene Zauberin*

Die Heidelandschaft Lincolnshires ist eine Überraschung. Tennyson wuchs in einem ihrer engen, gewundenen Täler auf. Sie wurden zu den Getreidefeldern seines unsterblichen Camelot.

Zu des Flusses beiden Seiten
Kornfelder der Heide Kleid bereiten,
In den Himmel übergleiten.

Roland begriff sofort, daß das Wort »übergleiten« überraschend genau und keineswegs undeutlich war. Sie fuhren über den Talgrund und verließen das Tal auf der Straße, die sich nach oben schlängelte. Die Täler sind eng und tief; manche sind bewaldet, andere grasbewachsen, wieder andere gepflügt. Die Kämme der Hügel zeichnen sich scharf gegen den Himmel ab; sie sind allesamt kahl. Der Rest der großen und verschlafenen Grafschaft sind Moore, Sümpfe und bewirtschaftetes Flachland. Diese sanft gewellten Hügel sehen aus wie Verwerfungen der Erdoberfläche, aber der Anblick trügt; sie sind aus einem ehemaligen Tafelland herausgefräst. Die Dörfer unten in den Tälern sind wie Korken am Ende eines Trichters gelegen. Das grüne Auto fuhr geschäftig den Kammlinienweg entlang, von dem Wege und Pfade abzweigten wie Adern eines Blattes. Roland, dem Stadtbewohner, fielen Farben auf: dunkle, frischgepflügte Erde mit weißer Kreide im Inneren der Furchen, ein zinngrauer Himmel mit kalkweißen Wolken. Maud wies auf gute Reitwege und reparaturbedürftige Tore hin und auf schwer lädierte Zäune, in die sich die Zähne von Maschinen verbissen hatten.

»Links unten«, sagte sie. »Seal Court. In der Mulde.«

Ein Teppich verschieden hoher Baumkronen und ein flüchtiger Blick auf Zinnen, einen runden Turm, einen zweiten Turm und möglicherweise einen Zwinger.

»Privatbesitz natürlich. Wir können ins Dorf fahren. Christabel ist dort beerdigt, auf dem Friedhof von St. Etheldreda. Das Dorf heißt Croysant le Wold; es ist eine Gespensterstadt, wenn man so will – die meisten Dörfer am Fuß dieser Hügel sind verlassen; wenn es hochkommt, stehen noch die Kirche und ein Hof. Ich glaube nicht, daß die Kirche von Croysant noch benutzt wird. Christabel war der Ansicht, Croysant stamme von dem französischen Adjektiv *croyant* – gläubig – und dem Wort *Saint* – heilig – her, aber das war ein typischer Irrtum der hausgemachten Etymologie des neunzehnten Jahrhunderts. In Wahrheit soll es sich von *Croissant* ableiten, was etwas sichelförmig Gebogenes bezeichnet – weil Fluß und Tal hier unten eine Kurve beschreiben. Christabel mochte St. Etheldreda, die eine jungfräuliche Königin war, obwohl sie zweimal verheiratet war – sie wurde Äbtissin von Ely und gründete ein großes Kloster und wurde im Geruch der Heiligkeit beerdigt –«

Roland interessierte sich nicht besonders für St. Etheldreda. An diesem Morgen wirkte Maud wieder arrogant und herablassend. Sie fuhren im Zickzack hinunter und bogen im Tal zur Kirche ab, die mit ihrem kantigen Turm massig über die Mauern des Kirchhofs ragte. Neben dem Friedhofstor stand ein schrottreifer Kombi; Maud parkte in einiger Entfernung, und sie betraten den Friedhof. Der Boden war feucht. Schwärzlich verfärbte Blätter von einer Buche neben dem Tor lagen in Klumpen auf dem Friedhofsweg, den nasses, graubraunes Gras überwucherte. Links und rechts des wuchtigen Kirchenportals standen zwei große, schattige Eiben. Maud, die umsichtigerweise einen Trenchcoat und hohe Stiefel trug und wieder ein Tuch über ihre Haare geschlungen hatte, trat an das schmiedeeiserne Gitter vor der Kirchentür, das verriegelt und mit einem Vorhängeschloß abgesperrt war. Von einer Dachrinne tropfte Wasser auf den Stein, wo die Ablagerungen des Wassers ein grün glitzerndes Muster bildeten.

»Die Baileys liegen in der Kirche«, sagte Maud. »Aber Christabel ist draußen, in Wind und Regen, wie sie es gewollt hat. Dort drüben.«

Sie kletterten über Grasbüschel und Unebenheiten und traten in die Kaninchenröhren zwischen den Gräbern. Auf einer schulterhohen Mauer hatte efeublättriges Leinkraut Wurzeln geschlagen. Christabels Grabstein stand etwas schief. Er war aus dem Kalkstein dieser Gegend gefertigt, nicht aus Marmor, und von der Witterung aufgerauht. Irgend jemand hatte die Inschrift gereinigt, aber das war schon eine Weile her.

Hier ruht die sterbliche Hülle
Christabel Madeleine LaMottes
Tochter des Historikers
Isidore LaMotte
Und seiner geliebten Gattin
Arabel LaMotte
Schwester Lady Sophie Baileys
Der Gattin Sir George Baileys von Seal Court
Croysant le Wold

Geboren am 3. Januar 1825
Zur letzten Ruhe gebettet am 8. Mai 1890

Irdischer Sorgen ledig
Laßt mich hier ruhn
Wo über den Hügel der Wind streift

Die Wolken nicht ruhn
Wo sich des Grases tausend durstige Münder
Genüge tun
Am sachten Tau, am Regenschwall
Am Schnee, geschmolzen nach dem Fall
Für alle Zeit nun.

Irgend jemand hatte, ebenfalls vor geraumer Zeit, das Gras auf dem Grab gestutzt, dessen niedrige steinerne Einfassung Quekken und dornige Brombeerranken gesprengt hatten. Auf der grasüberwucherten Erhebung lag das Gespenst eines großen, ja verschwenderischen Buketts – rostiger Blumendraht zwischen den Strubbelköpfen verwelkter Chrysanthemen und Nelken, den verdorrten Blättern lange verblichener Rosen. Ein wasserfleckiges und schmutzbeflecktes grünes Satinband hielt die Überreste zusammen, und an dem Band war eine Karte befestigt, auf der mit blasser Schreibmaschinenschrift stand

Für Christabel
Von den Frauen von Tallahassee
Die Dich ehren
Und Dein Andenken lebendig halten
Und Deine Arbeit fortsetzen

»Die Steine währen, die ich formte.«
Melusine, XII, 325

»Leonora war hier«, sagte Maud, »im Sommer. Als Sir George sie mit dem Gewehr bedrohte.«

»Vielleicht hat sie das Unkraut entfernt«, sagte Roland, den die Feuchtigkeit und die melancholische Atmosphäre bedrückten.

»Leonora muß über den Zustand des Grabs außer sich gewesen sein«, sagte Maud. »Sie würde so etwas nicht romantisch finden. Ich finde es in Ordnung. Die langsame Rückkehr in die Natur und in das Vergessen.«

»Hat Christabel das Gedicht geschrieben?«

»Es ist eine ihrer stilleren Arbeiten. Sie sehen, daß kein Autor genannt ist. Der Grabstein erwähnt den Beruf ihres Vaters. Kein Wort über ihren eigenen Beruf.«

Roland empfand einen Anflug von Schuldgefühl, als wäre er für jede Art von Unterdrückung verantwortlich. Er sagte sanft:

»An was man sich erinnert, ist das Gedicht. Es hat etwas Unheimliches.«

»Als würde sich das Gras an Christabel Genüge tun.«

»Tja, das hat es wohl getan.«

Sie blickten auf das Gras, das in feuchten, modrigen Häufchen zu ihren Füßen lag.

»Wollen wir den Hügel hinaufgehen?« sagte Maud. »Von dort oben können wir Seal Court sehen. Sie muß diesen Weg oft gegangen sein; sie war eine fleißige Kirchenbesucherin.«

Hinter der Kirche stieg ein gepflügtes Feld schräg an, bis zum unversöhnlichen Horizont. Oben hob sich von dem grauen Himmel die Silhouette einer Figur ab, die Roland auf den ersten Blick für einen sitzenden Monarchen von Henry Moore hielt, gekrönt auf einem Thron. Dann beugte die Figur den Kopf und gestikulierte heftig mit den herabhängenden Armen, und Roland sah das silbrige Glitzern von Metall und deutete den Anblick als den einer Person im Rollstuhl, die möglicherweise in Schwierigkeiten war.

»Schauen Sie mal!« sagte er zu Maud.

Maud starrte nach oben.

»Vielleicht ist jemand in Gefahr.«

»Es muß jemand dabei sein, sonst wäre der Rollstuhl nicht hinaufgekommen«, sagte Maud gelassen.

»Mag sein«, sagte Roland, aber er lief trotzdem los. Lehm blieb an seinen Schuhen kleben, als er den Hügel hinaufstieg, und der Wind zerzauste sein Haar. Das Laufen fiel ihm leicht; offenbar war er als Radfahrer trotz Kohlenmonoxyd und Blei der Straßen Londons in guter Kondition.

In dem Rollstuhl saß eine Frau, die einen flachen, breitkrempigen grünen Filzhut trug, der ihr Gesicht verdeckte, und einen Seidenschal mit Paisleymuster auf den Schultern ihres Lodencapes. Der Rollstuhl war vom Weg abgekommen, der den Grat entlangführte, und stand jetzt gefährlich schief, als gelüste ihn danach, eine steile und unsanfte Talfahrt zu unternehmen. Hände in Lederhandschuhen mühten sich an den großen Rädern ab. Herrlich weiche und schimmernde Lederstiefel ruhten reglos auf der Fußstütze. Roland sah, daß ein großer Kieselstein im Schlamm unter dem einen Reifen steckte und den Rollstuhl blockierte.

»Kann ich helfen?«

»Oh!« Ein langer, sorgenvoller Seufzer. »Oh, vielen Dank. Ich f-f-fürchte, ich bi-bin steckengeblieben.« Die Stimme klang unsicher, altmodisch und aristokratisch. »So etwas Du-Dummes. So h-h-*hilflos.* Wenn Sie –«

»Unter dem Reifen ist ein Stein. Warten Sie. Einen Augenblick.«

Er mußte sich auf den schlammigen Weg knien und ruinierte seine Hose, was ihn an die Seelenpein erinnerte, die ihm solche Erlebnisse auf dem Spielplatz bereitet hatten; er ergriff den Rollstuhl und versuchte ihn behutsam zu bewegen.

»Ist er stabil?« fragte er. »Ich habe Angst, Sie umzukippen.«

»Er s-s-soll stabil sein. Ich habe die Bremse angezogen.«

Die ganze Gefährlichkeit der Situation wurde Roland bewußt. Eine falsche Bewegung, und sie wäre den Hang hinabgestürzt. Er faßte mit beiden Händen in den Schlamm und scharrte. Er nahm einen Zweig zu Hilfe, der sich als wenig geeignetes Werkzeug erwies. Er setzte einen zweiten Kiesel als Hebel an, und nun hielt er den Stein des Anstoßes in beiden Händen und ließ sich unwillkürlich zurückfallen, so daß seine Hose auch hinten ruiniert war.

»So«, sagte er. »Wie beim Zahnarzt: Er ist draußen.«

»Ich bin Ihnen sehr dankbar.«

»Es war eine dumme Situation. Sie sind über den Stein gefahren, und dadurch hat er sich bewegt, und dieser Zacken kam nach oben zu stehen. Sehen Sie?« Er merkte, daß sie am ganzen Körper zitterte. »Nein, nein, warten Sie, wir wollen erst den Rollstuhl auf den Weg zurückbringen. Es tut mir leid, daß ich so schmutzige Hände habe.«

Nachdem er sie hochgeschoben, umgedreht und wieder auf den primitiven Weg gestellt hatte, war er außer Atem. Von den Reifen des Rollstuhls tropfte der Schlamm. Jetzt wandte die

Frau ihm ihr Gesicht zu. Es war ein breitflächiges Gesicht mit braunen Altersflecken und schlaffen Hautsäcken unter dem Kinn. In den großen, blaßbraunen Augen standen Tränen. Aus dem glatt zurückgekämmten grauen Haar, das links und rechts unter dem Hut sichtbar war, perlten große Schweißtropfen.

»Vielen Dank«, sagte sie. »Es war sehr dumm von mir, in so eine Situation zu geraten. Ich hätte abstürzen können. T-t-tollkühn, würde mein Mann sagen. Ich hätte auf-f dem Weg bleiben sollen. Meine Behinderung ist so lästig.«

»Ja, natürlich«, sagte Roland. »Natürlich. Es war nicht so schlimm, wie es aussah. Irgend jemand wäre schon gekommen.«

»Ich bin froh, daß *Sie* gekommen sind. Waren Sie auf einem Spaziergang?«

»Ich habe mir die Gegend angeschaut. Mit einer Bekannten.« Wo war Maud geblieben? »Herrliche Luft hier. Man sieht so weit.«

»Deshalb komme ich hierher. Der Hund soll bei mir bleiben, aber er gehorcht nie. Mein Mann macht sich in den Wäldern zu schaffen, das ist sein Steckenpferd. In welche Richtung gehen Sie?«

»Ich habe keine Ahnung. Meine Bekannte weiß es. Soll ich Sie ein Stück begleiten?«

»Ich fühle mich nicht gut. Meine H-h-Hände zittern so. Wenn Sie so freundlich wären, bis unten mitzukommen, dann kann mein Mann –«

»Aber natürlich, selbstverständlich.«

Maud kam den Abhang hoch. In ihrem Trenchcoat und ihren Stiefeln sah sie ordentlich und gepflegt aus.

»Wir haben den Rollstuhl befreit«, erklärte Roland ihr. »Er hatte sich an einem Stein verhakt. Ich gehe jetzt nur mit der Dame bis nach unten – dort ist ihr Mann – es war ein bißchen viel für sie –«

»Ja, natürlich«, sagte Maud.

Zu dritt ging es den Weg entlang; Roland schob den Rollstuhl. Hinter dem Hügel war alles dicht bewaldet. Durch die Bäume erblickte Roland wieder, diesmal deutlicher, einen Turm und eine Zinne, die im düsteren Licht weiß aufschimmerten.

»Seal Court«, sagte er zu Maud.

»Ja.«

»Romantisch«, schlug er vor.

»Düster und modrig«, sagte die Dame im Rollstuhl.

»Der Bau muß ein Vermögen gekostet haben«, sagte Maud.

»Der Unterhalt tut es auch«, sagte die Dame im Rollstuhl. Ihre Lederhandschuhe flatterten etwas nervös auf ihrem Schoß, aber ihre Stimme klang fast wieder normal.

»Vermutlich«, sagte Roland.

»Interessieren Sie sich für alte Häuser?«

»Nicht direkt«, sagte Roland. »Wir interessieren uns für dieses hier.«

»Und warum?«

Mauds Stiefel bohrte sich in seinen Knöchel. Er unterdrückte einen Schmerzensschrei. Vom Waldrand näherte sich ein über und über schmutzstarrender weißer Labrador.

»Aha, Much«, sagte die Dame. »Da bist du also. Du unnützes Riesenvieh. Un-nütz. Wo ist dein Herrchen? Sucht er Dachsspuren?«

Der Hund rieb seinen blonden Bauch im Schlamm und wedelte mit dem Hinterteil.

»Sagen Sie mir Ihre Namen«, sagte die Dame im Rollstuhl. Maud sagte schnell: »Das ist Dr. Michell von der London University. Ich unterrichte an der Lincoln University. Ich heiße Bailey. Maud Bailey.«

»Ich heiße auch Bailey. Joan Bailey. Ich wohne in Seal Court. Sind wir Verwandte?«

»Ich bin eine Norfolk-Bailey. Sehr entfernte Verwandtschaft. Sehr lange her. Die Familien haben keinen Kontakt gehalten.«

Mauds Stimme klang abweisend und schroff.

»Wie interessant. Oh, hier ist George. George, mein Lieber, ich habe ein Abenteuer erlebt und bin von einem Ritter gerettet worden. Ich war oben auf Eagle's Piece gefangen, mit einem Stein unter meinem Reifen, und der einzige Ausweg schien der den Abgrund hinunter zu sein – *sehr* demütigend. Und dann kamen Mr. Michell und die junge Dame, die Bailey heißt.«

»Ich hab' dir gesagt, daß du auf dem Weg bleiben sollst.«

Sir George war klein und feucht und kratzbürstig. Er trug geschnürte Lederstiefel mit polierten eingearbeiteten Waden wie bei Beinschienen. Er trug eine braune Jagdjacke mit unzähligen Taschen und eine flache braune Tweedmütze. Er bellte. Roland betrachtete ihn als Karikatur, und in ihm regte sich Klassenantagonismus, gepaart mit leiser Feindseligkeit. In seiner und Vals Welt waren solche Leute Kuriosa, die man mit Befremden zur Kenntnis nahm, wenn man ihnen im wirklichen Leben begegnete. Auch für Maud verkörperte er einen Typus; in ihrem Fall symbolisierte er die Engstirnigkeit und Langeweile zahlloser Wochenenden auf dem Land in ihrer Kindheit, an denen nur vom Jagen, Wandern und Reiten die Rede war. Abgelehnt und gemieden. Er hatte kein Gewehr bei sich. Wasser befleckte seine Schultern, glitzerte auf seinen Stiefeln, bildete Tropfen auf den pelzigen Rippen der Socken zwischen Kniehose und Stiefeln. Er betrachtete seine Frau.

»Dir kann man es wohl nie recht machen«, sagte er. »Ich schiebe dich den Hügel hoch, aber du bist nicht damit zufrieden, auf dem Weg zu bleiben, o nein. Ist dir was passiert?«

»Ich bin ein bißchen durcheinander. Mr. Michell kam gerade rechtzeitig.«

»Damit konntest du aber nicht rechnen.« Er trat auf Roland zu und streckte die Hand aus. »Ich bin Ihnen sehr dankbar. Bailey ist mein Name. Der dämliche Hund soll bei Joan bleiben, aber er denkt nicht dran zu gehorchen, sondern macht seine eigenen Privatausflüge ins Gebüsch. Vermute, Sie sind der Ansicht, ich hätte bei ihr bleiben sollen, was?«

Roland verneinte, berührte die ausgestreckte Hand, trat einen Schritt zurück.

»Doch, natürlich. Ich bin ein selbstsüchtiger alter Knabe. Aber es sind wirklich Dachse da, Joanie. Ich werd's nicht ausposaunen, damit irgendwelche Naturschützer im Wald herumtrampeln und die armen Viecher zu Tode erschrecken. Und stell dir vor, der alte Japanische Wacholder sieht wieder ganz gut aus. Er ist nicht eingegangen.«

Er näherte sich Maud.

»Tag. Bailey ist mein Name.«

»Das weiß sie«, sagte seine Frau. »Sie heißt auch so. Ich hab' doch gesagt, daß sie zu den Norfolk-Baileys gehört.«

»So, so. Die lassen sich hier nicht sehr oft blicken. Seltener als Dachse, könnte man sagen. Was führt Sie her?«

»Ich arbeite in Lincoln.«

»So, so. Aha.« Er fragte nicht nach ihrer Tätigkeit. Er betrachtete seine Frau mit prüfendem Blick.

»Du siehst verfroren aus, Joan. Gefällt mir nicht. Du mußt auf schnellstem Weg nach Hause.«

»Ich würde Mr. Michell und Miss Bailey g-g-gern zum Tee einladen, wenn sie n-n-nichts dagegen haben. Mr. Michell muß sich wenigstens die Hände waschen k-k-können. Sie interessieren sich für Seal Court.«

»Seal Court ist nicht interessant«, sagte Sir George. »Es ist dem Publikum nicht zugänglich, müssen Sie wissen. In zu schlechtem Zustand. Indirekt meine Schuld. Kein Geld für Reparaturen. Wachsen uns über den Kopf.«

»Das stört sie sicher nicht. Sie sind doch junge Leute.« Auf Lady Baileys breites Gesicht trat ein entschlossener Ausdruck. »Ich möchte sie gern einladen. Um mich zu bedanken.«

Mauds Gesicht brannte. Roland begriff, was vor sich ging. Sie war zu stolz, um zuzugeben, daß sie sich dafür interessierte, Seal Court zu betreten: Sie wollte es sehen, wegen Christabel und, so vermutete er, weil Leonora Stern abgewiesen worden war; und er vermutete, daß sie sich schämte, weil sie nicht offen sagte, warum sie sich für das Schloß interessierte.

»Ich wäre sehr froh, wenn ich mich ein bißchen waschen könnte«, sagte er. »Wenn es Ihnen nicht zu viele Umstände macht.«

Sie fuhren hintereinander auf einem klatschnassen, unkrautdurchsetzten Kiesweg um das Anwesen herum und parkten vor den Stallungen. Roland half Sir George, den Rollstuhl und Lady Bailey auszuladen. Der kurze Tag neigte sich dem Ende zu; die Hintereingangstür öffnete sich schwerfällig unter einem neogotischen Steinbogen, den ein Rosenstock umrankte, blattlos um diese Jahreszeit. Darüber Reihen dunkler Fenster mit geschnitzten neogotischen Rahmen, düster und leer. Der Eingang war umgebaut: Die Stufen waren entfernt worden, damit der Rollstuhl hineinfahren konnte. Sie folgten Sir George durch dunkle, geflieste Gänge, an Kammern und Treppenaufgängen vorbei, bis sie einen Raum erreichten, der – wie sie später erfuhren – früher Gesinderaum gewesen war und heute oberflächlich und rudimentär modernen Wohnerfordernissen angepaßt war.

Am einen Ende des dämmrigen Raums befand sich ein offener Kamin, in dem ein paar riesige Scheite auf einem Bett von weißer Asche noch schwach glosten; zu beiden Seiten dieses Kamins standen zwei schwere Polstersessel mit geschweiften Beinen; sie waren mit Samt in einer mattdunklen Farbe bezogen, den ein Muster aus dunkelvioletten Pflanzen bedeckte, die aussahen wie eine Art stilisierter Winden im Geschmack des Fin de siècle. Den Boden bedeckten große rote und weiße Linoleumfliesen, an deren Oberfläche man die Form der Steinplatten darunter ablesen konnte. Vor dem Fenster stand ein massiver Tisch mit gedrungenen Beinen, den zu einem Teil ein Wachstuch mit Schottenmuster bedeckte. Am anderen Ende des Raums, von wo man – wie sich später herausstellte – in die Küche und andere Wirtschaftsräume gelangte, befand sich ein kleines elektrisches Feuer mit zwei Glühstäben. Es gab noch mehr Sessel, leicht abgenutzt, und eine Kollektion auffälliger Zimmerpflanzen mit stark glänzenden Blättern in glasierten Töpfen. Maud fand die Beleuchtung, die Sir George einschaltete, deprimierend – eine lichtarme Stehlampe neben dem Kamin und eine etwas weniger trübsinnige Lampe mit einem chinesischen Vasenfuß auf dem Tisch. Die Wände waren weißgekalkt und mit Bildern von Pferden, Hunden und Dachsen behängt – Ölbilder, Aquarelle, kolorierte Photographien und gerahmte Farbphotos. Neben dem Kaminfeuer stand ein großer Korb – allem Anschein nach Muchs Bett –, ausgelegt mit einer groben Decke voller Hundehaare. Große Teile des Raums waren einfach leer. Sir George zog die Vorhänge zu, und er forderte Roland und Maud auf, sich in die Samtsessel am Feuer zu setzen. Dann rollte er seine Frau aus dem Zimmer. Roland fühlte sich außerstande zu fragen, ob er behilflich sein könne. Er hatte erwartet, von einem Butler oder sonst einem Bediensteten mit unterwürfigem Gehabe, zumindest von einem Dienstmädchen oder einer Gesellschafterin in einen Raum geführt zu werden, den silberne Gerätschaften und Seidenteppiche mit ihrem Schimmer erfüllten. Selbst Maud, die schäbig möblierte und schlecht geheizte Herrenhäuser gewohnt war, war noch immer etwas verstört angesichts der Unwohnlichkeit, die die traurige Beleuchtung verriet. Sie hielt eine Hand nach unten und rief den Hund, der hergelaufen kam und seinen zitternden, schmutzigen Körper an ihre Beine drückte, zwischen ihr und dem ersterbenden Feuer.

Sir George kam zurück und legte neue Holzscheite nach, die prasselnd und knackend zu brennen begannen.

»Joan macht Tee. Viel Komfort können wir leider nicht bieten. Wir wohnen natürlich nur hier unten, im Erdgeschoß. Die Küche ist für Joan umgebaut worden. Alles, was möglich war. Türen und Rampen. Was eben ging. Viel ist es nicht, ich weiß. Solche Häuser verlangen ganze Horden von Dienstboten. Zwei alte Leute – wir hören jeden Schritt widerhallen. Aber die Wälder halte ich instand. Und Joans Garten. Es gibt auch einen viktorianischen Wassergarten, wußten Sie das? Sie mag solche Sachen.«

»Über den Wassergarten habe ich gelesen«, sagte Maud vorsichtig.

»So, das haben Sie? Halten sich auf dem laufenden über die Familie, was?«

»In gewisser Hinsicht. Aus einem ganz speziellen Familieninteresse.«

»In welchem Verwandtschaftsverhältnis stehen Sie denn zu Tony Bailey? Hans Andersen hat ihm gehört, ein großartiges Pferd, ein Pferd mit Charakter.«

»Er war mein Großonkel. Ich habe einen der unbegabteren Nachfahren Hans Andersens geritten – ein störrisches Vieh, das wie eine Katze springen konnte, aber nur in Ausnahmefällen Lust dazu hatte und noch seltener bereit war, mich dabei mitzunehmen. Copenhagen hieß es.«

Sie unterhielten sich über Pferde und am Rande über die Baileys aus Norfolk. Roland beobachtete Maud; er spürte, daß sie eine Sprache sprach, die ihr geläufig war, und er spürte auch, daß sie sie im Institut für Frauenforschung nicht über die Lippen bringen würde. Aus der Küche ertönte eine Klingel.

»Der Tee ist fertig. Ich hole ihn. Und Joan.«

Der Tee wurde in zierlichem alten Spode-Porzellan serviert,

mit einer silbernen Zuckerdose und einem Teller voll heißen Toasts, mit Butter und wechselweise mit Gentleman's Relish und Honig bestrichen – alles auf einem großen Kunststofftablett, das sich an den Armlehnen des Rollstuhls befestigen ließ. Lady Bailey schenkte ein. Sir George fragte Maud über längst verstorbene Verwandte aus, über Pferde, die seit langem tot waren, und über den Zustand der Bäume auf den Familienbesitzungen in Norfolk. Joan Bailey sagte zu Roland:

»Georges Ururgroßvater hat die ganzen Wälder angelegt, wissen Sie. Zum Teil, um Holz zu gewinnen, zum Teil, weil er die Bäume liebte. Er hat alles angepflanzt, um zu sehen, ob es überlebt. Je seltener ein Baum war, um so größer war die Herausforderung für ihn. George kümmert sich jetzt um die Bäume – er hält sie am Leben. Es ist kein schnellwachsender Nadelwald, sondern Mischwald. Manche der seltenen Bäume sind sehr alt. In unserem Winkel der Welt verschwinden die Wälder zusehends. Genau wie die Hecken. Hektar um Hektar wird geopfert, weil man Futtergetreide anbauen will. George wandert hin und her und beschützt seine Bäume – wie ein alter Kobold. Aber irgend jemand muß ein Gefühl für die Geschichte der Dinge haben.«

»Wußten Sie«, sagte Sir George, »daß bis zum achtzehnten Jahrhundert das Hauptgewerbe in dieser Gegend die Kaninchenzucht war? Mit dem sandigen Boden ließ sich nicht viel anderes anfangen; außer Ginster wuchs hier nichts. Sie hatten schöne silbergraue Felle, die in London und oben im Norden zu Hüten verarbeitet wurden. Im Winter fütterte man sie, im Sommer fraßen sie sich selber durch, das paßte den Nachbarn nicht, aber die Kaninchen gediehen prächtig. Manchenorts Kaninchen-, manchenorts Schafzucht. Aber das ist Vergangenheit wie so vieles. Schafe und Getreide wurden anderswo billiger erzeugt, und die Kaninchen sind ausgestorben. Mit den Bäumen geht es jetzt denselben Weg.«

Roland wollte keine intelligente Bemerkung zu Kaninchen einfallen, aber Maud antwortete mit Statistiken über Kaninchengehege in den Marschen und der Beschreibung des Turms eines alten Kaninchenzüchters auf dem Besitz der Baileys in Norfolk. Sir George schenkte Tee nach. Lady Bailey sagte:

»Und was machen Sie in London, Mr. Michell?«

»Ich arbeite an der Universität. Ich halte Kurse ab, und ich arbeite an einer Randolph-Henry-Ash-Ausgabe mit.«

»Er hat ein gutes Gedicht geschrieben, das wir in der Schule gelernt haben«, sagte Sir George. »Mit Poesie habe ich nie viel am Hut gehabt, aber dieses Gedicht hat mir gefallen. ›Der Jäger‹ hieß es. Kennen Sie es? Über einen Burschen aus der Steinzeit, der Fallen legt und Steine zurechtklopft und zu seinem Hund spricht und das Wetter in der Luft riecht. Das Gedicht gab einem eine Vorstellung von *Gefahr*. Komische Beschäftigung, die Reimereien von jemand anderem zu untersuchen, muß ich sagen. Hier in unserem Haus gab es auch einmal eine Art Dichterin. Nehme an, daß Sie nicht viel von ihr halten. Schreckliche, sentimentale Sachen über Gott und den Tod und über den Tau und Elfen. Scheußlich.«

»Christabel LaMotte«, sagte Maud.

»Richtig. Komischer alter Vogel. Seit neuestem tauchen Leute auf, die wissen wollen, ob wir irgendwas von ihr hätten. Denen hab' ich heimgeleuchtet. Wir brauchen niemanden, Joan und ich. Im Sommer erschien aus heiterem Himmel eine gräßliche Amerikanerin – aufdringlich –, die uns erklären wollte, wie geehrt wir uns fühlen müßten, weil wir die Überreste dieser alten Gewitterziege in unserem Haus haben. Angemalt wie ein Indianer auf dem Kriegspfad, vollgehängt wie ein Weihnachtsbaum – schauderhafte Person. War höflich nicht wegzukriegen. Mußte mit der Flinte vor ihrer Nase herumwedeln. Wollte sich in Joans Wintergarten setzen, um an Christabel zu denken. Was für ein Blödsinn! Mit einem richtigen Dichter wie Ihrem Randolph Henry Ash wäre es etwas anderes. So jemanden in der Familie zu haben, wäre keine Schande. Lord Tennyson war ja auch eher eine Heulsuse, obwohl er ein paar Sachen über den Dialekt von Lincolnshire geschrieben hat, die gar nicht so schlecht sind. Aber Mabel Peacock kann er nicht das Wasser reichen. Sie hatte wirklich ein Ohr für die Sprache in dieser Gegend. Wunderbare Geschichte über einen Igel. ›Do stecket he mit de Schute in de Muhe un et was wier caput.‹ Das ist Geschichte, echte Geschichte, Wörter, die zusehends aussterben, die fast niemand mehr versteht, weil die Leute nur noch *Dallas* und *Denver* und das Gedudel der Beatles kennen.«

»Mr. Michell und Miss Bailey müssen dich für einen furchtbaren alten Knasterbart halten, George. Sie schätzen gute Gedichte.«

»Christabel LaMotte schätzen sie aber nicht.«

»Doch, das tue ich«, sagte Maud. »Christabel schrieb die Schilderung des Wintergartens von Seal Court, die ich gelesen habe. In einem Brief. Durch sie *sah* ich den Garten – die verschiedenen Schattierungen des Grüns, die roten Beeren, den Hartriegel, die überdachte Bank, die silbrig schimmernden Fische in dem kleinen Teich... Sogar unter der Eisdecke konnte sie sie schweben sehen –«

»Wir hatten einen alten Kater, der die Fische fing –«

»Wir haben neue Fische ausgesetzt –«

»Ich würde den Wintergarten gerne sehen. Ich schreibe über Christabel LaMotte.«

»Oh«, sagte Lady Bailey. »Eine Biographie. Wie interessant.«

»Ich kann mir nicht vorstellen«, sagte Sir George, »was es über so jemanden zu schreiben geben soll. Sie hat nichts getan. Sie saß da oben im Ostflügel und fabrizierte diesen Krampf über Elfen und Feen. Das kann man nicht *leben* nennen.«

»Es handelt sich nicht um eine Biographie. Es ist eine wissenschaftliche Untersuchung. Aber natürlich interessiere ich mich für sie. Wir haben ihr Grab besucht.«

Das hätte sie besser nicht gesagt. Sir Georges Miene verdüsterte sich. Seine hellen Brauen zogen sich über der knolligen Nase zusammen.

»Diese unsägliche Weibsperson, die uns belästigt hat, war so unverschämt, mir Vorhaltungen zu machen – mich darüber zu belehren – über den Zustand, in dem sich das Grab befindet. Sagte, es wäre ein Skandal. Ein Nationalheiligtum. Nicht *ihres*, hab' ich zu ihr gesagt, und sie sollte gefälligst ihre Nase nicht in Angelegenheiten stecken, die sie nichts angehen. Sie wollte eine Gartenschere von uns haben. Da habe ich die Flinte geholt. Daraufhin ist sie nach Lincoln gefahren und hat sich da eine Schere besorgt, und am nächsten Tag ist sie hingegangen und hat sich am Grab zu schaffen gemacht. Der Vikar hat sie dabei gesehen. Er kommt einmal im Monat, wissen Sie, und hält in der Kirche einen Abendgottesdienst. Sie hat sich in die letzte Reihe gesetzt und zugehört. Brachte einen riesengroßen Blumenstrauß daher. Albern.«

»Wir haben –«

»George, du brauchst Miss Bailey nicht anzuschreien«, sagte seine Frau. »Sie kann schließlich nichts dafür. Warum soll sie sich nicht für Christabel interessieren? Ich finde, du solltest den beiden Christabels Zimmer zeigen. Wenn sie es sehen wollen. Sie müssen wissen, Mr. Michell, daß das Zimmer seit Generationen nicht betreten worden ist. Ich weiß nicht, wie es heute dort aussieht, aber ich glaube, daß sich noch immer Dinge dort befinden, die ihr gehört haben. Seit den Weltkriegen hat die Familie immer weniger Räume des Hauses bewohnt, von Generation zu Generation, und Christabels Zimmer war im Ostflügel, der seit 1918 nicht mehr benutzt wurde, nur von uns Kindern zum Versteckspiel. Und wir beide wohnen nur in ein paar Räumen im Erdgeschoß wegen meiner Behinderung. Wir bemühen uns, das Haus instand zu halten. Das Dach ist in gutem Zustand, und um die Böden kümmert sich ein Schreiner. Aber in Christabels Zimmer ist meines Wissens niemand gewesen, seit ich 1929 als Braut dieses Haus betrat. Damals wohnten wir alle im Mittelteil. Der Ostflügel war kein verbotenes Gelände, aber er wurde nicht benutzt.«

»Zu sehen gibt es da nicht viel«, sagte Sir George. »Man müßte eine Taschenlampe mitnehmen. In dem Teil des Hauses gibt es keine Elektrizität. Nur in den Fluren im Erdgeschoß.«

Roland spürte ein sonderbares Prickeln in seinem Nacken. Durch das Fenster mit dem geschnitzten Rahmen sah er die nassen Zweige der immergrünen Bäume, die sich von der Dunkelheit als noch dunklere Umrisse abhoben. Und das schwache Licht auf dem Kiesweg.

»Es wäre wunderbar, wenn wir nur einen Blick –«

»Wir wären Ihnen sehr dankbar, wenn es möglich wäre.«

»Na gut«, sagte Sir George. »Warum nicht? Bleibt ja alles in der Familie. Ich gehe voran.«

Er nahm eine Sturmlampe und sagte zu seiner Frau: »Wenn wir einen Schatz finden, bringen wir ihn dir, mein Herz. Warte nur ab.«

Der Weg schien endlos zu sein. Zuerst ging es geflieste Gänge entlang, die trübe von elektrischem Licht beleuchtet waren, dann über staubige Teppiche in dunklen Räumen mit geschlossenen Fensterläden, dann eine Steintreppe empor und dann eine Wendeltreppe aus Holz hoch, von der schwarzer Staub in Wolken emporstob. Maud und Roland folgten Sir George schweigend, ohne einander anzusehen. Die kleine Tür war über und über getäfelt und hatte eine schwere, große Klinke. Sie traten hinter Sir George ein, der den grellen Lichtstrahl durch den dunklen, engen, runden Raum wandern ließ; ein halbkreisförmiges Erkerfenster wurde sichtbar, eine Zimmerdecke mit geäderten Bögen und pseudomittelalterlichen Efeublättern, die pelzig von Staub waren, ein Alkoven, an dem sich noch die Vorhänge befanden, die unter ihrem Bahrtuch aus Staubpartikeln ein stumpfes Rot erkennen ließen, ein Schreibtisch aus schwarzem Holz mit grotesken Schnitzereien – Perlstabverzierungen und Schnörkel und Trauben und Granatäpfel und Lilien –, etwas, was ein niedriger Stuhl oder ein Betpult gewesen sein mochte, Stoffhaufen, ein alter Reisekoffer, zwei Hutschachteln und unvermittelt eine Reihe von kleinen Gesichtern, die sie anstarrten, eines, zwei, drei, die an ein Kissen gelehnt waren. Roland zog erschrocken die Luft ein; Maud sagte: »Oh, die *Puppen*« – und Sir George ließ den Lichtstrahl von einem erblindeten Spiegel zurückwandern, den vergoldete Rosen umrahmten, und richtete ihn auf die drei steifen Figuren, die auf einem solide gebauten Himmelbett in Puppenformat unter einer staubigen Decke lehnten.

Ihre Gesichter waren aus Porzellan, und ihre Ärmchen waren aus Ziegenleder. Eine der Puppen hatte dünnes, goldschimmerndes Seidenhaar, das vom Staub grau überpudert war. Eine trug eine gefältelte weiße Nachthaube aus Barchent mit einem Spitzensaum. Eine hatte schwarzes Haar, das in einem runden Knoten aufgesteckt war. Alle blickten starr aus blauen Glasaugen, die, voller Staub, noch immer funkelten.

»Sie schrieb mehrere Gedichte über die Puppen«, sagte Maud in gespenstischem Flüsterton. »Gedichte, die scheinbar für Kinder gedacht waren, wie die *Geschichten für Unschuldige*, aber nicht wirklich.«

Roland blickte zu dem Schreibtisch im Schatten zurück. Er

hatte nicht das Gefühl, in diesem Zimmer die Gegenwart der toten Dichterin zu spüren, aber er empfand eine unbestimmte Erregung bei der Vorstellung, daß alles hier – der Schreibtisch, der Koffer, die Hutschachteln – einen Schatz enthalten konnte, vergleichbar den verblichenen Briefen in seiner Brusttasche. Eine Spur, irgendeine Notiz, ein paar Worte der Erwiderung. Aber das war natürlich Unsinn; so etwas würde sich nicht hier befinden, es würde sich dort befinden, wo Randolph Henry Ash es hingetan hatte, falls es je geschrieben worden war.

»Wissen Sie«, sagte Roland zu Sir George, »ob sie Papiere hinterlassen hat? Enthält der Schreibtisch irgend etwas? Etwas, was ihr gehört hat?«

»Ich nehme an, daß er nach ihrem Tod ausgeräumt wurde«, sagte Sir George.

»Dürfen wir trotzdem nachsehen?« fragte Roland, der an ein Geheimfach dachte und sich gleichzeitig der Wäschelisten in *Northanger Abbey* unangenehm bewußt war. Sir George bewegte den Lichtstrahl zum Schreibtisch zurück, so daß die Puppengesichter wieder in der Dunkelheit verschwanden, in der sie geruht hatten. Die Schatztruhe, die Roland öffnete, war leer. Leere rundbogige Fächer an der Rückwand, mit Schnitzereien verziert, und zwei kleine, leere Schubladen. Roland fühlte sich außerstande, die Holzleisten abzuklopfen, zu untersuchen. Er kam sich vor wie ein Eindringling, und gleichzeitig hatte er das Gefühl, von einer gebieterischen Neugier sinnlos angetrieben zu sein – nicht Gier, sondern Neugier –, von einem Drang, der ursprünglicher noch war als der Sexualtrieb, dem Drang nach Wissen. Er ärgerte sich plötzlich über Maud, die unbeweglich in der Dunkelheit stand und keinen Finger rührte, um ihm zu helfen, die kein Wort sagte – obwohl man das hätte erwarten dürfen, wenn man ihr Interesse bedachte –, um sich für die Erkundung weiterer möglicher verborgener Schätze oder frustrierend leerer Schatztruhen einzusetzen. Sir George sagte: »Und was hatten Sie zu finden erwartet?« Roland wußte nicht, was er antworten sollte. Und dann sagte Maud hinter ihm mit kalter und klarer Stimme eine Art Beschwörung auf.

Püppchen ist verschwiegen
Plaudert nichts aus
Püppchen wahrt die Treue
Über das Grab hinaus.

Freunde mögen uns täuschen
Die Liebe vergehn
Püppchens Verschwiegenheit
Wird ewig bestehn.

Kann Püppchen uns verraten?
Ihr Mund regt sich nicht.
Viel hat sie gewiß erwogen
Und viel behält sie für sich.

Püppchen, die keinen Schlaf kennt
Hält gelassen Wacht
Auf den Überresten
Verlorener Liebe Pracht
Die unter ihrer Hut
Nie wieder erwacht.

Püppchen ist arglos.
Arg übten wir
Denen, warm noch, bald
Kalt sein wird wie ihr
Die der Ewigkeit spottet
Auf ihre Manier.

Sir George schwenkte den Lichtstrahl langsam zum Puppenbett zurück.

»Sehr gut«, sagte er. »Phantastisches Gedächtnis, alle Achtung. Auswendiglernen war nie meine Stärke. Abgesehen von Kipling und den Sachen in Lincolnshire-Dialekt, die mir gefallen. Aber worum geht es dabei?«

»Hier drinnen klingt es wie der Schlüssel zu einer Schatzsuche«, sagte Maud, deren Stimme noch immer fremd klang. »So, als würde eine der Puppen etwas verstecken.«

»Was kann das sein?« fragte Sir George.

»Alles mögliche«, sagte Roland, der plötzlich den Wunsch verspürte, Sir George von der Fährte abzubringen. »Erinnerungen.« Er spürte, wie Maud nachdachte.

»Glauben Sie denn, daß seit 1890 keine Kinder mit den Puppen gespielt haben?« fragte der Besitzer der Puppen einleuchtenderweise.

Maud kniete im Staub nieder. »Darf ich?« Er richtete den Lichtstrahl zu ihr herunter; sie beugte ihr Gesicht in den Schatten, so daß es aussah, als hätte de La Tour sie gemalt – so wächsern wirkte sie. Sie griff in das Bett und hob die blonde Puppe heraus; das Kleid der Puppe war aus rosenfarbener Seide, mit kleinen Rosenknospen um den Halsausschnitt und mit winzigen Perlmuttknöpfen. Sie reichte das Wesen an Roland weiter, der es in den Arm nahm, als wäre es ein Kätzchen; er legte es in die Beuge seines Ellbogens, und daneben legte er danach zuerst die Puppe mit der Nachthaube in ihrem gefältelten Nachthemd mit Broderie Anglaise und dann die dunkelhaarige, die ein streng wirkendes blaugrünes Kleid trug. Da lagen sie auf seinem Arm: Ihre kleinen Köpfe nickten schwer, ihre kleinen Glieder schlenkerten, fast erschreckend, totengleich. Maud nahm das Kissen aus dem Bett, hob die Bettdecke ab, entfernte drei dünne Wolldecken und einen gehäkelten Schal, und dann nahm sie erst eine und dann noch eine Federkernmatratze und einen Strohsack heraus. Sie langte in den hölzernen Bettkasten darunter, bewegte ein Brett, das mit einem Scharnier befestigt war, und förderte ein Päckchen zutage, das in weißes Leinen eingeschlagen und um und um mit Band verschnürt war wie eine Mumie.

Schweigen trat ein. Maud stand da, mit dem Päckchen in der Hand. Roland machte einen Schritt auf sie zu. Er wußte, er wußte, was in der Verpackung verborgen war.

»Wahrscheinlich Puppenkleider«, sagte Maud.

»Schauen Sie doch nach«, sagte Sir George. »Sie wußten offenbar, wo Sie danach suchen mußten. Ich wette, Sie haben auch eine schlaue Idee dazu, was drin ist. Machen Sie es auf.«

Maud zupfte im Lampenlicht mit bleichen Fingern vorsichtig an den alten Knoten, die, wie sie feststellte, mit einer dünnen Schicht Siegelwachs bedeckt waren.

»Brauchen Sie ein Taschenmesser?« fragte Sir George.

»Ich glaube, wir sollten nicht – schneiden«, sagte Maud. Roland konnte sich kaum zurückhalten, so sehr verlangte ihn danach, ihr zu helfen. Maud entfernte behutsam die Bänder, und die zahlreichen Schichten des Leinens wurden entfaltet. Darin befanden sich zwei flache Packen, in geölte Seide eingewickelt und mit schwarzem Band verschnürt. Maud zog an dem Band. Die Seide quietschte und gab nach. Da waren sie, offen daliegende Briefe, in zwei Bündeln, so ordentlich wie gefaltete Taschentücher. Roland trat zu ihr. Maud nahm den jeweils ersten Brief in die Hand. Miss Christabel LaMotte, Haus Bethanien, Mount Ararat Road, Richmond, Surrey. Die Handschrift braun, spinnenartig, entschieden, bekannt. Und viel kleiner, violetter: Randolph Henry Ash Esquire, 29, Russell Square, London. Roland sagte: »Er hat ihn abgeschickt.«

Maud sagte: »Es sind beide Seiten. Alles. Es war immer schon da...«

Sir George sagte: »Und um was, bitte, handelt es sich? Und woher wußten Sie, daß Sie im Puppenbett danach suchen mußten?«

Maud sagte mit unnatürlich hoher und klarer Stimme: »Ich habe es nicht gewußt. Als ich hier stand, fiel mir das Gedicht ein, und auf einmal schien alles ganz klar zu sein. Es war ein Zufall, reines Glück.«

Roland sagte: »Wir hatten den Eindruck, daß es einen Briefwechsel gegeben haben könnte. Ich habe – in London – ein Stück von einem Brief gefunden. Deshalb habe ich Dr. Bailey aufgesucht. Das war alles. Was wir hier haben, könnte –«, er stand im Begriff, »unglaublich« zu sagen, und sagte statt dessen: »eine gewisse Bedeutung haben.« »Es könnte die ganze Forschung revolutionieren«, wollte er sagen, und wieder hielt ihn ein Instinkt zurück, und er sagte: »Es hat Folgen für unsere Forschungsprojekte, die Dr. Baileys und meine. Es war nicht bekannt, daß sie einander gekannt haben.«

»Hm«, sagte Sir George, »Geben Sie mir die Packen. Danke. Ich denke, wir gehen am besten runter und zeigen Joan, was wir gefunden haben. Und dann sehen wir nach, ob an dem Fund wirklich was dran ist. Oder wollen Sie erst das ganze Zimmer absuchen?« Mit dem Strahl seiner Lampe beschrieb er einen Kreis die runden Wände entlang, wobei ein schief hängender Druck von Lord Leightons Proserpina sichtbar wurde und ein Stickmustertuch, in Kreuzstich gehalten, das unter dem Staub nicht zu entziffern war.

»Nicht jetzt«, sagte Maud.

»Nicht sofort«, sagte Roland.

»Wer weiß, ob Sie noch mal herkommen«, sagte Sir George, der sich hinter seinem Lichtschaft zur Tür hinaus bewegte, und es klang eher wie eine Drohung als wie ein Scherz. Und so wanderten sie zurück – Sir George hielt die Briefe in der Hand, Maud den geöffneten Kokon aus Leinen und Seide und Roland die drei Puppen, aus einem undeutlichen Gefühl heraus, daß es grausam wäre, sie im Dunkeln zurückzulassen.

Lady Bailey war aufgeregt. Sie saßen alle um den Kamin herum. Sir George legte die Briefe seiner Frau in den Schoß, und sie wendete sie unter den gierigen Blicken der zwei Wissenschaftler unermüdlich um. Roland erzählte seine geschönte Version vom Fund des Briefanfangs, ohne zu erwähnen, wann oder wo es sich ereignet hatte. »War es denn ein Liebesbrief?« fragte Lady Bailey arglos und direkt, und Roland sagte: »O nein«, und dann fügte er hinzu: »aber erregt, verstehen Sie, als ginge es um etwas Wichtiges. Es war ein Entwurf für einen ersten Brief. Und es kam mir wichtig genug vor, um herzufahren und Dr. Bailey über Christabel LaMotte auszufragen.« Es drängte ihn förmlich danach, Frage auf Frage zu stellen. Ob das Datum auf dem ersten Brief Ashs tatsächlich *dasselbe* Datum war, warum die Briefe zusammen waren, wie lange der Briefwechsel angehalten – wie sie geantwortet hatte, was es mit Blanche und dem Kobold auf sich hatte…

»Tja, und was wäre jetzt das richtige Vorgehen?« fragte Sir George absichtlich gedehnt und ernst. »Was wäre es Ihrer Ansicht nach, junger Mann? Und Ihrer Ansicht nach, Miss Bailey?«

»Jemand sollte sie lesen«, sagte Maud. »Oh –«

»Und natürlich finden Sie, daß *Sie* dieser Jemand sind«, sagte Sir George.

»Ich – wir – würden das natürlich sehr gern tun. Natürlich.«

»Dasselbe gilt vermutlich auch für diese Amerikanerin.«

»Gewiß, natürlich, wenn sie wüßte, daß es die Briefe gibt.«

»Werden Sie es ihr sagen?«

Er beobachtete Maud, die unschlüssig dreinblickte, und seine strengen blauen Augen funkelten vor Schläue im Feuerschein.

»Wahrscheinlich nicht. Noch nicht.«

»Sie wären gern die erste?«

Mauds Gesicht brannte. »Natürlich. Jeder würde das wollen. In meinem – in unserem Fall –«

»Warum sollten sie sie nicht lesen, George?« mischte sich Joan Bailey ein und zog dabei den zuoberst liegenden Brief aus seinem Umschlag; sie blickte flüchtig auf den Brief, nicht gierig, nicht einmal wirklich neugierig.

»Ich finde, daß man die Vergangenheit ruhen lassen soll. Wozu soll es gut sein, irgendwelche Skandale über unsere arme Märchentante auszugraben? Gönnen wir dem armen alten Geschöpf seine letzte Ruhe.«

»Wir sind nicht auf Skandale aus«, sagte Roland. »Ich glaube auch nicht, daß es irgendwelche Skandale gibt. Ich hatte nur gehofft – daß er ihr geschrieben hat, was er über die Poesie dachte, über die Geschichte – und ähnliches. Es war eine seiner fruchtbarsten Perioden – er war kein großer Briefschreiber – zu höflich, zu distanziert – er sagte in diesem Brief, sie verstünde ihn – in dem Brief, den ich – den ich – ja, darin sagte er –«

»Außerdem, Joanie, was wissen wir überhaupt von den beiden? Woher sollen wir wissen, ob sie wirklich die Richtigen sind, um sich mit diesen – Dokumenten zu befassen? Um diesen Haufen zu lesen, braucht man mindestens zwei Tage. Ich kann die Briefe ja wohl kaum aus der Hand geben, oder?«

»Sie könnten herkommen«, sagte Lady Bailey.

»Es dauert sicher länger als zwei Tage«, sagte Maud.

»Na, bitte!« sagte Sir George.

»Lady Bailey«, sagte Roland. »Was ich gesehen habe, war der erste Entwurf für den ersten Brief. Ist das in Ihrer Hand der erste Brief? Was steht drin?«

Sie setzte ihre Lesebrille auf – runde Gläser in ihrem freundlichen, breiten Gesicht. Sie las vor:

Liebe Miss LaMotte,

es war ein außerordentliches Vergnügen, mit Ihnen bei Crabbs Frühstücksgesellschaft zu sprechen. Ihre Auffassungsgabe, Ihre Klugheit hoben sich von all dem studentischen Geplapper und Gewitzel ab und übertrafen sogar den Bericht unseres Gastgebers über das Auffinden der Wielandbüste. Darf ich die Hoffnung hegen, daß auch Sie an unserem Gespräch Gefallen fanden – und darf ich auf das Vergnügen hoffen, bei Ihnen vorzusprechen? Ich weiß wohl, daß Sie in größter Stille leben, aber ich würde *sehr* still sein – ich will nur Dante und Shakespeare erörtern und Wordsworth und Coleridge und Goethe und Schiller und Webster und Ford und Sir Thomas Browne *et hoc genus omne*, ohne freilich Christabel LaMotte und das großartige Feen-Epos zu vergessen. Bitte antworten Sie. Ich glaube, Sie wissen, welche Freude eine Antwort bedeuten würde

Ihrem sehr ergebenen
Randolph Henry Ash

»Und die Antwort?« fragte Roland. »Die Antwort? Entschuldigen Sie – ich bin so neugierig – ich habe mich immer gefragt, ob sie geantwortet hat, und wenn, was sie geschrieben hat.«

Lady Bailey nahm den obersten Brief des anderen Packens aus seinem Umschlag, fast geziert, wie eine Schauspielerin, die im Fernsehen die Gewinner einer Lotterie zu ziehen hat.

Lieber Mr. Ash,

wahrhaftig – ich necke Sie nicht – wie sollte ich von Ihnen oder mir so niedrig denken – oder Sie von sich, um dies zu denken. Ich lebe in meinen Grenzen und in mich gehend – es ist am besten so –, nicht wie eine Prinzessin in einem Dickicht, ganz gewiß nicht, sondern eher wie eine sehr fette und selbstzufriedene Spinne mitten in ihrem Netz, falls Sie den ein wenig unerquicklichen Vergleich verzeihen. Arachne ist eine Dame, die ich mit größter Teilnahme betrachte, eine ehrbare Handwerkerin, welche vollendete Muster webt, doch neigt sie bisweilen dazu, unerwartet nach Fremden zu schnappen, nach Besuchern wie nach Eindringlingen, da sie zwischen diesen beiden nicht immer rechtzeitig zu unterscheiden versteht. Als Gesellschaft tauge ich wahrhaftig nicht, es fehlt mir an der notwendigen Gewandtheit, und der Geist, den Sie an mir ausgemacht haben mögen, als wir einander begegneten, dieser Geist war ganz gewiß nur Abglanz und Widerschein Ihres eigenen Feuers, wie es die grobe Oberfläche eines erloschenen Mondes zurückwirft. Ich bin ein Geschöpf meiner Feder, Mr. Ash, meine Feder ist das Beste an mir, und zum Beweis meiner ernstgemeinten Freundschaft lege ich Ihnen ein Gedicht bei. Täusche ich mich, oder ist Ihnen ein Gedicht, und mag es noch so unvollkommen sein, nicht um vieles willkommener als ein Teller voller Sandwiches mit Gurken, und wären sie noch so erfreulich anzusehen, köstlich gesalzen und zierlich geschnitten? Sie wissen, welche Wahl Sie treffen würden, und es ist die Wahl, die auch ich träfe. Die Spinne in dem Gedicht ist jedoch nicht mein seidenes Selbst, sondern vielmehr eine weit barbarischere und geschäftigere Schwester. Nicht wahr, es fiele Ihnen schwer, solch unbeschwertem Fleiße die Bewunderung zu versagen? Ich wünschte, Gedichte stellten sich so natürlich ein wie Spinnweben. Nun schreibe ich Unsinn, doch sollten Sie belieben, mir zu antworten, so werden Sie eine nüchterne Abhandlung über die Verneinung oder über Schleiermachers Begriff der Illusion oder über die Milch des Paradieses erhalten oder über was immer Sie wollen.

Ihre in mancher Hinsicht ergebene Dienerin
Christabel LaMotte

Lady Bailey las langsam und stockend; sie sprach Worte falsch aus und stolperte über *hoc genus omne* und Arachne. Es war, als befände sich zwischen Roland und Maud und den Worten und Empfindungen Ashs und LaMottes eine beschlagene Glasscheibe. Sir George schien das Vorgelesene mehr als ausreichend zu finden. Er sah auf seine Uhr.

»Wir haben gerade noch genug Zeit, um zu tun, was ich bei Dick Francis immer mache: die Spannung ruinieren und die letzte Seite angucken. Dann lassen wir die Briefe erst mal in Ruhe, bis ich mir alles überlegt habe. Ich lass' mich beraten. Ja. Ich werd' mich erkundigen. Sie müssen sowieso zurückfahren, nehme ich an, oder?«

Es war keine Frage. Er blickte seine Frau nachsichtig an.

»Lies vor, Joanie. Lies uns das Ende vor.«

Sie sah auf die Briefe. Sie sagte: »Offenbar hat sie ihn gebeten, ihr ihre Briefe zurückzuschicken. Sein Brief ist die Antwort.«

Lieber Randolph,

alles ist zu Ende, in der Tat. Und ich bin froh, froh von ganzem Herzen. Und auch Du bist Dir dessen ganz sicher, nicht wahr? Ein Letztes noch – ich hätte gerne meine Briefe zurück – *all* meine Briefe, ausnahmslos – nicht weil ich Deiner Ehre nicht vertraute, sondern weil sie mir gehören, nun, da sie nicht länger Dir gehören. Deines Verständnisses, hierin zumindest, bin ich mir gewiß.

Christabel

Meine Teure,

hier sind Deine Briefe, wie Du es verlangst. Es fehlt keiner. Zwei habe ich verbrannt, und andere mögen – nein, sie sollten unverzüglich dem gleichen Schicksal überantwortet werden. Doch solange sie in meiner Hand sind, kann ich es nicht über mich bringen, noch mehr davon zu vernichten, wie ich es nicht über mich brächte, etwas anderes zu vernichten, was Deine Hand schrieb. Es sind die Briefe einer wunderbaren Dichterin, und diese Wahrheit leuchtet ungemindert, mögen die Gefühle, mit denen ich sie betrachte, soweit sie mich betreffen, das heißt, soweit sie mir gehören, noch so wechselhaft sein. In einer halben Stunde werden sie mir nicht mehr gehören, denn sie sind zusammengepackt und liegen bereit, um Dir übergeben zu werden, auf daß Du nach Deinem Gutdünken mit ihnen verfährst. Ich denke, daß Du sie verbrennen solltest, und doch – hätte Abaelard Héloise' herrliche Worte der Standhaftigkeit vernichtet, hätte die Nonne Mariana Alcoforado geschwiegen: um wieviel ärmer wären wir darob, um wieviel unwissender! Ich nehme an, daß Du sie verbrennen wirst; Du bist eine unbarmherzige Frau – wie unbarmherzig, werde ich noch zu erfahren haben, denn ich beginne es erst zu erkennen. Dennoch hoffe ich, daß Du nicht zögern wirst, Dich an mich zu wenden, sollte es mir nun oder künftig möglich sein, mich als Freund für Dich zu verwenden.

Nichts von dem, was geschehen ist, werde ich vergessen. Zu vergessen liegt nicht in meiner Natur. (Um das Verzeihen kann es zwischen uns nicht mehr gehen, habe ich recht?) Du kannst versichert sein, daß ich das kleinste Wort, ob geschrieben oder gesprochen, und auch alles andere im harten Wachs meines beharrlichen Gedächtnisses bewahren werde. Alles, *auch das Geringste*, alles, glaube mir. Solltest Du diese Briefe verbrennen, so werden sie in meinem Gedächtnis weiterbestehen, solange ich lebe, wie das Nachbild einer verglühten Rakete auf der Netzhaut des Zuschauers. Ich kann nicht glauben, daß Du sie verbrennen wirst. Ich kann nicht glauben, daß Du es nicht tun wirst. Ich weiß, daß Du mir nicht sagen wirst, was zu tun Du beabsichtigst, und ich muß aufhören, weiterzuschreiben und trotz besseren Wissens auf eine Antwort von Dir zu hoffen, die es nicht geben wird und die mir in der Vergangenheit stets eine Erschütterung, eine Veränderung, fast ausnahmslos eine Freude bedeutet hat.

Ich hatte gehofft, wir könnten Freunde sein. Meine Vernunft weiß, daß Du recht hast mit der Unbeugsamkeit Deiner Entscheidung, und doch werde ich meine *gute Freundin* vermissen. Solltest Du jemals – aber das sagte ich bereits, und Du weißt es ohnehin. Geh in Frieden. Schreibe gut.

Dein in mancher Hinsicht ergebener Diener
R.H.A.

»Mit dem Skandal haben Sie sich getäuscht«, sagte Sir George zu Roland in einem Ton, der eine sonderbare Mischung aus Befriedigung und Vorwurf darstellte. Roland spürte, wie trotz aller Sanftmut eine große Gereiztheit in ihm aufstieg – es bedrückte ihn, Lady Baileys brüchige Stimme Randolph Henry Ashs Prosa stammeln zu hören, die sich in seinem Kopf zusammenfügte und melodisch erklang, und es erfüllte ihn mit ohnmächtigem Ärger, daß er diese zusammengefalteten Zeitbomben nicht ergreifen und studieren konnte.

»Das können wir nicht wirklich wissen, solange wir die Briefe nicht gelesen haben«, erwiderte er, und seine Stimme war heiser vor Selbstbeherrschung.

»Und wenn wir damit Staub aufwirbeln?«

»Das glaube ich nicht. Die Bedeutung dieser Briefe ist rein literarisch –«

Analogien schossen Maud durch den Kopf, und sie verwarf sie sogleich als outriert. Als hätte man – Jane Austens Liebesbriefe gefunden?

»Sie müssen verstehen, wenn man die Briefe eines Schriftstellers liest – wenn Sie zum Beispiel Christabels Biographie lesen –, dann hat man immer den Eindruck, daß irgend etwas fehlt, etwas, wozu der Biograph keinen Zugang hat, das Wahre, das Wichtige, das, was für den Dichter selbst am wichtigsten war. Es gibt immer Briefe, die vernichtet wurden. Meistens die, auf die es ankäme. Vielleicht sind das hier diese Briefe für Christabels Leben. Er – Ash – hielt sie offenbar dafür; er sagt es jedenfalls.«

»Wie aufregend«, sagte Joan Bailey. »Wie faszinierend.«

»Ich muß mich erst beraten lassen«, sagte Sir George unnachgiebig und mißtrauisch.

»Aber ja, mein Lieber, das sollst du auch ruhig tun«, sagte seine Frau. »Aber du darfst nicht vergessen, daß Miss Bailey so klug war, deinen Schatz zu finden. Und Mr. Michell.«

»Wenn Sie zu irgendeinem Zeitpunkt erwägen könnten – mir – uns – Zugang zu dem Briefwechsel zu gewähren – wir könnten Ihnen sagen, um was es sich handelt – welche Bedeutung für die Forschung das Ganze – ob eine Publikation sinnvoll wäre. Ich weiß bereits aus dem, was wir gesehen haben, daß ich meine ganze Beschäftigung mit Christabel aufgrund dieser Korrespondenz neu überdenken muß – ich könnte nicht guten Gewissens weiterarbeiten, ohne sie zu berücksichtigen – und für Mr. Michells Beschäftigung mit Ash gilt das auch, nehme ich an.«

»Ja, natürlich«, sagte Roland. »Es könnte meine Theorien völlig verändern.«

Sir George blickte vom einen zum anderen.

»Mag sein, mag sein. Aber sind ausgerechnet *Sie* am geeignetsten, sich damit zu befassen?«

»Sobald erst einmal bekannt ist, daß es diese Briefe gibt«, sagte Roland, »werden die Wissenschaftler sich in Scharen bei Ihnen einfinden. In Scharen.«

Maud, die genau dies am meisten fürchtete, funkelte ihn erbost an. Sir George hingegen, den die Vorstellung, von weiblichen und männlichen Leonora Sterns heimgesucht zu werden, weit mehr erschreckte, als ihn das, was Cropper und Blackadder zu bieten haben konnten, zu verlocken vermochte, reagierte so, wie Roland vermutet hatte.

»Das kommt überhaupt nicht in Frage –«

»Wir könnten eine Aufstellung für Sie machen, mit einer Inhaltsangabe. Wir könnten die Briefe transkribieren – wenn Sie es erlauben – zumindest ein paar –«

»Immer mit der Ruhe. Ich werde mich beraten lassen. Mehr kann ich jetzt nicht sagen. Das ist fair genug, oder?«

»Bitte«, sagte Maud, »geben Sie uns Bescheid, wenn Sie zu einer Entscheidung gelangt sind.«

»Aber ja«, sagte Joan Bailey, »das tun wir ganz sicher.«

Ihre kräftigen Hände legten die welken Blätter auf ihrem Schoß zurecht, ordneten sie, glätteten sie.

Während der Rückfahrt im Dunkeln verständigten Roland und Maud sich in knappen, einsilbigen Bemerkungen, während beider Gedanken beschäftigt waren.

»Wir hatten instinktiv die gleiche Idee, es herunterzuspielen.« Maud.

»Sie müssen ein Vermögen wert sein.« Roland.

»Wenn Mortimer Cropper wüßte, daß es sie gibt –«

»Dann wären sie morgen in Harmony City.«

»Sir George könnte das Geld brauchen. Um sein Haus instand zu halten.«

»Ich habe keine Ahnung, wieviel Geld sie wert sind. Ich kenne mich mit so etwas nicht aus. Vielleicht sollten wir Blackadder Bescheid sagen. Vielleicht gehören die Briefe in die British Library. Eine Art Nationalerbe.«

»Es sind Liebesbriefe.«

»Scheint so, ja.«

»Vielleicht wird man Sir George empfehlen, sich an Blackadder zu wenden. Oder an Cropper.«

»Wir können nur beten, daß es nicht Cropper ist. Noch nicht.«

»Wenn man ihm empfiehlt, sich an die Universität zu wenden, landet er möglicherweise bei mir.«

»Wenn man ihm empfiehlt, zu Sotheby's zu gehen, verschwinden die Briefe – nach Amerika oder sonstwohin, und wir können von Glück sagen, wenn Blackadder sie bekommt. Ich weiß gar nicht, warum ich etwas dagegen haben sollte. Ich weiß nicht, warum ich so ein Besitzdenken entwickelt habe. Es sind schließlich nicht meine Briefe.«

»Weil wir sie entdeckt haben. Und – weil sie privat sind.«

»Aber wir wollen doch nicht, daß er sie in einer Schublade versteckt, oder?«

»Das können wir nicht. Wir wissen ja, daß es sie gibt.«

»Meinen Sie, wir können uns auf – eine Art Abkommen einigen? Wenn einer von uns noch mehr herausfindet, erzählt er oder sie es dem anderen, aber niemandem sonst? Die Briefe haben mit beiden Dichtern zu tun, im gleichen Maß – und so viele andere Interessen –«

»Leonora –«

»Wenn Sie es ihr sagen, ist es nicht mehr weit bis zu Cropper oder Blackadder – und die beiden haben einen längeren Arm als Leonora, vermute ich.«

»Sie haben recht. Hoffen wir, daß er sich an die Lincoln University wendet und an mich verwiesen wird.«

»Mir ist ganz übel vor Neugier.«

»Hoffen wir, daß er sich bald entscheidet.«

Aber es sollte beträchtliche Zeit vergehen, bevor von den Briefen oder von Sir George wieder zu hören war.

SECHSTES KAPITEL

Neigung ward Leidenschaft. Sie führte ihn
In Pfahlbürgers Salons, düster und kalt,
Voll schaler Dünste bürgerlicher Kost,
Wo er dem diensteifrigen Juden folgt'
Am dunklen Mahagoniholz vorbei,
Kommode, Truhe, Tisch im Sabbatkleid,
Mit schmuckem blauen Tuch herausgeputzt,
Kastanienbraun und dunkelbraun gestreift –
Dann wurde ihm vielleicht zuteil zu sehen,
Was dreimal abgeschlossene Schübe bargen,
Gehüllt in weiche, bunte Seidensäckchen,
Nun ausgebreitet, sorgsam angeordnet,
Mit leiser Hand aus dem Versteck gehoben,
Ein Blau, so blau wie das des Amethyst,
So strahlend wie der lichte Himmel und
So vielgestaltig wie das Kleid des Pfauen:
Das Blau von zwanzig Damaszener Kacheln.
Und dann ward seiner Seele Drang gestillt;
Dann fühlt' er Seligkeit, dann fühlt' er, wie
Im Funkeln dieser Farben all sein Sein
Enthalten war, und gab sein Gold, zu schauen…
R. H. Ash: *Der große Sammler*

Das Badezimmer war ein langes, enges Rechteck, raumsparend angelegt, in der Farbe glasierter Mandeln, mit Zubehör ausgestattet, dessen lebhaftem Pinkrosa eine leichte Grauschattierung beigemischt war. Die Bodenkacheln waren in grauschimmerndem Violett gehalten. Manche Kacheln, nicht alle, waren mit kleinen Sträußen gespenstisch wirkender Madonnenlilien bemalt – italienische Kacheln. Sie reichten an den Wänden bis zur Schulterhöhe, wo sie von einer Vinyltapete mit Paisleymuster abgelöst wurden, auf der sich kugelige Wesen mit Saugnäpfen breitmachten – Achtfüßler und Seewalzen in kräftigem Purpur und Pink. Farblich passend aus pinkfarbenem Porzellan mit Grauschimmer waren der Halter für das Toilettenpapier, ein Gefäß mit Papiertüchern, ein Zahnputzbecher auf einer Platte, die an die Scheiben erinnerte, die in manchen Gegenden Afrikas zum Schmuck in die Lippen genäht werden, eine Muschelschale, in der jungfräuliche purpurne und pinkfarbene Seifenzäpfchen lagen. Die blitzsaubere Lamellenjalousie aus Vinyl war mit einem pinkrosa Sonnenaufgang bemalt, den rosenfarbene Schäfchenwolken durchsetzten. Die flauschige Badematte mit ihrer lederartigen Gummirückseite war lavendelfarben, ebenso wie die flauschige halbmondförmige Matte, die sich um den Fuß der Toilette schmiegte, und der flauschige Schutzbezug, der den Klodeckel zierte. Auf diesem Deckel samt Bezug kauerte Professor Mortimer P. Cropper, der sich konzentrierte und gleichzeitig auf eventuelle Geräusche im Haus lauschte. Es war drei Uhr nachts. Er machte sich mit einem dicken Bündel Papier, einer Taschenlampe in schwarzem Gummigehäuse und einer Art mattschwarzem Kasten zu schaffen; der Kasten war gerade so groß, daß er ihn auf den Knien balancieren konnte, ohne damit an die Wand zu stoßen.

Das hier war nicht sein Milieu. Ein wenig genoß er den Reiz des Ungewohnten, des Verbotenen. Er trug einen langen schwarzen Morgenmantel aus Seide mit karmesinroten Aufschlägen über einem schwarzen Seidenpyjama mit karmesinroten Paspeln und mit einem Monogramm auf der Brusttasche. Auf seine Pantoffeln aus schwarzem Samt war mit Goldfaden ein Frauenkopf gestickt, den ein Strahlenkranz oder abstehendes Haar umrahmte. Die Pantoffeln waren nach seinen eigenen Angaben in London angefertigt worden. Die Frauenfigur befand sich als Relief über der Säulenhalle des ältesten Teils der Robert Dale Owen University, dem Harmonia Museum, das seinen Namen nach der alten Akademie Alexandrias, diesem »Vogelhaus der Musen« erhalten hatte. Sie stellte Mnemosyne, die Mutter der Musen, dar, doch nur die wenigsten erkannten sie auf Anhieb, und Leute mit einer gesunden Halbbildung hielten sie meistens für das Gorgonenhaupt. Sie war auch – eher unauffällig – an Professor Croppers Briefbögen angebracht, aber auf seinem Siegelring war sie nicht zu finden; er bestand aus einem markanten Onyx, in den ein geflügeltes Pferd eingeschnitten war, und hatte früher Randolph Henry Ash gehört; jetzt lag er auf dem Rand des pinkfarbenen Waschbeckens, in dem Cropper sich gerade die Hände gewaschen hatte.

Der Spiegel zeigte ein feingeschnittenes Gesicht mit klaren Zügen, silbriges Haar mit einem teuren und strengen Haarschnitt, eine goldgefaßte Halbbrille, zusammengepreßte Lippen, die trotzdem weniger verkniffen wirkten, als sie es bei einem Engländer getan hätten, Lippen, die breitere Vokale und weniger gezierte Laute gewohnt waren. Sein Körper war großgewachsen, schlank und durchtrainiert; er hatte amerikanische Hüften, zu denen ein Gürtel paßte, ja sogar ein Patronengurt, wie er ihn vor langer Zeit hätte tragen können.

Er zog an einer Schnur, und die Heizspirale im Badezimmer begann leise zischend warm zu werden. Er drückte einen Knopf an seinem schwarzen Kasten, der ebenfalls ein leise zischendes Geräusch von sich gab und ein schwaches Licht aufscheinen ließ. Er schaltete die Taschenlampe ein und legte sie so auf den Rand des Waschbeckens, daß sie beleuchtete, was er tat. Er schaltete die Lampe aus und betätigte Klappen und Schalter mit den geübten Handgriffen dessen, der es gewohnt ist, in der Dunkelkammer zu arbeiten. Mit Daumen und Zeigefinger nahm er behutsam einen Brief aus seinem Umschlag, einen alten Brief, dessen Faltstellen er sorgfältig flachdrückte, bevor er ihn in seinen Kasten legte; er schloß den Deckel und drückte den Knopf.

Dieser schwarze Kasten, den er in den fünfziger Jahren erfunden und perfektioniert hatte, war ihm geradezu ans Herz gewachsen, und ihm widerstrebte der Gedanke, ihn gegen einen neueren, fortschrittlicheren Mechanismus einzutauschen, denn jahrzehntelang hatte das Gerät ihm treue Dienste geleistet. Er verstand sich darauf, Einladungen in die merkwürdigsten Häuser zu erlangen, in denen sich irgendeine Reliquie von Ashs Hand befinden mochte, und er war schon früh zu der Überzeugung gelangt, daß es ratsam war, sich von dem, was er vorfand, eine Aufzeichnung zu machen, eine Aufzeichnung für seinen persönlichen Gebrauch, für den Fall, daß der Besitzer sich weigerte, das betreffende Stück zu verkaufen, oder – wie es ein, zwei Male betrüblicherweise geschehen war – sich sogar weigerte, Kopien davon zu erlauben, was für die Wissenschaft die fatalsten Folgen haben konnte. Ja, es gab Fälle, wo seine heimlich erlangten Kopien den einzigen Existenznachweis von Dokumenten bildeten, die spurlos verschwunden waren. Er wußte, daß in diesem Fall nicht mit so etwas gerechnet werden mußte; er konnte davon ausgehen, daß Mrs. Daisy Wapshott sich von dem Schatz trennen würde, den sie von ihrem verblichenen Ehemann geerbt hatte, sobald sie eine Vorstellung von der Höhe des Schecks hatte, den sie dafür eintauschte – und er war zu der Ansicht gelangt, daß eine relativ bescheidene Summe völlig ausreichend sein würde. Aber es waren – in anderen Fällen – die seltsamsten Dinge passiert, und sollte sie plötzlich stur werden, würde er die Briefe nie wieder in die Hand bekommen. Morgen würde er sich wieder in seinem komfortablen Hotel am Piccadilly befinden.

Die Briefe waren nichts Besonderes. Sie waren an die Mutter des Ehemanns von Daisy Wapshott gerichtet, die offenbar Sophia geheißen hatte und ein Patenkind Randolph Henry Ashs gewesen war. Er würde sich später über sie informieren. Auf Mrs. Wapshotts Fährte hatte ihn ein neugieriger Buchhändler gebracht, den er kannte und der sich als Auktionator betätigte und Cropper über alles auf dem laufenden hielt, was interessant sein konnte. Mrs. Wapshott hatte die Briefe nicht auf die Auktion gegeben, sondern hatte dort Tee ausgeschenkt, aber sie hatte Mr. Biggs von den Briefen erzählt, die in ihrer Familie »Omamas Briefe mit den Bäumen von diesem Dichterling« hießen. Und Mr. Biggs hatte sie in einem PS an Cropper erwähnt. Und Cropper hatte Mrs. Wapshott sechs Monate lang mit vorsichtigen Anfragen in Versuchung zu führen versucht und zuletzt verlauten lassen, daß er »zufällig auf der Durchreise« sei... Natürlich war er nicht zufällig vorbeigekommen. Er hatte sich eigens und aus einem ganz bestimmten Grund auf den Weg in diesen Vorort von Preston gemacht, und hier war er nun, in diesem flauschigen Dekor, mit den vier kurzen Briefen.

Liebe Sophia,

ich danke Dir für Deinen Brief und für die schönen Bilder von Enten und Drachen, die Du mir geschickt hast. Ich bin ein alter Mann, der keine Kinder und keine Enkel hat, und deshalb mußt Du entschuldigen, wenn ich Dir so schreibe, wie ich einem lieben Freund schreiben würde, der mir etwas Hübsches geschickt hat, was ich in

Ehren halten werde. Wie klug beobachtet Dein Enterich ist, der mit dem Bürzel nach oben den Grund des Teiches nach Wurzeln und Larven absucht!

Ich kann nicht so gut zeichnen wie Du, aber ich finde, Geschenke sollten erwidert werden, und ich schicke Dir ein etwas schiefgeratenes Konterfei meines Namenspatrons, der mächtigen Esche. Sie ist ein verbreiteter und zauberkräftiger Baum – nicht in dem Sinne, in dem die Eberesche Zauberkräfte besitzt, sondern weil unsere nordischen Vorfahren einst glaubten, sie halte die Welt zusammen, mit den Wurzeln in der Unterwelt und mit der Krone im Himmel. Das Holz ist für Speerschäfte geeignet, und man kann den Baum erklettern. Seine Knospen sind, wie Lord Tennyson bemerkt hat, von schwärzlicher Farbe.

Ich hoffe, es ist Dir recht, daß ich Dich Sophia nenne und nicht Sophy. Sophia bedeutet Weisheit, die göttliche Weisheit, die die Ordnung der Dinge wahrte, bevor Adam und Eva so töricht waren, im Paradiesgarten zu sündigen. Gewiß wirst du zu einer sehr weisen Person heranwachsen – jetzt aber ist es Deine Zeit, um zu spielen und Enten zu zeichnen, für welche Dir dankt Dein schon bejahrter Verehrer

Randolph Henry Ash

Diese herzliche Mitteilung besaß Seltenheitswert. Sie war Ashs einziger Brief an ein Kind, von dessen Existenz Mortimer Cropper wußte. Ash war dafür bekannt, daß er mit Kindern nichts anzufangen wußte. (Die Gesellschaft der Nichten und Neffen seiner Frau hatte er gescheut, und er war immer sorgfältig gegen sie abgeschirmt worden.) Dieser Brief bedeutete, daß man eine leichte Korrektur vorzunehmen hatte. Cropper photographierte die anderen Briefe, denen Zeichnungen von einer Platane, einer Zeder und einem Walnußbaum beigelegt waren, und legte das Ohr an die Tür des Badezimmers, um zu hören, ob Mrs. Wapshott oder ihr fetter kleiner Terrier sich rührten. Nach einem Augenblick hatte er sich vergewissert, daß beide schnarchten, in verschieden hohen Tonlagen. Er wanderte auf Zehenspitzen über den Flur zurück in den rüschenverzierten Verschlag, der das Gästezimmer war, und rutschte nur einmal auf dem Linoleumboden aus, der leise quietschte; im Gästezimmer lag Randolph

Henry Ashs Taschenuhr auf einem herzförmigen Teller mit Gardenienschmuck, der auf der Glasoberfläche eines nierenförmigen Schminktischs stand, den rotbrauner Satin und weiße Spitzen umhüllten.

Am nächsten Morgen frühstückte er mit Daisy Wapshott, einer gemütlichen Person mit großem Busen in einem Kleid aus Seidenkrepp und einer pinkfarbenen Angorastrickjacke, die ihm trotz seiner Abwehr einen großen Teller Eier mit Schinken, Pilzen und Tomaten, Würstchen und Bohnen aufnötigte. Er aß dreieckige Toastscheiben und Orangenmarmelade aus einem Kristallschälchen mit aufklappbarem Deckel und einem Perlmuttlöffel. Er trank starken Tee aus einer Silberkanne, die eine Wärmehaube in Form einer nistenden Henne bedeckte. Er mochte keinen Tee. Er trank nur schwarzen Kaffee. Er gratulierte Mrs. Wapshott zu ihrem hervorragenden Tee. Aus den Fenstern seines eigenen eleganten Hauses hätte er jetzt auf einen streng geometrisch angelegten Garten geblickt, hinter dem die Salbei- und Wacholdersträucher der Mesa aufragten und dahinter die Berggipfel, die sich von der Wüste in den klaren Himmel erhoben. Hier blickte er auf einen schmalen Grasstreifen, den Plastikzäune von identischen Grasstreifen trennten.

»Ich habe sehr gut geschlafen«, sagte er zu Mrs. Wapshott. »Ich bin Ihnen wirklich sehr dankbar.«

»Ich freue mich, daß Sie mit Rodneys Briefen was anfangen können, Professor. Er hat sie von seiner Mama geerbt, die früher mal was Besseres gewesen war, wenn man ihm glauben wollte. Hab' seine Familie selber nie kennengelernt. Wir haben im Krieg geheiratet, hatten uns beim Feuerlöschen kennengelernt. Ich war damals Kammerzofe, Professor, aber er war ein richtig feiner Pinkel, das konnte jeder sehen. Bloß mit dem Arbeiten hat er sich nie anfreunden können, nie. Wir hatten unseren Laden – Kurzwaren –, aber in Wirklichkeit hab' ich den Laden geführt, er hat bloß mit verschämtem Lächeln die Kundschaft angeglotzt. Ich weiß gar nicht, wie er an diese Briefe gekommen ist. Er hat sie von seiner Mama – sie meinte, er könnte vielleicht eine dichterische Ader haben, und sie hat gesagt, es wären Briefe von einem berühmten Dichter. Er hat sie unserem Vikar gezeigt, aber der hat gesagt, seiner Ansicht nach wäre damit nicht viel los. Aber ich hab' gesagt, ich täte sie nie weggeben, Professor. Viel ist ja wirklich nicht dran – Briefe über Bäume an irgendein Kind.«

»In Harmony City«, sagte Mortimer Cropper, »in der Stant Collection der dortigen Universität habe ich die umfangreichste und interessanteste Sammlung von Briefen Randolph Henry Ashs zusammengetragen, die es auf der Welt gibt. Es ist mir ein Anliegen, über alles informiert zu sein, was er getan hat – über jeden Menschen, der ihn interessiert hat, über alles, was ihn beschäftigt hat, mag es noch so geringfügig gewesen sein. Die wenigen Briefe in Ihrem Besitz, Mrs. Wapshott, mögen an sich keinen großen Wert haben, doch unter einem umfassenderen Gesichtspunkt tragen sie dazu bei, das Bild mit Glanz, mit Farbe zu versehen, sie tragen dazu bei, den Menschen zum Leben zu erwecken. Ich hoffe, Mrs. Wapshott, daß Sie sich dazu werden entschließen können, sie der Stant Collection anzuvertrauen. Dort würden sie für alle Zeiten unter den denkbar besten Bedingungen konserviert, in gefilterter Luft, bei konstanter Temperatur und Luftfeuchtigkeit, und nur ausgewiesene Forscher würden Zugang zu ihnen erhalten.«

»Mein Mann wollte, daß Katy sie erbt. Unsere Tochter. Für den Fall, daß *sie* die dichterische Ader hätte. Wo Sie geschlafen haben, Professor, das ist ihr Zimmer. Sie ist schon lange ausgezogen – hat längst Kinder, einen Sohn und eine Tochter –, aber ich hab' ihr Zimmer immer für sie bereitgehalten, für den Fall des Falles, wissen Sie, und für sie ist das ein beruhigendes Gefühl. Bevor die Kinder kamen, hat sie unterrichtet – Englisch. Sie hat sich ab und zu nach Omamas Briefen mit den Bäumen erkundigt. So hießen die bei uns immer: Omamas Briefe mit den Bäumen. Ich muß natürlich erst meine Tochter fragen, bevor ich Ihnen irgendwelche Zusagen machen kann. Wenn man so will, gehören sie schließlich ihr – Sie verstehen, was ich meine.«

»Natürlich sollten Sie mit Ihrer Tochter sprechen. Sie sollten ihr auch sagen, daß wir Ihnen gerne einen sehr guten Preis für diese Dokumente anbieten. Das sollten Sie erwähnen, wenn Sie sich mit ihr beraten. Wir verfügen über beträchtliche Mittel, Mrs. Wapshott.«

»Beträchtliche Mittel«, wiederholte sie mechanisch. Er wußte, daß sie sich nicht traute, ihn zu fragen, welchen Preis er anbieten könne, weil sie das für unfein hielt, und es paßte ihm sehr gut, weil er dadurch strategisch vorgehen konnte; er vermutete, daß die tollkühnsten Träume ihrer bescheidenen Habsucht nicht annähernd an den Betrag heranreichen würden, den er auf dem Markt ohne weiteres zu bezahlen bereit wäre. In solchen Fällen hatte er sich bisher nur selten geirrt; fast immer konnte er bis auf Heller und Pfennig den Betrag voraussagen, den ein Dorfpfarrer oder Schulbibliothekar für angemessen hielt – bevor und nachdem er den Rat eines Sachverständigen eingeholt hatte.

»Ich muß drüber nachdenken«, sagte sie in einem Ton, der Unsicherheit, aber auch Komplizenhaftigkeit verriet. »Ich muß mir überlegen, was das beste ist.«

»Es eilt ja nicht«, beruhigte er sie, während er sich die Finger an der Damastserviette abwischte, nachdem er seinen Toast aufgegessen hatte. »Nur an eines möchte ich Sie erinnern: Sollte sich irgend jemand anderes bezüglich dieser Dokumente an Sie wenden, wäre ich Ihnen sehr dankbar, wenn Sie nicht vergäßen, daß ich mich zuerst darum bemüht habe. Wir haben zwar unsere Spielregeln in der akademischen Welt, aber Spielverderber gibt es leider überall. Ich würde mich freuen, wenn Sie mir zusagen könnten, daß Sie in bezug auf die betreffenden Briefe nichts unternehmen werden, ohne zuerst Rücksprache mit mir gehalten zu haben. Natürlich nur, wenn Sie dazu bereit sind. Ich kann Ihnen im übrigen versichern, daß Sie sehen werden, daß es nur zu Ihrem Vorteil sein kann, sich mit mir zu beraten.«

»Aber nicht im Traum, Professor. Ich meine, mich nicht bei Ihnen zu melden. Falls überhaupt jemand – was ich nicht glaube. Niemand, Professor, hat sich dafür interessiert, bis Sie herkamen, niemand.«

Die Nachbarn steckten den Kopf zum Fenster heraus, als er abfuhr. Sein Auto war ein langer, schwarzer Mercedes von der Sorte, in der normalerweise Würdenträger jenseits des Eisernen Vorhangs chauffiert zu werden pflegten, ein PS-starker Leichenwagen. Er wußte, daß sein Wagen im Unterschied zu seinem Tweedjackett in England angeberisch wirken mußte. Es war ihm egal. Der Wagen war schön und schnell, und Mortimer Croppers Persönlichkeit hatte auch ihren draufgängerischen Aspekt.

Während er die Autobahn entlangglitt, dachte er über seine nächsten Zielorte nach. Bei Sotheby's war eine Auktion angesetzt, in der ein Album mit Autographen versteigert werden sollte, das einen Vierzeiler Ashs samt Unterschrift enthielt. Außerdem mußte er unbedingt ein paar Tage im Britischen Museum verbringen. Bei dem Gedanken an James Blackadder verzog er das Gesicht vor Unwillen. Und er mußte Beatrice Nest zum Lunch einladen – eine Aussicht, die ihm ebenfalls mehr Widerwillen als Vergnügen verursachte. Wenn er irgend etwas mehr bedauerte als alles andere, dann Beatrices Verfügungsgewalt über Ellen Ashs Tagebuch, mit dem sie verfuhr, als wäre es quasi ihr Eigentum. Hätten er und sein Team von Assistenten einen vernünftigen Zugang dazu gehabt, dann wäre dieses Tagebuch inzwischen weitestgehend ediert, mit Anmerkungen und Registern versehen und könnte benutzt werden und dazu dienen, seine eigenen Erkenntnisse ins rechte Licht zu setzen. Beatrice dagegen würde wahrscheinlich bis zum Sankt-Nimmerleins-Tag dasitzen und mit viel Geraschel und nutzlosen Spekulationen über Fakten und Bedeutungen in der allergrößten Gemütsruhe nicht das geringste zustande bringen; sie kam ihm vor wie das störrische Schaf in *Alice hinter den Spiegeln* – ein lebender Beweis dessen, was er für typisch englischen Krämergeist und Dilettantismus hielt. Er hatte – wie immer – ein ganzes Notizbuch voller Fragen dabei, die er klären wollte, falls es möglich wäre, falls sie ihm Zugang zu den Papieren gewährte. Er war fest davon überzeugt, daß Ellen Ashs Aufzeichnungen in die Stant Collection gehörten – eine Überzeugung, die er noch nie in Frage gestellt, die er nie als etwas anderes empfunden hatte denn als ein Gefühl sinnlich wahrnehmbaren Mangels, als das Wissen darum, daß sein Wohlbefinden durch das Fehlen einer wichtigen Komponente geschmälert war.

Hin und wieder spielte Mortimer Cropper mit dem Gedanken, eine Autobiographie zu schreiben. Er hatte auch schon erwogen, die Geschichte seiner Familie zu schreiben. Geschichte, Schreiben wirken sich irgendwann auf die Selbsteinschätzung dessen aus, der sich mit ihnen beschäftigt, und Mortimer Cropper, der jede Einzelheit des Lebens von Randolph Henry Ash lückenlos dokumentierte – jeden seiner Schritte, seine gesellschaftlichen Verpflichtungen, seine Wanderungen, sein übermäßiges Engagement für Dienstboten, seinen Unwillen gegenüber Liebedienerei –, hatte in manchen Augenblicken vielleicht verständlicherweise den Eindruck, daß seine eigene Identität bestenfalls etwas Unwirkliches war, etwas, was der Gegenstand seines Schreibens und Aufzeichnens aufsog. Er war ein bedeutender Mann, ein Mann, der über Macht verfügte: die Macht zu begünstigen oder zu enttäuschen, die Macht des Scheckbuchs, die Macht Thots und die, unerwartet Zugang zu den innersten Heiligtümern der Stant Collection zu gewähren. Seinen Körper, sein Äußeres pflegte er mit einer Sorgfalt, die er auch auf sein Inneres verwendet hätte, wenn er gewußt hätte, wer er war, wenn er nicht das Gefühl gehabt hätte, vor einem undurchdringlichen Schleier zu stehen. Solche Gedanken kamen ihm nur ab und zu, dann, wenn er – wie jetzt – allein in seinem komfortablen schwarzen Schrein unterwegs war.

Meine Jugend

Zu einem sehr frühen Zeitpunkt meines Heranwachsens erkannte ich im Schatzkabinett meines schönen Elternhauses in Chixauga in New Mexico – nicht weit vom herrlichen Standort der Robert Dale Owen University –, was ich werden würde.

Everblest House birgt zahllose schöne und merkwürdige Gegenstände, die mein Großvater und Urgroßvater gesammelt haben; es sind ausnahmslos Museumsstücke von höchstem Wert, wenngleich sie nach keinem anderen Gesichtspunkt gehortet wurden als dem ihrer Seltenheit oder einer assoziativen Verbindung zu dieser oder jener großen Persönlichkeit der Geschichte. Wir besaßen ein zierliches Notenpult, das Jefferson nach seinen eigenen kenntnisreichen Angaben zu Scharnieren und Angeln hatte anfertigen lassen. Wir besaßen eine Wielandbüste, die einst dem warmherzigen Diaristen, der so viele der Großen kannte, Crabb Robinson, gehört hatte, welcher sie mit sicherem Blick dem Vergessen in einer Rumpelkammer entrissen hatte. Wir besaßen einen Theodoliten, den Swedenborg benutzt hatte, ein Gesangbuch von Charles Wesley und eine klug ersonnene neuartige Hacke, die Robert Owen als Siedler in New Harmony verwendet hatte. Wir besaßen eine Schlaguhr, die Lafayette Benjamin Franklin verehrt hatte, und einen Spazierstock aus dem Besitz Honoré de Balzacs – letzterer etwas zu üppig und geschmacklos mit Edelsteinen verziert. Mein Großvater pflegte diesen Prunk eines *parvenu* mit der wahren Würde und Schlichtheit von Owens Hacke zu vergleichen. Da die Hacke sich in unberührtem Zustand befand, bleibt es fraglich, ob sie tatsächlich so nützlich war, wie mein Großvater glaubte, doch sein Fühlen macht ihm Ehre. Wir besaßen auch vielerlei *objets de vertu*, darunter erlesene Sammlungen von Sèvres-Porzellan, *pâte tendre*, Muranoglas und Kacheln aus dem Orient. Die meisten dieser Sammlerstücke – die Gegenstände europäischer Herkunft – hatte mein Großvater erstanden, der vier Kontinente bereiste und voller Geduld das suchte, was andere als unbedeutend abtaten, und der stets mit neuen Schätzen in das schimmernd weiße Haus vor der *mesa* zurückkehrte. Die hohen Glasschränke im Schatzkabinett hatte er eigenhändig entworfen; sie stellten eine harmonische Verbindung der Schlichtheit, die die frühen funktionalen Möbel der idealistischen Siedler kennzeichnet, von denen er abstammte, mit dem primitiven, aber eindrucksvollen hispanoamerikanischen Kunsthandwerk der Gegend dar, in der die Siedler sich niederzulassen versucht hatten.

Mein Vater litt an dem, was man heute als periodisch auftretende zirkuläre Depression bezeichnen würde, und dies führte dazu, daß er keinen Beruf ausübte, obgleich er das Studium der Theologie in Harvard mit der Promotion *summa cum laude* abgeschlossen hatte. Er erlaubte mir hin und wieder, die obenerwähnten Schätze zu betrachten, die er in seinen ruhigeren Stunden katalogisierte, wenngleich mit wenig Erfolg, da er kein Ordnungssystem zu erstellen imstande war. (Ein lediglich chronologisches System, erfunden oder übernommen, wäre das einfachste gewesen, doch Einfachheit war seinem Geist fremd.) »Morty, mein Junge«, sagte er dann zu mir, »hier kannst du die Geschichte in Händen halten.« Was mich besonders anzog, war die Sammlung von Porträtskizzen und signierten Photographien berühmter Persönlichkeiten des 19. Jahrhunderts – Zeichnungen von Richmond und Watts, Photographien von Julia Margaret Cameron –, die in der Mehrzahl meiner Urgroßmutter Priscilla Penn Cropper verehrt worden oder von ihr erbeten worden waren. Diese höchst raren Porträts, die als Sammlung, soweit ich weiß, ihresgleichen in der ganzen Welt nicht haben, bilden heute den Kern der Porträtabteilung der Stant Collection an der Robert Dale

Owen University, deren Vorsitz zu führen ich die Ehre habe. In meiner Kindheit waren sie meine Spielgefährten, und meine Einbildungskraft verlieh ihren ernsten Mienen Leben und ließ sie mir freundlich zulächeln. Gebannt betrachtete ich die schroffen Züge Carlyles, bezaubert war ich von Elizabeth Gaskells Liebreiz, eingeschüchtert von George Eliots Strenge und Gedankenschwere, und mir wurde leicht ums Herz, wenn ich die heiligenmäßige Weltfremdheit Emersons sah. Ich war ein Kind von zarter Konstitution und wurde zu Hause erzogen, zuerst von meiner Gouvernante Ninny, die ich über alles liebte, und später von einem Hauslehrer, der in Harvard studiert hatte und meinem Vater empfohlen worden war als ein Dichter, dem diese Anstellung ermöglichen würde, ein großes Werk zu schreiben. Er hieß Hollingdale, Arthur Hollingdale, und er war der Ansicht, in meinen kindlichen Schreibereien ein beachtliches literarisches Talent zu entdecken, wodurch er mich ermutigte, diesen Weg einzuschlagen. Er bemühte sich, in mir Interesse für die moderne Literatur zu wecken – ich erinnere mich gut, daß er ein Bewunderer Ezra Pounds war –, aber mein Geschmack und meine Neigungen waren bereits ausgebildet, und meine Leidenschaft galt der Vergangenheit. Ich glaube nicht, daß Mr. Hollingdale sein großes Werk je geschrieben hat. Die Einsamkeit in unserer Wüstenlandschaft war nicht nach seinem Geschmack, er begann, auf dichterische Weise dem Tequila zuzusprechen und schied schließlich in beiderseitigem Einvernehmen von uns.

Im Besitz meiner Familie befand sich ein Brief – ein sehr bedeutsamer Brief –, den Randolph Henry Ash an meine Urgroßmutter Priscilla Penn Cropper, geborene Penn, geschrieben hatte. Diese Vorfahrin war eine höchst beeindruckende und in gewisser Hinsicht *exzentrische* Persönlichkeit, in Maine als Tochter glühender Abolitionisten geboren, die entlaufene Sklaven aufgenommen hatten und zu jenen gehörten, welche die neuen Ideen und Haltungen propagierten, die damals in den Staaten Neuenglands Fuß zu fassen begannen. Sie trat vehement für die Frauenemanzipation ein und engagierte sich für eine Reihe anderer Ideale, wie es die tapferen Befürworter der Menschenrechte damals taten. Sie glaubte unerschütterlich an die Heilkraft des Mesmerismus, die sie selbst erfahren haben wollte, und sie beteiligte sich mit großem Eifer an den spiritualistischen Experimenten jener Zeit, die besonders in den USA Blüten trieben, nachdem die Schwestern Fox ihre ersten »Klopfgeister« vernommen hatten; sie lud den Geisterseher Andrew Wilson in ihr Haus ein, den Verfasser des *Univercoelums* oder Schlüssels zum Universum, der in ihrem Haus (das sich damals in New York befand) mit den Geistern Swedenborgs, Descartes' und Bacons Zwiesprache hielt. Vielleicht sollte ich nicht verschweigen, daß meine Nachforschungen etwaige Vermutungen bezüglich einer Verwandtschaft zu den pennsylvanischen Penns, den Quäkern, nicht erhärten konnten, wenngleich Priscilla Penn Cropper eine solche niemals explizit abstritt. In die Geschichte fand sie – möglicherweise zu Unrecht, bedenkt man ihre Vielseitigkeit und ihren Erfindungsreichtum – Eingang als Herstellerin von Priscilla Penns Verjüngungspulver, einer patentierten Medizin, die – so meine inbrünstige Hoffnung – zumindest niemanden das Leben gekostet hat und vielleicht sogar mittels eines Placebo-Effekts ein paar zumindest der unzähligen Leben gerettet hat, deren Erhaltung meine Urgroßmutter sich zugute hielt. Dieses Pulver, das geschickt vermarktet wurde, machte Priscilla zu einer reichen Frau, und von ihrem Reichtum wurde der Bau des Familiensitzes Everblest House finanziert. Den Fremden überrascht der Anblick dieses Hauses, denn es ist die getreue Kopie einer palladianischen Villa in Mississippi, die mein Ururgroßvater väterlicherseits, Mortimer D. Cropper, während des Bürgerkriegs verlor. Sein Sohn Sharman M. Cropper reiste in jenen unruhigen Zeiten nach Norden, um seinen Lebensunterhalt zu fristen, und war – so lautet die Familienlegende – vom Anblick meiner Urgroßmutter, die im Freien vor einer Versammlung über die fourieristischen Prinzipien der Harmonie und die Pflicht, der freien Liebe nachzugehen, sprach, sogleich überwältigt. Er wurde zu ihrem Gefolgsmann – ob aus Überzeugung oder aus Opportunismus, sei dahingestellt – und gelangte in ihrem Gefolge 1868 nach New Mexico, wo sie mit einer Gruppe von Fourieristen ein Phalanstère gründen wollte. Einige ihrer Anhänger hatten zuvor in Form von – wie wir es heute nennen würden – Splittergruppen zu den sozialutopischen Gemeinschaften gehört, die die rechtwinkligen Dörfer bewohnten, die Robert Owen und sein Sohn Robert Dale Owen, der Autor des Buches *Das umstrittene Land zwischen Diesseits und Jenseits*, gebaut hatten, ohne den erhofften Erfolg zu erleben.

Das Phalanstère-Vorhaben, wenngleich weniger rigider Natur als

Owens Dörfer, scheiterte ebenfalls – zum einen, weil die magische Zahl von 1620 Bewohnern, die erforderlich waren, um alle denkbaren Varianten aller denkbaren Neigungen beider Geschlechter zu verkörpern, niemals erreicht wurde, und zum anderen, weil keiner der Ansiedler Erfahrungen mit der Landwirtschaft besaß oder sich mit dem Wüstenklima auskannte. Mein Urgroßvater, dieser Gentleman aus dem Süden, der über Unternehmungsgeist verfügte, wartete, bis ihm der Zeitpunkt günstig schien, und schlug meiner Urgroßmutter vor, das Paradies seiner Jugendtage aufs neue zu errichten, unter Berücksichtigung der Ideen von Vernunft und Harmonie, die sie beseelten, und zur Grundlage ihres Lebensglücks die Freuden des Familienlebens zu machen (was Bedienstete voraussetzte, nicht jedoch Sklaven), ohne der freien Liebe nachzutrauern, die sich als so entzweiend und schwer zu steuern erwiesen hatte. Und so wurden die Erträge aus dem Verjüngungspulver auf den Bau des reizenden Hauses verwendet, das meine Mutter und ich heute noch bewohnen, und mein Urgroßvater wurde zum Sammler.

Es gibt eine Vielzahl von Porträts meiner Urgroßmutter Priscilla Penn Cropper; sie muß von beträchtlicher Schönheit und von einnehmender Wesensart gewesen sein. In den Jahren zwischen 1860 und 1870 war ihr Haus ein Zentrum spiritualistischer Bestrebungen, und mit ihrem üblichen Enthusiasmus versuchte sie die Denker der ganzen zivilisierten Welt für ihr Anliegen zu gewinnen. In diesem Zusammenhang muß es wohl zu dem Brief Randolph Henry Ashs gekommen sein, der mich aus irgendeinem rätselhaften Grund so sehr fasziniert hat und der für meine Lebensbahn so bestimmend war. Trotz umfangreichster Nachforschungen ist es mir nicht gelungen, den Brief aufzufinden, den sie ihm geschrieben haben muß, und es steht zu befürchten, daß sie ihn vernichtet hat. Warum gerade diese eine Kostbarkeit aus unserem Familienbesitz mich so besonders bewegt hat, kann ich nicht erklären. Gottes Wille macht sich auf die sonderbarste Weise bemerkbar – vielleicht hat Randolph Henrys Abneigung gegen die Überzeugungen meiner Urgroßmutter in mir den Wunsch geweckt zu beweisen, daß auch wir mit Verstand begabt und in der Lage seien, ihn zu verstehen und – um es einmal so auszudrücken – zu unterhalten. Zweifellos muß ich damals, als mein Vater mir die handgeschriebenen Seiten in ihrer Hülle aus Seidenpapier überreichte, damit ich den Versuch unternahm, sie zu entziffern, etwas verspürt haben, was der Erregung des kühnen Cortez aus Keats' Feder ähnelte, der schweigend auf seinem Berggipfel am Golf von Darién stand. Und als ich den Brief berührt hatte, spürte ich, daß – in Tennysons Worten – der Tote mich aus der Vergangenheit heraus berührt hatte: und seither lebte ich unter »dem Laub, das nie sein Grün verliert / Den edlen Lettern unsrer Toten«.

Unser Schatzkabinett bedeckte eine verglaste Kuppel (mit farblosem Glas verglast, nicht mit gefärbtem), die sich mittels einer Kurbel mehr oder weniger stark verdunkeln ließ. An besagtem Tag hatte mein Vater, was ungewöhnlich war, nicht nur die Abdunkelung, sondern auch die grünen Sonnenblenden geöffnet, die ansonsten das Licht filterten, damit es keinen Schaden anrichten konnte, so daß der Raum von Sonnenstrahlen erfüllt war. In der sonnenbeschienenen Stille dieses Raums wurde der Keim des Gedankens erzeugt, der die Stant Collection entstehen lassen sollte, die heute das Harmonia-Museum der Robert Dale Owen University ziert, deren Gründer meinen Vorfahren Sharman Cropper zu ihren Mitgliedern zählen und der das Verjüngungspulver auf mittelbare Weise von so großem Nutzen war.

Ich gebe den Brief aus dem Besitz meiner Urgroßmutter im folgenden ungekürzt wieder. Er befindet sich an dem ihm zukommenden Platz in Band IX meiner Ausgabe der *Gesammelten Briefe* (Nr. 1207 auf S. 883), und ein Auszug erscheint in den Fußnoten zu *Mumienfleisch*, RHAs Gedicht über den Spiritualismus, in der Ausgabe der *Gesammelten Werke*, welche unter der Leitung James Blackadders von der London University erarbeitet wird – wissenschaftlich unanfechtbar, wenngleich langsamer, als es dem Liebhaber der Schriften Ashs als wünschenswert erscheinen kann. Professor Blackadders Ansicht, es handele sich bei der übertrieben leichtgläubigen Figur einer Mrs. Eckleburg in diesem Gedicht um meine Vorfahrin, kann ich in keiner Hinsicht teilen. Es überwiegen merklich die Unterschiede, und den interessierten Leser verweise ich in diesem Zusammenhang auf meinen diesbezüglichen Artikel »Ein Fall unzutreffender Identifizierung« (*PMLA*, LXXI, Winter 1959, S. 174-80), in dem ich diese im einzelnen dargelegt habe.

Liebe Mrs. Cropper.

Ich danke Ihnen für das, was Sie mir über Ihre Erfahrung mit der *planchette* mitgeteilt haben. Zu Recht vermuteten Sie, daß alles, auch das Geringste, aus der Feder Samuel Taylor Coleridges mein Interesse wecken muß. Ich will Ihnen jedoch nicht verhehlen, welchen Abscheu der Gedanke in mir weckt, daß dieser große Geist, der den mühsamen Weg gegangen ist, welcher aus unserem sorgenvollen und mühseligen Erdenleben hinausführt, genötigt sein soll, Mahagonitische zu bewegen oder im Feuerschein durch Salons zu schweben oder seine körperlose Intelligenz auf das Verfassen so erschreckend geistlosen Unsinns zu verwenden, wie Sie ihn mir zusandten. Sollte es ihm nunmehr nicht gestattet sein, sich in Frieden vom Nektar und von der Milch des Paradieses zu nähren?

Es beliebt mir nicht zu scherzen, meine verehrte Dame. Darbietungen jener Manifestationen, auf welche Sie anspielen, habe ich beigewohnt – *nihil humanum a me alienum puto*, wie ich wohl sagen darf und wie es ein jeder von sich sagen können sollte, der meinem Gewerbe nachgeht –, und es will mir scheinen, daß sich als die wahrscheinlichste Erklärung für dergleichen Phänomene nichts anderes vermuten läßt als eine Mischung aus frechem Betrug und einer Art ansteckender Hysterie, eines Miasmas oder alles erfassenden Nebels spiritueller Ungewißheit und fiebriger Erregung – eine der Heimsuchungen der gewählten Gesellschaft unserer Tage, die ihrem Geplauder Reiz und Würze verleiht. Neigte man zum Grübeln, so könnte man die Ursache dieses Miasmas im zunehmenden Materialismus unserer Gesellschaft ausmachen und in der zunehmenden Skepsis – die angesichts der gegenwärtigen Verfassung unserer intellektuellen Entwicklung wohl nur zu natürlich und unvermeidlich ist –, mit der wir die religiösen Überlieferungen betrachten. Nichts in diesem Bereich kann mehr als gesichertes Wissen gelten, und Historiker und Naturwissenschaftler scheinen sich darin verbündet zu haben, unseren Glauben zu erschüttern. Mag das einstige Ergebnis unserer rastlosen Forschungen auch diesen Glauben stärken, so wird sich dieses Ergebnis dennoch weder um geringe Kosten einstellen noch, so fürchte ich, zu unseren Lebzeiten. Dies heißt jedoch nicht, daß die Patentrezepte der Quacksalber, die den Hunger der Allgemeinheit nach Gewißheit befriedigen wollen, heilsamer Natur oder vernünftig wären.

Vom Geschichtsforscher läßt sich wie vom Mann der Wissenschaft behaupten, daß sie Verkehr mit den Toten pflegen. Cuvier hat das ausgestorbene Riesenfaultier mit Fleisch, Bewegungen und Trieben versehen, Michelet und Renan, Carlyle und die Gebrüder Grimm haben mit eigenen Ohren die schemengleichen Rufe der Dahingeschiedenen vernommen und ihnen Stimmen verliehen. Ich selbst habe mich mit Hilfe der Phantasie auf diesem Gebiet versucht, habe als Bauchredner meine Stimme und mein Leben jenen Stimmen und Leben der Vergangenheit geliehen, welche als Warnung, als Beispiel, als das, was von der Vergangenheit *in uns weiterbesteht*, wiederzuerwecken jeder ernsthafte Mensch, ob Mann oder Frau, bestrebt sein sollte. Doch es gibt der Wege viele, wie Sie wohl wissen dürften, und während die einen erprobt und geprüft sind, bergen die anderen Gefahren und Enttäuschungen. Was wir gelesen, verstanden, erwogen und *geistig* uns angeeignet haben, das, meine verehrte Dame, ist unser Besitz, mit dem wir leben und arbeiten. Die Beschäftigung eines ganzen Lebens kann uns nicht mehr eröffnen als einen Bruchteil der Vergangenheit unserer Vorfahren – ganz zu schweigen von den Äonen, bevor unsere Gattung herausgebildet ward. Diesen Bruchteil jedoch sind wir gehalten zu *besitzen* und weiterzugeben. *Hoc opus, hic labor est.* Dieses Ziel zu erreichen, gibt es – so bin ich versucht zu versichern – keinen bequemen Weg, keine Abkürzung: Wollen wir diese beschreiten, so muß es uns ergehen wie Bunyans »Unwissenheit«, welche vor den Toren der Stadt Gottes den Weg zur Hölle fand.

Bedenken Sie doch, verehrte Dame, was Sie tun, indem Sie versuchen, eine *direkte* Verbindung zu den geliebten und schrecklichen Toten aufzunehmen. Welche weisen Worte haben sie sich bequemt, Ihnen mitzuteilen? Daß Großmütterchen seine neue Brosche in der Standuhr versteckt hatte oder daß eine Tante aus alten Zeiten sich jenseits der Grenze zum Schattenreich darüber grämt, daß in der Familiengruft der Sarg eines Kindes auf den ihren gestellt wurde, oder – wie Ihr S.T.C. Ihnen so überaus wichtig versichert – daß im Jenseits »ewige Seligkeit ist für wer sie verdient und Bestrafung für wer sie nicht verdient«? (Coleridge, der in sieben Sprachen nie ein falsches Pronomen verwendet hat!) Verehrte Dame, benötigen wir wirklich einen Geist, der aus dem Grabe zu uns spricht, um solches zu erfahren?

Daß es ruhelose Geister *gibt*, will ich nicht in Abrede stellen – Erdwallungen, Dünste, Wesen der Lüfte, die bisweilen die gewohnten Pfade unserer Wahrnehmung kreuzen, während sie ihren unsichtbaren Geschäften nachgehen. Es gibt Zeichen, daß an manchen schrecklichen Orten eine Gegenwart von etwas weilt, was qualvoll an gewesenes Sein und Fühlen gemahnt, und gewiß gibt es mehr Dinge zwischen Himmel und Erde, als all unsere Weisheit sich träumen läßt. Aber es ist meine unverrückbare Überzeugung, daß sie sich uns nicht durch Klopfen oder Pochen oder handgreifliche Manifestationen offenbaren werden oder dadurch, daß Mr. Home mit steif emporgereckten Armen unermüdlich um den Kronleuchter schwebt, und ebensowenig durch das Gekritzel Ihrer *planchette*, sondern nur durch lange und geduldige Beschäftigung mit der kunstvollen Beschaffenheit toter Geister und lebender Organismen, durch die Berücksichtigung dessen, was vor uns war und was nach uns sein wird, durch die Befragung des Mikroskops und des Spektroskops und nicht durch die Beschwörung erdgebundener Gespenster und Wiedergänger. Ich kannte einen guten und klugen Menschen, auf dessen Geist solch unberufener Fürwitz sich höchst verderblich ausgewirkt hat.

Ich habe so ausführlich über diese Dinge gesprochen, weil Sie nicht glauben sollen, ich nähme Ihre freundliche Anteilnahme leichtfertig auf oder mit gedankenloser und prahlerischer Abwehr, wie mancher meinen könnte. Festverankerte Überzeugungen und ein ausreichendes Maß entsprechender eigener Erfahrungen verbieten es mir, Ihre Mitteilung – Ihre *spiritualistisch erlangte* Mitteilung – zu begrüßen. Ich muß Sie bitten, mir keine weiteren so gearteten Notizen zukommen zu lassen. Was *Sie selbst* hingegen betrifft, Sie und Ihr selbstloses Eintreten für die Wahrheit, so empfinde ich nichts als die größte Hochachtung und Zustimmung, ja Begeisterung. Ihr Kampf für Ihr Geschlecht ist ein edles Unterfangen, und er wird eines Tages von Erfolg gekrönt sein. Ich hoffe, künftig einmal mehr davon zu erfahren, und empfehle mich als

Ihr ergebenster
R.H. Ash

In Mortimer Croppers Entwürfen zu einer Autobiographie bedeutete die Abschrift dieses Briefes stets einen Höhepunkt, von dem an die Notizen sich alsbald in banale Kindheitserinnerungen verliefen oder zu einer bloßen hölzernen Aufzählung seiner späteren Beziehungen zu Randolph Henry Ash erstarrten – beinahe so, erlaubte er sich manchmal fast zu denken, als besäße er ab dem Zeitpunkt dieses ersten Kontakts mit dem elektrisierenden Rascheln des Briefpapiers und den energischen schwarzen Schlingen der Tinte keine eigene, unabhängige Existenz mehr. Es kam ihm vor, als wäre der Antrieb hinter diesen unbeendeten Versuchen der Wunsch, den Brief, das Lesen des Briefes, das Erkennen zu erreichen und zu beschreiben, so daß danach nur mehr ein allmähliches Versiegen und Erlöschen möglich war. Es gab einen Gedanken, den er oft ohne erkennbaren Grund anfügte, eine Assoziation, die diese Erinnerung in einen Zusammenhang mit dem altgewohnten Duft des köstlichen *pot-pourris* seiner Großmutter brachte, das diese in die Wüste eingeführt hatte – Rosenblätter und erfrischende Essenzen, Sandelholz und Moschus. Auch war ihm bewußt – ohne daß er je den Wunsch verspürt hätte, diese Empfindung näher zu erkunden –, daß sein Zögern oder seine Unfähigkeit, einen dieser Entwürfe im gleichen Ton fortzuführen, mit einem inneren Verbot zusammenhing, über seine Mutter zu schreiben, seine Mutter, mit der er in Amerika zusammenlebte und der er von unterwegs jeden Tag lange, liebevolle Briefe schrieb. Im Leben eines jeden von uns gibt es das, was wir uns nur auf diese knappe, sachliche und indirekte Weise zu kennen erlauben und was wir ganz bewußt nicht näher in Augenschein nehmen. Mrs. Cropper weilte in der Wüste, die sie kraft ihres Willens und Geldes zum Blühen brachte. Wenn er von ihr träumte, verlor Professor Cropper jedesmal den Sinn für Proportionen, und sie überschattete in ihrer Größe den hohen Eingang zu seinem Haus oder stand streng und riesengleich an seiner Pferdekoppel. Sie erwartete viel von ihm, und er hatte sie nicht enttäuscht, fürchtete aber, sie zu enttäuschen.

In halbwegs zufriedener Stimmung erreichte er Barrett's Hotel, das er nicht nur des gebotenen Komforts wegen ausgewählt hatte, sondern auch, weil amerikanische Schriftsteller, die Ash besuchten, dort früher gewohnt hatten. Ein ganzer Stapel Briefe erwartete ihn – darunter ein Brief von seiner Mutter und eine

Notiz von Blackadder, des Inhalts, daß er keinen Anlaß sehe, seine Anmerkungen zu *Ask an Embla III* im Licht der Cropperschen Entdeckungen zur isländischen Landschaft zu korrigieren. Außerdem fand sich ein Auktionskatalog von Christie's vor; eine bevorstehende Versteigerung von Viktoriana enthielt eine Nadelbüchse, als deren ursprüngliche Besitzerin Ellen Ash galt, und einen Ring, der einmal einer amerikanischen Witwe gehört hatte, die in Venedig lebte, und der in seiner kristallenen Vertiefung einige Haare des Dichters enthalten sollte. Die Stant Collection besaß mehrere Muster der berühmten Mähne, verblichenes Dunkelbraun, ergrauende Strähnen und das Silbergrau der Haare des Toten, das am strahlendsten und dauerhaftesten war. Das Ash-Museum, das sich in Ashs Haus in Bloomsbury befand, würde vielleicht bieten, und er selbst, Cropper, würde mit Sicherheit bieten, und folglich würden Nadelbüchse und Locke in dem sechseckigen gläsernen Raum im Herzen der Stant Collection ihren angemessenen Platz finden, dort, wo die Andenken an Ash und an seine Frau, seine Familie und seine Freunde sich in klimatisierter Atmosphäre stetig mehrten. Cropper saß in einem Ledersessel mit hoher Rückenlehne in der Bar und las beim Schein eines flackernden Feuers seine Briefe, und für einen kurzen Augenblick sah sein inneres Auge seinen weißen Tempel, der im Licht der Wüstensonne schimmerte, die kühlen Höfe in seinem Inneren, die hohen Treppen und die Bienenwabe aus gläsernen Zellen, im Kreis angeordneten Lesenischen, über- und ineinander verschachtelten Magazin- und Arbeitsräumen mit ihren glitzernden und vergoldeten Einfassungen, die das Licht in Strahlen und Bündeln einfingen und in denen die Wißbegierigen in geschäftiger Stille in ihren goldenen Kapseln auf- und abstiegen.

Nachdem er seine Erwerbungen getätigt hatte, würde er, so nahm er an, Beatrice Nest zum Lunch einladen. Er würde auch, wie er vermutete, Blackadder aufsuchen. Daß Blackadder seine Island-Erkenntnisse abtun würde, hatte er erwartet. Soweit er wußte, hatte Blackadder Großbritannien seit Jahren nicht verlassen, außer um internationale Konferenzen über die Literatur der viktorianischen Zeit zu besuchen, die sich in ununterscheidbaren

Tagungsräumen abspielten, die man von ununterscheidbaren Hotels aus mit dem Taxi erreichte. Er, Cropper, hingegen hatte schon früh begonnen, Randolph Ashs Reiserouten nachzuvollziehen, wenn auch nicht in chronologischer Reihenfolge; sein erster Ausflug hatte ihn zu den Mooren und der Küste North Yorkshires geführt, wo Ash 1859 allein eine Wanderung unternommen hatte, die auch seinen Interessen als Amateurbiologe hinsichtlich der Meeresfauna und -flora gedient hatte. Diese Reise hatte Cropper 1949 wiederholt; er hatte Lokale und Felsformationen, Römerstraßen und perlende Bäche aufgesucht, er hatte sich in Robin Hood's Bay aufgehalten, unangenehm warmes dunkles Bier getrunken und unsägliche Hammeleintöpfe und Fischaufläufe gegessen, die ihm den Magen umgedreht hatten. Später war er Ash nach Amsterdam und Den Haag gefolgt; er war auf seinen Spuren in Island gewandelt und hatte über die Geysire nachgedacht, diese brodelnden Kreise heißen Schlamms, und über die zwei Versepen, die die isländische Literatur inspiriert hatten, *Ragnarök*, das Epos, das Zweifel und Verzweiflung des viktorianischen Zeitalters ausdrückte, und die Gedichtfolge *Ask an Embla*, diese rätselhafte Liebeslyrik, die 1872 veröffentlicht worden war, aber zweifellos weit früher verfaßt worden sein mußte, möglicherweise sogar während der Zeit der Verlobung mit Ellen Best, der Tochter des Dekans von Calverley, die Ash fünfzehn Jahre lang geliebt hatte, bevor sie – oder ihre Familie – in die Heirat einwilligte, die 1848 stattfand. Es war bezeichnend für Blackadders schneckengleiches Vorankommen mit der Herausgabe der *Gesammelten Werke*, daß er sich erst jetzt mit Mortimer Croppers isländischen Beobachtungen beschäftigte, die aus den sechziger Jahren datierten. 1969 hatte Cropper seine Ash-Biographie veröffentlicht, deren Titel *Der große Bauchredner* sich auf einen ironischen Monolog des Dichters bezog, halb Selbstenthüllung, halb Selbstparodie. Zuvor jedoch hatte er alle größeren Reisen Ashs unternommen, was ihn nach Venedig, nach Neapel, in die Alpen, in den Schwarzwald und an die bretonische Küste geführt hatte. Ganz zuletzt hatte er die Hochzeitsreise Randolph und Ellen Ashs aus dem Sommer 1848 rekonstruiert. Bei stürmischem Wetter hatte das junge Paar in einem Paketboot den Ärmelkanal überquert, war mit einem

Fuhrwerk nach Paris gereist (Cropper hatte die Route im Auto nachvollzogen) und von dort mit der Eisenbahn bis nach Lyon, wo es im Schiff die Rhône bis nach Aix-en-Provence hinuntergefahren war. Die ganze Reise über hatte es unbarmherzig geregnet. Cropper, der immer über das nötige Kleingeld verfügte, hatte es fertiggebracht, auf einem Frachtschiff mitgenommen zu werden, das Holz beförderte, welches nach Harz und Öl roch; er hatte Glück mit dem Wetter – die Sonne schien auf das gelbliche Wasser und brannte auf der Haut seiner sehnigen Unterarme. Er hatte sich in dem Hotel in Aix eingemietet, in dem Ash gewohnt hatte, und die Ausflüge der beiden wiederholt; Höhepunkt war ein Besuch der Quelle von Vaucluse, wo Petrarca sechzehn Jahre lang in Weltabgeschiedenheit verweilt und sich der Kontemplation seiner idealen Liebe zu Laure de Sade hingegeben hatte. Das Ergebnis dieser Reise ließ sich in Croppers entsprechendem Bericht in *Der große Bauchredner* nachlesen:

Und an einem wolkenlosen Junitag des Jahres 1848 wanderten der Dichter und seine Angetraute das schattige Flußufer entlang zu der Grotte, die die Quelle der Sorgue beherbergt und die einen Anblick bietet, wie ihn sich der romantischste Reisende nicht eindrücklicher und erhebender wünschen könnte; um wieviel ergreifender muß er sein, wenn wir bedenken, daß er mit der Erinnerung an den großen höfischen Liebenden Petrarca verbunden ist, der dort seinem Minnedienst lebte und zu seiner unendlichen Verzweiflung erfuhr, daß seine Geliebte vom Schwarzen Tod dahingerafft worden war.

Die festgetretenen Flußufer sind heute von den vielen Füßen glatt und schlüpfrig, und der Reisende muß sich durch Touristen, bellende französische Hunde, im Wasser planschende Kinder und Bauchladenverkäufer seinen Weg bahnen und seine Augen so gut es geht vor den scheußlichen Souvenirs und sogenannten Kunsthandwerkserzeugnissen verschließen. Wehre und Ableitungen haben den Fluß gezähmt, obgleich die Reiseführer behaupten, er könne noch immer die Grotte und das umliegende Land überfluten. Der literarische Pilger sollte den Mut nicht verlieren, denn was ihn erwartet, sind grünes Wasser und finstere Felsen, die nach menschlichem Ermessen seit dem Besuch der Reisenden, auf deren Spuren wir uns befinden, kaum eine Veränderung durchgemacht haben dürften.

Im Inneren der Grotte steigt das Wasser fast unmerklich; es wird gespeist von einem unterirdischen Fluß und von den Regenfällen auf das Plateau von Vaucluse und die steinigen Abhänge des Mont Ventoux, den Randolph in einem Brief als Petrarcas Berg des Windes bezeichnet hat. Beim Anblick dieses ehrfurchtgebietenden Stroms muß ihm Coleridges heiliger Fluß ins Gedächtnis gekommen sein, vielleicht auch die Quelle der Musen, wenn man die Assoziation zu Petrarca bedenkt, den er besonders schätzte und dessen Sonette an Laura die Gedichte an Embla beeinflußt haben sollen. Vor der Grotte, deren Eingang Feigenbäume und bizarre Wurzeln säumen, ragen mehrere weiße Felsen aus dem schnellfließenden Strom, der sich in ein Bett wehender grüner Wasserpflanzen ergießt, die wirken, als wären sie von Millais oder Holman Hunt gemalt. Ellen hat sich zur Schönheit dieser »chiare, fresche e dolci acque« geäußert. Randolph hob mit bezaubernder Ritterlichkeit seine Braut empor und trug sie durch das Wasser, um sie wie eine hoheitsvolle Nixe oder Wassergöttin auf einen weißen Felsen zu setzen, der wie ein Thron den Strom teilt. Wir können uns vorstellen, wie sie dort saß und mit sittsamem Lächeln ihre Röcke raffte, damit sie nicht naß wurden, während Randolph im Unterschied zu Petrarca die Dame sein eigen nennen durfte, die er so manchen Widrigkeiten und Erschwernissen zum Trotz fast ebenso lange aus der Ferne verehrt hatte, wie der Dichter einer früheren Epoche an diesem Ort ohne Hoffnung geliebt hatte.

Im Gegensatz zu vielen Zeitgenossen – insbesondere Professor Gabriel Rossetti, dem Vater des Dichters – hat Ash immer die Meinung vertreten, daß es sich bei Petrarcas Laura und Dantes Beatrice wie auch bei Fiametta, Selvaggia und anderen Objekten höfischer neuplatonischer Verehrung um reale Frauen gehandelt habe, die wirklich geliebt wurden, auch wenn es eine keusche Liebe war, und nicht um Allegorien italienischer Politik oder irgendwelcher Regierungen oder der Kirche oder gar der Seelen derer, die sie erdachten. Petrarca begegnete Laure de Sade 1327 in Avignon und liebte sie von da an mit unwandelbarer Hingabe trotz ihrer Treue zu Hugo de Sade. Ash schrieb ungehalten an Ruskin, man verkenne die dichterische Phantasie und die Liebe, wenn man unterstelle, daß sich beides zu Allegorien abstrahieren lasse und nicht in Wahrheit in der »menschlichen Wärme einer individuellen lebendigen Seele in all ihrer Reinheit und sterblichen Lebendigkeit« seinen Ursprung habe. Sein eigenes Dichten, so fügte er hinzu, beginne und ende in »solchen fleischgewordenen Wahrheiten, solchen unwiederholbaren einzigartigen Leben«.

Bedenkt man Ashs Sympathie für Petrarcas selbstlose Hingabe, nimmt es kaum wunder, daß er selbst so große Langmut aufbrachte für das, was man die christlichen Skrupel oder Launen Ellen Bests und ihres Vaters nennen könnte. In den frühen Tagen ihrer Bekanntschaft war Ellen, wenn wir ihrer Familie und Ash selbst Glauben schenken wollen, ein hochherziges und frommes junges Mädchen von zarter, ätherischer Schönheit. Wie ich bereits ausgeführt habe, waren die Befürchtungen des Dekans hinsichtlich Ashs Vermögen, eine Familie zu unterhalten, nicht ungerechtfertigt, und hinzu kamen Ellens eigene tiefempfundene religiöse Bedenken angesichts der möglicherweise ketzerischen Implikationen von *Ragnarök.* Die wenigen Briefe aus der Verlobungszeit, die uns erhalten sind – ihre bedauerlich geringe Zahl verdankt sich ohne Zweifel den selbstherrlichen Verfügungen, die Ellens Schwester Patience sich nach deren Tod anmaßte –, lassen vermuten, daß sie nie mit ihm kokettiert hat, daß ihre Gefühle aber dennoch eher moderat beschaffen waren. Als sie Randolph ihr Jawort gab, war sie jedoch in der wenig erfreulichen Lage der alten Jungfer, deren jüngere Schwestern Patience und Faith sich bereits vorteilhaft und glücklich verehelicht hatten.

Nun dürfen wir uns fragen, welcher Art die Gefühle des liebenden Dichters waren, welcher nunmehr vierunddreißig Jahre zählte – die Gefühle, die er seiner unschuldigen Braut entgegenbrachte, einer sechsunddreißigjährigen Tante jenseits ihrer Jugend Maienblüte, die ihre Nichten und Neffen liebevoll verwöhnte. Hatte auch er sich seine Unschuld bewahrt? Wie, so fragt sich der Leser des 20. Jahrhunderts mißtrauisch, war es ihm möglich gewesen, so lange zu warten? Wir wissen, wie viele berühmte Männer jener Zeit ein Doppelleben geführt haben und Erleichterung suchten bei den herausgeputzten Geschöpfen der viktorianischen Unterwelt, bei jenen lauten und geschminkten Verführerinnen, die am Piccadilly Circus für so viel Unruhe sorgten, jenen vom rechten Weg abgekommenen Näherinnen, Blumenmädchen und gefallenen Frauen, die unter den Brückenbögen starben, Mayhew anbettelten oder – wenn sie Glück hatten – von Angela Burdett-Coutts und Charles Dickens gerettet wurden. Ashs Dichtung ist für viktorianische Dichtung erstaunlich wissend, was die sexuellen *mores* und die Sinnlichkeit an sich betrifft. Seine Renaissancehelden sind überzeugend fleischlich, sein Rubens ist ein Kenner der menschlichen Physis, und der Sprecher der *Embla*-Gedichte ist ein ebenso realer wie idealer Liebender. Hätte der Schöpfer solcher Figuren sich mit einer rein platonischen Liebe bescheiden können? Verbarg vielleicht Ellen Bests spröde, schon ein wenig verblühte Schönheit eine unerwartete Glut der Leidenschaft? Dies mag sein. Wir besitzen keinerlei Hinweise auf etwaige frühere Verfehlungen Randolphs, von späteren ganz zu schweigen; stets war er – soweit wir dies beurteilen können – der Inbegriff des *preux chevalier.* Was mögen diese zwei im anderen gesehen haben, allein miteinander, aufeinander konzentriert, als er ihre Taille umfaßte und sie auf ihren steinernen Thron hob? Hatten sie eine Nacht der Ekstase hinter sich? Ellen schrieb nach Hause, ihr Ehemann sei »in allen Dingen von zärtlichster Fürsorge« gewesen, was wir auslegen können, wie wir wollen.

Es gibt noch eine Erklärung, zu der ich persönlich tendiere. Sie beruht auf zwei machtvollen und heutzutage gleichermaßen geringgeschätzten Antriebskräften, dem höfischen Ideal, das ich bereits ansprach, und der Theorie der Sublimierung, die Sigmund Freud formuliert hat. Während seiner Verlobungsjahre schrieb Randolph Henry Ash:

28.369 Gedichtzeilen, darunter ein Epos in zwölf Büchern, 35 dramatische Monologe, die die Weltgeschichte von ihren undeutlichsten Anfängen bis zu den theologischen und geologischen Disputen seiner Tage kommentierten, 125 lyrische Gedichte und drei Versdramen – *Cromwell*, *Die Bartholomäusnacht* und *Kassandra*, am Drury-Lane-Theater aufgeführt, doch ohne Erfolg. Er arbeitete unermüdlich, meist bis tief in die Nacht. Er war glücklich, weil Ellen ihm ein Quell der Reinheit war, eine Erscheinung von mädchenhafter Anmut, die in soviel erhabeneren Sphären wandelte, als es die blutgetränkten, pestverseuchten Szenen waren, die er erdachte, die zerwühlten Pfühle der Borgias oder der »schwefelige Schlamm erloschener Erde« in *Ragnarök.* Ihn quälte kein Gedanke, daß er um dieses keuschen Wartens, dieser arbeitsamen Einsamkeit willen weniger ein Mann sei als andere. Er arbeitete, und auf diesem Weg würde er ihre Hand gewinnen, und so geschah es. Wenn spätere Gedichte wie beispielsweise »Die versiegelte Quelle« oder »Bildnis einer Dame«, wo die Schönheit für alle Zeiten auf die Leinwand gebannt ist, während das Gesicht selbst verblüht – wenn diese späteren Gedichte vermuten lassen, daß Randolph in späteren Zeiten den Preis zu ermessen begann, den ihn seine langen Lehrjahre der Liebe gekostet hatten, widerspricht dies meiner These keineswegs, und ebensowenig sind uns diese Gedichte von Nutzen, wenn wir uns in die Gefühle des jungverheirateten Paares an jenem sonnigen Sommertag vor der dunklen Grotte der Fontaine de Vaucluse versetzen wollen.

Mortimer Cropper begab sich in seine komfortable Suite und las noch einmal die Briefe, die er photographiert hatte. Er rief Beatrice Nest an. Ihre Stimme klang gedämpft und undeutlich; sie suchte wie üblich nach Ausflüchten und überschüttete ihn mit halbherzigen, nicht zu Ende formulierten Einwänden, um sich zuletzt wie üblich einverstanden zu erklären. Er wußte aus Erfahrung, daß man Miss Nest nicht schmeicheln durfte, sondern ihr Schuldgefühle einflößen mußte, wenn man etwas bei ihr erreichen wollte.

»Ich habe ein, zwei ganz konkrete Fragen, die nur Sie beantworten können... Ich wollte das eigens mit Ihnen besprechen... ein anderer Zeitpunkt wäre für mich äußerst schwierig einzurichten, aber wenn es nicht anders geht, muß ich es natürlich versuchen... meine liebe Beatrice, wenn Sie keine Zeit haben, *muß* ich eben meine anderen Termine umstellen, ich richte mich selbstverständlich nach Ihnen...« Es war eine zeitraubende Prozedur und eine unnötige obendrein, da das Ergebnis von vornherein festgestanden hatte.

Er sperrte das Schloß an seinem Aktenkoffer auf, legte Randolph Ashs Briefe an sein Patenkind beziehungsweise die Ablichtungen, die er sich verschafft hatte, hinein und holte jene anderen Photographien hervor, von denen er eine ansehnliche und vielfältige Sammlung besaß – soweit Vielfalt hinsichtlich der Körper, Farben oder Einstellungsarten bei einer so einfachen Beschäftigung überhaupt möglich ist. Er hatte seine eigenen Verfahren der Sublimierung.

SIEBTES KAPITEL

Männer erleiden
Den Märtyrertod
Auf Plätzen, in Kirchen,
In Kerkers Not.
Untätig zu verharren
Ist das Los der Frauen,
Ein Leben lang zu warten
In einem dunklen Raum.
Christabel LaMotte

Wenn man an Beatrice Nest dachte – was selten genug vorkam –, beschäftigten sich die Gedanken mit ihrem äußeren Erscheinungsbild, nicht mit ihrem Innenleben. Sie war von unanfechtbarer Massivität und dennoch amorph, von überquellender Körperlichkeit, mit breiten Hüften und einem wogenden Busen, über dem ein breites, heiter wirkendes Gesicht thronte, gekrönt von einer Art Hut aus Angora oder gekräuselten Docke weißen Haars, aus der widerspenstige Strähnen sich befreit hatten und zerzaust abstanden. Wenn die wenigen, die sie kannten – Cropper, Blackadder, Roland, Lord Ash –, länger nachdachten, konnte ihnen eine Metapher für ihre Persönlichkeit einfallen. Cropper betrachtete sie, wie wir gesehen haben, als Carrolls störrisches Schaf. Blackadder verglich sie, wenn er schlechte Laune hatte, mit einer der dicken weißen Spinnen, die vom Leben in der Dunkelheit so bleich sind und von ihrem Nest aus die Fühler an den Fäden ihrer Falle entlangbewegen. Die Feministinnen, die sich bisweilen um Zugang zu Ellen Ashs Tagebuch bemüht hatten, hielten sie für einen Wache haltenden Kraken, einen Fafner des Meeres, der sich träge um seinen Schatz geschlungen hielt und undurchdringliche Wolken von Tinte oder rauchiger Flüssigkeit absonderte, um sich zu verbergen. Es hatte einst Leute gegeben, die Beatrice kannten – vor allem und vielleicht nur Professor Bengt Bengtsson. Von 1938 bis 1941 hatte sie in London bei Professor Bengtsson studiert, in einer unruhigen Zeit, als männliche Studenten Soldaten wurden, als Bomben fielen und die Nahrungsmittel knapp waren. Während dieser Zeit hatten manche Frauen eine unerwartete Frivolität und Freiheit erlebt. Beatrice hatte Professor Bengtsson erlebt. Er führte das Szepter über den Lehrstuhl für Englische Literatur am Prince Albert College. Seine Liebe galt hauptsächlich der eddischen Dichtung und der altnordischen Mythologie. Beatrice machte sich mit diesen Gegenständen vertraut. Sie machte sich mit der Philologie vertraut, mit der angelsächsischen Epoche, der Runenschrift und dem Latein des Mittelalters. Sie las Masefield und Christina Rossetti und de la Mare. Bengtsson empfahl ihr, *Ragnarök* zu lesen – R.H. Ash war für seine Zeit als Gelehrter keineswegs zu verachten, und er wurde als Vorläufer der modernen Lyrik betrachtet. Bengtsson war groß und schlaksig und bärtig; er hatte funkelnde Augen und mehr Energie, als erforderlich war, um junge Damen mit den Einzelheiten nordischer Sprachwurzeln vertraut zu machen. Diese überschüssige Energie verwendete er nicht etwa auf die seelische oder gar leibliche Befindlichkeit besagter junger Damen, sondern verschwendete sie Tag um Tag in Gesellschaft von seinesgleichen in der Bar Arundel Arms. Vormittags war er bleich wie ein Gerippe und geistessprühend unter seinem blonden Schopf. Nachmittags war sein Gesicht gerötet und seine Aussprache unorthodox, und in seinem muffigen kleinen Büro roch es nach Bier. Beatrice las *Ragnarök* und *Ask an Embla*. Sie erhielt die beste Note und verliebte sich in Ash. So etwas war früher so ungewöhnlich nicht. »Es gibt Dichter«, schrieb Beatrice in ihrer Abschlußarbeit, »deren Liebesgedichte nicht vom Preisen oder Schmähen einer fernen Dame zu handeln scheinen, sondern von einem wahren Gespräch zwischen Mann und Frau. Zu ihnen zählt John Donne, selbst wenn er in gewissen Momenten das ganze Geschlecht der Weiber verwünscht. Meredith hätte zu ihnen zählen können, wenn die Umstände es erlaubt hätten. Ein kurzer Blick auf weitere Dichter der ›Liebe‹, die von einem gegenseitigen Verständnis ausgehen, muß uns von der herausragenden Stellung Randolph Henry Ashs überzeugen, dessen ›Ask-und-Embla‹-Zyklus jede Phase von Vertrautheit, Unvereinbarkeit und Scheitern vergegenwärtigt, doch den Leser von der Wahrheitsgetreue des Denkens und Fühlens jener, an die er gerichtet ist, nachhaltig überzeugt.«

Beatrice empfand das Schreiben als Qual. Das einzige Wort in dieser ordentlichen und langweiligen Abhandlung, auf das sie stolz war, war das Wort »Gespräch«, das sie an Stelle des näherliegenden Begriffs »Dialog« gewählt hatte. Um solcher *Gespräche* willen hätte Beatrice damals alles gegeben. Die Lektüre derartiger Gedichte verschaffte ihr, wie sie undeutlich erkannte, einen schmerzlichen und vermeintlich unerlaubten Einblick in eine Mischung aus zivilisierten Reden und lodernden Gefühlen, nach der es gewiß jeden verlangen mußte, über die jedoch niemand gebot, wenn sie sich in ihrer kleinen Welt umsah – weder ihre ernsten methodistischen Eltern noch Mrs. Bengtsson, die den Damenteeclub der Universität leitete, noch ihre Mitstudentinnen, deren Leidenschaften sich auf Einladungen zum Tanzen und zu Whistabenden beschränkten.

Wir schaffen unsre Welt und geben ihr
Die Namen, wissend um der Worte Wert
Für uns und für die anderen, denen
Die Sprache leeres Stroh; wir aber sagen Baum,
Wir sagen Teich, wir sehn das Sonnenlicht
Am Himmel – unsrer, ihrer Sonne Licht,
Der Sonne aller und der ganzen Welt,
Die doch die unsere allein...

Ash sprach zu ihr, und sie hörte ihn. Sie erwartete nicht, von jemand anderem ähnliche Dinge zu hören zu bekommen, und es war auch nicht der Fall. Sie erklärte Professor Bengtsson, daß sie ihre Dissertation über *Ask an Embla* verfassen wolle. Er verhehlte ihr seine diesbezüglichen Zweifel nicht. Der Zyklus war schwankender Boden, eine Art Morast, Shakespeares Sonetten nicht unähnlich. Welche Bereicherung des allgemeinen Wissens hoffte sie damit zu leisten, konnte sie zu leisten erwarten? Professor Bengtssons Ansicht nach war der einzig sichere Weg zu einem Doktorgrad das Edieren, und dafür bot sich R.H. Ash nun wirklich nicht an. Er hatte allerdings einen Freund, der mit Lord Ash bekannt war, welcher Ashs Nachlaß leihweise dem Britischen Museum überlassen hatte. Es war bekannt, daß Ellen Ash Tagebuch geführt hatte. Dieses Tagebuch herauszugeben, das wäre eine vernünftige Aufgabe – neuartig, in bescheidenem Maße nützlich, überschaubar und nicht ohne Bezug zu Ash. Und wenn Miss Nest sich dieser Aufgabe gewachsen gezeigt hätte, stünde ihrer weiteren Entfaltung ja nichts im Weg…

Und so war es gekommen. Miss Nest hatte sich nolens volens mit den Kartons voller Papiere beschäftigt, voller Briefe, Wäschelisten, Quittungsblocks, den Bänden des täglich geführten Tagebuchs und anderen, schmaleren Bändchen, in die Eintragungen privaterer Natur gemacht worden waren. Was hatte sie sich erhofft? Vertraulichen Umgang mit dem Autor der Gedichte, mit seinem scharfen Geist und seinem leidenschaftlichen Herzen.

Heute abend las Randolph mir laut aus Dantes Sonetten in seiner *Vita Nuova* vor. Sie sind von großer Schönheit. Randolph wies mich auf die männliche Kraft und Fülle des Danteschen Italienisch hin und auf die seelische Gewalt seines Verständnisses der Liebe. Ich kann mir nicht vorstellen, daß wir je dieser großartigen Dichtungen müde werden können.

Randolph pflegte seiner Frau jeden Tag laut vorzulesen, wenn sie beisammen waren. Die junge Beatrice Nest versuchte, sich die Dramatik des Vorlesens vorzustellen, aber die wenig aussagekräftigen Adjektive, in denen sich Ellen Ashs wohltemperierte Begeisterung kundtat, waren ihr von keiner großen Hilfe. Ellens Reaktion auf Dinge, die Beatrice anfangs mißfielen und die ihr später, als sie sich zunehmend mit ihrem Untersuchungsgegenstand identifizierte, selbstverständlich wurden, hatte etwas unverbindlich Sanftmütiges, eine zweifelhafte Qualität der nichtssagenden Unterwürfigkeit. Aber inzwischen hatte Beatrice andere und weniger verbindliche Töne zu entdecken gelernt.

Randolphs unveränderliche Güte und Nachsicht meinen Schwächen und Unzulänglichkeiten gegenüber kann ich nie genug hervorheben.

Dies war ein Tenor, der wie regelmäßiges Glockengeläute die Tagebuchseiten füllte. Wie es sich bei eingehender Beschäftigung mit jedem Gegenstand, Mensch oder Thema, ergibt, hatte Beatrice zu Anfang einen klaren Blick und ein unbeeinflußtes Urteil besessen und Ellen Ash als langweilig und geschwätzig eingestuft. Dann hatte sie sich zu identifizieren begonnen und hatte Ellens lange Tage geteilt, an denen diese im verdunkelten Zimmer lag, ihre Angst vor Mehltau auf Damaszenerrosen und ihre Zweifel an unterdrückten Hilfspfarrern. Dieses Leben war wichtig für sie geworden; Aggressivität stieg in ihr auf, wenn Blackadder andeutete, Ellen sei nicht die wünschenswerteste Gefährtin für einen Mann gewesen, den so unersättliche Neugier auf alle nur erdenklichen Formen des Lebens kennzeichnete. Sie begann etwas vom Geheimnis der Privatsphäre zu ahnen, die Ellen trotz all ihrer gewöhnlichen Geschwätzigkeit in gewisser Weise schützte.

All das führte jedoch zu keinem Doktortitel. Jemand anders als Beatrice hätte sich der Frauenbewegung anschließen können oder den Linguistikforschern, die sich mit Euphemismen und indirekten Aussagen beschäftigten, aber sie hatte nur gelernt, Einflüsse und Ironie zu suchen, und beides war in diesem Fall eher spärlich gesät.

Professor Bengtsson schlug ihr vor, die hausfraulichen Eigenschaften Ellen Ashs mit denen von Jane Carlyle, Lady Tennyson und Mrs. Humphry Ward zu vergleichen. »Sie müssen veröffentlichen, Miss Nest«, sagte Professor Bengtsson mit aller Verve und Strenge seines vormittäglichen Daseins. »Ich kann Sie nicht beschäftigen, Miss Nest, solange ich keinen Eignungsnachweis besitze«, sagte er, und Miss Nest schrieb in zwei Jahren ein schmales Buch namens *Gehilfinnen* über die Frauen großer Schriftsteller. Professor Bengtsson bot ihr eine Assistenz an, was sie mit nicht unbeträchtlicher Freude und Furcht erfüllte, aber alles in allem mit mehr Freude als Furcht. Mit Studenten, besser gesagt, Studentinnen – in den fünfziger Jahren mit Petticoats und rotem Lippenstift, in den sechziger Jahren in Miniröcken und indischen Schlabbergewändern, in den Siebzigern mit bläulichschwarzen Lippen unter präraffaelitischen Locken, die je nachdem nach Babycreme, nach Parfum, nach Haschisch, nach Moschus oder nach unverfälschtem feministischen Schweiß rochen – diskutierte sie die Form des Sonetts im Wandel der Zeit, den Ursprung der Lyrik, die Veränderung des Frauenbildes. Das waren gute Zeiten. An die schlechten Zeiten, die sich später einstellten, bevor sie sich vorzeitig in den Ruhestand versetzen ließ, dachte sie nicht gern. Heute setzte sie nie den Fuß über die Schwelle ihres einstigen Colleges. (Professor Bengtsson war 1970 in den Ruhestand getreten und 1978 gestorben.)

Ihr Privatleben war nicht weiter nennenswert. 1986 lebte sie in dem winzigen Haus in Mortlake, das sie seit Jahren bewohnte. Hier hatte sie bisweilen Studentinnen bewirtet, immer seltener, je deutlicher ihr zu Bewußtsein kam, wie entbehrlich sie in ihrem Institut wurde, als Blackadder Bengtssons Nachfolge angetreten hatte. Seit 1972 war niemand mehr hergekommen. Vor dieser Zeit hatte es Partys gegeben, Partys mit Kaffee, Kuchen, einer Flasche süßem Weißwein und Diskussionen. Die Mädchen in den fünfziger und sechziger Jahren hatten sie als mütterlich empfunden. Spätere Generationen hatten unterstellt, sie sei eine Lesbierin, und politisch besonders avancierte Geister hatten sie zu einer unterdrückten und unverbesserlichen Lesbierin erklärt. In Wahrheit beherrschte ihr Denken hinsichtlich der eigenen Sexualität die Scham über ihre peinlich und unübersehbar voluminösen Brüste. In ihrer Jugend hatte sie sie eingeschnürt unter Hemdkleidern und Reformleibchen getragen und hatte es ihnen überlassen, ihre eigenen Muskeln zu entwickeln, wie es damals von ärztlicher Seite empfohlen wurde, so daß sie notgedrungen erschlafften. Jemand anders als Beatrice hätte sich etwas auf solche Brüste eingebildet, hätte sie stolz herausgestellt und ihre üppigen Formen betont. Beatrice Nest schnürte sie in ein altertümliches Korsett ein und überzog das Ganze mit handgestrickten, formlosen Pullovern, die Reihen von tränenförmigen kleinen Löchern verzierten, die auf ihren Formen schmollten und gähnten. Nachts im Bett spürte sie, wie sie schwer neben ihren breiten Rippen herabhingen. In dem Kämmerchen, das sie mit Ellen Ash teilte, spürte sie, wie ihr lebendiges, warmes, wolliges Gewicht gegen die Tischkante stieß. Sie kam sich lächerlich aufgedunsen vor, blickte verschämt an sich herab, erleichtert, keinem fremden Blick zu begegnen. Ihren schweren Rundungen verdankte sie es, daß man sie für mütterlich hielt – ein ebenso oberflächliches Urteil wie das, welches ihr rundliches Gesicht und ihre rosigen

Wangen als gütig deutete. Als sie ein gewisses Alter überschritten hatte, wurde das, was als gütig gedeutet worden war, nicht weniger willkürlich als bedrohlich und repressiv gedeutet. Beatrice wunderte sich über gewisse Veränderungen im Verhalten ihrer Kollegen und Studenten. Und dann, später, fand sie sich damit ab.

An dem Tag, an dem Mortimer Cropper sie zum Lunch abholen wollte, suchte Roland Michell sie auf.

»Störe ich, Beatrice?«

Beatrice lächelte ein automatisches Lächeln.

»Nein, nicht besonders. Ich dachte gerade nach.«

»Ich bin auf etwas gestoßen, und da dachte ich, Sie könnten mir vielleicht weiterhelfen. Wissen Sie zufällig, ob Ellen Ash irgendwo etwas über Christabel LaMotte sagt?«

»Ich kann mich an nichts Derartiges erinnern.« Beatrice saß seelenruhig da und lächelte, als wäre ihr Erinnerungsvermögen in dieser Sache ausschlaggebend. »Ich glaube nicht, nein.«

»Kann man das irgendwie überprüfen?«

»Ich könnte in meiner Kartei nachsehen.«

»Ich wäre Ihnen sehr dankbar.«

»Und worum geht es dabei?«

Roland verspürte, keineswegs als erster, den Drang, Beatrice zu schütteln, zu knuffen oder sonstwie aus dem tranceähnlichen Zustand herauszuscheuchen, in dem sie vor ihm saß, immer noch mit demselben affektierten Lächeln.

»Ach, nichts Genaues. Ich hatte einen Hinweis gefunden, daß Ash sich für LaMotte interessiert haben soll. Und da dachte ich mir, ich frage Sie.«

»Ich könnte in meiner Kartei nachsehen. Professor Cropper holt mich nachher zum Lunch ab.«

»Wie lange bleibt er hier?«

»Ich weiß es nicht. Er hat nichts gesagt. Er sagte nur, er käme von Christie's.«

»Könnte *ich* in Ihrer Kartei nachsehen, Beatrice?«

»Oh, ich weiß nicht, es ist so ein Durcheinander, weil ich mein eigenes System habe, ich meine, um die Eintragungen aufzulisten

– ich glaube, ich sehe besser selber nach. Sie können meine Hieroglyphen sicher nicht entziffern.«

Sie setzte ihre Lesebrille auf, die an einer Kette aus vergoldeten Kügelchen auf die störenden Rundungen baumelte. Jetzt konnte sie Roland nicht mehr sehen, was ihr alles in allem gar nicht so unrecht war, denn sie betrachtete alle männlichen Mitarbeiter an ihrem ehemaligen Institut als Verfolger, ohne zu merken, daß Rolands Position eine höchst unsichere war und daß er strenggenommen nicht als vollwertiger männlicher Vertreter des Lehrkörpers zählen konnte. Sie begann Gegenstände auf ihrem Schreibtisch umherzuschieben – eine schwere Handarbeitstasche mit Holzgriffen, verschiedene grau werdende Päckchen ungeöffneter Bücher. Es gab einen wahren Turm von Karteikästen, völlig verstaubt und abgestoßen, in denen sie endlos herumsuchte, während sie halblaut mit sich selbst redete.

»Nein, das ist die chronologische Abteilung, nein, da geht es nur um die Lektüre, nein, das da sind die Haushaltsführungsstichworte. Wo ist denn die Übersichtskartei? Sie müssen wissen, daß die Übersicht noch nicht für alle Notizbücher fertig ist. Ein paar habe ich registriert, aber noch nicht alle, es ist einfach zuviel Material, und ich mußte es chronologisch und nach Themen ordnen, hier haben wir die Familie in Calverley, nein, das wird nichts nützen... ah, hier, das könnte...

Nein, unter LaMotte gibt es nichts. Das heißt, warten Sie... hier. Ein Querverweis. Jetzt brauchen wir die Kartei mit den Lektüreeintragungen. Sehr theologisch ausgerichtet. Offenbar«, sie zog eine eselsohrige vergilbte Karteikarte heraus, deren Beschriftung auf der aufgerauhten Oberfläche zu verschwimmen schien, »offenbar hat sie 1872 *Die schöne Melusine* gelesen.«

Sie steckte die Karte in den Karteikasten zurück und ließ sich wieder auf ihrem Stuhl nieder, wobei sie Roland mit ihrem penetrant gelassenen Lächeln bedachte. Roland dachte verzweifelt, daß die Notizbücher von nicht verzeichneten Bemerkungen über Christabel LaMotte nur so strotzen konnten, Bemerkungen, die von Beatrices Kategorien nicht erfaßt worden waren. Er sagte beharrlich:

»Meinen Sie, ich könnte nachsehen, was sie darüber geschrieben hat? Es könnte sehr« – er verwarf das Wort »wichtig« – »äh, ganz interessant für mich sein. Ich habe *Die schöne Melusine* nie gelesen. Es scheint, als würde man sich wieder dafür interessieren.«

»Ich habe ein-, zweimal versucht, es zu lesen. Ein furchtbar umständliches und unverständliches Gebilde. Gothic, Sie wissen schon, in diesem viktorianischen Schauerstil, ab und zu fast ein bißchen makaber, wenn man bedenkt, daß eine Dame es geschrieben hat...«

»Beatrice – dürfte ich nur einen Blick auf das werfen, was Mrs. Ash darüber geschrieben hat?«

»Ich muß nachsehen.« Beatrice stand auf. Sie steckte den Kopf in das metallene Dunkel eines beigefarben angestrichenen Aktenschranks, in dem die Bände des Tagebuchs in chronologischer Ordnung lagerten. Roland betrachtete ihre massigen Hüften, die sich unter dem Grätenmuster des Tweedrocks abzeichneten. »Sagte ich 1872?« rief Beatrice mit hohltönender Stimme aus dem Schrank. Widerstrebend förderte sie den Band zutage; er war in Leder gebunden und hatte scharlachrot und violett marmoriertes Vorsatzpapier. Sie begann zu blättern und hielt den Band dabei zwischen sich und Roland in der Luft.

»Hier«, sagte sie zu guter Letzt. »November 1872. Hier fängt es an.« Sie begann laut vorzulesen.

»Heute begann ich die *Schöne Melusine* zu lesen, die ich mir selbst am Montag bei Hatchard's gekauft habe. Was werde ich darin finden? Bisher las ich die Einleitung, die ich etwas langatmig und pedantisch fand. Dann kam ich zu der Begegnung des Ritters Raimondin mit der geheimnisvollen Dame an der Fontaine de Soif, was mir besser gefiel. Miss LaMotte verfügt über die unleugbare Gabe, dem Leser Schauder einzujagen.«

»Beatrice –«

»Haben Sie das gesucht?«

»Beatrice, meinen Sie, ich kann es lesen und mir Notizen machen?«

»Sie dürfen es nicht aus dem Büro entfernen.«

»Vielleicht kann ich mich einfach an die Ecke Ihres Schreibtischs setzen. Wäre ich Ihnen sehr im Weg?«

»Wahrscheinlich nicht«, sagte Beatrice. »Sie können sich den Stuhl nehmen, wenn ich den Bücherstapel runtertue –«

»Lassen sie nur, das mache ich schon –«

»Und wenn ich hier etwas Platz freiräume, können Sie sich an den Tisch setzen –«

»Wunderbar. Vielen Dank.«

Sie waren damit beschäftigt, Platz zu schaffen, als Mortimer Cropper im Türrahmen erschien; seine lässige Eleganz ließ alles ringsum noch schäbiger aussehen.

»Miss Nest, wie schön, Sie wieder einmal zu sehen. Ich hoffe, ich bin nicht zu früh dran. Ich kann gern etwas später wiederkommen...«

Beatrice flatterte aufgeregt hin und her. Ein Papierhaufen kippte leise raschelnd um und verteilte sich auf dem Boden.

»Ach, du meine Güte. Ich war eigentlich soweit, ich war schon fertig, aber dann kam Mr. Michell, der wissen wollte... der wissen wollte...«

Cropper hatte bereits Miss Nests ausgebeulten Mantel vom Haken genommen und hielt ihn ihr hin.

»Freut mich, Sie zu sehen, Michell. Wie kommen Sie voran? Was wollten Sie wissen?«

Auf seinen klargeschnittenen Zügen war nichts als unschuldige Neugier zu lesen.

»Ich hab' ein paar Gedichte überprüft, die Ash gelesen hat.«

»Ah, ja. Und was für Gedichte?«

»Roland hat sich nach Christabel LaMotte erkundigt. Ich konnte mich an rein gar nichts erinnern... aber es gab tatsächlich einen kleinen Querverweis... Roland, Sie dürfen hierbleiben, solange ich mit Professor Cropper beim Lunch bin, aber Sie müssen mir versprechen, daß Sie alles auf dem Schreibtisch so lassen, wie es ist. Das müssen Sie mir versprechen.«

»Sie brauchen Hilfe, Miss Nest. Es ist zuviel Arbeit.«

»O nein. Allein komme ich am besten zurecht. Ich wüßte gar nicht, was ich mit einem Helfer anfangen sollte.«

»Christabel LaMotte«, sagte Cropper versonnen. »In der Stant Collection gibt es ein Photo von ihr. Sehr blaß. Schwer zu sagen, ob sie ein halber Albino war oder ob es an der Photographie liegt. Wahrscheinlich letzteres. Und Sie meinen, Ash hat sich für sie interessiert?«

»Nur am Rande. Ich wollte es nur überprüfen.«

Als Cropper Beatrice hinausmanövriert hatte, setzte Roland sich an seine Tischecke und blätterte im Tagebuch der Ehefrau Randolph Ashs.

Immer noch mit der Lektüre der *Melusine* beschäftigt. Eine beeindruckende Leistung.

Las Buch VI der *Melusine.* Der Ehrgeiz, Betrachtungen kosmischer Natur anzustellen, könnte als dem Märchencharakter der Geschichte abträglich empfunden werden.

Immer noch mit der Lektüre der *Melusine* beschäftigt. Welcher unermüdliche Fleiß, welche Selbstgewißheit müssen für ihr Abfassen erforderlich gewesen sein! Trotz ihres lebenslangen Aufenthalts in unserem Land bleibt Miss LaMotte zutiefst französisch, was ihre Sicht der Welt angeht. Nichts an diesem schönen und kühnen Gedicht verletzt das sittliche Empfinden, doch anders verhält es sich mit den moralischen Grundsätzen, von denen es kündet.

Und dann, einige Seiten weiter, unvermittelt ein überraschender und untypischer Ausbruch.

Heute legte ich *Melusine* aus der Hand, nachdem ich bis zum Ende dieses wundervollen Werkes gelangt war. Was soll ich nur dazu sagen? Es ist von höchster Originalität, wenngleich das breite Publikum sich schwertun wird, seine Besonderheit zu erfassen, denn es macht keinerlei Zugeständnisse an die vulgäre Prüderie unserer Phantasie, und seine Vorzüge sind – in manchem zumindest – gar zu verschieden von dem, was dem schwachen Geschlecht gern zugeschrieben wird. Nichts ist hier zu finden von zimperlicher Sentimentalität, von furchtsamer Reinheit, von behutsamer und verzärtelnder Fürsorge um die Empfindungen des Lesers, sondern Kraft, sondern Feuer. Wie soll ich es erklären? Es ist wie ein großer, reichbestickter Wandteppich in einer düsteren steinernen Halle, auf dem eine Vielzahl fremdartiger Vögel und Tiere und Elfen und Dämonen aus Hecken von dornigen Bäumen und vereinzelten Lichtungen voller Blüten hervorkommen. Goldene Flecken heben sich von der Düsternis ab, Sonnenlicht und Sternenlicht, das Glitzern von Juwelen oder von Menschenhaar oder das des Schuppenpanzers einer

Schlange. Feuer flackern, und Springbrunnen fangen Lichter ein. Alle Elemente sind in ständiger Bewegung, das Feuer brennt, das Wasser rinnt, die Luft vibriert, und die Erde dreht sich... Mir kamen die Jagddarstellungen auf den Teppichen in *The Franklin's Tale* und in der *Faerie Queene* in den Sinn, wo der Beobachter erlebt, wie das Gewebte vor seinen staunenden Augen lebendig wird und gemalte Schwerter echtes Blut vergießen und der Wind in den gemalten Bäumen seufzt.

Und was soll ich zu der Szene sagen, da der Ehemann, ein schwachgläubiger Mann, sein Loch bohrt und das *Ungeheuer*, das ihm angetraut ist, beim Bade in seinem Bottich beobachtet? Wäre es an mir gewesen, solches zu entscheiden, hätte ich gewiß gemeint, daß diese Szene der Vorstellungskraft überlassen bleiben sollte, so wie Coleridge Geraldine beläßt – »für Träume recht, nicht für Beschreibungen«. Miss LaMotte jedoch spricht ausführlich darüber, auch wenn ihre Schilderung für den einen oder anderen Magen schwer zu verdauen sein dürfte, insbesondere für zartbesaitete junge Damen, die sich feenhaften Liebreiz erwartet haben.

Sie ist schön, diese Melusine, schrecklich und tragisch, dem Menschen unähnlich im höchsten Maße.

Der Schwanz das glitzernde Wasser peitscht
Und diamantne Funken sprüht
Und Gischt zu weißen Wogen schlägt
Zum Wasserschleier, der die Luft erfüllt

Die Weiße ihrer zarten Haut kannte er wohl
Die Spuren blauer Adern auf dem Schnee...
Doch Schönheit sah er nicht im Silber und im Blau
Der Schuppen und des Schwanzes seiner Fee...

Das Erstaunlichste daran ist vielleicht, daß der Fisch oder die Schlange schön ist.

Roland gab den Gedanken an seinen eigenen Lunch vorerst auf; diese Passage mußte er abschreiben, vor allem, weil er sie Maud Bailey zeigen wollte, die sich über diesen Beweis zeitgenössischer weiblicher Bewunderung für ihren geliebten Text freuen mußte, aber auch, weil er den Eindruck hatte, daß eine so unverhohlene Bewunderung, von Ashs Ehefrau einer Frau entgegengebracht, die er bereits als Ashs Geliebte betrachtete, von niemandem erwartet worden wäre. Nachdem er die Textstelle abgeschrieben hatte, blätterte er aufs Geratewohl weiter.

Meine Lektüre in letzter Zeit hat mich aus mancherlei Gründen an mich selbst als junges Mädchen zurückdenken lassen, als ich Romanzen und Abenteuerromane las und mich gleichzeitig in den Gegenstand der Verehrung aller Ritter – eine unbefleckte Guinevra – und in den Schreiber der Geschichte verwandelt wähnte. Ich wollte Dichter und Gedicht zugleich sein, und heute bin ich keines von beiden, sondern Herrin über einen sehr kleinen Haushalt, bestehend aus einem angejahrten Dichter (mit seinen Eigenheiten, welche liebenswert und milde sind und keinerlei Anlaß zur Besorgnis bieten), meiner Person und den Dienstboten, über deren Betragen ich nicht klagen kann. Täglich sehe ich, wie sehr die Alltagssorgen um ihre Kinderschar Patience und Faith zermürben und auslaugen und wie stolz und glücklich sie dennoch die Liebe und Zuwendung macht, die sie auf ihre Brut verwenden. Inzwischen sind sie nicht nur Mütter, sondern auch Großmütter, die ihre Enkel verwöhnen und von ihnen vergöttert werden. Ich selbst habe in letzter Zeit entdeckt, daß mir unvermittelt und fast unmerklich Kraft zuwächst (nach all den heillosen Jahren meiner Migräneschmerzen und nervösen Leiden). Schon beim Erwachen bin ich recht munter, und ich überlege mir, womit ich mich beschäftigen kann. Mit sechzig denke ich nun an die lebhaften Wünsche jenes jungen Mädchens in der Dekanei zurück, das mir fast wie eine Fremde erscheint, wenn ich es in meinen Gedanken im mondhellen Musselinkleid tanzen sehe oder in einem Boot sitzen, während ein Herr seine Hand an die Lippen führt.

Mir scheint, ich hatte so unrecht nicht, als ich schrieb, es sei mein Wunsch gewesen, Dichter und Gedicht zu sein. Möglicherweise ist dies die Sehnsucht aller lesenden Frauen im Unterschied zu lesenden Männern, welche Dichter und Helden zu sein wünschen, wenngleich ihnen das Verfassen von Dichtungen in unseren friedvollen Zeiten als ausreichend heroisches Tun erscheinen mag. Niemand würde von einem Mann verlangen, ein Gedicht zu sein. Jenes junge Mädchen in seinem Musselinkleid war ein Gedicht; Vetter Ned schrieb ein abscheuliches Sonett über die keusche Lieblichkeit seines Gesichts und die tiefinnerliche Güte, die aus seinem Gang erstrahlte. Heute aber denke ich, ob es nicht besser gewesen wäre, dem Wunsch, Dichter zu sein, die Treue gehalten zu haben. *Niemals* könnte ich so schreiben, wie Randolph zu schreiben versteht, doch wer könnte das schon – und deshalb hätte ich mich durch solche Überlegungen vielleicht nicht davon abhalten lassen sollen, etwas zu tun.

Vielleicht hätte er weniger geschrieben oder unter größeren Schwierigkeiten, wenn ich sein Leben weniger ruhig gestaltet hätte. Ich erhebe nicht Anspruch darauf, als Hebamme seiner Werke zu gelten, doch wenn ich schon nichts *erleichtert* habe, so habe ich zumindest nichts *verhindert*, wie es so manche an meiner Stelle hätte tun können. Es ist dies nicht viel, worauf ich Anspruch erheben kann, um ein ganzes Leben zu rechtfertigen. Würde Randolph dies lesen, so würde er lachen, bis ich die ungesunden Grübeleien vergäße, er würde mir sagen, daß es nie zu spät ist, und würde seinen gewaltigen Geist in den fingerhutgroßen Raum einpassen, den das bißchen Tatkraft einnimmt, über das ich seit neuestem verfüge, und mir sagen, was ich tun kann. Aber er wird es nicht zu sehen bekommen, und ich werde einen Weg finden – ein wenig mehr zu sein – jetzt weine ich, wie jenes Mädchen hätte weinen können. Genug.

Roland schlüpfte aus der Ash Factory und machte sich auf den Heimweg, bevor Cropper oder Blackadder zurückkehren und ihm unangenehme Fragen stellen konnten. Er ärgerte sich über seine eigene Dummheit – Cropper in die Lage zu versetzen, Christabels Namen zu erfahren! Cropper, der sich alles merkte.

In der Souterrainwohnung in Putney herrschte Stille, während der Katzengeruch an die Gewölbe unter dem Britischen Museum erinnerte. Der Winter kündigte sich düster an, und auf den Wänden machten sich dunkle Flecken und eine Art Schimmelpilz bemerkbar. Die Wohnung war schwer zu heizen. Es gab keine Zentralheizung, und Roland und Val hatten das kärgliche Gasfeuer durch Ölöfen ergänzt, so daß sich Heizölgeruch mit dem Katzengestank und dem Modergeruch vermischte. Es roch nach kaltem Heizöl, nicht nach verbrennendem, und es roch nicht nach Küchendünsten, weder nach verbrannten Zwiebeln noch nach kräftigem Currypulver. Val war offenbar nicht da. Sie konnten es sich nicht leisten, in ihrer Abwesenheit den Ölofen im Flur anzulassen. Ohne den Mantel auszuziehen, machte Roland sich auf die Suche nach Streichhölzern. Der Docht aus einer klaren, hornigen Substanz befand sich hinter einer schiefen, quietschenden Eisenklappe im Kamin. Roland öffnete sie, ergriff ein Stück Docht, das er entzündete, und schloß schnell die Ofentür, hinter der mit leisem Dröhnen eine bläuliche Flamme brannte, die aussah wie ein Halbmond mit nach oben weisenden Spitzen. Das Blau der Flamme, das ins Grünliche und Purpurne spielte, hatte eine urtümliche und magische Ausstrahlung.

Im Flur lag ein kleiner Stapel Briefe. Zwei waren für Val, einer davon ein selbstbeschriftetes Rücksendekuvert. Drei waren für ihn: eine Mahnung wegen überschrittener Leihfrist, eine Karte, die den Eingang eines Artikels bestätigte, den er einer wissenschaftlichen Zeitschrift geschickt hatte, und ein in einer ihm unbekannten Handschrift an ihn adressierter Brief.

Lieber Dr. Michell,

ich hoffe, Sie haben unser Schweigen nicht als Unhöflichkeit oder Schlimmeres ausgelegt. Mein Mann hat die Erkundigungen eingezogen, von denen er sprach. Er hat sich mit seinem Anwalt, mit dem Vikar und mit unserer lieben Freundin Jane Anstey, die eine pensionierte Bibliothekarin ist, beraten. Keiner von ihnen konnte einen praktikablen Vorschlag machen. Miss Anstey hat eine sehr hohe Meinung von Dr. Baileys Arbeiten und von dem Archiv, das sie leitet. Sie findet, es wäre nichts dagegen einzuwenden, daß Dr. Bailey unseren Schatzfund liest und eine vorläufige Einschätzung dazu abgibt – besonders wenn man berücksichtigt, daß sie ihn entdeckt hat. Deshalb schreibe ich Ihnen, denn Sie waren bei der Entdeckung dabei und haben sich an Randolph Ash interessiert gezeigt. Wäre es Ihnen recht, herzukommen und die Papiere zusammen mit Dr. Bailey anzusehen, oder, falls Ihnen das zu umständlich ist, jemanden vorzuschlagen, der an Ihrer Stelle kommen kann? Ich nehme an, daß es für Sie als Londoner weniger leicht einzurichten sein wird als für Dr. Bailey, die ja ganz in der Nähe von Croysant le Wold wohnt. Ich könnte Ihnen anbieten, Sie für ein paar Tage bei uns unterzubringen – allerdings nicht sehr komfortabel, denn Sie werden sich erinnern, daß wir nur im Erdgeschoß leben, und im Winter ist es in dem alten Haus entsetzlich kalt. Was meinen Sie dazu? Wie lange wird es Ihrer Ansicht nach dauern, sich einen Überblick über unseren Fund zu verschaffen? Würde eine Woche ausreichen? Über Weihnachten haben wir Besuch, aber nicht über Neujahr, falls Sie Lust haben sollten, um diese Zeit des Jahres einen Ausflug nach Lincolnshire zu machen.

Ich habe nicht vergessen, wie edelmütig und beherzt Sie mir damals auf dem Hügel geholfen haben. Schreiben Sie mir, was Sie für das beste Vorgehen halten.

Mit freundlichen Grüßen
Joan Bailey

Roland verspürte mehrere Eindrücke gleichzeitig: Euphorie vor allem – etwas wie eine Vision des Bündels toter Briefe, die stürmisch lebendig wurden, als würde ein mächtiger Adler aus dem Schlaf erwachen. Irritation darüber, daß Maud Bailey sich den Vorrang in einer Sache angemaßt zu haben schien, die mit der Entdeckung seines entwendeten Briefes begonnen hatte. Erwägungen praktischer Natur – wie die halb ausgesprochene Einladung annehmen, ohne das wahre Ausmaß der eigenen Armut einzugestehen, das ihn als nicht ausreichend vertrauenswürdig erscheinen lassen könnte, um mit der Begutachtung der Briefe betraut zu werden. Angst vor Val. Angst vor Maud Bailey. Sorgen wegen Cropper und Blackadder und sogar wegen Beatrice Nest. Er fragte sich, warum Lady Bailey ausgerechnet auf den Gedanken oder Vorschlag gekommen war, er könne jemand anderen an seiner Stelle vorschlagen – im Scherz, aus Dummheit oder aus einer leisen Unsicherheit ihm gegenüber? Wie ernst meinte sie es mit ihrer Dankbarkeit? Wollte Maud ihn beim Lesen der Briefe dabeihaben?

Über seinem Kopf sah er auf der Straße den Kotflügel eines scharlachroten Porsches, etwa in Höhe des Fensterrahmens. Ein Paar blitzblank geputzter schwarzer Schuhe aus weichem Leder tauchte auf, gefolgt von Beinen in tadellos gebügelten Hosen aus anthrazitfarbener leichter Wolle mit Nadelstreifen, wiederum gefolgt vom hervorragend geschnittenen unteren Teil eines Jacketts, dessen Rückenschlitz rotes Seidenfutter enthüllte und das vorne geöffnet war, so daß ein flacher, muskulöser Bauch zu erkennen war, gekleidet in ein rot-weiß-gestreiftes Hemd. Es folgten Vals Beine in mattblauen Strümpfen und Schuhen von kräftigerem Blau unter dem weichen Saum eines senffarbenen Crêpe-de-Chine-Kleids, das mit großen blauen Blumen bedruckt war. Die vier Füße gingen vor und zurück, vor und zurück, wobei die Männerfüße der Treppe zum Souterrain zusteuerten, während die Füße der Frau zurückwichen und sich sträubten. Roland öffnete die Tür und ging ins Freie, angetrieben von dem, was fast immer sein Motor war, der reinen Neugier darauf, wie der Rest aussah.

Schultern und Brust waren nicht anders als erwartet; die Krawatte war eine rot- und schwarzgemusterte Strickkrawatte. Das Gesicht war oval. Eine Hornbrille unter einem vage an die zwanziger Jahre angelehnten Haarschnitt, seitlich und hinten sehr kurz gehalten, zur Stirn hin etwas länger, schwarzes Haar.

»Hallo«, sagte Roland.

»Oh«, sagte Val. »Ich dachte, du wärst im Museum. Das ist Euan McIntyre.«

Euan McIntyre lehnte sich zu Roland und streckte mit vollendeter Gebärde eine Hand nach unten. Er strahlte Macht aus, wie ein Pluto, der Persephone an der Pforte zur Unterwelt abliefert.

»Ich habe Val nach Hause gebracht. Es ging ihr nicht gut. Ich war der Ansicht, sie sollte sich hinlegen.«

Seine Stimme klang deutlich und kraftvoll, nicht schottisch, Töne, die Roland unzutreffend als hochnäsig bezeichnet hätte, Töne, die er als Kind nachzuäffen gelernt hatte, um sie ins Lächerliche zu ziehen, Töne, die ihn bei aller Sanftmut mit kämpferischem Klassenantagonismus erfüllten. Offenkundig erwartete er, daß man ihn hereinbat, mit einer Selbstverständlichkeit, die in Romanen aus früheren Zeiten den wahren Gentleman offenbart hätte, während sie in Rolands und wahrscheinlich auch in Vals Augen nur auf Aufdringlichkeit und ihre eigene Scham über ihre Wohnung verwies. Val bewegte sich unsicher und unentschieden auf Roland zu.

»Es geht mir schon besser. Vielen Dank fürs Mitnehmen.«

»Keine Ursache.« Er wandte sich zu Roland. »Ich hoffe, wir sehen uns einmal.«

»Ja«, antwortete Roland unbestimmt und ging rückwärts hinter Val die Treppe hinunter.

Der Porsche fuhr davon.

»Er ist hinter mir her«, sagte Val.

»Wo kommt er her?«

»Ich habe verschiedenes für ihn getippt. Testamente und so. Notariatsverträge. Gutachten zu diesem und jenem. Er ist Anwalt. Bloss, Bloom, Trompett und McIntyre. Guter Ruf, nicht der Schlaueste, sehr erfolgreich. Pferdephotos im Büro, wohin das Auge blickt. Besitzt nach eigenem Bekunden ein Bein von einem Rennpferd. Er hat mich gefragt, ob ich mit ihm nach Newmarket fahre.«

»Und was hast du gesagt?«

»Willst du wissen, was ich gesagt habe?«

»Es würde dir guttun, mal rauszukommen«, sagte Roland und wünschte im selben Augenblick, er hätte es nicht gesagt.

»Weißt du, wie du mit mir redest? Es würde dir gut tun, mal rauszukommen. Zum Kotzen.«

»Ich kann dir nicht vorschreiben, was du tun sollst, Val.«

»Ich habe gesagt, es würde dir nicht recht sein.«

»O Val –«

»Ich hätte sagen sollen, daß es dir scheißegal ist. Ich hätte mitfahren sollen.«

»Ich kann nicht verstehen, warum du es nicht getan hast.«

»Oh, natürlich, wenn du es nicht verstehen kannst –«

»Was ist mit uns passiert?«

»Zu eng aufeinander, zu wenig Geld, zuviel Sorgen und zu jung. Du willst mich loswerden.«

»Du weißt, daß das nicht stimmt. Das weißt du. Ich liebe dich, Val. Ich bin nur keine besonders aufmunternde Gesellschaft.«

»Ich liebe dich auch. Es tut mir leid, daß ich so unausgeglichen und eifersüchtig bin.«

Sie stand abwartend da. Er nahm sie in die Arme. Es war Absicht und Berechnung, nicht Begierde. Es gab zwei Möglichkeiten in einer Situation wie dieser: Streit oder ein Schäferstündchen, und letzteres versprach die besseren Aussichten auf ein Abendessen und ungestörte Arbeit und ein unauffälliges Ansprechen seines Vorhabens.

»Es ist Zeit zum Essen«, sagte Val mit schwacher Stimme.

Roland sah auf die Uhr.

»Nein, das ist es nicht. Außerdem müssen wir auf niemanden Rücksicht nehmen. Früher haben wir getan, was wir wollten, erinnerst du dich? Laß die Uhr Uhr sein. Denk an uns und nicht an Äußerlichkeiten.«

Sie zogen sich aus und kuschelten sich im kalten Bett aneinander. Anfangs hatte Roland den Eindruck, daß es trotz allem nicht funktionieren würde. Es gibt Dinge, die man aus reiner Willenskraft allein nicht bewirken kann. Der Gedanke an die lebensdurchpulsten Federn seines Adlers aus Briefen weckte Erregung in ihm. Val sagte: »Eigentlich bist du wirklich der einzige für mich«, und das hätte ihn fast wieder entmutigt. Ihm fiel ein Bild ein, das einer Frau in einer Bibliothek, einer Frau, die nicht nackt war, sondern von Gewändern umhüllt, in raschelnder Seide und Unterröcken verborgen, deren Finger über der Stelle gefaltet waren, wo das enge schwarzseidene Oberteil in die weiten Röcke überging, einer Frau mit liebreizendem und traurigem Gesicht, deren Wellen dichten Haars eine steife Haube umrahmte. Ellen Ash, aus Richmonds Zeichnung rekonstruiert, die in Croppers *Großem Bauchredner* abgebildet war. Alle Frauen bei Richmond haben einen ganz bestimmten Mund, fest umrissen und schön geschwungen, großzügig und ernst, mit gewissen Variationen, aber dennoch dem gleichen Typus zuordenbar. Das geistige Bild dieser Frau, halb Phantasiefigur, halb Photographie, hatte die erwünschte Wirkung. Sie trösteten einander. Später würde er imstande sein, sich einen Weg auszudenken, Lincoln zur Sprache zu bringen, ohne allzu genau sagen zu müssen, wohin er fuhr und warum.

ACHTES KAPITEL

Schnee fiel des Tags
Des Nachts Schnee fiel
Stumm wie das Grab
Sein Flockenspiel
Im Hause, still
Ein Wesen schneeweiß –
Gefiedert – hell –
Sein Auge gleißt –
Entzücken verheißt.
C. LaMotte

Vor den Packen mit Briefen saßen sie einander in der Bibliothek gegenüber. Es war bitter kalt; Roland kam es vor, als würde ihm niemals wieder warm sein können, und er dachte sehnsüchtig an Kleidungsstücke, die zu tragen er noch nie Gelegenheit gehabt hatte – gestrickte Fäustlinge, lange Unterhosen, Wollmützen mit Ohrenklappen. Maud war frisch und wach schon vor Beendigung des Frühstücks erschienen, warm eingepackt in Shetlandpullover und Tweedjacke, und ihr hellblondes Haar, das am Vorabend beim Abendessen im kühlen Wohnzimmer der Baileys zu sehen gewesen war, steckte unter einem grünseidenen verknoteten Tuch. Die Bibliothek war ein steinerner, einschüchternder Raum mit wahren Dickichten geschnitzten Blattwerks an der gewölbten Decke und einem großen, steinernen Kamin, der sauber ausgekehrt war und dessen Einfassung das Wappen der Baileys zierte – ein untersetzter Turm und ein Gehölz. Neugotische Fenster erlaubten den Blick auf den gefrorenen Rasen; die Glasscheiben waren zum Teil bleigefaßtes Fensterglas und zum Teil bunte Kelmscott-Glasmalereien, die in Medaillons die Errichtung eines goldenen Burgturms auf einem grünen Hügel schilderten, der befestigt und mit Bannern behängt wurde und dem im mittleren Medaillon ein feierlicher Zug von Rittern und Edelfrauen entgegenritt. Am Oberteil des Fensters wuchs ein üppiger Rosenbusch, der weiße und rote Blüten und rote Früchte gleichzeitig trug. Links und rechts kletterten Weinreben empor; zwischen schnörkeligen Ranken und geäderten Blättern trugen sie an vergoldeten Stengeln große purpurne Trauben. Die Bücher in den verglasten Schränken waren in Leder gebunden und ordentlich aufgereiht, allem Anschein nach seit langem nicht berührt.

In der Mitte des Raums stand ein schwerer Tisch, lederbezogen, voller Tintenflecke und zerkratzt, mit zwei Lehnstühlen mit lederner Sitzfläche. Das Leder, einst rot, war jetzt braun und bröselig und hinterließ rostfarbene Flecken auf der Kleidung. In der Tischmitte befand sich ein Schreibzeug, das aus einem leeren angelaufenen Silbertablett zur Aufnahme der Federn und grünlichen Glasgefäßen, die schwarzes Pulver enthielten, bestand.

Joan Bailey war um den Tisch herumgefahren und hatte die Packen mit den Briefen darauf gelegt.

»Ich hoffe, Sie kommen zurecht. Sagen Sie mir Bescheid, wenn Sie irgend etwas brauchen. Ich würde gerne Feuer für Sie machen, aber die Kamine sind seit Jahren nicht gekehrt worden, und ich fürchte, Sie würden vor Qualm halb ersticken, oder wir würden riskieren, das ganze Haus anzuzünden. Ist Ihnen wirklich warm genug?«

Maud, die angeregt wirkte, versicherte ihr, daß alles in Ordnung sei. Ein leiser Hauch von Farbe zeigte sich auf ihren elfenbeinblassen Wangen – fast so, als hätte die Kälte etwas Belebendes für sie, als fühlte sie sich in ihr zu Hause.

»Dann lasse ich Sie jetzt allein. Ich bin sehr gespannt, wie Sie vorankommen. Um elf mache ich Kaffee. Ich bring' ihn her.«

Die Atmosphäre zwischen ihnen war kühl, als Maud erläuterte, wie sie ihrer Ansicht nach vorgehen sollten. Sie hatte beschlossen, daß jeder von ihnen die Briefe lesen sollte, die sein Forschungsobjekt verfaßt hatte, und daß sie sich dahingehend verständigen sollten, ihre Beobachtungen analog zu einem System auf Karteikarten einzutragen, das im Archiv für Frauenliteratur benutzt wurde. Roland erhob Widerspruch, einerseits, weil er sich bevormundet fühlte, andererseits, weil er die Vorstellung gehabt hatte – eine, wie ihm jetzt klar wurde, alberne und romantische Vorstellung –, daß ihrer beider Köpfe sich gemeinsam über die Manuskripte beugen und gemeinsam den Verlauf der Geschichte verfolgen würden, voller Anteilnahme, wie er geglaubt hatte. Er machte geltend, daß sie mit Mauds System keinen Eindruck von der Entwicklung der Erzählung bekommen konnten, worauf Maud unbekümmert erwiderte, daß sie in einer Zeit lebten, in der man narrativer Ungewißheit etwas abzugewinnen vermochte, daß sie später ihre Notizen vergleichen konnten, daß sie außerdem nicht genug Zeit hatten und daß sie, Maud, hauptsächlich an Christabel LaMotte interessiert war. Roland gab nach; die Zeitknappheit war ein überzeugendes Argument. Sie arbeiteten eine Weile schweigend, bis Lady Bailey sie unterbrach, die ihnen Kaffee brachte und sich nebenbei nach dem Fortgang der Arbeit erkundigte.

»Entschuldigung«, sagte Roland, »war Blanche Brillenträgerin?«

»Keine Ahnung.«

»Hier ist die Rede von den glitzernden Vehikeln ihres Blicks. Vehikel im Plural, nicht im Singular.«

»Vielleicht trug sie eine Brille. Vielleicht hat er sie auch nur mit einer Libelle oder mit irgendeinem anderen Insekt verglichen. Er scheint Christabels Insektengedichte gelesen zu haben. Die Leute waren damals ganz wild auf Insekten.«

»Wie sah Blanche eigentlich aus?«

»Das weiß niemand so richtig. Ich stelle sie mir sehr blaß vor, aber das liegt natürlich am Namen.«

Anfänglich arbeitete Roland mit der konzentrierten Neugier, mit der er alles las, was Randolph Ash geschrieben hatte. Diese Neugier war eine Art wissender Vertrautheit; er kannte das Denken des anderen, er hatte gelesen, was jener gelesen hatte, er war mit dessen typischen Eigenheiten von Syntax und Betonung vertraut. Im Geiste konnte er vorgreifen und den Rhythmus des noch nicht Gelesenen hören, als wäre er der Schreibende, der in seinem Inneren den unwirklichen Rhythmus des noch nicht Geschriebenen hörte.

Doch diesmal machten die gewohnten freudigen Gefühle des Wiedererkennens und der Voraussicht nach kurzer, nach sehr kurzer Zeit einem wachsenden Gefühl der Unruhe und Anspannung Platz. Es lag vor allem daran, daß der Briefschreiber selbst angespannt war, weil der Gegenstand und Empfänger seiner Bemühungen ihn verwirrte. Es fiel ihm schwer, dieses Wesen in seine Schemata einzuordnen. Er bat um Erhellung und erhielt zur Antwort Rätsel, wie es den Anschein hatte. Roland, der nicht über die andere Hälfte der Korrespondenz verfügte, konnte sich nicht einmal von der Natur der Rätsel eine Vorstellung machen, und immer häufiger blickte er zu der unzugänglichen Frau gegenüber am Tisch auf, die schweigend und unverdrossen mit irritierender Gelassenheit minutiöse Eintragungen auf ihre kleinen Karten machte, die sie mit silbrigen Klammern und Nadeln zu Fächern zusammensteckte, während sie die Stirn runzelte.

Briefe, so stellte Roland fest, sind eine Erzählform, die kein Ende, keinen Abschluß vorsieht. Seine Zeit war eine Zeit, die von Theorien des Narrativen geprägt war. Briefe erzählen keine Geschichte, weil sie nicht wissen, wohin sie sich von Zeile zu Zeile entwickeln. Wäre Maud weniger abweisend und unfreundlich gewesen, hätte er ihr diesen Gedanken mitgeteilt, doch sie sah nicht vom Tisch auf.

Und außerdem schließen Briefe den Leser nicht nur als Mitschreibenden aus, als Seher oder Vorausblickenden, sondern auch als Leser, denn sie sind – sofern es sich um wahre Briefe handelt – für nur einen Leser geschrieben. Roland kam noch ein Gedanke: Keine anderen Briefe Randolph Henry Ashs waren diesen im Ton vergleichbar. Seine Briefe waren höflich, aufmerksam, oft geistreich und manchmal nachdenklich, aber nichts in ihnen verriet ein dringendes Interesse am Empfänger, mochte es sich um seinen Verleger handeln, um literarische Verbündete oder Widersacher oder sogar – zumindest in den erhaltenen Briefen – um seine Frau. Seine Frau, die vieles vernichtet hatte. Sie hatte geschrieben:

Wer bliebe gleichgültig bei dem Gedanken an die gierigen Hände, die Dickens' Schreibtisch nach seinen privaten Unterlagen durchwühlten, nach jenen Aufzeichnungen seiner persönlichen Gefühle, die niemanden als ihn angingen – die nicht für die Befriedigung der öffentlichen Neugier bestimmt waren –, obwohl nun jene, die seinen herrlichen Büchern nicht die gebührende Aufmerksamkeit zukommen lassen wollen, sein *sogenanntes* Leben aus seinen Briefen *saugen* werden.

Es stimmte, dachte Roland unbehaglich: Diese Briefe, diese bewegten, leidenschaftlichen Briefe waren nie für seine Augen bestimmt gewesen – anders als *Ragnarök*, anders als *Mumienfleisch*, anders als das Lazarus-Gedicht. Sie waren für Christabel LaMotte geschrieben worden.

...Ihre Intelligenz, Ihr herrlich scharfer Verstand – so daß ich Ihnen so schreiben kann, wie ich schreibe, wenn ich allein bin, wenn ich meine wahre Sprache spreche, die für alle und niemanden bestimmt ist – so daß *das* in mir, was sich noch nie einem Menschen offenbart hat, sich bei Ihnen heimisch fühlt – ich sage »heimisch« – wie überaus töricht von mir, da es Ihnen gefällt, in mir ein Gefühl größter *Unheimlichkeit* zu wecken, wie es die Deutschen nennen, heimisch am allerwenigsten, sondern stets ungewiß, stets eines Fehlschlags gewiß, stets in der Überzeugung, daß ich Ihren nächsten zutreffenden Gedanken, Ihren nächsten hellen Geistesblitz nicht zu gewärtigen vermag. Doch Dichter wünschen sich kein *Heim* – habe ich recht? –, sie gehören nicht dem Herd und dem Schoßhündchen, sondern der Heide und den wilden Hunden. Nun wüßte ich gern, ob Sie meinen, das, was ich soeben schrieb, sei Wahrheit oder Lüge. Alle Dichtung ist vielleicht nichts anderes als ein Ausdruck der Liebe zu diesem und jenem, zum Universum – welches im einzelnen, nicht im allgemeinen geliebt werden muß, um seines universellen Lebens in jeder einzelnen Minute willen. Mir wollte sie immer als ein Ausdruck *unerfüllter Liebe* erscheinen – und so mag es wohl sein, meine Teure, denn die Erfüllung kann zum Überdruß und zum Ersterben der Liebe führen. Ich kenne viele Dichter, die nur schreiben, wenn sie sich in einem Zustand der Erregung befinden, den sie dem der *Verliebtheit* vergleichen, was heißt, daß es sich nicht so verhalt, daß sie verliebt wären, sondern daß sie diesen Zustand anstreben und suchen – diese Demoiselle oder jene junge Person auserkiesen, um so eine neue Metapher zu finden oder eine neue und unverbrauchte Sicht auf alle Dinge. Und ich muß Ihnen gestehen, daß es mir immer scheinen wollte, als könnte ich diese Art von *Verliebtheit* sehr wohl erkennen, die von ihnen als etwas ganz *eigenes* bezeichnet wird, *nicht denkbar* ohne – sagen wir – diese schwarzen oder blauen Augen, diese reizende Ausformung von Körper oder Verstand, dieses Leben einer Frau, zwischen 1821 und 1844 angesiedelt... und ich war immer der Überzeugung, daß diese *Verliebtheit* zu den abstraktesten *Konstrukten* zählt, welche sich je unter der Maske von Liebendem und Geliebter verbargen – und unter der des Dichters, welcher beide erschafft und lenkt. Und deshalb sage ich Ihnen, daß die Freundschaft seltener, eigenwilliger, einzigartiger und ganz gewiß dauerhafter ist als solche Liebe.

Ohne solchen Kitzel kann ihre Lyrik nicht entstehen, und deshalb bedienen sie sich jedes Mittels – und sind von der Echtheit ihrer Gefühle überzeugt –, doch die Gedichte gelten nicht der jungen Dame, die junge Dame gilt den Gedichten.

Sie sehen, daß ich mich auf sehr dünnes Eis begebe, und dennoch wiederhole ich – wissend, daß mein Tadel der Hingabe an ein weibliches Ideal oder der Doppelzüngigkeit der Dichter Sie nicht in tugendhafter Empörung zurückscheuen lassen wird, sondern daß Sie dies mit Ihren eigenen Dichteraugen sehen, klug und unbeirrt –, daß ich Ihnen schreibe, wie ich schreibe, wenn ich allein bin, daß *das* in mir sich an Sie wendet – wie sonst es ausdrücken?, doch weiß ich, daß Sie mich verstehen, ich weiß es –, *das* in mir, was das Schöpferische ist, das, was erschafft. Muß ich hinzufügen, daß meine Gedichte sich nicht lyrischen Empfindungen verdanken, sondern einem Gefühl der Rastlosigkeit, allem aufgeschlossen und zugetan, beobachtend und analytisch und *wißbegierig*, meine Teure, welches wohl am ehesten dem Geist des großen Prosaisten Balzac zu vergleichen wäre, den Sie als Französin, ledig des Korsetts tugendhafter Verbote, das die Empfindungen englischer Damen einengt, kennen und verstehen. Was macht, daß ich Dichter und nicht Romanschriftsteller bin, ist das Klingen der Sprache. Denn darin besteht der Unterschied zwischen Dichtern und Romanciers: daß erstere um des Lebensimpulses der Sprache willen schreiben und letztere, um die Welt zu bessern.

Und Sie wiederum schreiben, um den Menschen eine fremde, ungeahnte Welt zu offenbaren, nicht wahr? Die Stadt Is, die Umkehrung von Par-is, die Türme im Wasser statt in der Luft, die untergegangenen Rosen, fliegenden Fische und all die anderen paradoxen Elemente – Sie sehen, daß ich Sie zu kennen beginne – ich werde mich in Ihr Denken hineinfinden, wie eine Hand den Weg in den Handschuh findet – um Ihre eigene Metapher zu stehlen und grausam zu entstellen. Doch nein, wenn Sie es wünschen – so werden Sie

Ihre Handschuhe unberührt und zart duftend zusammengelegt behalten – so werden Sie – nur schreiben Sie mir, schreiben Sie mir, es verlangt mich so sehr danach, das Auf und Ab und all die unerwarteten Sprünge Ihrer Feder zu sehen …

Roland blickte zu seiner Partnerin oder Widersacherin hoch. Sie schien mit beneidenswerter Sicherheit und Geschwindigkeit voranzukommen. Feine Runzeln überzogen ihre Stirn.

Die gefärbten Glasscheiben trugen dazu bei, sie noch unvertrauter erscheinen zu lassen; sie zerteilten sie in kalte, bunt leuchtende Feuer. Eine Wange bewegte sich in einem Flecken des Traubenvioletts, während sie las und schrieb. Ihre Stirn flackerte in grünem und goldenem Licht. Das Rot von Rosen und Beeren warf Tupfen auf Hals, Kinn und Mund. Die Augenlider waren purpurn überschattet. Auf ihrem grünen Seidentuch glitzerten purpurne gezackte Wellen. Staub tanzte wie ein Heiligenschein um ihren Kopf, schwarze Stäubchen vor hellem Gold, unsichtbare Materie, die wirkte wie kleine Löcher in einer Farbmembran. Er sprach sie an, und sie drehte sich wie durch einen Regenbogen zu ihm, als bündele ihre bleiche Haut die Farben.

»Entschuldigen Sie die Störung – ich habe mich nur gefragt – wissen Sie etwas über die Stadt Is? I-S.«

Sie schüttelte ihre Konzentration ganz unvermittelt ab.

»Eine bretonische Legende. Sie wurde zur Strafe für ihre Verderbtheit im Wasser versenkt. Königin Dahud herrschte in Is, eine Zauberin, Tochter des Königs Gradlond. Manchen Versionen zufolge waren die Frauen in dieser Stadt durchsichtig. Christabel hat ein Gedicht darüber geschrieben.«

»Kann ich es lesen?«

»Aber nur kurz. Ich brauche das Buch.«

Sie schob es ihm über den Tisch zu.

Tallahassee-Frauen-Reihe. Christabel LaMotte: Eine Auswahl aus ihren epischen und lyrischen Dichtungen, hg. von Leonora Stern. The Sapphic Press, Boston. Auf dem purpurfarbenen Umschlag zeigte eine weiße Umrißzeichnung zwei mittelalterliche Frauen, die sich über einen Brunnen in einem viereckigen Becken beugten, um einander zu umarmen. Sie trugen hohe Hauben mit Schleiern, schwere Gürtel und lange Flechten.

Roland durchblätterte *Die versunkene Stadt*. Vorangestellt war eine Notiz von Leonora Stern.

In diesem Gedicht wie auch in *Die Hünensteine* ließ sich LaMotte von der bretonischen Mythologie inspirieren, die ihr seit frühester Kindheit vertraut war. Das Thema selbst war gerade für eine Schriftstellerin von besonderem Interesse, insofern es in gewisser Weise den kulturellen Konflikt zwischen zwei Formen der Zivilisation widerspiegelt, zwischen dem indoeuropäischen Patriarchat Gradlonds und dem primitiveren, instinktverbundeneren, erdgebundenen Heidentum seiner zaubermächtigen Tochter Dahud, die im Wasser gefangen bleibt, während ihm der befreiende Sprung auf trockenen Boden bei Quimper gelingt. Die Welt der Frauen in der Stadt unter dem Wasser ist das Gegenstück zur männerbeherrschten, technologischen und industrialisierten Welt von Paris oder Par-is, wie es die Bretonen nennen. Sie sagen, Is werde zur Oberfläche emporsteigen, wenn Paris für seine Sünden versinken wird.

LaMottes Haltung gegenüber Dahuds sogenannten Vergehen ist von einigem Interesse. Ihr Vater Isidore LaMotte zögerte nicht, in seiner Ausgabe bretonischer Mythen und Legenden auf ihre »Perversionen« hinzuweisen, ohne diese jedoch näher zu bezeichnen, und auch LaMotte sagt nichts Näheres...

Er blätterte im Text.

Kein zierlicheres Erröten gewiß
Als das der Damen der Stadt Is.
Die Haut der Adern kaum verhüllt
Das Rot des Bluts, das sie erfüllt,
Das allen Blicken sichtbar fließt
Und pocht und zuckt und sich ergießt.
Unter der Haut, so klar und fein,
Schimmert des Blutes zarter Schein.
Für Hoffart und Vermessenheit,
Die sie geübt vor langer Zeit,
Als Buße ihnen auferlegt,
Was unter ihrer Haut sich regt,
Daß jedem Blick es offenbar,

Daß ihre Haut wie Glas so klar.
Doch ihren Hochmut wahrten sie,
Stolz und unnahbar…

Aus tiefem Meeresgrunde ragt
Der Kirchturm der versunkenen Stadt,
Der durch des Wassers sachtes Beben
Dem eigenen Spiegelbild entgegen,
Von Tang und Algen sanft umwebt,
Sein Bildnis zu berühren strebt.
Es gleitet der Makrelen Zug,
Wo Schwalben einst in kühnem Flug
Mit ihrem Ruf die Luft erfüllt
Und nun des Wassers Plätschern schwillt.
Alles hienieden doppelt ist,
Wie mittels diabolischer List,
Kirchturm und Horizont und Naß,
Verstaut im gläsernen Gelaß.
Untote, durchsichtig und schemengleich,
Gehn schweigend…

Unter dem Wasser spiegelglatt
Gespenstisch die versunkene Stadt
Ein unmerkliches Leben führt,
Wie unter glatter Stirn sich rührt
Der Frauen Fühlen, wogt und bebt,
So wie der Tang im Wasser schwebt
Und er die Felsen sacht umspült,
Wie ihre Adern Röte füllt.

Und so arbeiteten sie weiter, im Wettlauf mit der Uhr, fröstelnd und erregt, bis Lady Bailey kam und sie zum Abendessen einlud.

Als Maud an diesem ersten Abend nach Hause fuhr, verschlechterte das Wetter sich bereits. Dunkle Wolken ballten sich zusammen; durch die Bäume hindurch konnte sie den Vollmond sehen, der infolge der unklaren Luft weit entfernt und gleichzeitig verdichtet erschien, rund und klein und matt. Sie fuhr durch den Park, der zu großen Teilen von jenem früheren Sir George gepflanzt worden war, der Christabels Schwester Sophie geheiratet hatte und der Bäume geliebt hatte, Bäume aus allen nur erdenklichen Gegenden der Welt – die Madagaskarpflaume und die Levantinische Galleiche, die Himalajakiefer, die Flügelnuß und den Judasbaum. Er hatte das großzügig bemessene Zeitgefühl seiner Generation besessen – er hatte hundertjährige Eichen und Buchen geerbt und hatte Wälder, Lichtungen und Dickichte angelegt, die zu sehen er nie hoffen konnte. Große, zerklüftete Baumstämme passierten still in der wachsenden Dunkelheit den kleinen, grünen Wagen, bäumten sich unvermutet und unheimlich im Scheinwerferlicht auf, bevor sie verschwanden. Ringsum im Wald schien es vor Kälte zu knacken, als würde sich das Holz zusammenziehen, zusammenkauern. Ein ähnliches Gefühl hatte Maud am eigenen Körper verspürt, als sie in den Hof getreten war und die Kälte ihr die Kehle zugeschnürt und sich in ihrem Inneren etwas zusammengezogen hatte, was sie in poetischer Manier als ihr Herz deutete.

Diese Wege war Christabel entlanggefahren, eigensinnig, vielleicht von spirituellem Eifer erfüllt, und hatte ihren kleinen Ponywagen zu dem hochkirchlichen Abendmahl von Ehrwürden Mossman gelenkt. Maud hatte Christabel an diesem Tag nicht als angenehme Gesellschaft empfunden. Ihre Reaktion auf Bedrohungen bestand in vermehrter Organisation. Festhalten, einordnen, erkunden. Hier draußen war es anders. Der imaginierte Ponywagen mit seinem verschleierten Passagier holperte voran. Die Bäume richteten sich undurchdringlich auf, einer nach dem anderen. Etwas wie ein Klang der Elemente begleitete ihr Verschwinden in der Dunkelheit. Sie waren alt, sie waren grau, grün und hart. Frauen, nicht Bäumen galt Mauds Fürsorge. Ihre Vorstellung von diesen uralten Wesen enthielt das Wissen ihrer Generation um das nahende Verdorren und Sterben der Bäume, verursacht durch sauren Regen und den Wind, der unsichtbares Gift herbeitrug. Unvermittelt sah sie sie wogen, goldgrün, in einem hellen Frühling vor hundert Jahren, saftige Schößlinge, geschüttelt und geschmeidig zurückfedernd. Der dichte Wald, ihr eigenes summendes Auto, ihr neugieriges Forschen in Christabels

Leben, all das erschien ihr mit einemmal als etwas Gespenstisches, was sich von der jungen Lebenskraft der Vergangenheit nährte. Zwischen den Bäumen war der Boden schwarz von den glänzenden, nassen Umrissen welker Blätter; vor ihr bedeckten die Blätter die unebene Oberfläche des geteerten Weges wie Flecken. Ein Tier lief ihr in die Scheinwerfer; seine Augen waren mattrot funkelnde Halbkugeln, in denen das Licht sich brach, die funkelten und dann verschwunden waren. Sie wich aus und wäre beinahe gegen einen Eichenstamm gefahren. Zweideutige nasse Tropfen oder Flocken – was von beidem? – zeigten sich kurz auf der Windschutzscheibe. Maud befand sich innen, und die Außenwelt war lebendig und von ihr abgesondert.

Ihre helle, aufgeräumte Wohnung kam ihr ungewöhnlich einladend vor, abgesehen von zwei Briefen, die sich im Schlitz des Briefkastens verfangen hatten. Sie machte sie los und ging durch die Wohnung, um Vorhänge zuzuziehen und Lampen einzuschalten. Auch die Briefe stellten eine Bedrohung dar. Ein Umschlag war blau, und der andere war von jenem Graubraun, das bei allen Universitäten im Zeichen der neuen Sparsamkeit das weiße Briefpapier mit Wasserzeichen und Prägung ersetzt hatte. Der blaue Brief war von Leonora Stern. Der andere kam vom Prince Albert College; sie hätte vermutet, daß er von Roland wäre, aber Roland war hier. Sie war nicht besonders höflich zu ihm gewesen, herrisch sogar. Das ganze Unternehmen hatte sie nervös gemacht. Warum konnte sie nichts mit Leichtigkeit und Selbstverständlichkeit tun außer allein arbeiten, in ihren eigenen vier Wänden, in ihrem hellen, sicheren Reich? Christabel, die Christabel verteidigte, gab Maud zu denken und beunruhigte sie.

Ein Rätsel, Sir, ein altes Rätsel, ein leichtes Rätsel – kaum wert, daß Sie einen Gedanken daran verschwenden –, ein verletzliches Rätsel, weiß und golden, in seiner Mitte Leben. Ein weiches, goldenes Kissen, dessen Glanz Sie sich paradoxerweise nur mit geschlossenen Augen vorstellen dürfen – sehen Sie es mit Ihrem *Tastgefühl*, lassen Sie es durch die Finger Ihres Geistes gleiten. Und dies goldene Kissen umschließt ein Kästchen von Kristall, durchsichtig und endlos in seiner Kreisförmigkeit, denn es besitzt keine Kanten, keine Ecken, nur die milchige Helligkeit des Mondsteins, die täuscht. Und beide sind in Seide gehüllt, so fein wie Distelflaum, so zäh wie Stahl, und diese Seide ruht in Alabaster, den Sie sich als eine Urne denken mögen – nur ohne Inschrift, denn noch enthält sie keine Asche, und ohne Giebel und ohne eingravierte Mohnblüten und auch ohne Deckel, den Sie lüften könnten, um einen Blick hinein zu tun, denn alles ist glatt und eins. Der Tag mag kommen, an dem Sie den Deckel ungestraft lüften dürfen – oder eher, an dem er von innen her gelüftet werden wird – denn *so* wird das Leben erscheinen – während auf Ihre Weise – so werden Sie sehen – nichts als Sterblichkeit und Starre wäre die Folge.

Ein Ei, Sir, lautet die Antwort, wie Sie es von Anfang an wußten, ein Ei, ein vollkommenes O, ein lebendiger Stein, tür- und fensterlos, dessen Seele schlummert, bis man sie weckt – oder sie ihre Flügel breitet – doch hier kann dies nicht sein – gewiß nicht –

Ein Ei, so lautet meine Antwort. Und was heißt das Rätsel?

Ich bin mein eignes Rätsel. O Sir, Sie dürfen nicht versuchen, wohlmeinend meine Einsamkeit zu lindern oder zu verändern. Sie ist, was man uns Frauen zu fürchten lehrt – oh, der schreckliche Turm, oh, das Dickicht um ihn – kein geselliges Nest – nein, ein Burgverlies.

Doch man hat uns belogen, in diesem wie in so vielem. Das Burgverlies mag drohen und schrecken – aber wir sind dort in Sicherheit – in seinen Grenzen sind wir frei auf eine Weise, welche ihr, die ihr frei seid, die Welt zu durchstreifen, nicht zu kennen braucht. Ich will nicht raten, daß Sie sie zu denken versuchen, doch müssen Sie mir zugestehen – daß ich nicht Lügnerisches behaupte – daß meine Einsamkeit mein Schatz ist, das Kostbarste, was ich besitze. Ich zögere an der Schwelle. Öffneten Sie die kleine Tür, würde ich nicht davonfliegen – doch, oh, wie singe ich in meinem goldenen Käfig –

Ein Ei zu zerschmettern ist Ihrer unwürdig, kein Zeitvertreib für einen Mann. Bedenken Sie, was Sie in Ihrer Hand hielten, verwenden Sie Ihre Riesenkräfte darauf, den festen Stein zu zerdrücken: etwas Glitschiges und Kaltes und undenkbar Scheußliches.

Maud zögerte, Leonoras Brief zu öffnen, der etwas Gebieterisches und Anklagendes ausstrahlte. Statt dessen öffnete sie den braunen Umschlag, um festzustellen, daß dieser Brief noch schlimmer war; er kam von Fergus Wolff, mit dem sie seit über einem Jahr keinerlei Kontakt gehabt hatte. Manche Handschriften können einem den Magen umdrehen – nach einem Jahr, nach fünf, nach fünfundzwanzig Jahren. Fergus' Schrift war wie die vieler Männer eng und verkrampft, aber mit individuellen kleinen Schnörkeln. Maud drehte sich der Magen um, und vor ihrem inneren Auge erstand wieder das Bild des gemarterten Bettes. Sie griff mit einer Hand nach ihrem Haar.

Liebe Maud, unvergessene – was auch ich hoffe wenigstens ein bißchen zu sein. Wie sieht es aus im feuchten alten Lincolnshire? Machen die Moore Dich schön melancholisch? Wie geht's Christabel? Was sagst Du dazu, daß ich vorhabe, auf der Konferenz in York über Metaphern einen Vortrag über Christabel zu halten? Ich dachte, ich würde am besten über

Die Königin im Schloß: Was enthält das Verlies?

sprechen. Wie findest Du das? Habe ich Deinen Segen? Darf ich sogar darauf hoffen, Dein Archiv zu benutzen?

Ich würde mich mit widersprüchlichen und divergierenden Metaphern zur Bautätigkeit der schönen Melusine beschäftigen. Es gibt einen sehr guten Text von Jacques Le Goff über die »Mélusine Déchiffreuse« – neueren Historikern zufolge soll sie eine Art Erdgeist oder lokale *foison*-Gottheit sein, eine kleinere Ceres. Aber man könnte das Burgverlies auch mit Lacan interpretieren – Lacan sagt: »Die Herausbildung des Ego stellt sich in Träumen mittels einer Festung oder eines Stadions her [Apropos: kommen bei Christabel irgendwo Stadien vor?] – umgeben von Sümpfen und Schutt –, wodurch es in zwei entgegengesetzte Kampffelder geteilt wird, auf denen das Subjekt umherirrt auf der Suche nach dem entrückten, fernen inneren Schloß, dessen Form das Id auf höchst verblüffende Weise symbolisiert.« Das könnte ich noch ein bißchen komplizierter gestalten, indem ich noch ein paar echte und imaginäre Schlösser beisteuern würde sowie eine herzliche und ehrerbietige Verneigung vor Deinen eigenen fruchtbaren Arbeiten zum Thema von Grenzen und Schwellen. Was meinst Du? Klingt das stichhaltig? Oder werden mich die Mänaden zerreißen?

Anlaß zu meinem Schreiben ist zum einen meine Aufregung über dieses Projekt, zum anderen der Umstand, daß meine Zuträger mir berichten, daß Du und Roland Michell (ein langweiliger, aber ehrenwerter Zeitgenosse) irgend etwas gemeinsam herausgefunden habt. Mein oberster Zuträger – eine junge Dame, die mit dem Verlauf der Dinge überhaupt nicht zufrieden ist – berichtete mir, daß Ihr beide Neujahr miteinander verbringt, um Euren Forschungen nachzugehen. Selbstredend verzehre ich mich vor Neugier. Mag sein, daß ich komme, um Dein Archiv zu konsultieren. Wie findest Du den jungen Michell? Tu ihm nichts, liebe Maud. Er ist nicht in Deiner Gewichtsklasse. Im akademischen Sinn, wie Du sicher selbst gemerkt hast.

Und dabei hätten wir beide uns so schön über Türme ober- und unterhalb des Wasserspiegels, über Schlangenschwänze und fliegende Fische unterhalten können. Hast Du gelesen, was Lacan zu fliegenden Fischen und vesikaler Verfolgung geschrieben hat? Hin und wieder fehlst Du mir, weißt Du das? Du warst nicht ganz fair zu mir, stimmt's? Ich auch nicht zu Dir, zugegeben – aber wann sind wir das schon? Warum bist Du nur so streng gegenüber männlichen Schwächen??

Bitte gib mir grünes Licht für meinen Belagerungsvortrag.

Alles Liebe wie immer

Dein Fergus

Liebe Maud,

ich wundere mich, seit zwei Monaten nichts von Dir gehört zu haben – ich hoffe, es geht Dir gut und Dein Schweigen bedeutet lediglich, daß Deine Arbeit vorankommt und Deine ganze Aufmerksamkeit absorbiert. Wenn Du Dich nicht meldest, mache ich mir Sorgen – ich weiß, daß es Dir in letzter Zeit nicht gut gegangen ist – ich denke voller Liebe an Dich und Deine Arbeit –

Als ich zuletzt schrieb, erwähnte ich die Idee, etwas über Wasser und Milch und Fruchtwasser in *Melusine* zu schreiben – warum gilt Wasser immer als *weibliches* Element? – wir sprachen darüber – Ich will eine größere Sache über Undinen und Nixen und Melusinen schreiben – Frauen, die als gefährlich eingestuft werden – was meinst Du? Ich könnte sogar auf die *Versunkene Stadt* eingehen – unter besonderer Berücksichtigung nichtgenitaler Bilder für die weibliche Sexualität – wir müssen nicht nur vom Phallus wegkommen, sondern auch vom Schlitz – die Frauen in der versunkenen Stadt könnten die Totalität des weiblichen Körpers als erogene Zone darstellen, wenn man die umgebende Flüssigkeit als homogene Erotik betrachtet, und das könnte man mit der erotischen Totalität der Frau bzw. des Drachens in Verbindung bringen, die/der das Wasser im großen marmornen Becken bewegt oder *sich zur Gänze hineintaucht*, wie LaMotte es so eindrücklich beschreibt. Was meinst Du dazu, Maud?

Wärst Du bereit, auf dem Treffen der Sappho-Gesellschaft 1988 in Australien einen Vortrag zu halten? Ich hatte mir vorgestellt, daß wir die Veranstaltung gänzlich der Untersuchung weiblicher Erotik in der Dichtung des 19. Jahrhunderts und den Strategien und Ausflüchten, die sie benutzen mußte, um sich darzustellen oder zu entdecken, widmen könnten. Du hättest Deine Ideen zu Schwellen und Grenzen eigentlich weiter ausarbeiten können. Aber vielleicht ziehst Du es vor, Dich eingehender der Erforschung von LaMottes lesbischer Sexualität als Triebkraft hinter ihrem Werk zuzuwenden. (Ich sehe ein, daß ihre Hemmungen sie außergewöhnlich indirekt und geheimniskrämerisch vorgehen ließen, aber Du mißt dem Nachdruck, mit dem sie sich trotzdem, wenn auch nur mittelbar, dazu bekennt, zu wenig Gewicht bei.)

Ich denke oft an die kurze Zeit, die wir im Sommer miteinander verbrachten. Ich denke an unsere Ausflüge in die Gegend und an unsere Abende in der Bibliothek und an das echte amerikanische Eis, das wir an Deinem Kamin gegessen haben. Du bist so umsichtig und sanft – ich hatte das Gefühl, wie ein Trampel in Deiner Umgebung herumzustampfen, wie jemand, der mit lautem Krachen kleine Schirme und Paravents umstößt, die Du um Dein englisches Privatleben herum errichtet hattest – aber Du bist nicht glücklich, Maud, oder? In Deinem Leben ist eine leere Stelle.

Es würde Dir guttun, zu uns zu kommen und die Hektik und Betriebsamkeit amerikanischer Feministinnen zu erleben. Ich könnte Dir jederzeit einen Posten besorgen. Denk drüber nach.

In der Zwischenzeit mußt Du all meine Liebe an ihrem Grab hinterlegen – stutze das Unkraut, falls Du Zeit und/oder Lust dazu hast – mir kochte das Blut in den Adern, als ich sah, wie vernachlässigt es ist. Leg ein paar Blumen in meinem Namen nieder – damit das Gras sich daran Genüge tun kann – ihre letzte Ruhestätte hat mich im Innersten gerührt und bewegt. Ich wünschte, so dachte ich, sie hätte voraussehen können, daß sie so geliebt werden würde, wie sie es verdient –

Und natürlich gedenke ich Deiner mit aller Liebe – und erwarte dieses Mal eine Antwort von Dir

Deine
Leonora

Dieser Brief sprach ein moralisches Problem an, obwohl er gleichzeitig einen Aufschub gewährte, solange sie nicht antwortete: Wann wäre es vernünftig oder notwendig, Leonora von der Entdeckung zu informieren, und wieviel mußte man ihr enthüllen? Gefallen würde es ihr nicht. R.H. Ash konnte sie nicht ausstehen. Aber noch weniger würde es ihr passen, in die Lage dessen zu geraten, der nicht Bescheid gewußt hatte, wenn sie fortfuhr, zuversichtliche Artikel über Christabels Sexualität zu verfassen. Sie würde sich verraten vorkommen, und die Solidarität unter Frauen würde verraten worden sein.

Aber Fergus. Aber Fergus: Er hatte die Angewohnheit, an den Fäden zu ziehen, die sie einst an ihn gebunden hatten, und Maud war zu unerfahren, um zu begreifen, daß dies bei ehemaligen Liebhabern häufig der Fall ist. Sie ärgerte sich über seine Idee, einen Vortrag über Burgverliese zu halten, ohne zu merken, daß er sich diese Idee weitgehend aus den Fingern gesaugt hatte, um sie zu ärgern. Sie ärgerte sich auch über seine geheimnistuerische Anspielung auf Lacan und fliegende Fische und vesikale Verfolgung. Sie beschloß, das Zitat zu überprüfen – Genauigkeit war ihr Abwehrmechanismus –, und fand es auch.

Ich möchte hier den Traum eines meiner Patienten erwähnen, dessen Aggressionswünsche sich in obsessiven Phantasien äußerten; im Traum sah er sich im Auto mit der Frau, mit der er eine schwierige Liebesbeziehung hatte, während ihn ein fliegender Fisch verfolgte, dessen aufgedunsener Körper einen horizontalen Flüssigkeitsspiegel erkennen ließ, ein Bild vesikaler Verfolgung von großer anatomischer Klarheit.

Das gemarterte Bett stieg wieder vor ihrem inneren Auge empor, von der Farbe alten Eischnees, schmutzigen Schnees.

Es schien fast, als wäre Fergus Wolff eifersüchtig auf Roland Michell. Es war nicht dumm von ihm, Roland als »nicht in

Mauds Gewichtsklasse« zu bezeichnen, auch wenn es leicht zu durchschauen war. Selbst wenn sie merkte, welche Motive sich dahinter verbargen, würde das Etikett haften. Und sie wußte, daß Roland ihr unterlegen war. Sie hätte nicht so unfreundlich sein dürfen. Er war ein sanftmütiger und unbedrohlicher Mensch. Demütig, dachte sie im Halbschlaf, als sie das Licht ausschaltete. Demütig.

Als sie am nächsten Tag nach Seal Court fuhr, war alles von Schnee überdeckt. Es schneite nicht mehr, doch der Schnee hing am Himmel, der von gleichmäßigem Grau war und auf den luftigen Hügeln lastete, die sich ihm entgegenschlängelten, so daß auch hier die Welt wie umgekehrt wirkte – dunkles Wasser über bewegten Wolken. Sir Georges Bäume waren mit exzentrischen Eis- und Schneebesätzen verbrämt. Sie parkte aus einer plötzlichen Eingebung heraus vor den Stallungen und beschloß, zum Wintergarten zu gehen, der für Sophie Bailey angelegt worden war und den Christabel LaMotte so geliebt hatte. Sie würde ihn so sehen, wie er gesehen werden sollte, und sie würde die Erinnerung daran Leonora übermitteln. Auf dem knisternden Boden ging sie an der Mauer des Küchengartens entlang und folgte einer mit Schneegirlanden behangenen Eibenallee bis zu der Stelle, wo die dichten immergrünen Büsche – Lorbeer, Stechpalmen, Rhododendren – einen kleeblattförmigen Platz einrahmten, in dessen Mitte sich der Teich befand, in dem Christabel die festgefrorenen goldenen und silbernen Fische gesehen hatte, die Farbtupfer in die Düsternis bringen sollten – *die flinken Kobolde des Gartens*, wie Christabel sie genannt hatte. Es gab eine steinerne Bank mit einem dicken Kissen von Schnee, das sie nicht berührte. Tiefe Stille herrschte. Es begann zu schneien. Maud beugte den Kopf, sich der Geste bewußt, und stellte sich Christabel vor, die hier gestanden hatte und die zugefrorene Oberfläche des Teichs betrachtet hatte, die unter verwehtem Schnee dunkel schimmerte.

In Sommers lindem, grünem Reich
Im kühlen, feuchtumkränzten Teich
Zwei Fische gleiten schattenbleich
Aufscheinend und vergehend zugleich

In Winters kalter, düstrer Nacht
Halten sie schweigend ihre Wacht
Im harten Eise festgemacht
Silbern und rot schimmern sie sacht

Kälte und Feuer sich gefunden
Zum paradoxen Bild verbunden
Des Lebens, in den Tod gewunden
Das stillsteht, bis der Frost geschwunden –

Gab es Fische? Maud hockte sich an den Teichrand, stellte ihre Aktentasche neben sich in den Schnee und begann mit einer elegant behandschuhten Hand den Schnee vom Eis zu putzen. Das Eis war zerkratzt und blasig und milchig. Es ließ sich nichts darunter ausmachen. Sie bewegte ihre Hand im Kreis, um das Eis glattzupolieren, und erblickte auf der metallen schimmernden Oberfläche bleich und gespenstisch das Gesicht einer Frau, ihr eigenes Gesicht, mit Streifen überzogen wie ein bewölkter Mond, das wogte und zitterte. Gab es Fische? Sie beugte sich vor. Eine dunkle Gestalt erschien auf dem Weiß des Schnees, eine Hand berührte ihren Arm, und sie spürte einen gewaltigen Schlag, einen unerwarteten elektrischen Schlag. Es war der demütige junge Mann, Roland. Maud schrie auf. Sie stieß einen zweiten Schrei aus, richtete sich hastig auf und sah ihn wütend an.

Roland erwiderte kampflustig ihren unfreundlichen Blick.

»Entschuldigung –«

»Entschuldigung –«

»Ich dachte, Sie hätten das Gleichgewicht verloren –«

»Ich hatte nicht gemerkt, daß Sie da waren.«

»Ich habe Sie erschreckt.«

»Ich habe Sie mit meinem Geschrei erschreckt –«

»Ist schon gut –«

»Ist schon gut –«

»Ich bin Ihren Fußspuren gefolgt.«

»Ich wollte mir den Wintergarten ansehen.«

»Lady Bailey hat sich Sorgen gemacht, ob Sie einen Unfall hatten.«

»So tief war der Schnee nicht.«
»Es schneit immer noch.«
»Gehen wir rein?«
»Ich wollte Sie nicht stören.«
»Ist schon gut.«
»Gibt es Fische?«
»Außer Trübungen und Reflexionen kann man nichts erkennen.«

Anschließend arbeiteten sie schweigend. Sie beugten ihre Köpfe eifrig über die Briefe – was sie lasen, werden wir später erfahren – und blickten einander ab und zu beinahe verdrossen an. Der Schnee fiel unentwegt. Der weiße Rasen wuchs, bis er ans Fenster der Bibliothek reichte. Lady Bailey rollte schweigend herein und brachte Kaffee in den Raum, in dem Stille und Kälte herrschten und den etwas wie graue Klarheit erfüllte.

Zum Lunch gab es Würstchen mit Kartoffelbrei und Steckrübenpüree, das mit Butter und Pfeffer gewürzt war. Sie aßen im Halbkreis um das prasselnde Kaminfeuer, mit den Tellern auf den Knien, den schiefergrauen, weiß gesprenkelten Fenstern den Rücken zukehrend. Sir George sagte:

»Sollten Sie nicht lieber nach Lincoln zurückfahren, Miss B.? Vermute, daß Sie keine Schneeketten dabeihaben. Typisch englisch. Man sollte meinen, der Engländer als solcher hätte noch nie Schnee gesehen, so wie er sich anstellt, wenn es mal richtig schneit.«

»Ich finde, Dr. Bailey sollte hierbleiben, George«, sagte seine Frau. »Ich glaube, bei diesem Wetter wäre der bloße Versuch, sich mit dem Auto einen Weg zu bahnen, schon zu gefährlich. Wir können ihr in Mildreds ehemaligem Kinderzimmer ein Bett machen. Ich kann ihr alles Nötige leihen. Ich finde, wir sollten jetzt schon das Bett herrichten und ein paar Wärmflaschen hineinlegen. Meinen Sie nicht auch, Dr. Bailey?«

Maud sagte, das könne sie nicht annehmen, und Lady Bailey sagte, sie müsse es annehmen, und Maud sagte, sie hätte nicht losfahren sollen, und Lady Bailey sagte, das sei Unsinn, und Maud sagte, sie schäme sich, ihnen zur Last zu fallen, und Sir

George sagte, Last hin, Last her, Joanie habe völlig recht und er werde jetzt in Mildreds Zimmer nach dem Rechten sehen. Roland sagte, er wolle dabei helfen, und Maud sagte, das sei wirklich nicht nötig, und Sir George und Maud gingen nach oben, um Bettwäsche zu holen, während Lady Bailey Wasser aufsetzte. Sie hatte Roland ins Herz geschlossen und nannte ihn beim Vornamen, während sie Maud mit Dr. Bailey anredete. Sie sah zu ihm auf, als sie an ihm vorbeifuhr; die braunen Altersflecken auf ihrem Gesicht waren durch den Feuerschein akzentuiert.

»Ich hoffe, es freut Sie, daß sie hierbleibt. Ich hoffe, Sie hatten keinen Streit.«

»Streit?«

»Sie und Ihre Bekannte. Ihre Freundin.«

»O nein. Ich meine, wir hatten keinen Streit, und sie ist nicht –«

»Ist was nicht?«

»Meine – meine Freundin. Ich kenne sie nur ganz flüchtig. Auf – äh – rein beruflicher Basis. Wegen der Dichter Ash und LaMotte. Meine Freundin lebt in London. Sie heißt Val.«

Lady Bailey interessierte sich nicht für Val.

»Dr. Bailey ist eine richtige Schönheit. Hochmütig oder schüchtern, vielleicht auch beides. Was meine Mutter als Eiszapfen bezeichnet hätte. Meine Mutter war aus Yorkshire, aber aus normalen Verhältnissen, keine Dame.«

Roland lächelte sie an.

»Ich wurde zusammen mit Georges Cousinen erzogen, damit sie Gesellschaft hatten. Ich ritt ihre Ponys, wenn sie im Internat waren. Rosemary und Marigold Bailey hießen sie. Ihrer Maud gar nicht so unähnlich. Und so habe ich George kennengelernt, und er hat es sich in den Kopf gesetzt, mich zu heiraten. Was er sich in den Kopf setzt, das kriegt er auch, wie Sie sicher schon gemerkt haben. Und dann habe ich zu jagen angefangen, und mit fünfunddreißig bin ich unter einem Pferd gelandet, das unter einer Hecke gelandet ist, und seitdem sitze ich im Rollstuhl.«

»Ich verstehe. Wie romantisch. Und wie schrecklich. Es tut mir so leid.«

»Es geht mir gar nicht schlecht. George ist ein Zauberer. Geben Sie mir die Wärmflaschen da drüben? Danke.«

Sie füllte die Flaschen mit sicherer Hand. Alles war auf ihre Erfordernisse hin ausgerichtet: Kessel, Kesselständer, die Stelle, wo sie mit dem Rollstuhl am bequemsten stehenbleiben konnte.

»Sie beide sollen nicht frieren. George schämt sich so furchtbar über unser ärmliches Leben – immer knickern und sparen –, selbst wenn man nur das Allernötigste machen läßt, kosten Haus und Grund ein Vermögen. Er mag es nicht, daß Leute sehen, wie schäbig alles hier ist. Aber ich freue mich, wenn ich mit jemandem reden kann. Und es gefällt mir, wie Sie in der Bibliothek arbeiten. Ich hoffe, Sie kommen gut voran und können etwas mit den Briefen anfangen. Sie haben noch gar nichts darüber gesagt. Ich hoffe, Sie frieren sich in dem kalten, zugigen Eiskeller nicht zu Tode…«

»Es ist nur ein bißchen kalt, aber so schön, ein so schöner Raum… Selbst wenn es doppelt so kalt wäre, würde es mir nichts ausmachen. Irgendwie kann ich jetzt noch nichts darüber sagen, wie wir vorankommen… etwas später eher. Aber der Eindruck, diese Briefe in diesem herrlichen Raum zu lesen…«

Mauds Schlafzimmer in Mildreds ehemaligem Kinderzimmer befand sich am anderen Ende des langen Flurs, an dem Rolands kleines Gästezimmer und ein majestätisches neugotisches Badezimmer untergebracht waren. Niemand äußerte sich dazu, wer Mildred war oder gewesen war; ihr Kinderzimmer besaß einen reichverzierten steinernen Kamin und passende tiefe Fensterbänke. Es gab ein Bett mit hohem Holzrahmen und einer unförmigen Matratze aus Roßhaar und Daunen, und Roland, der die heißen Wärmflaschen brachte, dachte wieder an die echte Prinzessin und die Erbse. Sir George erschien mit einer Heizspirale, die er auf das Bett richtete. In den abgeschlossenen Schränken fanden sie Decken und Spielzeug aus den dreißiger Jahren – Wachsdeckchen mit Rübezahlbildern, ein Nachtlicht mit einem Schmetterling, einen Kinderteller mit dem Londoner Tower und einem verblaßten Beefeater. In einem anderen Schrank fanden sie Bücher von Charlotte M. Younge und Angela Brazil. Sir George brachte mit peinlich berührtem Gesichtsausdruck ein bonbonrosa Flanellnachthemd und einen ausgesprochen prächtigen blaugrünen Kimono, auf den mit Gold- und Silberfäden ein chinesischer Drache und ein Schmetterlingsschwarm gestickt waren.

»Meine Frau hofft, daß die Sachen warm genug sind. Eine neue Zahnbürste habe ich auch dabei.«

»Das ist sehr nett von Ihnen. Es tut mir leid, daß ich so gedankenlos war«, sagte Maud.

»Tja, hinterher ist man immer klüger«, sagte Sir George, und dann rief er die beiden nicht ohne Stolz in der Stimme zum Fenster.

»Schauen Sie sich das mal an! Sehen Sie nur die Bäume und den Schnee!«

Der Schnee fiel ohne Unterlaß in einer völlig stillen Atmosphäre; er deckte alles zu und schluckte alle Geräusche; die Fenstersimse verschwanden unter ihm, und die Umrisse entfernterer Dinge lösten sich auf; milde glitzernde Umhänge und Decken bekleideten die Bäume. Das Haus in der Senke, die sich mit Schnee zu füllen schien, wirkte wie von der Welt abgeschnitten. Die Urnen auf dem zugeschneiten Rasen trugen weiße Kappen und sahen aus, als würden sie im steigenden Schnee allmählich versinken.

»Morgen kommen Sie auch nicht weg«, sagte Sir George. »Nicht ohne Schneepflug, und der wird nur eingesetzt, wenn nicht sofort alles wieder zuschneit. Hoffentlich hab' ich genug Hundefutter da.«

Am Nachmittag lasen sie unermüdlich und immer überraschter weiter. Sie aßen mit den Baileys am Küchenfeuer zu Abend – tiefgefrorenen Kabeljau mit Pommes frites und danach einen überraschend guten Roly-Poly-Pudding. Fast ohne es anzusprechen, hatten sie sich darüber verständigt, daß sie Fragen zu den Briefen bis auf weiteres ausweichen wollten. »Sind sie jetzt Ihrer Meinung nach was wert, oder taugen sie nichts?« fragte Sir George. Roland sagte, über den Wert wüßten sie nicht Bescheid, aber die Briefe seien zweifellos von Interesse. Lady Bailey wechselte das Thema und sprach vom Jagen, und Maud und ihr Mann beteiligten sich an der Unterhaltung und überließen Roland dem Lauschen auf die Geisterstimmen in seinen Gedanken und dem Klappern seines Löffels.

Sie gingen frühzeitig nach oben und ließen ihre Gastgeber in ihrem ebenerdigen Reich allein, das nun stellenweise warm war, was sich von der breiten Treppe und dem langen Flur, an dem die Gästezimmer lagen, nicht behaupten ließ. Die kalte Luft schien wie seidiger Schnee die steinernen Stufen herabzuquellen. Der Flur war gefliest, blau- und bronzefarben, mit stilisierten Lilien und Granatäpfeln verziert, die von dicken Schichten hellen Staubs bedeckt waren. Darüber lagen lange, faltige Läufer aus einem Material, das wie Segeltuch aussah – »Drogett?« fragte sich Rolands wortbesessener Geist, dem das Wort in einem Gedicht von R.H. Ash untergekommen war, wo ein Priester auf der Flucht »auf Drogett geschlichen und über Steine geeilt« war, bevor er auf die Dame des Hauses gestoßen war. Die Läufer waren ausgeblichen und vergilbt; an Stellen, wo vor nicht allzu langer Zeit jemand ausgerutscht war, hatten sie den Staubschleier von den glänzenden Fliesen gewischt.

Oben an der Treppe drehte Maud sich mit Entschiedenheit zu ihm um und beugte ihren Kopf in einer förmlichen Geste.

»Also dann: gute Nacht«, sagte sie. Ihr feingeschnittener Mund zeigte kein Lächeln. Roland hatte undeutlich erwartet, daß sie nun, da sie schon zusammen waren, ihre Fortschritte hätten diskutieren können oder sollen, daß sie ihre Notizen vergleichen und ihre Erkenntnisse austauschen würden. Das war beinahe ihre Pflicht als Akademiker, obwohl er infolge der Aufregung und der Kälte müde und erschöpft war. Maud hatte die Arme voller Ordner, die sie wie einen Brustpanzer an sich drückte. In ihrem Blick lag eine unwillkürliche Abwehr, die er beleidigend fand. Er sagte: »Ja, gute Nacht« und ging zu seinem Ende des Flurs. Er hörte, wie sie in der Dunkelheit davontappte. Der Flur war schwach beleuchtet – von Vorrichtungen, die er als wirkungslose Gasstrümpfe interpretierte, und von zwei trübseligen 60-Watt-Birnen unter kegelförmigen Metallschirmen. Erst da fiel ihm ein, daß er mit ihr hätte absprechen sollen, wer zuerst das Bad benutzen wollte. Er nahm an, daß er am besten höflicherweise ihr den Vortritt einräumte. Es war so kalt im Flur, daß er bei der Vorstellung erschauerte, im Schlafanzug dort auf- und abzugehen oder gar stehend zu warten. Er beschloß, eine gute dreiviertel Stunde lang zu warten – Zeit genug für hygienische

Übungen in dieser Eiseskälte. In der Zwischenzeit würde er Randolph Henry Ash lesen, nicht das, was er sich bei der Brieflektüre notiert hatte, sondern die Beschreibung des Kampfes zwischen Thor und den Riesen in *Ragnarök*. In seinem Zimmer war es bitter kalt. Er machte sich ein Nest aus Eiderdaunen und Steppdecken, allesamt in Bezügen, die mit blauen, taubetropften Rosen bedruckt waren, und setzte sich, um abzuwarten.

Als er in der Stille den Flur entlangging, gratulierte er sich zu seiner guten Idee. Die schwere Tür mit ihrer großen Klinke stand dunkel im steinernen Türbogen. Kein Geräusch war zu hören, aber plötzlich fragte Roland sich, ob das Badezimmer tatsächlich frei sei – welcher Ton sollte durch eine so solide Tür hindurch zu vernehmen sein? Er wollte nicht an der möglicherweise verschlossenen Tür rütteln und sie beide in Verlegenheit setzen. Er beugte ein Knie auf dem vermeintlichen Drogett und legte ein Auge an das riesige Schlüsselloch, das glitzerte und das überraschend verschwand, als die Tür aufgerissen wurde und er Feuchtigkeit, Frische, Wasserdampf in der kalten Luft spürte. Sie wäre fast über ihn gefallen; sie streckte eine Hand aus und hielt sich an seiner Schulter fest, und er griff nach oben und umklammerte eine schmale Hüfte unter der Seide des Kimonos.

Und da war es wieder, was Randolph Henry Ash das *galvanische Zucken* genannt hatte, der unvermutete Schlag, so erschreckend wie der, den die Muräne aus ihrem felsigen Versteck dem ahnungslosen Unterwasserforscher zuteil werden läßt. Roland stolperte in eine aufrechte Haltung, griff nach der Seide und ließ sie los, als steche sie. Mauds Hände waren rosig und feucht; das gekräuselte helle Haar war ebenfalls feucht. Er sah, daß es gelöst war, ihren Hals, ihre Schultern bedeckte, vor ihrem Gesicht hing, das, wie er demütig unterstellte, wütend dreinblickte, und das, als er aufsah, nur erschrocken wirkte. Er fragte sich, ob sie den elektrischen Schlag lediglich verursachte oder ob sie ihn auch spürte. Sein Körper wußte sehr wohl, daß sie ihn spürte. Er vertraute seinem Körper nicht.

»Ich wollte nachsehen, ob Licht an ist. Um Sie nicht zu stören, falls Sie drinnen wären.«

»Ich verstehe.«

Auch der Kragen des blauen Seidengewands war feucht. Im Dämmerlicht schien überall Wasser herabzurinnen, an allen seidenen Falten, die sich an ihren Körper schmiegten, zusammengehalten durch den festen Knoten, zu dem sie den Gürtel gebunden hatte. Unter dem Kimonosaum war ein Streifen unromantischen rosa Flanells zu erkennen sowie ein Paar schmaler Füße in Pantoffeln.

»Ich hatte gewartet, damit Sie zuerst ins Bad können«, sagte sie in versöhnlichem Ton.

»Ich auch.«

»Ist nicht schlimm.«

»Nein.«

Sie hielt ihm ihre nasse Hand hin. Er ergriff sie und spürte, wie kalt sie war, aber auch etwas wie ein Nachgeben.

»Gute Nacht«, sagte sie.

»Gute Nacht.«

Er betrat das Badezimmer. Hinter ihm schwebte der langgewundene chinesische Drache, der sich blaß vom aquamarinblauen Stoff abhob, auf den rutschigen Läufern davon, und über ihm schimmerte das helle Haar in kaltem Glanz.

Im Badezimmer verrieten Feuchtigkeitsspuren im Waschbecken und ein langer, nasser Fußabdruck auf dem Teppich, daß sie dagewesen war. Der Raum war ein Gewölbe, unter dessen Rippen und Bogen dreißig oder vierzig Waschschüsseln und Kannen aus vergangenen Tagen aufeinandergetürmt lagen, übersät mit karmesinroten Rosenknospen, Geißblattgirlanden und großen Rittersporn- und Phloxsträußen. Auf Löwenpranken erhob sich mitten im Raum majestätisch wie ein Marmorsarkophag die Badewanne mit ihren eindrucksvollen Messingarmaturen. Die Eiseskälte ließ keinen Wunsch aufkommen, Wasser in diesen Sarkophag einzulassen – ganz abgesehen davon, daß es ewig gedauert hätte, ihn zu füllen. Roland nahm an, daß auch Maud davor zurückgeschreckt war; ihren feuchten Fußabdrücken auf der Korkmatte nach zu urteilen, hatte sie sich am Waschbecken gründlich gewaschen. Waschbecken und Wasserklosett – letzteres thronte am dunklen Ende des Badezimmers auf einem eigenen Sockel – waren mit englischen Blütenmustern verziert, was

Roland, der noch nie etwas Vergleichbares zu sehen bekommen hatte, in Entzücken versetzte. Unter ihrer Glasur waren üppig wuchernde Blumenteppiche eingebrannt, deren Schlingen, Ranken, Büschel und Trauben sich nie zu wiederholen schienen und verblüffend echt und natürlich wirkten. Als er Wasser in das Waschbecken laufen ließ, winkten unter der zitternden Oberfläche des Wassers Heckenrosen, Butterblumen, Mohnblüten und Glockenblumen wie von einer umgekehrten Böschung, Titanias Hügel oder Charles Darwins Pflanzenbank. Das Wasserklosett war ein wenig strenger stilisiert als das Waschbecken – Girlanden und Blumensträuße wirbelten vor den zarten Linien von Venushaar die Öffnung hinunter. Der Sitz war viereckig und aus massivem Mahagoni geschreinert. Etwas so Prachtvolles seinem eigentlichen Zweck entsprechend zu benutzen erschien Roland fast als Sakrileg. Er nahm an, daß Maud mit solchen Installationen vertraut war und sich von ihnen nicht beeindrucken ließ. Er wusch sich schnell und unter Zittern über den nickenden Mohnblüten und blauen Kornblumen, während das Eis auf dem bunten Fensterglas taute und wieder zufror. Über dem Waschbecken war ein Spiegel in vergoldetem Rahmen angebracht, und er stellte sich vor, wie Maud ihre makellosen Züge darin betrachtete; sein eigener dunkler Schopf war nur als Schatten auszumachen. Fast tat Maud ihm leid, denn sie war zweifellos nicht in der Lage, den romantischen Aspekt des Badezimmers so wahrzunehmen, wie er es tat.

In seinem Schlafzimmer sah er aus dem Fenster in die Dunkelheit. Die Bäume, die sich gestern schwarz um das Haus gedrängt hatten, schimmerten weich und weiß in der Nacht; das Licht, das aus seinem Fenster fiel, war wie ein viereckiger Rahmen, in dem die Schneeflocken sichtbar wurden. Er hätte die Vorhänge zuziehen sollen, um die Kälte abzuwehren, aber er brachte es nicht über sich, die ungewohnte Landschaft vor dem Fenster auszuschließen. Er schaltete das Licht aus und beobachtete, wie im plötzlich erkennbaren Mondlicht, in dem der Schnee dichter, stetiger und langsamer zu fallen schien, alles eine graue Färbung annahm – silbergrau, zinngrau, bleigrau. Er zog Socken und Pullover über seinen Schlafanzug und kletterte in sein enges Bett, wo er sich wie schon in der Nacht zuvor zu einem Ball zusammenrollte. Der Schnee fiel unentwegt. In den frühen Morgenstunden erwachte er aus einem Traum von großer Schönheit und großer Heftigkeit, der teilweise aus seinen frühkindlichen Ängsten herrührte, es könne etwas aus dem Klo gekrochen kommen und ihn überfallen. In seinem Traum hatte sich ein offenbar endloses Seil aus buntem Tuch und fließendem Wasser um ihn geschlungen, das mit Girlanden und Kränzen und allen erdenklichen Blumen und Blüten geschmückt war, mit echten und künstlichen Blumen, Stoffblumen, gemalten Blumen, und inmitten all dessen war irgend etwas, was nach ihm griff und ihm gleichzeitig auswich, wenn er es zu fassen versuchte. Streckte er die Hand aus, griff er ins Leere; versuchte er einen Arm oder ein Bein zu bewegen, umschlang das Etwas ihn und hielt ihn fest. Er hatte den mikroskopischen Blick des Träumers: Er konnte sich auf eine Kornblume oder eine Heckenrose konzentrieren oder völlig in der Struktur eines Farnwedels aufgehen. Das Etwas in seinem Traum strömte einen dumpfigen und zugleich warmen und vollen Geruch aus, einen Geruch von Heu und Honig, der an den Sommer denken ließ. Das Etwas versuchte sich von seinen Hüllen zu befreien, von seiner Schleppe, die zusehends verworrener wurde, schwerer, länger und faltenreicher, während er ihm über den Boden des Zimmers folgte, das sein Traum ersann. In ihm sagte die Stimme seiner Mutter: »Es ist zum Auswringen naß«, streng, aber auch mitleidig, und ihm fiel auf, daß das Wort »Auswringen« in diesem Zusammenhang doppeldeutig war, denn das Etwas sah aus, als ringe es die Hände unter seinen Hüllen, die es abzustreifen versuchte. Eine Gedichtzeile tauchte in seinen Gedanken auf – »Obwohl es schneit, obwohl es stetig schneit« –, und es schmerzte ihn in tiefster Seele, daß er sich nicht erinnern konnte, welche Bedeutung diese Zeile für ihn hatte, die er vernommen hatte – wo? wann?

NEUNTES KAPITEL

Die Schwelle

Die alte Frau sagte dem Jüngling Lebewohl, artig, wenn auch kurz angebunden, und wies ihm den Weg zur Grenze, wobei sie ihm bedeutete, er solle ihm nur keck folgen und weder nach rechts noch nach links davon abweichen, denn so manches Geschöpf werde ihn zu rufen und zu locken versuchen, da diese Gegend verzaubertes Land sei. Wiesen und Quellen werde er erblicken, doch müsse er sich an den steinigen Pfad halten, ermahnte sie ihn, und es wollte scheinen, als setze sie kein allzu großes Vertrauen in seine Willensstärke. Doch der Jüngling erwiderte, er habe sich vorgenommen, zu dem Ort zu gelangen, von dem sein Vater ihm erzählt hatte, und er habe sich vorgenommen, stets ehrlich und treu zu sein, so daß sie um ihn nicht besorgt sein müsse. »Ei«, sagte das alte Weib, »mir ist's einerlei, ob die weisen Waldfrauen deine Finger abnagen oder ob das tückische Elbenvolk sich über deine kleinen Zehen hermacht. Ich bin schon zu lange auf der Welt, um mich um Abenteuer wie das deine zu bekümmern. Sauber abgenagte Knochen sind meinen alten Augen kein häßlicherer Anblick als ein Ritter in strahlender Rüstung. Kehrst du zurück, so ist es gut; wenn nicht, so werde ich die Irrlichter der Waldfrauen auf der Heide sehen.« »Dennoch danke ich für den artigen Rat«, erwiderte der wohlerzogene Jüngling, worauf sie versetzte: »Artigkeit ist nicht das rechte Wort. Fort mit dir, bevor es mir in den Sinn kommt, dich zu necken.« Dies mochte er sich nicht ausdenken, und er gab seinem guten Pferd die Sporen und ritt unter lautem Hufgeklapper auf den steinigen Weg hinaus.

Es war ein Tag voller Mühsal und Plagen. Kreuz und quer durchzogen Heide und Moor Pfade und Wege, die sich zwischen Heidekraut und Farnen und den Wurzeln der Wacholdersträucher staubig dahinschlängelten. Nicht ein Weg, sondern eine Vielzahl von Wegen lag vor ihm, die ineinanderliefen wie die Risse eines geborstenen Kruges, und der Jüngling folgte bald dem einen Pfad, bald dem anderen, bemüht, sich an den geradesten und steinigsten zu halten, und gelangte unter der sengend heißen Sonne unentwegt an neue

Kreuzungen und Überschneidungen. Nach einer Weile beschloß er, stets so zu reiten, daß die Sonne in seinem Rücken war – dies zumindest würde gewährleisten, daß er die Richtung einhielt –, doch darf nicht verschwiegen werden, liebe Leser, daß er dies beschloß, ohne die geringste Vorstellung davon zu haben, wo die Sonne sich befunden hatte, als er losgeritten war. Und so ergeht es uns nur zu oft im Leben. Zu spät besinnen wir uns auf Gradlinigkeit und Ordnung, oft auf schwankendem Boden und bisweilen gar in der völlig falschen Richtung. So erging es auch unserem armen Jüngling, denn als die Sonne sank, wollte es ihm scheinen, als befinde er sich an just dem Ort, von dem aus er losgezogen war. Weder weise Waldfrauen noch tückisches Elbenvolk hatten seinen Weg gekreuzt, doch hatte er am Ende gerader Sandpfade, die er gemieden hatte, Stimmen singen gehört, und er hatte in der Ferne wunderliche Wesen im Gesträuch allerhand Schabernack treiben sehen. Es wollte ihm scheinen, als erkenne er die krummen Weißdornbäume wieder, und das mochte sich durchaus so verhalten, denn da standen sie im Dreieck, wie er sie frühmorgens verlassen hatte, nur daß die Hütte des alten Weibleins nirgends zu sehen war. Am Horizont versank die Sonne; er gab seinem Pferd die Sporen und ritt näher in der Hoffnung, sich getäuscht zu haben, und mit einemmal erblickte er vor sich eine breite Allee, von Steinen eingefaßt, die selbst im schwachen Abendlicht kaum zu übersehen war und an deren Ende sich ein Gebäude befand, dessen Eingang riesige steinerne Pfeiler, ein schwerer Stein als Krönung und ein Stein als Schwelle bildeten. Um das Gebilde verdichtete sich die Dunkelheit, und aus dieser Dunkelheit kamen dem Jüngling drei wunderschöne Damen entgegen, die stolzen Schrittes aus der steinernen Pforte traten und auf seidenen Kissen kleine Schreine trugen. Und es verwunderte ihn sehr, daß er sie selbst in der Dämmerung nicht früher hatte kommen sehen, und er nahm sich vor, auf der Hut vor ihnen zu sein, denn, so dachte er bei sich: »Wer weiß, ob dies nicht die weisen Waldfrauen sind, von denen das alte Weiblein so leichthin sprach, die kommen, um mich vom Wege abzubringen, nun es dunkelt, und um sich an mir gütlich zu tun.« Und gewiß waren sie Geschöpfe der Dunkelheit, denn eine jede von ihnen schien ihr eigenes Licht zu erzeugen, einen schimmernden, glitzernden, beweglichen Lichtschein, der sie begleitete und gar herrlich anzusehen war.

Die erste der drei kam in goldenem Schimmer, goldbeschuht unter einem Gewand aus Goldstoff, das reich mit seidenen Stickereien verziert war. Das Kissen in ihren Händen war aus goldenem Stoff gewirkt, und der Schrein darauf war aus Gold getrieben und leuchtete wie die Sonne selbst.

Die zweite erstrahlte silbrig wie das Mondlicht, ihre Füße steckten in zierlichen Pantöffelchen, die wie Mondsicheln aussahen, ihr silbriges Gewand übersäten silberfarbene Halbmonde und Vollmonde, und das kühle, aber strahlende Silberlicht, das sie umgab, ließ das Silberkästchen auf dem Kissen, das sie trug, nur um so verlockender erscheinen.

Die dritte wirkte dagegen glanzlos; ihr Licht war unauffällig, so wie das Schimmern polierter, doch abgenutzter Dinge, wie das Licht, das aus hoch aufgetürmten Wolken dringt, die die Sonnenstrahlen verbergen und doch von ihnen Glanz entleihen, der ihr stählernes Grau wärmt. Ihr Gewand belebten zarte Lichter wie stille Wasser im Sternenlicht, die im Schatten hoher Bäume verlaufen, ihre Füße waren in weichen Samt gekleidet, und ihr Haar war im Unterschied zu dem der anderen beiden unter einem Schleier verborgen. Und die zwei ersten lächelten den Jüngling an, als sie aus dem Schatten des steinernen Portals traten und in ihrem schimmernden Licht sichtbar wurden. Nur die dritte schlug bescheiden die Augen nieder, und er sah, daß ihre Lippen bleich waren und daß ihre Lider schwer und dunkel und mit bläulichen Adern überzogen waren und daß ihre Wimpern wie Mottenflügel auf ihren farblosen Wangen ruhten.

Und sie sprachen zu ihm wie mit einer Stimme, die drei Töne enthielt, den einer hellen Trompete, den einer hohen Oboe und den einer leise klagenden Flöte.

»Hier geht es nicht weiter«, sagten sie, »denn hier ist das Ende, und danach kommt ein anderes Land. Doch wenn du es willst, so kannst du eine von uns erwählen, um dich zu führen, und dich dorthin wagen. Du kannst auch umkehren, wenn du dies willst, ohne jede Schande, und dich wieder dem sicheren Weg anvertrauen.«

Und er erwiderte ihnen artig, daß sie weitersprechen sollten, denn er habe die Mühsal und Beschwerden des weiten Weges nicht auf sich genommen, um nun kehrtzumachen. Und zudem habe sein Vater ihn mit einer Aufgabe betraut, die er an diesem Ort zu enthüllen nicht gesonnen sei. »Dies ist uns bekannt«, sagten die drei Jungfrauen. »Seit langem haben wir dich erwartet.«

»Und wie soll ich wissen«, fragte der Jüngling kühn, doch mit großer Ehrerbietung, »daß Ihr nicht jene Waldfrauen seid, von denen man in den Dörfern, durch die ich gekommen bin, mit soviel Furcht und Ehrfurcht spricht?«

Daraufhin lachten sie mit heller und dunkler, klarer und leiser Stimme und sagten, sie bezweifelten sehr, daß von jenen mit großer Ehrfurcht gesprochen werde; es gebe jedoch unter dem gemeinen Volk viel Aberglaube und Einbildung über die Waldfrauen, und dem solle er nicht allzuviel Glauben schenken.

»Uns hingegen«, sagten sie, »mußt du für das nehmen, als was wir dir erscheinen, als das, was wir sind oder sein mögen, wie es alle tun müssen, die großen Mut und einen klaren Blick haben.«

Darauf sagte er zu seinem eigenen Erstaunen, denn er hatte nicht gewußt, daß er zu diesem Abenteuer bereit war, als spräche eine Stimme durch ihn: »Ich will es wagen.«

»So wähle«, sagten sie zu ihm, »und wähle klug, denn Seligkeit oder Elend zu wählen liegt in deiner Hand.«

Sie traten vor ihn, eine nach der anderen, jede in ihrem eigenen Licht, als wären sie Kerzen, die ihre Strahlen wie durch die Umfassung einer Laterne aussandten. Und jede sang dabei, und unsichtbare Instrumente klangen und klagten gar köstlich zur Melodie ihres Gesangs. Und die letzten Strahlen der Sonne fielen blutrot auf die grauen Steine vor dem grauen Himmel.

Als erste trat die goldene Dame vor, stolzen Schritts und mit einer königlichen goldenen Krone auf dem Haupt, einem zierlichen Turm funkelnder Strahlen und glitzernder Drähtchen über goldenen Locken, die so dicht waren wie das sagenhafte goldene Vlies. Sie hielt den goldenen Schrein, und er sandte so blitzende Strahlen aus, daß die Augen des Jünglings davon geblendet wurden und er den Blick abwenden mußte.

Und sie sang:

Gold schenke ich
Fürstliche Pracht
Wählest du mich
Herrschaft und Macht

Der Blüten Zier
Wind ich zum Kranz
Reichest du mir
Die Hand im Tanz

Und er hätte in der kalten Abenddämmerung die Hände ausstrecken und im Feuer und Licht wärmen können, das sie ausstrahlte, als sie vorbeiging. Und es dünkte ihn, daß sie das Glück verheiße, doch sagte er desungeachtet: »Ich will alle abwarten, bevor ich spreche.«

Darauf kam die silberne Dame, an deren bleicher Stirn ein weißer Halbmond glomm, und sie trug sternenglitzernde silberne Schleier, die um sie ein Glimmern und Schimmern schufen, so daß man sich an einen wandelnden Springbrunnen gemahnt fühlte oder vielleicht an einen blühenden Obstgarten im Mondlicht, mit Blüten, die tagsüber von den Küssen der Bienen erhitzt und errötet sind, während sie des Nachts weiß und kühl dem geheimen Licht dargeboten liegen, das sie erfrischt, ohne sie reifen zu lassen oder zu dörren.

Und sie sang:

Mein ist der Nacht
Heimlicher Schrein
Linderung sacht
Süßester Pein
Köstlicher Schmerz
Selige Lust
Komme, mein Herz
An meine Brust

Und es war ihm, als kenne sie sein innerstes Sehnen, und wie gern hätte er die Arme nach ihr ausgestreckt – ließ sie ihn doch mit inneren Augen ein Kämmerlein in einem hohen Turm sehen und ein Bett, hinter Vorhängen verborgen, in dem er nach Herzenslust der sein konnte, der er war. Denn sein eigenes Selbst war es, was sie ihm anbot, wie die erste ihm die sonnenbeglänzte Erde angeboten hatte. Und er wandte sich von der goldenen Dame ab und hätte gar zu gern die silberne genommen, doch Vorsicht oder Neugier hielt ihn zurück, und er dachte bei sich, er wolle erst sehen, was die unscheinbare dritte Schwester ihm im Unterschied zu ihren bezaubernden Vorgängerinnen bieten mochte.

Und sie kam eines beinahe schleichenden, kriechenden Schritts, weder stolz noch keck; wie ein Schatten glitt sie fast unmerklich in ihrem milden Lichtschein in sein Blickfeld. Und ihre Gewänder funkelten nicht und glitzerten nicht, sondern hüllten sie in fließende, weiche Falten mit Kannelierungen, wie man sie an marmornen Säulen findet, und mit tiefvioletten Schatten, aus denen ebenfalls sanftes Licht schien. Und sie hielt ihr Gesicht gesenkt und sah nicht den Jüngling an, sondern den glanzlosen, bleifarbenen Schrein, der blaß und glatt auf dem Kissen lag und weder Scharnier noch Schlüsselloch aufzuweisen schien. Sie trug einen Kranz weißer Mohnblüten, und ihre zierlichen Schuhe sahen aus wie aus Spinnweben gefertigt, und ihr Gesang war über alle Maßen unirdisch, nicht fröhlich und auch nicht traurig, aber unwiderstehlich.

Und sie sang:

Minne und Tand
Weltlicher Art
Sind nicht das Pfand
Das deiner harrt
Folge nur mir
Sei unverzagt
Ich schenke dir
Das Kräutlein Schlaf

Und diese Worte schnitten dem Jüngling ins Herz, denn er war ausgezogen, das Kräutlein Schlaf zu finden und es seinem Vater zu geben, um seine lange, lange Krankheit zu enden und den Schlaf zu bringen, den er sehnsüchtig erwartete. Und es schmerzte den Jüngling, daß er den warmen Glanz der goldenen Dame und die liebreizende Helligkeit der silbernen Dame gegen die Ruhe und Milde und die gesenkten Augen der halb unsichtbaren dritten eintauschen mußte. Und ihr und ich, meine lieben Kinder, wir wissen wohl, daß er immer die dritte und den bleiernen Schrein wählen muß, wie wir es aus allen Märchen kennen, und daß die dritte Schwester immer die ist, die es zu wählen gilt, nicht wahr? Aber wir wollen trotzdem einen Augenblick des Bedauerns auf die silbernen Seligkeiten verwenden, die der Jüngling gewählt hätte, hätte es ihm freigestanden, und auf die sonnenbeschienene, blumenbewachsene Erde, die meine geheime Wahl wäre, bevor wir ihm folgen, wie es sich schickt, wenn er die weiche Hand der dritten Schwester ergreift, wie sein Schicksal und der Wunsch seines Vaters es verlangen, und versonnen zu ihr sagt: »Ich werde mit dir kommen«.

Und eines Tages werden wir die Geschichte anders schreiben; wir werden schreiben, daß er es nicht tat, sondern keine wählte oder eine der beiden Prächtigeren wählte oder auf die Heide und in die Moore hinausging, um ein freies Leben zu führen, wenn dies denn möglich ist. Doch nun, das wißt ihr ja, muß es so weitergehen, wie es weitergehen muß, nicht wahr? Denn so groß ist die Macht der Zwangsläufigkeit in einem Märchen.

Sie ergriff also seine Hand, und der Griff ihrer kühlen Finger war wie die Berührung eines Mottenflügels oder kühlen Linnens nach einem schweren Arbeitstag, und sie wandte ihm ihr Antlitz zu und hob die schweren Lider und sah ihn an, und da erblickte er zum erstenmal ihre Augen. Was soll ich sagen über diese Augen, außer daß er sich in ihnen verlor, daß er die Heide nicht mehr sah, noch die zwei hellen Gestalten, die sich in ihrem Licht drehten, daß er nicht einmal mehr sein treues Roß sah, das mit ihm bis ans Ende der bekannten Welt gekommen war und alle Plagen und Mühsal mit ihm getragen hatte? Wollte ich sie zu beschreiben versuchen – aber das kann ich nicht – nun denn, es muß sein, denn ich bin der Chronist, der euch berichten muß – aber was soll ich berichten? Stellt euch zwei Teiche um Mitternacht vor, auf die kein Lichtschein fällt, die jedoch von tief innen einen leisen Schimmer ausstrahlen, eine Verheißung von Licht, klar und schlehenschwarz und tief, so tief, so tief... Und wenn sie den Kopf zur Seite neigt, so stellt euch ein Schwarz vor, das nichts Bläuliches enthält, sondern eine leise Beimischung von Braun, ein Schwarz wie das warme Schwarz eines Pantherfells, still und ruhig, vom Mondlicht abgekehrt.

»Ich werde mit dir kommen«, wiederholte der Jüngling, und sie sagte mit leiser Stimme und geneigtem Kopf: »So komme.«

Und sie führte ihn über die steinerne Schwelle, und sein Pferd wieherte, um ihn zu warnen, aber er ging unerschrocken weiter. Die Steine hatten mitten im Moor nichts Besonderes an sich gehabt, doch nun merkte er, daß alles anders war, als es den Anschein gehabt hatte, denn hinter der Pforte befand sich ein Weg, der in zahllosen Windungen nach unten führte und an dessen Rand süß duftende Blumen wuchsen, die er noch nie gesehen, von denen er noch nie gehört hatte; zarter Blütenstaub wehte aus ihren geöffneten Kelchen, und Licht schimmerte auf ihnen, das weder das Licht des Tages noch das der Nacht war, weder Sonnenlicht noch Mondlicht, weder hell noch schattig, sondern das gleichmäßige, ewige, unveränderliche Licht jenes Königreiches ...

Christabel LaMotte

ZEHNTES KAPITEL

Der Briefwechsel

Liebe Miss LaMotte,

ich weiß nicht, ob ich aus Ihrem Brief mehr Ermutigung oder mehr Entmutigung herauslesen soll. Das Wesentliche darin sind Ihre Worte »sollten Sie belieben, mir zu antworten«, denn diese Erlaubnis ermutigt mich mehr, als Ihr Wunsch, keinen Besuch zu erhalten – den ich respektieren muß –, mich entmutigt. Und Sie schicken mir ein Gedicht und bemerken so klug, daß Gedichte alle Gurkensandwiches der Welt aufwiegen. Das tun sie in der Tat – die Ihren ganz besonders –, doch Sie kennen den Eigensinn der poetischen Phantasie, die es danach verlangt, sich von *eingebildeten* Gurkensandwiches zu nähren, die sie sich, da es sie erwiesenermaßen nicht gibt, als eine Art englischen *Mannas* vorstellt – oh, die vollkommenen, grünen Scheiben, die köstliche Würze der Salzkörner, die frische, zartgelbe Butter und, vor allem, das weiche, weiße Innere und die goldene Kruste des frischgebackenen Brotes –, so daß sie wie in allen Aspekten des Lebens auf ihre unermüdliche Weise das idealisiert, was in der nüchternen Realität mit zivilisierter Gier binnen eines Augenblicks ergriffen und verschlungen wird.

Doch verzichte ich gern auf jegliche Sandwiches, erträumte wie in Wirklichkeit gekostete, um Ihres entzückenden Gedichts willen, welches, wie Sie sagen, eines gewissen Beigeschmacks jener Wildheit nicht entbehrt, die den Lebensgewohnheiten der Spinnen eigentümlich ist, wie es Naturforscher erst vor kurzem beobachtet haben. Beabsichtigen Sie, Ihre Metapher der Falle oder des Verführens auf die Kunst zu übertragen? Ich kenne verschiedene andere Ihrer Gedichte über Insekten, und es hat mich stets beeindruckt, wie in ihnen die Schönheit und Zerbrechlichkeit dieser geflügelten – oder kriechenden – Kreaturen mit einer Ahnung dessen gepaart ist, was man unter dem Mikroskop an Kämpfen, Zerreißen und Verschlingen sehen kann. Großen Mutes bedürfte der Dichter, der sich an eine wahrhaftige Beschreibung der Bienenkönigin wagen wollte – oder der Königin der Wespen oder der Ameisen –, so, wie wir sie heute kennen – nachdem wir diese Mittelpunkte der Verehrung und des Wirkens ihrer Völker lange Jahrhunderte hindurch als männliche Herrscher gewähnt hatten – und es will mir scheinen, als teilten Sie den Abscheu Ihres Geschlechts und nicht Ihres Geschlechts allein vor dergleichen Formen des Lebens nicht –

Seit geraumer Zeit habe ich ein Vorhaben im Sinn, das ein Gedicht über Insekten ist, kein lyrisches Gedicht wie die Ihren, sondern ein dramatischer Monolog wie jene, die ich über Mesmer, über Alexander Selkirk und Nachbar Willig geschrieben habe – ich weiß allerdings nicht, ob Ihnen diese Gedichte bekannt sind, und es wäre mir ein Vergnügen, Sie Ihnen zu übersenden, sollte es sich nicht so verhalten. Es ist dies mein Eindruck, daß ich mich in Gesellschaft imaginierter Geister am wohlsten fühle, indem ich in gewisser Weise die vergangenen Menschen früherer Epochen dem Leben *zurückgebe* – mit Haaren und Zähnen und Nägeln, mit Napf und Bank und Weinschlauch, mit Kirche, Tempel und Synagoge und mit der unablässigen, unermüdlichen Tätigkeit des staunenswerten Gehirns unter der Schädeldecke, dessen Eindrücke, das, was es auf seine eigentümliche Weise sieht und lernt und glaubt, ich erfinde. Wichtig vor allem scheint zu sein, daß diese anderen Leben, die ich führe, viele Jahrhunderte und so viele Orte umfassen, wie meiner begrenzten Vorstellungsgabe zugänglich sind, denn ich selbst bin nichts anderes als ein Mann des neunzehnten Jahrhunderts mitten im rauchgeschwärzten London, der sich allein dadurch auszeichnet, daß er weiß, wieviel sich vor ihm und nach ihm erstreckt, auf seinen Standpunkt bezogen, während er der ist, der er ist, mit seinem Backenbart und seinen Bücherschränken voller Platon und Feuerbach und Augustinus und John Stuart Mill.

Ich rede und rede und habe Ihnen das Thema meines Insektengedichts gar nicht geschildert, welches das kurze und wunderbare – und in seiner Gesamtheit tragische – Leben Swammerdams sein soll, der in Holland jenes optische Glas entdeckt hat, das uns die unendlichen Weiten und das unablässige Gewirr des *unendlich Kleinen* enthüllt hat, wie der große Galilei sein optisches Rohr auf die majestätischen Bewegungen der Planeten gerichtet hat und auf die stillen Sphären des *unendlich Großen*. Ist Ihnen seine Lebensgeschichte bekannt? Darf ich Ihnen meine Version davon schicken, sobald ich sie abgefaßt habe? Wenn sie mir gelingt (und davon bin ich überzeugt, denn sie enthält eine solche Vielzahl von kleinen Einzelheiten und Gegenständen, deren Beobachtung ausmacht, was den menschlichen Geist bewegt – nun werden Sie fragen, wessen Geist, seinen oder den meinen?, und ich muß gestehen, ich weiß es nicht. Er hat erstaunliche kleine Instrumente erfunden, mittels deren das Wesen des Insektenlebens erforscht und ausgespäht werden kann, aus Elfenbein gefertigt, was weit weniger zerstörerisch und grob ist als Metall – er fertigte Liliputanernadeln, bevor Liliput selbst ersonnen ward – Feennadeln. Und mir stehen nur Worte zur Verfügung – und die toten Hülsen der Worte anderer – doch wird es mir gelingen – Sie müssen mir nicht glauben, aber Sie werden es sehen).

Nun versprechen Sie mir eine Abhandlung über die Verneinung oder über Schleiermachers Begriff der Illusion oder über die Milch des Paradieses – oder über was immer ich will. Wie soll ich wählen angesichts solcher Fülle? Ich glaube, die Verneinung will ich nicht wählen, sondern lieber auf kühle, grüne Scheiben hoffen – als Begleitung zur Milch des Paradieses und ein wenig schwarzen Tees –, und ich erhoffe mir von Ihnen nicht Illusionen, sondern Wahrheit. Vielleicht werden Sie mir mehr über Ihr Feen-Epos erzählen – so es erlaubt sein sollte, darüber zu sprechen, ohne Ihre Gedanken zu stören. – Es gibt Momente, wo es hilfreich ist zu sprechen oder zu schreiben, und solche, wo es höchst verderblich ist – und wenn Sie es vorziehen sollten, unsere Unterhaltung nicht fortzusetzen, können Sie meines Verständnisses gewiß sein. Dennoch hoffe ich auf einen Brief als Antwort auf mein unzusammenhängendes Gestammel – mit welchem hofft, jemanden nicht verletzt zu haben, den besser kennenzulernen sich wünscht

Ihr sehr ergebener
R. H. Ash

Lieber Mr. Ash,

es beschämt mich zu sehen, daß das, was Sie gewiß für Schüchternheit oder Schlimmeres haben halten müssen, eine so großzügige und brillante Mischung aus Geist und Wissen von Ihnen erzeugen konnte. Ich danke Ihnen. Wenn alle, denen ich bloße pflanzliche Nahrung *verweigerte*, mich mit so köstlicher geistiger Nahrung bewirteten, würde ich in alle Ewigkeit meine Haltung hinsichtlich materieller Sandwiches nicht ändern – doch die meisten Bittsteller begnügen sich mit einem Nein. – Und so ist es gewiß am besten, da wir so zurückgezogen leben, zwei Damen, die ihren kleinen Haushalt besorgen – mit unserem ungestörten Tagesablauf und unserer beschränkten kleinen Unabhängigkeit – nichts davon ist im geringsten *bemerkenswert*. – Sie sind zartfühlend genug, um zu verstehen – diesmal spreche ich im Ernst – wir gehen nicht aus und empfangen keine Besucher – wir sahen einander, weil Crabb Robinson ein Freund meines lieben Vaters war – und wessen Freund war er nicht? Ich fühlte mich nicht ermächtigt, ein Ersuchen um seines Namens willen abzulehnen – und dennoch bedauerte ich – ich pflege nicht auszugehen – Sie werden sagen, daß diese Dame ein wenig zu häufig verneint – doch hat Ihre grüne, scheibenförmige Vision der Zufriedenheit sie bewegt, und für kurze Zeit hat sie gewünscht, daß es in ihrer Macht stünde, Ihnen eine andere Antwort zu geben. Doch dies wäre bedauert worden, ganz gewiß – nicht allein von mir, auch von Ihnen.

Sehr geschmeichelt fühle ich mich durch Ihre gute Meinung über mein Gedicht. Ich zögere, Ihre Frage zu beantworten, wieweit es eine Eigenschaft der Kunst sein mag, Falle oder Verführung zu sein – Arachnes Kunst vielleicht – und somit der aller zerbrechlichen oder schimmernden weiblichen Hervorbringungen – doch gewiß nicht Ihrer eigenen großen Werke. Es hat mich sehr geschmerzt, daß Sie meinen konnten, ich kennte nicht das Gedicht über Mesmer – oder das über Selkirk auf seiner schrecklichen Insel, wo er einer unnachgiebigen Sonne und einem dem Anschein nach schweigenden Schöpfer ausgesetzt ist – oder das über Nachbar Willig und seine religiöse Wandelbarkeit oder seinen Wankelmut. Ich hätte flunkern sollen – sagen, ich kennte sie nicht – um sie aus der Hand ihres Verfassers zu erhalten – doch man muß der Wahrheit treu sein – in kleinen Dingen wie in großen – und dies war nichts Geringes. Sie sollen also wissen, daß wir *all* Ihre Werke besitzen, ehrfurchtgebietend nebeneinander aufgereiht – und daß sie in diesem kleinen Haus wie in der großen Welt so manches Mal aufgeschlagen und beredet werden. Sie sollen auch wissen – oder sollen es eher nicht – wie kann ich dies zu Ihnen sagen, die ich Sie erst seit kurzem kenne – doch wenn nicht zu Ihnen, zu *wem* dann – und ich schrieb soeben, daß man der Wahrheit treu sein muß, und dies ist eine so unleugbare Wahrheit –, daß Ihr großartiges Gedicht *Ragnarök* die gewiß schwerstwiegende Glaubenskrise in meinem schlichten spirituellen

Leben verursacht hat, die ich je erlebt habe und je erlebt zu haben hoffe. Nicht etwa, daß Sie an irgendeiner Stelle Ihres Gedichts die christliche Religion schmälerten – die Sie mit vollendetem dichterischem Anstand nicht ein einziges Mal auch nur streifen –, und zudem sprechen Sie in Ihrer Dichtung niemals mit Ihrer eigenen Stimme oder aus Ihrem *Herzen*. (Unleugbar ist jedoch, *daß* Sie zweifeln – der Schöpfer Willigs, Lazarus', des ketzerischen Pelagius ist so wissend wie die Schlange hinsichtlich der scharfsinnigsten und haarspalterischsten Zweifel an den Grundlagen unseres Glaubens, die in unserer Zeit so unnachgiebig und erbarmungslos erforscht wurden. Sie wissen um die »Umwege und Windungen« der kritischen Philosophie, wie es Ihr Augustinus von Ihrem Pelagius sagt – für welchen letzteren ich eine Schwäche habe, denn er ist Bretone, wie ich es auch zu Teilen bin, und er hegte den Wunsch, daß sündige Frauen und Männer edler und freier sein könnten, als sie es waren ...) Doch ich schweife allzuweit ab von *Ragnarök* und seinem heidnischen Jüngsten Gericht, seiner heidnischen Auslegung des Mysteriums der Auferstehung, seinem neuen Himmel und seiner neuen Erde. Es war mir, als sprächen Sie zu mir und sagten: »Solches erzählen die Menschen seit alters her, und nichts Wesentliches daran hat sich je geändert.« Oder sogar: »Menschen sprechen von dem, was sie wünschen, was ihrem Wunsch nach so oder so beschaffen sein soll, nicht von dem, wie es dem göttlichen Ratschluß zufolge beschaffen sein muß und ist.« Es war mir, als ließen Sie die Heilige Schrift kraft Ihres Schreibens, Ihrer gewaltigen Vorstellungskraft als nichts anderes erscheinen denn eine unter vielen wundersamen Geschichten. Nun verwirre ich mich selbst, und ich werde nicht weiterschreiben. Ich bitte Sie um Verzeihung, sollte das, was ich geschrieben habe, Ihnen unverständlich erscheinen. Ich habe gezweifelt und ich habe Zweifel eingestanden, mit denen ich seither zurechtkommen mußte. Aber genug.

All das wollte ich nicht schreiben. Wie können Sie sich fragen, ob es mir etwas anderes als ein Vergnügen bereiten würde, Ihr *Swammerdam* zu erhalten – sofern Sie, wenn Sie es erst beendet haben werden, noch den Wunsch verspüren sollten, es abzuschreiben und mir zu übersenden. – *Geistreiche Kritik* kann ich Ihnen nicht versprechen – doch an solcher wird es Ihnen schwerlich mangeln –, aber Sie dürfen sich *eines* nachdenklichen und aufmerksamen Lesers gewiß sein. Was Sie mir über seine Entdeckung des Mikroskops erzählten, hat mich gefesselt – und das, was Sie über seine elfenbeinernen Nadeln sagten, mit denen er die kleineren Manifestationen des Lebens untersuchte. Wir in unserem Haus haben uns ein wenig mit Mikroskopen und Linsen beschäftigt – wenngleich Sie hier keine aufgespießte und chloroformierte *Sammlung* erwarten dürfen – nur einige wenige umgedrehte Gläser, die zeitweilig Gäste beherbergen – eine große Spinne – und eine Motte – einen gefräßigen Wurm mit unzähligen Füßen, den zu identifizieren wir außerstande waren und der vom Dämon der Rastlosigkeit besessen ist oder von einer unbezähmbaren Abneigung gegen Einmachgläser, die als Panoptikums-Gefängnisse dienen.

Ich übersende Ihnen zwei Gedichte. Sie gehören zu einem Zyklus über Psyche – in moderner Form – armes, zweifelndes Mädchen – welches die göttliche Liebe für eine Schlange hielt.

Ich habe Ihre Frage zu meinem Feengedicht nicht beantwortet. Ich fühle mich zutiefst geschmeichelt – und nicht weniger bestürzt – daß Sie es in der von Ihnen erwähnten Form erinnern – denn ich sprach ganz müßig darüber – oder bildete mir ein, es zu tun – wie über etwas, was man als Spielerei betrachtet – als Zeitvertreib – für einen Mußetag –

Doch in Wahrheit – in Wahrheit habe ich mir vorgenommen, ein Versepos zu schreiben – oder zumindest eine Saga oder eine Ballade oder ein großes mythisches Gedicht – und wie kann eine arme atemlose Frau, die über kein *Durchhaltevermögen* und nur über geringes Wissen verfügt, dem Verfasser des *Ragnarök* dergleichen Aspirationen gestehen? Und doch erfüllt mich die unerschütterliche und befremdliche Gewißheit, daß ich mich Ihnen anvertrauen kann – daß Sie mich nicht verspotten werden – noch die Fee der Quelle mit kaltem Wasser überschütten.

Genug. Zwei Gedichte anbei. Zum Thema der Metamorphose habe ich viele geschrieben – sie ist eine der Fragen unserer Zeit – aller Zeiten, bedenkt man es recht. Bitte verzeihen Sie die Weitschweifigkeit, zu der meine Erregung mich verleitet hat – schicken Sie, wenn Sie es wollen, sobald sie können, Ihr Swammerdam zur Erbauung

Ihrer aufrichtig verbundenen
Christabel LaMotte

(Beigelegt)

Metamorphose

Kann das zarte Flügelwesen
Sich entsinnen seiner Herkunft
Seiner Ursprungsform, der Larve –
Ist bei all seiner Vernunft
Bei seinem Stolz und Übermut
Der Mensch sich wohl gewahr
Jenes Klumpens Fleisch und Blut
Der am Anfang war?

Doch in ihres Schöpfers schrecklich klarem Ratschluß
Waren sie gedacht vor Zeiten endlos –
Er, der allem die Gestalt, die Seele gab
Bleibt der Lebensspender – und das Grab

Psyche

In alten Sagen liest man oft davon,
Daß einst die Tiere Menschen halfen, deren Fron
Zu hart war. Eintracht herrschte auf der Welt,
Die heute – ach – der Menschen Zwist vergällt.

Der armen Psyche nahm sich an
Des Ameisenvolks rege Macht,
Als Venus voller Niedertracht
Sie Samen zu sortieren zwang.

Sie kamen voller Mitgefühl
Für Psyches Gram und Leid,
Sie brachten Ordnung ins Gewühl,
Erzeugt durch Venus' Neid,
Sie sonderten und trennten
Die Körner ungezählt,
Auf daß die arme Psyche
Sich Amor neu vermählt.

Glaubt nicht, das Lob der Menschen
Sei unsre größte Lust,
Vermöge uns zu lenken,
Erfülle unsre Brust.

Ameisen leben weise,
Bedacht auf ihre Not,
Sie kennen keinen Meister
Und nur ihr täglich Brot,
Sie tauschen und verhandeln wohl,
Doch das von gleich zu gleich,
Stets eingedenk des Ganzen Wohl,
Wie einst in Gottes Reich.

Liebe Miss LaMotte,

wie großherzig von Ihnen, mir so bald und so ausführlich zu antworten. Ich hoffe, meine Antwort kommt nicht übereilt – um nichts in der Welt wollte ich mich Ihnen als aufdringlicher Plagegeist präsentieren –, aber was Sie sagten, hat mich so sehr beschäftigt, daß ich meine Gedanken dazu niederschreiben möchte, solange sie noch frisch und klar sind. Ihre Gedichte sind entzückend und originell – wären wir einander von Angesicht zu Angesicht gegenüber, würde ich es wagen, Vermutungen über die allegorischen Rätsel in *Psyche* auszusprechen – doch mangelt es mir am Mut oder an der Dreistigkeit, solches schwarz auf weiß festzuhalten. Sie beginnen so demütig mit Ihrer traurigen Prinzessin und Ihren nützlichen Kreaturen – und enden geradezu beim Gegenteil mit einem moralischen Dispens – nur wovon? ist die Frage – von der Monarchie – der Liebe zum Menschen – Eros als Agape entgegengesetzt – oder der Bosheit Venus'? Ist die *soziale Zuneigung* im Ameisenhügel wirklich der Liebe zwischen Männern und Frauen vorzuziehen? Nun, das müssen Sie entscheiden – es ist Ihr Gedicht und ein sehr schönes Gedicht obendrein – und die Geschichte der Menschheit birgt mehr Beispiele als eines von schwindelnd hohen Türmen, die um einer leidenschaftlichen Grille willen in Brand gesteckt wurden – von armen Seelen in den Fesseln liebloser Ehen, die ihnen durch Elternwillen oder Herkunft aufgezwungen wurden – von Freunden, die einander abgeschlachtet haben – Eros ist ein schlechter und launischer kleiner

Götze – und nun ist es mir fast gelungen, mir einzureden, daß ich die Dinge so sehe, wie Sie es tun, ohne recht zu wissen, wie diese Sicht beschaffen ist.

Nun ich Ihren Gedichten den Vorrang eingeräumt habe, der ihnen *zusteht*, muß ich Ihnen gestehen, daß es mich geschmerzt hat, denken zu müssen, daß mein Gedicht Zweifel in Ihnen geweckt hat. Ein sicherer Glaube – eine ungebrochene Kraft zum Gebet – ist etwas Schönes und *Wahrhaftiges* – auch wenn wir es heute nicht auf künstliche Weise zu erlangen bestrebt sein dürfen – und etwas, was über die verworrenen Gedanken und Überlegungen des sterblichen Hirns R. H. Ashs oder eines beliebigen anderen ratsuchenden Forschers unseres Jahrhunderts erhaben sein muß. *Ragnarök* verfaßte ich ohne jeden Hintergedanken zu einer Zeit, da ich selbst die biblischen Wahrheiten nicht in Frage stellte – und nicht den Glauben, den mir meine Väter und ihnen ihre Vorfahren übermittelt hatten. *Manche* lasen es anders – darunter jene, die meine Frau werden sollte –, und es verwunderte und erschreckte mich, daß man aus meinem Gedicht ein gewisses Heidentum herauslesen wollte – denn ich hatte gemeint, damit eine Bestätigung der universellen Wahrheit der lebendigen Gegenwart unseres großen Vaters (wie immer man ihn nennen mag) und der Hoffnung auf eine Wiederauferstehung aus welchem schrecklichen Ende auch immer geleistet zu haben. Wenn Odin in meinem Gedicht in der Verkleidung des Wanderers Gangrader den Riesen Wafthrudnir nach dem Wort fragt, welches der Göttervater seinem toten Sohn Baldur auf dem Scheiterhaufen ins Ohr geflüstert hatte, so verstand der junge Mann, der ich war – in aller Frömmigkeit – darunter das Wort – *Wiederauferstehung*. Und der junge Dichter, der derselbe ist wie ich und es nicht ist, sah keine Schwierigkeit darin, anzunehmen, daß der nordische Gott des Lichts eine Vorform oder Verkörperung des toten Sohns jenes Gottes sein könnte, welcher der Vater des Christentums ist. Doch wie Sie bemerkt haben, ist dies eine zweischneidige Waffe – zu sagen, daß die Wahrheit der Überlieferung im Inhalt liegt, daß die Überlieferung lediglich eine ewige Wahrheit ausdrückt, bedeutet bereits den ersten Schritt auf dem Weg zur Gleichwertigkeit aller Überlieferungen ... Und das Vorkommen der gleichen Wahrheiten in allen Religionen ist ein gewichtiges Argument für und wider die überwältigende Wahrhaftigkeit einer einzigen unter ihnen.

Nun muß ich Ihnen ein Geständnis machen. Ich habe eine frühere Antwort auf Ihren Brief geschrieben und zerrissen – keine unredliche Antwort – ich riet Ihnen, an Ihrem Glauben festzuhalten – sich nicht auf die »Umwege und Windungen« der kritischen Philosophie einzulassen – und ich schrieb, was mehr als bloßer Unsinn sein mag, daß der Geist der Frauen, indem er intuitiver ist, reiner, weniger heimgesucht von Zweifeln und Verdrehungen als der der Männer, sich getrost an Wahrheiten halten könne, die wir Männer durch allzu viele Fragen, allzuviel von jener mechanischen Leichtfertigkeit verlieren; »Ein Mann mag sich in so sicherem Besitz der Weisheit befinden wie dem einer Stadt und doch genötigt sein können, auf sie zu verzichten« – so sagte Sir Thomas Browne – und es kann nicht mein Wunsch sein, die Schlüssel *jener* Stadt von Ihnen zu verlangen in Verfolgung eines ungerechtfertigten Anspruchs.

Doch ich dachte – und ich tat recht daran, nicht wahr? –, daß es Ihnen keine sonderliche Befriedigung bereiten könne, mittels des Appells an Ihre höhere Intuition und feigen Ausweichens meinerseits vor einem Disput bewahrt zu werden.

Ich weiß nicht, warum es so ist – wie es kommt –, aber ich weiß mit allen Fasern meines Herzens, daß ich Ihnen gegenüber nicht zu Ausflüchten greifen kann und, schlimmer noch, daß ich Dinge von solcher Tragweite nicht vornehm mit Schweigen übergehen kann. Es wird Ihnen also aufgefallen sein – Ihnen mit Ihrer so scharfen Intelligenz –, daß ich nirgends in diesem Brief behauptet habe, als der, der ich heute bin, den schlichten oder unschuldigen Glauben des jungen Dichters zu besitzen, der *Ragnarök* schrieb. Und wenn ich Ihnen nun sage, was ich glaube – was werden Sie dann von mir denken? Werden Sie mir weiterhin Ihre Gedanken mitteilen können? Ich weiß es nicht – doch ich weiß, daß ich mich der Wahrhaftigkeit befleißigen will und muß.

Ich bin weder zu einem Atheisten noch zu einem Positivisten geworden – zumindest nicht im Sinne der überspannten religiösen Haltung jener, welche die Menschheit zu ihrer Religion machen, wie es der arme Anacharsis Cloots tat, der von »unserem Herrn, dem Menschengeschlecht« zu sprechen pflegte, denn obgleich ich meinen Mitmenschen nichts Übles wünsche und sie unendlich interessant wähne, gibt es doch mehr Dinge im Himmel und auf Erden, als zu ihrem bloßen Nutzen und Frommen geschaffen wurden – zu dem unseren, besser gesagt. Was uns zur Religion drängt, mag der Wunsch sein, vertrauen zu können – oder die Fähigkeit zu staunen – und meine eigenen religiösen Empfindungen verdankten sich stets eher letzterem Gefühl. Es fällt mir schwer, ohne die Vorstellung eines Schöpfers zu leben – je mehr wir erkennen und begreifen, um so erstaunlicher ist die sonderbare Ordnung in der scheinbaren Unordnung aller Dinge –, aber ich will Sie nicht verwirren, und ich kann und darf Ihnen nicht zumuten, was ein unumwundenes Bekenntnis von Vorstellungen, Wahrnehmungen, Halbwahrheiten und Illusionen wäre, welche ohnedies höchst verworren, unzusammenhängend und unfertig sind, um welche ich ringe, ohne in ihrem Besitz zu sein.

Die Wahrheit, meine liebe Miss LaMotte, sieht so aus, daß unsere Welt eine *alte* Welt ist – eine müde Welt – eine Welt, die unermüdlich Spekulationen und Beobachtungen aufeinandergehäuft hat, bis zuletzt Wahrheiten, die am klaren, hellen Morgen der Menschheit für den jungen Plotin oder den verzückten Johannes auf Patmos greifbar gewesen sein mögen, durch Palimpsest über Palimpsest unkenntlich gemacht worden sind, durch dicke Hornschichten, die sich auf ihnen gebildet haben – wie es den Schlangen bei der Häutung ergeht, die durch den harten, alten Panzer beengt sind, bevor sie mit ihrer neuen, strahlenden und glatten Haut daraus hervorbrechen – oder, so könnte man sagen, wie der herrliche *Glaube*, der in den kühnen Türmen der alten Münster und Abteien lebte, sich mit der Zeit und durch den Schmutz der Zeiten abgenutzt hat, verhüllt worden ist durch das schmutzige Wachstum unserer großen Städte, durch unseren Reichtum, unsere Entdeckungen, unseren Fortschritt. Doch kann ich, der ich kein Manichäer bin, mir nicht vorstellen, daß der Schöpfer, so es ihn gibt, uns und unsere Welt nicht *so* geschaffen haben soll, wie wir beschaffen sind. Er muß uns die Neugier gegeben haben – und den Wissensdrang –, und der Schreiber der Schöpfungsgeschichte tat gut daran, den Quell all unseres Elends in der Gier nach Wissen zu sehen, die auch – in gewisser Hinsicht – unser größter Ansporn zum Guten war. Zum Guten *und* zum Bösen. Von beidem besitzen wir mehr, so will es mir scheinen, als unsere primitiven Vorfahren.

Doch die Frage, die mich bewegt, lautet: Hat er sich unserem Blick *entzogen*, weil er will, daß wir durch rechten Gebrauch unserer

Verstandeskräfte seinen Willen herausfinden – der uns nunmehr so ganz unverständlich ist –, oder haben wir durch Sündhaftigkeit oder die notwendige Verhärtung unserer Häute vor dem nächsten Stadium der Metamorphose einen Zustand erreicht, der das Bewußtsein von unserer Unwissenheit und Gottesferne erfordert – und ist diese Erfordernis ein Beweis von Gesundheit oder von Krankheit?

In *Ragnarök* – da, wo Odin, der Allmächtige, zu einem bloßen fragenden Wanderer auf Erden wird – und notwendig samt all seinen Schöpfungen auf dem letzten Schlachtfeld am Ende des letzten schrecklichen Winters den Untergang findet – habe ich mich, ohne es zu wissen, ein wenig solchen Fragen genähert –

Und zudem gilt es, sich zu fragen, welche Wahrheit eine wundersame Geschichte, wie Sie so zutreffend sagten, überhaupt enthalten darf und kann – doch nun mißbrauche ich Ihre Geduld – die vielleicht bereits ihr Ende erreicht hat – so daß ich mich Ihrer klugen und wachsamen Aufmerksamkeit begeben habe –

Und ich habe das, was Sie zu Ihrem Epos schrieben, nicht beantwortet. Nun gut – sollten Sie noch Wert legen auf meine Ansichten – doch warum sollten Sie es? Sie sind Dichterin und haben sich nur um die eigenen Ansichten zu scheren – und warum kein Epos? Warum kein mythisches, dramatisches Werk in zwölf Büchern? Ich kann keinen Hinderungsgrund in der Natur sehen, der verböte, daß eine Frau ein solches Gedicht ebensogut zu schreiben vermöchte wie ein Mann, so sie es nur will.

Klingt dies allzu schroff? Der Grund ist, daß es mich bedrückt, daß Sie – bei Ihren Gaben – nur im geringsten meinen könnten, sich dafür entschuldigen zu müssen –

Doch ist mir sehr wohl bewußt, daß es einer Entschuldigung bedarf für den Ton meines Briefes, welchen ich kein zweites Mal lesen werde, denn es liegt nicht in meiner Macht, ihn neu zu schreiben. Sie erhalten ihn folglich roh, ohne höhere Weihen, ungesalbt – und ich werde warten – ergeben, aber ungeduldig –, ob Sie eine Antwort finden können –

Ihr getreuer
R. H. Ash

Lieber Mr. Ash,

verzeihen Sie mir, wenn ich – zu lange – schwieg. Was ich mich fragte, war nicht, *ob* – sondern, *was* ich antworten sollte – da Sie mir die Ehre erweisen – die *schmerzliche* Ehre, hätte ich fast geschrieben – doch verhält es sich nicht so, glauben Sie mir –, mir Ihre wahren Ansichten anzuvertrauen. Ich bin kein Fräulein aus einem Erbauungsroman, das von der hohen Warte moralischer Überlegenheit aus Ihre Worte ehrlichen Zweifels streng zurückweisen und widerlegen könnte – und in manchem bin ich einig mit Ihnen – denn der Zweifel wohnt unserem Leben in dieser Welt und zu dieser Zeit gewiß inne. Ihre Sicht unserer geschichtlichen Situation stelle ich nicht in Abrede – weit, sehr weit sind wir von der Quelle des Lichts entfernt – und wir wissen Dinge – die es sehr schwer machen – sich eines schlichten Glaubens zu erfreuen, ihn sich zu erhalten, um ihn zu ringen sogar.

Sie schreiben so manches – über den Schöpfer – den Sie nicht Vater nennen – außer in Ihren nordischen Gedichten. Doch merkwürdig wenig sagen Sie über die wahre Geschichte seines Sohnes – und doch ist sie es, die unseren lebendigen Glauben ausmacht – Leben und Tod Gottes, der zum Menschen wurde, zu unserem getreuen Freund und Erlöser – Vorbild unseres Wandelns und Hoffens durch seine Auferstehung von den Toten, eines künftigen Lebens für uns alle, ohne welches das Elend und die offenkundige Ungerechtigkeit unserer Lebensspanne auf Erden der schrecklichste Hohn wäre. Doch ich schreibe Ihnen wie ein Prediger – was zu sein uns Frauen nicht zusteht, wie es beschlossen ward – und kann Ihnen nichts sagen, was Sie selbst nicht bereits wieder und wieder bedacht haben müssen.

Und dennoch – hätten wir dieses höchste Opfer ersinnen können – wenn es sich nicht ereignet hätte?

Und ich könnte gegen Sie Ihr eigenes Gedicht über Lazarus ins Feld führen, dessen rätselhaften Titel Sie mir eines Tages werden auslegen müssen. *Déjà-vu oder das Zweite Gesicht* – gewiß. Was sollen wir aber darunter verstehen? Meine Freundin – meine Gefährtin – und ich haben uns in letzter Zeit für psychische Phänomene zu interessieren begonnen – wir haben örtliche Vorträge über ungewöhnliche seelische Zustände besucht und über okkulte Manifestationen, und wir besaßen sogar die Kühnheit, einer Séance beizuwohnen, die eine Mrs. Lees leitete. Diese Mrs. Lees nun ist der Überzeugung, daß die Phänomene des *Déjà-vu* – welche sich dadurch auszeichnen, daß jener, welcher sie erfährt, unter dem Eindruck ist, etwas zu erleben, was eine Wiederholung von etwas ist, was bereits erlebt wurde, möglicherweise oftmals schon – Zeugnis ablegen von der Kreisförmigkeit, der Ewigen Wiederkehr einer außermenschlichen Zeit – einer anderen, benachbarten Welt, wo die Dinge auf ewig bestehen, ohne Veränderung und ohne Verfall. Daß ebenso das wohlbekannte Phänomen des Zweiten Gesichts – die Gabe des Hellsehens oder Prophezeiens – ein Eintauchen in diese stets unwandelbare Sphäre darstellt. In solcher Sicht ließe sich Ihrem Gedicht entnehmen, daß der tote Lazarus sich zeitweilig in der Ewigkeit aufhielt – wie Sie selbst darin schreiben – und wenn ich es recht verstehe – und daß er die Zeit vom Standpunkt der Ewigkeit aus betrachtet. Und auferstanden schaut er die wunderreiche Beschaffenheit allen Lebens – dies ist ein Einfall, würdig Ihres Geistes –, das gelbe Auge der Ziege mit seinem Balken, das Brot auf dem Holzteller und die Fische mit ihren Schuppen, die zum Braten hergerichtet sind – all dieses ist für Sie, *was das Leben ausmacht*, und nur Ihrem ratlosen Erzähler scheint der Blick des Auferstandenen gleichgültig, der in Wahrheit sieht, daß alles Wert hat, *alles* –

Bevor ich Mrs. Lees kennenlernte, deutete ich Ihr Zweites Gesicht auf allgemeinere Weise – als Gleichnis für die Wiederkunft des Menschensohns, die wir erwarten – Sandkörner werden gezählt werden wie die Haare auf den Köpfen der Menschen, und jener wird wissen –

Der Sohn Gottes spricht nicht in Ihrem Gedicht. Doch der römische Schreiber, der das Geschehen berichtet – der Zöllner, jener, welcher das weniger Bedeutende sammelt – muß er nicht staunen – trotz seiner Neigung, trotz seines engen Beamtengeistes – über das, was des Menschensohns Gegenwart bewirkt bei jener Schar Gläubiger, die heiteren Sinnes für ihn zu sterben gewillt sind – und ebenso gewillt, um seinetwillen in Armut zu leben – »heiter und gleichmütig« schreibt er verwundert – doch *uns* verwundert es nicht – hat nicht *Er* ihnen die Tür zur Ewigkeit geöffnet und sie das Licht erblicken lassen – das Licht, das Brotlaibe und Fische erleuchtet – ist es nicht so?

Oder bin ich zu leichtgläubig? War Er – der Vielgeliebte, grausam Getötete, Gestorbene – war er ein Mensch nur?

Sie haben so dramatisch die Liebe zu Christus dargestellt – das Bedürfnis, Trost von ihm zu erfahren – von ihm, dem Abwesenden – wie es die Frauen im Haus des Lazarus erfüllt – die unablässig tätige Martha und die träumende Maria, die beide auf je eigene Weise ahnen, was Seine Gegenwart einst war – auch wenn Martha es als häusliches Dekorum und Maria es als verlorenes Licht sieht – und Lazarus – er sieht – aber *was* sieht er – für einen kurzen Augenblick –

Oh, wie verwirrend. Nun komme ich zum Ende meiner unbeholfenen und ungeschickten Beschreibung Ihres meisterhaften Monologes – sprach ich von der Lebendigkeit der lebendigen Wahrheit – oder der Dramatisierung des Glaubens – des *Bedürfnisses* danach?

Werden Sie mir sagen, was es bedeutet? Sind Sie wie die Apostel, die in allen Zungen zu allen Menschen sprachen? Wohin – wohin habe ich mich begeben?

Sagen Sie mir – daß er – für Sie lebt

So bin ich an den Pfahl gebunden, liebe Miss LaMotte, und muß der Hatz entgegenkämpfen – wie Macbeth sagt, obgleich ich mich in anderer Hinsicht ihm nicht ähnlich fühle. Zuerst war ich erleichtert, Ihren Brief zu erhalten und festzustellen, daß Sie keinen Bann über mich verhängt hatten, doch bei genauerer Überlegung drehte und wendete ich ihn geraume Zeit, denn er mochte sehr wohl einen Regen von Asche und Schwefel über mein Haupt ergehen lassen.

Und als ich ihn dann öffnete – welch edler Geist sprach da aus ihm, welch feuriger Glaube und welch feines Verständnis dessen, was ich schrieb – und ich meine nicht nur meinen zweiflerischen Brief, sondern mein Gedicht über Lazarus. Sie, die Sie Dichterin sind, wissen, wie es sich verhält – man schreibt eine Erzählung und denkt sich dabei: Dies ist ein hübscher Einfall – *dies hier* bedeutet, daß ich *jenes* ändern muß – und wird der Sinn des Ganzen nun nicht allzu augenfällig? – allzu plump und deutlich? – solcherart sind die Bedenken, die uns heimsuchen – doch wenn das breite Publikum unser Gedicht zu lesen bekommt, erklärt es dieses unweigerlich für ein Gebilde, welches gar zu schlicht und gar zu unverständlich und verstiegen sei – und für den Dichter bleibt nur dieses Wissen, daß er nichts zu vermitteln verstand von dem, was er zu vermitteln wünschte – und so *verliert* das Gedicht mählich *sein Leben* – für den Dichter selbst wie für den Leser.

Und dann Ihr Brief – mit welcher Mühelosigkeit und Originalität Sie voller Geist und Klugheit unversehens alles ins Leben zurückrufen – sogar Ihre eigene zweifelnde Frage am Ende – ob Er solches wohl bewirkt – ob Lazarus wiedererweckt war – ob Er, Gott und Mensch, wahrhaftig Tote auferweckte, bevor Er selbst den Tod besiegte – oder ob all das, wie Feuerbach es sieht, nichts ist als Ausdruck menschlichen Sehnens, welches sich in solcher Form verkörpert?

Sie fragen mich – ob er – für mich lebt –

Er lebt – doch wie? Wie? Glaube ich in Wahrheit, daß er, als Mensch, in das Beinhaus trat, in welchem die verfaulte Leiche des Lazarus lag, und dieser gebot, sich zu erheben und zu wandeln?

Glaube ich in Wahrheit, daß all dies nichts ist als aus Träumen und Hoffnungen Erdichtetes, zurechtgestutzte Überlieferungen, von schlichten Geistern ausgeschmückt, damit die Leichtgläubigen daran Gefallen finden?

Wir leben in einer Zeit, die die Geschichtsforschung als Wissenschaft betreibt – wir prüfen, was uns vorliegt – wir wissen, wie es sich mit Berichten von Augenzeugen verhält und wieweit man sich auf sie verlassen darf – doch von dem, was dieser *Lebende und Tote* (ich meine Lazarus, nicht seinen Erlöser) sah, berichtete oder dachte, wovon er seiner Familie Kunde gebracht haben mag vom anderen Ufer des schrecklichen Wassers – *nicht ein Wort*.

Wenn ich nun einen Augenzeugen erfinde – und ihn glaubwürdig genug sprechen lasse – verleiht dann meine Dichtung der Wahrheit Leben – oder verhilft sie mittels meiner krankhaft übersteigerten Einbildungskraft einer unermeßlich großen Lüge zum Anschein der Wahrhaftigkeit? Handle ich so wie die Evangelisten, welche die Ereignisse im nachhinein verzeichneten? Oder handle ich, wie falsche Propheten es tun, welche Truggebilde für das Wahre ausgeben? Bin ich ein Zauberer – wie Macbeth' Hexen –, unter dessen Händen Wahrheit und Lügen sich zu einem feurigen Gebilde formen? Oder der niederste aller Schreiber eines prophetischen Buches – dem es gegeben, solche Wahrheit zu künden, wie er zu erfassen vermag, vermittels einer Dichtung, die mir zugehörig ist, wie Caliban dem Prospero zugehörig ist – denn nirgends versuche ich den Anschein zu erwecken, daß mein armer, unwissender, starrköpfiger römischer Zöllner etwas anderes sei als mein Geschöpf, ein tönerner Mund, durch den ich pfeife.

Das ist keine Antwort, werden Sie sagen, mit leicht zur Seite geneigtem Kopf, und mich betrachten wie ein kluger Vogel – und insgeheim mich einen *Wortverdreher* nennen.

Nun denn – das einzige Leben, dessen ich mir gewiß bin, ist das der Phantasie. *Wie es auch beschaffen sein mag um die Wahrheit oder Unwahrheit – jenes von den Toten Wiedererweckten – die Dichtkunst vermag ihm Leben einzuhauchen für die Dauer der Zeitspanne, in welcher man gewillt ist, an ihn zu glauben.* Ich maße mir nicht an, Leben einzuhauchen, wie Er es tat – an Lazarus – doch so vielleicht, wie Elisa es tat – welcher sich auf den Toten legte – und ihm Odem einflößte –

Oder so, wie es der Dichter tat, welcher das Evangelium verfaßte – denn Dichter war er, Dichter, ob er denn Geschichtsschreiber war oder nicht.

Sie verstehen, was ich sagen will? Wenn ich schreibe, bin ich des Wissens teilhaftig. Denken Sie an die wunderbaren Worte des jungen Keats – »Ich bin mir nur gewiß der Heiligkeit unserer Liebe und der Wahrheit der Phantasie« –

Ich will nicht sagen – Wahrheit ist Schönheit, Schönheit Wahrheit, oder dergleichen Spitzfindigkeiten mehr. Doch ohne Phantasie des Schöpfers wird nichts uns lebendig – ob tot oder lebendig oder einst lebendig und nun tot und auf die Auferstehung wartend –

Nun wollte ich Ihnen schildern, wie meine Wahrheit beschaffen ist, und habe doch nur öde Haarspaltereien über Dichtkunst zu Papier gebracht. Aber *Sie wissen* – dessen bin ich mir gewiß –

Sagen Sie mir, daß es sich so verhält – und sagen Sie mir, daß es so einfach nicht ist – und auch nicht einfach abzutun – daß es die Wahrheit der Phantasie wohl gibt.

Lieber Mr. Ash,

Macbeth war ein Zauberer – hätte nicht jener, den kein Weib gebar – mit seinem scharfen Schwert – ein Ende ihm bereitet – glauben Sie nicht – daß unser guter König Jakob – mit seiner frommen Dämonologie – ihn für den Scheiterhaufen ausersehen hätte?

Doch heutigen Tages können Sie in aller Ruhe sagen: Oh, ich bin nur ein Dichter – und wenn ich die Behauptung wage, daß wir der Wahrheit nur teilhaftig werden durch das Leben oder die Lebensähnlichkeit der Lüge – tue ich nichts Böses – denn saugen wir nicht beides mit der Muttermilch ein – unauflöslich, wie es das ist, was den Menschen konstituiert –

Er sprach: Ich bin die Wahrheit und das Leben. Und wie steht es *damit*? War es nur eine ungenaue Aussage? Oder eine poetische Umschreibung? Sagen Sie es. Klingt nicht in Ewigkeit – ICH BIN –

Nicht daß ich leugnen wollte – nun verlasse ich die Kanzel, von der herab ich predigte –, daß es Wahrheiten, wie Sie sie nennen, gibt. Wer, dem ein Urteil gegeben, wagte zu bezweifeln, daß Lears Leid und Glosters Schmerz – *wahr* sind – obgleich sie nie gelebt – nicht *so* gelebt – denn Sie werden mir erwidern, daß sie in gewisser Hinsicht lebten – und daß er – W. S. – der Weise, Zauberer, Prophet – sie wiedererweckte – so sehr, daß kein Schauspieler sie zu spielen vermöchte, sondern es Ihrem und meinem Studium überlassen muß, ihnen Fleisch und Blut zu verleihen.

Doch was ein Dichter sein konnte in jener Zeit der Riesen – in jenen Tagen König Jakobs und seiner Dämonologie – doch nicht nur dieser, sondern auch des Wortes Gottes in englischer Sprache, welches Werk er in Auftrag gab – so abgefaßt, daß jedes Wort von Treue und von Wahrheit kündet – und künden wird in alle Zeiten hin – oder gekündet hat, bis unser Unglaube –

Was damals ein Dichter sein konnte – Seher, Daimon, Naturgewalt, Gottes Wort selbst – das kann er nicht mehr sein in unserer Zeit der *Verdichtung* alles Stofflichen –

Ihr eifriges Bemühen mag – so wie die Wiederherstellung alter Fresken mit neuen Farben – unserem Weg zur Wahrheit wohl entsprechen – als behutsames Ausbessern. Können Sie diesem Vergleich zustimmen?

Wir besuchten einen weiteren Vortrag über die neuesten okkulten Manifestationen, den ein überaus ehrbarer Quäker hielt – er sprach zuerst von der notwendigen Empfänglichkeit für die Emanationen der Geister – doch nicht um des Kitzels willen, den manche Naturen aus Schrecken und Entsetzen ziehen. Er ist selbst Engländer und sprach von dieser Nation – in Worten, die denen des Dichters Ash recht ähnlich waren. Wir haben – so sagte er – eine zwiefache Verhärtung erlitten: Der Handel und der Protestantismus, welcher jegliche spirituellen Manifestationen leugnet – sie haben gemeinsam die Versteinerung und Verknöcherung unseres Inneren bewirkt. Unser Denken ist vom grobschlächtigsten Materialismus geprägt – und nichts kann uns zufriedenstellen als materielle, greifbare *Beweise* – wie wir sie nennen – Beweise spiritistischer Vorgänge – weshalb die Geister sich herbeigelassen haben, sich uns in der groben Manier mitzuteilen – wie sie das *Klopfen* darstellt – das *Poltern* – und *Töne* – Dinge, deren wir in früheren Zeiten nicht bedurften, als der Glaube in unseren Herzen lebendig und kraftvoll war –

Er sagte auch, die den Engländern eigentümliche *Verstocktheit* rühre aus der Schwere unserer Atmosphäre her, welche weniger elektrisch und magnetisch sei als jene Amerikas – weshalb die Amerikaner auffallend nervöser und erregbarer sind als wir – dem Gemeinwohl aufgeschlossener – vertrauensvoller im Glauben an das Gute im Menschen – und ihr Geist ist, ihren Einrichtungen vergleichbar, gleichsam ins Kraut geschossen – und infolgedessen von größerer Offenheit und Empfänglichkeit. In Amerika gab es die Schwestern Fox und die ersten Klopfbotschaften, wurden Andrew Jackson Davis Offenbarungen zuteil und wurde ihm sein *Univercoelum* eingegeben, dort erfuhr D. D. Home die ihm gebührende Wertschätzung.

Hingegen sei die »tellurische Beschaffenheit« unserer Breiten (ob Ihnen diese Wendung ebensoviel Vergnügen bereitet wie mir?) solchermaßen vielfältigen Manifestationen spiritistischer Natur hinderlich.

Ich weiß nicht, was Sie von derlei Dingen denken – die unsere Gesellschaft so nachhaltig beschäftigen, daß sie sogar in unseren friedvollen Gewässern in Richmond Wellen schlagen – doch scheint nicht auch Ihnen Goethes Wort wie auf diese Phänomene gemünzt?

> Geheimnisvoll am lichten Tag,
> Läßt sich Natur des Schleiers nicht berauben,
> Und was sie deinem Geist nicht offenbaren mag,
> Das zwingst du ihr nicht ab mit Hebeln und mit Schrauben.

Mein Brief ist Ihren bedenkenswerten Bemerkungen über Keats und die poetische Wahrheit, Ihrer Entlarvung Ihrer selbst als eines Propheten und Zauberers nicht angemessen. Er wurde nicht – wie andere zuvor – in fieberhafter Hast verfaßt, doch muß ich mich entschuldigen mit Unwohlsein – *wir* sind nicht wohl – meine hochgeschätzte Gefährtin und ich litten unter einem leichten Fieber und der daraus folgenden Gemütsbedrückung. Den heutigen Tag verbrachte ich in einem verdunkelten Raum – und dies tat mir sehr wohl – doch bin ich noch sehr schwach.

Zu solchen Augenblicken läßt sich der Verstand nur allzu leicht von Hirngespinsten narren. Ich hatte fast beschlossen, Sie zu bitten – keine so gearteten Briefe mehr zu schreiben – mir meinen Frieden zu lassen, meinen schlichten Glauben – den machtvollen Strom Ihres Denkens, Ihres Schreibens an mir vorbei sich ergießen zu lassen – da sonst mein Seelenfriede – O Sir – da sonst die Unabhängigkeit gefährdet ist, die ich mir hart erkämpfte. Nun ist es mir gelungen, diese Bitte auszusprechen – indem ich sie darstellte als Beschreibung einer hypothetischen Bitte. Ich überlasse es Ihrer Großherzigkeit zu entscheiden, ob ich diese Bitte ausgesprochen haben könnte oder ausgesprochen habe.

Liebe Miss LaMotte,

Sie untersagen mir nicht, Ihnen zu schreiben. Ich danke Ihnen. Sie machen mir nicht ernstlich den Vorwurf, mich doppeldeutig auszudrücken und mit okkulten Kräften zu spielen. Auch dafür danke ich Ihnen. Doch genug von diesen unerquicklichen Dingen.

Es betrübte mich zu erfahren, daß Sie krank waren. Es fällt mir schwer zu denken, daß das milde Frühlingswetter – oder meine Briefe, voller guten Willens, wenngleich möglicherweise aufdringlich – solches bewirkt haben sollten – und so bleibt mir nichts anderes, als die Reden Ihres erleuchteten Quäkers zu verdächtigen (dessen tellurische Ursachen der magnetischen Unempfänglichkeit und dessen Beobachtungen der Verstocktheit mir nicht weniger Vergnügen bereiten, als Sie vermuteten). Es sei ihm überlassen, eine Kraft herbeizubeschwören, welche die Macht hat, »alle Berge und Inseln zu bewegen von ihrer Stätte«. Eine Zeit des Materialismus zu bezichtigen, um sodann gänzlich materialistische Geistererscheinungen zu verlangen, dies verrät einen wahrhaft bewundernswerten Mangel an Logik – scheint es Ihnen nicht ebenso?

Ich wußte nicht, daß Sie so häufig – so bereitwillig – auszugehen pflegen, und hatte Sie mir vorgestellt als hinter Ihrer hübschen

Haustür verschanzt – welche ich mir als eine wahre Laube aus Rosen und Klematis denke, da ich es nun einmal nicht lassen kann, mir auszumalen, was ich nicht kenne. Und wenn ich nun den heftigen Wunsch verspürte, Ihren verständigen Quäker mit eigenen Ohren zu hören? Gurkensandwiches können Sie mir verweigern, doch wie steht es mit geistiger Nahrung?

Seien Sie unbesorgt – nie käme mir dergleichen ernsthaft in den Sinn – zu hoch veranschlage ich unsere Freundschaft, um sie ob solcher Grillen aufs Spiel zu setzen –

Klopfgeister vermochten mein Interesse nie zu fesseln. Ich glaube nicht – wie manche, die die Religiosität oder der Skeptizismus dazu anhält –, daß es damit *gar nichts* auf sich hat – daß es sich um jene Art der Nichtigkeit handelt, für welche menschliche Schwäche und Leichtgläubigkeit verantwortlich sind und der Wunsch, an die belebte Gegenwart der geliebten und beweinten Toten zu glauben, welcher keinem von uns gänzlich fremd sein kann. Gern schenke ich dem Hohenheimer Glauben, wenn er sagt, daß »der Geister vielerlei« sind, »die Engel, die Teufel, der abgestorbenen Menschen Geister, die Salamander, die *spiritus* der Luft, die *spiritus aquatici*, die *spiritus terrae*«, welche zu sehen dem Menschen bisweilen vergönnt ist. (Auch glaube ich, daß vieles durch Betrug zu erklären ist, und bin geneigter, die verblüffende Geschicklichkeit D. D. Homes zu bewundern, als an okkulte Erscheinungen zu glauben, die sich vor seinen Augen manifestiert haben sollen.)

Erinnern Sie, was Paracelsus über die Melusinen schrieb?

Gewiß erinnern Sie es, doch schreibe ich die Passage ab, weil sie mir wichtig scheint – und weil ich allzu gern wüßte, ob Ihr Interesse sich daraus speist – oder den wohltätigeren Tugenden der Fee gilt, wie Sie es erwähnten –

Menschen sinds, aber allein ein Tier ohne die Seel. Nun folgt aus dem, daß sie zu Menschen verheiratet werden können, so daß eine Wasserfrau einen Mann aus Adam nimmt und hält mit ihm Haus, und gebiert. Sie haben keine Seel, sie wären denn mit den Menschen verbunden, jetzt haben sie die Seel. Aber sie behalten mit ihrem Verschwinden die Art der Geister. Nun ist nicht minder, mit der Melusina ist ein trefflich Aufmerken zu haben, denn sie ist nit dermaßen, wie sie von den Theologen angesehen worden ist, gewesen, sondern war eine *nympha*, aber das ist wahr; besessen mit dem bösen Geist, denn der Hexerei ist sie nicht frei gewesen, sie hat teil daran gehabt. Daraus dann ein Superstitioses gefolgt ist, daß sie am Samstag hat müssen ein Wurm sein, das ist ihr Gelübde gegen Beelzebub gewesen, damit er ihr zu dem Manne hülft. Und weiter ist sie in der Superstition wieder hinweg gefahren von den Ihrigen an die Orte, da die verführten Leut hinkommen ...

Nun sagen Sie mir, wie Ihr Werk vorankommt. Von Ihrer Großmut verleitet, habe ich mich selbstsüchtig über mein *Ragnarök* und mein *Déjà-vu* verbreitet – doch von Ihrer *Melusine* erfuhr ich nichts, nur daß Sie sich mit dem Gedanken trügen, sie zu schreiben. Und dies, obwohl sie unserem Briefwechsel zugrunde liegt. Ich meine, jedes noch so unbedeutende Wort unseres Gesprächs behalten zu haben – ich erinnere Ihr Gesicht – ein wenig abgewandt – doch voller Entschiedenheit im Ausdruck – ich erinnere, mit welchem Nachdruck Sie vom *Leben der Sprache* sprachen – erinnern Sie es? Ich sagte alltägliche Höflichkeiten – und Sie sagten – Sie wünschten so sehr, ein *langes Gedicht* über die Melusine zu schreiben – und blickten drein, als seien Sie darauf gefaßt, Tadel zu hören – als hätte ich dergleichen äußern können oder wollen – und ich fragte – ob das Gedicht in Spenserstanzen oder Blankversen oder Terzinen verfaßt werden solle – und plötzlich sprachen Sie von der Macht gebundener Sprache und vom Leben der Sprache – und blickten gar nicht mehr schüchtern oder verzeihungheischend drein, sondern Sie waren einfach prachtvoll – den Augenblick werde ich nur schwerlich vergessen, solange mir der Mechanismus des Gedächtnisses den Dienst nicht versagt –

Doch hoffe ich, Sie werden mir schreiben, daß Sie und Miss Glover genesen sind und das strahlende Frühlingslicht ertragen können, ohne Schaden zu nehmen. Daß Sie weitere Vorträge über das Übersinnliche aufsuchen, dies zu hören hoffe ich weniger – denn ich vermag sie nicht für heilsam zu halten – wenn jedoch Quäker und Tischerücker Sie sehen dürfen – vielleicht darf auch ich dann hoffen, eines Tages – eine zweite Unterhaltung über den Reim mit Ihnen zu führen – auch ohne grüne Halbkreise –

Lieber Mr. Ash,

ich schreibe Ihnen aus einem Haus voller Unglück – und muß mich kurz fassen – denn eine Kranke bedarf meiner – meine arme Blanche – *gemartert* von abscheulichen Kopfschmerzen – von Übelkeit – entkräftet – außerstande, die Arbeit fortzusetzen, die ihr Leben ausmacht. Sie ist mit einem großen Gemälde beschäftigt, welches Merlin und Viviane zeigt – den Sieg der Fee über den Zauberer, als sie den Zauber singt, welcher ihn in den ewigwährenden Schlaf versetzt. Wir setzen große Hoffnungen in das Werk – welches aus Andeutungen und der Kraft der Örtlichkeit allein bestehen soll – doch sie ist zu krank, um weiterzuarbeiten. Mir selbst ergeht es kaum besser – doch koche ich *tisanes*, die sich als wirksam erwiesen haben – und befeuchte Taschentücher – und tue, was ich kann.

Die übrigen Mitglieder unseres Haushaltes – Jane, unser Mädchen, mein kleiner Hund Wacker und Monsignor Dorato, der Kanarienvogel – sind nicht von großer Hilfe. Jane ist eine tolpatschige Krankenwärterin – wenngleich voller Eifer – und mein Hund Wacker schleicht umher und blickt uns an – nicht mitleidig, sondern vorwurfsvoll, weil wir nicht mit ihm in den Park gehen, keine Stöcke werfen, hinter denen er herjagen kann –

Folglich wird es ein kurzer Brief werden.

Es ist mir eine unendliche Wohltat – zu lesen, daß Sie von meiner *Melusine* schreiben – als wäre sie beschlossene Sache, die nur mehr der Ausführung harrt. Ich will Ihnen erzählen, wie ich auf den Gedanken dazu kam – vor langer, langer Zeit – als ich, ein Kind noch, auf den Knien meines geliebten Vaters saß – der seine *Mythologie Française* zusammenstellte – von welchem gewaltigen Unternehmen ich nur die undeutlichsten und verworrensten Vorstellungen hatte – sein *opus magnum*, wie er es scherzhaft nannte – was das wohl sein mochte, wußte ich nicht, doch wußte ich, daß mein Papa bessere Geschichten zu erzählen verstand als jeder andere Papa – jede Mama – jedes Kindermädchen. Und bisweilen, wenn das Erzählen ihn überkam, sprach er zu mir, als wäre er selbst der alte Seefahrer (den ich in früher Kindheit durch *ihn* kennenlernte und lieben lernte). – Doch bisweilen sprach er auch zu mir wie zu einem Mitstreiter, einem Gelehrten, ihm gleich – und er sprach in drei, vier Sprachen, denn er dachte in Französisch – und Englisch – und Latein – und Bretonisch. (Des Deutschen bediente er sich nicht gern beim Denken, wiewohl er dessen mächtig war, doch werde ich die Gründe später darlegen.) Er erzählte mir die Geschichte der Mélusine – wieder und wieder –, denn, so sagte er, es sei höchst zweifelhaft, ob es eine wirklich französische Mythologie überhaupt gebe, doch wenn es sie gebe, so komme der Fee Melusine unstreitig einer der höchsten und vornehmsten Plätze darin zu. – Mein geliebter und verehrter Vater hatte sich erhofft, für die Franzosen zu leisten, was die Brüder Grimm für die Völker deutscher Zunge geleistet hatten – die wahre *Vor-Geschichte* eines Stammes im Zeugnis der Überlieferungen und Legenden festzuhalten – unsere ältesten Gedanken zu entdecken, so wie Baron Cuvier das Megatherium aus einigen Knochen und gemutmaßten Verbindungen – und seinen eigenen Verstandeskräften – zusammenfügte. Doch während die Deutschen und die Skandinavier über jenen Reichtum an Mythen und Legenden gebieten, aus welchem Sie Ihr Ragnarök schufen – können wir Franzosen nichts weiter vorweisen als einige vereinzelte niedere Gottheiten und einige vereinzelte Berichte über Gaukeleien und Betrügereien in Dörfern – und den Stoff der Bretagne, welcher auch der Stoff Britanniens ist – und die Druiden, die meinem geliebten Vater viel bedeuteten – und die Menhire und Dolmen – doch keine Zwerge, keine Elfen oder Elben – wie es sie sogar bei den *Engelländern* gibt. – Wir kennen die *Dames Blanches* – die *Fate Bianche* – die weisen Waldfrauen – denen die Melusine, wie mein Vater sagte, in manchem zugerechnet werden kann – denn sie erscheint – um Todesfälle anzukündigen –

Ich wünschte, Sie hätten meinen Vater gekannt. Es hätte Sie entzückt, sich mit ihm zu unterhalten. Auf dem Gebiet, das er sich erwählt hatte, gab es nichts, was er nicht wußte – und nichts, was er wußte, war ihm totes Wissen – sondern alles atmete Leben und Feuer und Bedeutung für unser Dasein. – Seine Miene war traurig – ein schmales, bleiches und von Falten gezeichnetes Gesicht. Ich glaubte, seine Trauer rühre her aus dem Fehlen einer französischen Mythologie – dies reimte ich mir aus seinen Worten zusammen –, doch ihn bedrückte das Exil, so scheint es mir heute – die Ferne seines Elternhauses – war es doch seine vorzügliche Beschäftigung, die Laren und Penaten des heimischen Herdes zu erforschen.

Meine Schwester Sophie konnte alledem nichts abgewinnen. Sie liebte, was Frauen lieben – artige Dinge – sie las nicht – es verdroß sie, daß wir einsam und abgeschieden lebten – wie es meine Mutter verdroß – welche geglaubt hatte, ein *Franzose* sei stets ein *galanthomme* – weltgewandt – so will es mir scheinen, denn sie paßten nicht zueinander. Meine Feder eilt mir davon – ich habe die letzten drei Nächte zu wenig geschlafen – Sie müssen meinen, daß ich meine Gedanken nicht beisammenhalten kann – wie soll ich glauben, Sie wollten meine Lebensgeschichte hören an der Stelle meines Melusinen-Epos? Und doch sind beide so eng ineinander *gewoben* – und ich vertraue Ihnen –

Er trug eine Brille mit kleinen, runden, stahlgefaßten Gläsern – zuerst beim Lesen – später immer. Und an diese kühlen Kreise denke ich – als den freundlichsten, heimeligsten und trostreichsten Anblick, dessen ich mich entsinnen kann – seine Augen waren hinter ihnen wie Augen unter Wasser – traurig, groß und voll verhangenen Wohlwollens. Wie sehr wünschte ich mir, sein Amanuensis zu werden – und deshalb überredete ich ihn dazu, mir Griechisch und Latein, Französisch und Bretonisch und auch Deutsch beizubringen – was er bereitwillig tat – nicht um des Zweckes willen, sondern weil es ihn mit Stolz erfüllte, wie leicht und schnell ich lernte.

Genug von meinem Papa. In letzter Zeit hat er mir sehr gefehlt – vielleicht weil ich mich nicht an mein Epos wagte – und auch aus Gründen, die –

Das Paracelsus-Zitat war mir bekannt, wie Sie vermuteten, und mit Ihrem scharfen Verstand erkannten Sie sogleich, daß mich verschiedenes an der Fee Melusine fesselt – ihre zwei Gesichter – das des widernatürlichen Ungeheuers – und das der stolzen, liebenden und *tatkräftigen* Frau. Dies ist ein sonderbares Wort – doch scheint es mir das einzig zutreffende – denn alles, was sie tat, geriet ihr wohl – ihre Paläste waren festgefügt, die Steine meisterlich gemauert, die Felder standen voll nahrhaften Getreides – einer Legende zufolge, welche mein Vater entdeckte, brachte sie sogar die Bohnen nach Poitou – die echten *haricots* – was beweist, daß ihre Legende bis in das siebzehnte Jahrhundert lebendig war – denn vor dieser Zeit, so legt er dar, wurden Bohnen dort nicht angebaut. Glauben Sie nicht – daß sie nicht allein ein Ghul war – sondern eine Art Göttin der Fülle – eine französische Ceres möglicherweise, oder in Ihrer Mythologie die Frau Hulda – eine Freia als Quellgottheit – eine Iduna mit den goldenen Äpfeln?

Wahr ist, daß all ihre Nachkommen mißgestaltet waren. Nicht nur Geoffroy à la Grande Dent – mit dem Eberhauer – auch andere, die Könige in Zypern und Armenien wurden und Ohren wie Henkel hatten – oder ungleiche Augen –

Und das Kind Scheusal mit seinen drei Augen, dessen Tod durch Raimondins Hand sie so nachdrücklich verlangte, als sie sich verwandelte – was sollen wir von ihm halten?

Unternähme ich es, würde ich versuchen – von ihrem Standpunkt aus zu schreiben. Nicht in der ersten Person, wie Sie es täten – als schlüpfte ich in ihre Haut – sondern indem ich sie als unglückselige Kreatur begriffe – als Wesen von Macht und von Zerbrechlichkeit – immer in Furcht davor, wieder zum Geist zu werden – der Seele ledig –

Man ruft nach mir. Ich darf nicht länger schreiben. Ich muß mich beeilen und den Brief versiegeln – welcher, dies fürchte ich nur zu sehr, ein Klageruf ist – Gestammel einer Genesenden – man ruft erneut – ich muß endigen. Ihre aufrichtig verbundene

Liebe Miss LaMotte,

ich hoffe zuversichtlich, daß in Ihrem Haushalt alles wieder im Lot ist und daß die Arbeit – die an Merlin und Viviane – und die am zunehmend fesselnden Melusinen-Stoffe – voranschreitet. Mein Swammerdam-Gedicht ist in groben Zügen fertig – es liegt als Entwurf vor – ich weiß, was enthalten sein wird und worauf ich verzichten muß, mag es mir noch so schwerfallen, und sobald ich die Unzulänglichkeiten ausgemerzt haben werde, deren Zahl Legion ist – werde ich Ihnen die erste Abschrift schicken.

Das Porträt, das Sie von Ihrem Vater entwarfen, hat mich gefangengenommen und gerührt – stets bewunderte ich seine außergewöhnlich große Gelehrsamkeit, und seine Werke habe ich unermüdlich studiert. Kann denn ein Dichter einen besseren Vater haben? Ihre Erwähnung des alten Seefahrers gab mir die Kühnheit ein, mich zu fragen, ob *er* Ihnen Ihren Namen gab und ob es um der Heldin in Coleridges unvollendetem Gedicht willen geschah. Ich hatte nicht Gelegenheit, Ihnen zu erzählen, was ich einem jeden zu erzählen pflege, mit derselben Regelmäßigkeit, mit der unser guter Crabb seine Anekdote von der Wielandbüste zum besten gibt, daß ich Coleridge begegnet bin – als junger, unerfahrener Mann wurde ich nach

Highgate mitgenommen – und dort durfte ich die engelgleiche (und ein wenig wichtigtuerische) Stimme des »Weisen von Highgate« hören – er verbreitete sich über die Existenz von Engeln und die Langlebigkeit der Eibe und das Erstarren allen Lebens zur Winterszeit (wobei Banalitäten und Weisheiten unentwirrbar einander folgten) und über Gesichte und die Pflichten des Menschen (nicht seine Rechte) und darüber, wie Napoleons Spitzel ihn in Italien verfolgt hatten, als er von Malta zurückkehrte – und über wahre Träume und solche lügnerischer Natur. Und über vieles noch. Doch nichts sagte er über *Christabel*.

Ich war so jung und unerfahren und voll unmäßiger Verzweiflung, in diesem Schwall brillanter Worte die eigene Stimme nicht erheben zu können – nicht beweisen zu können, daß ich mich in solcher Gesellschaft angemessen geistreich auszudrücken vermochte – nicht bemerkt zu werden. Ich weiß nicht, was ich hätte sagen wollen, wäre es mir erlaubt gewesen. Höchstwahrscheinlich eine Nichtigkeit oder eine Dummheit – irgendeine hochgelahrte und nichtssagende Frage zu seiner Auffassung der Dreifaltigkeit oder eine ungeschickte Aufforderung, mir den Ausgang des Gedichts *Christabel* zu verraten. Ich kann es nicht ertragen, den Ausgang einer Geschichte nicht zu erfahren. Die allergewöhnlichsten Dinge lese ich bis zum Ende – nur aus der fieberhaften Gier heraus, mir das Ende der Geschichte *einverleiben* zu können – ob süß, ob bitter – und um hinter mich gebracht zu haben, womit ich mich niemals hätte abzugeben brauchen. Ergeht es Ihnen ebenso? Oder sind Sie eine anspruchsvollere Leserin? Legen Sie beiseite, was keinerlei Gewinn verspricht? Verfügen Sie über *besondere* Kenntnisse des möglichen Ausgangs dieses Gedichtes aus der Feder des großen S. T. C.? – Denn es läßt mir keine Ruhe, da es – wie die besten Geschichten – keinerlei Schlüsse erlaubt, *wie es wohl hätte enden mögen* – und doch muß er ein Ende erwogen haben – aber wir werden es niemals erfahren – der träge, inkonsequente Dichter nahm dies als Geheimnis mit ins Grab – ihn kümmert unser nagendes Grübeln nicht –

In manchem glaube ich zu verstehen, wie Sie Ihr Melusinen-Epos sehen – doch zögere ich, Gedanken zu Papier zu bringen, welche Ihr Denken stören könnten, gar verzerren – indem sie Sie aufbrächten ob meines Unverstandes – oder, schlimmer noch, indem sie die klaren Wege Ihres Denkens trübten.

Vorzüglich wunderbar am Mythos der Melusine ist – so fasse ich auf, was Sie sagen –, daß er in gleichem Maße voller Wildheit, Fremdartigkeit, Scheußlichkeit und voll des Dämonischen ist – und doch so traulich, wie es nur die besten aller irdischen Geschichten sind – er schildert uns das häusliche Leben und die Entstehung menschlicher Gesellschaften, die Einführung des Ackerbaus und die Mutterliebe.

Nun will mir scheinen – dies mag tollkühn sein, und ich muß mich Ihrer Großmut anvertrauen, mich nicht mit Verachtung zu strafen, sollte ich mich täuschen – Ihr Talent, welches sich in Ihren Werken offenbart, verrate ein Maß der Beherrschung dieser beiden *widersprüchlichen* Elemente – daß dieses Thema wie für Sie geschaffen sein muß, daß es nur auf Sie – gewartet haben kann.

In Ihren Feenmärchen und in Ihrer großartigen Lyrik – beweisen Sie ein scharfes Auge und ein feines Ohr für alles Stoffliche und für die kleinsten Einzelheiten – für Leinen, für die zierlichen Bewegungen beim Nähen – für Tätigkeiten wie das Melken – die einem ungeschlachten Mann die Welt der Haushaltsarbeiten zum Rang einer paradiesischen Offenbarung erheben –

Doch damit geben Sie sich nicht zufrieden, o nein ... in Ihrer Welt sind stimmlose Schemen anzutreffen ... und Leidenschaften ... und leise Ängste ... allesamt unheimlicher als jede herkömmliche Fledermaus, als jede Hexe auf ihrem Besenstiel.

Sagen will ich damit – Sie haben das Vermögen, das Burgverlies derer von Lusignan erstehen zu lassen – wie man es in den Schilderungen des Lebens von Rittern, Edelfräulein und Bauern in einem illuminierten Stundenbuch wohl finden möchte – doch ebenso kunstvoll lassen Sie die Stimmen der Luft erstehen – die Klagelaute – den Sirenengesang – den nicht-menschlichen Gram, der die breiten Wege der Zeit entlang erklingt –

Was werden Sie nun wohl von mir denken? Ich sagte Ihnen bereits – daß ich nichts denken kann, ohne es mir *vorzustellen*, ohne es mit meinem inneren Auge zu schauen, mit meinem inneren Ohr zu hören. Und wie ich sagte, besitze ich die allerdeutlichste Vorstellung von Ihrem nie geschauten Eingang, überrankt von Klematis – entzückenden dunkelblauen, ins Violette spielenden Blüten – und rankenden Rosen. Auch von Ihrem Salon habe ich die denkbar deutlichste Vorstellung – von den zwei menschlichen Bewohnerinnen, welche eifrig – nun, nicht nähen oder sticken, aber lesen – laut lesen, ein Werk Shakespeares oder Sir Thomas Malorys – und Monsignor Dorato, ein zitronengelbes Federknäuel in seinem zierlichen Käfig – und Ihr kleiner Hund – von welcher Rasse mag er sein? Sollte ich eine Vermutung äußern, so würde ich ihn mir vielleicht als Spaniel denken – gewiß, nun sehe ich ihn ganz deutlich vor mir – er hat dunkles Fell um das eine Auge und weißes um das andere und einen fedrigen Schwanz – doch ist er vielleicht ganz anders beschaffen, ein kleiner Jagdhund vielleicht – eines jener milchweißen, zierlichen Geschöpfe, wie sie die Damen Sir Thomas Wyatts in ihrem geheimnisvollen Gemach hielten. Von *Jane* habe ich bisher noch keinerlei Vorstellung – doch mag sich diese mit der Zeit einstellen. Über die Maßen deutlich ist der Geruchseindruck, den mir Ihre *tisanes* machen – wenngleich ich mich nicht zwischen Verveine und Limone und Himbeerblättern zu entscheiden vermag, welche letztere meine eigene liebe Mutter als höchst wirksames Heilmittel gegen Kopfschmerzen und Mattigkeit zu verwenden pflegte.

Doch so neugierig ich meinen geistigen Blick über Stühle und Tapeten schweifen lassen mag, so wenig steht es mir zu, meine unselige Neugierde Ihrer Arbeit, Ihrem Werk zuzuwenden. Sie können mir den Vorwurf machen, Ihre Melusine an Ihrer Statt schreiben zu wollen, doch verhält es sich nicht so – es ist nur meine unselige Neigung, in meinem Geiste dem konkrete Form verleihen zu wollen, wie *Sie* es bewerkstelligen würden – und so eröffnen sich die fesselndsten Möglichkeiten vor meinem inneren Auge – wie lange Wege voll sonnengefleckten Schattens im geheimnisvollen Wald von Brocéliande – ich denke mir – so wird sie es machen, so wird sie beginnen. Und dennoch weiß ich sehr wohl, wie einzigartig Ihr Werk ist – und meine Spekulationen sind wahrlich nicht zu entschuldigen. Was kann ich vorbringen, um mich zu rechtfertigen? Niemals zuvor war ich versucht, die Schwierigkeiten meines eigenen Schreibens oder des Schreibens eines anderen mit einem Dichter zu erörtern – ich war es stets gewohnt, ganz auf mich allein gestellt zu arbeiten – doch *Ihnen* gegenüber war mir von Anfang an, als könne es nur das wahrhaft Wesentliche geben oder nichts – als gebe es keinen mittleren Weg. So kommt es, daß ich zu Ihnen spreche – oder nicht *spreche*, sondern schreibe, daß ich Ihnen Gesprochenes schreibe – eine höchst sonderbare Mixtur – ich spreche zu Ihnen, wie ich zu jenen spreche, welche meine Gedanken am meisten beschäftigen – Shakespeare, Thomas Browne, John Donne, John Keats – und ich ertappe mich dabei, daß ich *Ihnen*, die Sie leben, auf unverzeihliche Weise meine Stimme leihe, wie ich sie jenen Toten zu leihen gewohnt bin – was heißt – daß hier ein Verfasser von Monologen sich ungeschickt bemüht, einen Dialog zu schaffen – und sich in beide Stimmen einmischt. Verzeihen Sie mir.

Wäre dies nun ein wahres Zwiegespräch – doch liegt *dieses* gänzlich in Ihrer Hand.

Lieber Mr. Ash,

haben Sie wohl erwogen, was Sie von mir verlangen? Nicht etwa, daß meine Muse sich zierlich Ihren Wünschen füge – denn solches führte unweigerlich zum Tode der Unsterblichen – welcher nicht sein kann – also zu ihrer Auflösung. Doch Sie überwältigen meine begrenzten Fähigkeiten – mit Pelion und Ossa aufeinander getürmter Gedanken und Phantasien – und würde ich mich niedersetzen, um all das so zu beantworten, wie es zu beantworten wäre – schon wäre der Vormittag *vergangen* – und ich hätte weder die Dickmilch angesetzt noch an meiner *Melusine* geschrieben.

Dennoch bitte ich Sie, mir weiterhin zu schreiben – auch wenn ich mit Feenplätzchen knausere – und Ihnen eine allzu knappe Antwort schreibe – und Sie aufs Bett des Prokrustes spanne – doch wird es Früchte tragen – jeder Tag, den ich für mein Poem gewinne – es wird mir gelingen, alles auf diese oder jene Weise zusammenzuflicken.

Sie sagen, Sie hätten keine Vorstellung von Jane. Nun, soviel will ich Ihnen verraten – sie ist ein Leckermaul – oh, ein sehr großes Leckermaul. Es geht über ihre Kräfte, kleine Puddingschälchen – oder köstliche Makronen – oder Pfefferkuchen – in der Speisekammer stehen zu sehen, ohne das eine oder andere Exemplar zu entwenden oder Spuren eines Löffels und damit ihrer Gourmandise zu hinterlassen. Und ebenso ergeht es beklagenswerterweise mir selbst, wenn es sich um das Abfassen von Briefen handelt. Ich werde es nicht tun, so sage ich mir, bevor nicht *dies* erledigt ist – oder *jenes* begonnen wurde – doch mein Geist beschäftigt sich alldieweil mit der Antwort auf dies, das oder sonst etwas – und ich sage mir – wäre *dieser eine* Gedanke beantwortet (wäre nur *diese eine* Süßigkeit gekostet und verzehrt), so wäre mein Geist wieder frei, ruhig und friedlich mein eigen –

Doch dies sind unwürdige Sophistereien. Ich wollte Sie beruhigen – ich bin nicht ein Geschöpf Ihrer Gedanken und laufe nicht Gefahr, dazu zu werden – vor solchem sind wir beide sicher, glauben Sie mir. Was nun die Stühle und Tapeten angeht – so phantasieren Sie nur fleißig – stellen Sie sich vor, was Ihnen beliebt – ich werde Ihnen von Zeit zu Zeit den einen oder anderen versteckten Hinweis geben – um Sie nur um so gewisser zu verwirren. Über Klematis und Rosen werde ich eisernes Schweigen wahren – doch besitzen wir einen stattlichen Weißdorn – der just schwer ist vom Schmuck zartroter und gelblicher Blüten, welche die Luft mit ihrem Mandelduft erfüllen – so süß, so süß, allzu süß, daß es schmerzt. Ich werde Ihnen nicht sagen, *wo* dieser Strauch steht – noch wie jung oder alt er ist, wie groß oder klein – und Sie werden ihn sich nicht so vorstellen, wie er wirklich beschaffen ist – paradiesisch und gefährlich – Sie wissen, daß man Weißdornblüten nicht ins Haus hineinbringen soll.

Nun will ich mich zügeln – und meinen zerstreuten Geist sammeln, um Ihre gewichtigen Fragen zu beantworten – damit wir uns nicht in verächtlichen Phantastereien und eitlen Truggebilden ergehen.

Auch ich sah einst S. T. C., fast noch ein Kind – seine feiste Hand ruhte auf meinen goldenen Locken – seine Stimme sagte etwas über ihr Flachsblond – er sagte – oder ich erfand mir seitdem, daß seine Stimme sagte – denn auch ich muß mir, wie Sie, die Dinge vorstellen – es scheint mir also, daß er sagte: »Es ist ein schöner Name, und er wird, so hoffe ich, ein gutes und kein schlechtes Omen bedeuten«. Und dies ist alles, was ich über das Ende des Gedichtes *Christabel* erfuhr – daß seiner Heldin Leid beschert wurde – was unschwer zu erkennen ist – doch wie sie daraufhin Glück erlangen sollte, dies zu sehen ist weit schwerer, wenn nicht gar unmöglich.

Nun muß ich von meinem gewohnten Ton abweichen und mich eines gänzlich andersgearteten Tones befleißigen. Nun will ich vernünftig schreiben und Sie nicht mit Tand und Flitter und Gekicher zu verwirren suchen. Wie albern von Ihnen vorzugeben, Sie fürchteten – oder gar wahrhaftig zu fürchten, ich könnte anderes empfinden als Freude und Dankbarkeit für das, was Sie über *Melusine* und über mein Schreiben sagen – über das, was Sie mir zutrauen. Sie haben meine Gedanken erraten – oder mir vor Augen geführt, zu was ich im Innern neigte, ohne mir recht klar darüber zu sein – und dies, ohne daß Sie sich mir *aufgedrängt* hätten, nein, mit wahrem Zartgefühl und Verständnis. Und in der Tat ist meine Melusine ebenjene Mischung des Geordneten und Menschlichen und des Unnatürlichen, Wilden, wie Sie es beschreiben – Begründerin des Herdes und zerstörende Dämonin. (Und *weiblich*, was Sie nicht anmerkten.)

Ich wußte nicht, daß Sie solch kindliche, nein: kindische Dinge wie meine *Novembergeschichten* zu lesen pflegten. Es waren dies die Geschichten meines Vaters, die er nur in den düsteren Monaten erzählte, zu denen sie gehören. Er sagte oft, die Sammler oder Forscher, welche die Bretagne während des Sommers aufsuchten – dann, wenn das Meer bisweilen lächelt und der Nebel sich von den Granitfelsen lüftet, so daß diese beinahe zu glänzen scheinen –, seien weit davon entfernt, zu finden, was sie suchten. Die echten Geschichten und Märchen wurden nur an den dunklen Abenden erzählt – nach Toussaint, dem Allerheiligenfest. Und die Novembergeschichten waren die unheimlichsten von allen – es waren Geschichten von Wiedergängern, von Dämonen, von schlimmen Vorzeichen, vom Fürsten der Luftmächte. Und vom Ankou – welcher in einem gar schaurigen Wagen fährt, dessen schauerliches Knarren und Knirschen und Ächzen man in dunklen Nächten auf Moor und Heide hinter sich hören kann und das unheimliche Klappern der Totengerippe, die den Wagen füllen. Der Fahrer ist ein Knochenmann – unter der breiten Hutkrempe sieht man nichts als die leeren Augenhöhlen –, doch er ist nicht der Tod, sondern der Bote des Todes – der seine Sichel oder Sense mit sich führt – und die Schneide befindet sich nicht an der Innenseite des Messers, sondern *außen* – warum nur? (Deutlich kann ich noch die Stimme meines Vaters hören, die an einem dunklen Abend fragte: Warum? Daß ich es nun weitaus nüchterner erzähle, rührt daher, daß die Tage länger werden und draußen vor dem Fenster eine Drossel im blühenden Weißdorn singt – daß solcherlei nicht in die Jahreszeit paßt.) Doch wenn wir einander im November noch Briefe schreiben – warum aber sollte dies so sein? oder warum nicht? –, dann werde ich Ihnen eine Geschichte erzählen, ganz so, wie es mein Vater getan hätte. Nach diesem Monat wurden die freundlicheren Legenden um die Geburt des Herrn erzählt – gewiß ist Ihnen bekannt, daß man in der Bretagne glaubt, am

Heiligen Abend sprächen die Tiere in den Ställen in der Sprache der Menschen miteinander – doch ist es dem Menschen nicht erlaubt zu hören, was die weisen und unschuldigen Geschöpfe reden – und wer sie belauscht, der ist des Todes –

Dieses aber muß ich Ihnen sagen – nie wieder dürfen Sie Ihre Anteilnahme an meinen Arbeiten als Einmischung, als Zudringlichkeit bezeichnen oder als etwas, was sich mir als solche darstellen könnte. Trotz Ihrer guten Bekanntschaft mit der vornehmen Welt, in welcher ich mich nicht bewege, Mr. Ash, scheinen Sie der üblichen Antwort auf jedwede Hervorbringung einer von weiblicher Hand gehaltenen Feder nicht gewahr zu sein – an bloße *hypothetische* Hervorbringungen, um die es sich in meinem Falle handeln müßte, wollen wir nicht rühren. Das Beste, was wir uns erhoffen dürfen, ist: Oh, es ist wirklich ausgezeichnet – *für eine Frau*. Und all die Gegenstände, denen wir uns niemals nähern dürfen – all die Dinge, die wir nicht wissen dürfen! Nicht in Abrede stellen will ich, daß es einen grundlegenden Unterschied geben muß und wohl auch gibt zwischen der Freiheit und der Kraft, die dem Manne zustehen, und unserem beschränkten Wissen und unserer möglicherweise schwächeren Wahrnehmungskraft. Doch ebenso unverrückbar ist meine Gewißheit, daß die Unterscheidung heutigen Tages an *gänzlich falscher Stelle* getroffen wird – wir sind nicht Lichtträger tugendhafter Gedanken – Kelche der Reinheit – wir denken und fühlen, ja, und wir *lesen* – welcher Umstand *Ihnen allein* kein Entsetzen einzuflößen scheint – doch vor vielen anderen habe ich das Ausmaß meines Wissens um die Wunderlichkeit der Menschennatur verborgen gehalten – eines Wissens, das nicht einmal auf Anschauung beruhen kann. – Was macht, daß mir daran liegt, diesen Briefwechsel aufrechtzuerhalten – das ist die Unbekümmertheit in Ihnen – mag sie echt sein oder nur vorgegeben –, mit welcher Sie sich nicht darum scheren, was man gemeinhin von einer Frau erwartet und was nicht. Auf mich hat dies die Wirkung – wie sie ein kräftiger, festverwurzelter Busch auf denjenigen hat, der sich daran festhält, wenn er in einen Abgrund zu stürzen droht – hier halte ich mich fest – hier gewinne ich Halt. –

Ich will Ihnen etwas erzählen – doch nein, ich will es nicht, denn ich ertrage den Gedanken daran nicht – und doch will ich es, um Ihnen mein *Vertrauen* zu beweisen.

Ich sandte einige meiner Gedichte – ein schmales Bündel nur, mit zitternder Hand ausgewählt – an einen großen Dichter – den ich nicht nennen werde, denn es widerstrebt mir, seinen Namen niederzuschreiben – und ich fragte ihn – ob dies Gedichte seien, ob – eine Stimme – mir gegeben sei. Voll Höflichkeit erwiderte er alsobald – er sagte, es seien *artige Sachen* – ein wenig sonderbar bisweilen – und nicht immer kündend von dem, was für eine Dame sich ziemt – doch wolle er mich in Maßen ermutigen – denn sie vermöchten mich zu beschäftigen, bis sich mir – hier will ich seine Worte anführen – »süßere und gewichtigere Pflichten« böten. Wie soll eine so beschaffene Meinung mich nun dazu veranlassen, mich nach dergleichen Pflichten zu sehnen, Mr. Ash – wie soll dies möglich sein? Sie wissen, was ich sagte – vom *Leben der Sprache*. Sie wissen – drei Menschen – drei Menschen allein in meinem Leben haben es erfaßt –, daß der Drang, Worte zu schreiben – zu beschreiben, was ich sehe, gewiß, doch auch das Schreiben der Worte selbst – daß dies mein Leben ausgemacht hat seit jeher – ein Drang wie der der Spinne, die ihren Seidenballen trägt, den sie spinnen *muß* – die Seide ist ihr Leben, ihre Zuflucht, ist ihr Heim – ist ihr auch Speis und Trank – und raubt man ihr den Ballen, nun, was kann sie tun als neue Seide spinnen, schaffen – Sie werden sagen, daß sie eben sehr geduldig ist und gottergeben – dies mag sein – doch ist sie nicht auch wild und ungezähmt – wie es in ihrer Natur liegt – sie muß es sein – oder vor Überdruß vergehen – verstehen Sie mich wohl?

Ich kann nicht länger schreiben. Mein Herz ist zu voll – ich habe zuviel gesagt – lese ich diese Seiten, wird mich der Mut verlassen – und so werden Sie sie erhalten, wie sie sind, mit allen Fehlern – Gott segne Sie und schütze Sie!

Christabel LaMotte

Meine teure Freundin,

Ihren Freund darf ich mich nennen, nicht wahr? Denn meine Gedanken – meine wahren Gedanken – weilten in den vergangenen Monaten weit häufiger bei Ihnen als in jeder anderen Gesellschaft, und dort, wo meine Gedanken weilen, bin auch ich – selbst wenn ich wie der Weißdorn an der Schwelle nur geduldet werde, weil es so entschieden ward. Ich schreibe Ihnen in Eile – nicht als Antwort auf Ihren letzten so großmütigen Brief – sondern um Ihnen Mitteilung zu machen von einem Gesicht, einer Vision, bevor mich der Eindruck des Seltsamen verläßt. Antworten will und werde ich – doch muß ich Ihnen dies berichten, bevor mich der Mut dazu verläßt. Sind Sie nun neugierig? Ich hoffe es.

Als erstes muß ich Ihnen gestehen, daß das Gesicht mir im Park von Richmond zuteil ward. Und warum muß ich dies *gestehen*? Darf ein Dichter, darf ein Gentleman nicht mit Freunden ausreiten, wo immer es ihm gefällt? Man lud mich ein, mit Freunden im Park zu reiten, und es überkam mich ein leises Gefühl des Unbehagens, als umzäunte die Gehölze und Grünflächen des Parks ein Zauber, ein unausgesprochenes Verbot – wie jenes, welches um Ihr Häuschen ist – wie jenes, welches Shalott den Rittern verwehrte – wie jenes, welches die verwunschenen Wälder der Märchen mit ihren Dornbüschen umgibt. In Märchen jedoch gibt es Verbote, wie Sie wissen, damit sie übertreten werden, sie müssen übertreten werden – wie es Ihre eigene *Melusine* mit all den traurigen Folgen für den ungehorsamen Ritter beweist. Vielleicht sogar hätte es mich ohne den verlockenden Zauber des Verbotenen, des Verzauberten, nie danach verlangt, im Park von Richmond zu reiten. Doch muß ich als Gentleman des neunzehnten Jahrhunderts auch gestehen, daß ich es niemals vermocht hätte, an Klematis und Rosen oder dem blühenden Weißdornbusch vorbeizuschlendern, wie ich es hätte tun können – denn jedem steht es frei, das Straßenpflaster zu betreten. Um nichts in der Welt wollte ich meine eingebildete Rosenlaube gegen ihr Konterfei in der Wirklichkeit eintauschen, solange mir nicht gestattet ist, sie zu betreten – was niemals geschehen mag. Ich ritt also im Park – und dachte an die, welche so nahe seinen eisernen Toren weilt – und stellte mir vor, ich könnte bei jeder Wegbiegung einen halb bekannten Schal, eine halb bekannte Haube sich dem Blick entziehen sehen wie eine der weisen Waldfrauen aus Ihrer eigenen Feder. Und ich empfand fast ein wenig Verärgerung über den guten Quäker, dessen tellurische Beschaffenheit soviel mehr Vertrauen zu erwecken vermag als die dichterischen und moralischen Tugenden R. H. Ashs –

Und wie es sich für einen Ritter in einem Märchen geziemt, ritt ich, in Gedanken verloren, für mich allein dahin. Ich kam an einen Ort, den man wohl zu Recht als verzaubert hätte bezeichnen können. An anderen Stellen des Parks hatte der Frühling sein Werk getan – wir hatten Hasen im jungen Farn aufgestöbert, welcher in kräftigen, einwärts gebogenen Kringeln wuchs, die an neugeborene Schlangen erinnerten, halb gefiedert und halb schuppenbewehrt – wir hatten Scharen schwarzer Raben gesehen, die geschäftig und mit wichtiger Miene umherstolzierten und mit ihren schwarzblauen dreieckigen Schnäbeln an Wurzeln herumpickten – und Lerchen, die in den Himmel aufstiegen, und Spinnen, die ihre schimmernden geometrischen Fallen auslegten, und taumelnde Schmetterlinge und die unvermittelt dahinschießenden bläulichen Pfeile der Wasserjungfern und einen Turmfalken, welcher höchst gelassen in den Lüften schwebte und den Blick auf die Erde geheftet hielt.

So ritt ich für mich dahin – tiefer und tiefer in die stille grüne Wölbung des Reitweges hinein – ungewiß, wo ich mich befinden mochte, und doch frei von jeder Besorgnis, weder auf meine Gefährten bedacht noch auf die Nähe – gewisser Freunde. Die Buchen ringsum mit ihren kräftig leuchtenden Blüten, die noch im Knospen begriffen waren, auf denen das neue, frische Licht sich wie Diamanten brach – während die Schatten schwarz und schweigend waren. Und kein Vogel sang – wenigstens hörte ich keinen – und kein Specht klopfte, keine Drossel, keine Amsel machte sich bemerkbar. Und ich lauschte der wachsenden Stille – und mein Pferd schritt leise auf den Buchenblättern – welche nach dem Regen feucht und schlaff waren – und kein Geräusch zu erzeugen vermochten. Und da hatte ich den Eindruck, der mir vertraut genug ist, wie ich zugeben muß, mich aus der Zeit hinaus zu begeben – den Eindruck, der enge, dunkel gefleckte Weg erstrecke sich vor mir und hinter mir ins Unendliche und ich sei, was ich einst war und einst sein würde – alles zugleich, in eins gefaßt –, und ich ritt müßig dahin, da es gleichgültig war, ob ich kam oder ging oder blieb, wo ich war. Und solche Augenblicke sind mir reine Poesie. Sie dürfen mich nicht mißverstehen – nicht um die affektierte »Poesie« gezierter Seelen ist es mir zu tun, sondern um den Ursprung der Triebkräfte, welche alles bewegen – welche dem dichterischen Gestalten zu Grunde liegen und ebenso allem menschlichen Sein und Tun vom ersten bis zum letzten Atemhauch. Ach, wie soll ich es erklären? Und wem als Ihnen könnte ich allein zu beschreiben versuchen, was unbeschreibbar – was so fremdartig nicht sagbar, nicht berührbar ist? Denken Sie sich eine Zeichnung, wie ein Zeichenlehrer sie anfertigen könnte, um die perspektivische Darstellung des Schülers zu verbessern – einen Fächer oder Tunnel von Linien, welche einander zustreben, um sich zu vereinigen, nicht im Nichts, sondern in der Unendlichkeit. Und nun denken Sie sich diese Linien in den zarten, grünen Blättern und im blassen Licht und dem bewegten Blau darüber – und in den hochragenden Baumstämmen mit ihrer sanftgrauen Rinde – und in den Furchen des Bodens – im einzigartigen Teppich mit seinen Brauntönen und dem Rußschwarz, dem Torfschwarz, dem Bernsteinbraun und dem Aschgrau – alles für sich und doch zu *einem* sich vereinigend – alles an seinem Ort und doch dorthin sich verflüchtigend ... Ich vermag es nicht auszudrücken ... Und ich vertraue, daß Sie wissen ...

In der Ferne schien ein Teich zu liegen, mitten auf meinem Weg – ein dunkler Teich mit braunem Wasser und von ungewisser Tiefe, in dessen dunkler, unbewegter Oberfläche sich der Blätterbaldachin spiegelte. Ich blickte hin und blickte fort, und als ich meinen Blick erneut dem Teich zuwandte, war ein Geschöpf darin. Ich muß vermuten, daß es durch Zauberkraft hineingelangte, denn zuvor war es nicht dort gewesen, und es konnte nicht auf natürlichem Wege hineingelangt sein, da die Wasseroberfläche glatt und unbewegt geblieben war.

Dieses Geschöpf war ein Hündchen von milchweißer Farbe, ein Hündchen mit zierlich geformtem Kopf und mit klugen, schwarzen Augen. Es lag – oder es kauerte, denn es war wie die Sphinx, *couchant* – halb über und halb unter dem Wasserspiegel, so daß das Wasser seine Schultern und Hüften umspielte und seine Glieder unter dem Wasser grünlich und bernsteingelb gefärbt schimmerten. Die kleinen Vorderpfoten hielt es vor sich ausgestreckt, und der zierliche Schwanz ringelte sich um den Hund. Das Tier lag so still, als wäre es aus Marmor – und dies nicht nur für einen kurzen Augenblick, sondern für beträchtliche Zeit.

Um seinen Hals hingen runde Silberglöckchen an einer silbernen Kette – nicht kleine Glöckchen, sondern große, so groß wie Möweneier oder gar wie Hühnereier.

Mein Pferd und ich hielten inne und schauten. Und das Geschöpf, noch immer gänzlich unbewegt, schaute zu uns mit ruhigem Zutrauen und einem fast gebieterischen Blick.

Geraume Weile mochte ich nicht entscheiden, ob diese Erscheinung wahr oder eine Halluzination oder – was? – war. Kam sie aus einer anderen Zeit zu uns? Sie lag so unerwartet dort im Wasser, ein wahrer *Canis aquaticus*, ein halb emporgetauchter Wassergeist oder ein halb versunkener Erdgeist.

Um nichts in der Welt hätte ich vermocht, weiterzureiten oder die Erscheinung zu zwingen, sich zu bewegen oder zu verschwinden. Ich schaute, schaute endlos. Es kam mir vor wie ein zu stofflicher Form geronnenes Gedicht, und Sie kamen mir in den Sinn, Sie und Ihr kleiner Hund und Ihre außerirdischen Gestalten, die auf der Erde wandeln. Und ebenso kamen mir Gedichte Sir Thomas Wyatts in den Sinn – Gedichte über die Jagd, deren Geschöpfe die Höflinge sind. *Noli me tangere*, schien das Tier hochmütig zu verkünden, und in der Tat fand ich mich außerstande, mich ihm zu nähern, sondern kehrte zu Zeit und Tageslicht zurück und zum Maß der Zeit, wie es das alltägliche Geplauder ist.

Nun schreibe ich es auf – und es mag Ihnen als nicht sonderlich bemerkenswert erscheinen – Ihnen oder jedem anderen, der diesen Bericht läse. Und doch war es das. Es war ein Zeichen. Ich dachte an Elizabeth, die in den Tagen ihrer Jugend in diesem Park mit solchen Hündchen auf die Jagd ging – als eine jungfräuliche Jägerin – eine unerbittliche Artemis –, und es wollte mir scheinen, als könne ich ihr stolzes Antlitz in all seiner Weiße sehen und das Wild, das vor ihr floh. (Das wohlgenährte Wild, das mir begegnete, graste gemächlich auf dem Rasen oder stand starren Blicks und schnüffelte mir hinterher.) Wußten Sie, daß die Wilde Jagd, wenn sie ein Haus heimgesucht hat, bisweilen einen kleinen Hund in der Herdasche hinterläßt, den man mit dem rechten Zauber zu vertreiben vermag, doch tut man dies nicht, so bleibt er ein Jahr lang und verzehrt alles, was im Hause ist, bis die Wilde Jagd wiederkehrt?

Nun will ich nichts weiter hierzu schreiben. Ich muß Ihnen töricht genug erscheinen, und meine Würde liegt nun ganz in Ihrer Hand – doch setze ich ebenso großes *Vertrauen* in Sie, wie Sie es in Ihrem letzten, unvergeßlichen Brief aussprachen – welcher, wie ich es zu Anfang sagte, eine Antwort erhalten muß und wird.

Sagen Sie mir, was Sie von der Erscheinung denken.

Swammerdam bedarf noch hie und da des Überarbeitens. Er war ein wunderlicher Kopf und eine verirrte Seele – verachtet und zurückgestoßen wie so viele der wahrhaft Großen – die Umstände seines Lebens stimmen aufs merkwürdigste überein mit dem, was seinen Geist beschäftigte – bis zur Besessenheit. Bedenken Sie, teure Freundin, wie wandelbar, wie veränderlich, wie unendlich dehnbar der menschliche Geist sein muß – der zur gleichen Zeit in einem stickig-engen holländischen Kuriositätenkabinett weilt, ein mikroskopisch kleines Herz zergliedert, einen imaginierten Wasserhund in klarer englischer Luft und inmitten grünen englischen Blattwerks betrachtet, mit Renan Galiläa durchwandert und mit ihm über die Lilien *jener* Felder nachsinnt und unverzeihlicherweise in seiner Phantasie in die Geheimnisse des ungekannten Raumes einzudringen sucht, in welchem sich Ihr Kopf über Ihr Papier beugt – und Sie lächeln leise – denn Sie haben mit Ihrer *Melusine* begonnen, und der Ritter nähert sich der Begegnung an der Quelle des Durstes –

Teurer Freund,

so nenne ich Sie zum ersten und zum letzten Male. Wir haben uns einen Abhang hinunter gestürzt – *ich* habe es getan – statt vorsichtig hinabzusteigen – oder es gleich gar nicht zu tun. Es wurde mir vor Augen geführt, daß eine Fortdauer unseres Gespräches *Gefahren* bergen muß. Ich fürchte, es an Zartgefühl mangeln zu lassen, indem ich so unumwunden spreche – doch sehe ich keinen beßren Weg – nicht *Ihnen* mache ich Vorwürfe – und auch nicht mir – es sei denn, indiskret gesprochen zu haben – doch wovon? davon, daß ich meinen Vater liebte und es mir in den Kopf gesetzt hatte, ein Epos zu schreiben?

Doch Briefe, wie sie zwischen uns gewechselt wurden – zwischen einer Frau, die mit einer Gefährtin allein lebt – und einem Manne – selbst einem großen und weisen Dichter – sie würden von der Gesellschaft, von der Welt mit scheelem Blick gesehen.

Nun gibt es *jene*, welche sich sorgen ob dessen, was die Welt, was die Gesellschaft sagen könnte – es gibt *jene*, die es schmerzen würde, von der Welt, von der Gesellschaft scheel angesehen zu werden. Es wurde mir eindringlich – und ganz zu Recht – vor Augen geführt, daß ich – will ich mir meine Freiheit wahren, so zu leben, wie es mir gefällt – und meine Angelegenheiten selbst zu regeln – und meine Arbeit so zu tun, wie es mir richtig scheint – daß ich sodann noch *weitaus umsichtiger als bisher* sein muß, um in den Augen aller Welt ehrbar zu bleiben – nicht scheel angesehen zu werden – um meine Handlungsfreiheit nicht von außen eingeschränkt zu finden.

In keinerlei Weise will ich Ihr Zartgefühl in Frage stellen – oder Ihr Urteil – oder Ihren guten Glauben.

Glauben Sie nicht, es wäre besser – einander nicht mehr zu schreiben?

Ihre ewig treu verbundene

Christabel LaMotte

Meine teure Freundin,

Ihr Brief hat mich bestürzt und überrascht – wie Sie es gewiß voraussahen – durch den völligen Gegensatz zu seinem Vorläufer und zu dem guten Glauben und Vertrauen, welche (wie ich es vermeinte) zwischen uns eingekehrt waren. Ich fragte mich – was ich wohl getan haben mochte, um Sie in solche Aufregung zu versetzen – und mußte mir eingestehen, daß ich die Grenze, die Sie festgesetzt, verletzt hatte, indem ich nicht nur nach Richmond kam, sondern auch noch über das schrieb, was ich dort sah. Nun könnte ich Sie bitten, *dieses* für eine grillenhafte Übertreibung eines merkwürdigen Phänomens zu nehmen – obgleich es das nicht war –, wäre es nach reiflicher Überlegung meine wohlerwogene Meinung, daß *nichts anderes* Ihrem Briefe zu Grunde läge – doch ist dies nicht der Fall – oder nicht mehr, wie mich der Ton Ihres Briefes vermuten läßt.

Gestehen will ich gern, daß ich zuerst nicht allein bestürzt war, sondern ärgerlich, verärgert, daß *Sie* mir solches schreiben sollten. Doch allzu vieles stand auf dem Spiel – nicht zuletzt das Zartgefühl, das Urteil und der gute Glaube, die Sie mir zugestehen –, als daß ich es vermocht hätte, im Zorn Ihnen zu antworten. Und deshalb dachte ich ausführlich über unseren Briefwechsel nach und über Ihre Verlegenheit, wie Sie sie schildern – die Lage einer Frau, die sich ihre Freiheit wahren will, »so zu leben, wie es ihr gefällt«. Bezüglich Ihrer Freiheit hege ich keine unlauteren Absichten, hätte ich gerne erwidert – ganz im Gegenteil, denn achte, ehre und *bewundere* ich nicht diese Freiheit und das, was sie ermöglicht, Ihr Werk, Ihre Worte, Ihre Sprache? Nur zu gut weiß ich um das Unglück, welches der Mangel an Freiheit einer Frau bescheren kann – die Öde, die Schmerzlichkeit, die Leere, die als Folge der gewöhnlichen Beschränkungen sich einzustellen pflegen. Sie waren mir in meinen Gedanken stets eine große Dichterin und *wahre Freundin.*

Doch Ihr Brief nun – verzeihen Sie mir, wenn ich es an Zartgefühl notwendig fehlen lasse – definiert uns einander gegenüber aufs deutlichste als Mann und Frau. Solange dies nicht geschah, hätten wir einander in alle Zeiten unschuldige Briefe schreiben können, als harmlose Unterhaltung – mit einer Spur der unschuldigsten Galanterie, wie sie am strengsten Hofe nicht getadelt hätte werden können, doch stets vom zweifellos nicht unerlaubten Wunsch diktiert, über unsere Kunst, unser Handwerk uns auszutauschen. Ich meinte, *diese Freiheit* gehörte zu der Freiheit, die Sie sich erkämpften. Was hat bewirken können, daß Sie nun hinter dem Pfahlwerk starrer Konventionen Zuflucht suchen?

Ist es möglich, Abhilfe zu schaffen?

Zwei Beobachtungen möchte ich hier anbringen. Zum einen die, daß Sie keineswegs den festen und unumstößlichen Entschluß äußern, wir dürften einander künftig nicht mehr schreiben. Sie fragen mich – mit einer Betonung meines Urteils, welche entweder nichts ist als weibliche Höflichkeit (höchst *mal à propos*, wäre sie es) oder ein wahres Abbild Ihres Seelen-Zustandes – dessen der nicht endgültigen Gewißheit darüber.

Nein, meine liebe Miss LaMotte, ich glaube nicht (zu schließen nach dem, was Sie mir geschildert), es wäre besser, wir schrieben einander nicht mehr. Es wäre für mich *nicht* besser – unendlich müßte ich dabei verlieren, ohne jegliche erfreuliche moralische Gewißheit, richtig oder edel gehandelt zu haben, indem ich auf einen Briefwechsel verzichtete, welcher mir so großes Entzücken bereitete – ein solches Gefühl der Freiheit – und niemandem Leid zufügte.

Ich glaube nicht, daß es für Sie besser wäre – doch bin ich mit Ihren Umständen nicht wirklich vertraut – es steht Ihnen frei, mich eines Besseren zu belehren.

Zwei Beobachtungen, sagte ich. Dies war die erste. Die zweite ist die, daß Sie schreiben – doch gehe ich zu weit –, als wäre Ihr Brief zu Teilen Ausdruck der Empfindungen, der Sicht anderer oder einer anderen Person. Ich sage es nur zögernd – doch schien es mir auffallend –, aus Ihren Zeilen spricht eine fremde Stimme – ist es so? Nun mag dies die Stimme eines Menschen sein, welcher weit größere Rechte auf Ihre Treue und Geneigtheit geltend machen kann, als ich mir je erdreisten könnte – doch müssen Sie sich dessen gewiß sein, daß diese Person die Dinge sieht, wie sie zu sehen sind, und nicht mit einer Sicht, die anders geartete Erwägungen verzerren. Es fällt mir schwer, Ihnen zu schreiben, ohne in einen anmaßenden oder klagenden Ton zu verfallen. Ich weiß nicht – so schnell sind Sie zu einem Teil meines Lebens geworden –, wie ich ohne Sie mein Leben sehen soll.

Dennoch würde ich Ihnen gern meinen *Swammerdam* zuschikken. Darf ich – zumindest – dieses tun?

Ihr ergebener
Randolph Ash

Teurer Freund,

wie soll ich Ihnen antworten! Ich war *schroff* und *ungnädig* – aus Furcht, der eigenen Schwäche zu erliegen, und weil ich eine Stimme bin – eine so kleine, leise Stimme – die jammervoll aus einem *Wirbelwind* zu rufen sucht – den zu beschreiben ich nicht wagen kann. Ich bin Ihnen eine Erklärung schuldig – und doch darf ich es nicht – aber ich *muß* es tun – oder abscheulichen Undanks mich zeihen lassen über meine anderen Verfehlungen hinaus.

Glauben Sie mir, Sir, es geht nicht an. Die – *teuren* – Briefe sind allzu viel und allzu wenig – vor allem und zuerst jedoch, so scheint es mir, sind sie gefährlich.

Welch ein kaltes, häßliches Wort. Es ist das Wort der Welt, der Gesellschaft, doch es bedeutet Freiheit.

Nun werde ich mich ein wenig verbreiten – über Freiheit und Unrecht.

Das Unrecht ist – daß ich von *Ihnen* meine Freiheit fordere – obwohl Sie diese mit der größten Rücksicht achten. Edel waren Ihre Worte über die Freiheit – wie könnte ich –

Ich werde Ihnen etwas schildern. Kleine Dinge und Taten ohne Gewicht, unser Häuschen Bethanien – welches seinen Namen aus gutem Grund erhielt. Für Sie und in Ihrem herrlichen Gedicht ist Bethanien jener Ort, wo der Meister seinen toten Freund vor der Zeit und eigens ins Leben zurückrief.

Doch für uns Frauen war es der Ort, wo wir weder *dienten* noch *bedient wurden* – die arme Martha machte sich viel zu schaffen, ihm zu dienen – und sagte heftige Worte zu ihrer Schwester Maria, die zu seinen Füßen saß und seine Worte hörte und das Richtige tat. Ich neige, wie George Herbert, zu dem Glauben, »wer den Raum kehrt, als solle er die Gesetzestafeln empfangen«, begehe diese Handlung als gutes Werk. Wir nahmen uns vor – meine teure Gefährtin und ich –, uns ein Bethanien zu schaffen, in dem *jegliche* Tätigkeit im Geist der Liebe und Seiner Gesetze ausgeführt würde. Hierzu müssen Sie wissen, daß wir einander bei einem Vortrag Mr. Ruskins über die Würde des Handwerks und die Arbeit des einzelnen kennenlernten. Zwei verwandte Geister – welche ein geistig erfülltes Leben suchten – welche *gute Arbeit* tun wollten. Bei näherer Betrachtung erkannten wir, daß es uns möglich wäre, ein Leben zu führen, in dem alle Plackerei und Mühsal jene Würde erhielte, jenen Segen, von welchem Mr. Ruskin sprach – indem wir unser kärgliches Auskommen zusammentaten – und es verbesserten durch Zeichenstunden – oder den Verkauf von Märchengeschichten oder gar von Gedichten – und dieses Leben führten wir seither und dienten keinem Herrn (außer dem Herrn, dem alles untersteht und der das wahre Bethanien einst besuchte). Entsagen mußten wir – nicht einem Leben, das uns erschien wie die Gitterstäbe eines Käfigs – die steife Pflichterfüllung einer Tochter ihrer weltlich gesinnten Mutter gegenüber – das zivilisierte Sklavendasein als Gouvernante – dies aufzugeben, dies war kein Verlust – freudig entflohen wir, standhaft verschlossen wir das Ohr den Vorhaltungen. Aber entsagen mußten wir der äußeren Welt – und den gewöhnlichen Hoffnungen (und Ängsten) eines Frauenherzens – um – darf ich es Kunst nennen – des täglichen Schaffens und Wirkens willen – von zierlichen Vorhängen bis zu mystischen Gemälden, von Keksen mit Zuckerrosetten bis zum Epos von der Melusine. Es war ein besiegelter Pakt – mehr will ich nicht sagen. Es war das Leben, welches wir uns *erkoren* – und in welchem ich, glauben Sie mir, über alle Maßen glücklich gewesen bin – und nicht nur ich allein.

(Und mein Herz hängt so sehr an den Briefen, die wir wechselten – und gern wüßte ich, ob Sie jemals *sahen*, wie Mr. Ruskin die Kunstfertigkeit der Natur zeigt, indem er einen geäderten Stein in ein Glas Wasser legt. So strahlend die Farben, so zart der Pinselstrich, so genau die Beschreibung, warum wir sehen sollen, was wirklich zu sehen ist – doch ich darf nicht weiterschreiben – wir tun recht daran, einander nicht mehr zu schreiben –)

Ich habe mein Leben gewählt, teuerster Freund, und ich muß meiner Wahl treu bleiben. Wenn Sie wollen, denken Sie an mich als an die Dame von Shalott – nicht ganz so klug und weise –, deren

Wahl nicht der gierig eingesogenen Luft der Welt draußen und der kalten Reise den Fluß entlang und dem Tode zu gilt – die statt dessen die Wahl trifft, eifrig den bunten Farben ihres Gespinsts zu folgen – das Weberschiffchen fleißig zu führen – etwas – zu fertigen – Fensterläden und Guckloch zu verschließen –

Sie werden einwenden, daß dies durch Sie nicht bedroht ist. Sie werden – vernünftig sprechen. Es gibt Dinge, die wir einander nicht gesagt haben – über *jenes* hinaus, welches Sie so deutlich definierten.

Tief in meinem Inneren weiß ich – daß dort die Gefahr liegt.

Seien Sie nachsichtig. Seien Sie großmütig. Verzeihen Sie

Ihrer Freundin
Christabel LaMotte

Meine teure Freundin,

meinen letzten Briefen erging es wie Noahs Raben – sie flogen über die öden Wasser, über die vom Regen geschwollene Themse – ohne zurückzukehren oder ein Lebenszeichen zu bringen. Voll Hoffnung schickte ich den letzten ab mit *Swammerdam*, dessen Tinte noch feucht war. Ich dachte, Sie müßten gewiß erkennen, daß Sie das Gedicht, die Figur Swammerdams in gewisser Weise ins Leben gerufen haben – daß dieser ohne Ihre kluge Wahrnehmung, ohne Ihr feines Gefühl für das Leben der kleinsten, nicht-menschlichen Geschöpfe ein weit grobschlächtigeres Aussehen erhalten hätte, seine Knochen weit ungeschickter aneinandergefügt und verkleidet worden wären. Kein anderes meiner Gedichte wurde jemals im geringsten für einen bestimmten Leser geschrieben – nur für mich selbst oder für ein halb mir bewußtes oder erahntes Alter ego. Solches sind Sie nicht – Ihre Verschiedenheit ist es, Ihre Andersartigkeit, zu der ich spreche, fasziniert und ratlos. Und nun verletzt es meine Eitelkeit – und mehr als das – mein Gefühl der Freundschaft zwischen Menschen –, daß Sie auf mein Gedicht nicht antworten können – denn daß Sie es nicht wagen, dies zu behaupten wäre Unsinn.

Wenn ich Sie verletzte, als ich Ihren letzten langen Brief widersprüchlich nannte (was er war) oder schüchtern (was er war), so bitte ich Sie, mir zu verzeihen. Wohl dürfen Sie sich fragen, was mich bewegt, Ihnen, die Sie sich außerstande erklärten, eine Freundschaft (welche Sie ebenso als Ihnen teuer und wertvoll erklärten) aufrechtzuerhalten, so hartnäckig Brief auf Brief zu schreiben, obwohl Sie unerbittlich schweigen, unversöhnlich bleiben. Gewiß könnte ein Liebhaber in allen Ehren solch ein *congé* hinnehmen – doch wie verhält es sich mit dem geschätzten, friedfertigen Freund? Niemals kam es mir in den Sinn, die kleinste Artigkeit zu schreiben – nein, zu denken –, die dergleichen rechtfertigte, ganz zu schweigen von »wären die Umstände andere ...« oder »Ihre Augen, deren Strahlenglanz usw.« – nein – stets sprach ich aus, was meine Gedanken waren, welche meinem wahren Ich weit näher sind als irgendwelche galanten Tändeleien – und *dies* können Sie nicht ertragen?

Warum jedoch bin ich so hartnäckig? Ich weiß es selber kaum. Um künftiger Swammerdams willen – mag sein – denn ich erkenne, daß ich unmerklich begonnen hatte, Sie – spotten Sie meiner nicht – als eine *Muse* zu verstehen.

Hätte die Dame von Shalott in ihrem mit Mauern und Graben bewehrten Turm das Epos von der Melusine schreiben können?

Sie werden sagen, daß Sie viel zu sehr damit beschäftigt sind, Poesie zu schreiben, als daß es Sie danach gelüsten könnte, sich als Muse zu verdingen. Ich hatte nicht gewußt, daß beides miteinander nicht vereinbar ist – vielleicht glaubte ich sogar, es ergänze einander. Doch Sie sind unerbittlich.

Lassen Sie sich nicht von meinem spöttischen Ton täuschen. Ein anderer scheint mir nicht zu Gebote zu stehen. Ich werde wider alle Hoffnung hoffen – hoffen, daß dieser Brief die Taube sein wird, welche mit dem ersehnten Ölzweig zurückkehrt. Andernfalls werde ich Sie nicht länger belästigen.

Stets der Ihrige
R. H. Ash

Lieber Mr. Ash,

nicht zum ersten Male versuche ich mich an diesem Brief. Ich weiß weder wie beginnen noch wie fortfahren. Ein Umstand ist eingetreten – nein, nicht einmal mehr zu schreiben verstehe ich, denn wie sollte ein Umstand *eintreten* und wie sollte ein solches Wesen wohl beschaffen sein?

Lieber Mr. Ash – Ihre Briefe erreichten mich nicht – aus einem bestimmten Grund. Weder Ihre rabengleichen Briefe noch – zu meinem unendlichen Schmerz – Ihr Gedicht.

Es ergab sich heute – daß ich ein wenig schneller lief – dem Briefträger entgegen. Es entspann sich beinahe – ein Kampf um Papier. Ich *haschte*. Zu meiner – zu unserer Schande – haschten wir beide.

Ich bitte Sie – ich flehe Sie an – ich habe Ihnen die Wahrheit gesagt – *verurteilen* Sie nicht. Man hat über meine Ehre gewacht – und selbst wenn ich den Ehrbegriff nicht teile, welcher diesen Eifer, diese Wachsamkeit begründet – muß ich dankbar sein, ich muß es und *ich bin es*.

~~Doch sich dazu herabzulassen zu stehlen~~

Oh, Mr. Ash, widerstreitende Empfindungen zerreißen mich. Wie ich schon sagte, bin ich dankbar. Aber ich bin so voller *Zorn*, betrogen worden zu sein – und zornig *um Ihretwillen* – denn auch wenn ich befunden hätte – es sei besser, diese Briefe nicht zu beantworten – so hatte doch niemand anderes ein Recht, sich ins Mittel zu schlagen – aus welchen Gründen auch immer.

Ich kann sie nicht finden. Man sagt mir, sie seien in kleine Schnipsel zerrissen worden. Und Swammerdam ebenso. Wie soll das verziehen werden? Und dennoch – wie soll Verzeihen verweigert werden?

Das Haus – so fröhlich einst – ist voller Weinen und Klagen und finsterster Kopfschmerzen, die wie ein schmerzendes Bahrtuch alles bedecken – Hund Wacker schleicht umher – Monsignor Dorato ist verstummt – und ich – ich schreite auf und ab – und frage mich, bei wem ich Zuflucht suchen kann – und denke an Sie, mein Freund, die unschuldige Ursache soviel Kummers –

Es ist ein *Mißverständnis*, soviel ist gewiß.

Ich weiß nun nicht mehr, ob es richtig war oder falsch, jenen ersten Schritt zu tun und nicht mehr zu schreiben –

Wenn ich es tat – um des heimischen Friedens willen – so ist dieser nun *vollkommen* zerstört, gebrochen, verwüstet.

Oh, mein teurer Freund – ich bin so *zornig* – daß ich verstörende, heftige Blitze vor meinen nassen Augen zu sehen vermeine –

Ich wage es nicht, ausführlicher zu schreiben. Ich kann nicht darauf vertrauen, daß weitere Briefe von Ihnen mich erreichen werden – unbeschadet – oder überhaupt –

Ihr *Gedicht* ist zerstört.

Und soll ich mich darein fügen? Ohne aufzubegehren? Ich, die ich meine Unabhängigkeit Familie und Gesellschaft abgetrotzt habe? Nein, dies darf nicht sein. Auf die Gefahr hin, wankelmütig zu erscheinen, inkonsequent, willensschwach und *weiblich* – frage ich Sie

– ob Sie den Park von Richmond aufsuchen können – doch wann am besten – wann werden Sie Zeit haben – an jedem der drei nächsten Tage gegen elf Uhr des Vormittags. Sie werden einwenden, das Wetter sei rauh. Die letzten Tage waren fürchterlich. Das Wasser reichte so hoch – mit jeder Flut überschwemmt die Themse Ufer und Ufermauern – die sie mit erschreckender Wildheit emporsteigt – und sucht sich lachend und gurgelnd ihren Weg über das Pflaster der Uferstraße – dringt in die Gärten ein, ohne sich um Tore oder Zäune zu bekümmern – und durchdringt alles – wallend und braun und kraftvoll – und hinterläßt *Dinge*, oh – Stoffetzen, Federn, alte Kleider, tote kleine Geschöpfe – mit denen sie Stiefmütterchen und Vergißmeinnicht übersät – ja, bis zu den ersten Stockrosen sucht sie vorzudringen. Doch *ich werde dort sein*. Ich werde mit Hund Wacker ausgehen – er wenigstens wird mir von ganzem Herzen Dank wissen – in festen Stiefeln und mit einem Regenschirm versehen – ich werde den Park von Richmond Hill her betreten – und dort spazierengehen – sollten Sie kommen.

Ich muß eine Entschuldigung vorbringen, und ich wünsche, sie persönlich vorzubringen.

Dies ist der Ölzweig. Werden Sie ihn entgegennehmen?

Oh, das verlorene Gedicht –

Ihre getreue Freundin

Meine teure Freundin,

ich hoffe, daß sie wohlbehalten nach Hause gelangt sind. Ich sah Ihnen nach, bis Sie dem Blick entschwanden – zwei entschieden schreitende kleine Füße in Stiefeln und vier weitausholende graue Pfoten, die kleine Fontänen aufwirbelten, während Sie sich entfernten, ohne ein einziges Mal zurückzusehen. Sie wenigstens taten es nicht – doch Hund Wacker wandte seinen grauen Kopf ein-, zweimal um – bedauernd, hoffe ich. Wie konnten Sie mich so in die Irre führen? Da stand ich und hielt eifrig Ausschau nach einem kleinen Spaniel oder einem milchweißen Hündchen – und dann kamen *Sie*, kaum zu erkennen, halb verborgen neben dieser riesenhaften, hageren, grauen Erscheinung, die geradewegs aus einem irischen Märchen oder einer nordischen Saga entsprungen zu sein schien. Was mögen Sie mir noch in boshafter Absicht falsch dargestellt haben? Meine Vorstellung von Ihrem Haus Bethanien verändert sich jeden

Tag aufs neue – die Traufen verschieben sich, Fenster lachen mich aus und schießen in die Höhe, Hecken weichen zurück und treten vor – alles verwandelt und verschiebt sich ohne Unterlaß – nichts hat Bestand. Doch ich sah Ihr Gesicht – wenngleich nur in Augenblicken – unter der regennassen Krempe Ihrer Haube und dem tiefen Schatten Ihres großen und höchst weise ausgewählten Regenschirms. Und ich hielt Ihre Hand in der meinen – zu Anfang und am Ende –, sie lag in meiner – wie ich hoffe und glaube, voll Vertrauen.

Welch ein Spaziergang, welch ein Wetter, unvergeßlich! Wie unsere Regenschirme aneinanderschlugen, wenn wir uns einander zubeugten, um zu sprechen, und wie sie sich ineinander verfingen! Wie der Wind unsere Worte davontrug! Wie die zerzausten grünen Blätter an uns vorbeiflogen und wie das Wild oben auf dem Hügel vor dem Hintergrund der dräuenden, bleiernen Wolkenmassen davonstob! Warum erzähle ich es Ihnen, die Sie es doch mit mir zusammen sahen? Um auch die Wörter mit Ihnen zu teilen, wie wir das Getöse teilten und das unvermittelte Schweigen, wenn der Wind innehielt. Es war wohl *Ihre* Welt, in der wir uns bewegten, Ihr feuchtes Reich, die Wiesen so versunken wie die Stadt Is und die Bäume, die aussahen, als wüchsen sie von ihren Wurzeln abwärts, nicht nur aufwärts – und die Wolken, die achtlos über uns hinwegwirbelten – Wolken von Luft und von Wasser –

Was kann ich Ihnen sagen? Ich schreibe *Swammerdam* nochmals ab – ein nicht ungefährliches Unterfangen, da mir ständig kleine Unvollkommenheiten auffallen, die ich bisweilen bereinige, die mir bisweilen jedoch Unruhe bereiten. Sie werden ihn die nächste Woche erhalten. Und die nächste Woche werden wir uns wiedersehen, nicht wahr?, da Sie nun wissen, daß ich kein Oger bin, sondern nur ein sanftmütiger und sogar ein wenig furchtsamer Gentleman?

Erschien es Ihnen nicht auch – wie mir – als merkwürdig und zugleich natürlich, daß wir einander so schüchtern begegneten, während wir auf dem Papier um soviel vertrauter miteinander Umgang pflegen? Es will mir scheinen, als hätte ich Sie schon seit jeher gekannt, und doch suche ich mühsam nach höflichen Wendungen und artigen Fragen – Sie sind um so vieles *geheimnisvoller* als Person (wie es vermutlich die meisten von uns sind), als Sie es in Tinte und Schriftsymbolen zu sein scheinen. (Vielleicht gilt auch das für einen jeden von uns. Ich weiß es nicht.)

Ich will mich auf dies beschränken. Meinen Brief habe ich, wie erbeten, an die Poste Restante in Richmond adressiert. Ich kann mich mit dieser Ausflucht nicht sonderlich anfreunden – mir mißfällt das *Lichtscheue*, welches solchem Tun zugesprochen zu werden pflegt – es hemmt mich. Und auch Sie, die Sie über eine so untrügliche moralische Urteilskraft verfügen, die Sie sich der eigenen moralischen Unabhängigkeit bewußt sind und stolz darauf sind – auch Sie werden ähnlich empfinden, dessen bin ich mir gewiß. Wird es uns möglich sein, etwas Besseres zu ersinnen? Ich stelle es Ihnen anheim, doch mir ist nicht wohl. Lassen Sie mich wissen – sollte es Ihnen möglich sein –, ob Sie diesen ersten wartenden Brief erhalten haben. Lassen Sie mich wissen, wie Sie sich befinden, und lassen Sie mich wissen, daß wir einander bald wiedersehen werden. Meine Empfehlungen an Hund Wacker –

Teurer Freund,

Ihr Brief erreichte mich wohlbehalten. Sie hatten recht, von Ausflüchten und von Lichtscheu zu sprechen. Ich werde *überlegen* – trotz der Hindernisse, die wie Schleier und Strudel meine Gedanken hemmen – ich werde *überlegen* – und mehr damit erreichen, so hoffe ich, als Kopfschmerzen.

Unser strahlendes Voranschreiten auf der nassen Erde werde ich gewiß so leicht nicht vergessen. Und auch keines der Worte, die Sie sprachen – nicht die artigste Nichtigkeit – und nicht die Augenblicke, da Wahres und Gerechtes über das künftige Leben gesprochen ward. Ich hoffe, Sie werden sich davon überzeugen lassen, daß die Séancen Mrs. Lees' es verdienen, ernsthaft von Ihnen betrachtet zu werden. Sie verschaffen den Trauernden so unermeßlich großen Trost. In der vergangenen Woche hielt eine Mrs. Tompkins ihr verstorbenes kleines Kind für länger als zehn Minuten auf den Knien – sie spürte sein Gewicht, sagte sie, seine Finger und Zehen, die sich bewegten – und wie soll Mutterliebe sich so sehr täuschen können? Auch dem Vater war es möglich, die weichen Locken des für kurze Zeit wiedergekehrten Kindes zu berühren. Und wir alle sahen ein gleißendes, unirdisches Licht – und atmeten einen schwachen, süßen Duft.

Sie schreiben sehr richtig, daß die körperlich gewordene – fast hätte ich nun geschrieben: Konfrontation – Konversation die Briefe verwirrt. Ich weiß nicht recht, was ich schreiben soll. Meine Feder zögert. Ihre Stimme schüchtert mich ein – Ihre *Gegenwart.* Sollen wir einander wiedersehen? Wird es von Vorteil oder von Übel sein? Hund Wacker – welcher seine Empfehlungen sendet – meint, daß es nur von Vorteil sein kann – ich weiß gar nichts – so mag es denn der Dienstag sein – wenn Sie nicht kommen, werde ich die Poste Restante aufsuchen und mich zu Seemannsfrauen und vornehmen Geschöpfen und einem sauertöpfischen Händler gesellen, auf dessen Gesicht Gewitterwolken aufziehen, wenn für ihn nichts da ist.

Ich kann es kaum erwarten, Swammerdam zu erhalten.

Ihre getreue Freundin

Meine Teure,

zuerst gedachte ich mich wortreich zu entschuldigen – »der Irrsinn eines Augenblicks« et cetera –, dann dachte ich, ich könne das Geschehne einfach übergehen, ich könne leugnen, daß Magneten einander anziehen, und es so standhaft leugnen, daß die Lüge am Ende wie Wahrheit wäre. Aber die Gesetze der Natur verdienen, nicht minder ernst genommen zu werden als andere Gesetze, und es gibt Gesetze der Menschen, die nicht weniger wirkkräftig sind als der Magnetismus von Eisen und Magnetstein – wenn ich mich dazu hinreißen lasse, Sie zu belügen, die ich nie belog, bin ich verloren.

Ich werde Sie vor mir sehen – wie Sie in dem Augenblick vor dem Wahnsinn waren – bis zu meinem letzten Atemzug. Ihr kleines Gesicht, mit seiner Blässe und Offenheit mir zugekehrt – und Ihre ausgestreckte Hand – im nassen Sonnenschein unter den hohen Bäumen. Und ich hätte Ihre Hand ergreifen können – nicht wahr? Oder sie nicht ergreifen, nicht wahr? Eines nur von nun an. Niemals zuvor habe ich eine solche Konzentration all dessen, was mich ausmacht, verspürt – auf *einen* Gegenstand, an *einem* Ort, zu *einem* Moment –, ein solch ewigwährendes Gefühl des Augenblicks, der ohne Ende schien. Es war mir, als *riefen* Sie mich, obwohl Ihre Stimme etwas anderes sagte, etwas über das Spektrum des Regenbogens – doch alles an Ihnen, das, was Ihr eigenstes Wesen ausmacht, *rief nach mir*, und ich mußte antworten – und nicht in Worten – ich mußte es. Ist dies wirklich nur *mein* Wahnsinn? Als ich Sie in meinen Armen hielt (die Worte zu schreiben läßt mich erzittern), war ich mir dessen gewiß, daß dem nicht so sei.

Doch nun weiß ich nicht, was Sie wirklich denken und empfinden.

Und dennoch muß ich sprechen. Ich muß Ihnen sagen, was mich bewegt. Die unverzeihliche Umarmung war nicht der Impuls eines Augenblicks – war keine unbedachte Handlung – sondern entsprang aus dem, was zutiefst in mir ist und was – das weiß ich – das Beste in mir ist. Ich muß Ihnen sagen, daß ich seit unserer ersten Begegnung wußte, daß Sie mein Schicksal sind, mag ich dieses Wissen auch wieder und wieder verleugnet haben.

Des Nachts träumte ich von Ihrem Gesicht, und des Tags ging ich meinen gewohnten Tätigkeiten nach, während der Rhythmus Ihrer Sprache in meinem Kopf widerhallte. Ich habe Sie meine Muse genannt, und das sind Sie – Sie könnten es sein –, gesandt von einem Ort des Geistes, wo die reine Dichtung im Unendlichen erklingt. Wahrheitsgetreuer noch könnte ich Sie nennen: Geliebte – nun ist es geschehen –, denn ich liebe Sie *auf jede dem Menschen mögliche Weise* und mit größter Heftigkeit. Es ist eine Liebe, für die es auf dieser Welt keinen Platz gibt – eine Liebe, die – das sagt mir mein Verstand, mag er noch so getrübt sein – keinem von uns etwas anderes als Schaden zufügen kann und zufügen wird, eine Liebe, die mit aller mir zu Gebote stehenden List ich vor Ihnen zu verbergen trachtete, um *Sie* davor zu beschützen (doch werden Sie zu Recht einwenden, daß ich mich nicht entschloß, Stillschweigen zu wahren, was zu tun nicht in meiner Macht lag). Als vernünftige Menschen des 19. Jahrhunderts könnten wir den *coup de foudre* den Romanschreibern überlassen – wäre da nicht meine Ahnung, daß Sie wissen, wovon ich spreche, daß Sie einen Augenblick lang (einen unendlichen Augenblick lang) die Wahrheit dessen, was ich behaupte, erkannt haben.

Und was soll nun mit uns geschehen? Wie kann ein Ende sein, was seiner ganzen Natur nach ein *Anfang* sein muß? Ich weiß wohl, daß dieser Brief sich mit einem Brief von Ihnen kreuzen wird, in welchem Sie klug und zutreffend darlegen werden, daß wir einander nicht wiedersehen dürfen – daß auch unser Briefwechsel, Hort der Freiheit, ein Ende finden muß. Und die Intrige, die uns führt, die Konventionen, die uns binden, verlangen, daß ich als *Gentleman* diesem Verlangen zustimme, wenigstens für eine gewisse Zeit, und meine Hoffnung darein setze, daß das Schicksal – oder wer immer die Intrige schürzt und über unsere Schritte wacht – eine künftige Begegnung, einen zufälligen neuen Anfang in die Wege leiten wird.

Aber das, meine Teure, kann ich nicht. Es widerstrebt der Natur – nicht nur meiner Natur, sondern der holden Natur selbst – welche mich an diesem Morgen durch Sie und in Ihnen anlächelt und allem Glanz und Leben verleiht – von den Anemonen auf meinem Schreibtisch bis zu den Stäubchen, die im Licht der Sonnenstrahlen tanzen, bis zu den Worten auf der Seite vor mir (John Donne) enthält alles Sie, Sie, Sie. Ich bin glücklich, wie ich es nie zuvor war – ich, der ich Ihnen in einem Zustande unbeschreiblichster Pein und Qual schreiben sollte. Ich sehe Ihren *spöttischen* kleinen Mund vor mir, und ich lese Ihre rätselhaften Worte über Ameisen und Spinnen – und ich muß lächeln, wenn ich daran denke, daß Sie da sind, aufmerksam und wachsam – und *noch etwas*, wovon ich weiß, ob Sie es wollen oder nicht ...

In Ihrer unumwundenen und gleichzeitig spöttischen Manier werden Sie wissen wollen, was ich erbitte – ungerührt ob meiner Einwände, daß ich es nicht weiß. Ich weiß es nicht – wie könnte ich das? Ich kann nur bangen Herzens hoffen, nicht verstoßen zu werden, abgespeist mit einem einzigen armseligen Kuß, nicht jetzt, noch nicht. Können wir uns nicht – für eine bestimmte Zeit – einen Raum schaffen, um des Wunders zu gedenken, daß wir einander fanden?

Entsinnen Sie sich – gewiß entsinnen Sie sich – des Regenbogens, den wir von der Kuppe unseres Hügels sahen, als wir unter dem Blätterdach unserer Bäume standen? – das Licht durchflutete die nassen Tropfen in der wassergesättigten Luft – und die Wasser hielten inne – und wir – wir standen unter dem Bogen, als wäre uns kraft eines neuen Bundes die ganze Erde untertan. Und von einem Endpunkt des Regenbogens zum anderen reicht eine einzige leuchtende und alles in sich vereinende Krümmung, mag sie sich auch verändern, ändert sich unser Blickfeld.

Was für ein gewundenes Schreiben, möglicherweise dazu bestimmt, für alle Zeiten in der Poste Restante Staub anzusetzen. Hin und wieder werde ich mich im Park ergehen und sogar warten, unter ebenjenen Bäumen, in der aufrichtigen Hoffnung, Vergebung zu erlangen – und mehr

Treulich, Ihr R. H. A.

O Sir – alles blinkt und blitzt, und ich sehe nichts als Funken und Glitzern und Strahlen. Den ganzen langen Abend saß ich am Feuer – *sicher* auf meinem Schemel – und sah mit brennenden Wangen das Emporstreben der Flammen und das Zusammensinken, das rotglühende Gemurmel, das *Zerfallen* der verglühten Kohlen zu – wohin begebe ich mich – zu totem *Staub* – Sir.

Und *doch* – *dort* – als der Regenbogen sich vor der dunklen Luft über einer ertrinkenden Welt abzeichnete – kein Blitz schlug in jene Bäume ein, glitt an ihren hölzernen Gliedern entlang zu Boden – aber dennoch *züngelten* Flammen, umhüllten und umschlangen – machten lichterloh brennen und verbrannten zu Asche –

Schwarz stirbt der Baum
Vom Blitz gebannt
Knochen wie Flaum
Zu Rauch verbrannt –

Unsere frühesten Vorfahren verbargen sich unter solch machtvollen, schützenden Bäumen – doch das Auge sah sie – die sie so unvorsichtig gewesen waren, das Wissen zu essen, das ihnen den Tod brachte –

Sollte der Welt keine zweite Sintflut harren – so wissen wir, wie unser Untergang beschaffen sein wird – es wurde uns *gesagt* –

Und auch Sie verbanden in *Ragnarök* Wordsworth' Wasserfluten einer untergehenden Welt – mit – den Flammen des von Surtur entzündeten Brandes – der die ganze Erde verschlang und verzehrte – und sie als flüssiges Gold in den roten Himmel spie –

Und danach ein Ascheregen –

Esche, der Weltenbaum, Asche, der Regen des Todes
Asche zu Asche und Staub zu Staub – so sei es –

Vor meinen sich trübenden Augen sehe ich ganze Schwärme von Sternschnuppen – goldenen Pfeilen gleich – sie kündigen Kopfschmerzen an – doch vor der *Schwärze* – und dem Brennen – bleibt mir ein wenig *Klarheit*, um zu sagen – was nur? Oh, ich darf nicht zulassen, daß Ihr Feuer mich verbrennt. Ich darf es nicht. Ich würde auflodern – nicht ruhig und friedvoll wie mein geliebtes *Herd*feuer mit seinen entzückenden glühenden Höhlen und seinen feurigen kurzlebigen Juwelengärten voller Klippen und Zacken – o nein – wie Zunder würde ich lodern – ein Windstoß – Zittern in der Luft – Geruch von Verbranntem – ein Rauchwölkchen – und sehr viel feines weißes Pulver, welches Wolkenform nur einen unendlich kurzen Augenblick lang behält und dann in zahllose *Stäubchen* zerfällt – o nein, ich darf es nicht –

Sie sehen, Sir, daß ich von Ehre oder Sittlichkeit schweige – obwohl ihnen viel Gewicht zukommt – ich spreche vom Wesentlichen, was uns umständliche Erörterungen jener Gegenstände erspart. Das Wesentliche jedoch ist meine *Einsamkeit*, welche bedroht ist, welche Sie bedrohen, ohne welche ich *nichts* bin – was sollen da Ehre und Sittlichkeit mir bedeuten?

Ich weiß, was Sie denken, lieber Mr. Ash. Sie werden für eine unter Aufsicht veranstaltete, sorgsam *begrenzte* Feuersbrunst eintreten – für einen Feuerrost mit Stangen und Gitterstäben und Messingknäufen – *ne progredietur ultra* –

Ich aber sage Ihnen – daß Ihr glühender Salamander ein feuerschnaubender Drache ist. Und ein Brand wird sein –

Vor Migränekopfschmerzen gibt es einen Augenblick des Wahnsinns. *Dieser* währte vom Lodern in der Lichtung – bis zum jetzigen Moment – und spricht nun.

Kein bloßer Mensch kann sich dem Feuer aussetzen, ohne zu verbrennen.

Nicht, daß ich nicht davon geträumt hätte, den Feuerofen zu durchschreiten – wie Schadrach, Meschach und Abed-Nego –

Doch wir Vernunftmenschen einer späteren Zeit gebieten nicht über den wunderwirkenden Eifer der Gläubigen von einst –

Ich habe die Glut verspürt – und muß auf weitere Kostproben verzichten.

Die Kopfschmerzen ergreifen Besitz von mir. Mein halber Kopf – ist wie ein Gefäß des Schmerzes –

Jane wird den Brief auf die Post geben, so daß ich ihn nicht abschreiben kann. Verzeihen Sie die Fehler darin. Und verzeihen Sie mir.

Christabel

Meine Teure,

was soll ich nur von Ihrer Sendung – fast hätte ich geschrieben: von Ihrem Geschoß – halten – die sich mit der meinen kreuzte, wie ich es vorausahnte – die jedoch – was vorauszusagen ich nicht den Mut gehabt hätte – kein kühler Verweis ist, sondern ein höchst *hitziges* – um in Ihren Metaphern zu sprechen – Rätsel(?). Sie sind so ganz und gar Dichterin – und wenn Sie erregt sind oder bewegt oder ungewöhnlich *berührt* von etwas – so drücken Sie Ihre Gedanken in Metaphern aus. Doch was soll ich all diesem Funkeln und Sprühen entnehmen? Ich will es Ihnen sagen: einen Scheiterhaufen, von welchem Sie, mein Phönix, sich ganz neu und ungewandelt erheben werden – noch goldener glänzend, noch kühneren Blicks – *semper eadem.*

Ist dies der Liebe Ergebnis – neben einen jeden von uns wie eine sichtbare Emanation ein nicht menschliches mythisches Selbst gesetzt zu finden? So daß Sie auf die allernatürlichste Weise von Feueröfen schreiben können und von Salamandern, die sich in feuerspeiende, fliegende Drachen verwandeln, und alle mythischen Konnotationen meines wandlungsfähigen Namens in mir sehen können – den Weltenbaum und die leise raschelnden Überreste seines Verglühens. Wie ich empfinden Sie sich im Toben der Naturgewalten als den Elementen zugehörig. Dort draußen umbrauste uns die Schöpfung – Erde, Luft, Feuer, Wasser –, und wir – erinnern Sie sich wohl? –, wir waren Menschen, warm und *sicher* unter dem Blätterdach der Bäume und in unserer Umarmung und unter dem Bogen am Himmel.

Was ich Ihnen vor allem anderen deutlich machen will, ist dieses: Es ist mir nicht daran gelegen, Ihre Einsamkeit zu bedrohen. Wie sollte, wie könnte ich den Wunsch dazu haben? Ermöglicht nicht einzig Ihr gesegnetes Verlangen nach Unabhängigkeit das, was sonst gewißlich *einem anderen* Leid zufügen würde?

Doch dessen eingedenk – gibt es für uns gar keinen Weg – für kurze Zeit, dies weiß ich wohl, wenngleich es in der Liebe Natur liegt, sich als ewigwährend zu begreifen – ein eingeschränktes, ein heimliches Glück uns zu ertrotzen? Fast hätte ich geschrieben: ein wenig Glück, doch könnte es das niemals sein, sondern unermeßlich groß. Leid und Trauer harren unweigerlich unser, und ich zumindest zöge es vor, zu betrauern, was war, und nicht, was bloßes Hirngespinst, Wissen und nicht Hoffnung, die Tat, nicht das Zögern, das Leben selbst, nicht schwächliche Eventualitäten. All diese Kasuistik will nur eines sagen – meine Teuerste, kommen Sie in den Park, lassen Sie mich einmal noch Ihre Hand berühren, lassen Sie uns in unserem sittsamen Sturm wandeln. Der Zeitpunkt wird kommen, wo dies aus vielen guten Gründen nicht mehr möglich sein wird – doch wissen und spüren nicht auch Sie – genau wie ich –, daß dieser Zeitpunkt der Unmöglichkeit *noch nicht* gekommen ist, *nicht jetzt*?

Es widerstrebt mir, die Feder vom Papier zu nehmen und den Brief zusammenzufalten – solange ich Ihnen schreibe, kann ich mir vorgaukeln, mit Ihnen *verbunden* und somit glücklich zu sein. – Da wir von Drachen sprachen und von Feuersbrünsten, von lichterlohem Brennen – wußten Sie, daß der Drache der Chinesen, dessen Bezeichnung *Lung* lautet, ein Geschöpf nicht des feurigen, sondern des flüssigen Elementes ist? Und damit ein Verwandter Ihrer geheimnisvollen Melusine in ihrem marmornen Zuber? Sie sehen wohl, es gibt auch weniger hitzige Drachen, die sich mit gemäßigteren Vergnügen bescheiden. Blau und gewunden sieht man ihn auf chinesischen Tellern, mit sprühender Mähne und umkränzt von Wölkchen, die ich früher einmal für Feuerzungen hielt – doch weiß ich nun, daß es gekräuselte Wellen sind.

Mein Schreiben will mir wie eine Bombe erscheinen, die in der Poste Restante liegen wird. In den vergangenen zwei Tagen bin ich zu einem wahrhaft aufrührerischen Anarchisten geworden.

Ich werde unter den Bäumen warten – Tag um Tag zu Ihrer Stunde – und Ausschau halten nach einer Frau wie eine gerade, stille Flamme und einem Hund wie eine Rauchspur am Boden –

Ich weiß, daß Sie kommen werden. Alles, was ich zu wissen vermeinte, ist geschehen. Es ist dies nicht ein Gefühl, welches mir vertraut ist oder nach welchem mich je verlangt hätte – doch als ehrlicher Mensch will ich nicht leugnen, was ist... wenn es ist. Sie werden kommen. (Dies sage ich nicht beschwörend, sondern gelassen, da ich es weiß –)

Ihr R. H. A.

Werter Freund,

zu stolz bin ich – zu sagen, ich hätte gewußt, daß ich nicht kommen sollte – und dennoch kam. Ich stehe ein für mein *Tun* – und dazu zählt der Weg, den ich bebend zurücklegte – von der Mount Ararat Road bis zum Hügel der Versuchung – während Hund Wacker mich umschlich und leise knurrte. Er, Sir, ist Ihnen nicht gewogen – und nun könnte ich fortfahren: »Auch ich bin es nicht« oder, wie es eher zu erwarten wäre: »Was auch immer ich empfinden mag«. Waren Sie *glücklich*, daß ich kam? Waren wir *den Göttern gleich*, wie Sie verhießen? Ernst schreitend, entschieden auftretend und unsere Fußspuren dem Staub einprägend. Fiel es Ihnen auf – um elektrische Impulse und galvanische Kräfte für den Augenblick zu übergehen –, wie schüchtern wir miteinander sind? Flüchtige Bekannte, nur auf dem Papier nicht. Die Stunde vergeht – und die Zeit des Alls hält kurz inne, da unsere Finger sich berühren – wer sind wir? Wer? – Ist die *Freiheit*, die uns das leere Blatt gewährt, nicht vorzuziehen? Ist es dafür zu spät? Haben wir unsere Unschuld eingebüßt?

Doch nein – ich bin allzu verwirrt, nun ich meinen Turm verließ. Am Dienstag – gegen ein Uhr des Nachmittags – werde ich auf ein paar Stunden das Haus für mich allein haben – und wäre Ihnen möglicherweise daran gelegen, die wahre Beschaffenheit dessen zu rekognoszieren, was Sie als Laube sich vorstellen? Wollen Sie zum Tee kommen?

Oh, ich bedaure vieles. Vieles. Und manches gäbe es zu sagen – gibt es zu sagen – wird gesagt werden.

Ich bin so traurig, Sir – traurig und auch bedrückt – traurig, weil wir im Park spazierengingen, aber auch traurig, weil es ein Ende fand. Mehr vermag ich nicht zu schreiben, denn die Muse hat mich verlassen – herzlos und spöttisch, wie sie es mit allen Frauen hält, welche sich mit ihr einlassen – und mit der Liebe –

Ihre Christabel

Meine Teure,

nun also kann ich an Sie denken – in Ihrem kleinen Salon – vor den Täßchen mit dem Blumenmuster – und Monsignor Dorato, welcher sich putzt und trillert, doch nicht, wie ich es angenommen hatte, in einem florentinischen Palazzo, sondern in einem wahren Tadsch Mahal aus glitzernden Messingstäben. Und über dem Kaminsims *Christabel vor Sir Leoline* – wie eine Statue erblickt man Sie, welche farbiges Licht in seinen grellen Schein taucht, und einen ebenso leblosen Hund Wacker. Und er strich unruhig umher, gesträubten Fells, so daß er aussah wie ein Stachelschwein, die Schnauze wie höhnisch verzogen – er ist mir, wie Sie sagten, ganz und gar nicht gewogen – *er* nicht – und es gelang ihm, ein ums andere Mal meine gemessene Aufmerksamkeit vom köstlichen Gewürzkuchen abzulenken, indem er das Geschirr zum Klappern brachte. Kein umrankter Eingang – alles nur eitle Hirngespinste –, sondern steife, hohe Rosenhecken, Schildwachen gleich.

Mir will scheinen, daß Ihr Haus mir nicht gewogen war und daß ich nicht hätte kommen sollen.

Und wahr ist, was Sie zu mir sagten, daß auch ich ein Haus habe, über welches wir nicht sprachen, welches wir nicht einmal erwähnten. Und eine Ehefrau. Sie baten mich, von ihr zu sprechen, und ich fand keine Sprache. Ich weiß nicht, was Sie daraus abgelesen haben mögen – denn es war Ihr *unumstößliches* Recht, danach zu fragen –, und doch vermochte ich nicht zu antworten. (Obgleich ich wußte, daß Sie fragen würden.)

Ich habe eine Ehefrau, und ich liebe sie. Nicht so, wie ich Sie liebe. Nachdem ich diese dürren Sätze hingeschrieben habe, sitze ich seit einer halben Stunde da und vermag nicht fortzufahren. Es gibt triftige Gründe – über die ich nicht sprechen kann, doch sind sie triftig, wenn auch nicht so sehr, wie es geboten wäre –, daß meine Liebe zu Ihnen ihr kein Leid zufügen muß. Ich weiß, daß diese Worte dünn und schwach klingen müssen. Gewiß, ganz gewiß sogar, klingen sie wie das, was viele Männer vor mir sagten, die auf Liebschaften aus waren – ich weiß es nicht, denn ich bin unerfahren in diesen Händeln und hätte es mir niemals träumen lassen, einst einen solchen Brief zu schreiben. Mehr zu sagen vermag ich nicht – ich kann in tiefem Ernst nur versichern, daß ich von der Wahrheit dessen, was ich sagte, überzeugt bin und hoffen muß, Sie durch das unvermeidlich Ungeschlachte meiner Worte nicht zu verlieren. Weitere Erörterungen dieses Gegenstandes würden unweigerlich dazu führen, daß ich *sie* verriete. Und ebenso empfände ich, stellte sich je die Gelegenheit ein, mit wem auch immer – *Sie* zu erörtern. Allein die Analogie, die dies ergibt, ist unerquicklich – auch Sie werden es so empfinden. Was Sie sind, hat mit Ihnen allein zu tun – was wir besitzen – wenn wir es tun –, gehört uns allein.

Bitte vernichten Sie diesen Brief – wie auch immer Sie mit den übrigen verfahren mögen – denn er stellt in sich allein einen so ungeheuer großen Verrat dar.

Ich hoffe, daß die Muse Sie nicht wirklich verlassen hat – selbst kurz, nur für den Zeitraum der Teestunde. Ich schreibe an einem lyrischen Gedicht – höchst intransigenter Natur – über feuerspeiende Drachen und chinesische Lung-Drachen – man könnte es fast eine Beschwörungsformel nennen. Es hat mit *Ihnen* zu tun – wie alles, was ich dieser Tage tue – ob ich denke oder atme oder sehe –, doch richtet es sich nicht an Sie – noch nicht.

Wird diesem offenen Brief eine Antwort zuteil – so werde ich wissen, daß Sie wahrhaft großmütig sind und daß wir über unseren beschränkten Raum gebieten – für unsere kurze Zeit – bis die Unmöglichkeit sich bemerkbar machen wird –

Ihr R. H. A.

Mein teurer Freund,

Ihre Ehrlichkeit, Ihre Offenheit und Diskretion gereichen Ihnen nur zur Ehre – soweit dies von Bedeutung sein kann angesichts der Büchse der Pandora, welche wir öffneten – oder der Fluten, in die wir uns gestürzt. Ich kann nicht länger schreiben – mein Kopf schmerzt allzusehr – und Dinge gehen vor sich – über die ich nicht sprechen will, aus Gründen, den Ihren nicht ganz unähnlich – betrübliche Dinge. Können Sie am Donnerstag im Park sein? Ich muß Ihnen mitteilen, was ich nicht schreiben mag.

Ewig, Christabel

Meine Teure,

mein Phönix ist gegenwärtig ein niedergeschlagener, ja flügellahmer Vogel – so still und demütig, wie es nicht zu ihm paßt – bisweilen gar ehrerbietig. Das darf nicht sein – das soll nicht sein – auf alles will ich gern verzichten, auf mein höchstes Herzensglück – um Ihrer Lebhaftigkeit, Ihres Feuers willen. Alles in meiner Macht will ich tun, um Sie wie zuvor in Ihrer Sphäre strahlen zu sehen – ja, auch auf den mir so teuren Anspruch verzichten, den ich erhob. Nun sagen Sie mir treulich – nicht *daß* Sie traurig sind, sondern *warum*, und ich will auf Abhilfe sinnen, so dies in meiner Macht steht. Schreiben Sie mir und kommen Sie am Dienstag wieder.

Immer, R. H. A.

Teuerster Freund,

ich weiß wahrhaftig nicht, warum ich gar so traurig bin. Doch nein – ich weiß es wohl – Sie nehmen mich fort aus mir – und geben mich zurück – gemindert – nassen Auges – berührter Hände – und *Lippen* – und ich bin voller Sehnsucht – hungrig – Teil nur einer *Frau* – die ihr Verlangen nicht erfüllen darf – und doch soviel Verlangen hat – oh – dies ist schmerzlich –

Und Sie sagen – Ihr gutes Herz – »Ich liebe *Sie*. Ich liebe *Sie*« – und ich glaube es – doch wer ist sie, diese Sie? Ist sie – helles, feines Haar und – schmerzliches Sehnen – einst war ich anders – ich war einsam und stark – *ich war mir selbst genug* – und nun streife ich umher – unstet und unruhig. Vielleicht wäre ich gefaßter, wenn mein Alltag friedvoller wäre, doch ihn vergiftet unheilvolles Schweigen, von nadelfeinen Vorwürfen unterbrochen. Ich blicke hochmütig drein – unbeteiligt wirkend, wo es mich am heftigsten bewegt – doch um welchen Preis – es ist so schwer – und es bewirkt nichts Gutes.

Ich las Ihren John Donne.

> Doch unsere Liebe, so verfeint,
> Daß wir ihr Rätsel nimmer lösen,
> Im Geist, den Gegenbürgschaft eint,
> Mag Augen, Hand und Lippen missen.

Eine schöne Wendung – »den Gegenbürgschaft eint«. Glauben Sie, daß es möglich ist – im heulenden Sturm – so sichere Zuflucht zu finden?

Und in meinem Wortschatz gibt es nun ein neues Wort, das ich von ganzem Herzen hasse und dem ich verfallen bin – es heißt: »und wenn«. – Und wenn wir über Zeit und Raum verfügten, zusammen zu sein – wie wir es uns im Wunsch erlaubten – dann wären wir gemeinsam frei – doch nun – im Käfig gefangen?

Meine Teure,

der wahre Genuß der Freiheit besteht darin, sich – mit Vorbedacht und Umsicht und mit Anmut – in den Grenzen zu bewegen, die uns vorgegeben sind – und nicht nach dem zu streben, was jenseits von ihnen liegt und uns verboten ist. Doch wir sind Menschen –

und als solche verlangt es uns danach zu erkunden, was sich nur irgend erkunden läßt. Und so läßt es sich leichter auf Lippen, Hände und Augen verzichten, wenn sie ein wenig vertraut geworden sind, wenn sie ergründet sind und nicht zur Gänze ungekannt und verlokkend. »Und wenn« wir eine Woche Zeit hätten – oder zwei Wochen –, was würden wir nicht alles damit anfangen? Und vielleicht wird es uns gelingen. Wir sind klug und findig.

Um nichts in der Welt kann mir daran gelegen sein, Sie zu mindern. Ich weiß wohl, daß es üblich ist, zu beteuern: »Ich liebe Sie nur um Ihrer selbst willen« – »Ich liebe Sie ohne Sinnlichkeit« – wobei, meine Teure, wie Sie bereits andeuten, mit »ohne Sinnlichkeit« gemeint ist: Lippen, Hände und Augen. Doch *Sie*, Sie müssen wissen – so gut, wie ich es weiß –, daß es sich so nicht verhält – Liebste, ich liebe Ihre Seele und folglich Ihre Dichtung – die Grammatik und die hurtige und stockende Syntax Ihrer flinken Gedanken – die so sehr zu Ihrem Wesen gehören, wie Kleopatras Hinken zu ihrem Wesen gehörte und Mark Anton entzückte – nein, mehr, denn Lippen, Hände und Augen ähneln einander immer bis zu einem gewissen Grade (auch wenn die Ihren bezaubernd und obendrein magnetisch sind), doch Ihre Gedanken, in Ihre Worte gekleidet, künden nur von Ihnen, können nur von Ihnen stammen, müssen vergehen, wenn Sie vergehen –

Die Reise, von der ich sprach, ist noch fraglich. Tugwell scheint nicht recht abkömmlich zu sein – und unser Vorhaben, das wir vor so langer Zeit schon beschlossen und durchführen wollten, sobald das Wetter es erlaubte – denn in unseren Tagen erfordert die menschliche Bildung wache Anteilnahme an den kleineren Formen des Lebens wie an den ungeheuerlichen und beständigsten Gegebenheiten unserer Erde –, scheint nun ernstlich gefährdet. Und ich, der ich so entschlossen war – mag mich nun nicht entscheiden – kann mich nicht entscheiden – denn wie sollte ich mich willentlich so weit von Richmond weg begeben?

So sei es denn bis Dienstag

P. S. *Swammerdam* ist aufs neue beinahe fertiggestellt.

Teuerster Freund,

meine unzuverlässige Muse ist zurückgekehrt. Ich sende Ihnen (ohne Verbesserungen), was sie mir diktierte.

Der Hügel bebt
Und zittert unter ihm
Ein Lächeln – schwebt –
Um seine – seine Mien'
Golden und heiß
Küßt es den Bergesgrat
Erdreich und Gneis
Wie unversehns erstarrt –
Er streckt die Hand
Preßt unverwandt
Erd' und Gestein
Die voller Pein
Aufschreien – und
Um seinen Mund
Ein Lächeln spielt –

Teuerste,

ich schreibe in Eile – vor Ihrer Antwort bangt mir – ich weiß nicht, ob ich reisen, ob ich bleiben soll – um Ihretwillen bliebe ich mit Vergnügen – es sei denn, das, was Sie erwähnten, erwiese sich als möglich – doch wie soll dies sein? Wie könnten Sie einen solchen Schritt tun, ohne Argwohn zu erregen? Wie soll ich dennoch hoffen können?

Es gelüstet mich nicht danach, in Ihrem Leben nicht wiedergutzumachendes Unheil zu wirken. Es ist mir noch genug Vernunft verblieben, um Sie anzuflehen – entgegen meinen eigenen Wünschen, meinen eigenen Hoffnungen, meiner eigenen ungeminderten Liebe –, wohl zu bedenken, was zu tun Sie im Begriff stehen. Sollte es sich auf eine Weise einrichten lassen, die Ihnen erlaubt, künftig so zu leben, wie Sie es wünschen – dann, gewiß – *wenn* dies möglich ist – doch ist dies kein Gegenstand für einen Brief. Ich werde morgen um Mittag in der Kirche sein.

Ich sende meine Liebe, nun und ewig.

Mein teurer Freund,

es ist geschehen. FIAT. Ich sprach Worte des Donners – und sagte – *so sei es* – und es wird keine Fragen geben – weder nun noch jemals – und mein bedingungsloses Vorhaben fand – wie jegliche Tat eines Tyrannen – Demut und Ergebung.

Mehr Leid, als bereits geschah, kann nicht verursacht werden – nicht durch *Sie* – durch mich hingegen wohl – denn ich war (und bin) ungehalten.

ELFTES KAPITEL

Swammerdam

Tritt näher, Bruder, sei so gut. Es wird
Nicht lang mehr währen. Du mußt mir verzeihn,
Drum dank' ich dir, bevor die Sinne mir
Den Dienst versagen, daß du mich umsorgt
In dieser Zelle, weiß und kahl, das Dach
Der Eierschale gleich, so rund und weiß.
Heut werd' ich heimgeholt. Wohin jedoch,
In welche Klarheit, Leere, Stille, weiß nur sie,
Die fromme Eremitin, die mich dir
Zur Pflege anvertraut' und die zu Gott
Für meine Seele betet, welche kurz
Nur weilte in der irdischen Membran,
Der welken Schale, die in Gottes Hand
Nun ruht und mittels seines Werkzeuges,
Der Gnade, mit dem Loch versehen wird,
Durch das sein Licht eindringt, das zeigt sodann,
Ob unfertiger Schleim dort seiner harrt
Oder der Engelsflügel Larvenform.

Viel hinterlass' ich nicht. Einst war es viel –
Es schien mir viel – doch schien's nicht so der Welt:
Insekten, fast dreitausend an der Zahl,
Mit bunten Flüssigkeiten angefüllt,
Getötet und fixiert und prapariert –
Als Beispiele der Bibel der Natur
Zu künden von der Schöpfung Herrlichkeit.
Sei's drum. Schreib nun, daß meine Schriften ich
Nebst Kupfern meinem einzgen Freund vermach',
Dem weisen Melchisedeck Thévenot,
Der, wahrhaft weise, die Erkenntnisse
Des einstmals kühnen Geists zu schätzen weiß.
Ihm hätt' ich gern mein Mikroskop vermacht –
Den Kupfertisch mit den zwei Armgliedern,

Homunkulus genannt, des einer Arm
Die Linsen hielt, der andre das Objekt,
Das zu Zergliedernde, dem Menschenaug
Sichtbar gemacht durch Muschenbroekens Kunst.
All das verkaufte ich um Brot und Milch,
Die meinem Leib von keinem Nutzen mehr.
Sein Schuldner sterbe ich. Er ist mein Freund,
Und er wird mir verzeihn. Schreib dies, und schreib
Für sie, für Antoinette de Bourignon
(Die mir, als ich verzweifelte, von Gott,
Von seiner unendlichen Liebe sprach),
Daß ich mich ihr und Gott nun anvertrau'
Und dieses irdsche Tränental verlass',
Dies Sein eintauschend gegen jenes, das
Sie mir gezeigt, sie mir gewiesen einst.
Setze darunter meinen Namen nun,
Und Jahr und Tag vermerk, und schreib, daß ich
Dies Testament im dreiundvierzgsten Jahr
Verfaßt. An meiner Zeit End, meiner *Zeit*,
In der ich die Unendlichkeit geschaut
Durch Risse in der Dinge Haut und starb daran.

Denkst du, des Menschen Leben bildet sich
Vorherbestimmt, so wie die Ameise,
Dem Ei entschlüpft, erst Puppe, Larve dann,
Zuletzt wird Weibchen, Männchen, Arbeiter?
Ich bin ein kleiner Mann in kleinem Raum,
Erforschend kleinster Dinge Eigenart,
Dessen, was sonst geringgeachtet ward,
Dessen, was seltsam und was währt nur einen Tag.
Die Enge deiner Zelle, Bruder, tut
Mir wohl, die Armut und die Helligkeit,
Das Fenster und das Wasser, kühles Naß,
Von deiner Hand barmherzig mir gereicht.
So sei bedankt. Genug.
Mein Vaterhaus
War eng, doch nicht wie hier, nicht leer und kahl,
Ein farbenprächtges, dämmriges Gelaß,

Ein Kuriositätenkabinett.
Was war es, das zuerst mein Aug erblickt?
Kaum Platz war für die Wiege zwischen all
Den Truhen, Flaschen, Seidenteppichen,
Den Federn, Knochen, Steinen, Kürbissen,
Achtlos gehäuft auf Tisch und Schrank und Stuhl.
In einem runden gläsernen Gefäß
Mondstein' und Skarabäen mischten sich,
Und von den staubgen Simsen zwinkerten
Die Augen fremder Götzenbildnisse.
Luftdicht in einem Krug mit Flüssigkeit
Schwamm eine Nixe, ganz geschrumpft und dürr;
Die Knochenfinger kratzten an dem Glas,
Brüste, so braun wie Mahagoniholz,
Glanzlos und matt wie Blei der Schuppenschwanz,
Doch weiß wie Elfenbein die Zähne schimmerten.
Und es gab dort ein Basiliskenei
Mit zartgetönter Schale, beinah rund,
Befand es sich auf eines römischen Bechers Rand,
Nah einer Katzenmumie, eingehüllt
Rundum in Binden, schwarz wie Pech, erstarrt
Vom Alter und vom Sand und ähnlich doch
Den Windeln, die mich damals kleideten.

Nicht lang mehr wird es währen, bis du mich
Hüllen wirst in mein Leichentuch und bis
Du mir die Augen schließen wirst – Augen, geschwächt
Von der Atome Studium, vom Blick
Durchs Mikroskop, Augen, die voller Unschuld einst
Bestaunt im Vaterhaus die bunte Pracht
Kostbarer Dinge aus der ganzen Welt,
Von holländischen Kapitänen mitgebracht
Auf ihren stolzen Schiffen, festgebaut,
Durch Nebel und Windböen segeln sie
Nach fernen Ländern in der Sonne Glut,
Nach grünlich schimmernd ewgem Schnee und Eis,
Nach des Äquators Sümpfen, wo die Sonn

Der Wälder Blätterdach niemals durchdringt,
Wo keine Kreatur ihr Licht je sieht,
Bisweilen nur als schmalen Silberstreif,
Der sich am dunklen Grün hinunterstiehlt.

Als Knabe trug ich mich mit dem Projekt,
Von diesem Reichtum ein Verzeichnis zu erstellen,
Zu ordnen, zu sortieren jeglich Ding
Nach dem Gebrauch, dem es zugute kam,
Nach seinem Sinn, wie wir ihn aufgefaßt.
Ich sonderte Arznei von Zauberei,
Die Amulette (Blendwerk nur und Trug)
Vom Mineral, vom Rosenquarz, vom Quecksilber,
Heilkräftig in zerstoßner Form gegen die Pein
Des kalten Fiebers und des heißen Glühns.
Der Lebewesen Ordnung bildet' ich
Nach der Verwandtschaft innerhalb der Art:
Insekten, Vögel, Fische zueinand,
Und alle Eier ordnet' ich zuletzt,
Vom Straußenei zum winzgen Schneckenei,
Gemessen mit dem Zirkel und zur Schau gestellt
In Holzgefäßen vor dem Wandbehang aus Taft.

Ein Apotheker war mein Vater, und
Mit Wohlgefallen sah er, daß sein Sohn
In zarter Jugend voller Wißbegier.
Ehrgeizge Pläne hegte er für mich:
Zum Geistlichen zuerst er mich bestimmt,
Dann dacht' er an der Rechte Studium,
Auf daß ich Gutes tue in der Welt,
So es dem Menschen möglich ist, vor Gott
Demütig und gefeiert von der Welt.
Als er erkannt, daß Rechtsgelehrter ich
Nie könnte sein, kam es ihm in den Sinn,
Zur Kunde der Arznei zu lenken meinen Weg.
»Wer sich des Körpers annimmt«, sagte er,
»Stützt auch die Seele, und nie mangelt's ihm

An Brot und Wein und Fleisch und auch an Ruhm.
Da Siechtum unser Los hienieden ist,
Wird stets gebraucht der Arzt diesseits des Grabs.«

Doch meiner Seele Neigung galt bereits
Der Tiere und der Pflanzen Eigenart.
Des Anatomen Augenmerk wollt' ich
Verwenden auf Gewebe und Gestalt
Einfachster Lebewesen jeder Art.
Der blinde Wurm verzehrt des Menschen Fleisch,
Ihn frißt der Vogel, welcher wiederum
Vom Menschen zubereitet wird als Mahl,
So daß der Kreis sich schließt. Alles ist eins
Im Leben, und ich wollt' als Anatom
Dort forschen, wo der Fuß der Leiter ist,
Auf jener Sprosse, die der Erde nah.

Im Kuriositätenkabinett
Des Vaterhauses fesselt' meinen Geist
Die schwarze Spinne, groß wie eine Faust,
Fett und behaart, dämonisch anzusehn,
Und Berbermotten, schwarz wie Kohlenstaub,
Von Menschenhand durchbohrt und aufgespießt,
Gekreuzigt zum Vergnügen.
Sonderbar
Und doch verwandt als Lebensformen waren sie
Mir, dem die Seele ward von Gott verliehn.
Alles aus einem Stoff geschaffen schien
Wie Dotter und Albumen jenes Eis,
Des Ur-Eis der Ägypter, welches Thot
Gelegt, der Mondgott, und aus welchem Re entsprang,
Der Sonnengott, der wiederum gezeugt
Atum, das Ur-Chaos, in welchem sich
Gebildet alles Leben dieser Erd.
Die Mythen alter Völker sagen uns
Wahres vielleicht, gehüllt in Rätsels Form.

Des Lebens Ursprung ich zu kennen sucht'
Und wähnte dies erlaubt. Hatte nicht Gott,
Der mich erschuf, mir das Geschick verliehn,
Das Werkzeug zu ersinnen, Kupfertisch
Und Arme, haltend Linsen und Objekt,
Das zu Zergliedernde, an dessen Leib
Der Schöpfung Wunder ich erforschen wollt'?
Die allerfeinsten Dinge trennte ich
Mit feinsten Scheren. Nadeln, kaum zu sehn,
Und winzge Messer dienten mir dazu,
Der Eintagsfliege Auge zu zerlegen.
Die Hornhaut einer Mücke konnte ich
So präparieren unterm Mikroskop,
Daß ich durch sie den Turm der Nieuwe Kerk
Erblicken konnt', vervielfältigt, verkehrt herum.
Dem Kettenhemd des Ritters gleich sah ich
Der Motte Flügel, und ich sah am Bein
Der Fliege die gekrümmten, scharfen Klauen –
In unsrer alten Welt sich offenbart
Mir eine neue, voll der Wahrheit, Wunder gar,
Voll Schrecken, Schönheit und voll Leben ungekannt.

Das Glas, das du an meine Lippen führst,
Enthielte, nähmen wir ein Mikroskop,
Es zu betrachten, nicht das klare Naß,
Das unserm Aug sich zeigt – o nein, Gewühl,
Gewimmel kleinster Tierchen, reich an Form,
Gekrümmt, gewunden ziehn sie ihre Bahn
Im Wasserglas wie Walfische im Meer.
Das Mikroskop ist wie ein scharfes Schwert,
Sein Schnitt ist trennend und vervielfachend:
Die Vielgestalt im Einen zeigt es uns,
Die vielen Teile dessen, was eins schien,
Unebenheiten zarter Frauenhaut
Und Filz und Schuppen an dem glatten Haar.

Je mehr des Vielen ich gewärtig war,
Je mehr das Eine ich zu finden strebt' –
Prima materia, den ersten Stoff,
Das unbeständge Wesen der Natur,
Stets sich verwandelnd und doch stets sich gleich.

Ich fand ihre Gesetze in den Wandlungen
Der Bienen, Käfer, Falter, Ameisen,
Entdeckte der Verwandlung Ordnungen –
Vom Tier, das samt all seinen Gliedmaßen
Dem Ei entschlüpft, zu dem Insekt, welches
Als Raupe schlüpft und Flügel erst erhält,
Metamorphosen, reich an Form und Zahl.
Die Larve wächst und schrumpft und dehnt sich aus
Und platzt zuletzt, wenn seidne Flügel sich
Entfalten, schimmernd gelb und braun und blau,
Getupft, gestreift, mit Augen gar versehn.

Durch das Kristall der Linse nahmen sich
Die Kuppen meiner Finger aus so grob
Und ungeschlacht wie Elefantenfüß'.
Ich schuf mir des Chirurgen Handwerkszeug –
Skalpelle, Haken, Messer, Scheren fein –
Aus Eisen nicht, sondern aus Elfenbein,
Geschliffen und geschärft, wie es kein Aug
Erkennen könnt' ohne das Mikroskop.
Mit diesem Werkzeug untersuchte ich
Der Wesen Leben, ihrer Bildung Eigenart.
Ihr Staat ist anders, als wir ihn gedacht
Legt man der Ameisen, der Bienen Oberhaupt,
Den Mittelpunkt ihrer Geschäftigkeit,
Umsorgt, umhegt, gefüttert und verehrt,
Garant und Krönung ihrer Staatenform,
Legt man dies Tier unter das Mikroskop,
Und legt man frei der Fortpflanzung Organ',
Der Eier Sitz, so sieht man, daß dieser Monarch
In Wahrheit eine große Mutter ist,
Von kleineren Gefährtinnen umsorgt,

Die ihren Nachwuchs füttern, Nektar ihr
Kredenzen und des eignen Lebens sich
Begeben frohgemut zu ihrem Schutz,
Denn sie, die Königin, wacht über ihre Brut.

Mit diesen Augen sah ich die Ovarien,
Mit diesen Händen zeichnete ich sie,
Mit diesem Geist, der mir den Dienst aufsagt,
Erkannte ich der Wandlungen Gesetz
Und schrieb es auf, doch kalt und gleichgültig
Ward es gesehn. Man litt mich nicht darum.
Mein Vater warf mich aus dem Haus hinaus,
Und unter meinesgleichen galt ich nichts.
Als mich die Not zwang, zu entäußern mich
All meiner Präparate, kunstvoll hergestellt,
Fand sich kein Käufer, kein gelehrter Mann,
Der sich bereit gezeigt, das zu erwerben, was
Der Wahrheit Abglanz war, von mir gefaßt,
Und so das zu erhalten, was ich schuf.
Als Bettler mußte ich zu guter Letzt
Um Milch und Brot und Fleisch die Hand strecken,
Voll des Geschmeißes, das mir wohlbekannt,
Indem ich's untersucht.

Der große Galilei, der die Erd
Vor hundert Jahren von dem Throne stieß,
Den wir errichtet, der der Sonnenbahn
Und der Planeten Lauf zuerst erkannt
Und auch das Weltall, das unendliche,
Der Sphären unermeßlich große Welt,
In der unser Planet, sein grünes Gras,
Sein grau Gestein, die Erde braun und rot,
Das blaue Meer nichts ist als nur ein Fleck,
Ein Stäubchen, winzig in dem Sternenmeer –
Hätt' sich den Scheiterhaufen so verdient,
Doch war er weise nicht allein, auch klug,
Und Gottesfurcht und Angst gaben ihm ein
Zu widerrufen, was er wohl erkannt'.

Ein Schritt war es, den Mittelpunkt der Welt
Vom Menschen zu entblößen, doch ein andrer war's,
An Gottes Thron zu rütteln, Gottes, der
Uns schuf als die, welche wir sind, der uns
Mit dem Verstand begabt, so göttergleich,
Mit Wissensdurst und mit Erkenntnisdrang,
Und der als Sterbliche uns schuf, anheimgestellt
Dem Ratschluß sein, uns stets geheimnisvoll,
Niemals ergründbar, jenem dunklen Ort,
Wo unser Streben all sein Ende findt,
Wo Ruhe wird dem Ruhelosesten.
Mein Leben gab ich hin im Studium
Der Eintagsfliege kurzer Lebensbahn,
Die keine Nacht kennt, da zu kurz die Zeit.

Kam Galilei Angst an, fragt' ich mich,
Als er im All der Sphären Schimmern sah,
Wie mir es ward, als unter meiner Lins
Ich nicht der Himmel kalte Herrlichkeit,
Sondern des Lebens unermüdlich Wimmeln sah?
All das Gewürm, die Schaben, Motten sonder Zahl,
Die – warum es verschweigen – selbst sich sehn
Vielleicht so, wie der Mensch sich sieht – der Mensch,
Der sich als Mittelpunkt wähnt allen Seins,
Uneingedenk der Schöpfung Unermeßlichkeit?

(Desunt cetera)

ZWÖLFTES KAPITEL

Was ist ein Haus? Ein sichrer Hort
Es nimmt uns auf, es trotzt dem Wind
Gesenkten Blicks weilen wir dort
Kein leiser Ton nach außen dringt

Doch Herzen klopfen laut in stummer Pein
Gedanken schrillen schmerzlich grell
Die Wände unsrer Räume brechen ein
Und Fenster bersten lautlos – schnell –

Christabel LaMotte

Sie standen auf dem Straßenpflaster und blickten zu der Inschrift über dem Eingang auf: Bethanien. Es war ein sonniger Apriltag. Beide spürten eine gewisse Verlegenheit, was sich durch einige Schritt Entfernung zwischen ihnen ausdrückte. Das dreistöckige Haus mit seinen Schiebefenstern war so schmuck herausgeputzt, daß es nagelneu aussah. Hübsch gemusterte Vorhänge hingen mit hölzernen Ringen an Messingstangen. Hinter einem Fenster stand in einem großen Übertopf ein Venushaarfarn. Die dunkelblau angestrichene Eingangstür schmückte ein gewundener Türklopfer aus Messing in Form eines Delphins. Die Rosenbüsche trugen bereits Knospen, und zu ihren Füßen erstreckte sich ein Meer von Vergißmeinnicht. Zwischen den Stockwerken war ein Backsteinfries mit halbplastischen Sonnenblumen in die Fassade eingearbeitet. Die Ziegel blitzten vor Sauberkeit – sie waren mit dem Sandstrahl gereinigt worden. Man hatte den unbehaglichen Eindruck, das Haus ohne seine Haut zu erblicken.

»Sehr gut restauriert«, sagte Maud. »Irgendwie gruselig. Ein Simulacrum.«

»Wie eine Sphinx aus Glasfiber.«

»Genau. Sehen Sie den viktorianischen Kamin dort drinnen? Ich könnte nicht sagen, ob er echt ist oder nachträglich eingebaut.«

Sie blickten die glatte, möglicherweise blinde Fassade des Hauses Bethanien an.

»Damals war es verrußter und sah wahrscheinlich älter aus. Als es noch jünger war.«

»Ein postmodernes Zitat –«

Um den Eingang war ein Windfang gebaut, an dem sich die ersten Triebe einer ganz jungen Klematis emporrankten, ein Windfang aus weißgestrichenen Holzbögen, fast eine kleine Laube.

Aus dieser Tür war sie getreten, schnellen und entschlossenen Schritts, mit rauschenden schwarzen Röcken, mit entschieden zusammengepreßten Lippen, die Hände fest um das Handtäschchen gepreßt, die Augen weit geöffnet vor Angst, vor Hoffnung – wovor? Und er, war er die Straße von der Kirche St. Matthew hergekommen, in Gehrock und Zylinder? Hatte die andere unterdessen durch ihre stahlgerahmten Brillengläser aus einem der oberen Fenster gespäht, mit vor Tränen verschwimmendem Blick?

»Ich habe mich nie besonders für Orte und Dinge interessiert, die – Sie wissen schon –«

»Ich auch nicht. Ich bin Wissenschaftlerin und nicht Fetischist. Die heutige feministische Haltung in solchen Dingen finde ich eher bedauerlich.«

»Aber wenn man ganz analytisch vorgehen will, muß man dann nicht auch so etwas berücksichtigen?«

»Man kann psychoanalytisch vorgehen, ohne *persönlich* zu werden –« sagte Maud. Roland hatte keine Lust zu widersprechen. Es war seine Idee gewesen, daß sie sich in Richmond treffen sollten, um ihre weiteren Pläne zu besprechen, und jetzt, wo sie hier waren, hatte der Anblick des Häuschens etwas Beunruhigendes, was ihn aus der Fassung brachte. Er schlug vor, die Kirche am Ende der Straße aufzusuchen, eine riesige viktorianische Scheune, die moderne Glasverschläge enthielt und einen Caféraum, in dem man sich ungestört unterhalten konnte. Die Kirche war voller Kinder, die als Clowns, Feen und Ballerinen herausstaffiert herumtollten, voller Staffeleien, kratzender Geigen und quiekender Recorder. Sie setzten sich im Café in einen erinnerungsträchtigen Lichtfleck, der durch Glasmalerei getönt war.

Seit sie sich im Januar schriftlich bedankt hatten, war von Sir George nichts mehr gehört worden. Maud hatte ein anstrengendes Semester hinter sich. Roland hatte sich um Stellen beworben – eine in Hongkong, eine in Barcelona, eine in Amsterdam. Er versprach sich nicht viel davon – er hatte eines Tages eine Kopie von Blackadders Empfehlungsschreiben für ihn in der Ash Factory herumliegen sehen, in dem er für seinen Fleiß, seine Genauigkeit und Behutsamkeit gelobt wurde und als durch und durch trübe Tasse erschien. Roland und Maud hatten damals ausgemacht, niemandem von ihrer Entdeckung zu erzählen und nichts zu unternehmen, bevor sie entweder von Sir George hörten oder sich sahen.

Am letzten bitterkalten Tag in Lincoln hatte Roland zu Maud gesagt, er habe den Eindruck, daß Christabel möglicherweise erwogen habe, Randolph auf seiner naturkundlichen Expedition im Juni 1859 nach North Yorkshire zu begleiten. Es war ihm als völlig einleuchtend erschienen; er hatte nicht mit Mauds gänzlicher Unkenntnis des Lebens und Treibens von R. H. Ash gerechnet. Er erklärte ihr die Reise. Ash war einen Monat lang allein in Yorkshire gewesen, um Küsten und Klippen entlangzuwandern und die geologische Beschaffenheit und die Meeresflora und -fauna zu erkunden. Francis Tugwell hätte ihn dabei begleiten sollen, der Geistliche, der das Buch *Anemonen der britischen Küste* geschrieben hatte, doch Tugwell war durch Krankheit verhindert gewesen. Ash-Forscher schrieben diesem arbeitsreichen Monat, so erklärte Roland Maud, die thematische Verlagerung in seiner Dichtung zu, von der Geschichte zur Naturkunde, wenn man es so ausdrücken wollte. Roland selbst war nicht dieser Ansicht. Es war nicht untypisch für die intellektuelle Entwicklung jener Zeit. Der *Ursprung der Arten* war 1859 erschienen. Ashs Freund Michelet, der berühmte Historiker, hatte zu jener Zeit begonnen, sich mit der Naturkunde zu beschäftigen, und hatte vier Bücher veröffentlicht, die sich auf die vier Elemente beziehen ließen – *La Mer* (Wasser), *La Montagne* (Erde), *L'Oiseau* (Luft) und *L'Insecte* (Feuer, da die Insekten in den heißen unteren Luftschichten leben). Ashs »Naturgedichte« waren diesen Schriften vergleichbar und auch Turners späten berühmten Bildern, die das Licht darzustellen versuchen.

Ash hatte seiner Frau fast jeden Tag während dieser Reise geschrieben. Die Briefe waren in Croppers Ausgabe abgedruckt, und Roland und Maud hatten zu ihrem Treffen Photokopien davon mitgebracht.

Meine geliebte Ellen,

ich und mein großer Korb voller Behältnisse sind unversehrt in Robin Hood's Bay angelangt – wenn auch durchgeschüttelt und rußig infolge des Ratterns der Eisenbahn und des beständigen Ruß- und Funkenregens aus der Lokomotive, ganz besonders in Tunneln. Die Bahnlinie von Pickering nach Grosmont verläuft durch die Schlucht von Newtondale – eine Schlucht, die während der Eiszeit entstand –, und mitten im romantischen, einsamen Moor- und Heideland bringt die Lokomotive eine faszinierende vulkanische Eruption eigener Art hervor, die sich der steilen Steigung verdankt. Es erinnerte mich dies an Miltons Satan, der mit schwarzem Flügelschlag durch die brodelnden Dämpfe des Chaos fliegt – und an Lyells nüchterne, geduldige und dennoch poetische Schrift über die Herausbildung der Hügel und die Einbuchtung der Täler durch das Eis. Ich habe Brachvögel gehört und einen Vogel gesehen, den ich gern für einen Adler halten würde, obwohl es gewiß keiner war – einen Raubvogel, der sich vom unsichtbaren Element tragen ließ, während er auf Beute lauerte. Merkwürdige schmalbrüstige Schafe stoben davon und wirbelten Kiesel auf, und ihr wollenes Fell wogte in der Luft wie Algenbänke im Meerwasser, so schwerfällig und träge. Von den Klippen aus starren sie herüber – beinahe hätte ich gesagt, mit *nichtmenschlichem Blick*, doch versteht sich dies von selbst – mit einem für Haustiere beinahe dämonischen, feindseligen Blick. Ihre Augen würden Dir auffallen – gelb mit einer schwarzen, schmalen Pupille – horizontal, nicht vertikal – was die sonderbare Wirkung ausmacht.

Diese Bahn ist die Nachfolgerin einer tüchtigen pferdegezogenen Eisenbahn, die George Stephenson selbst entworfen und gebaut hat. Fast hätte ich dieses würdevollere Gefährt zurückgewünscht an Stelle des schnaubenden Feuerdrachens, der mein Reisehemd ruiniert hat (nein, ich werde es nicht nach Hause schicken, denn meine Wirtin Mrs. Cammish versteht sich ausgezeichnet auf das Waschen und Stärken, wie mir versichert wurde).

Alles hier wirkt urzeitlich – die Felsformationen, das Wogen und Schäumen des Meeres bei Flut, die Leute mit ihren Fischerbooten (im Idiom der Gegend Böte genannt), die ich mir den einfachen, aber wendigen kleinen Schiffen der Wikinger, die einst hier landeten, ähnlich denke. Hier, an der Küste der Nordsee, spüre ich die Gegenwart der nordischen Lande, die jenseits ihrer kalten, graugrünen Wassermassen liegen – so ganz anders als die vertrauten, zivilisierten Felder Frankreichs jenseits des Ärmelkanals. – Sogar die Luft wirkt gleichermaßen alt und frisch – frisch vom Salz und vom Heidekraut und einer überwältigenden, beißenden Klarheit, die an den Geschmack des hiesigen Wassers erinnert, welches aus durchlässigem Kalkstein hervorsprudelt und köstlicher schmeckt als Wein – nach dem brackigen Themsewasser.

Doch mußt Du meinen, daß mein warmes Haus und meine Bibliothek und meine Hausjacke und mein Schreibtisch und die Gesellschaft meiner geliebten Frau mir überhaupt nicht zu fehlen scheinen. Ich denke beständig und mit treuer Liebe an Dich – und Du bedarfst solcher Versicherungen nicht. Ergeht es Dir wohl? Kannst Du Dich bewegen und lesen, ohne Kopfschmerzen fürchten zu müssen? Schreibe mir und berichte mir von allem, was Du tust. Ich werde Dir ausführlicher schreiben, und Du wirst sehen, daß ich zu einem fleißigen Zergliederer einfacher *Lebensformen* geworden bin – eine Beschäftigung, welche mir für den Augenblick weit mehr Befriedigung bereitet als das Nachzeichnen menschlicher Zuckungen.

15. Juni

An meinen langen Abenden habe ich fleißig Lyell gelesen – nachdem ich mit dem Sezieren zu Ende war, was ich zu tun bemüht bin, solange es *hell* genug ist, in der Zeit zwischen der Rückkehr von meinen Wanderungen und dem Abendessen. Statt der großen Glasbehälter verwende ich schlichte gelbe Pastetenformen, die alle freien Flächen meines Speisezimmers bedecken und *Eolis pellucida, Doris billomellata, Aplysia* sowie verschiedene Arten von Hydrozeen – tubuläre, plumuläre, sertuläre –, entzückende kleine Seesterne und einige Aszidienstöcke enthalten. Es fällt schwer, Ellen, nicht zu glauben, daß diese vollendet schönen und bewundernswert funktionierenden Geschöpfe nicht von einer höheren Macht erdacht und gestaltet wurden – und dennoch fällt es nicht weniger schwer, sich den gewichtigen Beweisen zu verschließen, die die Theorie der Entwicklung belegen, den Veränderungen, die das stetige Wirken gewöhnlicher Ursachen über unvorstellbar lange Zeiträume hinweg in allen Dingen zuwege bringt.

War es Dir möglich, liebe Ellen, Professor Huxleys Vortrag über »Persistente Lebenstypen« zu hören? Er wird wie Darwin verneinen, daß einzelne Gattungen durch wiederholte Schöpfungsakte das Licht der Welt erblickt hätten, und eher die Theorie der allmählichen Modifizierung vorhandener Gattungen vertreten. Hast Du Dir Notizen machen können? Wenn ja, wären sie für Deinen begeisterten Ehegatten und Amateurforscher von größtem Interesse – zumindest um seine Neugier zu stillen.

Heute wanderte ich von Scarborough aus die Klippen entlang, um Flamborough Head zu besichtigen, wo so viele auf so schreckliche Weise zu Tode gekommen sind, im reißenden Wasser, in den machtvollen Strudeln – welche man beinahe zu sehen und zu hören vermeint, wie sie unter dem Klatschen der hohen Wellen sogar an ruhigen, schönen Tagen wie heute *glucksen*. Die Felsklippen sind kreideweiß, und die Elemente haben sie zu exzentrischen Gebilden zurechtgeätzt, -geschnitten, -geblasen, Gebilden, die den Abergläubischen als das Werk von Götterhänden oder als versteinerte Riesen aus Urzeiten erscheinen müssen. Eines steht im Meer und erhebt einen machtlosen oder bedrohlichen Stumpf – wie den bandagierten Armstumpf eines Aussätzigen. Früher gab es zwei Felsen, die man König und Königin nannte – nur der letztere steht noch. Lyell sagt von dieser Küste, sie unterliege einem mählichen Verwitterungsprozeß, und er schreibt von der *Einöde* Flamboroughs, die von der salzigen Gischt zerfressen wird, welcher Prozeß etwas weiter südlich durch die zahlreichen Quellen, die dem tonhaltigen Boden entspringen, noch befördert wird.

Mir kam der Gedanke – wenn Salzwasser und Süßwasser so unermüdlich – und mit so zwingender, blinder Ursächlichkeit – diese Höhlen und Kirchen und unmenschlichen Gestalten aus weißem Marmor bilden, die sie wie mit dem Meißel schlagen, durch den Druck der Wasserströme formen, kannelieren durch kleinste Tropfen, die unablässig fallen, und durch die Schwerkraft –

Wenn das Mineral Formen wie Stalaktiten und Stalagmiten hervorbringen kann – warum sollten dann Gehörgänge und Herzkammern – über Tausende von Jahren hinweg – nicht auch dem Druck, dem Ansturm nachgeben?

Wie kommt es, daß das, was geboren wird, was seine Form mählich wirkenden Ursachen verdankt, diese Form seinen Nachkommen vererben kann – daß es den *Typus* weitergibt –, während das Einzelwesen davon abweichen kann? Dies weiß man nicht, wenn ich mich nicht täusche. Ich kann einen Zweig von einem Baum schneiden und daraus einen Baum züchten – mit Wurzeln, Krone und allem, was einen Baum ausmacht –, und wie ist solches möglich? Wie kommt es, daß der Zweig *weiß*, wie er Wurzeln und Krone zu bilden hat?

Wir sind eine faustische Generation, liebe Ellen, wir suchen zu wissen, was zu wissen wir möglicherweise nicht geschaffen sind (wenn wir geschaffen sind).

Lyell schreibt auch von vielen Orten dieser Küste, die vom Wasser verschlungen wurden – Auburn, Hartburn und Hyde ebenso wie Aldbrough, das ins Landesinnere verlegt wurde. Ich konnte keine Mythen oder Legenden finden, die sich auf diese melancholisch stimmenden verschwundenen Ortschaften beziehen – wie es sie in der Bretagne zu geben pflegt –, doch haben Fischer Reste von Häusern und Kirchen auf Sandbänken weit draußen im Meer gefunden... Aber in Ermangelung einer versunkenen Stadt Is, deren gespenstisches Glockengeläut vom Meeresgrunde mir den Schlaf rauben könnte, habe ich einen heimischen Elben entdeckt, einen Kobold, der in einer Höhle wohnt, die selbstverständlich Koboldshöhle heißt. Dieser zaubermächtige Kobold kann den Keuchhusten heilen (der in diesem Teil der Welt als Klickerhusten bezeichnet wird). Besagte Koboldshöhle ist eine Einbuchtung in einer Felsklippe in der Nähe des Dorfs Kettleness – welches in einer dunklen Dezembernacht des Jahres 1829 ins Meer stürzte, indem das ganze Dorf auf einmal den Hang hinabglitt.

Nun wirst Du bald zu fürchten beginnen, auch ich sei in Gefahr zu ertrinken oder von Salz und Sand zugeweht zu werden. Als ich kürzlich in einem Tümpel nach einer unwilligen Hydrozee suchte, entführte eine Welle das Netz, das ich aus Unachtsamkeit neben mir hatte liegen lassen – ich selbst jedoch bin unverletzt, abgesehen von ein paar ehrenvollen Kratzern, die ich mir im Ringen mit Entenmuscheln und jungen Pfahlmuscheln zugezogen habe. In zwei Wochen werde ich wieder bei Dir sein – samt all meinen toten Wundern aus der Tiefe –

»Mortimer Cropper will jeden Schritt dieser Reise nachvollzogen haben«, sagte Roland zu Maud. »›Der lange Marsch die Römerstraße entlang nach Pickering dürfte den Dichter so fußkrank gemacht haben, wie es bei mir der Fall war, wenngleich seinem scharfen Blick noch weit mehr Erfreuliches und Interessantes aufgefallen sein muß, als sich zu meiner Zeit ausmachen ließ...‹«

»Er hat nie vermutet, daß Ash nicht allein gewesen sein könnte?«

»Nein. Hätten Sie es bei Lektüre dieser Briefe getan?«

»Nein. Sie sind die typischen Briefe eines Ehemanns, der allein unterwegs ist und sich an einsamen Abenden seiner Frau anvertraut. Es sei denn, es hätte etwas zu bedeuten, daß er nie schreibt: ›Ich wollte, Du wärst hier‹ oder: ›Wenn Du sehen könntest‹ – aber mehr würde eine Textanalyse nicht hergeben. Abgesehen von der Anspielung auf die versunkene Stadt Is, aber daß er davon schon vorher wußte, wissen wir ja. Überlegen Sie: Wenn Sie in der erregten Verfassung wären, in der sich Christabels Briefpartner befunden haben muß, könnten Sie es dann fertigbringen, sich jeden Abend hinzusetzen und Ihrer Ehefrau zu schreiben – vor Christabels Augen, denn anders kann es nicht gewesen sein? Wären Sie imstande, solche – na ja, Reiseberichte zum besten zu geben?«

»Wenn ich gedacht hätte, daß ich es tun *müsse* – um Ellens willen –, vielleicht hätte ich es dann gekonnt.«

»Es muß ihm eine furchtbare Selbstbeherrschung und Doppelzüngigkeit abverlangt haben. Und die Briefe wirken so gelassen –«

»Fast als sollten sie Ellen beruhigen – ab und zu –«

»Aber das kann auch unsere Projektion sein, weil wir wissen –«

»Und wie ist es mit Christabel? Was weiß man über sie im Juni 1859?«

»Im Archiv gibt es überhaupt nichts. Nichts bis zum Tod Blanches, und das war 1860. Meinen Sie...«

»Was ist Blanche zugestoßen?«

»Sie ist ins Wasser gegangen. Sie sprang bei Putney von der Brücke – mit nassen Kleidern und großen Steinen in den Taschen. Um sicherzugehen. Bekannt ist, daß sie Mary Wollstonecrafts Selbstmordversuch von der gleichen Brücke aus als Heldentat bewunderte. Offenbar ist ihr aufgefallen, daß Wollstonecraft nicht sinken konnte, weil ihre Kleider sie wie eine Schwimmweste oben hielten.«

»Maud – weiß man, *warum*?«

»Nicht wirklich. Sie hinterließ einen Zettel, auf dem stand, sie könne ihre Schulden nicht bezahlen und sei eine ›überflüssige Person‹, ›von keinem Nutzen‹ auf dieser Welt. Sie hatte keinen Penny. Bei der Totenschau wurde eine zeitweilige Geistesstörung diagnostiziert. ›Starke und irrationale Schwankungen des Temperaments sind Frauen eigentümlich‹, erklärte der Leichenbeschauer.«

»Das sind sie. Feministinnen argumentieren so bei Autounfällen und Prüfungen –«

»Machen Sie sich nicht über mich lustig. Ich bin ja Ihrer Meinung. Die Sache ist die: Man hat immer angenommen, Christabel sei *zu Hause* gewesen – sie sagte aus, sie habe zum fraglichen Zeitpunkt ›anderswo geweilt‹ –, und ich dachte natürlich immer, daß sie damit gemeint hätte, einen Tag, eine Woche oder höchstens zwei Wochen lang –«

»Um welche Jahreszeit hat Blanche sich umgebracht?«

»Im Juni 1860. Und von Mitte 1859 bis dahin wissen wir nichts über Christabel – nichts bis auf die Briefe in Lincolnshire. Es gibt ein paar Fragmente zur *Melusine* – vermutlich aus dieser Zeit – und ein paar Märchen, die sie an *Home Notes* geschickt hat, darunter eines – Moment mal, tatsächlich: eines über einen Kobold, der den Keuchhusten heilen kann. Aber beweisen tut das gar nichts.«

»Er kann es ihr erzählt haben.«

»Sie kann irgendwo anders davon gelesen haben. Glauben Sie das?«

»Nein. Glauben Sie, daß sie mit ihm in Yorkshire war?«

»Ja. Aber wie sollen wir es beweisen? Oder uns vom Gegenteil überzeugen?«

»Wir könnten uns Ellens Tagebuch vornehmen. Meinen Sie, Sie könnten sich unauffällig bei Beatrice Nest umsehen? Ohne ihr zu sagen, worum es geht, ohne es mit mir in Verbindung zu bringen?«

»Das dürfte nicht allzu schwierig sein.«

Eine Horde jugendlicher Dämonen in weißen Bettlaken und mit fahlgrün geschminkten Gesichtern trampelte in den Caféraum und verlangte lautstark nach mehr Saft, mehr Saft, mehr Saft. Ein Kind in Trikot und Kriegsbemalung hopste neben ihnen herum; unter dem Trikot malten sich seine Glieder überdeutlich ab, und es sah aus wie ein unzivilisierter Putto. »Was hätte Christabel davon gehalten?« fragte Roland Maud; sie antwortete: »Sie hat genug Kobolde erfunden. Sie wußte über uns sehr gut Bescheid. Konventionen haben ihr nie den Blick getrübt.«

»Arme Blanche.«

»Sie war hier – in dieser Kirche –, bevor sie ihren Freitod beschloß. Sie war mit dem Vikar bekannt. ›Er duldet mich, wie er so manche Jungfer mit ihrem eingebildeten Leid duldet. In seiner Kirche sind so viele Frauen, die nicht den Mund aufmachen dürfen, die kleine Hocker besticken dürfen, sich jedoch nicht erdreisten dürfen, sakrale Bilder malen zu wollen ...‹«

»Arme Blanche.«

»Hallo?«

»Kann ich bitte Roland Michell sprechen?«

»Er ist nicht da. Ich weiß nicht, wo er ist.«

»Können Sie ihm etwas ausrichten?«

»Wenn ich ihn sehe. Sonst nicht. Und wenn er sich's merkt. Von wem?«

»Mein Name ist Maud Bailey. Ich wollte ihm nur sagen, daß ich morgen in der British Library sein werde, um Dr. Nest aufzusuchen.«

»Maud Bailey.«

»Ja. Ich wollte vorher mit ihm sprechen – zur Sicherheit –, damit nicht – wie soll ich sagen – ich wollte ihm nur ausrichten, daß ich morgen bei ihr bin, damit er Bescheid weiß. Hallo, sind Sie noch am Apparat?«

»Maud Bailey.«

»Ja. Hallo! Hallo! Sind Sie noch da? Was ist mit der Verbindung los? Verdammt.«

»Val?«

»Was ist?«

»Ist irgendwas?«

»Nö. Nicht daß ich wüßte.«

»Du verhältst dich so komisch, als wäre was.«

»Ach nein – ich verhalte mich komisch? Wie interessant, daß dir auffällt, daß ich mich überhaupt verhalte!«

»Du hast den ganzen Abend kein Wort gesagt.«

»Na und? Das ist doch nichts Neues.«

»Nein. Aber es gibt eine bestimmte Art zu schweigen –«

»Vergiß es. Mach dir bitte keine Gedanken über mich.«

»Gut. Ist in Ordnung.«

»Morgen komme ich spät nach Hause. Das ist dir doch recht?«

»Ich kann im Museum arbeiten. Kein Problem.«

»Schön für dich. Jemand hat für dich angerufen. Die Leute scheinen zu meinen, ich wäre deine Privatsekretärin, die dazu da ist, dir Anrufe auszurichten.«

»Ein Anruf?«

»Sehr *de haut en bas.* Deine Freundin Maud Bailey. Sie ist morgen im Museum. Warum, weiß ich nicht mehr.«

»Was hast du zu ihr gesagt?«

»Beruhige dich wieder. Ich habe *gar nichts* gesagt. Ich habe aufgelegt.«

»O Val.«

»O Val, o Val, o Val. Das ist alles, was ich von dir zu hören bekomme. Ich geh' jetzt ins Bett. Ich muß morgen fit sein. Ein fetter Einkommensteuerbetrug, ist das nicht spannend?«

»Hat Maud gesagt, ob ich ... oder ob ich nicht... Hat sie Beatrice Nest erwähnt?«

»Keine Ahnung, hab' ich dir doch gesagt. Ich glaube nicht. Sieh mal einer an, Maud Bailey ist in London ...«

Wenn er fähig gewesen wäre, die Stimme zu erheben und zu schreien: Sei nicht so albern! und es auch zu meinen, wäre es dann vielleicht nie zu solchen Situationen gekommen?

Wenn sie zwei Betten gehabt hätten, hätte er seinen natürlichen Selbstschutz praktizieren und sich zurückziehen können. Ihm taten alle Glieder weh, weil er sich nachts stocksteif an den Rand der Matratze drückte.

»Es ist nicht so, wie du denkst.«

»Ich denke gar nichts. Denken steht mir ja nicht zu. Man sagt mir nichts, weil mich alles nichts angeht, und folglich denke ich auch nichts. Ich bin total überflüssig. Auch gut.«

Und wenn diese Person auf eine schreckliche Weise *nicht Val* war, wo war sie dann, die verlorene, verwandelte Val, wo hielt sie sich verborgen, und was sollte, was konnte er tun? Wieweit war er daran schuld, daß diese Val verlorengegangen war?

Maud und Beatrice fühlten sich in der Gegenwart der jeweils anderen gehemmt, was zum Teil daran lag, daß sie einander rein physisch abstoßend fanden – Beatrice, der formlose Wollballen, Maud, die Verkörperung von Konzentration und Selbstbeherrschung. Maud hatte eine Art Fragebogen über viktorianische Ehefrauen ausgearbeitet, der in verschiedene Bereiche unterteilt war, und sie tastete sich behutsam zu der Frage vor, die sie interessierte, der Frage, warum Ellen ihr Tagebuch geführt hatte.

»Es interessiert mich besonders, ob die Frauen der sogenannten großen Männer –«

»Er *war* ein großer Mann, meiner Meinung nach –«

»Gewiß. Ob diese Ehefrauen sich damit abfanden, sich im Glanz ihrer Männer zu sonnen, oder ob ihnen bewußt war, daß sie unter günstigeren Umständen selbst etwas hätten leisten können. Viele von ihnen haben Tagebuch geführt, und oft genug sind diese Notizen von hoher literarischer Qualität. Denken Sie nur an Dorothy Wordsworth' großartige Prosa – wenn sie davon überzeugt gewesen wäre, daß sie Autorin hätte sein können, anstatt nur Schwester zu sein, was hätte sie dann nicht zu leisten vermocht! Und ich wüßte gern, warum Ellen ihr Tagebuch geführt hat. Hat ihr Mann sie dazu angehalten?«

»O nein!«

»Hat sie es ihm gezeigt?«

»O nein! Das kann ich mir nicht vorstellen. Sie sagt nie etwas, was die Vermutung nahelegen würde.«

»Glauben Sie, sie hat es in irgendeiner Weise auf eine Veröffentlichung hin geschrieben?«

»Die Frage ist schwerer zu beantworten. Ich glaube, sie hat gewußt, daß es möglicherweise gelesen werden würde. Es gibt immer wieder Stellen, wo sie die zeitgenössischen biographischen Gepflogenheiten aufs schärfste verurteilt – das Herumgekrame in Dickens' Schreibtisch, bevor er noch unter der Erde war, und so weiter –, die üblichen viktorianischen Kommentare. Sie wußte, daß er ein großer Dichter war, und sie muß gewußt haben, daß die Aasgeier sich früher oder später über ihr Tagebuch hermachen würden, wenn sie es nicht verbrannte. Aber sie hat es nicht verbrannt. Sie müssen wissen, daß sie sehr viele Briefe verbrannt hat. Mortimer Cropper denkt, Patience und Faith hätten sie verbrannt, aber ich denke, daß Ellen es war. Einige sind ihr ins Grab mitgegeben worden.«

»Warum hat sie ihr Tagebuch geschrieben, Dr. Nest? Was meinen Sie? Um sich jemandem anvertrauen zu können? Als Gewissenserforschung? Aus Pflichtgefühl? Warum?«

»Ich habe eine Theorie dazu. Sie ist allerdings ziemlich weit hergeholt, das muß ich zugeben.«

»Was für eine Theorie?«

»Ich glaube, sie hat es geschrieben, um zu täuschen. Ja, um zu täuschen.«

Sie starrten einander an. Maud sagte: »Um wen zu täuschen? Seine Biographen?«

»Einfach um zu täuschen, alle.«

Maud sah Beatrice erwartungsvoll an. Beatrice versuchte hilflos zu beschreiben, wie es ihr selbst ergangen war:

»Als ich anfing, mich damit zu beschäftigen, dachte ich: Was für eine nette, langweilige Person. Und dann bekam ich immer mehr den Eindruck, daß hinter all diesem Soliden – hinter diesen *Verkleidungen*, so kam es mir vor, irgend etwas flatterte und flackerte. Und dann fing ich an – ich konnte nicht anders –, mir dieses Flattern und Flackern vorzustellen, und dann merkte ich, daß es in Wirklichkeit genauso nichtssagend und fade war wie der Rest. Ich mußte denken, daß ich mir nur einbildete, daß es so wäre, daß sie in Wahrheit durchaus ab und zu etwas Interessantes – wie soll ich es erklären –, etwas gesagt haben könnte, was wert war, daß man darüber nachdachte, aber *sie tat es einfach nicht.* Aber das konnte genausogut ein Nebeneffekt dessen sein, daß ich mich mit der Herausgabe eines langweiligen Tagebuchs abplagte, nicht wahr? Daß ich anfing, mir einzubilden, die Schreiberin würde mich absichtlich täuschen und in die Irre führen.«

Maud sah Beatrice verblüfft an. Sie betrachtete die Umrisse des martialischen Korsetts unter der superweichen gesprenkelten Wolle über Beatrices üppigen Formen. Der Grundton der Wolle war ein zartes Blau, eine höchst verletzliche Farbe. Beatrice senkte die Stimme.

»Sie werden sagen, daß ich nach all den Jahren der Beschäftigung mit diesen Papieren nicht gerade viel vorzuweisen habe. Fünfundzwanzig Jahre, um genau zu sein, und sie vergehen zunehmend schneller. Diese – diese Langsamkeit ist mir immer stärker bewußt geworden, als das – das Interesse von Forschern wie Ihnen – von Leuten mit bestimmten Ideen über Ellen Ash und ihr Schreiben – sich bemerkbar gemacht hat. Ich habe nie etwas anderes empfunden als eine Art Verständnis für – für die Gehilfin, die sie ihrem Mann in gewisser Weise war – und, das will ich Ihnen nicht verschweigen, Dr. Bailey, eine große Verehrung für ihn, für Randolph Ash. Man sagte mir damals, es sei besser, so etwas zu tun – sich einem Thema zu widmen, das gewissermaßen naheliegend war und meiner – meinem Geschlecht, meinen Fähigkeiten, wie sie damals eingeschätzt wurden, zu entsprechen schien, egal, wie sie wirklich beschaffen sein mochten. Eine mutige Feministin, Dr. Bailey, hätte damals darauf bestanden, daß man ihr erlaubte, über den Ask-und-Embla-Zyklus zu schreiben.«

»Daß man es ihr erlaubte?«

»Oh, ich verstehe. Ja. Sie hätte darauf bestanden, sich damit zu beschäftigen.« Sie machte eine Pause, dann sagte sie: »Ich glaube, Sie können sich nicht vorstellen, wie es damals war, Miss Bailey. Wir waren abhängige und ausgeschlossene Wesen. Zu Anfang meiner Studienzeit – nein, in Wahrheit bis Ende der sechziger Jahre – durften Frauen das Dozentenzimmer des Prince Albert College nicht betreten. Wir hatten ein eigenes Zimmer, klein und halbwegs hübsch eingerichtet. Alles, was von Belang war, wurde im Pub entschieden, wo man uns nicht sehen wollte und wo wir auch nicht hingehen wollten. Ich habe für Tabakqualm und Bierdunst nichts übrig, sollte deshalb aber nicht davon ausgeschlossen sein, über Abteilungsinterna mitzubefinden. Wir waren damals dankbar, überhaupt beschäftigt zu werden. Wir dachten, es sei schlimm genug, jung zu sein und – in manchen Fällen, nicht in meinem – attraktiv, aber als wir älter wurden, wurde es schlimmer. Ich bin felsenfest davon überzeugt, daß es ein Alter gibt, in dem man allein durch den Alterungsprozeß zur Hexe wird, Dr. Bailey – wie wir es aus der Geschichte kennen –, und es gibt solche Hexenjagden –

Sie müssen mich für verrückt halten. Ich versuche, einen Rückstand von zwanzig Jahren – mit – mit Privatdingen zu entschuldigen – Sie hätten sicher schon vor zwanzig Jahren eine Ausgabe vorgelegt. Ich will Ihnen auch nicht verschweigen, daß ich mir nie sicher war, ob richtig war, was ich tat. Ob sie damit einverstanden gewesen wäre.«

Maud spürte plötzlich und unerwartet eine warme Welle des Mitgefühls und Verständnisses.

»Können Sie es nicht aufgeben? Sich Ihrer eigenen Arbeit widmen?«

»Ich fühle mich verantwortlich. Mir selbst, all den Jahren gegenüber. *Ihr* gegenüber.«

»Darf ich das Tagebuch sehen? Ich interessiere mich besonders für das Jahr 1859. Ich habe seine Briefe an sie gelesen. Die aus Yorkshire. Wissen Sie, ob sie Huxleys Vortrag besucht hat?«

War das zu abrupt gewesen? Offenbar nicht. Beatrice hievte sich langsam hoch und suchte den entsprechenden Band in dem grauen Stahlschrank hervor. Einen Augenblick lang umklammerte sie ihn beschützend.

»Eine Professor Stern war vor einiger Zeit hier. Aus Tallahassee. Sie wollte wissen, ob – ob – sie wollte sich über Ellens sexuelle Beziehungen informieren – zu ihm – oder sonstwem. Ich habe ihr gesagt, daß nichts dergleichen im Tagebuch erwähnt wird. Und sie hat gesagt, es müsse zu finden sein – in den Metaphern, in den Auslassungen. Meine Ausbildung bestand nicht darin zu lernen, Wissenschaft zu treiben, indem vor allem das untersucht wird, was nicht vorkommt, Dr. Bailey. Aber wahrscheinlich halten Sie mich für naiv.«

»Nein. Ich finde Leonora Stern bisweilen naiv. Das heißt, *naiv* ist das falsche Wort. Stur und engstirnig. Aber vielleicht hatte sie recht. Vielleicht ist das, was Ihnen als Täuschung erscheint, ein systematisches Auslassen –«

Beatrice dachte nach. »Davon bin ich überzeugt. Irgend etwas wurde ausgelassen. Ich weiß nur nicht, warum es ausgerechnet – ausgerechnet so etwas sein soll.«

Dieser schüchterne und verdruckste Widerstand weckte erneut Mitgefühl und Solidarität in Maud, die mit ihrem Stuhl näher rückte und aufmerksam in das runzlige, müde Gesicht sah. Maud dachte an Leonoras Rücksichtslosigkeit, an Fergus' Bosheit und Herzlosigkeit, an Ausrichtung und Bemühungen der Wissenschaft des 20. Jahrhunderts und an ein Bett von der Farbe schmutzigen Eiweißes.

»Ich stimme Ihnen zu, Dr. Nest. Ich stimme Ihnen voll und ganz zu. Unsere ganze Wissenschaft – unser ganzes Denken – wir stellen alles in Frage außer der zentralen Bedeutung der Sexualität. – Bedauerlicherweise kann man als Feministin kaum umhin, solche Dinge mit Vorrang zu behandeln. Es gibt Momente, wo ich wünschte, ich wäre Geologin geworden.«

Beatrice Nest lächelte und reichte ihr den Tagebuchband.

Ellen Ashs Tagebuch

4. Juni 1859. – Im Haus herrscht Schweigen, und jeder Schritt hallt, wenn mein geliebter Randolph nicht da ist. Ich bin voller Vorhaben zu seinem Wohlergehen und seiner Bequemlichkeit, die ich während seiner Abwesenheit ausführen will. Die Vorhänge in seinem Arbeitsraum und in seinem Ankleidezimmer müssen abgenommen und gründlich ausgeklopft werden. Ich fürchte, es wäre unklug zu versuchen, die oberen zu *waschen*. Die Vorhänge im Salon, mit denen ich es tat, haben nie mehr den alten Glanz und den alten Faltenwurf gehabt. Ich werde Bertha beauftragen, sie kräftig zu klopfen und abzubürsten, und wir werden sehen. Bertha war in letzter Zeit merkwürdig träge; wenn man sie ruft, kommt sie langsam, und sie führt Arbeiten nicht zu Ende (die silbernen Kerzenhalter, unter deren Rändern schwarze Schlieren geblieben sind, die Knöpfe, die sie nicht an Rs Nachthemd angenäht hat). Ich frage mich, ob irgend etwas

mit Bertha nicht so ist, wie es sein soll. Nach der Unzuverlässigkeit und Vergeudungssucht – mehr noch, Zornmütigkeit und Zerstörungswut – ihrer Vorgängerinnen hatte Bertha mich hoffen lassen, dauerhaft die halb unsichtbare, geschäftige und adrette Helferin zu sein, als die sie so einnehmend begann. Ist sie unglücklich oder unwohl? Beides fürchte ich, beides mag ich mir nicht vorstellen. Morgen werde ich sie unumwunden fragen. Es würde sie erstaunen, wüßte sie, wieviel Mut und wieviel verschiedenartigen Mut ich aufbringen muß, um eine solche Störung in ihrem und meinem stillen Walten zu verursachen. Mir fehlt die Charakterstärke meiner Mutter. Mir mangelt es an vielem, worin meine liebe Mutter sich auszeichnete und was ihr Neigung und Pflicht in gleichem Maße war.

Vor allem fehlen mir unsere friedlichen abendlichen Vorlesestunden, wenn mein geliebter Mann fort ist. Ich habe mir überlegt, ob ich im Petrarca allein weiterlesen soll, und habe beschlossen, es nicht zu tun; zuviel geht verloren, wenn nicht seine herrliche Stimme die alte Liebe des Italieners zum Leben erweckt. Ich las ein wenig in Lyells *Geologie*, um mich in den Stand zu versetzen, seine Begeisterung für das Studium dieses Werkes zu teilen, und mich entzückte der geistige Ernst seines Entwurfs nicht weniger, als mich seine Vorstellung der Äonen außermenschlicher Zeit, die die Herausbildung der Erdkruste gedauert hat, erschauern ließ. Und wo mag sich verbergen, was unsrem Lehm mit Liebe sich genähert? wie der Dichter listig fragte. Anders als Ehrwürden Mr. Baulk denke ich nicht, daß das neue Wissen um das Alter der Welt sich in entscheidender Weise auf unseren festen Glauben auszuwirken vermöchte. Vielleicht mangelt es mir an Phantasie, vielleicht bin ich zu schlicht, zu einfach in meinem Gottvertrauen. Würde die Geschichte von Noahs Sintflut sich als großartige dichterische Erfindung erweisen, sollte ich, die Frau eines großen Dichters, deshalb ihre Botschaft der Bestrafung aller Sünden nicht mehr glauben? Müßte man das vorbildliche Leben und den geheimnisvoll freudigen Tod des größten und einzig wahrlich guten Menschen für Erfindungen halten, so wäre dies freilich eine ganz anders beschaffene Bedrohung.

Und dennoch, in einer Zeit zu leben, die ein solches *Klima* des Fragens geschaffen hat ... gewiß hat Herbert Baulk in der Tat Grund zur Beunruhigung. Er hat zu mir gesagt, ich solle meinen Geist nicht mit Fragen zermartern, welche meine Intuition (die er als weiblich, tugendhaft, rein und so fort preist) als eitel zu erkennen und abzutun vermöge. Er hat gesagt, ich *wisse*, daß mein Erlöser des ewigen Lebens teilhaftig sei, und wartete, daß ich zustimmte, als würde meine Zustimmung auch ihm Kraft geben. Folglich habe ich zugestimmt. Und ich stimme ihm zu. Ich weiß, daß mein Erlöser des ewigen Lebens teilhaftig ist. Im Diesseits jedoch wäre ich dankbar, wenn Herbert Baulk seine Zweifel zu meistern verstünde, damit unsere Gebete vom wahren Vertrauen und unerschütterlichen Glauben künden könnten, die wir der Vorsehung in all ihrer Weisheit entgegenbringen, statt unverständlich und *rätselhaft* zu sein, wie es gegenwärtig der Fall ist.

Es ist schon spät. Ich würde nicht so spät noch arbeiten, wäre ich nicht allein zu Hause – abgesehen von den Dienstboten. Ich werde dieses Buch schließen und mich meinem Kissen anvertrauen, um mich für die Vorhangschlacht und das Befragen Berthas zu stärken.

6. Juni. – Heute erhalte ich einen Brief von Patience, die mich bittet, hier samt ihrer Kinderschar auf dem Weg in die Ferien in Etretat übernachten zu dürfen. Ich muß es ihr behaglich machen – und es wird mir eine große Freude sein, mich mit ihr über so viele unserer Lieben auszutauschen, die leider fern von uns weilen. Aber es ist keine gute Zeit für Besuche, wenn die Hälfte der Möbel ausrangiert ist und das ganze Porzellan gewaschen und gezählt werden soll und die Sessel zum Teil in Schutzbezügen stecken und zum Teil vom tüchtigen Mr. Beale geflickt und genäht werden. Zwischen der Armlehne und dem Kissen in Randolphs Sessel aus seinem Arbeitszimmer (dem niedrigen grünen Ledersessel) hat er zwei Guineen, die Kerzenrechnung, deren Verschwinden soviel Aufregung verursachte, und den Federwischer gefunden, den die Damen von St. Swithin ihm verehrt hatten (und es übersteigt meine Vorstellungskraft, wie sie jemals glauben konnten, daß irgend jemand imstande sein könne, ihre zierliche Arbeit mit Tintenklecksen zu beschmutzen). Der Kronleuchter ist abgenommen, und alle Kristallstücke werden sorgfältig gereinigt und poliert. Und in dieses mehr oder weniger geordnete Durcheinander sollen Enid, George, Arthur und Dora *hereinbrechen*, deren übertriebene Vorsicht für Kristalltropfen noch weit verderblicher ist als ihre Ausgelassenheit und Mutwilligkeit. Und doch müssen sie kommen, gewiß. Ich habe geantwortet und sie ein-

geladen. Soll ich den Kronleuchter wieder aufhängen oder aus dem Haus geben? Ich esse in meinem Arbeitszimmer zu Abend, ein wenig Brühe und eine Scheibe Brot.

7. Juni. – Ein Brief von Randolph. Es geht ihm gut, und er geht mit größtem Gewinn seinen Studien nach. Wir werden vieles zu besprechen haben, wenn er wiederkommt. Ich hatte Halsschmerzen und mußte wiederholt heftig niesen – was an dem vielen Staub liegen mag, den unsere Reinigungsbemühungen aufgewirbelt haben – und zog mich nachmittags auf meine Chaiselongue zurück, bei zugezogenen Vorhängen, wo ich unruhig und nicht gut schlief. Morgen muß ich mich aufraffen, um Patience zu empfangen. Bertha hat die Betten für die Kinder im ehemaligen Kinderzimmer gemacht. Ich habe sie noch immer nicht gefragt, ob etwas sie bedrückt – und sie ist noch mürrischer und träger als letzte Woche.

9. Juni. – Welch glückliche Fügung, daß der Herr des Hauses nicht zugegen ist, denn die letzten vierundzwanzig Stunden sahen es in ein wahres Pandämonium verwandelt. George und Arthur sind kräftige kleine Burschen, wofür wir dankbar sein müssen, und die lieben Mädchen wirken – solange sie sich ruhig benehmen – ganz entzükkend mit ihrer zarten, hellen Haut und den großen, klaren Augen. Patience nennt sie ihre Engel – und das sind sie, gewiß, doch die Stadt Pandämonium war der Ort der *gestürzten* Engel, und meine verehrten Nichten und Neffen zeichnen sich alle vier durch die Neigung aus, immer dann zu stürzen, wenn es am ungelegensten ist, so daß sie Tischtücher herabziehen, Blumensträuße ruinieren und – wie ich es befürchtet hatte, in Georgies Fall – in das Porzellangefäß hineinrennen, das die Kristalltropfen des Kronleuchters enthielt, die im Wasser wie Kiesel klapperten. Patience' Kindermädchen ist kein strenger Zuchtmeister, aber sie tut sich im unablässigen Abküssen und Herzen der Kleinen hervor. Patience lächelt wohlwollend und sagt, es sei offenkundig, daß Grace die lieben Kinderchen von Herzen liebhabe, was gewiß wahr ist.

Ich sagte zu Patience, sie sehe aus wie das blühende Leben, was nicht ganz der Wahrheit entsprach, doch ich hoffe, Gott wird mir diese harmlose Lüge vergeben. Sie war so verändert, daß ich zuerst erschrak – das glanzlose Haar, die Falten im lieben, müden Gesicht, und fast keine Spur mehr von der straffen, schmucken Haltung, auf die sie so stolz war. Sie erklärt dauernd, wie gesund und glücklich sie sei, doch sie klagt über Atemnot, Schmerzen in der Lendengegend, Zahnschmerzen und Kopfschmerzen, die sie unablässig plagen, und andere heimtückische Leiden, die sie seit ihrem letzten Kindbett heimsuchen – oder, wie sie es nennt, ihre Angriffe vermehrt haben. Sie sagt, Barnabas sei der *rücksichtsvollste* Ehemann, den man sich als Frau in einer solchen Situation nur wünschen könne. Seine theologischen Arbeiten beschäftigen ihn sehr – er teilt die religiösen Überzeugungen Herbert Baulks ganz und gar nicht –, und er macht sich, so erzählt mir Patience, begründete Hoffnungen, in nicht allzu ferner Zeit ein Dekanat zu erhalten.

10. Juni. – Patience und ich konnten uns ausführlich unterhalten, sowohl beim Abendessen als auch infolge eines Ausflugs des lieben Kinderschwarms in den Regent's Park. Wir tauschten bittersüße Erinnerungen an die alten Tage im Pfarrhaus, als wir im Obstgarten spielten und davon träumten, erwachsene Frauen zu sein. Fast wie junge Mädchen redeten wir über alte Fächer und Strümpfe und das Drücken unbequemer Hauben während langer Predigten und über die Prüfungen, die unsere liebe Mama erduldet haben muß als Mutter von fünfzehn Kindern, von denen nur wir vier Töchter am Leben blieben.

Mit ihrem gewohnt scharfen Blick sah Patience sofort, daß mit Bertha nicht alles so war, wie es sein sollte, und sie vermutete auch, was die Ursache sein könne. Ich sagte, ich müsse mit Bertha sprechen und hätte auf einen geeigneten Moment gewartet. Patience sagte, es könne für Bertha und den ganzen Haushalt nur schädlich sein, wenn ich zu lange wartete. Patience ist der unverrückbaren Ansicht, daß die Gegenwart sündhafter Menschen verunreinigend wirke. Ich sagte, meiner Meinung nach habe Christus uns geheißen, den Sünder zu lieben, doch Patience erwiderte, dies bedeute nicht, daß man den Sünder nicht ermahnen oder gar mit dem sichtbaren Beweis seiner Sündhaftigkeit unter einem Dach leben solle. Wir erinnerten uns an Mamas Festigkeit in solchen Situationen, wenn sie es als ihre Pflicht empfand, sündigen jungen Frauen die verdiente Züchtigung zukommen zu lassen. Ich erinnere mich besonders an die arme Thyrza Collitt, die schreiend und weinend von Zimmer zu

Zimmer lief, während Mama ihr mit erhobenem Arm nacheilte. Niemals werde ich diese Schreie vergessen. Ich werde niemals einen Dienstboten schlagen, und auch Patience wird es niemals tun, was sie auch reden mag, selbst wenn sie behauptet, Barnabas halte es unter gewissen wohlabzuwägenden Umständen für ein heilsames Verfahren. Ich kann mir nicht vorstellen, daß mein geliebter Randolph jemals imstande wäre, seine Hand – oder was auch immer – gegen einen unserer Hausangestellten zu erheben. Ich muß Bertha bitten zu gehen, bevor er zurückkommt; es ist meine Pflicht.

12. Juni. – Mein geliebter Mann schreibt mir ausführlich; er ist wohlauf, und seine Forschungen gedeihen. Ich habe alle Schilderungen meiner arbeitsamen Tage in dem langen Brief an ihn untergebracht, welchen ich aufgegeben habe, und ich habe weder Zeit noch Neigung, hier mehr zu notieren als das, was ihn nicht belästigen soll. Zwei der Kristalltropfen sind beschädigt – ein großer aus der Krone und ein kleinerer vom Rand. Was soll ich tun? Ich bin sicher – nein, das ist ungerecht –, ich neige dazu zu vermuten, daß sie der Kollision Arthurs und Georgies mit dem Gefäß, in dem sie gereinigt wurden, zum Opfer fielen. Ich habe dem lieben R nichts davon geschrieben; ich will ihn mit einem vor Sauberkeit glänzenden und strahlenden Haus überraschen. Ich könnte versuchen, die beschädigten Tropfen zu ersetzen – doch ich fürchte, es würde nicht rechtzeitig zu bewerkstelligen sein und obendrein kostspielig sein. Der Gedanke, den Leuchter hier mit sichtbaren Beschädigungen hängen zu sehen, gefällt mir nicht.

Ich habe mit Bertha gesprochen. Es ist, wie ich dachte und wie Patience sagte. Sie ist nicht dazu zu bewegen, den Mann zu nennen, sondern beteuerte unter heftigen Tränen, es sei ausgeschlossen, daß er sich ihrer annehme oder sie heirate. Sie zeigte keine Reue, aber auch keine Frechheit und fragte mich nur immer wieder: »Was soll ich tun?«, worauf ich keine Antwort weiß. Sie sagte die sonderbaren Worte: »Es geht immer weiter, was ich auch tue.« Ich sagte, ich wolle ihrer Mutter schreiben, und sie beschwor mich, es nicht zu tun – »Es würde ihr das Herz brechen und sie für alle Zeiten gegen mich einnehmen«, sagte sie. Wohin will sie sich wenden? Was für ein Heim steht ihr offen? Was soll ich in aller christlichen Barmherzigkeit für sie tun? Ich will Randolphs Arbeit nicht mit diesen Dingen stören, doch steht es nicht in meiner Macht, mich ohne seine Einwilligung für Bertha zu verwenden. Und das gräßliche Problem der *Nachfolgerin*, die es zu finden gilt, mit allen Gefahren von Trunksucht, Diebstahl, Unachtsamkeit und moralischer Verderbtheit, die eine solche Wahl in sich bergen kann. Ich kenne Damen, die ihre Dienstboten weit weg in ländlichen Gebieten suchen – die Schlauheit des Cockneys ist etwas, dem ich mich nicht gewachsen fühle.

Patience sagt, die dienenden Klassen seien von Natur aus undankbar und schlecht erzogen. Zu Zeiten wie diesen – wenn man ihnen begegnen, ein Urteil über sie fällen, ihr Inneres erforschen muß – frage ich mich allerdings, warum sie uns nicht vielmehr hassen. Daß manche Haß empfinden, davon bin ich überzeugt. Und ich kann nicht verstehen, wie es einem wahren Christen möglich sein soll, eine Welt als »naturgegeben« zu empfinden, in der es Herren und Diener gibt. – *Er* kam auch zu den Geringsten, zu ihnen vielleicht mit größerer Liebe – zu den Armen und Ärmsten – in Besitz und im Geiste.

Wäre Randolph hier, könnte ich es mit ihm besprechen. Vielleicht ist es besser so, daß er nicht da ist – es gehört in den Bereich meines Wirkens und meiner Verantwortung.

Juni. – Patience und ihre Kinderschar reisten heute morgen nach Dover ab, ganz Fröhlichkeit und flatternde Taschentücher. Ich hoffe, die Überfahrt war nicht beschwerlich. Ich hoffe, sie werden den Aufenthalt am Meer ungetrübt genießen. Randolph schickte mir einen Brief, den ich erhielt, als sie gerade abfuhren, voller (der Brief, nicht sie) Meeresluft und frischen Brisen und anderen köstlichen Kräften der freien Natur. In London ist es heiß wie in einem Schmelzofen und stickig – es scheint sich ein Gewitter anzukündigen. Die Luft ist unnatürlich still und schwül. Ich habe beschlossen, mich wegen Bertha mit Herbert Baulk ins Benehmen zu setzen. Ich spürte, daß Kopfschmerzen nahten, und die unvermittelte Stille und Leere im Haus machten mich nervös. Ich zog mich zurück und schlief zwei Stunden lang, worauf ich erfrischt erwachte, doch nicht ohne beginnende Kopfschmerzen.

Juni. – Herbert Baulk kam zum Tee, und wir plauderten. Ich schlug ihm vor, Schach zu spielen – weil ich hoffte, ihn damit von allzu deutlichen Ausführungen über seine Zweifel und Gewißheiten abzuhalten, und weil mir diese kleinen Feldzüge großes Vergnügen bereiten. Er war so freundlich, mir mitzuteilen, daß ich für eine Dame sehr gut spielte – was ich unwidersprochen hinnahm, da ich mit einigem Vorsprung gewann.

Ich sprach mit ihm über Bertha. Er nannte mir ein Heim, welches ausgezeichnete Vorkehrungen trifft, um Frauen in ihrer Lage bis zur Entbindung aufzunehmen und sie danach – wenn dies möglich ist – einem nützlichen Gewerbe zuzuführen. Er sagte, er wolle erfragen, ob sie dort unterkommen kann – ich besaß die Kühnheit, mich – das heißt meinen geliebten Randolph – für ihren Unterhalt bis zur Niederkunft zu verbürgen, falls dies dienlich sein sollte, ihr ein Bett zu verschaffen. Er sagte mir, die Schlafsäle dort würden von den Bewohnerinnen peinlichst saubergehalten und die Mahlzeiten seien einfach, aber kräftig, und würden ebenfalls von den Frauen selbst zubereitet.

Juni. – Ich schlief unruhig und träumte infolgedessen einen merkwürdigen, unzusammenhängenden Traum, in welchem ich mit Herbert Baulk Schach spielte, und er hatte bestimmt, daß meine Königin nur jeweils ein Feld weit vorrücken dürfe, so wie sein König. Ich spürte wohl, daß dies ungerecht war, konnte jedoch in meiner traumbedingten Torheit nicht erkennen, daß es daran lag, daß *mein König* unnatürlich groß und rot am Rand des Brettes saß und bewegungsunfähig schien. Die Züge, die sie hätte machen sollen, sah ich vor mir wie Fehler in einem schwierigen Strick- oder Stickmuster – doch sie durfte nur unbeholfen vor- und zurückschlurfen, jeweils um ein Feld. Mr. Baulk (in meinem Traum) sagte seelenruhig: »Sehen Sie, ich sagte ja, daß Sie nicht gewinnen können«, und ich sah, daß er recht hatte, doch war ich unerklärlich aufgeregt und wünschte mir inständig, meine Königin quer über die Felder setzen lassen zu können. Wenn ich es recht bedenke, ist es sonderbar, daß im Schachspiel Frauen weite Sprünge machen und sich ungehindert bewegen dürfen, wie es ihnen gefällt, denn im Leben verhält es sich gar so anders.

Mr. Baulk kam des Nachmittags wieder und sprach ausführlich und eindringlich über die niedrige Gesinnung derer, die den Wundern des Neuen Testaments betrügerische Motive unterstellen – insbesondere der Wiedererweckung des Lazarus. Er sagte, seine Erkundigungen bezüglich des Heimes für Bertha erwiesen sich als erfolgversprechend. Ich habe ihr noch nichts davon gesagt, aus Furcht, Hoffnungen zu wecken, die am Ende nicht zu erfüllen wären. Sie geht schwerfällig und unfroh ihrer Arbeit nach, und ihr Gesicht ist sehr geschwollen.

Juni. – Welch eine Überraschung! Ich erhielt ein Päckchen mit einem Geschenk von meinem geliebten Randolph und einem Gedicht, welches er nur für mich geschrieben hat. Er war in Whitby, einem Fischerort, wo, wie er schreibt, die Einheimischen sich darauf verstehen, den schwarzen Bernstein, den Jett, welchen sie an der Küste aufsammeln, zu polieren und zu schneiden und zu nützlichen Knöpfen sowie mancherlei Schmuckgegenständen zu verarbeiten. Er schickt mir eine entzückende Brosche, in die ein Kranz von Yorkshire-Rosen geschnitten ist – mit ineinandergewundenen dornigen Zweigen und Blättern – sowohl künstlerisch als auch von erstaunlicher Lebensnähe. Sie ist schwärzer als der schwärzeste Ruß, doch wenn man sie bewegt, funkeln ihre Facetten vor Licht und einer heftigen Lebenskraft, die dem Material eigentümlich ist – es gehört zu den Eigenschaften des Jetts, daß er, wenn man daran reibt, leichtere Materie anzieht, wie beim animalischen Magnetismus. Es ist *Braunkohle*, schreibt R., der offenkundig großen Gefallen an dem Stoff findet, ein *organisches Material*. Ich besitze Perlen aus Jett und habe solche schon oft gesehen, doch nie fand ich diese tiefe Schwärze und diesen Glanz.

Ich will sein Gedicht abschreiben, bedeutet es mir doch mehr als das schöne Geschenk. ~~Trotz aller~~ Wir waren stets so glücklich miteinander, daß auch die Zeiten der Trennung das Vertrauen und die Zuneigung, welche zwischen uns herrschen, nur stärken können.

Ein Paradoxon sei dir zugesandt:
Die weißen Rosen, zwar aus schwarzem Stein,
Glitzern und funkeln dennoch unverwandt,
Als lachten sie im Sommersonnenschein.

Mag unsre Liebe, die dein Herz bewahrt,
Uns laben und erquicken dermaleinst,

Wie Licht und Wärme spenden in der Gegenwart
Wälder von einst, erstarrt zu schwarzem Stein.

Juni. – Ein unguter Tag. Ich sagte Bertha, daß sie gehen müsse und daß Herbert Baulk Vorkehrungen treffen würde, sie im Magdalenenheim unterzubringen, wenn sie einverstanden sei. Sie erwiderte kein einziges Wort, sondern starrte mich unverwandt an, schwer atmend und mit hochrotem Gesicht, als sei sie außerstande, meine Worte zu begreifen. Ich sagte ein weiteres Mal, daß Mr. Baulk sehr freundlich gewesen sei und daß sie von Glück sagen könne, doch alles, was ich zu hören bekam, war ihr heftiges Atmen, das meinen kleinen Salon zu erfüllen schien. Ich entließ sie und sagte, ich erwarte eine Antwort von ihr, sobald sie Zeit gehabt habe, das Angebot zu erwägen; ich hätte auch sagen sollen, daß ich erwarte, sie werde vor dem Ende der nächsten Woche gehen, doch ich vermochte es nicht. Was wird nur mit ihr geschehen?

Die Post brachte eine große Menge Briefe von der Art, wie wir sie in immer stärkerem Maße erhalten – Briefe mit Gedichten oder Verszeilen, mit gepreßten Blumen für »seine« Bibel oder »seinen« Shakespeare, Bitten um Autographen, Empfehlungen (höchst unverschämter Natur), was er lesen solle, und demütige, aber auch herrische Bitten, epische Gedichte oder Traktate oder gar Romane zu lesen, von denen ihre Autoren vermeinen, sie könnten ihn interessieren oder durch seine Empfehlung ihnen von Gewinn sein. Diese Briefe beantworte ich freundlich, ich wünsche ihren Verfassern alles Gute und erkläre ihnen, wie beschäftigt *er* ist – was der Wahrheit wohl entspricht. Wie können sie erwarten, daß er sie weiterhin »erstaunt und entzückt«, wie es einer von ihnen ausdrückte, mit seinen »verworrenen Vorstellungen«, wenn sie ihm die Zeit rauben wollen, die er benötigt, um seiner Lektüre und seinen Gedankengängen nachzugehen? Unter den Briefen war einer, der ein Gespräch mit *mir persönlich* erbat – in einer Sache von größter Bedeutung für mich selbst, wie die Schreiberin sagte. Auch dies ist nichts Ungewöhnliches – insbesondere bei jungen Damen, welche sich an mich wenden, um meinem lieben Randolph näherzukommen. Ich erwiderte höflich, es sei mir unmöglich, Fremde zu empfangen, da solche Bitten zu häufig ausgesprochen würden; habe die Briefschreiberin jedoch ein besonderes Anliegen, so bäte ich sie, sich mir schriftlich näher zu offenbaren. Wir werden sehen, was sie mir darauf antworten wird – ob es tatsächlich etwas von Bedeutung sein wird oder, wie ich zu vermuten neige, etwas Unverständliches und Verrücktes.

Juni. – Ein noch schlechterer Tag. Die Kopfschmerzen kamen mit aller Gewalt, und ich verbrachte den Tag ausgestreckt im verdunkelten Schlafzimmer in einem Zustand zwischen Schlaf und Wachen. Eine Vielzahl körperlicher Empfindungen, so der Geruch frischgebackenen Brotes oder der von Metallpolitur, lassen sich nicht beschreiben, obwohl man sie sofort erkennt, so daß man sie einem Menschen, welcher noch niemals in Berührung mit ihnen gekommen ist, nicht zu schildern vermöchte. Und so verhält es sich mit den Schwindelgefühlen und der Mattigkeit, welche den Körper kraftlos machen und das Herannahen der Kopfschmerzen ankündigen. Befindet man sich in diesem Zustand, ist es in höchst merkwürdiger Weise nicht möglich zu glauben, man könne ihn je wieder verlassen, und die Geduld, ihn zu ertragen, stellt sich folglich als wahrhaft ewigwährende Geduld dar. Gegen Abend milderte sich die Heftigkeit des Anfalls etwas.

Ein neuer Brief von der Dame, die so geheimnisvoll die *Dringlichkeit* ihres Anliegens betont – sie schreibt, es handele sich um eine Angelegenheit auf Leben und Tod. Sie schreibt wie eine wohlerzogene Person; möglicherweise ist sie hysterisch, aber gewiß nicht krankhaft. Ich legte ihren Brief beiseite, denn ich war zu erschöpft, um mir Gedanken darüber zu machen. Die Kopfschmerzen eröffnen ihrem Opfer eine merkwürdige Welt des Zwielichts und der Reglosigkeit, in welcher Leben und Tod keine große Bedeutung zu haben scheinen.

Juni. – Weiterhin schlecht und schlechter. Dr. Pimlott verschrieb mir Laudanum, welches mir einige Erleichterung verschaffte. Des Nachmittags hämmerte jemand gegen unsere Tür, und eine verstört wirkende Bertha führte eine fremde Dame herein, die mich zu sprechen verlangte. Ich war gerade aufgestanden und trank Brühe. Ich sagte zu ihr, sie dürfe wiederkommen, sobald es mir besser gehe, und sie erklärte sich damit einverstanden, auf etwas schroffe und nervöse Weise. Ich nahm wieder Laudanum und ging in mein dunkles Zimmer zurück. Kein Schriftsteller hat je den Segen des Schlafes genug gepriesen. Coleridge schrieb von den Qualen des Schlafes, und Macbeth spricht von einem unausweichlichen Schlaf – doch nicht von jenem segensreichen Übergleiten von dieser in eine andere Welt, welches das Einschlafen ist. Von Vorhängen abgeschirmt, in warme Decken eingehüllt, beinahe ohne Gewicht...

Juni. – Ein zur Hälfte schlechter und zur Hälfte guter, heller Tag, in gewisser Weise wie neu. Während meines langen Schlafes hat die Reinigung der Möbel Fortschritte gemacht, und sie alle – die Lehnsessel, die Tischläufer, die Lampen und der Ofenschirm – sehen ebenfalls aus wie neu.

Meine hartnäckige Besucherin kam, und wir sprachen eine gewisse Zeit lang miteinander. Diese Angelegenheit ist nun, so hoffe ich, beigelegt und über jeden Zweifel hinaus geklärt.

Juni. – Ein Dichter ist kein göttergleiches Geschöpf, welches mit dem Blick eines Engels innere Dinge schaut. Randolph hat sich stets gegen diese Beschreibung zur Wehr gesetzt. Er zitiert gern W. Wordsworth' Wendung vom »Menschen, der zu Menschen spricht«, und er ist – darf ich dies wohl sagen? – mit der Vielgestaltigkeit und den wunderlichen Launen der menschlichen Natur weit besser vertraut als jener, welcher den Blick stets auf sein Inneres geheftet hielt.

Herbert Baulk war da und sprach mit großer Freundlichkeit zu Bertha, welche wie zuvor schon schweigend und mit hochrotem Gesicht dastand wie ein fühlloser Klotz.

Wir spielten Schach, und ich gewann.

Juli. – Heute morgen stellte sich heraus, daß Bertha in der Nacht mit all ihren Besitztümern und, so behauptet Jenny, mit einigen Dingen aus deren Besitz, darunter eine Reisetasche und ein wollenes Umhängetuch, weggelaufen ist. Nichts scheint aus dem Hause entwendet worden zu sein, obwohl das Silber offen herumliegt und auch in den Schubladen und Schränken jedermann zugänglich ist. Vielleicht nahm sie das Tuch versehentlich an sich, vielleicht hat auch Jenny sich getäuscht.

Wohin kann sie nur gehen wollen? Was soll man tun? Sollte ich ihrer Mutter schreiben? Es gibt Gründe, die mich drängen, es zu tun, und Gründe, die mich davon abhalten – sie wollte nicht, daß ihre

Mutter erfährt, wie es um sie bestellt ist, doch es mag sein, daß sie sich nun zu ihr geflüchtet hat.

Ich gab Jenny eines meiner Tücher und einen unserer Koffer. Sie war über die Maßen erfreut.

Vielleicht ist Bertha zu dem Mann gegangen, welcher [die folgenden Worte unkenntlich gemacht]

Sollen wir versuchen, sie ausfindig zu machen? In ihrem Zustand kann sie nicht auf die Straße gegangen sein. Und wenn wir sie finden, muß sie dann nicht denken, wir wollten Vergeltung üben? Dies entspräche nicht meinem Wunsch.

Ich habe unbillig an ihr gehandelt. Ich habe sie nicht so behandelt, wie ich es hätte tun sollen.

Herbert Baulk ist ein Mann ohne Taktgefühl. Doch dies wußte ich, als ich mich zu meinem Vorgehen entschloß. ~~Ich hätte~~

Juli. – Wieder ein schlechter Tag. Ich lag den ganzen Tag über bei geöffneten Vorhängen im Bett, weil ich mit einemmal eine beinahe abergläubische Angst davor hatte, so lange Zeit bei geschlossenen Vorhängen im Haus zu verbringen. Eine trübe Sonne schien durch wabernde Schlieren von Nebel und Rauch. Gegen Abend trat ein kleiner, noch trüberer Mond vor einem tintenfarbenen Himmel an ihre Stelle. Ich lag den ganzen Tag hindurch reglos da, in seliger Schmerzlosigkeit und Betäubung, während eine jede Bewegung mit qualvollsten Schmerzen verbunden war. Wie viele Tage verbringen wir in solcher Reglosigkeit und warten auf den Abend, von dem wir den Schlaf erhoffen! Ich lag beinahe so still, wie vielleicht Schneewittchen im gläsernen Sarg liegen mag, lebendig, doch den Einflüssen des Wetters entzogen, atmend, doch bewegungslos. Draußen erleiden die Menschen unterdessen Hitze und Kälte und Luftzüge.

Wenn er zurückkommt, muß ich fröhlich und lebhaft sein. Es muß sein.

Maud sagte: »Sie kann schreiben. Ich habe zuerst nicht verstanden, was Sie mit dem Wort ›täuschen‹ meinen. Und dann doch. Anhand dieser Tagebucheintragungen fällt es mir schwer, mir eine Vorstellung von ihr zu machen, davon, wie sie gewesen sein kann. Oder zu entscheiden, ob ich sie sympathisch finde. Sie sagt interessante Dinge, aber daraus ergibt sich kein richtiges Bild.«

»Bei wem tut es das schon?« fragte Beatrice.

»Und was wurde aus Bertha?«

»Das erfährt man nicht. Sie verrät nichts davon, nicht einmal, ob sie nach ihr gesucht hat.«

»Es muß schrecklich für Bertha gewesen sein. Es scheint Ellen nicht klar zu sein –«

»Meinen Sie wirklich?«

»Ich weiß es nicht. Sie beschreibt sie so plastisch – arme Bertha.«

»Staub und Asche«, sagte Beatrice überraschend. »Seit fast hundert Jahren. Auch das Kind, wenn es geboren wurde.«

»Trotzdem ist es irgendwie frustrierend, nicht mehr zu wissen.«

»Professor Cropper hat die Brosche ausfindig gemacht. Sie befindet sich in der Stant Collection. Auf einem Kissen aus meergrüner Moiréseide, hat er mir gesagt. Er hat mir ein Photo gezeigt.«

Maud ging nicht auf das Thema Brosche ein.

»Wissen Sie irgend etwas über die hysterische Briefschreiberin? Oder verlieren sich ihre Spuren wie die Berthas?«

»Es gibt nichts weiter über sie.«

»Hat Ellen ihre Briefe aufbewahrt?«

»Nicht alle, aber die meisten. Gebündelt und in Schuhkartons. Ich habe sie hier. Meistens sind es Briefe von Verehrerinnen Randolphs, wie sie schreibt.«

»Könnten wir nachsehen?«

»Wenn Sie wollen. Ich habe sie mir alle angesehen, ein- oder zweimal. Ich hatte mir überlegt, einen Artikel über die viktorianischen Vorläufer von – wenn man so will – Fanclubs zu schreiben. Aber als ich mich näher damit befaßte, fand ich das Ganze doch zu abstoßend.«

»Kann ich es sehen?«

Beatrice wandte ihren gelassenen Blick Mauds neugierigem elfenbeinblassen Gesicht zu, und es war, als würde sie dort undeutlich etwas entdecken.

»Warum nicht...« murmelte sie unentschlossen. »Warum sollten wir nicht nachsehen?«

Der Schuhkarton war aus dickem, schwarzem Karton gefertigt, spröde und rissig vor Alter und verschnürt. Beatrice öffnete die Verschnürung unter lautem Seufzen, und da waren die Briefe, ordentlich gebündelt. Sie sichteten die Daten und nahmen Bitten um Almosen aus den Umschlägen, Angebote sekretarieller Tätigkeiten, blumige Beteuerungen leidenschaftlicher Bewunderung, die an Randolph gerichtet und an Ellen adressiert waren. Beatrice förderte ein Schreiben zutage, das mit erregter, aber sichtlich künstlerisch geübter Hand verfaßt worden war, mit einem Anflug von viktorianischer Gotik.

Liebe Mrs. Ash.

Bitte verzeihen Sie, daß ich mich erdreiste, Ihre wertvolle Zeit und Aufmerksamkeit in Anspruch zu nehmen. Ich bin eine Dame, und Sie kennen mich nicht, doch ich muß Ihnen eine Mitteilung machen, welche *uns beide* angeht. In meinem Fall handelt es sich um eine Frage von *Leben und Tod.* Sie dürfen mir glauben, daß ich nichts als die reine Wahrheit spreche.

Oh, wie kann ich nur Ihr Vertrauen erlangen? Sie müssen mir glauben. Darf ich Ihre Zeit in Anspruch nehmen und Sie aufsuchen? Es wird gewiß nicht lange dauern – ich muß Ihnen nur sagen können – Sie werden mir dafür dankbar sein oder auch nicht – doch dies tut nichts zur Sache – Sie müssen es wissen –

Sie werden mich jederzeit unter der Anschrift des Briefkopfes erreichen. Glauben Sie mir, o glauben Sie mir, ich habe nur den Wunsch, mich als Ihnen wohlgesonnen und freundschaftlich zu erweisen.

Ihre ergebene
Blanche Glover

Maud setzte eine ausdruckslose Miene auf und schloß halb die Augen, um ihre Erregung zu verbergen. Mit gewollt tonloser Stimme sagte sie: »Das scheint der Brief zu sein. Gibt es noch mehr? Den ersten Brief, den sie erwähnt?«

Beatrice kramte im Karton.

»Nein. Mehr gibt es nicht. Das heißt – hier habe ich etwas, was nach der gleichen Handschrift aussieht. Es scheint auch das gleiche Papier zu sein. Anschrift und Unterschrift fehlen.«

Es war unrecht von Ihnen, meinen *Beweis* zu behalten. Stand es mir nicht zu, ihn zu behalten, so steht es auch Ihnen nicht zu. Ich bitte Sie mit aller Dringlichkeit, nochmals abzuwägen und ein weniger hartes Urteil über mich zu fällen. Ich weiß wohl, welchen Eindruck ich hinterlassen haben muß. Ich habe meine Worte unbedacht gewählt. Was ich jedoch sagte, war wahr und notwendig, wie Sie selbst erkennen werden.

Maud hielt das Blatt Papier in der Hand und versuchte zu überlegen. Welchen Beweis hatte Ellen behalten? Was hatte er bewiesen? Einen geheimen Briefwechsel oder eine Reise nach Yorkshire, die Christabel mit einem botanisierenden Dichter unternommen hatte? Was hatte Ellen gespürt oder begriffen? Hatte Blanche ihr das entwendete *Swammerdam*-Manuskript überreicht? Wie sollte sie gerade diese Dokumente kopieren, ohne Beatrice mißtrauisch zu machen und damit zweifellos auch Cropper und Blackadder? Etwas wie ein ungebärdiger Wille pochte in ihr; bevor er ihr eine raffinierte Frage eingeben konnte, sagte Beatrice mit ihrer undeutlichen Stimme:

»Ich weiß nicht, worauf Sie wirklich hinauswollen, Dr. Bailey. Ich weiß auch nicht, ob ich das überhaupt wissen will. Sie haben nach etwas Bestimmtem gesucht, und Sie haben es gefunden.«

»Ja«, sagte Maud mit Flüsterstimme. Sie deutete mit ihren langen Händen auf die Wände, hinter denen Blackadder und die Ash Factory lauerten, um Beatrice Schweigen zu bedeuten.

Beatrice sah sie unaufgeregt und mit milder Neugier an.

»Es ist nicht mein Geheimnis allein«, zischte Maud mit leiser Stimme. »Sonst hätte ich mich nicht so angestellt. Ich – ich weiß noch nicht, was ich hier gefunden habe. Ich verspreche Ihnen, daß ich Sie einweihen werde, sobald ich es weiß. Ich glaube, ich weiß, was Blanche Glover ihr erzählt hat. Es kann eines von drei Dingen sein, die in Frage kommen.«

»War es wichtig?« fragte die farblose Stimme, ohne erkennen zu lassen, ob die »Wichtigkeit« wissenschaftlich, leidenschaftlich oder kosmisch gemeint war.

»Ich *weiß* es nicht. Es könnte unsere Sicht auf – auf seine Arbeit vermutlich verändern.«

»Was wollen Sie von mir?«

»Photokopien der beiden Briefe. Und wenn möglich, eine Kopie des Tagebuchs aus dem entsprechenden Zeitraum. Daß Sie Professor Cropper nichts sagen. Professor Blackadder ebenfalls. Noch nicht. Wir haben diese Dinge entdeckt –«

Beatrice Nest dachte lange nach, das Kinn in die Hände gestützt.

»Das – worüber Sie so erregt sind – wird es – wird es sie der Lächerlichkeit aussetzen – oder Mißverständnissen? Es ist mir ein großes Anliegen, daß das nicht passiert – daß sie nicht – bloßgestellt wird, ja, das ist es, *bloßgestellt*.«

»Es geht dabei nicht in erster Linie um sie.«

»Das ist nicht unbedingt beruhigend für mich.« Sie schwieg, bis Maud sich auf die Lippen biß. »Gut, ich werde Ihnen vertrauen. Hoffentlich täusche ich mich nicht.«

Sie ging schnellen Schritts durch Blackadders Büro, wo Paola ihr müde zuwinkte; der Professor war nicht zu sehen. Im Dunkel des Gangs hob sich ein wohlbekannter weißer Aranpullover von der Düsternis ab, und darüber leuchtete ein wohlbekannter goldener Haarschopf.

»Ha«, sagte Fergus Wolff. »Überraschung, was?«

Maud richtet sich auf und trat würdevoll einen Schritt zur Seite.

»Warte doch.«

»Ich hab' keine Zeit.«

»Warum? Verfolgst du die endlosen Windungen der *Melusine*? Oder bist du mit Roland Michell verabredet?«

»Weder noch.«

»Dann warte einen Augenblick.«

»Ich habe keine Zeit.«

Sie trat vor. Er trat ihr in den Weg. Sie ging zur Seite. Er stand ihr im Weg. Er streckte eine Hand aus und umklammerte ihr Handgelenk wie mit einer Handschelle. Sie sah das Bett von der Farbe schmutzigen Eiweißes vor sich.

»Sei doch nicht so, Maud. Ich muß mit dir reden. Ich leide furchtbar unter Neugier und Eifersucht. Ich kann mir nicht vorstellen, daß du dich mit dem armen, harmlosen Roland ernsthaft eingelassen haben sollst, und ich kann mir nicht vorstellen, was du hier im Krematorium zu suchen hast, wenn es nicht der Fall ist.«

»Krematorium?«

»Die Ash Factory.« Er zog an ihrem Arm, während er weiterredete, so daß ihr Körper und ihre Aktentasche gegen seinen Körper lehnten, der seine elektrischen Signale aussandte. »Ich *muß* mit dir reden, Maud. Komm, geh mit mir essen. Wir unterhalten uns wie zwei zivilisierte Erwachsene. Du bist die klügste Frau, die ich kenne. Du fehlst mir schrecklich, weißt du das? Ich weiß, ich weiß, ich hätte es früher sagen sollen.«

»Ich hab' keine Zeit. Tut mir leid. Laß meinen Arm los.«

»Dann sag mir wenigstens, was los ist. Wenn du mir alles erzählst, bin ich auch ganz, ganz diskret.«

»Es gibt nichts zu erzählen.«

»Na gut. Dann werde ich es alleine rauskriegen, und was ich erfahre, werde ich nach eigenem Gusto behandeln, meine Liebe.«

»Laß meinen Arm los.«

Eine große und breite dunkelhäutige Frau in Uniform erschien hinter ihnen und sagte unfreundlich: »Beachten Sie die Vorschriften: Bitte leise sprechen!«

Maud riß sich los und eilte davon. Fergus rief ihr nach: »Ich habe dich gewarnt!« und ging in die Ash Factory, gefolgt von der schwarzen Wärterin, die mit ihrem Schlüsselbund rasselte.

Zwei Tage später trafen Roland und Maud sich in einem vegetarischen Restaurant am Ende der Museum Street. Maud hatte ihre von Beatrice ergatterten Kopien mitgebracht. Ihre Versuche, Roland telephonisch von der Verabredung zu informieren, hatten sich als äußerst undankbar erwiesen; außerdem machte ihr ein weiterer Brief von Leonora Stern Sorgen; Leonora hatte ein Stipendium der Tarrant Foundation erhalten, um nach England zu kommen, und schrieb voller Begeisterung: »Im nächsten Semester bin ich bei dir.«

Sie standen geduldig Schlange und bestellten lauwarme Spinatlasagne aus dem Mikrowellenherd. Mit ihren Nudeln setzten sie sich ins Untergeschoß, in der Hoffnung, neugierigen Blicken dort auszuweichen. Roland las Ellens Tagebucheintragungen und Blanches Briefe. Maud beobachtete ihn dabei und sagte schließlich: »Was meinen Sie?«

»Sicher scheint mir nur, daß Blanche Ellen etwas erzählt hat. Wahrscheinlich hat sie ihr die gestohlenen Briefe gezeigt, oder? Natürlich hätte ich gern, daß Blanche das getan hat, weil Christabel mit Ash nach Yorkshire gefahren war. Es paßt einfach zu gut. Aber es beweist überhaupt nichts.«

»Ich kann mir nicht vorstellen, wie wir so etwas beweisen wollen.«

»Ich hatte schon die verrücktesten Ideen. Ich stellte mir vor, die Gedichte durchzusehen – seine und ihre – aus der entsprechenden Zeit –, um festzustellen, ob sich aus ihnen etwas ablesen läßt. Ich stellte mir vor, seine ganze Yorkshire-Reise nachzuvollziehen – unter der Annahme, daß sie dabeigewesen war – und mit den Gedichten – und so vielleicht etwas herauszubekommen. Wir haben ja schon eine Verbindung gefunden, die niemandem aufgefallen wäre, der nicht danach gesucht hätte. Randolph Ash schrieb seiner Frau von einem Kobold, der den Keuchhusten heilt, und Christabel hat ein Märchen über diesen Kobold geschrieben. Und Ash bringt sein Interesse an den versunkenen Orten mit der Stadt Is und mit Lyell in Verbindung. Alles fügt sich aneinander.«

»Das tut es.«

»Vielleicht ließen sich noch mehr derartige Übereinstimmungen feststellen.«

»Es wäre auf jeden Fall interessant nachzuprüfen.«

»Ich habe mir sogar eine Theorie über Wasser und Quellen zurechtgelegt. Ich habe Ihnen ja erzählt, daß es in Ashs Dichtung nach 1860 diese Betonung der Elemente gibt – Wasser, Steine, Erde und Luft. Er vermischt Lyellsche Geysire mit nordischen Mythen und griechischen mythischen Quellen. Und mit Wasserfällen aus Yorkshire. Und dann habe ich mich gefragt, was es mit der Quelle des Dursts in *Melusine* auf sich hat.«

»Warum?«

»Passen Sie auf. In *Ask an Embla* heißt es:

Wir tranken aus der Quelle von Vaucluse
Und unsre Seelen bebten von dem Trank
Wie stille Wasser beben – ach, versiegt
Auf ewig nun der Quell, der unerschöpflich schien?

Natürlich sind auch noch Bezüge zum Hohelied denkbar.«

Maud sagte: »Wiederholen Sie das.«

Roland wiederholte es.

Maud sagte: »Hatten Sie schon mal das Gefühl, daß es Ihnen buchstäblich eiskalt den Rücken runterläuft? Ich hatte es eben. Passen Sie auf: Melusine sagt zu Raimondin, nachdem er erfahren hat, daß sie weiß, daß er sie bei ihrem Bad beobachtet und das Verbot übertreten hat:

O Melusine, meinen Eid brach ich.
Heißt es nun scheiden? Führt kein Weg zurück?
Kalt unsres Herdes Asche – ach, versiegt
Auf ewig nun der Quell, der unerschöpflich schien?«

Roland sagte: »Kalt unsres Herdes *Asche*.«

»Der Herd als Bild findet sich überall in der *Schönen Melusine*. Sie baute Schlösser und Häuser; der Herd ist das Symbol des Hauses.«

»Was war zuerst da? Sein Vers oder ihrer? Man weiß nicht genau, wie *Ask an Embla* zu datieren ist – was wir offenbar – neben verschiedenen anderen Dingen – im Begriff sind, herauszufinden. Das Ganze kommt einem vor wie ein typisches literarisches Rätsel. Sie war eine kluge Frau, die wußte, wie sie ihre Fährten zu legen hatte. Denken Sie nur an die Puppen.«

»Literaturwissenschaftler sind die besten Detektive«, sagte Maud. »Nehmen Sie nur die Theorie, der zufolge der typische Detektivroman zeitgleich mit dem typischen Ehebruchsroman entstanden sein soll – jeder will wissen, wer der Vater ist, wo der Ursprung liegt, wie das Geheimnis beschaffen ist.«

»Wir müßten es zusammen lösen«, sagte Roland bedächtig. »Ich kenne sein Werk, Sie kennen ihres. Wenn wir beide in Yorkshire wären –«

»Das ist doch völliger Wahnsinn. Wir sollten Cropper und

Blackadder Bescheid sagen – Leonora sowieso – und mit ihnen zusammenarbeiten.«

»Wollen Sie das?«

»Nein. Ich will – ich will die Fährte verfolgen. Es ist wie eine Obsession. Als Sie mit Ihrem gestohlenen Brief auftauchten, dachte ich zuerst, Sie wären verrückt. Aber jetzt geht es mir genauso. Es hat nichts mit wissenschaftlicher Eitelkeit oder Gier zu tun. Es ist etwas viel Primitiveres.«

»Narrative Neugier –«

»Zum Teil ja. Können Sie es einrichten, um Pfingsten herum ein paar Tage Feldforschung einzulegen?«

»Ich weiß nicht so recht. Zu Hause ist es zur Zeit etwas schwierig. Wie Ihnen sicher aufgefallen ist. Wenn Sie und ich – dorthin führen – es könnte falsch aufgefaßt werden –«

»Ich verstehe. Fergus Wolff denkt auch – er tut so, als würde er glauben – daß Sie und ich...«

»Wie unangenehm –«

»Er hat mir im Institut damit gedroht, herauszufinden, was wir vorhaben. Wir müssen ihn im Auge behalten.«

Roland, dem ihre Verlegenheit auffiel, fragte sie nicht nach der Natur ihrer Gefühle Fergus Wolff gegenüber. Daß es heftige Gefühle waren, stand außer Zweifel. Genausowenig beabsichtigte er, über Val zu diskutieren.

»Leute, die tatsächlich heimliche Affären haben, gibt es haufenweise«, sagte er. »Heißt es wenigstens immer. Und denen fallen Ausreden ein. Warum nicht auch mir? Geld scheint mir das größere Problem zu sein.«

»Sie brauchen ein kleines Forschungsstipendium, um etwas zu untersuchen, was nicht zu nahe und nicht zu weit entfernt ist –«

»Ash hat eine Zeitlang in der York Minster Library gearbeitet –«

»Irgend etwas in der Art.«

DREIZEHNTES KAPITEL

Drei Asen kamen von dem Thingplatz her,
Vom Rat der Götter, und ihr Blick war klar,
Froh klangen ihre Stimmen, ungetrübt
Von Sünde, von Verderbtheit dieser Welt.
Alles war neu: Es schimmerten die Sonn',
Der Mond golden, die goldnen Bäume auch,
Goldene Äpfel hinter Mauern, die aus Gold.
Midhgardh betraten sie, geschaffen für
Den Menschen, der noch nicht geschaffen war
Und der noch schlummerte im Schoß der Zeit.

Die Antlitze der Götter koste da
Die neue Luft. Ihr Fuß berührt' entzückt
Das neue Gras, das erste Grün der Welt,
Durchpulst vom Lebenssaft des ersten Lenz.

Sie traten an den Strand,
Wo Meereswogen auf dem neuen Sand
Sich brachen mit Getöse unerhört,
Mit schaum'gen Kronen, die kein Aug erblickt,
Wie alles ringsumher, was nicht benannt
Vom Menschen, der noch ungeboren war.
Die Wasser wogten in der Einsamkeit,
In stet'gem Wechsel immer wieder neu,
Nichts wissend vom Vergehn der Zeit, das sie
Zu messen helfen sollten künftighin.

Die Asen waren Buris Söhne, die
Dem Riesen Ymir den Garaus gemacht,
Aus seinem Körper dann die Welt geformt:
Aus Haut ward Krume, Knochen Fels, sein Blut
Ward Meer; Haar wurde Wolken, und der Schädel barg
Fortan das weite, blaue Himmelszelt.
Odin, der Herschergott, der Göttervater er,

Sein Bruder Hönir, auch genannt der Schweigsame,
Und Loki, Gott des Feuers, Todesgott,
Des Feuers, das, nachdem es Lebensspender ward,
Entfesselt münden wird im Weltenbrand,
Der Welt und Himmel einst vernichten wird –
Sie schufen aus des Riesen Gliedmaßen die Welt.

Am feuchten Meeresufer fanden sie
Zwei Strünke Holzes, die der Wellen Spiel
Nun hob, nun senkt', als regten sie sich sacht,
Als wären sie belebt und atmeten.
Entwurzelt waren sie, ein Eschenstamm,
Ein Ulmenbaum, entblößt von ihrer Pracht,
Dem grünen Laub, und doch vielleicht nicht tot,
Des Lebenssaftes noch teilhaftig, der
Im Holz tief innen sich verbergen mocht'.
(Die Jahresringe dieser Bäume gab es wohl,
Obzwar sie diese Jahre nicht gelebt;
Ringe der Ewigkeit, Vergangenheit
Und Gegenwart in eins geschlungen von
Der Zeit, den Kreisen gleich, die ohne End'.)

Am Himmel stand die neue Sonne, deren Lauf
Sich zweimal erst gerundet, der seither
Von Dämmerung zu Dämmerung derselbe blieb,
Und bleiben wird, bis einst im Ragnarök
Feuer die ganze Welt verschlingen wird.

Die Sonnenglut erwärmte Odins Sinn.
Er sprach: »Soll leben dieses Holz?« – denn dies
Kannt' er darin, verborgnen Lebenssaft.

Hönir, der Stille, sprach: »Wenn diese zwei
Sich regen könnten, sehn und hören, dann
Spräche das Licht zu ihrem Aug und Ohr,
Dann böte Leben ihnen das der Frucht,
Dann wär' die Schönheit dieser Welt gekannt
Und auch geliebt und lebte fort für alle Zeit

In ihnen, denen es gegeben sei,
Zu fühlen und zu künden.«

Und zuletzt
Sprach Loki, Gott des Herdfeuers, der Glut.
Er sprach: »Ich gebe ihnen heißes Blut,
Um ihren Zügen Farbe zu verleihn,
Um Leidenschaft in ihnen zu entzünden, die
Sie zueinander führt, wie der Magnet
Das Eisen lockt. Ich gebe ihnen Blut –
Ich gebe ihnen Fühlen, Wärme, Glut,
Alles, was göttergleiche Sprache spricht,
Solang es ist, doch was den Tod verheißt,
Wird es vergossen. Und dies gilt für alle Zeit,
Denn sie sind Sterbliche.«

Und so ward es beschlossen. Allsogleich
Die Götter machten sich ans Werk, und sie
Gaben den Stümpfen Leben ein, den zweien,
Die sie benannten Ask und Embla, einst
Gewesen Eschenstamm und Ulmenstamm.
Odin hauchte die Seele ein, Hönir,
Der Schweigsame, gab Denken und Verstand.
Loki, der Unergründliche, zuletzt
Verband die Adern, die das Blut durchpulst,
Und spendete den Funken heißer Glut,
Wie mit dem Blasebalg das Feuer schürt
Der Schmied. Empfinden, Fühlen unversehns
Sich regte da in jenen Stücken Holz,
Die Holz nicht mehr, und brach sich seine Bahn,
Bis es erfüllt' jedes Organ, das neu,
Seiner Bestimmung erstmals zugeführt.

Die ersten Menschen blendete das Licht –
Das erste Licht, das Licht der ersten Zeit,
Das Licht, das Sand und Meer vergoldete,
Das jedes flücht'ge Schaumgespinst versah
Mit Silberglanz, mit lichtem Strahlenkleid.

Das, was vom Saft im Baume sich genährt,
Den Lufthauch wohl gespürt, und auch geahnt
Des Lichtes Wechsel auf der Rinde, was
Hitze und Kälte zwar bemerkt, jedoch
Nicht nennen zu verstand – Augen besaß
Es nun, zu sehen Licht um Licht um Licht,
Gleißend in schneller Folge, farbenreich,
Nicht zu erfassen mit der Sinne Kraft.

Sie sahen es und sahen es doch nicht.
Und wandten sich und wandten ihren Blick
Dem andren zu, der neugeschaffen war,
Werk von der Götter Hand, die sie betrachteten
Und lächelten ob ihrer weißen Haut,
Vermischt mit Blau und Rot und Gold und Braun,
So neu und unberührt und jungfräulich.
Und ihre Augen, schmerzend von dem Glanz
Der Sonne, sahen nun zum ersten Mal
Erwidert ihren eignen klaren Blick
Von einem Menschen eigen Augenpaar.

Und als des ersten Mannes blaues Aug
In Emblas blauen Augen Licht erkannt,
Ergoß sich Lokis rotes, warmes Blut
In ihr Gesicht. Und da sah er, daß sie
Ihm gleich war, doch nicht gänzlich gleich; und sie
Erkannt' in seinem Lächeln sich und sah,
Daß sie einander gleich; und regungslos
Standen sie, lächelten, und lächelten
Die Götter auch, die sahen, daß ihr Werk
Geraten war, wie sie es sich erhofft.

Und Ask betrat den unberührten Sand,
Ergriff die Hand der Frau, die seine Hand
Umschloß. Und wortlos gingen sie entlang
Den Strand des Meeres, dessen Donnerlaut
Ihr Ohr erfüllt', und ließen hinter sich
Der Schritte Spuren, bald von Wasser voll,

Die ersten Spuren dieser Welt, kündend
Von Leben und von Zeit, von Liebe und
Von Hoffnung und Vergänglichkeit.

Randolph Henry Ash: *Ragnarök II et seq.*

Das Hoff-Lunn-Spout-Hotel hatte es 1859 schon gegeben, doch in Ashs Briefen fand es keine Erwähnung. Ash hatte in Scarborough im Hotel The Cliff gewohnt, das in der Zwischenzeit abgerissen worden war, und in Filey in Privatunterkünften. Maud hatte das Hotel in einem Gastronomieführer gefunden, wo es für seine »einfache und frische Küche, besonders für den Fischliebhaber, und seinen tadellosen, wenngleich nicht übertrieben freundlichen Service« gelobt wurde. Außerdem war es billig, und dabei hatte Maud an Roland gedacht.

Es befand sich am Rand eines Moors an der Straße von Robin Hood's Bay nach Whitby. Es war ein langgestrecktes, niedriges Gebäude aus grauem Stein, dem Material, das dem Nordengländer Echtheit bedeutet und vom Südengländer, der warmes Ziegelrot und sanfte Biegungen gewohnt ist, als Feindseligkeit und Distanz ausgelegt werden kann. Es besaß ein schiefergedecktes Dach und ein Stockwerk mit weißen Jalousien vor den Fenstern. Um das Hotel herum war ein Parkplatz angelegt, eine weitgehend leere Asphaltwüste. Elizabeth Gaskell, die Whitby 1859 besucht hatte, als sie an *Sylvia's Lovers* schrieb, war aufgefallen, daß die Gartenkunst im Norden Englands nicht gepflegt wurde und daß niemand sich bemühte, an den sonnigen Süd- und Westfronten der Steinhäuser Blumen zu ziehen. Im Frühling verleihen für kurze Zeit Aubretien den Steinwänden Farbe, doch in der Regel ist noch heute das Fehlen von Pflanzen ein auffallendes Merkmal dieser Gegend.

Maud und Roland fuhren in Mauds kleinem grünen Wagen von Lincoln her. Das Hotel wurde von einer stattlichen Wikingermatrone geführt, die ohne Neugier zur Kenntnis nahm, daß die beiden Gäste Bücherstapel die Treppe zwischen Bar und Restaurant emporschleppten.

Das Restaurant war vor nicht allzu langer Zeit mit einem wahren Labyrinth hochwandiger Verschläge aus dunkel gebeiztem Holz ausstaffiert worden, in denen schummerige Beleuchtung herrschte. Roland und Maud trafen sich nach dem Auspacken in einem dieser Abteile und bestellten ein vermeintlich leichtes Abendessen: hausgemachte Gemüsesuppe, Scholle mit Garnelen, als Dessert Schokoladeneclairs mit Sahne. Eine untersetzte und ernst dreinblickende jüngere Wikingerin brachte ihnen diese Gerichte, die gut und überaus großzügig bemessen waren: eine mächtige Terrine dicker Gemüsesuppe, riesige doppelte Fischfilets, zwischen denen ein halbes Pfund Garnelen untergebracht war, tennisballgroße Brandteigkrapfen, die in einem See von Schokoladensauce schwammen. Wiederholt äußerten Maud und Roland ihr Erstaunen über die gargantuesken Portionen, froh über den Gesprächsgegenstand, denn es fiel ihnen schwer, sich zu unterhalten. Sie legten sich einen sachlichen Zeitplan zurecht.

Sie hatten fünf Tage Zeit. An den ersten zwei Tagen wollten sie Orte an der Küste aufsuchen – Filey, Flamborough, Robin Hood's Bay und Whitby. Danach wollten sie Ashs Spuren im Landesinneren zu Flüssen und Wasserfällen folgen. Und einen Tag wollten sie sich für Unerwartetes freihalten.

Rolands Zimmer lag unter dem Dach; die rauhen Tapeten waren mit blauen Zweigen gemustert, der unebene Fußboden knarrte vernehmlich; die Zimmertür war alt und hatte eine altertümliche Klinke und ein riesengroßes Schlüsselloch. Das Bett stand auf hohen Beinen, und sein Kopfende war aus dunkel gebeiztem Holz gefertigt. Roland sah sich in seinem kleinen Reich um und empfand ein Gefühl unumschränkter Freiheit. Er war allein. War vielleicht alles nur deshalb geschehen, damit er einen Ort fand, wo er allein sein konnte? Er schlüpfte ins Bett und begann, sich mit Christabel LaMotte vertraut zu machen. Maud hatte ihm Leonora Sterns Buch über *Motive und Matrizes in LaMottes Gedichten* geliehen. Er durchblätterte die Kapitel: »Vom Venusberg zur kahlen Heide«, »Weibliche Landschaften und ungetrübte Wasser, undurchdringliche Oberflächen«, »Von der Quelle des Durstes zur armoricanischen Meereshaut«:

Welche Erdoberflächen wollen wir Frauen preisen, die in phallozentrischen Texten ausnahmslos als zu penetrierende Löcher aufscheinen, einladend oder abstoßend, umrandet, umfranst – wovon? Schriftstellerinnen und Malerinnen haben immer wieder ihre eigenen, bezeichnenderweise schwer zu fassenden Landschaften geschaffen, deren Gestalt sich dem penetrierenden Blick entzieht oder die ihn täuscht, *begreif*bare Landschaften, die sich dem dominierenden Blick nicht unterwerfen. Die Heldin findet Gefallen an einer Welt, die kahl und unaufdringlich ist, die kleine Hügel und Erhebungen aufweist, Büschel von Sträuchern und sanfte Felsen, die Abhänge verbergen, verborgene Spalten, eine Vielzahl verborgener Löcher und Höhlen und Öffnungen, durch die lebensspendende Wasser ein- und austreten. Solche äußerlichen Bilder, die innerliche Visionen verkörpern, sind George Eliots Red Deeps, George Sands gewundene, verborgene Pfade im Berry, Willa Cathers Cañons – allesamt Formen unserer Mutter Erde, wie Frauen sie wahrnehmen und lieben. Cixous schrieb, daß viele Frauen während autoerotischer und gemeinsamer Orgasmen an Höhlen und Quellen denken. Es handelt sich um eine Landschaft von Berührungen und verdoppelten Berührungen, denn wie Irigaray dargelegt hat, nehmen unsere eindrücklichsten »Gedanken« ihren Beginn mit der Selbststimulierung, der Berührung und dem Kuß zwischen unseren unteren Lippen, unserem *doppelten Geschlecht.* Frauen merkten an, daß literarische Heldinnen sich in diesen geheimen Landschaften, die vor neugierigen Blicken verborgen sind, am liebsten aufhalten. Persönlich bin ich der Ansicht, daß das Auftreffen der Wellen auf den Strand zu diesen Genüssen gezählt werden muß, da ihr rhythmisches Klatschen eine tiefe Ähnlichkeit zum wiederholten rhythmischen Glücksgefühl des weiblichen Orgasmus aufweist. Man kann sich ein salzig schmeckendes weibliches Wasser vorstellen, das keineswegs wie Venus Anadyomene aus geronnenem Samen gebildet wurde, der in die Tiefe gelangte, als der ödipale Sohn der Zeitgottheit seinen Vater entmannte. Die Freude an der formlosen und doch formgebundenen Aufeinanderfolge der Wellen am Strand findet sich besonders in Virginia Woolfs Schreiben, in ihren Sätzen und ihren Aussagen. Das instinktive Zartgefühl, die Sensibilität der Gefährtinnen Charlotte Brontës, die sich abwandten, als letztere bei Filey zum erstenmal die Gewalt des Meeres erlebte, und ruhig warteten, bis sie sich ihnen mit zitternden Gliedern, erröteten Wangen und nassen Augen wieder zugesellte, kann ich nur bewundern.

Die Heldinnen der LaMotteschen Texte sind fast immer Gestalten des Wassers: Dahud, die matriarchalische zauberkundige Königin, die unter den glatten Wassern des armoricanischen Golfes über ein verborgenes Reich herrscht, die Fee Melusine, die in erster Linie ein Wasserwesen ist. Wie ihre ebenfalls zauberkräftige Mutter Persine (oder Presine) sieht sie ihren künftigen Gatten an der Fontaine de Soif – was man sowohl als Quelle des Durstes interpretieren kann als auch als die Quelle, die den Durst stillt. Obwohl letzteres logisch erscheinen mag, läßt sich unter feministischen Gesichtspunkten für die Welt des Weiblichen, die das Unlogische in-formiert und die Gefühle und Intuition strukturieren, ein Sinn vorstellen, der gerade der trockenen Quelle, der durstigen Quelle, die schwer zugängliche, aber tatsächliche Bedeutung verleiht. Was sagt LaMotte uns über die Fontaine de Soif?

Ihr Gedicht lehnt sich eng an den Ritterroman des Mönches Jean d'Arras an; dort erfahren wir, daß die Quelle »aus einem schroffen Hügel entspringt, den große Felsen überragen, und durch ein Tal entlang einer sanften Wiese verläuft, nachdem sie den Wald verlassen hat«. Melusines Mutter wird an dieser Quelle entdeckt, »betörend singend, schöner, als jede Sirene, jede Fee, jede Nymphe jemals sang«. In der männlichen Sicht werden sie als Verführerinnen erfahren, die mit den Verführungskräften der Natur im Bund sind. LaMottes Quelle dagegen liegt unzugänglich verborgen; der Ritter und sein Pferd müssen sich durch das Dickicht kämpfen, um zu ihr zu gelangen und die »leise, klare« Stimme der Fee Melusine zu vernehmen, die »für sich allein« singt und »verstummt«, als Mann und Tier bei ihrem Näherkommen einen Stein lostreten. LaMottes Beschreibung der Farne und der Blätter ist in ihrer Genauigkeit und Zartheit von präraphaelitisch anmutender Qualität – »rundbuckelige« Felsen, die ein »Pelz« von »Moosen«, »Kräutern«, »Minzen« und »Venushaarfarnen« bedeckt. Die Quelle sprudelt nicht, sondern »sickert und tropft« in den »stillen und verborgenen« Teich mit seinen »niedrigen, bemoosten Steinen«, den »Strudel und Strömungen« von Wasser umkreisen.

All dies kann man als Symbol weiblicher Sprache deuten, die teilweise unterdrückt, teilweise auf sich selbst zurückgeworfen, vor dem eindringenden männlichen Sein verstummt und sich nicht äußern kann. Die männliche Quelle sprudelt und quillt. Melusines

Quelle ist von *weiblicher* Nässe, sie tropft, statt kühn zu sprühen, und spiegelt so die weiblichen Flüssigkeitsabsonderungen wider, die nicht unserem alltäglichen Sprachgebrauch eingeschrieben sind – Sekrete, Schleim, Milch und Körperflüssigkeiten von Frauen, die schweigen, weil sie ausgetrocknet sind.

Melusine, die am Rand dieser mystischen Quelle für sich singt, ist ein machtvolles Wesen von großer Zauberkraft, das um Anfang und Ende der Dinge weiß – und sie ist, wie man weiß, ein ganzheitliches Wesen, das aus eigenem, ohne äußere Hilfe, Leben oder Sinnzusammenhänge zu erzeugen vermag. Die italienische Forscherin Silvia Vegetti Finzi deutet den »monströsen« Körper der Melusine in diesem Zusammenhang als Ergebnis weiblicher autoerotischer Phantasien einer Zeugung ohne Kopulation, welche weibliche Begierde ihrer Meinung nach in der Mythologie selten Ausdruck gefunden hat. »Meist finden wir dies in Ursprungsmythen als Ausdruck des Chaos, das der kosmischen Ordnung vorausgeht und sie rechtfertigt. So ist der babylonische oder assyrische Mythos von Ti'āmat zu sehen oder der des Teiresias, der Schlangen bei der Paarung beobachtete und den Genuß der Frau als größer (*plusvalore*) einstufte.«

Roland legte Leonora Stern mit einem leisen Seufzer zur Seite. Es war ihm, als sehe er das Land, das sie erforschen wollten, mit saugenden menschlichen Körperöffnungen und verfilzter menschlicher Körperbehaarung bedeckt. Es war eine Vorstellung, die ihm nicht zusagte, die er als Kind seiner Zeit jedoch als Herausforderung empfand, als etwas, was eine Bedeutung haben mußte, eine Bedeutung, die die geologische Untersuchung des Oolithen nicht haben konnte. Die Sexualität wirkte wie dickes Rauchglas: Durch sie betrachtet, nahm sich alles verschwommen aus. Er konnte sich keinen Teich mit Steinen und Wasser vorstellen.

Er legte sich hin, um zu schlafen. Die Bettlaken waren weiß und fühlten sich gestärkt an; er bildete sich ein, daß sie nach frischer Luft, sogar nach Meeressalz dufteten. Er bewegte sich in ihr makelloses Weiß hinein und spreizte die Beine wie ein Schwimmender, überließ sich schwebend den eigenen Gliedmaßen. Seine Muskeln entspannten sich. Er schlief ein.

Jenseits des Fachwerks, das zwischen ihnen lag, schlug Maud den *Großen Bauchredner* mit einer heftigen Bewegung zu. Wie so manche Biographie, vermutete sie, handelte auch diese ebensosehr von ihrem Verfasser wie von ihrem Gegenstand, und Mortimer Croppers Gesellschaft empfand sie als überhaupt nicht erfreulich. Infolgedessen fiel es ihr schwer, sich mit Randolph Henry Ash, wie Cropper ihn darstellte, anzufreunden. Etwas in ihr konnte sich noch immer nicht damit abfinden, daß Christabel LaMotte sich auf das Bitten oder Drängen Ashs eingelassen haben sollte. Sie wollte an ihrer ursprünglichen Vorstellung von stolzer und eigentümlicher Unabhängigkeit festhalten, wie sie Christabel, ihren Briefen nach zu schließen, auch gehegt haben mußte. Sie hatte sich noch nicht ernsthaft mit Ashs Gedichten beschäftigt und hatte keine rechte Lust, damit zu beginnen. Aber Cropper hatte die Yorkshire-Reise erschöpfend beschrieben:

An einem klaren Junimorgen des Jahres 1859 hätten die Badefrauen von Filey eine einsame Gestalt beobachten können, die entschlossenen Schritts den einsamen, ebenen Strand zum Brigg entlangwanderte, bewehrt mit den *impedimenta* ihres neuen Steckenpferdes, einem Netz, einem flachen Korb, dem Geologenhammer, einem Meißel, einem Austernmesser, einem Federmesser, mit Flaschen und Gefäßen und verschieden langen, gefährlich aussehenden Drähten zum Sondieren und Stechen. Der Wanderer hatte sogar ein eigenes Behältnis für Präparate anfertigen lassen, das selbst im Postversand wasserdicht war, ein vornehm lackiertes Metallbehältnis, das ein Glasgefäß umschloß, in welchem kleinste Geschöpfe in ihrer eigenen Atmosphäre hermetisch eingeschlossen werden konnten. Zweifellos führte er auch den kräftigen *Eschensproß* mit sich, von dem er sich fast nie trennte und der, wie ich an anderer Stelle ausführte, Teil seiner Privatmythologie war, eine handfeste und greifbare metaphorische Erweiterung seiner Person. (Ich bedaure sehr, daß es mir nicht vergönnt war, ein authentisches Exemplar dieses Wotanstabes für die Stant Collection zu erwerben.) Man hatte ihn bei früheren Ausflügen beobachtet, als er in der Dämmerung mit seinem Wanderstab in Felstümpeln stocherte, als suchte er nach Blutegeln, um das Phosphoreszieren der Noctiluca zu beobachten.

Sollte er – wie so mancher, der dem unstillbaren Drang folgte, das

Meer aufzusuchen – mehr oder weniger lächerlich gewirkt haben, wie eine Art Schießbudenritter am Meeresstrand, mit seinen um den Hals gehängten Stiefeln, so wollen wir nicht vergessen, daß er – wie so mancher damals – in seinem zeitgemäßen Eifer keineswegs harmlos war. Der Kritiker Edmund Gosse, der große Wegbereiter der modernen Biographie und Autobiographie, war der Sohn des tragisch fehlgeleiteten Naturforschers Philip Gosse, dessen *Handbuch der Meereszoologie* auf derartigen Forschungsreisen eine Art von *sine qua non* bildete. Edmund Gosse aber war davon überzeugt, im Verlauf seines Lebens die Schändung eines unschuldigen Paradieses miterlebt zu haben, ein dem Genozid vergleichbares Abschlachten. Er schreibt:

Der Ring lebender Schönheit um unsere Küsten war dünn und zerbrechlich. All die Jahrhunderte hindurch war sein Bestehen durch das Desinteresse, das gesegnete Unwissen des Menschen gewährleistet gewesen. Die Becken im Felsen, gesäumt von Korallenbänken, deren unbewegte Wasser beinahe so klar waren wie die Luft selbst, in denen wunderbar empfindsame Lebensformen existierten – es gibt sie nicht mehr, sie sind entweiht, entleert, vergröbert. Ein Heer von »Sammlern« ist über sie hergefallen und hat sie bis in ihre letzten Winkel ausgeräubert. Das märchenhafte Paradies ist zerstört, das wundergleiche Ergebnis von Jahrhunderten der natürlichen Auswahl wurde von der groben Hand wohlmeinender, unbedachter Neugier zerschmettert.

Und so erging es unserem Dichter, der den gleichen Fehleinschätzungen unterlag wie jedermann und »auf der Suche nach den Ursprüngen des Lebens und der Natur der Zeugung«, ohne es zu wollen, mit seinen Stiefeln und seinem Skalpell den Geschöpfen, die ihm so schön erschienen, den Tod brachte und die Küstenlandschaft, deren unberührte Schönheit er bewunderte, ruinieren half.

Während seines Aufenthalts im lärmenden Norden verbrachte Randolph wie gesagt die Vormittage mit dem Sammeln von Organismen, die seine gutmütige Vermieterin in verschiedenen Pastetenformen und »anderen Gefäßen« in seinem Wohnzimmer beherbergte. Er schrieb seiner Frau, es sei vielleicht gut so, daß sie die künstlichen Felstümpel nicht sehen könne, zwischen denen er seine Mahlzeiten einnehme und nachmittags mit dem Mikroskop arbeite, denn ihr auf Ordnung bedachter Sinn hätte das »fruchtbare Chaos«, in dem er sich befand, niemals ertragen. Er beschäftigte sich besonders mit der Seeanemone – die in unterschiedlichen Formen an der Küste häufig anzutreffen ist –, wobei er, wie er selbst einräumte, lediglich einer Manie huldigte, die alle Briten erfaßt hatte, so daß Tausende ehrbarer Haushalte im ganzen Land diese kleinen Geschöpfe in Bekken und Aquarien beherbergten, wo ihre düsteren Farben mit den staubigen Tönungen des Gefieders ausgestopfter Vögel und aufgespießter Insekten unter Glasstürzen wetteiferten.

Gelehrte und Lehrerinnen, Geistliche im schwarzen Gewand und gebildete Arbeiter – sie alle mordeten, um zu zergliedern, sie zerteilten und zerschnitten, schabten und durchbohrten zähes und zartes Gewebe beim Versuch, auf jede nur mögliche Art und Weise dem Leben sein Geheimnis zu entreißen. Die Gegner der Visisektion prangerten das Sezieren lebender Organismen nachhaltig und schonungslos an, und Randolph war sich dessen genauso bewußt wie des Risikos, daß sein enthusiastisches Hantieren mit Skalpell und Mikroskop ihm den Vorwurf der Grausamkeit eintragen konnte. Die Gewissenhaftigkeit und Entschlossenheit seiner poetischen Natur ließen ihn verschiedene genaue Experimente durchführen, mit dem Ziel, nachzuweisen, daß die Zuckungen primitiver Organismen, die als Reaktion auf Schmerz aufgefaßt wurden, in Wahrheit erst nach dem Tod stattfanden – lange nachdem er Herz und Verdauungstrakt des Geschöpfes zerlegt hatte. Er schloß daraus, daß primitive Organismen kein Schmerzempfinden im herkömmlichen Sinn kennen und daß die Bewegungen und Geräusche nur automatische Reflexe sind. Wäre er nicht zu diesem Schluß gelangt, so hätte er – wie er bereitwillig zugab – geltend machen können, daß Wissenschaft und Wissenserwerb dem Menschen »manches Schwere« abverlangen.

Besonders eingehend beschäftigte er sich mit der Fortpflanzung der Lebensformen, die er beobachtete. Sein Interesse daran bestand seit längerem – der Autor von *Swammerdam* war sich der Bedeutung bewußt, die die Entdeckung des Eis beim Menschen wie auch beim Insekt besaß. Stark beeinflußte ihn das Werk des großen Anatomen Richard Owen über die Parthenogenese, die Fortpflanzung von Geschöpfen durch Zellteilung statt durch sexuelle Vereinigung. Er führte selbst gründliche Experimente an verschiedenen Hydrozeen und Würmern durch, die mittels des als Knospung bekannten Prozesses aus dem verbliebenen Endstück neue Köpfe und Körperabschnitte wachsen lassen können. Der Umstand, daß die faszinierenden sogenannten Medusen, die Quallen, offenbar unbefruchtete Knospen oder Gemmen bestimmter Hydrozeen waren, interessierte ihn brennend. Er schnitt Hydrozeen die Saugarme ab und zerstükkelte sie, und aus jedem Fragment wurde eine neue Kreatur. Dieses Phänomen faszinierte ihn deshalb, weil es ihm eine Kontinuität und Interdependenz allen Lebens anzudeuten schien, die möglicherweise zur Aufhebung der Vorstellung vom Tod des Einzelwesens beizutragen und damit jener Angst entgegenzuwirken vermochte, der Ash und seine Zeitgenossen aufs entsetzlichste ausgeliefert waren, da die Heilsgewißheit ihnen zunehmend fragwürdig geworden war.

Sein Freund Michelet schrieb damals an *La Mer*, das 1860 erschien. In dieser Schrift versuchte auch er, im Meer ein ewiges Leben aufzuspüren, das sich über den Tod hinwegsetzt. Er beschreibt, wie er einem berühmten Chemiker und einem berühmten Physiologen nacheinander zeigt, was er den »Schleim des Meeres« nennt, das »schleimige, weißliche Element des Meerwassers«. Der Chemiker sagt ihm, es handele sich um nichts anderes als das Leben selbst. Der Physiologe entfaltet ein wahres mikroskopisches Drama:

»Man weiß nicht mehr über die Beschaffenheit des Wassers, als man über diejenige des Blutes weiß. Die in bezug auf den Schleim wahrscheinlichste Annahme besteht darin, daß er sowohl ein Endstadium als auch zugleich einen Ausgangspunkt darstellt. Resultiert er aus den unzähligen Rückständen des Todes, die der Tod wieder an das Leben abgibt? Kein Zweifel, dies ist ein Naturgesetz, doch in Wirklichkeit werden in dieser Welt des Meeres, in der eine rapide Aufnahme und Umsetzung die Regel ist, die meisten Lebewesen lebendig aufgenommen; sie liegen nicht in totem Zustand herum, wie es auf der Erde der Fall ist, wo die Zerstörungen langsamer vonstatten gehen. Das Meer ist das Element der Reinheit; Krieg und Tod tragen Sorge dafür und lassen nichts Abstoßendes zurück.

Das Leben seinerseits ist in stetem Wandel – ohne bis zum äußersten Grad der Auflösung fortzuschreiten – und scheidet alles aus sich aus, was ihm zuviel ist. Bei uns, den Erdentieren, geht über die Epidermis beständig etwas verloren. Diese Wandlungen, die man einen täglichen, partiellen Tod nennen kann, füllen die Welt der Meere mit einem gallertigen Reichtum an, den das entstehende Leben sich sofort zunutze macht. Es findet in schwebendem Zustand den tranigen Überfluß dieser gemeinsamen Ausscheidung, die noch belebten Teilchen, noch lebendigen Flüssigkeiten vor, die keine Zeit hatten, zu sterben. Dies alles fällt nicht in den anorganischen Zustand zurück, sondern geht schnell in die neuen Organismen über. Von allen Hypothesen ist dies die wahrscheinlichste. Sie aufgeben hieße, sich auf äußerste Komplikationen einzulassen.«

Vor diesem Hintergrund ist es verständlich, daß Ash zu jener Zeit dem Historiker und Naturforscher schrieb, er begreife die tiefere Bedeutung der Worte Platons, die Welt sei ein großes Lebewesen.

Und wie ließe sich diese Vielzahl fieberhafter Aktivitäten von einem modernen, psychoanalytisch orientierten Deutungsansatz her interpretieren? Welchen individuellen psychischen Bedürfnissen entsprach diese Manie des Sezierens und der Beobachtung der »Fortpflanzung«?

Ich bin davon überzeugt, daß Randolph damals zeitgleich mit seinem Jahrhundert den Punkt erreicht hatte, den wir mit dem häßlichen Begriff Midlife-crisis bezeichnen. Der große Psychologe, der große Dichter und Erforscher individueller Leben und Identitäten, mußte erkennen, daß vor ihm nur Verfall und Verwesung lagen, daß seine individuelle Existenz keine Erweiterung durch Nachkommenschaft erleben würde, daß Menschenleben vergehen, wie Seifenblasen platzen. Wie viele verlagerte er das individuelle Mitgefühl mit sterbenden oder toten Menschen auf eine universelle Ebene des Fühlens, wo es dem Leben, der Natur und dem Universum galt. Es war eine Art Wiedergeburt der Romantik – die gewissermaßen aus den alten Wurzeln der Romantik sproß –, vermengt mit dem neuen mechanistischen, analytischen Denken und dem neuen Optimismus, der sich nicht mehr auf die Seele des einzelnen bezog, sondern auf die ewige göttliche Harmonie des Universums. Wie Tennyson erkannte Ash die blutigen Zähne und Klauen der Natur. Seine Reaktion bestand darin, daß er sich für die lebenserhaltenden Funktionen der Verdauungsmechanismen aller Lebewesen, von der Amöbe bis zum Wal, interessierte.

Maud hatte den Eindruck, aus alldem etwas Schreckliches über Croppers Phantasie zu erfahren. Er huldigte einer besonders perversen Form umgekehrter Hagiographie: dem Wunsch, sein Subjekt zurechtzustutzen. Sie überließ sich dem träumerischen Nachsinnen über die Doppeldeutigkeit des Begriffs Subjekt in diesem Zusammenhang. War Ash Subjekt der Forschungsmethoden und der Denkgewohnheiten Croppers? Wessen Subjektivität wurde untersucht? Wer war das Subjekt der Sätze des Textes, und wieweit ließ sich Lacans Wort, daß das grammatikalische Subjekt eines Satzes sich von dem Subjekt – dem »Ich« – unterscheidet, das die Aussage des Satzes behandelt, auf Cropper und Ash münzen? Maud fragte sich müßig, ob diese Gedanken originell seien, und entschied, daß es fast zwangsläufig nicht der Fall sein könne, da alle nur denkbaren Ideen über literarische Subjektivität in letzter Zeit bis ins kleinste erforscht worden waren.

An anderer Stelle hatte Cropper – ebenfalls beinahe zwangsläufig – *Moby Dick* zitiert.

Und tiefer noch liegt der Sinn jener Erzählung von der Not des Narziß, der das feuchtverklärte Bild im Spiegel des Quells nicht fassen konnte, sich hineinstürzte und ertrank. Das nämliche Bild indessen erblicken wir selber in jedem Fluß und Überfluß. Es ist das Weltangesicht, das Sinnbild des unfaßbaren Spuks unseres Daseins. Das ist der Schlüssel zum Ganzen.

Narzißmus, das unsichere Selbst, das erschütterte Ego, dachte Maud, wer bin ich? Eine Matrix für das Rauschen von Texten und Codes? Es war gleichermaßen angenehm und unangenehm, sich selbst als unterbrochen und partiell zu denken. Und man durfte die Unbeholfenheit des Körpers nicht vergessen. Haut, Atem, Augen, Haar – ihre Geschichte, die es ganz zweifellos zu geben schien.

Sie stand am vorhanglosen Fenster und bürstete ihre Haare, während sie zum Mond hinaufsah – es war Vollmond – und aus der Ferne das luftige Rauschen der Nordsee hörte.

Dann ging sie ins Bett und schwamm mit der gleichen Scherenbewegung wie Roland im Nebenzimmer unter die weißen Laken.

Den ersten Tag hätte ihnen die Semiotik fast verdorben. Auf den Spuren ihres unzweifelhaften Vorgängers und Führers Mortimer Cropper mit seinem schwarzen Mercedes, seines Vorgängers Randolph Ash und des hypothetischen Geistes Christabel LaMotte fuhren sie in dem kleinen grünen Wagen nach Flamborough. Sie wanderten in den Fußstapfen ihrer Vorgänger nach Filey Brigg hinaus, obwohl sie nicht mehr recht wußten, was sie eigentlich suchten, aber unter dem Eindruck, daß es unstatthaft gewesen wäre, um des bloßen Vergnügens willen spazierenzugehen. Ihre Schritte harmonierten, doch das merkten sie nicht; beide gingen schnell und zielstrebig.

Cropper hatte geschrieben:

Randolph verbrachte lange Stunden an den tiefen und flachen Felstümpeln an der Nordseite des Briggs. Man konnte ihn dabei beobachten, wie er mit seinem Eschenstock in der phosphoreszierenden Materie stocherte, die sich darin befand, und wie er sie eifrig in Eimern sammelte, um sie mit nach Hause zu nehmen, wo er Kleinstlebewesen wie *Noctiluae* und *Medusae* untersuchte, »welche das bloße Auge von Blasen nicht zu unterscheiden vermöchte«, die sich bei genauerer Betrachtung aber als »kugelförmige Gebilde belebten Gallertes mit beweglichen Armen oder Schwänzen« erwiesen. Hier sammelte er auch seine Seeanemonen oder *Actiniae* und badete im Cäsarenbad – einer großen, grünlichen Höhlung, in der sich der Legende zufolge ein römischer Kaiser vergnügt haben soll. Randolphs stets wache historische Phantasie fand zweifellos Gefallen an einer derartigen direkten Verbindung zur fernen Vergangenheit dieser Gegend.

Roland fand eine Seeanemone von der Farbe einer dunklen Blutblase, die unter einem scharfkantigen Felsvorsprung auf grobkörnigem Sand saß, der rosig, golden, bläulich und schwarz glitzerte. Sie sah schlicht und uralt aus und zugleich ganz neu und glänzend. Sie bewegte eine Krone von aufgeregten Fangarmen, die das Wasser durchkämmten und absuchten. Sie war karneolfarben, wie es dunkler, rötlicher Bernstein bisweilen ist. Ihr Leib oder Stiel oder Fuß haftete am Felsen.

Maud saß im Schneidersitz auf einem Felsvorsprung oberhalb des Tümpels, den Roland entdeckt hatte, und hielt den *Großen Bauchredner* aufgeschlagen auf den Knien. Sie zitierte Cropper, der Ash zitierte:

»Man stelle sich einen Handschuh vor, der durch Luft zu einem vollkommenen Zylinder geformt wäre, ohne einen Daumen, während die Finger in zwei, drei Reihen die obere Kante des Zylinders *umrahmten* und der Fuß desselben aus einer flachen Ledersohle bestünde. Würde man nun jene Scheibe von Leder, welche innerhalb des Kreises von Fingern liegt, drücken und dadurch veranlassen, *nach innen zu weichen* und innerhalb des Zylinders einen Beutel zu bilden, so hätte man auf diesem Wege einen Mund und einen Magen gebildet ...«

»Ein merkwürdiger Vergleich«, sagte Roland.

»Bei LaMotte bedeuten Handschuhe immer Geheimnisse und Wahren der Formen. Vertuschen. Bei Blanche Glover natürlich auch.«

»Ash hat ein Gedicht geschrieben, das *Der Handschuh* heißt. Über eine mittelalterliche Dame, die ihn einem Ritter gab. Er war ›milchigweiß mit kleinen Perlen‹.«

»Cropper schreibt hier, Ash hätte fälschlicherweise geglaubt, die Eierstöcke der Aktinie befänden sich in den Fingern des Handschuhs ...«

»Als kleiner Junge konnte ich mir nicht vorstellen, wo der Ritter den Handschuh bei sich trug. Um ehrlich zu sein, ich kann es heute noch nicht.«

»Cropper läßt sich darüber aus, was Ash sich zu seinem eigenen Namen gedacht hat. Das klingt interessant. Christabel hat sich sicher Gedanken über den Namen Glover gemacht. Sie hat ein paar sehr schöne und beunruhigende Gedichte darüber geschrieben.«

»Es gibt eine Stelle in *Ragnarök*, wo Ash beschreibt, wie der Gott Thor sich in einer großen Höhle versteckt, die in Wirklichkeit der kleine Finger eines Riesenhandschuhs ist. Es handelt sich um den Riesen, der ihn dazu verleiten wollte, das Meer auszutrinken.«

»Henry James sagt über Balzac, er schlüpfe in das konstituierte Bewußtsein wie Finger in einen Handschuh.«

»Das ist eine phallische Vorstellung.«

»Natürlich. Die anderen auch, vermute ich, auf die eine oder andere Weise. Blanche Glover wahrscheinlich nicht.«

»Die Aktinie zieht sich ein. Mein Stochern paßt ihr nicht.«

Die Aktinie sah jetzt aus wie ein Gumminabel, aus dem zwei, drei fleischige Arme ragten, die eingezogen wurden. Dann war sie eine dunkelrote, fleischige Erhebung um ein Loch herum.

»Ich habe Leonora Sterns Essay ›Vom Venusberg zur kahlen Heide‹ gelesen.«

Maud suchte nach einem passenden Adjektiv, verwarf »tiefschürfend« und sagte: »Sehr eingehend.«

»Ja, natürlich, sicher. Aber. Es gefällt mir nicht.«

»Das soll es auch nicht.«

»Nein, nicht deshalb. Nicht weil ich ein Mann bin. Weil – haben Sie nie den Eindruck, daß unsere Metaphern unsere Welt *verschlingen*? Ich weiß, alles ist mit allem verbunden – immer – und ich nehme an, man beschäftigt sich – ich beschäftige mich – mit der Literatur, weil diese ganzen Verbindungen unendlich aufregend sind und gleichzeitig irgendwie eine gefährliche Macht ausstrahlen – als hätten wir einen Schlüssel zur wahren Natur der Dinge. Ich meine, diese ganzen Handschuhe, mit denen wir eben noch jongliert haben – mittelalterliche Handschuhe, Riesenhandschuhe, Blanche Glover, Balzac, die Eierstöcke der Seeanemone – und alles läßt sich wie kochende Marmelade auf – auf die menschliche Sexualität zurückführen. So wie Leonora Stern die ganze Erde als weiblichen Körper interpretiert – und die Sprache, jede Sprache. Und jede Vegetation bedeutet Schamhaar.«

Maud lachte unfroh.

Roland sagte: »Und worin soll diese geheimnisvolle Macht bestehen, die wir haben, wenn wir wissen, daß alles nur menschliche Sexualität ist? In Wirklichkeit ist es *Machtlosigkeit*.«

»Impotenz«, sagte Maud, die sich voller Interesse vorlehnte.

»Ich habe das Wort nicht benutzt, weil es genau darum *nicht* geht. Wir wissen so viel. Und alles, was wir herausgefunden haben, ist primitiver Sympathiezauber. Infantile polymorphe Perversität. Alles bezieht sich auf *uns*, und damit sind wir in uns selber eingeschlossen – wir können die *Dinge* nicht erkennen. Und wir kleistern alles mit dieser Metapher zu –«

»Sie sind wütend auf Leonora.«

»Sie ist sehr klug. Aber ich will nicht durch ihre Augen sehen. Es hat nichts mit ihrem oder meinem Geschlecht zu tun. Ich will es einfach nicht.«

Maud dachte nach. Sie sagte: »In allen Zeiten gibt es wahrscheinlich Erkenntnisse, Wahrheiten, gegen die man nicht ankämpfen kann – ob man sie haben will oder nicht, ob sie künftig Wahrheiten sein werden oder nicht. Wir leben in der Erkenntnis dessen, was Freud entdeckt hat. Ob es uns gefällt oder nicht. Wie sehr wir es auch verändert haben mögen. Es steht uns nicht frei zu denken – uns vorzustellen –, daß er sich über die menschliche Natur getäuscht haben könnte. In Kleinigkeiten ja – aber im großen und ganzen –«

Roland hätte gern gefragt: Paßt Ihnen das? Er mußte annehmen, daß es das tat: Schließlich waren ihre Arbeiten psychoanalytisch, die Schriften über Schwellen und Marginalität. Statt dessen sagte er: »Es wäre interessant zu versuchen, sich vorzustellen, wie *sie* damals die Welt sahen. Was Ash sah, als er vielleicht hier oben stand. Er hat sich für die Seeanemone interessiert. Für die Ursprünge des Lebens. Und für den Grund unseres Daseins.«

»Sie hatten Achtung vor sich. Früher einmal hatten sie gewußt, daß Gott sie achtete. Dann fingen sie an zu denken, es gebe keinen Gott, nur blind waltende Kräfte. Und deshalb achteten sie sich selbst, sie liebten sich und machten sich Gedanken über ihre Natur –«

»Und wir tun das nicht?«

»An irgendeinem Punkt in der Geschichte hat ihre Selbstachtung sich in das verkehrt – was Sie so irritiert. Eine furchtbare Übervereinfachung. Sie läßt den Begriff der Schuld nicht mehr zu – zum Beispiel. Heute wie damals.«

Sie schloß den *Großen Bauchredner*, beugte sich über den

Rand des Felsvorsprungs, auf dem sie hockte, und streckte eine Hand aus.

»Sollen wir weitergehen?«

»Wohin? Was wollen wir suchen?«

»Wir suchen besser auch nach Anhaltspunkten, nicht nur nach Bildern. Ich schlage vor, wir fahren nach Whitby, wo die Jettbrosche gekauft worden ist.«

Liebste Ellen,

so manches Merkwürdige entdeckte ich in Whitby, einem wohlhabenden Fischereiort an der Mündung des Flusses Esk – eine abschüssig gelegene Stadt, welche in pittoresken Höfen und steinernen Treppen zum Wasser hinabdrängt – eine Stadt aus Terrassen, von deren obersten *Schichten* aus man über den wogenden Masten und rauchenden Schornsteinen ringsumher die ganze Stadt, den Hafen, die Ruinen der Abtei und die Nordsee zu erblicken vermeinen kann.

Die Vergangenheit ist überall anzutreffen, von den Moorgräbern und sogenannten Mordgruben der alten Briten bis zur Zeit der Besatzung durch die Römer und bis zu den frühen Tagen der Christianisierung unter Sankt Hilda – in jenen Tagen hieß die Stadt Streonshalh, und was wir als Synode von Whitby im Jahre 664 bezeichnen, war damals selbstverständlich die Synode von Streonshalh. In den Ruinen der Abtei hing ich inmitten von kreischenden Möwen meinen Gedanken nach, und noch ältere, unheimlichere Dinge sah ich – die Tumuli oder Hügelgräber im Moor, Tempel, die möglicherweise aus druidischer Zeit stammen, darunter die Bridestones, eine Reihe aufrecht stehender Hünensteine, die, so vermutet man, einst zu einem Heiligtum gehörten, wie Stonehenge eines ist. Und bisweilen stößt man auf Funde, welche diese längst verschwundenen Völker in unserer Phantasie zum Leben erwecken: Ich sah einen herzförmigen Ohrring aus Jett, der noch mit dem Kieferknochen eines Skeletts verbunden war, und große Jettperlen, deren Oberfläche in Facetten geschnitten war und die man bei einem Skelett in einem der Hügelgräber gefunden hat, welches in der Hocke bestattet war, die Knie bis zum Kinn hochgezogen.

Es gibt eine mythische Legende über die Hünensteine, welche meiner Phantasie sehr zusagt, da sie von einer unerwarteten Vertrautheit mit den alten Göttern in nicht allzu ferner Vergangenheit kündet. Whitby besitzt seinen eigenen Riesen, einen gewissen Wade, und dieser und seine Frau Bell pflegten zu ihrem Vergnügen Felsbrocken in die Moore hinauszuschleudern. Wade und Bell gehören wie die Hrimthursen, welche die Mauern um Asgardh errichteten, und die Fee Melusine zu jenen Wesen, welche den undankbaren Menschen Schlösser erbauen – man schreibt ihnen auch die Anlage der Römerstraße über das Moor zum bezaubernden Ort Pickering zu, deren Steine auf einer Schicht von Kies oder Schutt des Sandsteins ruhen, wie er hier vorkommt. Ich habe mir vorgenommen, diese Straße entlangzuwandern. Sie wird Wades Damm geheißen, weil die Legende behauptet, der Riese habe sie gebaut, damit seine Frau Bell, welche im Moor eine riesengroße Kuh hielt, bequemer dorthin gelangen konnte, um sie zu melken. Eine Rippe des gigantischen Wiederkäuers wird in Mulgrave Castle gezeigt, und es ist in der Tat nichts anderes als der Kieferknochen eines Wales. Die Tumuli oder Hügelgräber im Moor sind Anhäufungen von Felsbrokken, welche die fleißige Bell in ihrer Schürze herbeitrug und die sie verlor, weil ihre Schürzenbänder rissen. Charlton ist der Meinung, der Name Wade sei abgeleitet vom alten Götternamen Wotan, und es ist gewiß, daß zu sächsischer Zeit im Dorfe Thordisa, das sich an der Stelle befand, wo das Flüßchen Eastrow entspringt, Thor verehrt wurde. So vermischt und verwandelt die Phantasie der Menschen vielerlei, indem sie es dem unterwirft, was sie vordringlich beschäftigt, und völlig Neues daraus bildet – denn sie ist wahrhaft poetisch – man bedenke nur, wie hier ein Wal und Pickering Castle und der alte Gott des Donners und die Gräber jener Fürsten der einstigen Briten und Sachsen und Ruhmessucht und Ehrgeiz der Heere Roms allesamt zu einem Riesen und seinem Eheweib umgebildet wurden – so wie die Steine der Römerstraße dem Bau der trockenen Steinmauern dienen, zum Leidwesen der Archäologie und zum Nutzen und Frommen unserer Schafe – oder so wie der riesige Felsbrocken, den Bells Riesenkind auf das Moor warf und den ihr eiserner Brustkorb zusammengedrückt hatte, zerteilt wurde und verwendet beim Ausbessern der Straße, über die ich kam.

Ich habe auch das Gewerbe dieser Gegend kennengelernt, ein blühendes Gewerbe, das Arbeiten von hoher Kunstfertigkeit hervorbringt. Ein Beispiel davon übersende ich Dir – mit einem kleinen Gedicht zur Begleitung und all meiner Liebe. Ich weiß, wie sehr Dich wohlgefertigte Gegenstände erfreuen, und die zierlichen Arbeiten, die hier geschaffen werden, würden Dich gewiß entzücken – von vereinzelten Beispielen vulgären Geschmacks abgesehen. Erstaunlich scheint mir, daß aus allem Schmuck sich fertigen läßt, und versteinerte Ammoniten erlangen so neues Leben als polierte Broschen. Auch das Einarbeiten solch versteinerter Überreste in andere Gegenstände des eleganten Lebens hat mein Interesse geweckt – unter der Politur einer Tischplatte lassen sich die unvorstellbar alten Windungen urzeitlicher Schnecken ausmachen oder die versteinerten Farnwedel uralter Zykadeen, so deutlich wie die gepreßten Blumen und Farne, welche Dein Gebetbuch beherbergt. War je ein Gegenstand der meine, liebe Ellen, so das beständige, an keine Form gebundene Leben von Dingen, die seit langem tot sind und doch nicht vergangen. Wie gerne schriebe ich etwas so vollkommen Beschaffenes, daß es nach langer, langer Zeit noch immer beachtet würde, wie die Wesen, deren Abdruck im Stein wir sehen. Doch dann scheint mir, daß unser Sein auf dieser Erde nicht so lange währen wird wie das ihre.

Auch der Jett war einst lebendig, liebe Ellen. ›Manche Forscher haben diese Substanz für verhärtetes Steinöl oder Asphalt gehalten – doch ist man heute übereinstimmend der Ansicht, daß sie hölzernen Ursprungs ist – man findet sie in zusammengepreßten Schichten von schmaler, länglicher Beschaffenheit, deren äußere Oberfläche längliche Streifen aufweist, der Maserung des Holzes vergleichbar, während der Querschnitt, welcher Schneckenlinien zeigt und einen harzigen Glanz sein eigen nennt, die Jahresringe in enggepreßten Ellipsen erkennen läßt.‹ Diese Beschreibung stammt von Dr. Young, doch auch ich sah solche Stücke rohen Jetts in den Werkstätten und hielt sie in meinen Händen und war unaussprechlich ergriffen vom Gedanken an die Spuren der Zeit – der so unvorstellbar lange schon vergangenen Zeit ihres Wachstums – in ihren Ellipsen. Bisweilen verdirbt sie eine zu große Beimengung kieselhaltigen Gesteins – es kann geschehen, daß ein Handwerker, welcher eine Rose oder eine Schlange oder ein verschlungenes Händepaar schnitzt, unvermittelt auf eine Ader oder Einschließung von Kiesel oder Quarz im Material stößt und von dem Werkstück ablassen muß. Ich sah solche Handwerker bei ihrer Arbeit – sie sind in höchstem Maße spezialisiert – der eine reicht die Brosche dem anderen weiter, weil jener sich auf das Einschneiden von Mustern versteht – auch kann der Jett mit Gold oder Elfenbein oder geschnitztem Horn kunstvoll verbunden werden.

All das Neue, das ich sehe und entdecke, hat, wie Du Dir wohl denken magst, ein wahres Feuerwerk poetischer Funken in mir entzündet. (Und Funken sage ich im Sinne Vaughans – ›Helle Funken der Unendlichkeit‹, was heißen soll Helligkeit des Funkelns, Sprühen der Blitze und Ergießen des Lichtes – ich bitte Dich, mir mein Exemplar von *Silex scintillans* zu senden, denn seit ich mich mit den Felsen dieser Gegend beschäftige, will mir seine Dichtkunst und diese steinerne Metapher nicht aus dem Sinn gehen. Wenn Du Deine Brosche erhältst, mußt Du sie reiben – dann kannst Du beobachten, wie sie mit ihrer Elektrizität Haare und Papierstückchen anzuziehen vermag – sie hat eine ihr eigene magnetische Kraft – und deshalb diente das Jett seit alters her für Zauberamulette und weiße Magie und die Heilkunde. Ich schweife zügellos ab – allzu vieles drängt sich mir auf – es gelüstet mich danach, ein Gedicht über versteinerte Zweige zu schreiben, die man in artesischen Brunnen findet, wie Lyell es so anschaulich beschreibt.)

Doch nun schreibe mir, wie es Dir ergeht – schreibe mir von Deinem Befinden, Deinem Tun, Deiner Lektüre –

Dein Dich liebender Gatte
Randolph

Maud und Roland wanderten die engen Gassen entlang, die sternförmig vom Hafen Whitbys ausstrahlen. Wo Randolph Ash Geschäftigkeit und Wohlstand aufgefallen waren, fielen ihnen die Begleiterscheinungen von Arbeitslosigkeit und Ziellosigkeit auf. Die wenigen Boote, die sie im Hafen sahen, waren verschalt und angekettet; kein Schiffsmotor ließ sich hören, kein Segel klatschte im Wind. Kohlenrauch lag in der Luft, aber auch er bedeutete heute etwas anderes als ehemals.

Die Läden waren alt und romantisch. Das Ladenschild einer Fischhandlung war mit aufgerissenen Haifischgebissen und stacheligen kleinen Ungeheuern verziert; im Fenster eines Bonbongeschäfts standen die alten Glasgefäße zwischen Pyramiden bunter Zuckerwürfel, -kugeln und -rhomben. Verschiedene Juweliere warben für ihre Jettarbeiten. Sie blieben vor einem dieser Läden stehen: »Hobbs und Bell, Schmuck und Ornamente aus Jett«. Die Ladenfront war schmal und hoch; das Schaufenster sah aus wie eine aufgerichtete Schachtel, an deren Seiten lange Schnüre glitzernder schwarzer Perlen befestigt waren – runde Perlen, facettierte Perlen, Perlen, von denen Medaillons hingen. Das Schaufenster selbst bot den Anblick einer sturmgeschüttelten Schatztruhe: staubige Broschen, Armbänder und Ringe auf brüchigem Samt, Kaffeelöffel, Brieföffner, Tintenfässer und unzählige Muschelschalen, die ihren Glanz verloren hatten. So, dachte Roland, war Nordengland, kohlschwarz, massiv und solide, wenn auch nicht unbedingt elegant, und der Glanz war von Staub überdeckt.

»Vielleicht«, sagte Maud, »sollte ich Leonora ein Mitbringsel kaufen. Sie hat eine Schwäche für kuriosen Schmuck.«

»Die Brosche da drüben – die mit den Vergißmeinnicht drum herum und den verschlungenen Händen, auf der ›Freundschaft‹ steht.«

»Das würde ihr sicher gefallen –«

Im Türrahmen des engen Ladens erschien eine verblüffend kleine Frau, die über einer engen schwarzen Strickjacke eine große Kittelschürze mit violettem und grauem Blümchenmuster trug. Ihr Gesicht unter dem zu einem Knoten gebundenen weißen Haar war braun und hager. Ihre Augen waren von durchdringendem Blau, und ihr Mund offenbarte gut und gerne drei Zähne, als sie ihn öffnete. Wie ein alter Apfel war sie runzelig, aber gesund, und die Kittelschürze war makellos sauber, auch wenn die Strümpfe an den Knöcheln über den Schnürschuhen aus dickem, schwarzem Leder Falten warfen.

»Kommen Sie ruhig rein. Drinnen ist noch mehr. Alles bester Whitby-Jett, feinste Qualität. Keine Imitationen. Besseren finden Sie nirgends.«

In die Ladentheke war eine Art Glassarkophag eingelassen, in dem sich Ketten und Anstecknadeln und Armringe häuften.

»Wenn Sie was anschauen wollen, hol' ich es Ihnen gerne raus.«

»Das da sieht interessant aus.«

»Das da« war ein ovales Medaillon, auf dem sich eine klassizistisch angehauchte Figur über eine Urne mit Blumen beugte.

»Ein viktorianisches Trauermedaillon. Wahrscheinlich von Thomas Andrew geschnitten. Er arbeitete für den Hof. Das waren gute Zeiten für Whitby, die Zeit nach dem Tod des Prinzgemahls. Damals wollten die Leute sich noch an ihre Toten erinnern. Aber heute – aus den Augen, aus dem Sinn.«

Maud legte das Medaillon auf die Theke. Sie bat die alte Frau, ihr die Freundschaftsbrosche aus dem Fenster zu zeigen. Roland betrachtete eine Tafel mit Broschen und Ringen, die aus feinen Strängen von Seide zu bestehen schienen, von Jett umwunden oder mit Perlen besetzt.

»Das ist hübsch. Jett und Perlen und Seide.«

»O nein, Sir, keine Seide. Es ist Haar. Die Broschen mit Haar sind Trauerbroschen. Schauen Sie nur, ›In memoriam‹ ist unten eingeschnitzt. Das Haar wurde auf dem Totenbett abgeschnitten. Wenn man so will, wurde es am Leben gehalten.«

Roland beugte sich über die Theke und blickte auf die ineinandergewobenen feinen Haarsträhnen.

»Es gab die verschiedensten Sachen, alles mögliche. Sehen Sie, hier – eine Uhrkette aus Locken. Und ein Armband mit einem niedlichen Schloß, einem Herzen, beste Arbeit, aus dunklem Haar.«

Roland nahm den Gegenstand in die Hand, der sich leicht und leblos anfühlte, das goldene Schloß ausgenommen.

»Verkaufen Sie viel davon?«

»Ab und zu. Manche sammeln so was. Die Leute sammeln alles, wenn es alt genug ist. Schmetterlinge. Hemdknöpfe. Sogar mein altes Bügeleisen, das ich bis 1960 hatte, als unsere Edith mir ein elektrisches gekauft hat, das wollte mir einer abkaufen. Und das Armband war viel Arbeit, junger Mann, sehr viel Arbeit. Und echtes Gold, 18 Karat, das war damals teuer, Gold zu nehmen und nicht Tombak.«

Maud ließ sich Broschen auf der Theke zeigen.

»Sie kennen sich aus, das sehe ich. Ich zeige Ihnen ein wirklich gutes Stück, wie man sie heute nicht mehr bekommt – Blumensprache, junger Mann, Klematis und Ginster und Stiefmütterchen, was seelische Schönheit und immerwährende Zuneigung bedeutet und ›ich denke immer an dich‹. Das sollten Sie der jungen Dame kaufen. Das ist schöner als altes Haar.«

Roland murmelte etwas Abwehrendes. Die alte Frau lehnte sich auf ihrem hohen Stuhl vor und berührte mit einer Hand Mauds grünes Kopftuch.

»Aber Ihre Brosche ist was ganz Besonderes – so was findet man heute nicht mehr. Wenn das nicht aus Isaac Greenbergs Werkstatt ist! Er hat für alle Königinnen und Prinzessinnen gearbeitet, in ganz Europa. Erlauben Sie, Mam, daß ich einen Blick drauf werfe?«

Maud griff sich mit beiden Händen an den Kopf, unentschlossen, ob sie die Brosche aus dem Kopftuch nehmen oder den ganzen Turban absetzen solle. Schließlich tat sie beides, mit ungeschickten Bewegungen, was ungewohnt an ihr war; sie legte den Turban auf die Theke, knüpfte ihn auf und reichte die dicke schwarze Brosche der alten Frau, die zum Fenster humpelte, um sie in das staubige Licht zu halten, das hereindrang.

Roland sah Maud an. Das helle, helle Haar war in feinen Flechten um ihren Kopf geschlungen und wirkte im Licht dieses Ladens, das alle Farben verschluckte und nur Glanzlichter aufschimmern ließ, erschreckend weiß. Sie sah fast bestürzend nackt aus, wie eine entkleidete Schaufensterpuppe, dachte er zuerst, doch als sie ihm ihr hochmütiges Gesicht zuwandte und er sah, wie verändert es war, wie zerbrechlich, ja verletzbar, verspürte er den Wunsch, ihr Haar zu lösen, zu befreien. Seine eigene Kopfhaut schmerzte vor Mitgefühl beim Anblick der unbarmherzig festgesteckten Strähnen. Beide führten die Hände an die Schläfen, als wäre er ihr Spiegel.

Die alte Frau kam zurück und legte Mauds Brosche auf die Theke. Sie schaltete eine verstaubte kleine Klemmleuchte an, und die dunkle Brosche schimmerte im Licht.

»So was hab' ich wirklich noch nie gesehen – das kann nur von Isaac Greenberg sein – auf der Weltausstellung, da gab's eine Arbeit von ihm mit Korallen und solchen Felsblöcken, aber eine Nixe mit Korallen zusammen, das hab' ich noch nie gesehen. Wo haben Sie das her, Mam?«

»Es ist eine Art Familienerbstück. Ich fand es als kleines Mädchen in der Schachtel mit alten Knöpfen, einer riesengroßen, ausrangierten Pralinendose – es steckte zwischen den Gürtelschnallen und Knöpfen und Bortenresten. Ich fürchte, es ist dort gelandet, weil niemand es haben wollte. Meine Mutter hielt es für eine typisch viktorianische Scheußlichkeit. Es *ist* viktorianisch, oder? Ich habe es behalten, weil es mich an die kleine Seejungfrau erinnert.« Sie drehte den Kopf zu Roland. »Später dann auch wegen Melusine.«

»O ja, es ist viktorianisch. Ich würde sagen, aus der Zeit vor dem Tod des Prinzgemahls, vor 1861 – da gab es noch mehr fröhliche Sachen – natürlich waren die traurigen immer in der Überzahl. Schauen Sie mal, wie das wehende Haar und die kleinen Schwanzflossen gearbeitet sind! Unvorstellbar, was die Leute damals konnten. So was finden Sie heute nirgends, da können Sie Gift drauf nehmen. Vergangen und vorbei.«

Roland hatte Mauds Brosche noch nie aus der Nähe betrachtet; sie stellte eine kleine Nixe dar, die auf einem Felsen saß, die glänzenden schwarzen Schultern dem Betrachter zugewendet, so daß keine Notwendigkeit bestanden hatte, ihre kleinen Brüste zu gestalten. Ihr Haar schlängelte sich auf ihrem Rücken, und ihr Fischschwanz schlängelte sich den Felsen hinunter. Umrahmt war das Ganze von etwas, was er für Zweige gehalten hatte und worin er nun mittels der Augen der alten Frau Korallenzweige erkannte.

Er sagte zu Maud: »Sie haben Broschen von Christabel geerbt ...«

»Ich weiß. Ich kam nie auf den Gedanken, daß ... Ich will damit sagen, diese Brosche war immer schon dagewesen. Ich kam einfach nicht auf die Idee zu fragen, woher sie stammte. Hier, in diesem Laden, zwischen diesen Sachen, sieht sie auf einmal ganz anders aus. Ich hatte es nur als Scherz gemeint, als ich sie –«

»*Er* vielleicht auch.«

»Aber selbst wenn, selbst wenn«, sagte Maud, die angestrengt nachdachte, »beweist das noch lange nicht, daß sie auch hier war. Es würde lediglich beweisen, daß er Broschen für zwei Frauen gekauft hat ...«

»Nicht einmal das. Sie könnte sie sich selbst gekauft haben.«

»*Wenn* sie hier war.«

»Oder irgendwo sonst, wo solche Broschen verkauft wurden.«

»Sie sollten auf das Stück aufpassen«, mischte sich die alte Frau ein. »So was gibt's kein zweites Mal, glauben Sie mir.« Sie wandte sich zu Roland. »Wie ist es, Sir? Wollen Sie das Stück mit der Blumensprache kaufen? Es würde gut zu dem mit der kleinen Nixe passen.«

»Ich nehme die Brosche, auf der ›Freundschaft‹ steht«, sagte Maud schnell. »Für Leonora.«

Roland wünschte inständig, irgend etwas aus diesem sonderbaren, rußigen Material zu besitzen, das Ash berührt hatte, über das er geschrieben hatte. Das überladene Blumenmedaillon wollte er nicht haben, und es gab niemanden, dem er es hätte schenken können – solche Sachen waren überhaupt nicht Vals Geschmack oder Vals Stil und waren es nie gewesen. In einer grünen Glasschüssel auf der Theke entdeckte er einzelne Perlen und Splitter, die die alte Frau zum Stückpreis von 75 Pence verkaufte, und er suchte sich ein Häufchen davon zusammen – runde, flache und elliptische, ein Hexagon, eine, die wie ein zu Hochglanz poliertes Satinkissen aussah.

»Sorgenperlen«, erklärte er Maud. »Ich habe jede Menge Sorgen.«

»Das habe ich gemerkt.«

VIERZEHNTES KAPITEL

Es heißt, die Frauen seien launisch, doch
Dein Wankelmut ist dir Beständigkeit,
Beständig wie des Flusses steter Lauf,
Vom Quell zur Mündung, die einst sein Geschick,
Neu unentwegt, ohn' Rast und Stillestand,
Aus Myriaden Tropfen ein Gespinst,
Und du – das liebe ich an dir – du bist
Die Kraft, die treibt und dennoch wahrt die Form.

R. H. Ash: *Ask an Embla XIII*

Meine geliebte Ellen,

heute habe ich Sezierbesteck und Vergrößerungsglas beiseite gelegt und eine lange Wanderung von Wasserfall zu Wasserfall um das Tal von Goathland oder Godeland herum unternommen – beeindruckt es Dich ebenso wie mich, die Sprache in ihrem Entstehungszustand zu sehen, indem beide Namen einer Sache ganz gleichwertig nebeneinander Verwendung finden? Die Namen wurden von den Wikingern eingeführt – in dieser Gegend ließen sich die Dänen nieder, welche sich zum Christentum bekehrten – die Norweger hingegen, barbarischer und heidnischer als jene, suchten von Irland und vom Norden aus das Land zu unterwerfen, doch wurden sie bei Brunanburh geschlagen. Aus den 250 Jahren, in denen sie hier Akkerbau betrieben und kämpften, sind nur wenige Spuren erhalten – Wörter nur und Namen, welche vergehen und verschwinden, wie W. Wordsworth bemerkte.

Seht! Wie jedes Ding
Weicht von seinem Pfad, schwindet wie ein Traum;
In neuer Zunge spricht das ganze Land;
Nur von ungefähr ein trübseliger Strom
Seinen Namen wahrt wie störrische Hügel rings,
Doch Sitten, Glaube, Volk sind die nicht mehr, die einst gekannt!

Zwei Bächlein, welche in den Mirk Esk münden, Eller Beck und Wheeldale Beck geheißen, vereinigen sich an einer Stelle mit Namen

Beck Holes – und entlang dieser Bäche findet man so manchen herrlichen Wasserfall – den Thomasine Foss, den Water Ark und die Walk Mill Fosses und später dann den Nelly Ayre Foss und Mallyan's Spout, welch letzterer ein ausnehmend eindrucksvoller Wasserfall ist, da er sich hundert Fuß tief in eine waldige Schlucht ergießt. Der malerische Effekt von Licht und Schatten im wechselnden Grün des stillen Laubes und in den Tiefen des Wassers, verursacht durch die dahineilenden Wolken, ist unbeschreiblich. Ich erklomm die Moore von Glaisdale und Wheeldale, von denen diese Bäche ihren Ursprung nehmen in dünnen Rinnsalen, die zwischen Kies und Heidekraut dahinplätschern. Der Kontrast zwischen der kühlen, gesprenkelten Welt der kleinen Täler und den schattigen Schluchten und Höhlungen, in die sich die Wasserfälle stürzen, um in der Stille aufzugehen, und den weiten Flächen, wo sich Meile um dunkle Meile nichts zu bewegen scheint und wo nichts zu vernehmen ist bis auf den überraschend mißtönenden, klagenden Schrei eines Vogels – dieser Kontrast ist so stark und gleichzeitig so natürlich – und das Wasser, das von einer dieser Welten in die andere fließt –, daß man wohl versucht sein kann zu glauben, hier, in diesem rauhen Norden habe sich befunden, was vielleicht nicht das Paradies war, aber die *einstige Erde* – Felsen, Steine, Bäume, Luft und Wasser – alles dem Anschein nach so fest und unbeweglich – und gleichzeitig fließt und schwimmt und verläuft es im dahinfliegenden Licht und den Hüllen des Schattens, die abwechselnd enthüllen und verhüllen, beleuchten und verdüstern. Hier, liebe Ellen, nicht in den fruchtbaren Tälern des Südens, erfüllt uns eine Ahnung der Nähe zu jenen so fernen Menschen, deren Blut und Knochen unser Blut, unsere Knochen schufen und in ihnen weiterbestehen – Briten und Dänen, Norweger und Römer – und zu noch weit ferneren Wesen – Geschöpfen, welche hier lebten, als die Erde ein heißer Planet war – Dr. Buckland, welcher die Höhle von Kirkdale 1821 erforschte, entdeckte ein Lager von Hyänen mit Überresten von Tigern, Bären, Wölfen, möglicherweise von Löwen und anderen Karnivoren, von Elefanten, Rhinozerossen, Pferden, Ochsen und drei Arten von Wild neben zahlreichen Nagetieren und Vögeln, welche den Hyänen als Nahrung gedient hatten.

Die Luft zu beschreiben vermag ich nicht. Sie ist nicht wie Luft. Unsere Sprache ist außerstande, Unterschiede in der Beschaffenheit der Luft festzuhalten; versucht sie es, läuft sie Gefahr, sich in kraftlosen Beschwörungen oder undeutlichen Metaphern zu ergehen – und deshalb will ich davon absehen, sie mit Wein oder Kristall zu vergleichen, obwohl beides sich dem Sinn unweigerlich aufdrängt. Ich habe die Luft des Montblanc geatmet – eine kalte, dünne, klare, Luft, die den Gletschern entstammt und die Reinheit ihres Schnees mit sich führt, versehen mit einem Hauch von Kiefernharz und dem Heu der Alpwiesen. *Dünne Luft*, wie Shakespeare sagte, die Luft dessen, was im Vergehen begriffen ist, von einer Klarheit, die sich der Wahrnehmung durch unsere Sinne entzieht. Die Luft in Yorkshire, in dieser Landschaft von Heide und Mooren, besitzt diese glasklare Kälte nicht – sie ist lebendig, bewegt, wie die Wasserläufe, die sich ihren Weg durch die Heide bahnen, welchem Weg die Luft folgt. Es ist dies eine *sichtbare* Luft – man kann sie in den Flüssen sehen und auf den Flanken kahler Felsen – man sieht sie mit luftigen Fontänen emporstieben und über der Heide in der Sommerhitze zittern. Und ihr Geruch – ihr Duft – so streng, so unvergeßlich – wie sauberer, klarer Regen und ein Hauch uralten Holzfeuers und die Kühle und Frische von Quellwasser und noch etwas ganz eigenes von großer Zartheit und Eindringlichkeit – oh, diese Luft zu schildern – ich vermag es nicht. Sie erweitert den Geist, dies glaube ich gewiß, und verleiht uns Sinne, von denen wir nichts wußten, bevor wir diese Hügel und Berge betraten ...

Der Spaziergang, den Roland und Maud am nächsten Tag die Bäche entlang zu den Wasserfällen machten, war angenehmer als der Ausflug am Vortag. Sie machten sich von Goathland aus auf den Weg; sie besichtigten die Schleier und Fächer aus Wasser, die der Mallyan Spout bildet; sie erkletterten Wege oberhalb des bleiernen Wassers und überquerten Moore, um wieder an das Flußufer zu gelangen. Sie entdeckten zwischen Felsblöcken verzauberte Rasenstückchen, kurzgeschoren durch unermüdlich grasende Schafe, umgeben von hochragenden Steinen und geheimnisvollen Büscheln gefleckten purpurnen Fingerhuts. Unbekannte durchsichtige Insekten schwirrten an ihnen vorbei; Zwergtaucher wateten in den seichteren Abschnitten der Gewässer, und an einer morastigen Stelle scheuchten sie ganze Scharen feucht glitzernder junger Frösche auf, die in kleinen Wasserfontänen zu ihren Füßen davonsprangen. Während sie auf einer grasbewachsenen Lichtung nahe dem Nelly Ayre Foss ihren Lunch aßen, unterhielten sie sich über den Stand ihrer Nachforschungen. Roland hatte im Bett *Die schöne Melusine* gelesen und war jetzt unbeirrbar davon überzeugt, daß Christabel in Yorkshire gewesen war.

»Es kann nur hier spielen. Wieso ist das noch nie jemandem aufgefallen? Es wimmelt darin von Wörtern aus dieser Gegend – Irrkraut für Farn, Tannpicker für Specht, Ketelböter für Schmetterling, Nixblume, Donnerbart und Unholdenkraut. Die Luft, die sie beschreibt, ist die Luft von hier. Genau wie in seinem Brief. Sie sagt von der Luft, sie sei wie Fohlen, die sich im Sommer auf der Heide tummeln. Eine Redensart aus Yorkshire.«

»Ich nehme an, daß es bisher niemandem aufgefallen ist, weil niemand danach gesucht hat. Ich meine, ihre Landschaften wurden immer für die Bretagne gehalten, die Christabel als das Poitou deklariert und romantisch eingefärbt haben soll – zweifellos von den Brontës, Scott und Wordsworth beeinflußt. Oder man hielt sie für Symbole.«

»Glauben *Sie*, daß sie hier war?«

»Ja. Ich bin mir sicher. Aber ich habe keinen wirklichen Beweis dafür. Der Kobold. Die Dialektwörter. Vielleicht meine Brosche. Aber ich kann immer noch nicht begreifen, wie es ihm möglich gewesen sein soll, seiner Frau diese Briefe zu schreiben – ich frage mich –«

»Vielleicht liebte er auch seine Frau. Er schreibt immer: ›Wenn ich zurückkomme.‹ Er hatte nie vor, nicht zurückzukehren. Und er ist zurückgekehrt – das wissen wir. Wenn Christabel mit ihm hier war, dann hatten sie nicht vor, wegzulaufen –«

»Ich frage mich, *was* sie vorhatten –«

»Eigentlich geht es uns nichts an. Es war ihre Privatangelegenheit. Aber eins ist mir aufgefallen: *Die schöne Melusine* ist manchen Ash-Gedichten auffallend ähnlich. Alles, was ich sonst von ihr kenne, klingt ganz anders. Aber die *Melusine* kommt mir stellenweise fast vor, als hätte er sie geschrieben. Nicht vom Thema her. Ich meine den Stil.«

»Das kann ich nicht denken wollen. Aber ich verstehe, was Sie meinen.«

Thomasine Foss erreicht man über einen steilen Pfad von Beck Hole aus, einem verschlafenen Weiler, der sich in eine Hügelsenke schmiegt. Sie nahmen diesen Pfad, statt vom Moor herabzusteigen, weil sie sich dem Wasserfall von unten nähern wollten. Das Wasser brauste und rauschte; hochgetürmte weiße Wolken zogen über den blauen Himmel, hoch über steinernen Mauern und Waldungen. Roland entdeckte auf einer dieser Mauern silbrig glänzende Matten, die sich als Spinnennester entpuppten und deren Erbauer und Bewohner aufgeregt herausgeeilt kamen, um ihre Geflechte zu verteidigen. Je näher sie dem Wasserfall kamen, um so steiler und beschwerlicher war der Abstieg zwischen den Felsblöcken und Baumwurzeln. Der Wasserfall befand sich in einer Schlucht aus Felsen und Abhängen, die sich wie ein Amphitheater nach unten hin verengte; Baumschößlinge fristeten ihr karges Dasein an den steilen Wänden der Schlucht; es war düster und roch nach Kälte, nach Moos und Algen. Roland blickte in den grünlich-golden-weißlich glitzernden Schaum des Wasserfalls; dann wendete er den Blick ab und sah zum Rand des wogenden Teichs darunter. In diesem Moment brach die Sonne durch die Wolken und beleuchtete den Teich, so daß sowohl das spiegelgleiche Funkeln seiner Oberfläche zu sehen war als auch das Wogen von Blättern und Pflanzen im Wasser, die die tanzenden Lichtflecke und -girlanden wie ein Netz einfingen. Roland beobachtete ein merkwürdiges Phänomen: Innerhalb der Höhle und auch an den Innenseiten der Felsen an ihrer Öffnung schienen Flammen weißen Lichts nach oben zu schlagen und zu streben. Überall, wo das vom Wasser gebrochene Licht auf die unebene Oberfläche der Steine traf, überall, wo es auf Spalten und Ritzen im Stein traf, ergoß sich diese Helligkeit zitternd und züngelnd und bildete eine Art visionärer Spiegelung in Form von Licht statt von Schatten, die unsichtbare Feuer und Flammen wiedergab. Roland hockte sich auf einen Stein und verlor sich im Anblick dieses Naturphänomens, bis er jedes Gefühl für Raum und Zeit und jede Orientierung verlor und die Phantomflammen ihm echt und real erschienen. Maud riß ihn aus seiner Träumerei, als sie zu ihm trat und fragte: »Was fasziniert Sie so?«

»Das Licht. Das Feuer. Sehen Sie nur den Lichteffekt. Sehen Sie, wie die ganze Höhle zu brennen scheint.«

Maud sagte: »Das hat sie gesehen. Sie muß es gesehen haben. Erinnern Sie sich an den Anfang der *Melusine*?

Der Elemente drei zum vierten sich vereint.
Das Licht der Sonn' das Muster schuf, durch Luft
(Querüber Eschenschößlinge am Hang
In kargen Fleckchen Torfes wurzelten)
Zum Mosaik es ward im Wasserglanz:
Und wo das Wasser bebte und sich regt'
Wie Schuppen eines Schlangenpanzers, dort
Erglänzt' das Licht darin im Feuerton
Wie Glieder einer Kette; doch darob
Der dumpf'gen Höhle graue Felsenwand
Wasser und Licht mit Flammen übersprüht,
Mit Funken, züngelnden und tanzenden,
Mit Lichtern, flackernd hell auf grauem Stein,
Gierig verfolgend jeder Ritze Spur,
Sich gleißend brechend an der rauhen Wand
Und so, wo Schatten hätten sollen sein,
Vorgaukelnd heller, weißer Flammen Schein,
Ein Feuer, das nicht brennt, nicht wärmt, nicht sengt,
Das sich nicht nährt aus Stofflichem, das brennt
Auf kalten Steinen und das nie erlischt,
Das nie entzündet ward, denn es ist Licht,
Und es ist Stein, Fontäne kalten Feuers,
Das, genährt von Wasserfall und Springquell,
Sich sein Leben borgt...

Sie war mit ihm hier«, sagte Maud.

»Ein Beweis ist auch das nicht. Und wenn nicht eben die Sonne herausgekommen wäre, hätte ich es gar nicht wahrgenommen. Aber für mich ist es ein Beweis.«

»Ich habe seine Gedichte gelesen. *Ask an Embla*. Sie sind gut. Er hielt keinen Monolog ab. Er sprach wirklich zu ihr – Embla – Christabel oder... Die meiste Liebeslyrik richtet sich an sich selbst, nicht an ein Gegenüber. Diese Gedichte gefallen mir.«

»Ich freue mich, daß etwas an ihm Ihnen gefällt.«

»Ich habe versucht, ihn mir vorzustellen. Beide. Sie müssen in

– in einer extremen Situation gewesen sein. Ich habe gestern abend nachgedacht, über das, was Sie über unsere Generation und die Sexualität gesagt haben. Wir wittern sie überall. Wie Sie es sagten. Wir sind so wissend, so schlau. Wir wissen so viele andere Dinge – daß es kein einheitliches Ego gibt, daß wir uns aus widerstreitenden, interagierenden Systemen von Dingen zusammensetzen, und vermutlich glauben wir das auch, oder? Wir wissen, daß das Verlangen unser Handeln bestimmt, aber wir können das Verlangen nicht sehen, wie sie es sehen konnten, nicht wahr? Wir sprechen das Wort Liebe nicht mehr aus, weil wir wissen, daß es ein unsauberes, ideologisch befrachtetes Konstrukt ist – ganz besonders der Begriff der romantischen Liebe –, und deshalb ist es eine immense Anstrengung für unsereinen, sich vorzustellen, wie es gewesen sein muß, sie zu sein, hier zu sein als die, die sie waren, und an diese Dinge zu glauben – an die Liebe, an sich selbst – daran, daß ihr Tun etwas bedeutete –«

»Ich weiß, was Sie meinen. Christabel sagt: ›Um unsren sichren kleinen Hort Geheimnis schwebt.‹ Ich glaube, damit haben wir auch aufgeräumt – und mit dem Verlangen, das wir so eingehend untersuchen; ich glaube, die ganze Untersucherei hat sich irgendwie auf das Verlangen ausgewirkt.«

»Das glaube ich auch.«

»Manchmal habe ich das Gefühl«, sagte Roland bedächtig, »als wäre es am besten, überhaupt kein Verlangen zu haben. Keine Wünsche. Wenn ich mich selbst anschaue –«

»Wenn Sie ein eigenes Selbst haben –«

»Wenn ich mein Leben anschaue – dann habe ich den Eindruck, daß ich mir eigentlich wünsche, *nichts* zu besitzen. Ein leeres, sauberes Bett. Ich habe diese komische Vorstellung von einem leeren, weißen Bett in einem leeren, sauberen Zimmer, wo niemand etwas verlangt und von niemandem etwas verlangt wird. Zum Teil hat das mit – mit meinen persönlichen Umständen zu tun, aber nur zum Teil. Glaube ich wenigstens.«

»Ich weiß, was Sie meinen. Nein, es ist viel mehr. Es ist eine verblüffende Übereinstimmung. Was Sie eben sagten, das denke ich auch, wenn ich allein bin. Wie gut es wäre, nichts zu besitzen. Wie gut es wäre, nichts zu wünschen. Und das gleiche Bild: ein leeres Bett in einem leeren Raum. Weiß.«

»Weiß, genau.«

»Ganz genau.«

»Komisch.«

»Vielleicht sind wir typische Vertreter einer Generation erschöpfter Wissenschaftler und Theoretiker. Vielleicht liegt es auch nur an uns.«

»Finden Sie es nicht auch komisch, daß wir wegen dieser Sache hergekommen sind und hier auf einmal – *so etwas* – über uns herausfinden?«

Sie wanderten in freundschaftlichem Schweigen zurück und lauschten auf die Vögel und das Geräusch des Windes in Bäumen und Wasser. Während des Abendessens im Hotel durchsuchten sie *Die schöne Melusine* nach neuen Worten im Yorkshire-Dialekt. Roland sagte: »Auf der Landkarte habe ich eine Stelle gesehen, die Boggle Hole heißt. Ein lustiger Name – und da hab' ich mir gedacht, ob wir nicht für einen Tag Urlaub von ihnen machen können, uns für einen Tag aus ihrer Geschichte absentieren und etwas eigenes unternehmen können. Ein Boggle Hole kommt weder bei Cropper noch in Ashs Briefen vor. Einfach mal Luft holen – was meinen Sie?«

»Warum nicht. Das Wetter wird immer besser. Es ist schon richtig warm.«

»Das Wetter wäre mir egal. Ich will nur irgend etwas anschauen, was nicht mit dicken Schichten von Bedeutung zugekleistert ist. Etwas Neues.«

Etwas Neues, hatten sie gesagt. Es war ein herrlicher Tag, als sie aufbrachen, ein Tag mit dem blauen und goldenen guten Wetter, wie es zu jedermanns frühesten Kindheitserwartungen gehört, zu jenem Lebensabschnitt, wo das neue, kurze Gedächtnis glaubt, alles sei, was es ist und folglich war und folglich sein werde. Ein guter Tag, um einen neuen Ort zu besichtigen.

Sie nahmen ein einfaches Picknick mit: frisches Bauernbrot, weißen Wensleydale-Käse, dunkelrote Radieschen, gelbe Butter, leuchtendrote Tomaten, runde, hellgrüne Granny-Smith-Äpfel und eine Flasche Mineralwasser. Sie nahmen keine Bücher mit.

Boggle Hole ist eine unter Klippen versteckte Bucht, wo ein Bach durch den Sand ins Meer einmündet, der von einer alten

Mühle her verläuft, die in eine Jugendherberge umgewandelt wurde. Roland und Maud wanderten blühende Wege entlang: Die hohen Hecken strotzten vor wilden Rosen, zartrosa getönt die meisten, manche weiß, mit goldgelber Mitte und gelben Staubgefäßen. In die Rosenbüsche unentwirrbar verschlungen waren Geißblatttriebe, deren cremefarbene Blüten zwischen dem Rosa und Gold der Rosen winkten. Weder Maud noch Roland hatten je eine solche Fülle wildblühender Blumen auf so engem Raum gesehen oder gerochen: Schwall auf Schwall trug die warme Luft den Blumenduft her, der wie ein schwerer Baldachin über ihnen zu schweben schien. Erwartet hatten beide ein paar vereinzelte Blüten, die letzten Überlebenden und Nachfahren jener Dickichte, die Shakespeare gesehen, die Morris gemalt hatte. Statt dessen trafen sie auf Überfülle, auf wucherndes Wachstum, auf Böschungen voll funkelnden, duftenden Lebens.

Ein Strand befindet sich strenggenommen nicht unter den Klippen, sondern nur ein Streifen Sand, gefolgt von Felsenriffs und Sandbänken, die sich ins Meer hinein erstrecken. Die Sandbänke waren von großer Farbigkeit: rosa Gestein und silbriger Sand unter Wasser, intensiv grüne pelzige Algen, dicke Klumpen rötlicher Algen zwischen Bänken olivgrünen und gelben Blasentangs. Die Riffs sind grau und schartig. Roland und Maud fiel auf, daß versteinerte Federn und Röhren die flachen Steine an der Basis der Riffs durchzogen und äderten. Sie sahen ein Schild mit der Aufschrift: »Bitte nicht die Klippen beschädigen; gehen Sie sorgsam mit unserem Erbe um.« In Whitby konnte man überall Ammoniten und Belemniten kaufen. Ein junger Mann mit einem Hammer und einem Sack meißelte Stücke aus einem der Riffs, von dessen Oberfläche gewundene runde Formen ragten. Eine Besonderheit dieses Küstenabschnitts sind die vielen runden Steine, die überall verstreut liegen wie nach einer kosmischen oder gigantischen Bombardierung. Die Steine variieren beträchtlich in Größe und Farben: Manche sind von glänzendem Schwarz, manche schwefelgelb, manche von Schlieren durchzogen, die grünlich, wächsern, graugelb, weiß oder rosenquarzglitzernd sind. Maud und Roland gingen mit gesenktem Kopf und sagten: »Sehen Sie dies hier, sehen Sie das da«, indem sie für den Augenblick einzelne Steine durch ihren Blick identifizierten, bevor sie sie in das allgemeine Muster oder die Zufallsverteilung zurückfallen ließen und ihre Aufmerksamkeit neuen Steinen zuwendeten.

Als sie stehenblieben und ihr Picknick auf einem Felsen ausbreiteten, sahen sie weit hinaus aufs Meer. Roland zog die Schuhe aus; seine Füße nahmen sich auf dem Sand so weiß aus wie blinde Dinge, die aus ewigem Dunkel kamen. Maud saß in Jeans und einem kurzärmeligen Hemd auf dem Felsen. Ihre Arme waren weiß und golden – weiße Haut, goldene Härchen. Sie goß Perrier-Wasser aus der grünen Flasche, auf der sein Ursprung angegeben war: Eau de Source; die Kohlensäure sprudelte munter in den Pappbechern. Es war Ebbe; das Meer lag in weiter Ferne. Jetzt war der Zeitpunkt für ein etwas persönlicheres Gespräch gekommen. Beide spürten dies, und beide waren willens, aber gehemmt.

»Wird es Ihnen leid tun zurückzufahren?« fragte Maud.

»Und Ihnen?«

»Das Brot ist sehr gut.« Dann, nach einer Pause: »Ich habe das Gefühl, daß es uns beiden leid tut.«

»Wir müssen entscheiden, was wir Blackadder und Cropper erzählen wollen – wenn wir ihnen etwas erzählen wollen.«

»Und Leonora. Die bald kommen wird. Leonora macht mir Sorgen. Ihr Enthusiasmus kann gefährlich ansteckend sein.«

Roland fiel es schwer, sich Leonora vorzustellen. Irgendwie hatte er den Eindruck, daß sie groß und imposant sein müsse, und mit einemmal stellte er sich eine Art klassischer Göttin in langen Faltengewändern vor, die Maud an der Hand nahm und mit sich fortzog. Zwei Frauen, die rannten. Leonoras Schriften ließen ihn noch ganz anderes vermuten. Zwei Frauen ...

Er sah Maud an, die so selbstsicher und beherrscht in ihren Jeans und ihrem weißen Hemd im Sonnenlicht saß. Sie trug einen Turban – nicht den schweren Seidenaufbau, sondern ein leichtes Baumwolltuch, weiß und grün kariert, das unter ihrem Haar im Nacken zusammengeknotet war.

»Sie müssen sich überlegen, was Sie ihr sagen wollen.«

»Oh, das habe ich mir schon überlegt. Ich sage nichts. Zumindest so lange, bis Sie und ich zu einem – zu einem Ende oder zu einer Entscheidung gelangt sind. Leicht wird es nicht sein. Sie ist sehr – vereinnahmend. Diskretion ist bei ihr unmöglich. Sie respektiert keine Schranken. Ich kann mich in solchen Situationen nicht besonders gut verhalten. Wie wir schon sagten. In gewisser Hinsicht.«

»Vielleicht hören wir von Sir George.«

»Vielleicht.«

»Ich habe keine Ahnung, was mit mir los sein wird. Sie wissen ja, daß ich keinen richtigen Job habe – Aushilfsassistent und das bißchen Mitarbeit an der Ash-Gesamtausgabe. Ich bin von Blackadder abhängig, und der schreibt mir so stumpfsinnige Empfehlungen, daß ich mich damit nirgends bewerben kann. Sagen kann ich ihm das nicht. Ich weiß wirklich nicht, wie es weitergehen soll. Und dann die Sache mit Val.«

Maud sah nicht zu ihm hin, sondern konzentrierte ihre Aufmerksamkeit auf einen Apfel, den sie mit einem scharfen Messer in hauchdünne Scheiben zerteilte – Halbmonde mit hellgrüner Schale, papierweißem Fruchtfleisch und dunkel schimmernden Kernen.

»Darüber weiß ich nicht Bescheid.«

»Ich habe nie darüber gesprochen. Ist auch besser so. Ich glaube, es wäre nicht richtig. Wir leben seit dem ersten Semester zusammen. Sie verdient das Geld. Diese Reise mache ich zum Teil mit ihrem Geld. Die Arbeit – Tippen und so – macht ihr keinen Spaß. Ich verdanke ihr so viel.«

»Verstehe.«

»Aber es funktioniert trotzdem nicht. Ich weiß nicht, warum. Vielleicht weil – diese Vorstellung von einem weißen Bett –«

Maud legte einen kleinen Fächer aus Apfelscheiben auf einen Pappteller, den sie Roland reichte.

»Ich weiß. Mir ging es so mit Fergus. Sie wissen sicher davon?«

»Ja.«

»Ich dachte mir schon, daß er es Ihnen erzählt hat. Die Geschichte mit Fergus war schrecklich. Wir haben uns gegenseitig gequält. Ich halte so etwas nicht aus, ich halte Lärm und Streit nicht aus. Als Sie das über die Seeanemone und die Handschuhe und Leonora und den Venusberg sagten, fiel mir etwas ein: ja;

Fergus hielt mir einmal einen langen Vortrag über Penisneid. Er gehört zu den Leuten, die argumentieren, indem sie immer lauter werden – sobald man den Mund aufmacht, sagt er schnell etwas Schlaues und Lauteres. Er hat mir um sechs Uhr morgens Freud vorgebetet. *Die endliche und die unendliche Analyse*. Er steht gern früh auf. Er stolzierte in der Wohnung herum – splitternackt – und zitierte Freud – ›Zu keiner Zeit der analytischen Arbeit leidet man mehr unter dem bedrückenden Gefühl erfolglos wiederholter Anstrengung, unter dem Verdacht, daß man ‚Fischpredigten' abhält, als wenn man die Frauen bewegen will, ihren Peniswunsch als undurchsetzbar aufzugeben‹ – ich glaube, da hat er nicht recht – ich meine Freud – gut, das ist egal – aber dieses Gebrüll in aller Herrgottsfrühe – noch vor dem Frühstück – das war einfach lächerlich – samt herumbaumelndem Geschlechtsteil. Ich konnte nicht mehr arbeiten. Ja, so war es. Ich – ich kam mir völlig zerschlagen vor. Ohne richtigen Grund.«

Roland blickte zu Maud, und er sah sie lächeln, schüchtern und trotzig, aber es war ein Lächeln.

Er lachte. Maud lachte. Er sagte: »Es ist ermüdend. Wenn jede Aussage, jede Handlung eine bewußte politische Stellungnahme abgeben muß, mag sie an sich noch so interessant sein.«

»Alleinleben als neue Wollust. Als neues Laster.«

»Na und? Dann frönen Sie ihm guten Gewissens. Sagen Sie mir – warum verstecken Sie Ihr Haar immer?«

Einen Augenblick lang hatte er den Eindruck, sie sei beleidigt, doch sie senkte nur den Blick, bevor sie ihm mit einer beinahe wissenschaftlichen Genauigkeit antwortete.

»Es hat mit Fergus zu tun. Mit Fergus und meiner Haarfarbe. Früher hatte ich immer kurze Haare – ganz kurz. Sie haben die falsche Farbe, kein Mensch glaubt, sie könnte echt sein. Auf einer Konferenz wurde ich ausgebuht, weil man meinte, ich würde mir die Haare färben, um den Männern zu gefallen. Und dann sagte Fergus, dieser Kurzhaarschnitt wäre bloß ein feiges Ausweichen, ein Zugeständnis, und ich würde damit aussehen wie ein Totenschädel. Er sagte, ich sollte mich von so etwas nicht beeinflussen lassen, und da habe ich mir die Haare wachsen lassen. Aber jetzt sind sie so lang, daß ich sie verstecke.«

»Sie sollten es nicht tun. Sie sollten sie offen tragen.«

»Warum sagen Sie das?«

»Weil man anfängt, drüber nachzudenken, wenn man die Haare nicht sehen kann; man fragt sich, wie sie aussehen, man wird neugierig. Und weil, weil...«

»Ich verstehe.«

Er sah sie abwartend an. Maud entknotete das Kopftuch. Die festgesteckten Flechten schimmerten wie geäderte ovale Steine, hellgelb, strohblond, silbrigblond, mit dem Glanz verborgenen Lebens. Roland empfand Rührung – nicht Verlangen, sondern ein undefinierbares Gefühl, gepaart mit Mitleid für die Haarmassen, die so streng geflochten und festgesteckt waren. Wenn er die Augen zu Schlitzen verengte, sah ihr Kopf vor dem Hintergrund des Meeres aus, als wäre er mit lauter runden Hörnchen gekrönt.

»Das Leben ist so kurz«, sagte Roland. »Es hat ein Recht zu atmen.«

Seine Empfindung galt dem Haar, das ihm vorkam wie ein gefangengehaltenes Wesen. Maud zog ein paar Haarnadeln heraus, und die Flechten rutschten herunter.

»Sie sind ein seltsamer Mann.«

»Ich will Ihnen keine Avancen machen, das wissen Sie. Ich wollte nur sehen, wie das Haar offen aussieht. Sie wissen, daß ich Ihnen nichts vorlüge.«

»Ja, ich weiß. Das ist ja das Seltsame.«

Ihre Finger enflochten behutsam die langen, dicken Zöpfe.

Roland beobachtete sie aufmerksam. Zuletzt lagen sechs dicke Stränge auf ihren Schultern. Und dann beugte sie den Kopf und schüttelte ihn hin und her, so daß das Haar im Luftzug zu wehen begann. Ihr langer Hals war vorgebeugt, und sie begann den Kopf schneller und schneller zu bewegen, und Roland sah, wie das Licht sich in der wirbelnden Masse fing und sie zum Glitzern brachte, und Maud sah ein wogendes Meer goldener Linien, und sie schloß die Augen und sah das dunkelrote Blut der Lider.

Roland kam es fast vor, als wäre in ihm selbst etwas gelöst worden, was ihn bedrückt hatte.

Er sagte: »Das ist besser.«

Maud schob das Haar vor ihrem Gesicht beiseite und blickte ihn an; ihr Gesicht war leicht gerötet.

»In Ordnung. Das ist besser.«

FÜNFZEHNTES KAPITEL

Ist die Liebe denn
Nicht galvanisches Zucken
Donnerndes Getön
Vulkanischer Schlacken
Gespien aus dem Krater
Erd- und Feuerbrand?
Sind wir Automaten
Oder Engeln verwandt?
R. H. Ash

Der Mann und die Frau saßen einander im Eisenbahnabteil gegenüber. Sie machten einen friedlichen und gesitteten Eindruck; beide hielten geöffnete Bücher auf den Knien, in die sie blickten, wenn der Zug ruhig genug fuhr. Der Mann lehnte mit gekreuzten Beinen in seiner Ecke, lässig und entspannt. Die Frau hielt ihren Blick die meiste Zeit über sittsam niedergeschlagen, aber hin und wieder erhob sie ihr spitzes Kinn und sah aufmerksam auf die wechselnde Landschaft, die draußen vorbeiflog. Ein Beobachter hätte sich fragen können, ob sie allein reisten oder gemeinsam, denn ihre Blicke begegneten einander nur selten, und wenn es geschah, waren sie ausdruckslos und nichtssagend. Ein solcher Beobachter wäre nach längerer Zeit zu dem Schluß gelangt, daß der Herr im Abteil der Dame große Bewunderung oder zumindest beträchtliches Interesse entgegenzubringen schien. Wenn sie besonders entschieden auf ihr Buch niederblickte oder die Felder und Viehherden betrachtete, die vorbeizogen, dann hefteten seine Augen sich auf sie, und es wäre schwer zu entscheiden gewesen, ob nachdenklich oder aus bloßer Neugier.

Er war ein schöner Mann mit einem dichten Haarschopf von dunklem Braun, fast schwarz, aber mit rötlichen Lichtern durchsetzt, und mit einem schimmernden Bart von etwas hellerer Färbung. Er hatte eine breite Stirn, ein gut entwickeltes Organ des Scharfsinns, doch auch die Höcker des Wohlwollens und der Menschenliebe waren ausgeprägt. Unter schwarzen, etwas struppigen Augenbrauen blickten sehr große dunkle Augen gelassen drein, furchtlos, aber nicht naiv. Die Nase war gerade, der Mund war fest und entschieden, und man konnte den Eindruck haben, daß dieses Gesicht sich selbst kannte und wußte, was es von der Welt zu halten hatte. Das Buch auf den Knien des Mannes war Sir Charles Lyells *Geologie*, und er las darin konzentriert und schnell. Seine Kleidung war elegant, ohne stutzerhaft zu sein. Der hypothetische Beobachter hätte sich schwergetan zu entscheiden, ob dieser Mann ein Leben der Tat oder der Kontemplation führte: Er sah aus, als sei er es gewohnt, Entscheidungen zu treffen, gleichzeitig jedoch, als sei er jemand, der »lange und tief gedacht« hatte.

Die Dame war elegant gekleidet, wenn auch nicht auffallend modisch; sie trug ein graugestreiftes Musselinkleid und darüber einen taubengrauen Schal mit dunkelblauem und blaugrünem Paisleymuster; ihre kleine Haube aus grauer Seide war unter der Krempe mit wenigen weißseidenen Rosenknospen verziert. Ihre Haut war sehr hell, und ihre nicht übermäßig großen Augen waren von einem merkwürdigen Grün, das sich bei jedem Lichtwechsel zu verändern schien. Sie war nicht eigentlich schön – ihr Gesicht war zu lang und nicht mehr jung, wenngleich es regelmäßig geformt war und der Mund einen eleganten Schwung besaß, keine schmollende Knospe war. Ihre Zähne waren vielleicht ein wenig zu groß, aber kräftig und weiß. Es war schwer zu sagen, ob sie verheiratet oder eine Jungfer war, und ebensowenig ließ sich erraten, in welchen Vermögensverhältnissen sie lebte. Alles an ihr wirkte ordentlich und geschmackvoll, ohne übertrieben geschmäcklerisch zu sein, aber auch ohne Armut oder Sparsamkeit zu verraten. Ihre weißen Glacéhandschuhe sahen neu aus. Ihre kleinen Füße, die sichtbar wurden, wenn das Schlingern des Abteils den weiten Rock bewegte, waren in smaragdgrüne Schnürstiefel gekleidet. Wenn sie sich der Aufmerksamkeit ihres Reisegefährten bewußt gewesen sein sollte, so zeigte sie es nicht, es sei denn, daß ihre Augen auffallend bemüht waren, sich ihm nicht zuzuwenden, und selbst dieser Umstand hätte sich auf bloße Sittsamkeit zurückführen lassen.

Erst nachdem sie seit längerem York passiert hatten, hätte die Frage nach ihrer Beziehung sich entscheiden lassen, denn da lehnte der Gentleman sich vor und fragte in ernstem Ton, ob sie alles zu ihrem Behagen finde oder müde sei. Und zu diesem Zeitpunkt waren sie die einzigen Reisenden, denn die meisten hatten den Zug gewechselt oder waren in York ausgestiegen, und niemand fuhr weiter als bis Malton oder Pickering, so daß sie ganz allein waren. Da sah sie ihn an und sagte, nein, sie sei nicht im geringsten müde; sie dachte kurz nach und fügte hinzu, sie befinde sich in einem Seelenzustand, der Müdigkeit nicht zulasse, wie sie glaube. Daraufhin lächelten sie einander an, und er lehnte sich vor und ergriff eine der kleinen behandschuhten Hände, die zuerst reglos lag und dann seine Hand umschloß. Es gebe Dinge, sagte er, die sie dringend besprechen müßten, bevor sie ankamen, Dinge, die zu klären sie in der Hast und Aufregung ihrer Abreise nicht Zeit gehabt hatten, Dinge, die mit Ungelegenheiten verbunden waren, die sie, wie er hoffte, bewältigen konnten, so es ihnen an Entschiedenheit nicht fehlte.

Er hatte diese Rede vorbereitet, seit sie King's Cross verlassen hatten. Er hatte sich nicht um alles in der Welt vorstellen können, wie er es sagen und wie sie darauf reagieren würde.

Sie sagte, sie höre aufmerksam zu. Die kleine Hand in seiner Hand zuckte und erstarrte. Er hielt sie fest.

»Wir reisen miteinander«, sagte er. »Wir beschlossen – du hast beschlossen – mitzukommen. Aber ich weiß nicht, ob du es wünschen – ob du es vorziehen wirst – für dich allein Unterkunft zu suchen und für dich allein zu wirtschaften – oder ob du – ob du es wünschen wirst, als meine Gattin zu reisen. Es ist ein gewichtiger Schritt – verbunden mit einem großen Maß an Unbequemlichkeit, an Zufällen, an Verlegenheit. Ich habe in Scarborough Räumlichkeiten gemietet, in denen eine Gattin – Platz finden könnte. Ich könnte zusätzliche Räume mieten – unter irgendeinem angenommenen Namen. Vielleicht hast du gar nicht den Wunsch, diesen Schritt zu tun – vielleicht ist es dir lieber, anderswo allein und schicklich untergebracht zu sein. Verzeihe meine schmucklosen Worte. Es ist mir aufrichtig daran gelegen, deine Wünsche in Erfahrung zu bringen. Unser Aufbruch geschah in so großer Erregtheit – ich wünschte, man könnte ganz selbstverständlich zu Entscheidungen gelangen – aber du siehst, wie es ist.«

»Ich will bei dir sein«, sagte sie. »Ich habe einen großen Schritt getan. Er ist getan, und damit ist er getan. Ich bin es zufrieden, einstweilen als deine Gattin zu gelten, wo du willst. Dies, schien es mir, hatte ich – hatten wir beschlossen.«

Sie sprach schnell und deutlich, doch die behandschuhte Hand bewegte sich unablässig in den seinen. Er sagte in dem ruhigen, abgeklärten Ton, den beide bisher gewahrt hatten: »Ich weiß nicht, was ich darauf sagen soll. Deine Großmut –«

»Nein. Es ist eine Notwendigkeit.«

»Aber du darfst nicht traurig sein, nicht im Zweifel, du darfst nicht –«

»Das hat darauf keinen Einfluß. Es ist eine Notwendigkeit. Du weißt es.« Sie wandte ihr Gesicht ab und blickte durch einen Regen feiner Kohlenasche auf die Felder, die langsam vorbeizogen. »Gewiß habe ich Angst. Aber es scheint mir nicht ins Gewicht zu fallen. Keine der alten Überlegungen – keine der alten Rücksichten scheint die geringste Bedeutung zu haben. Sie sind nicht wie dünnes Papier, aber es will mir so scheinen.«

»Du sollst nichts tun, was du bereuen könntest, meine Teure.«

»Und du sollst keinen Unsinn reden. Ganz gewiß werde ich es bereuen. Und auch du wirst es tun, glaubst du nicht? Aber auch das ist jetzt von keiner Bedeutung.«

Sie schwiegen eine Zeitlang. Dann sagte er langsam und bedächtig: »Wenn du als meine Gattin mit mir kommen willst, dann hoffe ich, daß es dir recht ist, diesen Ring zu tragen. Es ist ein Ring aus meiner Familie – er gehörte meiner Mutter. Es ist ein schlichter Goldreif mit eingravierten Gänseblümchen.«

»Auch ich habe einen Ring mitgebracht. Er gehörte einer Großtante, Sophie de Kercoz. Ein Ring mit einem grünen Stein – schau –, es ist Jade, ein schlichter Stein, mit einem S versehen.«

»Wäre es dir lieber, meinen Ring nicht zu tragen?«

»Das habe ich nicht gesagt. Ich habe nur Vorsicht und Entschiedenheit bewiesen. Gerne werde ich deinen Ring tragen.«

Er streifte den kleinen, weißen Handschuh ab und schob seinen Ring über ihren schmalen Ring mit dem grünen Stein, so daß beide Ringe nebeneinander steckten. Der Ring paßte; er saß nur ein wenig locker. Er hätte sich gewünscht, etwas zu ihr sagen zu können – mit diesem Ring nehme ich dich zur Frau –, doch solche Worte wären doppelter Verrat an zwei Frauen gewesen. Unausgesprochen hingen sie in der Luft. Er ergriff die kleine Hand und führte sie an seine Lippen. Dann lehnte er sich zurück und wendete den Handschuh nachdenklich in seinen Händen; er schob die weichen ledernen Futterale wieder zurecht, eines nach dem anderen, und glättete die Falten, die sich gebildet hatten.

Die ganze Fahrt über hatte ihre tatsächliche Gegenwart, unnahbar im gleichen Abteil, ihn heftigster Verwirrung ausgesetzt. Seit Monaten war er vom Gedanken an sie besessen gewesen. Sie war fern und entrückt gewesen, eine Prinzessin in ihrem Turm, und all seine Gedanken hatten sich darauf gerichtet, sie als Person seinem Geist und seinen Sinnen gegenwärtig zu machen, ihre geistige Beweglichkeit, ihre geheimnisvolle Aura, die Weiße ihrer Haut, die Teil ihrer außergewöhnlichen Anziehungskraft war, das Grün ihrer durchdringenden und verschlossenen Augen. Ihre Gegenwart war nicht vorstellbar gewesen – genauer: *nur* der Vorstellung vorbehalten. Und doch war sie jetzt hier, und er war damit beschäftigt, zu beobachten, worin sie der Frau, die er sich im Traum ersehnte, nach der er im Schlaf die Hand ausstreckte, für die er kämpfen wollte, ähnelte und worin sie sich von ihr unterschied.

Als junger Mann war er von Wordsworth' Begegnung mit dem einsamen Mädchen aus dem schottischen Hochland nachhaltig beeindruckt gewesen; der Dichter hatte den zaubrischen Gesang gehört, hatte davon gerade soviel aufgenommen, wie er für seine eigene unsterbliche Dichtung brauchen konnte, und war nicht bereit gewesen, länger zuzuhören. Er selbst, so hatte er festgestellt, war anders beschaffen. Er war ein Dichter mit unersättlichem Wissensdurst. Nichts war in seinen Augen zu trivial, nichts war belanglos; wäre es ihm möglich gewesen, so hätte er jede einzelne Sandrille im Watt nachgezeichnet, die Zeugnis ablegte vom unsichtbaren Wirken des Windes und der Gezeiten. Folglich verlangte es seine Liebe zu dieser Frau, die ihm zutiefst vertraut und völlig unbekannt war, gierig nach Wissen. Er lernte sie auswendig. Er studierte die hellen Hängelocken an ihren Schläfen, deren glattes Silbriggold ihm eine Spur, eine Ahnung von Grün aufzuweisen schien, nicht dem Grün des Grünspans, das

Verfall bedeutet, sondern einem hellen, saftigen Grün, dem Grün pflanzlichen Lebens, das im Haar aufschimmerte wie die silbrige Rinde junger Bäume oder wie die grünen Schatten grüner Büschel frischen Heus. Und ihre Augen waren grün, grün wie Glas, grün wie Malachit, grün wie Meerwasser, das durch Sand getrübt ist. Die Wimpern darüber silbrig, doch kräftig genug, um erkennbar zu sein. Ein Gesicht ohne Freundlichkeit, ohne Güte. Die Züge waren regelmäßig, ohne zart zu sein – mit markanten Schläfen und Backenknochen, deren bläuliche Schatten in seiner Phantasie immer eine Beimischung von Grün gehabt hatten, aber in Wirklichkeit verhielt es sich nicht so.

Daß er dieses Gesicht, das keine Freundlichkeit kannte, liebte, lag an der Klarheit, der Intelligenz und Gewitztheit des Gesichts.

Er sah – oder bildete sich ein zu sehen –, wie diese Eigenschaften von konventionelleren Ausdrucksformen überlagert oder verdeckt waren, von scheinbarer Bescheidenheit, aufgesetzter Langmut, einem Hochmut, der sich als Gelassenheit ausgab. Wenn sie sich ganz besonders verstellte – oh, er durchschaute sie trotz aller Besessenheit –, wenn sie das tat, den Blick niederschlug oder zur Seite wandte und ein sittsames Lächeln aufsetzte, dann hatte dieses Lächeln etwas Gewolltes und Geziertes, denn es war eine Lüge, eine Konvention, ihre knappe und begrenzte Antwort auf die Erwartungen der zivilisierten Welt. Er hatte das Wesentliche an ihr sofort erkannt, so wollte es ihm scheinen, als er sie an Crabb Robinsons Frühstückstisch sah, wo sie dem Disput der Männer zuhörte und sich unbeobachtet wähnte. Die meisten Männer, vermutete er, wären vor ihr zurückgeschreckt, hätten sie Gelegenheit gehabt, die Härte und Strenge, den Absolutismus, ja, Absolutismus dieses Antlitzes zu sehen. Es wäre ihr Los gewesen, nur von furchtsamen Schwächlingen geliebt zu werden, die sich insgeheim ersehnten, von ihr abgestraft oder herumkommandiert zu werden, oder von Einfaltspinseln, die ihre kühle Distanziertheit für den Ausdruck jener weiblichen Reinheit gehalten hätten, die damals alle erstrebten – zumindest den Bekundungen nach. Er jedoch hatte sofort erkannt, daß sie für ihn bestimmt war, daß sie zu ihm gehörte, als die, die sie wirklich war oder sein konnte oder gewesen wäre, hätte sie die Freiheit dazu gehabt.

Die Zimmerwirtin war eine gewisse Mrs. Cammish, eine großgewachsene Frau, deren strenger Gesichtsausdruck an die Nordländer des Wandteppichs von Bayeux erinnerte, die in ihren Langschiffen an dieser Küste gelandet waren und sie besiedelt hatten. Mit ihrer Tochter trug sie die vielen Gepäckteile hoch – Hutschachteln, Blechkisten, Truhen, Netze und Schreibtische, eine Ansammlung von Gegenständen, die durch ihre schiere Menge dem Unternehmen einen ehrbaren Anstrich verliehen. Als man sie im solide möblierten Schlafzimmer allein ließ, damit sie sich umziehen konnten, standen sie wie bewegungsunfähig da und starrten einander an. Er streckte die Arme aus, und sie kam in seine Arme, sagte aber: »Nicht jetzt, noch nicht.« »Nicht jetzt, noch nicht«, sagte er freundlich, und er spürte, daß ihr Körper sich etwas entspannte. Er führte sie durch den Raum ans Fenster, aus dem man einen schönen Blick über die Klippen auf den Sandstrand und das graue Meer hatte.

»Da«, sagte er. »Die Nordsee. Wie Stahl, aber lebendig.«

»Ich habe oft mit dem Gedanken gespielt, die bretonische Küste zu besuchen, die in gewissem Sinn meine Heimat ist.«

»Das Meer vor der Bretagne kenne ich nicht.«

»Es ist sehr unbeständig. Blau und klar an einem Tag und am Tag darauf von erschreckender Schwärze, voll aufgewühltem Sand und wie aufgedunsen.«

»Ich – wir – werden es besuchen.«

»Ach, still. Dies hier ist genug. Vielleicht mehr als genug.«

Sie hatten ein eigenes Speisezimmer, wo Mrs. Cammish ihnen auf Geschirr mit kobaltblauem Rand und einem Muster von fetten rosafarbenen Rosenknospen ein gewaltiges Mahl servierte, das für zwölf Gäste ausgereicht hätte. Es gab eine Schüssel voll buttriger Suppe, gekochten Seehecht mit Kartoffeln, Koteletts und Erbsen, Pfahlwurzpudding und Sirupkuchen. Christabel LaMotte stocherte mit der Gabel in ihrem Essen herum. Mrs. Cammish sagte zu Ash, seine Frau Gemahlin sei ein wenig zu zart und benötige dringend Meeresluft und gutes Essen. Als sie allein waren, sagte Christabel: »Es hat keinen Sinn. Zu Hause essen wir beide wie die Spatzen.«

Er war einen Augenblick lang betroffen, als er sah, wie sie sich an ihr Zuhause erinnerte; dann sagte er in unbekümmertem Ton:

»Du darfst dich nicht vor Zimmerwirtinnen ängstigen. Aber sie hat recht. Du solltest die Meeresluft genießen.«

Er beobachtete sie. Ihm fiel auf, daß sie nichts tat, was man von einer Ehefrau hätte erwarten können. Sie reichte ihm nichts; sie lehnte sich nicht vertraulich vor; sie benahm sich nicht unterwürfig. Wenn sie sich unbeobachtet wähnte, betrachtete sie ihn mit ihrem scharfen Blick, doch ohne Anteilnahme, ohne Zuneigung und auch ohne die unersättliche Neugier, die er in sich selbst nicht unterdrücken konnte. Sie beobachtete ihn so, wie ein Vogel beobachtet, ein Vogel, der an seine Stange angekettet ist, ein buntgefiedertes Geschöpf tropischer Wälder oder ein bernsteinäugiger Falke aus den Bergen des Nordens, der seine Wurfriemen mit soviel Würde trägt, wie er aufbringen kann, der die Gegenwart des Menschen duldet, aber hochmütig, denn er ist nur halb gezähmt, der hin und wieder sein Gefieder sträubt, weil er ein reinlicher Vogel ist und weil er sich nicht wohlfühlt. In ähnlicher Weise schob sie die Manschetten ihrer Ärmel zurück, saß sie auf ihrem Stuhl. Er würde all das ändern. Er vermochte es zu ändern, dessen war er sich beinahe gewiß. Er vermeinte sie zu *kennen*. Er würde ihr zeigen, daß sie nicht sein Besitz war, er würde ihr beweisen, daß sie frei war, er würde sie ihre Flügel entfalten sehen.

Er sagte: »Ich habe an ein Gedicht über die Notwendigkeit gedacht. Wie selten im Leben hat man den Eindruck, daß das eigene Handeln einer Notwendigkeit im eigentlichen Sinne unterliegt – ihrem Antrieb gehorcht. Vielleicht ist das Sterben so beschaffen. Wenn uns die Gnade gewährt ist, sein Herannahen zu spüren, dann müssen wir auch spüren, daß wir alles erfüllt, vollendet haben – nicht wahr, meine Teure –, daß keine verdrießlichen Entscheidungen mehr unser harren, kein Verweigern aus Trägheit. Dann sind wir wie Kugeln, die einen Abhang hinunterrollen.«

»Ohne zurückkehren zu können. Oder wie vorrückende Armeen, die umkehren könnten, es aber nicht glauben können, weil sie wie verbissen nur den einen Gedanken hegen –«

»Du kannst jederzeit zurück, wenn –«

»Ich sagte es. Ich kann es nicht.«

Sie gingen am Meer entlang. Er betrachtete ihre Fußstapfen; die seinen verliefen in einer geraden Linie am Wasser entlang, die ihren entfernten sich davon und kehrten wieder, fort und zurück. Sie ließ sich nicht den Arm reichen, ergriff ihn jedoch ein-, zweimal, als ihre Schritte sich kreuzten, und ging eine Weile schnellen Schritts neben ihm. Beide wanderten mit großen Schritten. »Unsere Schritte passen zueinander«, sagte er.

»So hatte ich es erwartet.«

»Auch ich. In mancher Hinsicht kennen wir einander sehr gut.«

»Und in anderen Hinsichten ganz und gar nicht.«

»Dem läßt sich abhelfen.«

»Nicht gänzlich«, sagte sie und entfernte sich wieder von ihm. Eine Möwe schrie. Die abendliche Sonne neigte sich dem Horizont entgegen. Leichter Wind kräuselte das Wasser, das an manchen Stellen grün und an anderen grau war. Er ging ruhigen Schritts, in seinen eigenen elektrischen Sturm gehüllt.

»Gibt es hier Seehunde?«

»Robben? Ich glaube es nicht. Weiter im Norden ja. Und natürlich viele Legenden von Seehundfrauen, die zu Menschenfrauen werden, an der Küste von Northumberland und in Schottland. Frauen, die aus dem Meer kommen, eine Zeitlang verweilen und dann zurückkehren müssen.«

»Ich habe noch nie Seehunde gesehen.«

»Ich habe sie am anderen Ende dieses Meeres gesehen – als ich Skandinavien bereiste. Sie haben die Augen von Menschen, einen klaren und klugen Blick. Ihre Körper sind glatt und rund.«

»Sie sind wilde Tiere und doch sanftmütig.«

»Im Wasser schwimmen sie wie große, wendige Fische. An Land schleppen sie sich dahin, als wären sie verstümmelt.«

»Ich habe ein Märchen über einen Seehund und eine Frau geschrieben. Metamorphosen interessieren mich.«

Er konnte nicht zu ihr sagen: Du wirst mich nicht verlassen, wie es die Seehundfrauen tun. Sie würde es tun müssen und es tun.

»Metamorphosen«, sagte er, »sind unsere Art und Weise, in Rätseln von unserem Wissen darum zu sprechen, daß wir zur animalischen Welt gehören.«

»Glaubst du, daß es keinen wirklichen Unterschied zwischen unsereinem und einem Seehund gibt?«

»Ich weiß es nicht. Es gibt eine unermeßliche Menge von Ähnlichkeiten. Knochen in Händen und Füßen und ebenso in den vermeintlich ungeschlachten Flossen. Schädelknochen und Rükkenwirbel. Alles Leben stammt aus dem Wasser.«

»Und unsere unsterblichen Seelen?«

»Es gibt Geschöpfe, deren Intelligenz von dem, was wir Seele nennen, kaum zu unterscheiden ist.«

»Mir scheint, die deine ist aus Mangel an Nahrung und Pflege abhanden gekommen.«

»Du tadelst mich zu Recht.«

»Zu tadeln war nicht meine Absicht.«

Die Zeit rückte näher. Sie kehrten in das Hotel The Cliff zurück, wo ihnen der Tee in ihrem Speisezimmer serviert wurde. Er schenkte ein. Sie beobachtete ihn dabei. Seine Bewegungen waren wie die eines Blinden in einem Raum voller Gegenstände, den er nicht kennt; halb erahnte Gefahren machten sich bemerkbar. Es gab die Höflichkeitsregeln für Flitterwochen, die der Vater dem Sohn, der Freund dem Freund mitteilte. Wie schon in der Situation mit dem Ring wurde er in seinem Vorsatz wankend, als er daran dachte. Es waren keine Flitterwochen, auch wenn alles die undurchdringliche Ehrbarkeit einer solchen Reise atmete.

»Meine Teure, willst du vorausgehen?« fragte er, und seine Stimme, deren gelassenen, freundlichen Ton er den ganzen anstrengenden Tag über aufrechterhalten hatte, klang plötzlich schrill in seinen Ohren. Sie stand da und sah ihn an, angespannt, aber spöttisch, und sie lächelte. »Wenn du es wünschst«, sagte sie, und es klang nicht unterwürfig, das am allerwenigsten, sondern ein wenig amüsiert. Sie nahm eine Kerze und verließ das Zimmer. Er schenkte sich Tee nach – er hätte viel darum gegeben, etwas Cognac zur Hand zu haben, aber an dergleichen war bei Mrs. Cammish nicht zu denken, und er selbst war nicht auf den Gedanken gekommen, welchen mitzubringen. Er zündete sich einen langen, dünnen Zigarillo an. Er dachte an seine Hoffnungen und Erwartungen und daran, daß es für sie großenteils keine Sprache gab. Es gab Euphemismen, es gab die Latrinenworte, es gab Bücher. Vor allem anderen wollte er jetzt nicht an sein bisheriges Leben denken, und deshalb dachte er an Bücher. Er ging vor dem Steinkohlenfeuer auf und ab, dessen beißender Rauchgeruch das Zimmer erfüllte, und erinnerte sich an Shakespeares *Troilus*:

> Wie wird mir sein,
> Wenn nun der durstge Gaumen wirklich schmeckt
> Der Liebe lautern Nektar?

Er dachte an Honoré de Balzac, von dem er so viel gelernt hatte, auch Falsches und manches, was allzu *französisch* war, um in der Gesellschaft, in der er wohl oder übel lebte, von Nutzen zu sein. Die Frau im Stockwerk über ihm war teilweise Französin und belesen. Vielleicht erklärte dies das Fehlen von Schüchternheit, die überraschend selbstverständliche Direktheit ihres Verhaltens. Balzacs Zynismus war immer auch romantisch – soviel Begierde, soviel Genuß. »Le dégoût, c'est voir juste. Après la possession, l'amour voit juste chez les hommes.« Warum mußte das so sein? Warum war der Abscheu klarsichtiger als die Begierde? Diese Dinge haben ihren eigenen Rhythmus. Er erinnerte sich daran, daß er als kleiner Junge, wirklich noch sehr jung, gerade eben alt genug, um zu ahnen, daß er wohl eines Tages ein Mann werden würde – daß er damals *Roderick Random* gelesen hatte, ein englisches Buch voll gesundem, ungeheucheltem Abscheu gegenüber der *condition humaine* und ihren Schwächen, doch ohne das scharfsinnige Zergliedern von Mentalitäten, wie es Balzac leistet. Das Buch hatte ein Happy-End gehabt – der Autor hatte den Helden an der Schlafzimmertür verlassen und ihn dann, gewissermaßen als Postskriptum, hineingelassen. Und sie – er hatte ihren Namen vergessen, irgendeine Celia oder Sophia, eine dieser blutleeren Verkörperungen geistiger und körperlicher Vollkommenheit oder, besser gesagt, entsprechender männlicher Phantasien – war in einem seidenen Überwurf erschienen, durch den man ihre Glieder erahnen konnte, und hatte diesen über ihren Kopf gelüftet und sich zum Helden und zum Leser hin umgedreht und den Rest, die Verheißung, ihnen überlassen. Diese Stelle war für ihn der Prüfstein gewesen. Er hatte als kleiner

Junge nicht gewußt, was ein Überwurf ist, und noch heute wußte er es nicht, und seine Vorstellung von rosigen Gliedern usw. war bestenfalls eine höchst ungenaue gewesen, aber es war etwas in ihm bewegt worden. Er ging auf und ab. Und wie sah sie ihn, sie, die oben wartete? Er ging und ging.

Die Treppe war sehr steil, aus blankgebohnertem Holz mit einem pflaumenroten Läufer. Mrs. Cammish war eine penible Hausfrau. Das Holz roch nach Bienenwachs. Die Messingstangen, die den Läufer hielten, glänzten.

Das Schlafzimmer war mit Girlanden von unförmigen Rosen auf mattgrünem Hintergrund tapeziert. Es gab einen Toilettentisch, einen Kleiderschrank, einen Alkoven mit zugezogenen Vorhängen, einen Sessel mit gepolsterten Armlehnen und gedrechselten Beinen und ein riesiges Messingbett, auf dem mehrere Matratzen aufeinandergetürmt waren, als sollten sie die Prinzessin vor der Erbse schützen. Und auf ihnen saß sie und wartete, unter einer steifen weißen Häkeldecke und einer Patchworksteppdecke, die sie unter das Kinn gezogen hielt, so daß sie über sie hinweglugte. Von einem »Überwurf« war nichts zu sehen; statt dessen trug sie ein hochgeschlossenes weißes Batistnachthemd, dessen Kragen und Manschetten mit zierlichen Abnähern und Fältchen und Spitzensäumen verziert waren und dessen kleine Knöpfe mit Leinen bezogen waren. Ihr Gesicht wirkte im Kerzenlicht weiß und scharfkantig und schimmernd wie Elfenbein. Keine Spur von Rosa. Und das Haar – so zart, so hell, so viel davon, durch die Frisur zu krausen, gelockten Flechten gewellt, das Hals und Schultern bedeckte, im Kerzenlicht metallisch glänzte, mit einer Spur Grün – aha –, die der Widerschein eines großen glasierten Übertopfs war, in dem ein mächtiger Schwertfarn stand. Sie beobachtete ihn schweigend.

Sie hatte keinerlei weibliche Accessoires im Zimmer verstreut oder auf Tischen und Stühlen verteilt, wie viele Frauen es getan hätten. Auf einem Stuhl stand die Krinoline, die mit ihren stählernen Reifen und mit ihren Riemen wie ein schwankender, zusammengefallener Käfig aussah. Darunter standen die kleinen grünen Stiefel. Keine Haarbürste, keine Flakons. Er stellte mit einem Seufzer seine Kerze ab und entkleidete sich flink im Schatten, außerhalb ihres Lichtscheins. Als er aufsah, begegnete er ihrem Blick. Sie hätte mit abgewandtem Gesicht im Bett liegen können, aber sie tat es nicht.

Als er sie in die Arme nahm, war sie es, die heiser sagte: »Hast du Angst?«

»Nein, jetzt nicht mehr«, sagte er. »Meine Seehundfrau, meine weiße Frau, Christabel.«

Das war die erste dieser langen, eigenartigen Nächte. Sie erwiderte die Heftigkeit seiner Leidenschaft, und ihre Begierde hatte etwas Wissendes, denn sie erzwang den Genuß von ihm, öffnete sich ihm, gierte danach und stieß dabei kleine, wimmernde Laute aus. Sie streichelte sein Haar und küßte seine blinden Augen, doch mehr tat sie nicht, um ihm, dem Mann, zu Gefallen zu sein – nicht in dieser Nacht und in keiner der folgenden. Es war, als hielte man Proteus in den Armen, dachte er einmal, als wäre sie eine Flüssigkeit, die zwischen dem Griff seiner Finger zerrann, als wäre sie das Meer, dessen Wellen ihn umwogten. Wie viele Männer dachten diesen Gedanken, sagte er sich, an wie vielen Orten, unter wie vielen Himmelsstrichen, in wie vielen Räumen und Hütten und Höhlen, die sich alle als Schwimmende in salzigen Wassern empfanden, deren Wellen um sie wogten, alle von der eigenen Einzigartigkeit überzeugt – nein, darum wissend. Hier, hier, hier, sagte sein Herzschlag, hierher hatte sein Leben ihn geführt, hierher hatte alles gestrebt, zu dieser Handlung, zu diesem Ort, zu dieser Frau, die weiß war in der Dunkelheit, zu diesem bewegten und entgleitenden Schweigen, zu diesem Ziel voller Leben. »Wehre dich nicht«, sagte er einmal, und sie sagte angespannt: »Ich *muß* es«, und er dachte: »Keine Worte mehr« und hielt sie fest und liebkoste sie, bis sie laut aufschrie. Dann erst sprach er. »Siehst du, ich kenne dich«, und sie antwortete atemlos: »Ja, ich gebe es zu.«

Viel später erwachte er aus einem Halbschlaf, meinte das Meeresrauschen zu hören, was möglich gewesen wäre, um dann zu merken, daß sie lautlos neben ihm weinte. Er streckte einen Arm nach ihr aus, und sie verbarg ihr Gesicht an seinem Hals, mit einer fast linkischen Bewegung, nicht um sich an ihn zu schmiegen, sondern um sich zu verlieren.

»Liebste, was ist?«

»Ach, wie können wir es nur ertragen?«

»Was ertragen?«

»Dieses. Für so kurze Zeit. Wie können wir diese Zeit verschlafen?«

»Wir können miteinander still sein und vorgeben – denn es ist erst der Anfang –, wir hätten soviel Zeit, wie wir wollen.«

»Und jeden Tag werden wir weniger haben. Und dann gar keine mehr.«

»Wäre es dir denn lieber gewesen, gar nichts gehabt zu haben?«

»Nein. Dies hier ist seit jeher meine Bestimmung gewesen. Seit Anbeginn meiner Lebenszeit. Wenn ich von hier fortgehen werde, wird es der Punkt der Mitte sein, zu dem zuvor alles hinstrebte und von dem aus von da an alles verlaufen wird. Aber jetzt, Liebster, sind wir hier, wir sind das Jetzt, und die anderen Zeiten verlaufen in andere Richtungen.«

»Eine poetische, aber nicht sehr behagliche Sicht.«

»Du weißt, genau wie ich, daß gute Poesie niemals behaglich ist. Ich will dich in meinen Armen halten, denn diese Nacht gehört uns, und sie ist die erste Nacht und daher die der Unendlichkeit naheste.«

Er spürte ihr Gesicht hart und naß an seiner Schulter, und er dachte an den lebendigen Schädel, die lebendigen Knochen, belebt von Fasern und dünnen Gefäßen mit blauem Blut und unerreichbaren Gedanken, die ihre verborgenen Höhlungen bewohnten.

»Bei mir bist du sicher.«

»Bei dir bin ich keineswegs sicher. Aber ich habe kein Verlangen danach, anderswo zu sein.«

Am Morgen, als er sich wusch, entdeckte er Blutspuren auf seinen Schenkeln. Es hatte ihm scheinen wollen, als hätte sie um die letzten Dinge nicht gewußt, und hier war der Beweis. Er stand mit dem Schwamm in der Hand da und dachte über sie nach. Solche Gewandtheit, solch wissendes Verlangen – und dennoch Jungfrau. Es gab Möglichkeiten, deren nächstliegende für ihn etwas leicht Abstoßendes hatte und gleichzeitig, dachte er rein theoretisch darüber nach, interessant war. Er würde nie fragen können. Vermutungen anzustellen, allein Neugier zu verraten, das hieße, sie zu verlieren. Auf der Stelle. Das wußte er, ohne darüber nachzudenken. Es war wie das Verbot der Melusine, und ihn zwang keine Erzählung wie den unglückseligen Ritter Raimondin, indiskrete Neugier zu bekunden. Er war von unersättlichem Wissensdrang, sogar hierin, aber, so sagte er sich, von welchem Nutzen wäre es gewesen, Neugier auf Dinge zu verwenden, die er niemals erfahren würde? Das verräterische weiße Nachthemd schien sie weggepackt zu haben, denn er sah es nicht wieder.

Es waren gute Tage. Sie half ihm, seine Präparate herzustellen, und kletterte waghalsig über die Felsen, um sie zu sammeln. Auf den Felsen über Filey Brigg, wo Mrs. Peabody und ihre Familie von den Wellen verschlungen worden waren, sang sie wie Goethes und Homers Sirenen. Sie wanderte unermüdlich über Heide und Moore, ohne Krinoline und den Großteil ihrer Unterröcke, und der Wind zerzauste das helle Haar. Sie saß aufmerksam neben einem Torffeuer und sah einer alten Frau zu, die kleine Hechte in einer Pfanne briet; mit Fremden sprach sie selten; er war derjenige, der Fragen stellte, der zuhörte und aufnahm, was man ihm sagte. Nachdem er sich eine halbe Stunde lang mit einem Bauern unterhalten und ihn über das Abbrennen der Heide und das Torfstechen ausgefragt hatte, sagte sie: »Du bist in die ganze menschliche Rasse verliebt, Randolph Ash.«

»In dich. Und deshalb notwendigerweise in alle Wesen, die dir nur entfernt ähneln. Was bedeutet, in alle Wesen und Geschöpfe, denn ich glaube unverrückbar, daß wir alle Teile eines göttlichen Organismus sind, der seinen eigenen Atem hat, hier lebt, dort stirbt, aber ewig währt. Und du bist ein sichtbarer Beweis seiner geheimen Vollkommenheit. Du bist, was den Dingen ihr Leben verleiht.«

»O nein. Ich bin ein Eiszapfen, wie Mrs. Cammish gestern morgen sagte, als ich meinen Schal umlegte. Du bist es, der den Dingen Leben verleiht. Du stehst da und nimmst sie in dich auf. Du richtest deinen Blick auf das, was farblos und was glanzlos ist, und gibst ihm Glanz. Und bittest es zu verweilen, und wenn es verschwindet, so interessiert dich sogar das. Das liebe ich an dir, aber ich fürchte es auch. Ich brauche Ruhe und Leere. Ich denke mir, ich würde verbleichen und verglühen, verweilte ich lange in deinem heißen Licht.«

Am meisten erinnerte er sich, als es vorbei war, als die Zeit verronnen war, an einen Tag, den sie an einem Ort namens Boggle Hole verbracht hatten. Sie hatten ihn aufgesucht, weil der Name ihnen gefallen hatte. Ihr gefielen die schroffen Worte des Nordens, die sie wie Steine oder stachlige Meereswesen gesammelt hatten. Ugglebarnby. Jugger Howe. Howl Moor. Sie hatte in ihrem kleinen Notizbuch die weiblichen Namen der Menhire oder Hünensteine verzeichnet, die sie sahen. Dicke Betty, Nans Stein, Geifernde Ciss. »Ich singe euch jetzt das Lied von der Geifernden Ciss«, sagte sie, »und gewiß seid ihr freigebig, wenn es euch gefällt.« Auch das war ein guter Tag gewesen, ein Tag mit blauem und goldenem Wetter, ein Tag, der ihn an die ersten Tage der Schöpfung hatte denken lassen.

Sie waren über sommerliche Wiesen und enge Wege entlang gegangen, die hohe Hecken säumten, voller Rosen, in die Geißblatttriebe sich rankten, ein Anblick wie ein Wandteppich des Paradiesgartens, sagte sie, und ein süßer Duft erfüllte die Luft, daß man an Swedenborgs himmlische Höfe dachte, wo die Blumen eine Sprache besitzen und Düfte und Farben Formen der Sprache bilden. Sie kamen den Weg von der Mühle zur versteckten Bucht, und plötzlich war Salzgeruch in der Luft, hergetragen vom Wind, der über die Nordsee kam, die Nordsee mit ihren salzigen Wogen, den Fischkörpern, die sie durchglitten, den Algenbänken, die sich bis hoch in den Norden erstreckten, wo das Eis begann. Es war Flut, und sie mußten sich vorsichtig unter den überhängenden Klippen entlangbewegen. Er beobachtete ihre schnellen und sicheren Bewegungen. Sie hielt die Arme erhoben und hielt sich mit ihren kleinen, kräftigen Fingern an Spalten und Ritzen fest, während ihre kleinen Füße in den Schnürstiefeln auf dem glitschigen, abschüssigen Felsen nach Halt tasteten. Das Gestein war von einem sonderbaren dunklen Schiefergrau, zerfurcht und splitterig, matt, ohne Glanz, bis auf die Stellen, auf die Wasser rann und tropfte, das Spuren rötlicher

Erde mit sich führte. Die Schichten des grauen Gesteins ließen überall die regelmäßigen Rundungen der Kolonien von Ammoniten erkennen, die im Stein zusammengerollt lagen, steinerne Lebensformen, Formen des Lebens im Stein. Die aufgesteckten Flechten ihres hell schimmernden Kopfes schienen diese Formen zu wiederholen. Ihr graues Kleid, in dessen Röcke der Wind fuhr, verschmolz beinahe mit dem Grau des Gesteins. Die vielfältigen Gesteinsschichten, die Risse und Spalten in ihnen entlang liefen Hunderte kleiner spinnenartiger Lebewesen von tief scharlachroter Farbe, die durch den bläulichen Schatten des grauen Gesteins noch verstärkt wurde. Aus der Entfernung wirkten sie wie dünne Blutspuren, wie ein Gespinst zuckender Flammen. Er sah ihre weißen Hände wie Sterne auf dem grauen Stein, und er sah die roten Geschöpfe über sie hinweg und um sie herum laufen.

Vor allem sah er ihren Leib, die Stelle, wo er am schmalsten war, bevor der Rockansatz sich entfaltete. Er erinnerte sich an sie in ihrer Nacktheit und an seine Hände, die sich um diese Stelle geschlossen hatten. Er dachte plötzlich an sie als an ein Stundenglas, das die Zeit enthielt, die Zeit, in ihr gefangen wie ein dünnes Rinnsal von Sand, von Gestein, von Lebensformen, von Dingen, die belebt gewesen waren und die es einst sein würden. Sie enthielt seine Zeit, seine Vergangenheit und seine Zukunft, die in diesem Augenblick so grausam und so zärtlich in diesem schmalen Umfang zusammengepreßt waren. Er dachte an ein merkwürdiges linguistisches Phänomen – im Italienischen lautet der Begriff für Taille, Körpermitte *vita*, Leben –, und er dachte, daß sich dies auf den Nabel beziehen müsse, von dem unser individuelles Leben seinen Ausgang nimmt, den Umbilicus, den der unglückliche Philip Gosse für ein mythisches Zeichen Gottes gehalten hatte, das Adam das ewige Dasein von Vergangenheit und Zukunft in jeder Gegenwart bezeugen sollte. Und er dachte an die Fee Melusine, die eine Frau war *jusqu'au nombril, sino alla vita, usque ad umbilicum, as far as the waist*, bis zum Nabel. Dies ist mein Mittelpunkt, dachte er, dies hier an diesem Ort zu dieser Zeit, in ihr, an dieser engen Stelle, wo mein Verlangen sich erfüllt.

An dieser Küste finden sich runde Steine aus verschiedenartigem Gestein, aus schwarzem Basalt, aus vielfarbigem Granit, Sandstein und Quarz. Diese Steine entzückten sie, und sie füllte den Picknickkorb mit einer Sammlung davon, die wie bunte Kanonenkugeln aussahen – rußschwarz, schwefelgelb, kreidegrau (letzterer Stein zeigte unter Wasser unzählige Flecken und Tupfen zarten Rosas). »Ich werde sie mit nach Hause nehmen«, sagte sie, »und sie benutzen, um Türen offenzuhalten und um die Blätter meines großen Gedichts zu beschweren, groß zumindest den Papiermengen nach.«

»Bis dahin werde ich sie für dich tragen.«

»Ich kann meine Lasten selber tragen. Ich muß es.«

»Nicht solange ich bei dir bin.«

»Du wirst nicht mehr lange bei mir sein – oder ich bei dir.«

»Laß uns nicht an die *Zeit* denken.«

»Wir haben den faustischen Punkt erreicht. Wir sagen zu jedem Augenblick: Verweile doch, du bist so schön, und selbst wenn uns nicht die sofortige Verdammnis ereilt, bleiben die Sterne nicht stehen, eilt die Zeit weiter, setzt die Glocke zum Schlag an. Doch es steht uns frei, jede einzelne Minute voller Bedauern vergehen zu sehen.«

»Wir werden erschöpft sein.«

»Ist das nicht gut, um zu enden? Ein Mensch, den kein Leiden plagt, könnte aus dem schieren Überdruß sterben, immer und immer wieder dasselbe tun zu müssen.«

»Niemals kann ich deiner überdrüssig werden –«

»Es liegt in der Natur des Menschen, Überdruß zu kennen. Seien wir dankbar dafür. Machen wir uns die Notwendigkeit zunutze. Spielen wir mit ihr.

> Und können wir der Sonne Stillstand nicht gebieten,
> So wollen wir in ihrem Laufe sie befördern.

Ein Dichter nach meinem Herzen«, sagte sie. »Auch wenn er George Herbert oder Randolph Henry Ash nicht entthronen kann.«

SECHZEHNTES KAPITEL

Die schöne Melusine

Proömium

Die schöne Melusine – wer war sie?
Welche Bewandtnis hatte es mit ihr?
Es heißt, des Nachts bewege sich die Luft
Am Schloßturm in der Finsternis, obwohl
Kein Wind geht. Doch es fliegt ein langer Wurm
Mit nackten Schwingen und mit Schuppenschwanz,
Schwarz wie die Hölle, um das Schloß herum.
Es heißt, in solchen Nächten höre man
Bisweilen Klagen, Seufzer, Wehgeheul,
Vom jäh hereinbrechenden Wind gebracht,
Von seinem Tosen übertönt, verweht.

Es heißt, das Haus derer von Lusignan
Sei einem Spuk seit alters ausgesetzt:
Jedem der Grafen, steht sein Tod bevor,
Erscheint ein Wesen sonderbar, halb Frau,
Halb Schlange, Drache, schwarz verhüllt. Und sieht
Er dies, so faltet er die Hände zum Gebet,
Worin er seine Seele anempfiehlt
Gott, seinem Herrn. Worauf mit einem Schrei
Sie weicht, denn diesen Namen darf sie nicht
Vernehmen, sie, der keine Seele ward.

Die Kinderfrau erzählt, daß in dem Turm
Die Knäblein schliefen, aneinand' geschmiegt,
Um Trost und Wärme so zu spenden sich,
Und daß um Mitternacht die Bettvorhänge sich
Sacht öffneten und eine weiße Hand
Die Kinder hob an eine weiße Brust,
Zu säugen sie, wie sie's zuvor geträumt.
Im Mund der Kinder mischte sich die Milch

Den Tränen bei, die ihre Mutter weint',
Süßes dem Salzigen, und halb im Traum
Weinten die Kinder dann und lächelten
Zugleich. Dies sagt die alte Kinderfrau.

Um unsren sichren kleinen Hort Geheimnis schwebt.
Es heult im Wind, und in des Wassers Schlund
Zischt es und brodelt, einem Kreisel gleich,
Von eines Kindes Hand in Gang gesetzt,
Bis er erlahmt. An Wänden, trüb und grau,
Sehn wir die Spuren seiner blinden Zähn'.
Unter des Waldes Boden hören wir's
Geschäftig weben am Vergehn und Sein,
Die Kette bildend und den Schuß im Holz
Mächtiger Stämme und das Klöppelwerk
Der Zweige und der Blätter Baldachin,
Die sprießen, grünen, welken und vergehn.
Mächte, dem Menschen fremd, begegnen uns
Auf unsrem kurzen, kleinen Lebensweg.
Warm ist des Wales Milch unter dem Eis.
Von Aug zu Aug, von Pol zu Pol verläuft
Elektrisch und magnetisch, wie ein Blitz,
Der Strom, der jegliche Materie durchdringt.
Der Meersschnecke Sohle haftet fest;
Die Wellen tragen unentwegt an Land
Knochen und Muscheln, Panzer, Kalkgehäus',
Mit Sand vermischt, mit Quarz, mit Kreide und mit Kies,
Auftürmend alles zu gigantischen
Gebilden, urzeitlichen Wesen gleich,
Und sie zerschmetternd mit der nächsten Flut.

....

In der von Jean d'Arras für seinen Herrn,
Den Herzog von Berry, verzeichneten
Chronik des großen Hauses las ich dies:
»Die Ratschlüsse des Herrn, sprach David einst,
Sind unerforschlich wie ein Abgrund tief
Und bodenlos, ohn' End, in dem die Seel'

Umherirrt und der den Verstand verschlingt,
Der ihn zu fassen nicht vermag.« Daraus
Schloß unser Mönch voll Demut, daß der Mensch
Am falschen Ort sich des Verstands nicht brüsten soll.
Ein kluger Mann, sagt' er, erkennt gewiß,
Wie wahr das Wort des Aristoteles,
Der unterteilt' der Welt Bewohnerschar
In Wesen, sichtbar wie auch unsichtbar.
Auch führt' er an des heilgen Paulus Wort,
Welcher von unsichtbaren Wesen spricht,
Zu zeugen von des Schöpfers Herrlichkeit,
Dort, wo des Menschen Geist zu schwach, zu klein,
Zu fassen sie, denn nur die weisesten
Unter den Sterblichen schauen sie ganz.

Und in den Lüften fliegen, sagt der Mönch,
Wesen, Geschöpfe, Dinge sonder Zahl,
Die wir niemals erblicken, die jedoch
In ihrer Welt gar mächtig sind und die
Bisweilen unsren Weg kreuzen. Und so,
Sagt er, verhält es sich mit jenen Feen,
Die Paracelsus ehemalge Engel nennt,
Nicht selig, nicht verdammt, für alle Zeit
Nicht Himmel und nicht Erde ihren Ort
Nennend ... Luftgeister, denen es gebricht
An jener Macht, die Seelen rettet, wie
Auch an des Bösen Kraft, denn Luft allein sind sie.

Gottes Gesetze halten unsre Erd'
Wie Stangen, wie der Spieß das Bratenstück,
Sie sind das Netz (zu wandeln den Vergleich),
Das Himmel, Meere, alles, was da wogt,
In seinen feingewebten Maschen fängt,
Aus denen nichts entschlüpft – Materie nicht und Geist,
Es sei denn, in Verzweiflung, Schrecken, schwarz und tief,
Trugbilder allesamt.
                                        Und wer sind sie,
Die uns im Traum heimsuchen, unsre Kraft

Uns nehmen, die verdrehen unsren Sinn?
Schwestern des Grauens? Himmelstöchter einst,
Gestürzt und in ein niedres Geisterreich verbannt?

Die Engel Gottes treten aus dem Paradies
Golden und silbern schimmernd, helmbewehrt,
Gewappnet mit all ihrer Macht und Kraft,
Wie der Gedanke zwischen Wunsch und Tat, so schnell.
Sie sind der Gnade und Gesetze Werkzeuge.
Andere wandern rastlos, unstet, bald
Den Sinn gerichtet in die luftgen Höhn,
Bald zum Vergnügen tuend einen Sprung
Zwischen der Wolken finsteres Geknäuel.
Doch wer sind sie? Wer oder was sind sie,
Sie, deren Hände kraftlos ab sich mühn
An Ketten, unverrückbar, bleiern schwer,
Von Ursache und Wirkung, schmiedend aneinand'
Erde und Meer, Feuer und Eis, Blut, Fleisch und Zeit?

Als Psyche ihres Gatten Lager teilt',
Des Gottes Eros, flüsterte ihr ein
Der Schwestern Neid, daß eine Schlange ihr Gemahl.
Da brach sie ihren Eid und trat ans Bett,
Die Kerze zitternd haltend, daß das Wachs
Heiß auf die Brust des schönen Schläfers fiel,
Der aufsprang, voller Zorn, und sie verließ.

Doch nimmt die Gottheit Weibes Züge an,
So ist es sie, deren die Strafe harrt.
Vor der Medusa scheußlich Schlangenhaupt
Ein jeder weicht entsetzt zurück. Und wer
Vergösse Tränen für das Ungetüm
In seiner Höhle, bellend wie ein Hund,
Mit Stummelfüßen, Hälsen sechs und Köpfen sechs,
Die Skylla, eine schöne Jungfrau einst,
Hekates Tochter, wie die Nacht so liebreizend,
Geliebt vom Meergott Glaukos, den sie nicht erhört'?
Wer weinte um der Hydra Köpfe Fall?

Mag die Sirene singen noch so süß,
Der Kluge schenkt nicht Auge ihr noch Ohr,
Denn ihre Liebe nur Verderben birgt
Für Sterbliche, ihr Kuß den Tod verheißt.
Die Sphinx, halb Mensch, halb Löwe, lebte frei
Und einsam in der Wüste, und sie lächelte
Über der Menschen Torheit, die ihnen verbarg,
Daß ihres Rätsels Lösung hieß: der Mensch,
Nichts als der Mensch, nur er, kein Fabeltier.
Doch als die Menschen es erkannt', da töteten
Sie grausam sie und stürzten sie vom Fels.
Der Mensch sprach seinen Namen aus, und er
Gewann die Macht über das, was bisher
Schicksal ihm war und was ihm untertan
Von da an – Sklave erst und Opfer dann.

Die schöne Melusine – wer war sie?
War sie Echidnas grauser Brut verwandt,
Den schuppgen Ungetümen? Stammte sie
Von jenen freundlicheren Geistern ab,
Wesen des Zwielichts, die dem Menschen wohlgesinnt,
Den weisen Frauen, den Dryaden, die –
Darin den Wolken und dem Wasser gleich –
Ihre Gestalt verändern unversehns,
Den Schwanenjungfrauen, den Meerweibern,
Wesen des feuchten und des luftgen Elements,
Begehrend sehnsüchtig der Menschen Eigenart:
Heim, Herd und Seele, die ihnen verwehrt.

Wag ich's, der Fee Geschichte zu verraten euch?
Von Zauberei zu singen, von Geschick und Los?
Den Fuß zu setzen in das Schattenland
Jenseits des Sichtbaren – wag' ich es wohl?
Hilf mir, Mnemosyne, Titanin du,
Der Gaia Tochter und des Uranos,
Mutter der Musen, deren Aufenthalt
Kein sanfter Hügel, keine klare Quelle ist,
Die du lebst in des Schädels dunkler Höhl',

Gedächtnis und Erinnerung, die du
Den Faden führst, der mich verbunden hält
Mit jenen frühen, ersten Zeiten, da
Das Sichtbare und das nicht Sichtbare
Noch nicht gesondert ward. O du, Ursprung
Der Sprache, sei mir nun geneigt, verleihe mir
Den rechten Ausdruck, sicheres Geleit,
Wenn von des Herdes Feuer in die Nacht
Des Ungewissen, schwarz und kalt, es geht
Und flugs zurück ins sichre, warme Bett.

Erstes Buch

Über die Heide kam ein Rittersmann,
Voll Staub und Blut. Hinter ihm war die Angst,
Vor ihm die Leere. Blutbespritzt sein Pferd,
Das müde schritt und stolperte; es spürte wohl
Des Reiters Müdigkeit, den lockren Zaum.
Es neigte sich der Tag, und auf dem Moor
Flickerten Schatten, Flämmchen züngelten,
Narrend das Aug, schimmernd wie Seehundfell
Trügerisch wandelbar in ihrer Form.
Reiter und Pferd lockten sie unversehns
An jenen Ort, wo die Schlucht jäh beginnt,
Hinweg über die Heide, weit und leer,
Karg nur bewachsen mit Sträuchern und Gras,
Öde und gleichförmig, einzig belebt
Von Schafen, wandernd gemächlich umher.

Es spiegelt sich der Sonne Launenhaftigkeit
In Antlitz und Gemüt des Heidelands.
Verbirgt sie sich, so lastet grau und schwarz
Die trübe Düsternis, färbt alles gleich –
Ob purpurrotes Heidekraut, ob Moos,
Ob fettblättriger Donnerbart, ob Kies,
Ob Sand, ob Torf –, so weit das Auge reicht.
Lacht sie jedoch, dann funkelt tausendfach
Golden die Blüte des Unholdenkrauts,

Glitzert der weiße Sand wie eine zweite Sonn,
Schimmern die Tümpel, vom Regen gefüllt,
Und blinkt des Ketelböters Flügel bunt.
Nach Regenfällen steigen oft Gebild'
Aus Dunst empor, gleiten und wiegen sich
Wie Meereswogen oder Fohlen gleich,
Die sich im Sommer tummeln hier – so heißt's
Unter den Hirten –, oder Gänsen gleich,
Durchpflügend Luft und Wasser schnellen Flugs.
So eintönig und vielfältig die Heide ist.

Doch unser Ritter ritt gesenkten Blicks
Und düstren Muts. Verlassen hatte ihn
Das Ungestüm, das fliehn ihn hieß die Jagd,
Auf der sein unglückseliges Geschick
Ihn seinen Oheim, seinen Gönner töten ließ,
Den Grafen von Poitiers, Aymeri, den
Geliebt, verehrt, bewundert Raimondin
Und den mit scharfem Speer er heut' durchbohrt.
Vor seinen Augen war es ihm wie Blut,
Wie jenes Blut, das laut in seinem Schädel pocht',
Als riefe es: Stirb nun, Unseliger!

Zwischen zwei nackten Felsen trat sein Pferd
In eine enge Schlucht, die links und rechts
Gesäumt von Blaubeeren, Wacholder windgezaust
Und Dornenbaum. Die Felswände herab
Troff Wasser, braun vom Torf und schwarz vom Ruß
Des kohlehaltigen Gesteins. Bei jedem Schritt
Wirbelten seines Pferdes Hufe Steinchen auf,
Die prasselnd stürzten in des Flusses Schlucht.
Tiefer und tiefer ging's hinab, und kühl
Wehte die Luft, so kühl wie aus dem Grab.
Wie lang der Abstieg währte, hätte er
Zu sagen nicht gewußt, doch war es ihm,
Als hört' den Tannpicker klopfen von ferne er,
Bis deutlich er vernahm des Wassers Tropfgeräusch,
Ein Pochen, Hallen, Glucksen unverwandt,
Das seinem Ohr sich nähert' Schritt um Schritt.

Und mitten in des Wasser Gurgeln hörte er
Noch etwas, einen Klang wie eine Melodie,
Hellen Gesang, der sich entspann und wob
Entlang des Flusses Gleiten und Gebraus,
Darein verschlungen wie ein Siberband.
Sein Pferd trug ihn die enge, düstre Schlucht entlang,
Bis sie erreichten eine Biegung, hinter der
Sich Aug und Ohr von Roß und Reiter bot
Ein Schauspiel, wundersam gleich einem Traum.

In eine Höhlung eingebettet lag
Ein stiller und verborgner Teich, darob
Aufragte eine Klippe, so geformt,
Daß wie ein Vorhang Wasser von ihr fiel,
So fein wie Nadeln, durchsichtig wie Glas,
Weiß, wo es schäumt', mit Luft durchsetzt, endlos
Sich windend wie ein silbrigweißer Zopf,
Der seine Form noch wahrt im Becken selbst,
In das er mündet und in dem er sich
Unter der Oberfläche, schwarz und grün,
Verzweigt, verästelt, Eiskristallen gleich.

Ein rundbuckliger Felsblock, breit und flach,
Erhob sich aus den Wasserpfannen, die,
Belebt durch Strömungen, wogten und schaukelten.
Unzählge Quellen, welche sickerten
Und tropften, liehn des dunklen Wassers Haut
Bewegtes Leben. Auf dem Felsen wuchs
Ein Pelz von Moosen, Minzen, Farnen, dunkelgrün,
Von des Gewässers Strudeln, Strömungen umspült.
Der Hängepflanzen grüner Schleier sich
Dem Irrkraut und dem Blutwurz um den Teich
Zum goldgetupften Teppich eingewebt'.

Ein singend Wesen auf dem Felsblock saß,
Ein Fräulein zart, mit leiser, klarer Stimm'
Von goldnem Klang singend für sich allein,
Der Welt nicht achtend, singend unentwegt,

Ohne zu stocken, niemals Luft holend,
So schlicht und unablässig wie der Wasserfall,
So überraschend wie die Quellen in dem Teich,
Denen die Wasserpflanzen strebten nach.

Wie gegen Abend, wenn der Tag sich neigt,
In manch verschwiegner Laube Rosen milchigweiß
Zu leuchten scheinen, als verströmten sie
Ein eignes Licht, so überglänzte sie
Mit perlenfarbnem Schimmer jenen Ort
In rauher Wildnis, wo sie saß und sang,
Gekleidet in ein weißes Seidenhemd,
Das sich zu ihrem Singen hob und senkt',
Mit einer Schnur gegürtet, die so grün
Wie frisches Gras, wie funkelnder Smaragd,
Und ihre Füße, weiß wie Nixblumen,
Bläulich geädert, tauchten in das Naß,
Wo ihre Kettchen glitzerten, grad so,
Als wären mit Demanten sie besetzt,
Mit Perlen und Opalen, schimmernd zart,
Wie nebst Saphiren und Smaragden klar
Um ihren Hals kostbar sie funkelten.

Ihr Haar strahlte so hell wie hellstes Gold
Und leuchtete wie Licht im Finsteren,
Wie Meeresleuchten über grauer See,
Und singend kämmte sie ihr goldnes Haar
Mit einem Kamm von Gold und Ebenholz,
Und jede helle Flechte schien erfüllt
Vom Klang der Quelle, dem des Lieds, dem Klang
Des eignen Lebens, Atmens, warm und leicht.
Da war ihm, als verzehrte ihn der Wunsch,
Es zu berühren, einen Finger nur
Zu strecken über jenen Raum, der ihn,
So blutbefleckt, beschmutzt vom langen Ritt,
Trennte von dieser Fülle goldnen Haars,
Doch dem wehrte ihr Blick,
und ihre Mien,

So königlich und stolz und willensstark,
Ohn' Neugier, Wärme, ohne Hochmut auch.
Ganz selbstgenügsam, ganz für sich allein
Sang sie, und sie verstummte, als sein Aug
Das ihre fand. Und da war ihm, als ob
In dieser Stille alles schwiege, jeder Laut
Verstummt', als ob nur sie und ihn es gäb',
Und beide blickten unverwandt einander an,
Nicht fragend mit dem Blick, nicht antwortend,
Nicht lächelnd, nicht die Braue runzelnd, nicht die Lipp,
Das Aug, das Lid bewegend, sondern nur
Tauschend den langen Blick, der seine Seel
Ihr ganz verschrieb in Sehnsucht, jeder Hoffnung bar,
Bar jeden Zweifels, der Verzweiflung bar,
So daß er eines und auch alles war,
Furcht, Ängste, Widersprüche, Schmerz und Qual,
Des Schwelgenden Genuß, des Kranken Pein –
All das erloschen, fort, hinweggebrannt
Vom unbeirrten, ungetrübten Blick
Der blassen Frau an diesem stillen Ort.

Es raschelte im Schatten, und es trat hervor
Ein hagrer Hund von wolkendunkler Farb,
So grau wie Rauch sein Fell, golden sein Aug
Und edel seine Mien, die er erhob,
Zu lauschen und die Luft zu schnüffeln, unbewegt
Und wachsam dann er hinter seiner Herrin stand.

Da dachte Raimondin an seine Jagd,
An seine Untat, seine Flucht darauf,
Und er verbeugte sich im Sattel tief
Und bat um einen Trunk des kühlen Nass'
Die Dame, denn er war erschöpft und müd
Und durstig von der langen Fahrt. Er sprach:
»Ich heiße Raimondin von Lusignan.
Wohin ich gehe und was mein Geschick,
Das weiß ich nicht, doch es verlangt mich sehr
Nach einem kühlen Trunk, zu löschen meinen Durst.«

Da sprach sie: »Raimondin von Lusignan,
Wohl weiß ich, wer du bist, was deiner harrt,
Was du getan, wie sühnen du es kannst
Und dich erfreun des Glücks und des Gedeihns.
Steige nur ab, nimm diesen Kelch von mir,
Den Kelch des klaren Wassers aus dem Quell,
Welchen man heißt die Fontaine de la Soif,
Quelle des Durstes oder durstgen Quell.«

Sie reichte ihm den Kelch, und er saß ab,
Ergriff den Kelch, trank einen tiefen Zug,
Verwirrt vom Zauber, den ihr Blick bewirkt'.
Sie stand ihm bei in seiner höchsten Not,
Und ihres Blickes Leuchten färbte sein Gesicht
Wie Sonnenstrahlen, wenn das Heidekraut
Sie überglänzen, Schimmer ihm verleihn.
Ihr nun verschrieben war er ganz und gar,
Seele und Leib, wie sie's verlangen mocht',
Und dieses sehend, lächelte die Fee.

SIEBZEHNTES KAPITEL

James Blackadder formulierte eine Fußnote. Er annotierte *Mumienfleisch* (1863). Er schrieb mit einem Füllfederhalter; neuere Methoden hatte er nicht gelernt; Paola würde seinen Text auf den leuchtenden Bildschirm des Computers übertragen. Es roch nach Metall, nach Staub, nach Metallstaub und nach verbranntem Plastik.

R. H. Ash besuchte mindestens zwei Séancen im Haus des bekannten Mediums Mrs. Hella Lees, Spezialistin für Materialisationsphänomene, insbesondere in bezug auf verstorbene Kinder, und für Berührungen durch die Hände Toter. Mrs. Lees wurde nie als Betrügerin entlarvt, und heutige Spiritisten betrachten sie noch immer als Wegbereiterin auf ihren Gebieten. (Vgl. hierzu F. Podmore: *Moderner Spiritismus*, 1902, Bd. 2, S. 134-139.) Zweifellos besuchte er diese Séancen aus reiner Neugier und nicht aus einem Glauben an okkulte Phänomene; sein Bericht darüber ist jedoch von Widerwillen und Angst geprägt, bar der Souveränität und Ironie, die man erwarten dürfte. Unterschwellig vergleicht er sogar das Tun des Mediums – Tote vorgeblich oder fiktiv zum Leben zu erwecken – mit seinem eigenen Schreiben. Näheres zu diesen Begegnungen findet sich in M. Cropper: *Der große Bauchredner*, S. 340-344 (wenn auch bisweilen etwas frei). Eine etwas merkwürdige feministische Kritik an Ashs Titelwahl hat Dr. Roanne Wicker in der Märzausgabe 1983 des Journal of the Sorcières veröffentlicht. Dr. Wicker wirft Ash vor, diesen Titel gewählt zu haben, um damit das »intuitiv weibliche« Handeln der Ich-Erzählerin Sybilla Silt (hinter der sich zweifellos Hella Lees verbirgt) zu denunzieren. *Mumienfleisch* bezieht sich auf die Stelle in John Donnes Gedicht »Alchimie der Liebe«, wo es heißt: »Hoffst du auf Geist bei Weibern? Was dir bleibt / Von Reiz und Witz im Akt, ist Mumienfleisch.«

Blackadder las, was er geschrieben hatte, und strich das Adjektiv »merkwürdige« vor »feministische Kritik« durch. Er überlegte, ob er die Parenthese zu Croppers Darstellung streichen sollte. Solche unnötigen Adjektive waren die Indizien seiner eigenen

Ansichten und folglich überflüssig. Er war versucht, die Erwähnungen Croppers und Dr. Wickers samt und sonders zu streichen. Ein großer Teil seines Schreibens fiel diesem Schicksal anheim. Es wurde formuliert, entpersönlicht und dann getilgt. Blackadder verbrachte viel Zeit damit zu entscheiden, ob Dinge gestrichen werden sollten oder stehenbleiben konnten. Meistens wurden sie gestrichen.

Eine weiße Gestalt stahl sich um seinen Schreibtisch. Es war Fergus Wolff, der sich unaufgefordert auf die Schreibtischkante setzte und unaufgefordert auf Blackadders Arbeit schaute. Blackadder legte eine Hand auf das, was er geschrieben hatte.

»Sie sollten draußen sein. Herrlicher Sonnenschein.«

»Zweifellos. Die Oxford University Press kümmert sich nicht um das Wetter. Kann ich irgend etwas für Sie tun?«

»Ich suche Roland Michell.«

»Der ist nicht da. Er hat um eine Woche Urlaub gebeten – zum erstenmal, wenn ich es mir recht überlege.«

»Hat er Ihnen gesagt, wo er hinfährt?«

»Nicht daß ich wüßte. Vom Norden war die Rede, aber nichts Genaueres.«

»Hat er Val mitgenommen?«

»Ich nahm es an.«

»Ist bei seiner Entdeckung was rausgekommen?«

»Entdeckung?«

»Um Weichnachten herum war er ziemlich aus dem Häuschen. Ich glaube, er sagte irgendwas von einem geheimnisvollen Brief oder so ähnlich. Vielleicht täusche ich mich.«

»An etwas Derartiges kann ich mich nicht erinnern. Oder meinen Sie die ganzen Notizen im Vico? Das war leider nicht sehr ergiebig. Größtenteils belanglose Sachen.«

»Es ging um etwas Persönliches, was mit Christabel LaMotte zu tun hatte. Er war ziemlich aufgeregt. Ich habe ihn zu Maud Bailey nach Lincoln geschickt.«

»Feministinnen haben für Ash nichts übrig.«

»Sie ist hinterher nach London gekommen. Maud Bailey.«

»Aufs Geratewohl wüßte ich nicht, wo eine Verbindung zu LaMotte bestehen könnte.«

»Ich hatte den Eindruck, Roland wüßte es. Aber vielleicht war es ein Irrtum. Vielleicht hat er nichts herausbekommen. Sonst hätte er es Ihnen ja gesagt.«

»Vermutlich.«

»Richtig.«

Val aß Cornflakes. Zu Hause aß sie fast nichts anderes. Cornflakes waren leichtverdaulich, angenehm zu essen, hatten etwas Tröstliches, und nach ein, zwei Tagen fühlten sie sich an wie Watte. Im Hinterhof hingen die Rosen die Treppe herunter, und Margeriten und Tigerlilien leuchteten in den Rabatten. Es war erstickend heiß in London: Val wünschte, sonstwo zu sein, weit weg von Schmutz und Katzenpisse. Als sie aufblickte, in der unbestimmten Hoffnung, Euan MacIntyre zu sehen und zum Essen eingeladen zu werden, fiel ihr Blick auf Fergus Wolff.

»Hallo, mein Schatz. Ist Roland da?«

»Nein. Er ist weggefahren.«

»Schade, schade. Kann ich reinkommen? Wo ist er denn hingefahren?«

»Nach Lancashire oder Yorkshire oder Cumbria. Er soll für Blackadder was nachschauen. Genauer hat er es mir nicht gesagt.«

»Hast du eine Telephonnummer? Ich müßte ihn ziemlich dringend sprechen.«

»Er hat gesagt, er läßt eine Nummer da. Ich war nicht zu Hause, als er gefahren ist. Aber er hat es vergessen, oder ich hab' sie nicht gefunden. Und angerufen hat er nicht. Mittwoch will er wieder da sein.«

»Verstehe.«

Fergus setzte sich auf das altersschwache Sofa und blickte zu den unregelmäßigen Pfützen und bräunlichen Verfärbungen an der Zimmerdecke hoch.

»Findest du es nicht ein bißchen komisch, daß er sich nicht gemeldet hat?«

»Ich war nicht besonders nett zu ihm.«

»Verstehe.«

»Ich weiß nicht, was es da groß zu verstehen gibt. Du verstehst immer gern Sachen, die kein Mensch so gesagt hat. Was ist los?«

»Tja, ich dachte mir nur ... Du weißt nicht zufällig, wo Maud Bailey zur Zeit steckt?«

»*Verstehe*«, sagte Val. Beide schwiegen. Dann sagte Val: »Weißt *du* es zufällig?«

»Nicht direkt. Die beiden haben etwas vor, ich weiß nur noch nicht genau, was. Ich kriege es raus, verlaß dich drauf.«

»Sie hat ein paarmal hinter ihm hertelephoniert. Ich war nicht besonders höflich zu ihr.«

»Sehr bedauerlich. Ich wüßte zu gern, was die beiden anstellen.«

»Hat es was mit Randolph Henry zu tun?«

»Das mit Sicherheit. Aber vielleicht auch mit Maud. Sie ist schwer einzuschätzen.«

»Um Weihnachten haben sie irgendwo zusammen an etwas gearbeitet.«

»Er ist wegen ihr nach Lincoln gefahren.«

»Nicht ganz. Sie waren beide irgendwo, wo sie ein Manuskript angeguckt haben. Tut mir leid, ich hab' schon lange kein Interesse mehr an seinen ganzen Anmerkungen und Fußnoten und den ganzen toten Briefen von toten Leuten über verpaßte Züge und das Eintreten für Copyright-Gesetze und den ganzen Quatsch. Wer hat schon Lust, sein Leben im Keller vom Britischen Museum zu verbringen? Da unten stinkt es fast genauso wie in der Wohnung von Mrs. Jarvis. Katzenpisse, wo man geht und steht. Wer will sein Leben damit zubringen, mitten im Gestank von Katzenpisse alte Speisekarten zu lesen?«

»Kein Mensch. Jeder will sein Leben in schnuckeligen Hotels auf internationalen Konferenzen verbringen. Du hast dich nicht zufällig danach erkundigt, *was* die beiden untersucht haben?«

»Er hat nichts gesagt. Er weiß, daß es mich nicht interessiert.«

»Du weißt also auch nicht genau, wo sie waren?«

»Er hat mir eine Telephonnummer gegeben. Für den Notfall. Sollte die Wohnung abbrennen. Oder für den Fall, daß ich die Gasrechnung nicht zahlen könnte. Was *er* natürlich schon gar nicht ändern könnte. Die einen verdienen Geld, die anderen nicht.«

»Bei dieser Geschichte könnte Geld herausschauen. Schätzchen, hast du die Telephonnummer zufällig noch?«

Val ging in den Flur, wo das Telephon auf einem Haufen Papier auf dem Boden stand – alten Literaturbeilagen der *Times*, alten Bücherrechnungen, Veranstaltungsprogramme, Visitenkarten und Broschüren. Val schien sich in dem Haufen auszukennen; mit sicherem Griff zog sie ziemlich weit unten die Rechnung eines indischen Imbißlokals heraus, auf deren Rückseite eine Nummer gekritzelt war. Kein Name, nur der Vermerk in Vals Schrift: »Roland in Lincoln.«

»Vielleicht Mauds Nummer.«

»Nein. Mauds Nummer kenne ich. Kann ich es haben?«

»Von mir aus. Was willst du damit?«

»Ich weiß es noch nicht. Ich will nur wissen, was gespielt wird. Verstehst du?«

»Vielleicht hat es mit Maud zu tun.«

»Vielleicht. Maud ist mir nicht gleichgültig. Ich will, daß sie glücklich ist.«

»Vielleicht ist sie mit Roland glücklich.«

»Unmöglich. Er paßt nicht zu ihr. Keine Klasse, verstehst du, was ich meine?«

»Weiß ich nicht. Ich mache ihn jedenfalls nicht glücklich.«

»Er dich auch nicht, wenn mich nicht alles täuscht. Geh mit mir essen und vergiß ihn.«

»Warum nicht.«

»Ja, warum nicht?«

»Hallo, Bailey am Apparat.«

»Bailey?«

»Dr. Heath, sind Sie es?«

»Nein. Ich bin ein Freund von Roland Michell. Er war im Winter, äh, ich meine ... wissen Sie vielleicht zufällig, wo er ...«

»Nein.«

»Wird er noch mal kommen?«

»Wieso? Nein, natürlich nicht. Hören Sie, gehen Sie bitte aus der Leitung. Ich warte auf einen Anruf von unserem Arzt.«

»Entschuldigen Sie bitte die Belästigung. Haben Sie in letzter Zeit Kontakt mit Dr. Bailey gehabt? Dr. Maud Bailey?«

»Nein, habe ich nicht. Wir wollen in Ruhe gelassen werden, weiter nichts. Auf Wiederhören!«

»Aber Dr. Bailey und Mr. Michell waren erfolgreich?«

»Wegen der Märchentante? Das will ich doch annehmen. Sie machten wenigstens den Eindruck. Hören Sie mal, ich hab' andere Sorgen. Meine Frau ist krank. Sehr krank. Gehen Sie bitte endlich aus der Leitung!«

»Mit der Märchentante meinen Sie Christabel LaMotte?«

»Ich weiß nicht, was Sie von mir wollen, aber ich will, daß Sie jetzt sofort aus der Leitung verschwinden. Wenn Sie nicht sofort auflegen, dann, dann – verstehen Sie denn nicht, meine Frau ist krank, und wir warten auf einen Anruf von unserem Arzt, Sie Vollidiot! Wiederhören!«

»Darf ich später noch mal anrufen?«

»Nein, warum! *Wiederhören!*«

»Auf Wiederhören.«

Im L'Escargot hatte Mortimer Cropper mit Hildebrand Ash zu Mittag gegessen; Hildebrand Ash war der älteste Sohn des Barons Thomas Ash, eines direkten Abkömmlings jenes Cousins Randolph Ashs, der unter Gladstone in den Adelsstand erhoben worden war. Lord Ash war Methodist und inzwischen sehr alt und gebrechlich. Er war Cropper gegenüber höflich gewesen, aber mehr auch nicht. Ihm war Blackadder lieber, dessen unwirsche Art und dessen schottischer Sarkasmus ihm gefielen. Außerdem war er Nationalist, und deshalb hatte er die Manuskripte Ashs aus seinem Besitz der British Library zur Verfügung gestellt. Hildebrand war Mitte Vierzig, von aufbrausendem Temperament und mit einer Neigung zu lärmender Fröhlichkeit, mit geistigen Gaben eher bescheiden ausgestattet und mit einer beginnenden Glatze. Er hatte in Oxford Englische Literatur studiert und danach in allen möglichen Funktionen bei Reiseagenturen, Verlagen und Verwaltungsbehörden gearbeitet. Cropper lud ihn von Zeit zu Zeit ein und hatte auf diesem Weg entdeckt, daß Hildebrand in seinem geheimsten Herzen den Wunsch hegte, Schauspieler zu sein. Gemeinsam hatten sie halb im Scherz über eine Tournee durch amerikanische Universitäten sinniert, auf der Hildebrand Photos und Memorabilien Ashs vorführen und aus Texten Ashs vorlesen würde, verbunden mit Vorträgen über die Gesellschaft im England Randolph Henry Ashs. Diesmal hatte Hildebrand angedeutet, daß er knapp bei Kasse sei und eine neue Einnahmequelle brauchen könne. Sie hatten erwogen, was dafür in Frage kommen könne. Sie hatten *magret de canard*, Steinbutt und junge Rübchen mit erdigem Geschmack gegessen. Im Verlauf der Mahlzeit war Cropper immer blasser und Hildebrand immer rosiger geworden. Hildebrand hatte in Visionen einer verzückten und andachtsvollen amerikanischen Zuhörerschaft geschwelgt, während Cropper sich Visionen neuer Glasvitrinen hingegeben hatte, die Schätze enthielten, die er zuvor nur andächtig hatte bestaunen dürfen: den Brief, den die Königin an Ash gerichtet hatte, den transportablen Schreibtisch, das tintenfleckige Notizbuch mit den Entwürfen zu *Ask an Embla*, von denen die Familie sich nie getrennt hatte und die im Eßzimmer ihres Hauses in Ladbury ausgestellt waren.

Nachdem er Hildebrand ins Taxi geholfen hatte, wanderte Cropper in den Straßen von Soho umher und schaute müßig in Schaufenster und erleuchtete Treppenhäuser. Peepshow. Modelle. Junge Mädchen gesucht. Live Sex Non Stop. Sie kommen als Fremder und gehen als Freund. Sexshop. Seine eigenen Vorlieben waren ganz bestimmter, genau definierter, etwas spezieller Natur. Seine elegante schwarze Gestalt wanderte ziellos von Schaufenster zu Schaufenster, mit dem Nachgeschmack von gutem Essen und gutem Wein beschäftigt. Einmal blieb er stehen, vom Blick auf weißes, verzerrtes Fleisch angezogen, schlecht zu erkennen, das vielleicht bedeutete, daß das, was er suchte, in diesem Etablissement zu finden war – das Photo war fast ganz überdeckt von einem anderen, das einen stämmigen, üppigen Körper zeigte, aber ihm, der in einer Welt des Flüchtigen, der Andeutungen lebte, genügte es. Aber er würde trotzdem nicht hineingehen, er würde ins Hotel gehen, dachte er ...

»Professor Cropper«, sagte eine Stimme hinter ihm.

»Oh«, sagte Cropper.

»Fergus Wolff. Können Sie sich an mich erinnern? Nach Ihrem Vortrag über die Identität des Erzählers in Ashs *Chidiock Tich-*

bourne haben wir uns unterhalten. Ihre Deduktion war brillant. Natürlich war es der Henker. Erinnern Sie sich?«

»O ja, in der Tat. Mit Vergnügen sogar. Ich war soeben mit dem Sohn des gegenwärtigen Lord Ash zum Lunch, der – so hoffe ich wenigstens – an der Robert Dale Owen University über die Manuskripte Ashs im Besitz seiner Familie sprechen wird. *Chidiock Tichbourne* befindet sich in der British Library, wie wir wissen.«

»Ja. Sind Sie auf dem Weg dorthin? Darf ich Sie begleiten?«

»Aber gerne.«

»Ich habe mit großem Interesse erfahren, daß es eine Verbindung von Ash zu Christabel LaMotte gibt.«

»LaMotte? Ah ja. *Die schöne Melusine.* 1979 wurde auf einem feministischen Sit-in verlangt, daß das Gedicht an Stelle der *Königsidyllen* oder *Ragnaröks* in meiner Literaturvorlesung über Lyrik des 19. Jahrhunderts behandelt würde. Wenn ich mich nicht täusche, hatten sie damit Erfolg. Aber das Ganze wurde dann vom Institut für Frauenforschung betrieben, so daß wir uns wieder mit *Ragnarök* beschäftigen konnten. Aber eine Verbindung ist das kaum. Ich glaube nicht, daß ich von irgendeiner Verbindung wüßte.«

»Ich dachte, es wären Briefe entdeckt worden.«

»Das möchte ich bezweifeln. Von einer solchen Verbindung habe ich noch nie gehört. Was *weiß* ich nur über Christabel LaMotte? Irgend etwas weiß ich, aber was?«

»Roland Michell hat etwas entdeckt.«

Cropper blieb mitten auf dem Gehsteig stehen, so daß zwei Chinesen, die hinter ihm gingen, ebenso abrupt stehenblieben.

»Etwas?«

»Was, weiß ich nicht genau. Aber er hält es für wichtig.«

»Und James Blackadder?«

»Scheint nicht eingeweiht zu sein.«

»Sie sind ein interessanter Mann, Dr. Wolff.«

»Das freut mich zu hören, Professor.«

»Wie wäre es mit einem Kaffee?«

ACHTZEHNTES KAPITEL

Handschuhe liegen
Weich und glatt
Finger an Finger
Naht an Naht
In weißem Papier
Aufgebahrt

Lautlos gleitet
Die Hand hinein
Erweckt vom Schlaf
Den stillen Schrein
Erfaßt die andre
Im Gelöbnis vereint

C. LaMotte

Maud saß im Archiv für Frauenliteratur auf einem apfelgrünen Stuhl an einem orangefarbenen Tisch. Sie hatte sich den Ordner geholt, der das wenige Material enthielt, das sie über den Selbstmord Blanche Glovers besaßen: einen Zeitungsartikel, eine Abschrift des Leichenschauberichts, eine Abschrift des Abschiedsbriefes, der unter einem Granitstein auf dem Tisch im Haus Bethanien in der Mount Ararat Road gefunden worden war. Außerdem gab es ein paar Briefe an eine ehemalige Schülerin, die Tochter eines Parlamentsmitglieds, das der Sache der Frauenrechte wohlwollend gegenüberstand. Maud nahm sich die mageren Überreste in der Hoffnung vor, einen möglichen Hinweis darauf zu entdecken, was Christabel LaMotte in der Zeit zwischen der Reise nach Yorkshire und dem Selbstmord gemacht hatte. Wie wenig war von Blanche geblieben!

An alle, die es angeht:

Was ich tue, tue ich in vollem Besitz meiner Verstandeskräfte, wie man es auch später beurteilen mag, und nach langer und sorgfältiger Überlegung. Die Gründe für mein Tun sind einfacher Natur und lassen sich in einfachen Worten sagen. Erstens: Armut. Ich kann keine Farben mehr kaufen und habe in den vergangenen Monaten nur wenige Bilder verkauft. Ich hinterlasse vier hübsche Blumenstilleben, die in Papier eingeschlagen im Wohnzimmer stehen und in dem Geschmack gemalt sind, an welchem Mr. Cressy von Richmond Hill Vergnügen zu finden pflegte, weshalb ich hoffe, daß er sie kaufen wird und genug dafür bezahlen wird, daß sich mit dem Erlös die Kosten meines Begräbnisses bestreiten lassen, so dieses möglich sein sollte. Es ist mir ein *besonderer* Wunsch, damit nicht *Miss LaMotte* zu belasten, und deshalb hoffe ich, daß Mr. Cressy die Freundlichkeit haben wird, es zu tun, da ich mir sonst keinen Rat weiß.

Zweitens, was vielleicht verwerflicher ist: Stolz. Ich kann es niemals wieder über mich bringen, ein Haus als *Gouvernante* zu betreten. Ein solches Leben ist die Hölle auf Erden, selbst wenn die Familien wohlmeinend sind, und lieber sterbe ich, als ein Sklavendasein zu fristen. Und ich will nicht von den *Almosen Miss LaMottes* abhängig sein, die nicht für mich verantwortlich ist.

Drittens: Scheitern meiner Ideale. Ich war bemüht, anfangs zusammen mit *Miss LaMotte*, später allein, in diesem kleinen Haus ein Leben zu führen, dem die Überzeugung zugrunde lag, daß alleinstehende Frauen miteinander ein nützliches und menschlich erfülltes Leben zu führen vermögen, ohne auf die Außenwelt, ohne auf Männer angewiesen zu sein. Wir hatten geglaubt, es sei möglich, ein Leben zu führen, das der Schlichtheit geweiht war, der Enthaltsamkeit, der Mildtätigkeit, der Philosophie, der Kunst und der Harmonie miteinander und mit der Natur. Bedauerlicherweise hatten wir uns getäuscht. Entweder war die Feindseligkeit der Gesellschaft unserem Versuche gegenüber allzu heftig (was ich zu glauben geneigt bin), oder wir selbst ließen es an Entschiedenheit fehlen und ermangelten der notwendigen Mittel (was zu glauben ich ebenfalls geneigt bin, für eine jede von uns und immer wieder). Es ist meine Hoffnung, daß die frühen Tage wirtschaftlicher Unabhängigkeit, die zu erleben unsere Sinne beflügelte, und die Arbeiten, die wir hinterlassen, andere unabhängige Geister veranlassen mögen, den Versuch erneut zu wagen und darin nicht zu scheitern. Unabhängige Frauen müssen das Äußerste von sich fordern, denn Männer und Frauen, die den Konventionen verhaftet sind, erhoffen nichts für sie und setzen Erwartungen nur in ihr Scheitern.

Ich habe wenig zu hinterlassen, und meine spärlichen Besitztümer sähe ich gern verteilt, wie im folgenden aufgeführt. Ich weiß, daß dies kein rechtlich bindendes Dokument darstellt, doch hoffe ich, daß man es dennoch als solches behandeln wird.

Meine Garderobe hinterlasse ich unserem Mädchen *Jane Summers*. Sie soll sich davon nehmen, was ihr gefällt, und mit dem übrigen nach eigenem Gutdünken verfahren. Auch möchte ich mich bei ihr für die Täuschung entschuldigen, die ich an ihr verübt habe, denn es war mir nur möglich, sie dazu zu bewegen, mich zu verlassen – trotz aller Unmöglichkeit, ihren Lohn zu bezahlen –, indem ich vorgab, mit ihr unzufrieden zu sein, was ich in Wahrheit niemals empfand. Ich hatte bereits den Entschluß gefaßt, welchen ich nunmehr in die Tat umsetze, und ich wollte ihr keine der daraus zu gewärtigenden Folgen aufbürden. Dies war der einzige Grund für mein Handeln, denn es gehört nicht zu meiner Natur, mich zu verstellen.

Das Haus gehört nicht *mir*, sondern *Miss LaMotte*. Möbel und andere Gegenstände, welche wir gemeinsam von unseren Ersparnissen kauften, gehören ihr in größerem Maße als mir, da sie *wohlhabender* war als ich, und sie mag darüber verfügen, wie ihr gutdünkt.

Meinen Shakespeare, meine Keats-Gedichte und meine Dichtungen Lord Tennysons würde ich gerne Miss Eliza Daunton vermachen, sofern sie für so zerlesene und abgeschabte Bände Verwendung haben sollte. Oftmals haben wir sie gemeinsam gelesen.

Kleinodien besitze ich fast keine, und der wenige Schmuck, den ich meine Habe nennen kann, ist von keinem Wert, abgesehen von meinem Kreuz mit den Staubperlen, welches ich tragen werde. Meinen übrigen Schmuck mag Jane erhalten, wenn sie ihn haben will – mit Ausnahme der Jettbrosche mit den verschlungenen Händen, welche *Miss LaMotte* mir geschenkt hat und welche ich ihr zurückerstatten möchte.

Dies ist alles, worüber ich verfügen kann, abgesehen von meinen Arbeiten, von deren Wert ich fest überzeugt bin, auch wenn sie zum heutigen Zeitpunkt nicht sehr gefragt sein mögen. Es befinden sich siebenundzwanzig Bilder im Haus nebst zahlreichen Skizzen und Zeichnungen. Zwei der Bilder sind Eigentum *Miss LaMottes*: »Christabel vor Sir Leoline« und »Merlin und Viviane«. Ich wünschte, sie würde diese Arbeiten behalten, und ich hoffe, daß sie sie in diesem

Fall dort aufhängen wird, wo sie arbeitet, wie es früher der Fall war, und daß sie sich durch sie an glückliche Zeiten erinnert fühlen wird. Sollte ihr dies als allzu schmerzlich erscheinen, bitte ich sie, sich zu Lebzeiten weder durch Verkaufen noch durch Verschenken von den Bildern zu trennen und Vorkehrungen für spätere Zeiten zu treffen, wie ich selbst es getan haben würde. Sie sind das Beste, was ich hinterlasse, und sie weiß es. Nichts kann ewiglich bestehen, aber gute Kunst hat zumindest für eine Weile Bestand, und es war stets mein Wunsch, von denen verstanden zu werden, die noch nicht geboren sind. Wer sonst soll es sein? Auch das Schicksal meiner anderen Arbeiten lege ich in die Hände *Miss LaMottes*, welche *in künstlerischer Hinsicht gewissenhaft* ist. Wäre es möglich, so wünschte ich gerne, daß sie zusammenblieben, bis sich ein Geschmack finden und ein Urteil bilden wird, welche ihren wahren Wert zu ermessen vermögen. Doch in kurzer Zeit werde ich jedes Recht verwirkt haben, über sie zu wachen, und sie werden ihren eigenen Weg gehen müssen, schwach und stumm.

In sehr kurzer Zeit werde ich dieses Haus verlassen, in dem wir so glücklich waren, und niemals wiederkehren. Ich beabsichtige, es der Autorin der *Verteidigung der Rechte der Frau* gleichzutun, doch durch ihr Beispiel gewarnt, werde ich große Steine in meine Manteltaschen eingenäht haben, von jenen Steinen, welche *Miss LaMotte* auf ihrem Schreibtisch liegen hat, um gewiß sein zu können, daß mein Tod schnell und unweigerlich eintreten wird.

Ich kann nicht glauben, daß der Tod das Ende ist. Auf den spiritistischen Zusammenkünften bei Mrs. Lees vernahmen wir so manchen wunderbaren Bericht, und wir sahen mit eigenen Augen Beweise vom schmerzfreien Weiterleben der Verstorbenen in einer schöneren Welt jenseits des Grabes. Dieser Glaube läßt mich darauf vertrauen, daß mein Schöpfer alles sieht und vergibt und in einer anderen Welt bessere Verwendung für meine Fähigkeiten zu lieben und zu arbeiten haben wird, Fähigkeiten, die groß und unerwünscht und ungenützt waren. In der Tat bin ich zu dem Eindruck gelangt, *auf dieser Welt* von keinerlei Nutzen zu sein. *Dort* jedoch werde ich erkennen und erkannt werden. So mag ich denn darauf vertrauen, in einstigen Tagen, da wir in düsterem Licht durch den trüben Schleier spähen, welcher uns von jenen scheidet, die vor uns dahinschieden, den Mut zu sprechen zu finden, zu vergeben und Vergebung zu erlangen. Nun aber möge der Herr sich meiner armen Seele und unser aller Seelen erbarmen.

Blanche Glover, Jungfer

Maud fröstelte es, wie jedesmal, wenn sie dieses Dokument las. Was hatte Christabel gedacht, als sie es las? Wo war Christabel zwischen dem Juli 1859 und dem Sommer 1860 gewesen und warum, und wo war Randolph Ash in dieser Zeit gewesen? Roland hatte gesagt, es gebe keine Hinweise darauf, daß Ash nicht zu Hause gewesen sei. 1860 hatte er nichts veröffentlicht, und er hatte nur wenige Briefe geschrieben – aber die, die es gab, waren wie gewohnt mit der Adresse in Bloomsbury überschrieben. La-Motte-Forscher wiederum hatten nie eine befriedigende Erklärung für Christabels offenkundige Abwesenheit zum Zeitpunkt des Selbstmords ihrer Gefährtin anbieten können und hatten unterstellt, daß die beiden Frauen sich damals zerstritten hatten. Dieser Streit, dachte Maud, nahm ganz neue Dimensionen an, ohne deshalb klarer zu werden. Sie nahm den Zeitungsartikel in die Hand.

Am Abend des 26. Juni suchte bei heftigem Wind und Regen abermals ein unglückseliges junges Frauenzimmer den schrecklichen Tod in den Fluten der Themse. Erst am 28. des Monats konnte der Leichnam geborgen werden, der unterhalb der Brücke von Putney bei Ebbe auf eine Sandbank gespült worden war. Gewaltanwendung wird nicht vermutet. In die Taschen der Bekleidung des unglücklichen Geschöpfes waren große, runde Steine eingenäht. Die Kleidung läßt sich als elegant, aber unauffällig bezeichnen. Die Verstorbene wurde als eine gewisse Miss Blanche Glover identifiziert. Sie lebte allein in einem Haus, das sie früher mit der Dichterin Miss Christabel LaMotte geteilt hatte, deren Aufenthalt nicht bekannt ist und seit längerer Zeit nicht bekannt war, wie es das kürzlich von Miss Glover entlassene Hausmädchen Jane Summers zu Protokoll gab. Die Polizei ist bemüht, den derzeitigen Aufenthaltsort Miss LaMottes in Erfahrung zu bringen. Im Haus in der Mount Ararat Road wurde ein Abschiedsbrief gefunden, der die Absicht der unglückseligen Miss Glover, ihrem Leben ein Ende zu setzen, unmißverständlich klarmacht.

Die Polizei hatte Christabel ausfindig gemacht und zur Leichenschau vorgeladen. Wo hatten sie sie gefunden?

Hinter den Trennwänden wurden schnelle Schritte hörbar. Eine Stimme rief dröhnend: »Überraschung!« Maud, die sich halb von ihrem Stuhl erhoben hatte, fand sich von warmen Armen, Moschusduft, weichen, warmen Brüsten umhüllt.

»Liebste, liebste Maud! Ich dachte mir, wo kann sie sein, und ich sagte mir, wo wird sie schon sein, wo anders als bei der Arbeit, und ich kam als erstes hierher, und da bist du, wie ich es mir gedacht hatte. Wunderst du dich nicht? Bist du nicht überrascht?«

»Leonora, laß mich los, ich muß nach Luft schnappen. Natürlich bin ich überrascht. Es war mir fast, als könnte ich dein Kommen über den Atlantik hinweg spüren, wie eine Warmluftfront –«

»Was für eine Metapher! Du hast eine wundervolle Art, dich auszudrücken.«

»Aber ich hätte nicht erwartet, daß du hier auftauchst. Heute jedenfalls nicht. Ich freue mich, daß du da bist.«

»Kannst du mich für ein paar Nächte unterbringen? Habt ihr ein Plätzchen in eurem Archiv frei? Ich vergesse immer, wie wenig Platz ihr hier habt. Ist das ein Beweis für die Mißachtung, die der Frauenforschung entgegengebracht wird, oder nur für den ganz normalen Geiz an englischen Universitäten? Kannst du Französisch, Liebste? Ich habe dir interessante Sachen mitgebracht.«

Maud, die sich vor Leonoras Besuchen immer fürchtete, freute sich immer über die Maßen, sie zu sehen, wenn sie dann da war, wenigstens anfangs. Die gebieterische Gegenwart ihrer Freundin war fast mehr, als das kleine Archiv aufnehmen konnte. Leonora war eine in jeder Hinsicht majestätische Frau. Sie kleidete sich passend zu ihrer Persönlichkeit; diesmal trug sie einen weiten Rock und eine locker sitzende Tunika, die mit goldenen und orangefarbenen Sonnenuntergängen oder Blumen bedruckt waren. Ihre Haut schimmert olivenfarben, ihre Nase war stolz gebogen, ihr Mund war voll, mit einer Andeutung afrikanischen

Blutes, und ihr dickes, schwarzes, gelocktes Haar trug sie schulterlang und mit natürlichen Ölen parfümiert – Haar, das in der Hand schwer und strähnig lag, nicht davonflog. Sie trug mehrere ungeschlachte, aber zweifellos teure Halsketten aus Bernsteinbrocken und -eiern verschiedener Größe. Um den Kopf hatte sie ein gelbes Seidenstirnband geschlungen, halb in Erinnerung an die Kleidung ihrer Hippietage Ende der sechziger Jahre. Sie kam aus Baton Rouge und wollte sowohl kreolische als auch indianische Vorfahren besitzen. Ihr Mädchenname hatte Champion gelautet – ihrer Ansicht nach ein französisch-kreolischer Name. Stern war der Name ihres ersten Ehemannes Nathaniel Stern, eines Dozenten in Princeton mit einem Hang zur Pedanterie und einem großen Faible für den New Criticism, der Leonora und den bis aufs Messer ausgefochtenen Kämpfen zwischen Strukturalismus, Poststrukturalismus, Marxismus, Dekonstruktivismus und Feminismus überhaupt nicht gewachen gewesen war. Sein schmales Buch über Harmonie und Dissonanz in den *Bostonians* war zum denkbar falschesten Zeitpunkt erschienen. Leonora hatte in die feministisch motivierten Verrisse eingestimmt, die die positive Sicht der Jamesschen Vorbehalte gegenüber dem »geschlechtlichen Bewußtsein« im Boston von 1860 betrafen, und war mit einem Hippiedichter namens Saul Drucker durchgebrannt, um fortan in einer Kommune in New Mexico zu leben. Nathanial Stern, ein nervöses, aufgeregtes und überaus harmloses Männchen (Maud hatte ihn auf einer Tagung in Ottawa kennengelernt), hatte versucht, die Feministinnen zu besänftigen, indem er sich an eine Biographie Margaret Fuller Ossolis machte. Zwanzig Jahre später saß er noch immer daran und wurde von allen Seiten heftig dafür kritisiert – am meisten von den Feministinnen. Leonora bezeichnete ihn immer nur als »armen Schwachkopf«, aber sie behielt seinen Namen bei, wie Umschlag und Titelseite ihres ersten größeren Werks verrieten – *Heim, trautes Heim,* eine Studie über die Darstellung von Heim und Zuhause in der Frauenliteratur des 19. Jahrhunderts –, das sie verfaßt hatte, bevor sie ihre mittlere politisch militante und spätere von Lacan geprägte Phase durchmachte. Saul Drucker war der Vater ihres Sohnes Danny, der inzwischen siebzehn Jahre alt war. Laut Leonora hatte Saul Drucker einen lockigen roten Bart und einen wahren Pelz – ebenfalls rötlich –, der bis zum Schamhaar hinabreichte. Mehr wußte Maud nicht über die äußere Erscheinung Saul Druckers, in dessen Gedichten hauptsächlich von Ficken, Scheißen, Scheiße und Ficken die Rede war und der offenbar groß und kräftig genug gewesen war, um Leonora von Zeit zu Zeit zu verprügeln, was nicht so einfach sein konnte. Sein berühmtestes Gedicht hieß *Millenariales Gewimmel* und handelte von einer Art Wiederauferstehung von Menschen und Schlangen in Death Valley – mit schweren Anleihen bei Blake, Whitman und Ezechiel und, wie Leonora zu sagen pflegte, viel zuviel schlechtem Acid. »Müßte es nicht ›millenar‹ heißen?« hatte Maud gefragt, und Leonora hatte gesagt: »Mit deiner bezaubernden Genauigkeit kannst du natürlich nicht verstehen, worum es ihm ging. Das Wort sollte so lang wie möglich sein.« Drucker bezeichnete sie als »Vollblutmann«. Sie hatte ihn wegen einer indischen Anthropologin verlassen, die sie in Joga, vegetarischer Ernährung und darin unterwiesen hatte, Orgasmen zu empfinden, bis man ohnmächtig wurde, und die in ihr Mitleid und Wut über Witwenverbrennungen und den Kult des Lingam entfacht hatte. Saul Drucker arbeitete inzwischen auf einer Ranch in Montana – »Pferde verprügelt er nicht«, sagte Leonora –, und Danny lebte bei ihm. Er hatte wieder geheiratet, und seine neue Frau war Leonora zufolge ganz vernarrt in Danny. Nach der Anthropologin hatte es Marge und Brigitta gegeben, Pocahontas und Martina. »Ich liebe sie wirklich«, sagte Leonora, die es in keiner Beziehung lange aushielt, »aber alles Heimelige macht mich einfach hysterisch. Es gibt für mich nichts Schrecklicheres als die Vorstellung, auf dem eigenen Sofa klebenzubleiben; dafür gibt es viel zu viele herrliche Geschöpfe auf unserer Welt ...«

»Womit bist du gerade beschäftigt?« fragte sie Maud.

»Ich lese Blanche Glovers Abschiedsbrief.«

»Warum?«

»Ich frage mich, wo Christabel war, als sie es tat.«

»Wenn du Französisch kannst, dann habe ich vielleicht was für dich. Eine Ariane Le Minier aus Nantes hat mir geschrieben. Ich habe den Brief mitgebracht.«

Sie nahm Blanches Schreiben in die Hand.

»Arme alte Blanche – soviel Zorn, soviel Würde, so ein verpfuschtes Leben. Ist je eins von den Bildern aufgetaucht? Sie wären sicher spannend. Lesbische und feministische Arbeiten.«

»Kein einziges. Ich vermute, daß Christabel sie behalten hat. Oder sie hat sie aus Verzweiflung verbrannt. Wir werden es nie wissen.«

»Vielleicht hat sie sie alle in das Pappmachéschloß mitgenommen, das diesem ekelhaften Gnom mit dem Gewehr gehört. Am liebsten hätte ich ihn mit der Gartenschere abgestochen. So ein Arschloch. Wahrscheinlich verschimmeln sie in irgendeiner Rumpelkammer auf dem Speicher.«

Maud fand es nicht geraten, länger über Sir George zu reden, obgleich Leonoras Einfall gut war, wahrscheinlich sogar zutraf. Sie sagte: »Wie stellst du dir die Bilder vor, Leonora? Meinst du, daß sie etwas getaugt haben?«

»Ich würde es mir so schrecklich wünschen. Sie hat daran geglaubt. Sie war davon überzeugt. Ich stelle mir lauter bleiche und intensive Geschöpfe vor – du nicht? –, sinnlich, aber bleich, schlank und biegsam, mit wogendem Busen und Massen präraffaelitischen Haares. Aber wenn die Bilder wirklich etwas Originelles waren, dann können wir sie uns auch nicht vorstellen, solange wir nicht wissen, wie sie aussehen.«

»Eines hieß: ›Ein Geisterkranz und zarte Geisterhände bei einer Séance von Hella Lees‹.«

»Das klingt nicht besonders ermutigend. Na ja, vielleicht waren die Hände so gut wie die von Dürer, vielleicht sieht der Kranz aus wie bei Fantin-Latour. Ich meine, auf ihre eigene Art, nicht epigonenhaft.«

»Meinst du wirklich?«

»Nein. Trotzdem sollten wir uns *in dubio pro reo* verhalten. Sie war eine der unseren.»

»Ja.«

Als sie abends in Mauds Wohnung saßen, übersetzte Maud den Brief für Leonora, und Leonora sagte: »Im großen und ganzen habe ich kapiert, worum es geht. Mein Französisch ist nicht besonders. Es geht doch nichts über eine englische Erziehung.«

Maud hatte sich wie gewohnt in die Ecke ihres weißen Sofas unter dem Licht der hohen Lampe gesetzt; Leonora hatte sich neben sie fallen lassen, einen Arm hinter Mauds Rücken auf die Sofalehne gelegt, und ihr Schenkel berührte Mauds Schenkel, wenn eine von ihnen sich bewegte. Maud fühlte sich bedrängt und angespannt und mußte sich zusammennehmen, um nicht aufzuspringen, was sie als ungehörig empfunden hätte. Es war ihr bewußt, daß Leonora ihre Gefühle genauestens erriet und sich darüber amüsierte.

Der Brief war möglicherweise ein Schatzfund. Maud, die sich inzwischen etwas besser darauf verstand, sich zu verstellen, als es Blanche gegenüber Jane gelungen war, las ihn mit unbeteiligter Stimme vor, als handelte es sich um eine nicht weiter wichtige Nachfrage.

Liebe Professor Stern,

ich studiere Literatur weiblicher Schriftsteller an der Universität von Nantes, und ich bewundere sehr Ihre Arbeiten über die Strukturen des Signifikanten bei bestimmten Dichterinnen, besonders bei Christabel LaMotte, die mich außerdem interessiert, weil sie halb Bretonin ist und sich sehr stark inspiriert an ihrem bretonischen Erbe von Mythen und Legenden, um eine Welt des Weiblichen zu schaffen. Gestatten Sie mir, Ihnen zu sagen, wie zutreffend und anregend ich insbesondere Ihre Bemerkungen über die Sexualisierung der landschaftlichen Elemente in *Die schöne Melusine* fand.

Ich bin darüber informiert worden, daß Sie damit beschäftigt sind, Material zu suchen für eine feministische Biographie LaMottes, und ich bin auf etwas aufmerksam geworden, was vielleicht von Interesse für Sie sein könnte. Gegenwärtig arbeite ich über eine Schriftstellerin, die fast unbekannt ist, Sabine de Kercoz, die gegen 1860 einige Gedichte veröffentlicht hat, darunter Sonette über George Sand, der sie nie persönlich begegnet ist, deren Ideale und Lebenskonzept sie jedoch mit Begeisterung und Bewunderung betrachtete. Sie hat auch vier Romane hinterlassen – *Oriane*, *Aurélia*, *Les Tourments de Geneviève* und *La Deuxième Dahud*, den ich in naher Zukunft zu edieren und neu zu veröffentlichen hoffe. Er geht von derselben Legende der versunkenen Stadt aus wie LaMottes schönes Gedicht.

Wie Sie möglicherweise wissen, war Mademoiselle de Kercoz über ihre väterliche Großmutter mit Christabel LaMotte verwandt. Was Sie vielleicht nicht wissen, ist, daß im Herbst 1859 LaMotte ihre Familie in Fouesnant besucht zu haben scheint. Meine Quelle ist ein Brief von Sabine de Kercoz an ihre Cousine Solange, der sich in ihrem Nachlaß befindet – unveröffentlicht und, wie ich annehme, von niemandem beachtet, seit ihr Nachlaß von einer ihrer Nachkommen der Universität von Nantes übereignet wurde (einer späteren Madame de Kerbiriou aus Pornic, die 1870 im Kindbett verstarb). Ich lege Ihnen eine Abschrift des Briefs bei, und wenn er für Sie von Interesse sein sollte, würde ich mich selbstverständlich freuen, Ihnen weitere Informationen zu übermitteln, auf die ich noch stoßen sollte. Mit besten Empfehlungen.

»Entschuldige die holprige Übersetzung, Leonora. Jetzt kommt Sabine de Kercoz.«

Ma chère petite cousine,

die langen und eintönigen Tage, die wir hier verleben, sind unversehens aufgeheitert worden durch den unerwarteten – von mir zumindest nicht erwarteten – Besuch einer entfernten Cousine namens LaMotte, die in England wohnt, Tochter von Isidore LaMotte, der die französische Mythologie und auch die bretonischen Legenden und Volksmärchen gesammelt hat. Du kannst dir meine Aufregung vorstellen – denn meine neue Cousine ist eine Dichterin, und sie hat viele Werke veröffentlicht, leider in Englisch, und in diesem Land ist sie sehr geachtet. Sie ist zur Zeit bei schlechter Gesundheit und liegt im Bett, denn sie hat eine schreckliche Überfahrt von England gehabt wegen des Sturms, und sie mußte beinahe vierundzwanzig Stunden außerhalb des Hafens von St. Malo warten wegen des starken Winds. Und die Straßen waren durch die Flutwasser und den Wind fast nicht passierbar. Wir haben ihr in ihrem Zimmer ein Feuer angezündet, und sicher weiß sie nicht, welch unübliche Ehre das ist in unserem genügsamen Haushalt.

Was ich von ihr gesehen habe, gefällt mir gut. Sie ist klein und zierlich, ihr Gesicht ist sehr weiß (vielleicht wegen der Überfahrt), und ihre Zähne sind groß und weiß. Am ersten Abend hat sie mit uns gegessen, und sie war sehr wortkarg. Ich saß neben ihr und habe ihr zugeflüstert, daß ich mir Hoffnungen machte, Dichterin zu werden. Sie sagte: »Es ist nicht der Weg zum Glück, *ma fille.*« Ich sagte, daß ich im Gegenteil nur dann das Gefühl hätte, wirklich zu leben, wenn ich schriebe. Sie sagte: »Wenn dies so ist, glücklicherweise oder unglücklicherweise, wird nichts, was ich sagen könnte, dich davon abbringen.«

Der Wind heulte entsetzlich die ganze Nacht, ein ununterbrochenes Klagegeheul, so daß Körper und Seele nach einem Moment der Stille *lechzten*, was jedoch erst in den Morgenstunden eintrat, als ich nach dem *tohu-bohu* – dem Tohuwabohu – der Nacht erwachte, weil der Wind plötzlich verstummte, statt durch Geräusche geweckt zu werden, wie es sonst der Fall ist. Meine neue Cousine schien überhaupt nicht geschlafen zu haben, und mein Vater drang in sie, daß sie sich mit einem Aufguß von Himbeerblättern in ihr Zimmer zurückziehen solle.

Ich vergaß zu sagen, daß sie einen großen Wolfshund mitgebracht hat, den sie – wenn ich richtig gehört habe – »Hund Wacker« nennt – *chien vaillant.* Das arme Tier hat ebenfalls schrecklich unter dem Sturm gelitten, und es ist nicht dazu zu bewegen, seinen Platz unter dem Tischchen in Miss LaMottes Zimmer zu verlassen, wo es sich verkrochen hat, die Pfoten neben die Ohren gelegt. Meine Cousine sagt, daß er, wenn das Wetter besser wird, im Wald von Brocéliande laufen kann, seinem natürlichen Lebensraum ...

»Das klingt vielversprechend«, sagte Leonora, als Maud ihr den Brief vorgelesen hatte. »So ähnlich hatte ich mir den Inhalt zusammengereimt. Ich könnte nach Nantes rüberfahren – wo liegt das eigentlich? – und mir ansehen, was Dr. Le Minier hat. Aber dafur ist mein Französisch nicht gut genug. Du mußt mitkommen, mein Herz. Wir könnten eine Menge Spaß haben. LaMotte und Meeresfrüchte und Brocéliande – was sagst du dazu?«

»Daß ich jederzeit gerne mitkäme, aber nicht jetzt. Ich muß meinen Vortrag für die Metaphernkonferenz in York noch fertigschreiben, und ich sitze gerade an einer haarigen Stelle.«

»Erzähl. Zwei Köpfe sind besser als einer. Um welche Metapher geht es?«

Maud dachte angestrengt nach. Sie hatte Leonoras Interesse von Christabel abgelenkt, aber um den Preis, einen Vortrag mit ihr zu diskutieren, der sich in ihrem Geist eben erst nebelhaft zu formen begann und der mindestens noch einen Monat ungestörter Entwicklung brauchte, bevor sie über ihn sprechen konnte.

»Genau kann ich es noch nicht erklären. Es geht um den Melusinenmythos und den Medusenmythos und um Freuds Idee, daß das Medusenhaupt eine Kastrationsphantasie bedeutet – die weibliche Sexualität als etwas, was Furcht, nicht Verlangen weckt.«

»Oh«, sagte Leonora, »da fällt mir ein Brief ein, den ich von einer Deutschen über Goethes *Faust* bekommen habe, wo die abgehackten Köpfe der Hydra auf der Bühne herumkriechen und sich immer noch für lebendig halten – ich habe mich in letzter Zeit viel mit Goethe beschäftigt, das Ewigweibliche, die Mütter, die ganzen Hexen und Sphingen ...«

Leonora redete wie ein Wasserfall. Langweilig war sie nie, atemlos immer. Maud wußte, daß die Gefahr vorbei war, als das Gespräch von der Bretagne zu Goethe sprang, von Goethe zur Sexualität im allgemeinen, vom Allgemeinen zum Besonderen, insbesondere den Besonderheiten der zwei Ehemänner Leonoras, die sie in einer Art vehement vorgetragenem Sprechgesang zu kritisieren und, in Ausnahmefällen, zu feiern pflegte. Maud dachte jedesmal, über die Gewohnheiten und Schwächen, die geheimen Lüste und rücksichtslosen Versäumnisse, die Gerüche und komischen Geräusche und Wort- und Samenergüsse des armen Schwachkopfs und des Vollblutmannes gebe es nun wirklich nichts Neues mehr zu erfahren, und sie stellte jedesmal fest, daß sie sich getäuscht hatte. Leonora war gewissermaßen eine Kleopatra des Wortes, sie weckte Gelüste, gerade indem sie befriedigte, und verwandelte das Oratorium der Couch in eine endlose Bettlektüre.

»Apropos«, sagte Leonora unvermittelt, »wie ist es um dein eigenes Liebesleben bestellt? Du hast den ganzen Abend kaum den Mund aufgemacht.«

»Hatte ich Gelegenheit dazu?«

»Touché. Mein Mundwerk ist einfach nicht zu bremsen. Aber dir paßt das gut in den Kram, so zugeknöpft, wie du mit deiner Sexualität umgehst. Dieses Schwein Fergus Wolff hat dich verletzt, aber du hättest dich davon nicht so *zerstören* lassen dürfen;

überleg mal, was für ein Bild von der Bewegung du vermittelst. Wie wär's mit Abwechslung? Es gibt so schöne Dinge.«

»Du meinst Frauen. Ich probiere es zur Zeit mit dem Zölibat. Gefällt mir gut. Ich kann es dir nur empfehlen. Die einzige Gefahr sehe ich in den Leuten, die die anderen immer zu *ihren* Methoden bekehren wollen.«

»Oh, ich habe es schon ausprobiert, im Herbst, einen ganzen Monat lang. Am Anfang war es toll – ich fand mich selbst unheimlich interessant –, aber dann hatte ich den Eindruck, daß ich eine unnatürlich enge Beziehung zu mir aufbaute und daß es besser wäre, damit aufzuhören. Und da habe ich Mary-Lou kennengelernt. Es ist viel spannender, jemand anderen zu beglücken – und menschlicher, Maud.«

»Das meinte ich, als ich von der Proselytenmacherei sprach. Gib es auf, Leonora. Ich bin mit meinem Leben zufrieden.«

»Du mußt es am besten wissen«, sagte Leonora gleichmütig. Nach einer Pause fügte sie hinzu: »Vor dem Abflug habe ich versucht, dich anzurufen. Niemand konnte mir sagen, wo du warst. Im Institut hieß es, du wärst mit einem Mann weggefahren.«

»Wer war das? Wer hat das gesagt?«

»Petzen tue ich nicht. War es nett?«

Mauds Miene nahm einen Ausdruck eisiger Höflichkeit und unbeirrbarer Undurchdringlichkeit an. Sie sagte mit frostiger Stimme: »Ja« und blickte mit zusammengepreßten Lippen wütend an Leonora vorbei.

»Kapiert«, sagte Leonora. »Zutritt verboten. Ich bin trotzdem froh, daß es jemanden gibt.«

»Es gibt niemanden.«

»Okay. Es gibt niemanden.«

Leonora veranstaltete in Mauds Badezimmer ausgiebige Wasserspiele und hinterließ Pfützen auf dem Boden, aufgeschraubte Flakons und die exotischen Gerüche ungewohnter Salben. Maud schraubte die Deckel auf die Flakons, wischte die Pfützen auf, duschte hinter einem Duschvorhang, der nach Opium oder Poison roch, und war gerade in ihr kühles Bett geklettert, als Leonora im Türrahmen erschien – weitgehend nackt, wenn man von einem spärlichen, offenen Morgenmantel aus scharlachroter Seide absah.

»Einen Gutenachtkuß«, sagte Leonora.

»Ich kann nicht.«

»Natürlich kannst du. Es ist ganz einfach.«

Leonora trat ans Bett und drückte Maud an ihren Busen. Maud wehrte sich und schnappte nach Luft. Ihre Hände berührten Leonoras mächtigen Bauch und ihre schweren Brüste. Maud traute sich nicht, sie wegzustoßen; es hätte die gleiche Niederlage bedeutet wie nachzugeben. Zur eigenen Bestürzung brach sie in Tränen aus.

»Was ist mit dir los, Maud?«

»Ich habe es dir gesagt. Ich bin von allem runter. Ganz und gar. Verstehst du?«

»Ich kann dir helfen, dich zu entspannen.«

»Ist dir immer noch nicht klar, daß du genau das Gegenteil bewirkst? Bitte, geh ins Bett zurück. Bitte.«

Leonora machte teilnahmsvolle Geräusche, als wäre sie ein großer Hund oder ein Bär; schließlich lachte sie und entfernte sich majestätischen Schritts. »Morgen sieht alles anders aus«, sagte sie. »Träume süß, Prinzessin.«

Maud spürte etwas, was an Verzweiflung grenzte. Leonoras massiger Körper lag auf ihrem Sofa im Wohnzimmer und trennte sie von ihren Büchern. Ihre Glieder schmerzten wie bei einem Muskelkater als Folge der Angespanntheit und erzwungenen Selbstbeherrschung, was sie an die schrecklichen letzten Tage der Affäre mit Fergus Wolff erinnerte. Sie sehnte sich danach, ihre eigene Stimme etwas Sinnvolles sagen zu hören. Sie überlegte, mit wem sie gerne sprechen würde, und da fiel ihr Roland Michell ein, der wie sie eine Schwäche für weiße, leere Betten hatte. Sie sah nicht auf die Uhr – es war spät, aber so spät auch nicht, nicht für Intellektuelle. Sie würde das Telephon nur ein paarmal läuten lassen, nicht lange; sollte es ihn stören, würde er wenigstens nicht erfahren, wer es gewesen war. Sie nahm den Hörer des Telephons neben ihrem Bett ab und wählte. Was wollte sie ihm sagen? Nichts von Sabine de Kercoz, aber daß sie ihm etwas erzählen mußte. Daß sie nicht allein war.

Es läutete zweimal, dreimal, viermal. Dann nahm jemand ab. Am anderen Ende der Leitung schweigendes Lauschen.

»Roland?«

»Er schläft. *Wissen Sie eigentlich, wie spät es ist?*«

»Entschuldigung. Ich rufe von außerhalb an.«

»Sie sind Maud Bailey, stimmt's?«

Maud schwieg.

»Stimmt's? Warum lassen Sie uns nicht in Frieden?«

Maud hielt den Hörer schweigend und hörte der wütenden Stimme zu. Sie blickte auf und sah Leonora in der Tür – glitzernde schwarze Locken und rote Seide.

»Ich wollte mich entschuldigen und dich fragen, ob du Kopfwehtabletten hast.«

Maud legte den Hörer auf.

»Laß dich nicht stören.«

»Es gab nichts zu stören.«

Am nächsten Tag rief Maud Blackadder an, was sich als taktischer Fehler erwies.

»Professor Blackadder?«

»Ja.«

»Ich bin Maud Bailey vom Institut für Frauenforschung der Universität von Lincoln.«

»Ah, ja.«

»Ich müßte dringend mit Roland Michell sprechen.«

»Ich verstehe nicht, warum Sie sich an *mich* wenden, Dr. Bailey. Ich habe ihn in letzter Zeit nicht zu Gesicht bekommen.«

»Ich dachte, er –«

»Er war verreist. Und seit seiner Rückkehr ist er krank. Ich nehme es wenigstens an.«

»Entschuldigung.«

»Sie müssen sich nicht entschuldigen. Ich gehe davon aus, daß sein – Unwohlsein nicht mit Ihnen zusammenhängt.«

»Falls Sie ihn sehen sollten, könnten Sie ihm dann sagen, daß ich angerufen habe?«

»Wenn ich ihn sehe, werde ich es sagen. Sonst noch etwas?«

»Könnten Sie ihm bitte sagen, daß er mich anrufen soll?«

»In welcher Angelegenheit, Dr. Bailey?«

»Sagen Sie ihm bitte, Professor Stern von Tallahassee ist hier.«

»Wenn ich es nicht vergesse und ihn sehe, werde ich es ihm sagen.«

»Danke.«

Als Maud und Leonora in Lincoln aus einem Laden traten, wären sie beinahe von einem großen Auto überfahren worden, das lautlos mit großer Geschwindigkeit zurücksetzte. Sie hatten Steckenpferde gekauft – samtene Köpfe auf dicken Besenstielen mit herrlichen seidenen Mähnen und schalkhaften gestickten Augen –, die Leonora für diverse Patenkinder benötigte und die sie wahnsinnig englisch und magisch fand. Dem Fahrer des Autos, der die zwei Frauen durch blaugefärbtes Glas erblickte, kamen sie wie Anhänger eines bizarren Kults vor mit ihren weiten Röcken und ihren Kopftüchern und den Totems, die sie schwenkten. Mit einer knappen, verächtlichen Gebärde deutete er zum Rinnstein. Leonora erhob ihr Steckenpferd und titulierte ihn unter dem Geläut der Glöckchen als Vollidioten, Saftsack und Geistesgestörten. Von ihren Verwünschungen abgeschirmt, beendete er sein Manöver, wobei er einen Kinderwagen, eine Großmutter, zwei Radfahrer, einen Laufburschen und einen Kleinwagen gefährdete, der gezwungen war, hinter ihm im Rückwärtsgang die ganze Straße zurückzufahren. Leonora notierte sich sein Nummernschild – ANK 666. Weder sie noch Maud waren Mortimer Cropper je begegnet. Ihre Kraftfelder deckten sich nicht – andere Konferenzen, andere Bibliotheken. So kam es, daß Maud keinerlei düstere Vorahnung beschlich, als der Mercedes durch die engen, alten Gassen fortglitt, für die er nicht gedacht war.

Selbst wenn Cropper gewußt hätte, daß eine der kultischen Gestalten Maud Bailey war, wäre er nicht stehengeblieben; Leonoras amerikanischen Akzent hatte er desinteressiert zur Kenntnis genommen. Er befand sich auf einer anderen Suche. Kurze Zeit darauf versperrte dem Mercedes auf dem engen, kurvigen Waldweg nahe Bag-Enderby ein Heuwagen die Durchfahrt. Ungerührt nötigte Cropper den Fahrer des Heuwagens, auszuweichen, so daß er fast in die Hecke umgestürzt wäre. Cropper fuhr wie immer mit geschlossenen Fenstern und klimatisierter Luft im aseptischen, lederbezogenen Wageninneren.

Die Einfahrt von Seal Court schmückten Schilder, alte, bemooste ebenso wie neue mit roter Schrift auf weißem Grund. PRIVATGRUNDSTÜCK: ZUTRITT VERBOTEN. KEIN ÖFFENTLICHER WEG. BISSIGER HUND. KEIN ZUGANG. BETRETEN AUF EIGENE GEFAHR. Cropper fuhr in die Einfahrt. Seiner Erfahrung nach waren solche vollmundigen Ankündigungen Substitut und nicht Indikator für Fallen. Er fuhr die Buchenallee entlang und in den Hof hinein, wo er anhielt und bei laufendem Motor seinen nächsten Schritt überlegte.

Sir George spähte mit dem Gewehr in der Hand aus dem Küchenfenster und erschien gleich darauf in der Tür. Cropper blieb im Wagen sitzen.

»Haben Sie sich verfahren?«

Cropper ließ die getönte Scheibe seiner Tür herunter und sah verfallendes Gemäuer anstelle stahlglatter Filmdekorationen. Mit geübtem Blick taxierte er das Anwesen: zerbröckelnde Zinnen, schief eingehängte Türen, Unkraut zwischen den Pflastersteinen im Hof.

»Sir George Bailey?«

»Hm, hm. Ja, bitte?«

Cropper schaltete den Motor aus und stieg aus dem Wagen. »Darf ich Ihnen meine Karte geben? Professor Mortimer Cropper von der Stant Collection der Robert Dale Owen University in Harmony City, New Mexico.«

»Muß ein Irrtum sein.«

»O nein, das glaube ich nicht. Ich bin eigens hergekommen, um mich kurz mit Ihnen zu unterhalten.«

»Ich hab' keine Zeit. Meine Frau ist krank. Was wollen Sie von mir?«

Cropper machte einen Schritt auf ihn zu in der Absicht, ihn zu fragen, ob sie ins Haus gehen könnten; Sir George hob das Gewehr leicht an. Cropper blieb stehen. Er war in ein elegantes schwarzes Jackett aus einem Wolle-Seide-Gemisch, anthrazitgraue Flanellhosen und ein mattweißes Seidenhemd gekleidet. Er war schlank und drahtig und hatte eine leise Ähnlichkeit mit den Männern aus Virginia, wie sie im Hollywoodfilm vorkommen, geschmeidig wie Katzen, sprungbereit, bereit, die Waffe zu ziehen.

»Ich bin, das darf ich in aller Bescheidenheit sagen, der weltweit führende Experte in Sachen Randolph Henry Ash. Aufgrund gewisser Nachforschungen habe ich den Eindruck gewonnen, daß sich gewisse Dokumente, Schriftstücke aus seiner Feder in Ihrem Besitz befinden – Briefe, Entwürfe –«

»Nachforschungen?«

»Oh, nur ganz allgemeiner Natur. So etwas wird immer irgendwann bekannt, früher oder später. Und ich repräsentiere – als Kurator – die größte Sammlung von Manuskripten R. H. Ashs, die es weltweit gibt –«

»Professor, Sie sind an der falschen Adresse. Ich weiß nichts über diesen Ash, und ich habe nicht die Absicht –«

»Meine Nachforschungen –«

»Und ich halte nichts davon, englische Sachen ins Ausland zu verkaufen.«

»Handelt es sich zufällig um Dokumente, die mit ihrer illustren Vorfahrin Christabel LaMotte zu tun haben?«

»Weder illuster noch mit mir verwandt. Fehlanzeige auf der ganzen Linie. Verschwinden Sie.«

»Wenn Sie mich nur einen Augenblick ins Haus kommen ließen, um Ihnen zu erläutern – um aus rein wissenschaftlichem Interesse zu erfahren, was Sie in Ihrem Besitz –«

»Wissenschaftler will ich keine mehr im Haus haben. Lassen Sie mich in Ruhe. Ich habe zu tun.«

»Aber sie streiten nicht ab, daß Sie etwas besitzen –«

»Von mir erfahren Sie gar nichts. Außerdem geht es Sie nichts an. Verschwinden Sie endlich. Arme Märchentante. Lassen Sie sie in Ruhe.«

Sir George trat entschieden zwei Schritte vor. Cropper hob seine eleganten Hände mit einer eleganten Geste; auf seinen schlanken Hüften bewegte sich der Krokodilledergürtel fast ein wenig wie ein Patronengurt.

»Schießen Sie nicht. Ich gehe schon. Wer unwillig ist, den lasse ich in Ruhe. Aber eines möchte ich Sie noch fragen: Wissen Sie überhaupt, was ein derartiges Schriftstück oder mehrere – sofern vorhanden – wert sein kann?«

»Wert sein?«

»In Geldes Form, Sir George.«

Keine Antwort.

»Ein Brief von Ash, in dem es nur um die Bestätigung eines Termins mit einem Porträtisten ging, hat erst kürzlich bei Sotheby's 500 Pfund erzielt. Der Käufer war natürlich ich. Wir können uns damit brüsten, Sir George, daß wir kein Limit kennen, sondern nur unser Scheckbuch. Wenn Sie zufälligerweise mehr als einen Brief besäßen – oder mehr als ein Gedicht –«

»Was dann?«

»Wenn es, sagen wir, zwölf längere Briefe wären – oder zwanzig kürzere, in denen es um nichts Besonderes geht –, dann wären wir schon im sechsstelligen Bereich, vielleicht sogar darüber. Ich meine englische Pfund. Ich sehe, daß Ihr nobles Anwesen kostenintensiv ist.«

»Briefe von der Märchentante?«

»Von Randolph Henry Ash.«

Sir George dachte so heftig nach, daß Falten seine gerötete Stirn zerfurchten.

»Und wenn Sie die Briefe hätten, würden Sie sie wegbringen –«

»Und in Harmony City aufbewahren und dort allen Wissenschaftlern der Welt zugänglich machen. Wir haben die besten Bedingungen – Luftdruck, Luftfeuchtigkeit, Licht –, besser kann man es sich nicht wünschen.«

»Ich finde, englische Sachen gehören nach England.«

»Eine verständliche Ansicht. Bewundernswert. Aber heutzutage, wo es Mikrofilm und Photokopiergeräte gibt – ist es da nicht bloße Sentimentalität?«

Unversehens bewegte Sir George sein Gewehr ein paarmal, vielleicht infolge des intensiven Nachdenkens. Cropper, den Blick unverwandt auf Sir George geheftet, hielt die Hände weiterhin erhoben und lächelte, ein unmerklich verschlagenes Lächeln, furchtlos und wachsam.

»Wenn Sie mir sagen können, daß ich völlig zu Unrecht unterstelle, Sie hätten Manuskripte von irgendwelcher Bedeutung entdeckt – überhaupt Manuskripte entdeckt –, dann sagen Sie es, und ich werde Sie keine Sekunde länger belästigen. Dennoch hoffe ich, daß Sie meine Karte nehmen werden – für den Fall, daß sich bei näherer Beschäftigung mit alten Briefen Christabel La-

Mottes – mit alten Tagebüchern, alten Unterlagen – irgend etwas aus Ashs Feder finden sollte. Und sollten Sie bezüglich irgendwelcher Manuskripte Zweifel hegen, wäre ich nur zu glücklich, Ihnen mit einer Expertise hinsichtlich Herkunft und vermutlichem Wert zu dienen. Jederzeit.«

»Ich weiß nicht so recht.« Sir George zog sich in die schweinsköpfige Ungehobeltheit des Krautjunkers zurück; Cropper sah ihm an, daß er rechnete und überlegte, und nun wußte er mit Gewißheit, daß es irgend etwas gab, auf das Sir George Zugriff hatte.

»Darf ich Ihnen meine Karte überreichen, ohne angeschossen zu werden?«

»Von mir aus. Von mir aus. Aber versprechen Sie sich bloß nichts davon, das sage ich Ihnen gleich ...«

»Ich verstehe. Sie wollen sich Ihre eigene Meinung bilden. Ich verstehe vollkommen.«

Der Mercedes glitt lautlos durch Lincoln zurück, noch schneller, als er die Stadt zuvor durchquert hatte. Cropper spielte mit dem Gedanken, Maud Bailey hinzuzuziehen, und verwarf ihn. Er dachte über Christabel LaMotte nach. In der Stant Collection, an die er sich liebevoll mit einem beinahe photographischen Gedächtnis erinnerte, gab es irgend etwas, was mit ihr zu tun hatte. Was war es nur?

Maud ging zwischen den Ständen des Marktes von Lincoln hindurch und wurde unvermittelt heftig von Sir George angerempelt, der in einem engen, braungrünen Anzug einen ungewohnten Anblick bot. Er hielt sie am Ärmel fest und schrie: »Junge Frau, wissen Sie eigentlich, was ein elektrischer Rollstuhl kostet? Oder ein Aufzug – vielleicht wissen Sie das zufällig?«

»Nein«, sagte Maud.

»Dann sollten Sie es rauskriegen. Ich war bei meinem Anwalt, und der hat eine sehr schlechte Meinung von Ihnen, Miss Bailey, das kann ich Ihnen flüstern.«

»Ich weiß wirklich nicht, was –«

»Tun Sie bloß nicht so harmlos. Sechsstellige Beträge, wenn nicht mehr, das hat der Cowboy mit dem Mercedes gesagt. Darüber haben Sie nie ein Wort verloren, Sie Heimlichtuerin, o nein, Sie nicht!«

»Sie meinen die Briefe...«

»Die Norfolk-Baileys haben sich nie um Seal Court gekümmert. Der alte Sir George hat es gebaut, um ihnen eins auszuwischen, und ich könnte meinen Kopf darauf verwetten, daß sie es mit Vergnügen zusammenkrachen sehen würden, was sowieso bald der Fall sein wird. Aber an einen elektrischen Rollstuhl hätten Sie wenigstens denken können, oder?«

Maud war völlig durcheinander. Ein Cowboy in einem Mercedes, warum wandte Sir George sich nicht an das Gesundheitsamt, wo steckte Leonora, die von alledem zum Glück bisher nicht die leiseste Ahnung hatte und den Markt nach Untertassen durchstöberte?

»Es tut mir leid. Ich habe nicht an den Wert der Briefe gedacht. Natürlich weiß ich, daß sie etwas wert sein müssen. Ich dachte nur, sie sollten da bleiben, wo sie sind. Wo Christabel sie hinterlassen hat –«

»Meine Joan lebt. *Sie* ist tot.«

»Gewiß. Das ist mir klar.«

»Gewiß. Das ist mir klar«, äffte er sie nach. »Nein, das ist es nicht. Mein Anwalt ist der Ansicht, daß Sie nur auf Ihren eigenen Vorteil aus sind – für Ihre Karriere, daß Sie vielleicht sogar vorhatten, die Briefe zu verkaufen. Immer im Vertrauen auf meine Ahnungsloskeit, nicht wahr?«

»Sie täuschen sich.«

»Das glaube ich nicht.«

Zwischen einem Kübel mit streng riechenden Blumen und einer Stange mit totenkopfverzierten Lederjacken tauchte Leonora auf. »Belästigt er dich, Schatz?« fragte sie und rief: »O nein, der Irre aus dem Wald mit dem Gewehr.«

»Sie, Sie«, stieß Sir George mit hochrotem Gesicht hervor. Er drehte und zerrte an Mauds Ärmel. »Wo man hinschaut, Amerikaner. Sie stecken alle unter einer Decke!«

»Was meint er?« fragte Leonora. »Einen Krieg? Internationale Konflikte? Hat er dich bedroht, Maud?«

Sie trat Sir George entgegen und blickte voll gerechter Empörung auf ihn hinunter.

Maud, die sich etwas darauf zugute hielt, in Streßsituationen nicht gleich die Nerven zu verlieren, überlegte fieberhaft, was mehr zu fürchten war: ein erboster Sir George oder eine Leonora, die zur Unzeit entdeckte, daß man die Briefe vor ihr verheimlicht hatte. Sie kam zu dem Schluß, daß bei Sir George ohnehin nichts mehr zu retten sei, während schreckliche Folgen zu gewärtigen wären, sollte Leonora verletzt sein oder sich verraten fühlen. Aber diese Erkenntnis half ihr auch nicht weiter. Leonora umklammerte Sir Georges sehnige, kleine Faust mit ihren langen, kräftigen Händen.

»Lassen Sie meine Freundin los, oder ich rufe die Polizei!«

»Sie wollen die Polizei rufen? Das sollte *ich* tun! Eindringlinge! Räuber! Dreckige Geier!«

»Er meint Harpyien, aber dafür ist er zu ungebildet.«

»Leonora, bitte!«

»Miss Bailey, ich warte auf Ihre Erklärung.«

»Was will er von dir erklärt haben, Maud?«

»Ach, nichts weiter. Sehen Sie denn nicht, daß das nicht der geeignete Augenblick ist, Sir George?«

»Allerdings sehe ich das, allerdings. Nehmen Sie Ihre Hände weg, Sie primitive Person, *weg mit Ihnen*! ich hoffe, Sie beide nie wiederzusehen.«

Sir George drehte sich abrupt um, bahnte sich einen Weg durch das Häufchen Schaulustiger, das sich eingefunden hatte, und verschwand schnellen Schrittes.

Leonora sagte: »Was will er denn erklärt haben, Maud?«

»Ich erklär' es dir später.«

»Das hoffe ich sehr. Ich bin wirklich neugierig.«

Maud fühlte sich der Verzweiflung nahe. Sie wünschte, sie wäre sonstwo. Sie dachte an Yorkshire, an das weiße Licht am Thomasine Foss, an die schwefelgelben Steine und die Ammonitenüberreste am Boggle Hole.

Eine Wärterin mit klingelndem Schlüsselbund und einem strengen Gesichtsausdruck auf ihrem schwarzen Gesicht winkte der blassen Paola zu. »Telephonanruf«, sagte sie. »Ash-Herausgeber wird verlangt.«

Paola folgte den klingelnden Schlüsseln und den üppigen Hüften unter der Uniformjacke teppichbelegte Tunnel entlang zu einem Telephon neben einem Notausgang, das in Notfällen zu benutzen man der Ash Factory gnädigerweise gestattete.

»Paola Fonseca.«

»Sind Sie die Herausgeberin der Gesammelten Gedichte von Randolph Henry Ash?«

»Ich bin die Assistentin des Herausgebers.«

»Man hat mir gesagt, ich sollte mich mit einem gewissen Professor Blackadder in Verbindung setzen. Ich heiß Byng. Ich bin Anwalt. Ich rufe im Auftrag eines Mandanten an, der sich über den – äh – den – Marktpreis gewisser – gewisser – eventueller Manuskripte informieren möchte.«

»Sagten Sie *eventuell*?«

»Mein Mandant hat sich in diesem Zusammenhang verhältnismäßig unklar ausgedrückt. Meinen Sie, ich könnte vielleicht direkt mit Professor Blackadder sprechen?«

»Ich hole ihn. Es wird eine Weile dauern. Legen Sie nicht auf.«

Blackadder sprach mit Mr. Byng. Als er in die Ash Factory zurückkam, machte er einen ausgesprochen verärgerten, erregten und irritierten Eindruck.

»Irgendein Idiot will wissen, was eine nicht näher definierte Anzahl Briefe von Ash an eine nicht näher bezeichnete Frau wert sein soll. Ich habe gefragt: fünf Briefe, fünfzehn oder zwanzig? Byng hat gesagt, er hätte keine Ahnung, man hätte ihm aufgetragen zu sagen, es wären an die fünfzig Briefe. Lange Briefe, hat er gesagt, nicht irgendwelche Dankschreiben oder Terminvereinbarungen. War nicht bereit, den Namen seines Mandanten zu nennen. Ich hab' ihn gefragt, wie ich mir einen Schätzpreis für etwas aus den Fingern saugen soll, was ich nicht zu Gesicht bekommen habe und was möglicherweise eine bedeutende Entdekkung ist. Diese Heimlichtuerei von Erben ist mir schon immer auf die Nerven gegangen, Ihnen nicht auch, Paola? Ja, und daraufhin sagt unser Mr. Byng, es gebe scheinbar bereits ein Angebot, das sich im sechsstelligen Bereich bewegt. Ich habe ihn gefragt, ob es ein Angebot aus England sei, und er hat gesagt, nicht zwangsläufig. Dahinter steckt dieser Halunke Cropper, da bin ich mir sicher. Ich hab' gefragt, ob er mir verraten kann, von wo aus er anruft, und er hat gesagt, aus seiner Kanzlei in Lincoln. Ich hab' gefragt, ob ich die unseligen Briefe sehen könnte, und Byng hat gesagt, sein Mandant lege größten Wert darauf, nicht gestört zu werden, und sei von reizbarem Naturell. Können Sie mir sagen, was ich damit anfangen soll? Mir kommt es so vor, als würde man mir unter Umständen gestatten, einen Blick auf den Kram zu werfen, wenn ich vorher einen großzügigen Schätzpreis zusammenphantasiere. Aber wenn ich das tue, werden wir das Geld dafür nie zusammengekratzt bekommen. Nicht, wenn dieser Halunke Cropper mit seinem unerschöpflichen Scheckbuch die Fäden zieht und Mr. Byngs Mandant sich schon jetzt Gedanken über Höchstpreise und nicht über die wissenschaftliche Bedeutung seiner Entdeckung macht.

Wissen Sie was, Paola? Das hat irgendwas mit dem komischen Benehmen unseres Freundes Roland Michell und mit seinen Besuchen bei dieser Dr. Bailey in Lincoln zu tun. Was hat er da bloß angestellt? Wo steckt er überhaupt? Den werde ich mir vorknöpfen, sobald er sich blicken läßt...«

»Roland?«

»Nein. Wer ist dran? Sind Sie Maud Bailey?«

»Ich bin Paola Fonseca. Seit wann soll meine Stimme wie die von Maud Bailey klingen? Val, ich muß Roland dringend sprechen.«

»Das wundert mich nicht. Er geht ja nicht mehr ins Institut, sondern sitzt hier und schreibt...«

»Ist er da?«

»Immer habt ihr's eilig, du und Maud Bailey.«

»Was soll das Gerede über Maud Bailey?«

»Sie terrorisiert andere Leute mit nächtlichen Anrufen.«

»Val, ist er da? Ich stehe im Flur und muß zurück, du weißt doch, wie unpraktisch –«

»Ich hole ihn schon.«

»Roland, hier ist Paola. Du hast mächtigen Ärger. Blackadder ist stocksauer. Er sucht dich.«

»Weit kann er nicht geguckt haben. Ich bin immer hier und arbeite an meinem Artikel.«

»Du verstehst mich nicht. Hör zu – ich weiß nicht, ob dir das irgendwas sagt: Blackadder ist von einem gewissen Byng angerufen worden, der einen Schätzpreis für ungefähr fünfzig Briefe haben wollte, die Ash einer Frau geschrieben hat.«

»Welcher Frau?«

»Das hat Byng nicht gesagt. Blackadder ist davon überzeugt, daß Byng es weiß, und er ist davon überzeugt, daß du es auch weißt. Er hat dich im Verdacht, hinter seinem Rücken irgendwas eingefädelt zu haben. Er hat gesagt, du wärst ein Judas – Roland, bist du noch dran?«

»Ja, ja. Ich habe nachgedacht. Es ist wahnsinnig nett von dir, daß du angerufen hast, Paola. Wahnsinnig nett.«

»Ich kann Terror nicht leiden.«

»Was?«

»Wenn du plötzlich auftauchen würdest, würde er anfangen herumzubrüllen, und nicht wieder aufhören. Davon kriege ich Magenkrämpfe. Ich kann Geschrei nicht ausstehen. Außerdem kann ich dich gut leiden.«

»Das ist sehr nett von dir. Ich kann Geschrei auch nicht ausstehen. Ich kann Cropper nicht ausstehen. Die Ash Factory steht mir bis dahin. Ich wollte, ich wäre da, wo der Pfeffer wächst, ich wollte, ich könnte mich einfach in Luft auflösen.«

»Ein Stipendium für Auckland oder Eriwan.«

»Eine Maulwurfshöhle wäre mir fast lieber. Sag ihm, du hättest keine Ahnung, wo ich stecke. Und vielen Dank.«

»Val macht einen ganz schön muffigen Eindruck.«

»Das ist endemisch, einer der Gründe, warum ich Geschrei nicht ausstehen kann. Ich bin fast immer selber schuld.«

»Die Wärterin kommt. Ich muß zurück. Paß auf dich auf.«

»Danke für alles.«

Roland ging aus dem Haus. Er empfand ein Gefühl tiefer Hilflosigkeit und Mutlosigkeit. Die Einsicht, daß jeder halbwegs intelligente Mensch in seiner Lage diese Entwicklung der Dinge hätte voraussehen können, machte es für ihn nicht erfreulicher, ganz im Gegenteil. Er hatte sich tatsächlich im Glauben gewiegt, daß die Briefe sein Privatgeheimnis bleiben würden, bis er von sich aus bereit wäre, ihre Existenz zu enthüllen, bis er das Ende der Geschichte kannte, bis – ja, bis er wußte, was Randolph Ash gewünscht hätte. Val fragte ihn, wohin er gehe, aber er antwortete nicht. Er ging die Putney High Street entlang und suchte nach einer unbeschädigten Telephonzelle. In einem indischen Krämerladen versah er sich mit einer Telephonkarte und einem Stapel Kleingeld. Dann wanderte er über die Putney Bridge bis nach Fulham, wo er auf ein Kartentelephon stieß, das funktionsfähig sein mußte, da eine lange Schlange davor wartete. Er stellte sich an. Ein schwarzer Mann und eine weiße Frau telephonierten, bis ihre Karten leer waren. Danach spielte eine weiße Frau mit ihren Autoschlüsseln Kastagnetten auf dem Telephon, während sie ein Dauergespräch führte. Roland und die anderen Wartenden sahen sich an und begannen wie Hyänen um die Telephonzelle herumzuschleichen, ohne hineinzusehen; ab und zu schlug einer von ihnen wie zufällig gegen das Glas der Tür. Schließlich stürmte sie heraus, ohne nach rechts oder nach links zu sehen, und die nächsten aus der Schlange faßten sich kurz. Roland fühlte sich in der Schlange gar nicht unwohl. Niemand wußte, wo er war.

Er wählte; am anderen Ende wurde abgenommen.

»Maud?«

»Sie ist nicht erreichbar. Kann ich etwas ausrichten?«

»Nein. Ist schon gut. Ich rufe aus einer Telephonzelle an. Wann wird sie zurück sein?«

»Sie ist nicht weg. Sie ist im Bad.«

»Es ist, äh, eher dringend. Hinter mir wartet eine Schlange.«

»MAUD. Ich habe gerade nach ihr gerufen. Warten Sie einen Augenblick, dann – MAUD.«

Wann würden sie anfangen, gegen das Glas zu schlagen?

»Sie kommt. Sagen Sie mir Ihren Namen?«

»Nicht so wichtig, wenn sie nur kommt.«

Er stellte sich Maud vor, frisch gebadet, in ein weißes Badetuch gehüllt. Wer war die Amerikanerin am Telephon? Wahrscheinlich Leonora. Hatte Maud ihr irgend etwas gesagt? Konnte sie mit ihm sprechen, während Leonora zuhörte...?

»Hallo? Hier ist Maud Bailey.«

»Maud. Endlich! Maud, hier spricht Roland. Ich bin in einer Telephonzelle. Es sind schreckliche Katastrophen –«

»O ja, ich weiß. Wir müssen dringend miteinander sprechen. Leonora, ich geh' mit dem Telephon ins Schlafzimmer. Es ist ein privater Anruf.« Die Verbindung wurde unterbrochen, dann war sie wieder da. »Roland, Mortimer Cropper ist hier aufgetaucht.«

»Ein Anwalt hat Blackadder angerufen.«

»Sir George hat mir in Lincoln eine gräßliche Szene gemacht. Wegen elektrischer Rollstühle. Er braucht Geld.«

»Der Anwalt war *sein* Anwalt. War er sehr ärgerlich?«

»Er war außer sich vor Wut. Daß Leonora dabei war, hat es nicht besser gemacht.«

»Weiß sie Bescheid?«

»Nein. Aber lange kann ich sie nicht mehr an der Nase herumführen. Es wird jeden Tag lächerlicher.«

»Sie müssen uns für Betrüger halten – Cropper, Blackadder und Leonora.«

»Apropos Leonora – sie hat rausgekriegt, wie es weiterging. Christabel ist zu ihren Verwandten in die Bretagne gefahren. Sie hatte eine Cousine, die Gedichte schrieb, und mit denen befaßt sich eine französische Literaturwissenschaftlerin, die Leonora geschrieben hat. Sie war ziemlich lange dort. Wahrscheinlich auch zur Zeit des Selbstmords. Keiner wußte, wo sie war.«

»Ich wollte, das gälte für mich. Ich bin zu Hause ausgerückt, damit Blackadder mich nicht erreichen kann.«

»Ich habe versucht, Sie anzurufen. Ich weiß nicht, ob sie irgendwas ausgerichtet hat – dem Ton ihrer Stimme nach eher nicht. Ich weiß noch nicht einmal, was wir vorhaben oder vorhatten. Wie konnten wir uns je einreden, wir könnten es vor B und C geheimhalten?«

»Und vor Leonora. Wir haben es uns nie eingeredet, nicht nach allem, was wir herausgefunden haben. Wir wollten nur Zeit gewinnen. Es ist *unsere* Suche.«

»Ich weiß. So werden die anderen es aber nicht sehen.«

»Ich wollte, ich könnte mich in Luft auflösen.«

»Ich auch. Daß Leonora da ist, ist schon schlimm genug, ohne Sir George und alles übrige –«

»Wirklich?« Genüßlich durchkreuzte er in Gedanken die Vorstellung von einer Leonora, die er nie gesehen hatte, im Begriff, das imaginierte weiße Badetuch zu entfernen. Maud senkte die

Stimme: »Ich muß immer an das denken, was wir über leere, weiße Betten gesagt haben, auf dem Ausflug.«

»Ich auch. Und an das, was wir über das weiße Licht auf dem Stein gesagt haben und über die Sonne am Boggle Hole.«

»Da wußten wir noch, wo wir waren. Wir sollten auch einfach verschwinden. So wie Christabel.«

»Sie meinen, in die Bretagne fahren?«

»Nicht direkt. Das heißt – warum eigentlich nicht?«

»Ich hab' kein Geld.«

»Aber ich. Und ich hab' ein Auto. Und ich kann Französisch.«

»Ich auch.«

»Sie kämen nie im Leben drauf.«

»Leonora auch nicht?«

»Nicht, wenn ich ihr was vorlüge. Sie denkt, ich hätte einen Liebhaber, von dem sie nichts wissen darf. Sie hat ein romantisches Gemüt. Es wäre furchtbar gemein von mir, mit ihrer Information abzuhauen und sie zu betrügen.«

»Kennt sie Cropper und Blackadder?«

»Nicht persönlich. Und über Sie weiß sie nichts. Nicht einmal Ihren Namen.«

»Val könnte ihr etwas verraten.«

»Ich schaffe sie aus der Wohnung raus. Ich lasse sie woanders hin einladen. Dann kann Val anrufen, und niemand nimmt ab.«

»Ich bin nicht von Natur aus zum Verschwörer geschaffen, Maud.«

»Ich auch nicht.«

»Ich kann nicht nach Hause gehen. Wenn Blackadder ... Oder Val ...«

»Sie müssen es. Sie müssen nach Hause gehen und einen Streit vom Zaun brechen und heimlich Ihren Paß und Ihre Papiere mitnehmen und dann ausziehen. In irgendein kleines Hotel in Bloomsbury.«

»Zu nahe am BM.«

»Dann Victoria Station. Ich kümmere mich um Leonora und komme nach. Ich weiß ein Hotel, wo ich früher ab und zu gewohnt habe ...«

NEUNZEHNTES KAPITEL

Laut heult der Wind, wild braust das Meer,
Schaumkronen peitschend weiß einher,
Die Wogen werfend an den Turm,
Wo Dahud, sicher vor dem Sturm,
In ihres Liebsten Armen ruht
In traulicher und warmer Hut.
Von draußen dringt gedämpft herein
Des armen Volkes angstvoll Schrein,
Das Jammern und das bange Flehn,
Dem nahen Tode zu entgehn.

Dahuds Geliebter unruhig lauscht
Dem Meer, das laut und lauter rauscht,
Dem Tosen in der schwarzen Nacht,
Dem Windgeheul voll finstrer Macht,
Dem Klagen und dem Wehgetön,
Das schwillt und ebbt, bald nah, bald fern.

»Sag«, spricht sie, »wie der Sturmwind weht,
Wie stark des Meeres Brandung geht,
Wie hoch am Turm das Wasser steht.«

»Die Wellen sind wie Glas so grün,
Die Boote gleiten drüber hin
Wie Vögel, die der Wind zerzaust,
Spielball dem Meer, orkanumbraust.«

»Komm nur zurück an meine Brust,
Du meines Lebens größte Lust.
Mit meinen Küssen will ich dich
In heißer Liebe inniglich
Entbrennen lassen ganz für mich.«

Er küßt sie und er herzt sie warm,
Bis Wassers Gurgeln seinen Arm
Erstarren läßt. »Erheb dich nun,
Sonst wirst im nassen Grab du ruhn!«

»Nein«, spricht sie, »nichts zu fürchten ist,
Solang das Eisentor fest schließt.
Sag mir, wie schnell der Sturmwind weht,
Wie stark des Meeres Brandung geht,
Wie hoch am Turm das Wasser steht.«

»Mein Lieb, die Wellen sind so trüb
Wie Blei, und Schaum am Himmel fliegt.
Und armen Seelen ungezählt
Zur Gruft gereicht die schäumend See.«

»Komm du zu mir, kein Harm dir droht,
Was schert dich dieser Menschen Not?
Stets noch dem Meere ich gebot.«

Doch läßt ihn der Orkan nicht ruhn:
»Steh auf«, ruft er, »erheb dich nun!«
»Sag mir, wie schnell der Sturmwind weht,
Wie stark des Meeres Brandung geht,
Wie hoch am Turm das Wasser steht.«

»Liebste, die Wellen sind so schwarz
Wie Höllenpech, wie siedend Harz,
Das kocht und zischt. Sie wälzen sich
Mit ihren Mäulern schauerlich
Aus Gischt und Schaum, gespenstisch fahl,
Näher und näher Mal um Mal,
So hoch und tief wie Berg und Tal.
Der Himmel ist nicht mehr zu sehn,
Kein einzger Stern, und vom Bestehn
Der Stadt kündet kein Dach, kein First,
Selbst unsres Turmes Mauer birst
Unter des Wassers tosend Schwall,

Der Wogentürme gräßlich Fall.
Entfesselt tobt des Meeres Zorn,
Erheb dich, sonst sind wir verlorn.«

Christabel LaMotte: *Die versunkene Stadt*

Sie saßen in einer Kajüte der *Prince of Brittany*. Draußen war es dunkel, und sie konnten das rhythmische Dröhnen der Schiffsmotoren hören, umgeben und übertönt vom lauten Rauschen des Meeres. Beide waren vor Aufregung erschöpft. An Deck hatten sie die Lichter von Portsmouth glitzern und verschwinden sehen. Sie hatten nebeneinander gestanden, ohne sich zu berühren; Stunden früher waren sie einander in London um den Hals gefallen, voller undeutlicher Emotionen. Jetzt saßen sie nebeneinander auf der unteren Koje und tranken zollfreien Whisky mit Wasser aus Zahnputzgläsern.

»Wir müssen verrückt sein«, sagte Roland.

»Natürlich sind wir das. Und schlecht. Ich habe Leonora schamlos angelogen. Schlimmer noch, ich habe Ariane Le Miniers Adresse abgeschrieben, als sie gerade nicht guckte. Ich bin genauso schlecht wie Cropper oder Blackadder. Kein Wissenschaftler ist ganz normal. Obsessionen sind nun mal gefährlich, wie wir am eigenen Leib feststellen können. Aber es ist einfach herrlich, das Meer zu riechen und nicht wochenlang mit Leonora zusammenwohnen zu müssen ...«

Es war sehr sonderbar, Maud Bailey ohne Punkt und Komma derartige Dinge sagen zu hören.

»Ich glaube, ich habe alles über Bord geworfen, was ich je besessen habe oder haben wollte – meinen Job in der Ash Factory, wenn man es überhaupt Job nennen will, Val, das heißt meine Wohnung, weil es ihre ist, sie zahlt die Miete. Wahrscheinlich sollte ich völlig fertig sein, und wahrscheinlich kommt das noch früh genug. Aber im Augenblick fühle ich mich einfach – ganz klar im Kopf und ganz für mich allein, verstehst du? Ich nehme an, daß es am Meer liegt. Ich käme mir idiotisch vor, wenn ich mich irgendwo in London versteckt hätte.«

Sie berührten sich nicht. Sie saßen nahe nebeneinander wie vertraute Freunde, aber sie berührten sich nicht.

»Ist es nicht komisch«, sagte Maud, »daß niemand auf die Idee käme, uns für verrückt zu halten, wenn wir eine Affäre miteinander hätten?«

»Val denkt es. Sie hat sogar gesagt, das wäre wenigstens weniger morbid, als eine Affäre mit Randolph Ash zu haben.«

»Leonora glaubt, ich wäre mit einem Liebhaber abgehauen.«

Roland dachte: Dieses Schwindelgefühl und diese Klarheit im Kopf kommen nur daher, daß wir nichts miteinander haben. Er sagte: »Saubere, weiße, enge Betten.«

»Ja. Willst du lieber oben oder lieber unten schlafen?«

»Mir ist es egal. Und du?«

»Ich schlafe oben.« Sie lachte. »Leonora würde sagen, wegen Lilith.«

»Warum wegen Lilith?«

»Lilith hat sich geweigert, unten zu liegen, und deshalb hat Adam sie verstoßen, und sie wurde zum nächtlichen Dämon, der die mesopotamische Wüste durchstreift. Sie ist eine Vorfahrin der Melusine.«

»Ich finde, es ist egal, ob oben oder unten«, sagte Roland voller Ernst, obwohl er sich der Absurdität und Vieldeutigkeit seiner Worte bewußt war, die sich genausogut auf die Mythographie beziehen konnten wie auf sexuelle Vorlieben oder die Verteilung doppelstöckiger Schlafkojen. Er empfand ein tiefes Glücksgefühl. Alles war absurd, und alles war eins. Er schaltete die Dusche an. »Hast du Lust zu duschen? Es ist Salzwasser.«

»Salzwasser. Eine Salzwasserdusche unter dem Meer. Die Kajüte liegt doch unter dem Meer, oder? Geh du zuerst.«

Das Wasser zischte und prickelte und beruhigte. Draußen strömte dunkel das gleiche Wasser, vom Rumpf des großen Schiffes durchschnitten, Wasser, das Gedränge und Gleichgewicht ungesehenen Lebens in sich barg, Schulen von Tümmlern und bedrohten singenden Delphinen, wandernde und wimmelnde Schwärme von Makrelen und Merlanen, die dahintreibenden Schirme der Medusen, den phosphoreszierenden Samen der Heringe, den Michelet, indem er wie gewohnt Geschlecht und Funktionen durcheinanderbrachte, das Milchmeer nannte, *la mer de lait*. Roland lag friedlich in seiner unteren Koje und dachte an einen magischen Satz Melvilles über Schulen von – ja, von was eigentlich? –, die unter dem Kopfkissen dahinglitten. Er hörte, wie der Wasserstrahl auf Mauds unsichtbaren Körper traf und sich dort brach, einen Körper, den er sich sanft und vage, ohne Dringlichkeit, ohne den Wunsch nach Genauigkeit, als milchweiß vorstellte, während er sich unter dem Wasserstrahl und im aufsteigenden Dampf drehte und wendete. Als sie die Leiter hochkletterte, sah er ihre Knöchel, weiß und zierlich, in weiße Baumwolle gekleidet und mit einem zarten Flaum von Puder mit Farnduft und feuchten Härchen. Er empfand ein Gefühl tiefer Zufriedenheit, daß sie dort untergebracht war, unsichtbar und unerreichbar, aber vorhanden. »Schlaf gut«, sagte sie, »gute Nacht«, und er antwortete mit den gleichen Worten. Aber er konnte lange nicht einschlafen, sondern lag mit weitgeöffneten Augen im Dunkeln und lauschte voller Genuß auf die leisen Geräusche, das Quietschen und Rascheln, Knistern und Knarren, wenn sie sich über ihm bewegte.

Maud hatte Ariane Le Minier angerufen und erfahren, daß sie kurz davorstand, zu ihrem Sommerurlaub in Südfrankreich aufzubrechen; sie hatte sich bereit erklärt, sich kurz mit ihnen zu treffen. Bei schönem Wetter fuhren sie gemächlich nach Nantes, wo sie mit Ariane Le Minier mittags in einem merkwürdigen Restaurant verabredet waren, das mit türkisch anmutenden Finde-siècle-Kacheln ausgekleidet und mit Säulen und bunt glitzernden Glasmalereien dekoriert war. Ariane Le Minier war jung, herzlich und energisch; ihr tiefschwarzes Haar war geometrisch geschnitten, waagerecht im Nacken und über der Stirn. Die beiden Frauen verstanden sich gut miteinander; beide begegneten der Wissenschaft mit unermüdlicher Genauigkeit, und sie unterhielten sich über Schwellen und Schranken und über Melusines monströsen Körper als »Bereich der Transition«, wie Winnicott es nennt – als imaginäres Konstrukt, das Frauen der Notwendigkeit einer geschlechtlichen Identifikation enthebt. Roland sagte nicht viel. Es war seine erste französische Mahlzeit in Frankreich, und er war vom Sinneserlebnis überwältigt, vom Geschmack der Meeresfrüchte, dem Weißbrot, den Saucen, deren Raffinesse zur Analyse herausforderte und sich ihr gleichzeitig verweigerte.

Maud mußte mit Fingerspitzengefühl vorgehen, um Zugang

zu den Papieren Sabine de Kercoz' zu erhalten, ohne genau zu erklären, was sie wollte, und ohne erklären zu müssen, warum sie da war, Leonora hingegen nicht. Anfangs hatte es geschienen, als würde Arianes bevorstehende Abreise alles noch komplizierter machen. Die Papiere waren verschlossen, und niemand konnte während ihrer Abwesenheit an sie heran. »Wenn ich gewußt hätte, daß Sie kommen...«

»Wir wußten es selber nicht. Ganz unerwartet hatten wir ein paar Tage frei, und da wollten wir durch die Bretagne fahren und den Familiensitz von LaMottes Familie besichtigen –«

»Leider gibt es nichts mehr zu besichtigen. Zur Zeit des Ersten Weltkriegs ist das Haus abgebrannt. Aber das Finistère und die Bucht von Audierne – unter der Is liegen soll – und die Baie des Trépassés, die Bucht der Verstorbenen –«

»Haben Sie noch mehr über die Reise in Erfahrung bringen können, die LaMotte im Herbst 1859 unternommen hat?«

»Oh, da habe ich eine Überraschung für Sie. Seit meinem Brief an Professor Stern habe ich etwas entdeckt – ein *journal intime* von Sabine de Kercoz aus dem Zeitraum von LaMottes Besuch. Ich vermute, daß Sabine mit diesem Tagebuch George Sand nacheiferte und daß sie es aus diesem Grund auf Französisch und nicht auf Bretonisch geschrieben hat, was sonst naheliegend gewesen wäre.«

»Ich kann gar nicht sagen, wie gerne ich es lesen würde –«

»Ich habe noch eine Überraschung für Sie: Ich habe Ihnen eine Photokopie gemacht. Damit Sie sie Professor Stern geben können, aber auch, weil ich Ihre Arbeiten über die Melusine so sehr bewundere. Und als kleine Entschädigung für meine Abwesenheit und dafür, daß das Archiv geschlossen ist. Der Photokopierer ist eine großartige demokratische Erfindung. Und ich bin der Ansicht, daß man seine Informationen weitervermitteln soll – die Kooperation ist ein feministisches Prinzip. Ich glaube, was Sie in diesem Tagebuch finden, wird Sie in Erstaunen setzen. Es würde mich freuen, die Schlußfolgerungen daraus mit Ihnen zu diskutieren, wenn Sie es gelesen haben werden. Mehr will ich jetzt nicht sagen. Überraschungen soll man nicht verderben.«

Maud äußerte etwas verwirrt Überraschung und Dankbarkeit. Was Leonora zu ihrem Tun sagen würde, stand ihr eindringlich vor Augen, aber Neugier und narrative Gier behielten die Oberhand.

Am nächsten Tag fuhren sie durch die Bretagne bis zum Ende der Welt, dem Finistère. Sie fuhren durch die Wälder von Paimpont und von Brocéliande und gelangten zur stillen, geschützten Bucht von Fouesnant, wo sie am Cap Coz ein Hotel fanden, das die windgegerbte Rauheit des Nordens durch etwas Träumerisches, Sanftes und Südliches milderte, das eine Terrasse und eine Palme besaß und das oberhalb eines Wäldchens beinahe mediterran anmutender Nadelbäume lag, mit Blick auf eine geschwungene Sandbucht und ein blaugrünes Meer. Dort lasen sie an den folgenden drei Tagen Sabines Tagebuch. Was sie dachten, werden wir später erfahren. Es folgt, was sie lasen.

Sabine Lucrèce Charlotte de Kercoz
Journal Intime
Im Manoir de Kernemet begonnen

13. Oktober 1859. – Die Leere der weißen Seiten vor mir erfüllt mich mit Furcht und mit Begierde. Ich könnte niederschreiben, wonach immer es mich verlangte, so daß ich nicht weiß, womit ich den Anfang machen soll. Vermittels dieses Buches werde ich zu einer wirklichen Schriftstellerin werden, an ihm werde ich mein Handwerk erlernen, in ihm werde ich vermerken, welche Erlebnisse, welche Entdeckungen mich bewegen. Ich habe meinen Vater Raoul de Kercoz um dieses Notizbuch gebeten; er verwendet diese gebundenen Bände für seine Notizen zur Volkskunde und für seine wissenschaftlichen Beobachtungen. Ich begann diese Beschäftigung auf den Vorschlag meiner Cousine hin, der Dichterin Christabel La-Motte, die etwas sagte, was mich nachhaltig beeindruckte: »Ein Schriftsteller wird nur zum Schriftsteller, indem er sein Handwerk ausübt, indem er unablässig mit der Sprache experimentiert, so wie ein großer Künstler mit Ton oder Ölfarben experimentiert, bis das Medium ihm zur zweiten Natur wird und sich gestalten läßt, wie immer es dem Künstler gefällt.« Sie sagte auch, als ich ihr von meinem großen Wunsch zu schreiben erzählte und davon, wie arm mein tägliches Leben an interessanten Dingen, an Ereignissen oder Ge-

fühlen ist, die zum Gegenstand von Dichtung, von Erzählungen taugen, daß es eine unabdingbare Übung sei, alles aufzuschreiben, was sich in meinem Leben ereignet, auch wenn es mir als noch so gewöhnlich oder langweilig erscheine. Zweierlei Vorzüge, sagte sie, werde dieses tägliche Aufzeichnen haben: Es werde meinen Stil geschmeidig machen und mein Auge schärfen für den Augenblick, den Zeitpunkt, zu dem – wie es in jedem Leben notwendig der Fall sei – etwas wahrhaft Wichtiges laut danach verlangen werde – sie sagte »laut danach verlangen« –, erzählt zu werden. Und es werde mir dazu verhelfen zu erkennen, daß nichts wirklich langweilig sei, nichts ohne Interesse sei. Sieh doch nur, sagte sie, deinen eigenen verregneten Obstgarten, eure abscheuliche Küste mit den Augen eines Fremden, mit meinen Augen, und du wirst sehen, wieviel Zauber, wie viele traurige, aber herrlich verschiedene Farben sie aufweisen können. Betrachte die alten Kessel und die einfachen, groben Platten in eurer Küche mit dem Auge eines zweiten Vermeer, der es sich in den Kopf gesetzt hat, mittels etwas Sonne und Schattens Harmonie in ihnen zu fassen. Dies vermag ein Schriftsteller nicht zu bewirken, doch bedenke, *was* ein Schriftsteller vermag – stets vorausgesetzt, daß er versteht, sich seiner Mittel zu bedienen.

Nun habe ich bereits eine ganze Seite geschrieben, und das einzige auf ihr, was etwas taugt, sind die Empfehlungen meiner Cousine Christabel. Dies ist nur billig so – sie ist die gegenwärtig wichtigste Person in meinem Leben und zudem ein leuchtendes Beispiel, da sie nicht nur eine anerkannte Schriftstellerin von einiger Bedeutung ist, sondern eine Frau und somit ein Hoffnungsschimmer, eine Wegweiserin für alle von uns. Ich weiß nicht, wieweit sie dieser Rolle etwas abgewinnen kann – ich weiß überhaupt sehr wenig über ihre wahren Gedanken und Empfindungen. Sie behandelt mich mit allergrößtem Zartgefühl, als wäre sie eine Gouvernante und ich ein anstrengender Schützling, ungebärdig, rastlos, hoffnungslos naiv und unerfahren.

Wenn sie einer Gouvernante ähnelt, dann gewiß der romantischen Jane Eyre, die unter ihrem nüchternen Äußeren so kraftvoll, so leidenschaftlich, so aufmerksam ist.

Die letzten zwei Sätze lassen mich über ein Problem nachdenken. Schreibe ich dies für Christabels Augen, als eine Art *devoir* – als Schreibübung – oder gar als vertraulichen Brief, den sie allein lesen soll in Augenblicken der stillen Sammlung, des Alleinseins? Oder schreibe ich diesen Brief an mich, um zu versuchen, mir selbst gegenüber gänzlich ehrlich zu sein, nichts als die Wahrheit zu sprechen?

Daß *sie* letzteres vorzöge, dessen bin ich mir gewiß. Folglich werde ich dieses Buch einschließen – während der ersten Zeit ohnehin – und nur eintragen, was meine Augen allein sehen sollen und die des Höchsten Wesens (die Gottheit meines Vaters, wenn er nicht an ältere zu glauben scheint wie Lug, Dagda und Taranis. Christabel huldigt einer heftigen und sehr englischen Jesusverehrung, welche ich nicht ganz verstehe, ebensowenig wie ihr Bekenntnis, das katholisch oder protestantisch sein kann).

Eine Lektion. Etwas, was nur für ein Augenpaar geschrieben ist, das des Schreibenden, büßt zwar an Lebenskraft ein, gewinnt jedoch *en revanche* eine gewisse Freiheit und, was mich erstaunt hat, etwas Erwachsenes. Es verliert sein ebenso weibliches wie kindliches Verlangen zu *bezaubern*.

Ich will beginnen, indem ich Kernemet beschreibe, wie es heutzutage aussieht, zur gegenwärtigen Stunde, um vier Uhr nachmittags an einem dunklen, nebligen Herbsttag.

Mein ganzes kurzes Leben – das mir zu Zeiten sehr lang und eintönig erschienen ist – habe ich in diesem Haus verbracht. Christabel sagte, wie sehr seine Schönheit und seine Schlichtheit sie erstaunt hätten. Nein, ich will nicht wiederholen, was Christabel sagte, ich will aufschreiben, was ich selbst wahrnehme an Dingen, die mir so vertraut sind, daß ich sie fast nicht sehe, wenn mich der *ennui* überkommt.

Unser Haus ist aus Granit gebaut, wie es die meisten Häuser an dieser Küste sind, ein langes, niedriges Haus mit hohem, spitzgiebeligem Schieferdach und *pignons*. Es befindet sich in einem Hof, den eine hohe Mauer umgibt, die den Wind abhalten und Haus und Garten schützen soll. Alles hier ist so gebaut, daß es den scharfen Winden und dem unbarmherzigen Regen standzuhalten vermag, die vom Atlantik kommen. Der Schiefer schimmert weit häufiger vom Regen, als daß er trocken ist. Im Sommer, wenn er vor Hitze strahlt, liebe ich ihn genausosehr. Unsere Fenster sind tief in die Mauern eingelassen und haben hohe Bögen wie Kirchenfenster. Unser Haus besitzt nur vier größere Räume, zwei im oberen Geschoß, zwei im Parterre, und jeder der Räume weist zwei tiefe Fenster an zwei Wänden auf, so daß bei jeglichem Wetter Licht hereindringt. Draußen gibt es auch ein Türmchen mit einem Taubenschlag und einer Hundehütte, aber Hund Wacker und Mirza, die Hündin meines Vaters, wohnen im Haus. Hinter dem Haus, vom Meere abgewandt, liegt der Obstgarten, in dem ich als Kind spielte und der mir damals unermeßlich groß erschien, heute dagegen eng und klein wirkt. Auch ihn umgibt eine hohe, ungemörtelte Mauer aus Steinen und Kieseln, welche, wie die Bauern es nennen, den Wind »erschöpft«, da er sich in den Unebenheiten und Fugen verfängt. Wenn es stürmt und windet, singt die ganze Mauer wie ein Strand voller Kiesel ihr steinernes Lied. Wenn der Wind bläst, treten die Menschen fester auf und singen gewissermaßen gegen ihn an, die Männer in tieferem Baß, die Frauen in höheren Tönen.

(Das ist nicht übel geschildert, und indem ich es geschrieben habe, erfüllt mich etwas wie ästhetische Liebe zu meinen Landsleuten und zu unserem Wind. Wäre ich Dichterin, würde ich nun sein Klagelied besingen. Und wäre ich Romancière, so könnte ich nun schreiben, daß in Wahrheit der eintönige Singsang des Windes an langen Wintertagen einen jeden vor Sehnsucht nach Stille fast in den Wahnsinn treiben kann, so als würde man in einer Wüste verdursten. Die Psalmen preisen den kühlen Schatten der Felsen in der heißen Sonne. Wir hier dürsten nach ein paar spärlichen Tropfen trockener, klarer Stille.)

Zu dieser Stunde sitzen drei Menschen in drei Räumen des Hauses und schreiben. Meine Cousine und ich bewohnen die Räume oben – sie wohnt in dem Raum, der das Zimmer meiner Mutter war; mein Vater wollte nicht, daß dieser Raum jemals mein Zimmer würde (und auch ich wollte es nicht). Von diesen Räumen im Obergeschoß kann man über die Felder bis zu den abfallenden Klippen und der wandelbaren Meeresoberfläche sehen. Damit will ich sagen, daß das Meer an schlechten Tagen wogt und schäumt. An guten Tagen scheint nur das Licht auf ihm sich zu bewegen. Stimmt das? Ich muß es überprüfen. Auch dies ist von Interesse.

Mein Vater bewohnt einen der Räume im Parterre, der ihm als Bibliothek und zugleich als Schlafkammer dient. Drei der Zimmerwände sind mit Büchern bedeckt, und er klagt beständig über die verderblichen Auswirkungen der feuchten Meeresluft auf ihr Papier und ihre Einbände. Als ich kleiner war, gehörte es zu meinen Aufgaben, die Ledereinbände mit einem konservierenden Mittel einzureiben, das er zu ihrem Schutz selbst ersonnen und aus Bienenwachs und irgend etwas anderem – Gummi arabicum? zyprischem Terpentin? – gemischt hatte. Dies ersetzte mir das Sticken. Ich kann Hemden flicken, denn das zu erlernen zwang mich die Notwendigkeit, ich verstehe mich auf einfache Weißnäherei, doch über die zierlicheren weiblichen Fertigkeiten gebiete ich nicht. An den süßen Duft des Bienenwachses erinnere ich mich, wie verzärtelte junge Damen sich an Rosenwasser und Veilchenessenzen erinnern mögen. Es verlieh der Haut meiner Hände Glanz und Geschmeidigkeit. Damals lebten wir beide meist in jenem einen Raum, in dem ein kräftiges Feuer prasselte und in dem es außerdem eine Art von Kachelofen gab.

Das Bett meines Vaters ist ein altmodischer bretonischer Alkoven, ein Schrankbett mit Stufen und einer Tür mit Luftlöchern. Das Bett meiner Mutter hatte schwere Samtvorhänge mit Borten und Stickerei. Vor zwei Monaten sagte mein Vater, ich solle sie reinigen; warum, sagte er nicht, und ich verfiel auf die verrückte Idee, er beabsichtige, mich zu verheiraten, und bereite das Zimmer meiner Mutter als Brautzimmer her. Als wir die Vorhänge abnahmen, waren sie schwer vor Staub, und Gode erstickte fast, als sie sie im Hof ausklopfte, denn Spinnweben und Schmutz eines ganzen Lebens (*meines* Lebens) verstopften ihre Lungen. Und als sie ausgeklopft waren, blieb nichts von ihnen übrig, mit der Staubkruste hatte ihr Gewebe sich aufgelöst, und überall zeigten sich große Risse und zerfetzte, zerfranste Stellen. Da sagte mein Vater: »Deine Cousine aus England kommt zu uns, und wir müssen irgendwo neues Bettzeug beschaffen.« Ich fuhr nach Quimperlé, was den ganzen Tag dauerte, und sprach bei Mme. de Kerléon vor, die mir eine Garnitur aus dauerhaftem roten Leinen gab, für welche sie, wie sie sagte, auf absehbare Zeit keine Verwendung haben wird. Bestickt ist sie mit einer Bordüre von Lilien und Heckenrosen, was meiner Cousine gut gefällt.

Die Alkovenbetten, hölzerne Kammern in den Kammern, die in der Bretagne verbreitet sind, sollen zum Schutz vor Wölfen ersonnen worden sein. Noch immer durchstreifen Wölfe die Moore und Höhenzüge in unserem Teil der Welt, die Wälder von Paimpont und von Brocéliande. Früher, so erzählt man sich, kamen diese Raubtiere in den Dörfern und Gehöften bis in die Häuser und trugen die schlafenden Säuglinge aus ihren Bettchen am Herd davon. Und deshalb, damit ihren Kindern nichts widerfuhr, legten die Bauern und Pächter sie in die Alkovenbetten und versperrten deren Türen, bevor sie aufs Feld gingen. Gode sagt, auf diese Weise seien die Kleinen auch vor allesfressenden Schweinen und vor freßgierigen Hennen sicher, die sich in den Häusern herumtreiben und ohne viel Federlesens alles anknabbern und bepicken, ein Auge so gut wie ein Ohr, ein Füßchen wie ein Händchen.

Mit diesen Schauergeschichten erschreckte Gode mich, als ich ein kleines Mädchen war. Tag und Nacht fürchtete ich mich vor Wölfen und sogar vor Werwölfen, obwohl ich nicht behaupten kann, jemals einen Wolf erblickt zu haben, wenngleich Gode in Schneenächten, *wenn* Geheul erklungen war, einen Finger emporhielt und sagte: »Die Wölfe kommen näher, weil sie hungrig sind.« In diesem nebelverhangenen Land sei die Grenze zwischen Mythen, Legenden und der Realität nicht deutlich festgelegt, sagt mein Vater, sie sei nicht einem steinernen Bogen zwischen dieser und einer anderen Welt vergleichbar, sondern eher einer Abfolge wehender Schleier oder gewebter Netze zwischen zwei Räumen. Wölfe kommen, und es gibt Menschen, so schlimm wie Wölfe, und es gibt Zauberer, die sich Herr über dergleichen Mächte wähnen, und es gibt den Glauben der Bauern an die Wölfe und an die Notwendigkeit, das Kind mit festen Türen vor all diesen Gefahren abzuschirmen. In meiner Kindheit war die Angst vor den Wölfen kaum größer als die Angst davor, vom Licht ausgesperrt und in dieses Schrankbett gesperrt zu werden, das bisweilen mindestens ebensoviel Ähnlichkeit mit einer Truhe oder einer Abteilung in einer Familiengruft hatte wie mit einem Hafen der Sicherheit (mit der Höhle eines Einsiedlers, als ich spielte, ich wäre Lanzelot, bevor ich lernte, daß ich nur ein Mädchen war und mich damit begnügen mußte, *Elaine aux Mains Blanches* zu sein, die nichts anderes tat als leiden und jammern und sterben). Es war so dunkel in dem Alkoven, und ich weinte dem Licht nach, außer ich war sehr krank oder unglücklich; dann rollte ich mich zu einer Kugel zusammen wie ein Igel oder eine schlafende Raupe und lag totenstill da oder so still, wie es die Zeit vor der Geburt ist oder die zwischen Herbst und Frühling (für den Igel) oder die zwischen Kriechen und Fliegen (für die Raupe).

Jetzt bilde ich Metaphern. Christabel sagt, daß Aristoteles sagt, eine gute Metapher sei das Kennzeichen wahrer Begabung. Was ich geschrieben habe, hat einen weiten Weg zurückgelegt; von seinem umständlichen Anfang ist es in der Zeit zurückgewandert und im Raum nach innen gegangen, bis zu meinem eigenen Beginn im Schrankbett im Inneren des Zimmers im Inneren des Hauses innerhalb der schützenden Mauer.

Ich muß noch viel darüber lernen, wie ich meinen Vortrag zu gestalten habe. Als ich über das Bett meines Vaters schrieb, wollte ich sowohl das Bett meiner Mutter beschreiben, was ich im folgenden getan habe, als auch eine Abhandlung oder Abschweifung über Alkoven und den Grenzbereich zwischen Wirklichkeit und Phantasie ausarbeiten, was ich ebenfalls getan habe. Geglückt ist es mir nicht ganz – die Abfolge weist ungeschickte Lücken und Sprünge auf, wie zu große Löcher in der Trockenmauer. Aber ich habe etwas geschrieben – und wie *interessant* es ist, wenn ich es als Handwerksarbeit betrachte, die ich verbessern, neu anfangen oder als verpfuschtes Lehrlingsstück wegwerfen kann!

Was werde ich nun schreiben? Meine Geschichte. Meine Familiengeschichte. Liebhaber? Ich habe keine; ich sehe niemanden, und ich habe nicht allein niemals zarte Bande geknüpft oder einen Antrag abgewiesen, sondern mich noch nie in Gesellschaft eines Mannes befunden, den ich in diesem Licht betrachten könnte. Mein Vater scheint zu glauben, all das würde sich zwangsläufig von selbst ergeben, »wenn die Zeit dafür gekommen sein wird« – eine Zeit, die er noch in weiter Ferne wähnt, während ich fürchte, daß sie schon fast vorbei ist. Ich bin zwanzig Jahre alt. Aber darüber will ich nicht schreiben. Ich vermag meine Gedanken nicht im Zaum zu halten, und Christabel sagt, dieses Tagebuch solle freigehalten werden von den »immergleichen Hirngespinsten und ekstatischen Seufzern gewöhnlicher junger Mädchen mit gewöhnlichen Empfindungen«.

Ich weiß, daß ich das Haus zu Teilen beschrieben habe, aber nicht die, die darin wohnen. Morgen werde ich die Menschen beschreiben. »Die Handlung macht die Tragödie aus, nicht die Gestalten«, hat Aristoteles gesagt. Mein Vater und meine Cousine haben sich gestern beim Abendessen über Aristoteles unterhalten; selten habe ich meinen Vater so lebhaft gesehen. Mir will scheinen, daß *Untätigkeit* die Tragödie ausmacht, jedenfalls im Falle vieler Frauen unserer Zeit, doch ich wagte nicht, dieses halbe Epigramm auszusprechen, da sie sich auf griechisch unterhielten, welche Sprache Christabel von ihrem Vater gelernt hat, deren ich jedoch unkundig bin. Wenn ich an mittelalterliche Prinzessinnen denke, die während der Kreuzzüge ihren Haushalt besorgten, oder an Priorinnen, die das Leben in großen Abteien regelten, oder an die heilige Theresia, die als kleines Mädchen auszog, das Böse zu bekämpfen, wie es Jacques bei George Sand sagt, dann will mir scheinen, daß unser heutiges Leben von einer gewissen Verweichlichung geprägt ist. De Balzac sagt, die neuen Beschäftigungen der Männer in den Städten, ihre Geschäfte hätten die Frauen zu hübschen und unwichtigen *Spielzeugen* gemacht, mit nichts als Seide und Parfum im Kopf und den *fantaisies* und Intrigen ihrer Boudoirs. Gern sähe ich einmal Florettseide, gern erlebte ich einmal die Atmosphäre eines solchen Boudoirs – doch wollte ich unter keinen Umständen je ein abhängiges und passives Leben führen. Ich will leben und lieben und schreiben. Ist das zuviel verlangt? Ist diese Erklärung grillenhaft oder gar prahlerisch?

Donnerstag, 14. Oktober. – Heute wollte ich die Personen beschreiben. Ich merke, daß ich mich fürchte, das ist *le mot juste*, meinen Vater zu beschreiben. Er war immer da, und immer war nur er da. Meine Mutter ist weniger meine Mutter als eine seiner Geschichten, die ich in meiner Kindheit nicht von der Wahrheit unterscheiden konnte, obgleich er stets sorgfältig darauf bedacht war, mich zur Wahrhaftigkeit anzuhalten. Meine Mutter stammte aus dem Süden, sie war in Albi geboren. »Die Sonne fehlte ihr«, pflegte er zu sagen. Ich habe eine genaue Vorstellung von ihrem Sterbebett. Sie verlangte danach, mich zu sehen, erzählte er mir, die Sorge, was aus mir werden würde in diesem rauhen Land, ließ ihr keine Ruhe; es quälte sie, mich ohne Mutter zurückzulassen, die sich um mich kümmerte. Sie weinte so schrecklich, trotz ihrer großen Entkräftung, und verlangte nach mir, und als man mich brachte, beruhigte sie sich, wendete mir ihr weißes Gesicht zu und war ruhig, so sagt er. Er sagt, daß er ihr gelobte, mir Vater und Mutter zu sein, beides, und sie sagte, er tue besser daran, wieder zu heiraten, und er sagte, nein, das sei nicht möglich, er gehöre zu denen, die nur einmal lieben können. Er hat sich bemüht, mir Vater und Mutter zu sein, der arme, gute Mann, doch es mangelt ihm an Sinn für die praktischen Dinge – sanftmütig und freundlich ist er, daran mangelt es nicht. Er versteht sich nur nicht darauf, praktische Entscheidungen zu treffen, wie Frauen es tun. Und er weiß nichts von dem, was ich fürchte, von dem, was ich mir ersehne. Doch er nahm mich voll unendlicher Zärtlichkeit in die Arme, als ich ein Säugling war, das erinnere ich wohl, er herzte und tröstete mich und las mir Geschichten vor.

Ich sehe, daß eine meiner Untugenden als Schriftstellerin die sein wird, in alle Richtungen gleichzeitig davonstürmen zu wollen.

Ich fürchte mich davor, meinen Vater zu beschreiben, weil das, was zwischen uns ist, ohne Worte gewußt ist. Ich höre des Nachts sein Atmen im Haus, und es fiele mir sogleich auf, würde es sich verändern oder aufhören. Ich wüßte es sofort, glaube ich, stieße ihm etwas zu, auch wenn er in weiter Ferne weilte. Und er, das weiß ich, wüßte es, wäre ich in Gefahr oder krank. Er scheint so ganz in seiner Arbeit aufzugehen, so zerstreut zu sein, doch er hat einen sechsten Sinn, ein inneres Ohr, mit dem er mich hört. Als ich ein kleines Kind war, band er mich mit einem breiten Leinenband wie mit einem langen Seil an seinem Schreibtisch fest, und ich konnte nach Herzenslust von seinem Zimmer in das große Zimmer laufen, hin und her. Er besitzt ein Buch mit einem alten Emblem, das Christus und die Seele zeigt, und die Seele läuft ebenso angebunden im Haushalt umher; er sagt, dies habe ihn auf die Idee gebracht. Seitdem habe ich *Silas Marner* gelesen, die Geschichte eines alten Hagestolzes, der ein Findelkind auf dieselbe Weise an seinen Webstuhl anbindet. Seinen Ärger und seine Liebe spüre ich als ein leises Ziehen am beschränkenden Leinenband, wenn ich zu aufsässige Gedanken hege oder zu schnell reite. Ich will gar nicht erst versuchen, allzu abgeklärt über ihn zu schreiben. Ich liebe ihn, wie ich die Luft und die Steine unseres Herdes liebe, den windgebeugten Apfelbaum im Obstgarten und das Geräusch des Meeres.

De Balzac beschreibt die Gesichter seiner Figuren immer so, als wären sie Gemälde holländischer Meister – eine gerümpfte Nase, die Sinnlichkeit verrät, ein Auge, dessen Weißes von roten Äderchen durchzogen ist, eine höckerige Stirn. So kann ich die Augen meines Vaters nicht beschreiben, sein Haar nicht, seine gebeugte Haltung nicht. Er ist mir zu nahe. Hält man bei schwachem Kerzenlicht ein Buch zu nahe vor die Augen, verschwimmen die Buchstaben. So ergeht es mir mit meinem Vater. Aus meiner frühesten Kindheit erinnere ich mich an seinen Vater, den *philosophe*, den Republikaner. Er trug sein eisengraues Haar lang, wie es im bretonischen Adel üblich war, und steckte es mit einem Kamm auf. Er hatte einen stattlichen weißen Bart, weit heller als das Haar. Und er trug lederne Stulpenhandschuhe, die er anlegte, wenn er Besuche machte oder zu Hochzeiten und Beerdigungen ging. Alle nannten ihn Benoît, obgleich er der Baron de Kercoz war, wie sie auch meinen Vater Raoul nennen. Sie fragen sie um Rat in Angelegenheiten, von denen sie nicht sonderlich viel oder gar nichts verstehen. Wir sind fast Bienen in ihrem Bienenkorb vergleichbar; nichts geht voran, wenn sie nicht informiert oder zu Rate gezogen werden.

Als Christabel ankam, waren meine Gefühle verworren wie die Wellen bei Flut, die zum Teil vorwärtsstreben, zum Teil zurückfallen. Ich habe niemals wirklich eine Freundin oder *confidante* gehabt – selbst meine Kinderfrau und das Gesinde sind zu alt und zu ehrerbietig, um letzteres sein zu können, obwohl ich sie von ganzem Herzen liebe, Gode ganz besonders. So kam es, daß ich ihrer Ankunft voller Hoffnung entgegenfieberte. Aber ich habe auch noch nie meinen Vater, mein Heim mit einer anderen Frau geteilt, und ich befürchtete, mich damit nicht anfreunden zu können, ich fürchtete Einmischungen, die ich nicht näher zu benennen gewußt hätte, Krittelei, Verlegenheit im besten Falle.

Vielleicht empfinde ich all dies noch immer.

Wie soll ich Christabel beschreiben? Heute – sie ist seit genau einem Monat hier – sehe ich sie so gänzlich anders, als ich sie bei ihrer Ankunft sah. Zuerst will ich versuchen, meinen ersten Eindruck zurückzurufen. Ich schreibe ja nicht für ihre Augen.

Ein Sturm trug sie her. (Ist das zu romantisch? Es vermittelt keinen rechten Eindruck von den gewaltigen Massen Wassers und Windes, die während dieser furchtbaren Woche gegen unser Haus geschleudert wurden. Versuchte man, einen Fensterladen zu öffnen oder über die Schwelle zu treten, warf der Sturm sich einem entgegen wie eine ungebärdige Kreatur, die es darauf anlegte, alles zu brechen, zu überwältigen.)

Sie kam im Hof an, als es schon dunkel war. Die Räder knarrten unsicher auf den Pflastersteinen. Die Kutsche fuhr sogar innerhalb der Hofmauer in schaukelnden Sprüngen. Die Pferde hielten die

Köpfe gesenkt; ihre Körper waren mit weißen Salzkristallen und flüssigem Schlamm bedeckt. Mein Vater lief mit seinem *roquelaure* und einem Regenüberwurf nach draußen: Fast hätte der Wind ihm die Kutschentür aus der Hand gerissen. Er hielt sie auf, und Yann ließ die Sprossen herunter, und im Halbdämmer schlüpfte ein graues Gespenst heraus, ein großes, stummes, behaartes Tier, das einen hellen Fleck im Dunkeln zu bilden schien. Und hinter diesem riesigen Tier folgte eine sehr kleine Frau in einer schwarzen Kapuze und einem schwarzen Umhang, einen nutzlosen schwarzen Regenschirm in der Hand. Als sie die Sprossen heruntergeklettert war, stolperte sie und fiel, und mein Vater fing sie auf. Sie sagte auf Bretonisch: »Sanktuarium.« Mein Vater hielt sie in den Armen und küßte ihr nasses Gesicht – ihre Augen waren geschlossen – und sagte: »Du hast hier ein Zuhause, solange du es willst.« Ich stand in der Tür, bemüht, sie gegen den Ansturm des Windes offen zu halten, während große Regentropfen sich auf meinem Rock ausbreiteten. Und das große Tier drückte sich zitternd an mich, so daß der Schmutz seines nassen Felles meinen Rock verdarb. Mein Vater trug sie an mir vorbei ins Haus und setzte sie in seinen Lehnstuhl, in dem sie halb ohnmächtig lag. Ich trat vor und sagte, ich sei ihre Cousine Sabine und hieße sie willkommen: doch sie schien mich kaum wahrzunehmen. Später führten mein Vater und Yann sie die Treppen hoch, und wir sahen sie erst beim Abendessen am nächsten Tag wieder.

Ich glaube nicht, daß ich behaupten könnte, sie anfangs gern gehabt zu haben. Das liegt wenigstens zum Teil daran, daß sie nicht den Eindruck machte, mich gern zu haben. Ich halte mich für ein liebefähiges Wesen – ich glaube, daß ich mich einem jeden liebevoll anschließen würde, der mir ein wenig Wärme, menschliche Nähe anböte. Doch trotz der Hingabe, die Cousine Christabel meinem Vater so offenkundig entgegenbrachte, schien sie mir – wie soll ich es sagen? – eher kühl zu begegnen. An jenem ersten Abend kam sie in einem dunklen karierten Wollkleid, schwarz und grau kariert, mit einem mächtigen, fransenbesetzten Schal, dunkelgrün mit schwarzem Besatz, der sehr hübsch aussah. Sie wirkt nicht elegant, aber sehr ordentlich und sorgfältig gekleidet; sie trägt ein Jettkreuz an einer seidenen Schnur um den Hals und elegante kleine grüne Stiefeletten. Sie trägt eine Spitzenhaube. Ihr Alter weiß ich nicht. Vielleicht fünfunddreißig. Ihr Haar hat eine merkwürdige Farbe, hell und silbrig, von beinahe metallischem Glanz, fast wie die Winterbutter, die aus der Milch von Kühen stammt, die mit Heu gefüttert werden, aus dem das Gold des Sonnenlichts herausgebleicht ist. Sie trägt ihr Haar – was nicht kleidsam ist – in kleinen Lockenbüschen über den Ohren.

Ihr kleines Gesicht ist weiß und spitz. Ich habe noch nie jemanden von so weißer Gesichtsfarbe gesehen, wie sie sie an jenem ersten Abend zeigte (auch jetzt sieht sie nicht viel besser aus). Selbst das Innere des Nasenlochs, selbst die zusammengepreßten schmalen Lippen waren weiß oder mit ein wenig Elfenbein betupft. Ihre Augen sind von einem sonderbaren hellen Grün; sie sind immer halb verborgen. Auch der Mund ist immer zusammengepreßt, und wenn sie ihn öffnet, ist man überrascht von der Größe und Kräftigkeit ihrer großen, regelmäßigen Zähne von elfenbeinerner Farbe.

Wir aßen gekochtes Geflügel – mein Vater hat angeordnet, die Brühe für sie aufzubewahren, damit sie wieder zu Kräften kommt. Wir aßen am runden Tisch im großen Raum – gewöhnlich nehmen mein Vater und ich unser Stück Brot und Käse und unsere Schale Milch vor dem Feuer in seinem Zimmer zu uns. Mein Vater erzählte uns von Isidore LaMotte und seiner großen Sammlung von Märchen und Legenden. Dann sagte er zu meiner Cousine, daß er den Eindruck habe, auch sie sei Schriftstellerin. »Der Ruhm«, sagte er, »gelangt nur langsam von Großbritannien bis in das Finistère. Du mußt Nachsicht mit uns haben, denn wir kennen nur wenige moderne Bücher.«

»Ich schreibe Gedichte«, sagte sie, und sie betupfte ihre Lippen mit dem Taschentuch und runzelte leicht die Stirn. Sie sagte: »Ich bin fleißig und verstehe mich auf mein Handwerk, wie ich hoffe. Ruhm, der eure Aufmerksamkeit hätte erregen können, wurde mir nie zuteil.«

»Cousine Christabel, es ist mir ein großer Wunsch, Schriftstellerin zu werden. Seit jeher schon hatte ich diesen Ehrgeiz –«

Sie sagte auf Englisch: »Viele haben den Wunsch, aber wenige, wenn überhaupt, können ihn verwirklichen« und dann auf Französisch: »Ich kann es nicht als den Weg zu einem zufriedenen Leben empfehlen.«

»So habe ich es nie betrachtet«, erwiderte ich gekränkt.

Mein Vater sagte: »Sabine ist wie du in einer Welt aufgewachsen, in der Leder und Papier so gewöhnlich und lebenswichtig sind wie Käse und Brot.«

»Wäre ich eine gute Fee«, sagte Christabel, »würde ich ihr ein hübsches Gesicht wünschen, wie sie eines hat, und die Fähigkeit, Freude am Alltäglichen zu haben.«

»Du willst, daß ich Martha und nicht Maria bin«, rief ich ein wenig aufgebracht.

»Das habe ich nicht gesagt«, antwortete sie. »Es ist falsch, einen Gegensatz darin zu sehen. Körper und Seele kann man nicht trennen.« Sie führte wieder ihr kleines Taschentuch an die Lippen und runzelte die Stirn, als hätte ich etwas gesagt, womit ich sie verletzen wollte. »Wie ich wohl weiß«, sagte sie. »Wie ich wohl weiß.«

Kurz darauf bat sie uns, sie zu entschuldigen, und ging in ihr Schlafzimmer, wo Gode ein Feuer gemacht hatte.

Sonntag. – Die Freuden des Schreibens sind vielfältiger Art. Die Sprache des Reflektierens hat ihre Freuden, die des Erzählens wiederum andere. Dies ist der Bericht, wie es dazu kam, daß ich schließlich doch das Vertrauen meiner Cousine erwarb – in gewissem Maße zumindest.

Der Sturm hielt drei, vier Tage lang in ungeminderter Stärke an. Nach dem ersten Abend kam sie nicht mehr zum Abendessen herunter, sondern blieb in ihrem Zimmer, wo sie auf der tiefen Bank ihres Fensters sitzt, dessen gewölbter Bogen aus Granit geschnitten ist, und auf die klägliche Aussicht blickt, den nassen Obstgarten, die Steinmauer, die mit einer dicken Nebelwand verschmilzt, welche wie mit nebligen Kieseln besetzt aussieht. Gode sagte, sie esse zu wenig, ganz wie ein kranker Vogel.

Ich suchte ihr Zimmer so oft auf, wie ich es wagte, ohne das Gefühl zu haben, mich aufzudrängen; ich wollte zu erfahren versuchen, ob wir etwas tun konnten, damit sie sich behaglicher fühlte. Ich versuchte sie mit einem Seezungenfilet zu verlocken, mit etwas Consommé mit Wein, doch sie nahm allerhöchstens ein, zwei Löffel voll zu sich. Es kam vor, daß sie genauso dasaß wie zuvor, wenn ich nach einer oder zwei Stunden wiederkam, und dann hatte ich den Eindruck, daß ich ungebührlich schnell zurückgekehrt war oder daß die Zeit für sie anders verging als für mich.

Einmal sagte sie: »Ich weiß, daß ich eine große Last für dich bin, *ma cousine*. Ich bin undankbar und krank und engstirnig. Du solltest mich hier sitzen lassen und dich um andere Dinge kümmern.«

»Ich möchte, daß du dich bei uns behaglich und glücklich fühlst«, sagte ich.

Sie sagte: »Gott hat es mir nicht gegeben, viel Behaglichkeit empfinden zu können.«

Es verletzte mich, daß meine Cousine sich in allen praktischen Belangen an meinen Vater wandte und *ihm* für Beweise von Rücksicht und Gastfreundschaft dankte, zu denen er gar nicht fähig wäre, obwohl er voll des guten Willens ist, während ich seit meinem zehnten Lebensjahr den Haushalt geführt habe.

Auch der große Hund wollte keine Nahrung zu sich nehmen. Er lag in ihrem Zimmer flach auf dem Boden, die Schnauze zur Tür gerichtet, und erhob sich ein-, zweimal am Tag, um ins Freie gelassen zu werden. Auch für ihn brachte ich kleine Leckerbissen, die er nicht nahm. Sie beobachtete mich bei meinen Versuchen, zu ihm zu sprechen, anfangs schweigend, ohne mich zu ermutigen. Ich versuchte es weiter. Eines Tages sagte sie: »Er wird nicht darauf eingehen. Er ist mir sehr böse, weil ich ihn von seinem Zuhause, wo er glücklich war, fortgebracht und der Angst und der Seekrankheit auf dem Schiff ausgesetzt habe. Er hat ein Recht, mir böse zu sein, aber ich habe nicht gewußt, daß ein Hund so lange nachtragend sein kann. Es heißt immer, sie seien gegenüber jenen, die so tun, als ›besäßen‹ sie sie, so ausnehmend gutmütig, ja sogar christlich. Aber ich glaube allmählich, er will sterben, um mich dafür zu bestrafen, daß ich ihn entwurzelt habe.«

»O nein. Es ist sehr hart von dir, so etwas zu sagen. Der Hund ist unglücklich, nicht nachtragend.«

»Ich bin nachtragend. Ich quäle mich und andere. Und den armen Hund Wacker, der keiner Kreatur je etwas zuleide getan hat.«

Ich sagte: »Wenn er herunterkommt, nehme ich ihn in den Obstgarten mit.«

»Ich fürchte, daß er nicht kommen wird.«

»Und wenn er es doch tut?«

»Dann werden deine Sanftmut und Geduld wenigstens bei meinem sanften Hund etwas bewirkt haben, wenn nicht bei mir. Doch fürchte ich, daß er nur einen Menschen annimmt; sonst hätte ich ihn nicht mitgenommen. Vor kurzem habe ich ihn eine Zeitlang verlassen, und er weigerte sich zu fressen, bis ich zurückkam.«

Ich gab meine Bemühungen nicht auf, und ganz allmählich kam er immer bereitwilliger zu mir, besuchte den Hof, die Stallungen, den Obstgarten, machte es sich in der Diele gemütlich und verließ seinen Posten an ihrer Tür, um mich zu begrüßen, indem er mich mit seiner großen Schnauze anstupste. Eines Tages leerte er zwei Schalen Hühnersuppe, die seine Herrin abgelehnt hatte, und wedelte zufrieden mit seinem großen Schwanz. Als sie das sah, sagte sie in scharfem Ton: »Ich sehe, daß ich mich auch in seiner ausschließlichen Loyalität getäuscht habe. Ich hätte ihn dort lassen sollen, wo er war. Alle zauberischen Lichtungen von Broceliande können dem armen Hund Wacker den Auslauf in Richmond Park nicht ersetzen. Und er hätte als Trost –«

Hier unterbrach sie sich. Ich tat so, als hätte ich nichts bemerkt, denn sie schien bedrückt, und sie neigt nicht zur Vertraulichkeit. Ich sagte: »Wenn das Wetter besser wird, können wir beide ihn in den Wald von Broceliande mitnehmen. Wir können zur Pointe du Raz fahren und zur Baie des Trépassés.«

»Wo werden wir sein mögen, wenn das Wetter besser wird?«

»Wirst du uns verlassen?«

»Wohin sollte ich gehen?«

Darauf gab es keine Antwort, wie wir beide wohl wußten.

Freitag. – Gode sagte: »In zehn Tagen wird sie bei Kräften sein.« Ich fragte: »Hast du ihr gekochte Kräuter gegeben, Gode?«, denn Gode ist eine Hexe, wie wir alle wissen. Und Gode sagte: »Ich bot es ihr an, aber sie wollte nicht.« Ich sagte: »Ich werde ihr sagen, daß deine Gebräue immer wohltätig wirken.« Und Gode sagte: »Zu spät. Mittwoch in einer Woche wird es ihr bessergehen.« Das habe ich Christabel erzählt und dabei gelacht; sie sagte zuerst nichts, und dann fragte sie, auf welche Zauber Gode sich verstehe. Ich sagte, sie könne Warzen besprechen und Koliken behandeln und Kinderlosigkeit und Frauenschmerzen, Husten und unabsichtliche Vergiftungen. Gode kann Glieder einrenken und schienen und Kinder entbinden, o ja, und Leichen herrichten und Ertrunkene wiederbeleben. Das lernt man hierzulande.

Christabel fragte: »Und sie tötet nie, was sie behandelt?«

Ich sagte: »Nein, nicht daß ich wüßte. Sie ist sehr vorsichtig und sehr klug, oder sie hat viel Glück. Ich würde ihr mein Leben anvertrauen.«

Christabel sagte: »*Dein* Leben wäre eine große Verantwortung.«

Ich sagte: »Jedermanns Leben.« Sie macht mir angst. Ich begreife, was sie meint, und ich fürchte mich vor ihr.

Wie Gode vorausgesagt hatte, ging es ihr bald besser, und als wir zu Anfang November drei, vier klare Tage hatten, wie es an dieser wetterwendischen, wankelmütigen Küste geschehen kann, fuhr ich mit ihr und Hund Wacker ans Meer, an die Bucht von Fouesnant. Ich hatte gedacht, sie würde mit mir den Strand entlanglaufen oder die Felsen emporklettern trotz des kalten Windes. Aber sie stand nur am Meeresufer; ihre Stiefel versanken im feuchten Sand, die Hände hielt sie wärmesuchend in die Ärmel gesteckt, und sie lauschte der Brandung und dem Geschrei der Möwen; ganz still stand sie da. Als ich zu ihr kam, hielt sie die Augen geschlossen und runzelte bei jedem Rauschen der Brandung die Stirn. Ich hatte die phantastische Vorstellung, daß die Wogen wie Schläge auf ihren Schädel auftrafen und daß sie das Geräusch *erduldete*, aus Gründen, die niemand außer ihr kannte. Ich entfernte mich wieder – noch nie bin ich jemandem begegnet, der so sehr den Eindruck vermittelt, daß gewöhnliche Freundlichkeitsbezeigungen eine unzumutbare Zudringlichkeit bedeuten.

Dienstag. – Ich wollte noch immer ein Gespräch über das Schreiben herbeiführen. Ich wartete ab, bis sie eines Tages freundlich und ruhig wirkte; sie hatte mir angeboten, beim Flicken von Bettlaken zu helfen, worauf sie sich weit besser versteht als ich – sie weiß geschickt mit der Nadel umzugehen. Da sagte ich: »Cousine Christabel, es ist mir *wirklich* ein großer Wunsch, Schriftstellerin zu werden.«

»Wenn das so ist und wenn du die Begabung dafür besitzt, wird nichts, was ich zu dir sagen könnte, etwas daran ändern.«

»Du weißt, daß das nicht wahr sein kann. Was ich jetzt sage, ist sentimental. Verzeih mir. Viel kann mich daran hindern. Die Einsamkeit. Der Mangel an Verständnis. Mein eigenes mangelndes Vertrauen in mich. Deine Verachtung.«

»Meine Verachtung?«

»Du verurteilst mich von vornherein als albernes Geschöpf, das sich etwas wünscht, wovon es keinerlei Vorstellung hat. Du siehst, was du von mir denkst, nicht mich.«

»Und du hast es dir in den Kopf gesetzt, mich nicht in diesem Irrtum befangen sein zu lassen. Zumindest eine der Gaben des Romanciers besitzt du, Sabine, du untergräbst beharrlich bequeme Illusionen, und das höflich und gutgelaunt. Ich nehme die Rüge an. Nun sage mir aber, was du schreibst. Denn ich darf annehmen, *daß* du schreibst? Es ist ein *métier*, wo der Wunsch ohne die Tat ein höchst verderbliches Truggebilde ist.«

»Ich schreibe, was ich kann. Nicht was ich gerne schreiben würde, sondern was ich kenne. Ich würde gerne die Geschichte des Fühlens einer Frau schreiben, einer modernen Frau. Aber was weiß ich schon darüber in diesen Granitwänden irgendwo zwischen Merlins dornigem Verlies und dem Zeitalter der Aufklärung? Deshalb schreibe ich, was ich am besten kenne, das Unvertraute und Phantastische, die Geschichten meines Vaters. Ich habe zum Beispiel die Legende von Is aufgeschrieben.«

Sie sagte, sie würde sich freuen, meine Geschichte von Is zu lesen. Sie sagte, sie habe ein englisches Gedicht über den gleichen Gegenstand geschrieben. Ich sagte, ich könne ein wenig Englisch, nicht viel, und ich würde mich freuen, wenn sie es mir beibringen könnte. Sie sagte: »Ich will mich bemühen. Ich bin keine gute Lehrerin, ich besitze keine Geduld. Aber ich werde mich bemühen.«

Sie sagte: »Seit meiner Ankunft habe ich nicht versucht zu schreiben, weil ich nicht entscheiden kann, in welcher Sprache ich denken soll. Ich bin wie die Fee Mélusine und die Sirenen und Nixen, halb französisch, halb englisch und dahinter noch bretonisch und keltisch. Alles verändert seine Gestalt, auch meine Gedanken. In mir weckte den Wunsch zu schreiben mein Vater, der dem deinen nicht unähnlich war. Aber die Sprache, in der ich schreibe – meine *Muttersprache* im Wortsinn –, ist nicht seine Sprache, sondern die meiner Mutter. Und meine Mutter ist dem Geistigen abhold; ihre Sprache ist die des Haushalts und der Damenmoden. Und das Englische ist eine Sprache voll kleiner Hindernisse und solider Gegenstände und Spitzfindigkeiten und unzusammenhängender Dinge und Beobachtungen. Es ist die Sprache, mit der ich aufwuchs. Mein Vater sagte, jeder Mensch benötige eine *Heimatsprache*. In meinen ersten Lebensjahren sprach er selbst nur Englisch mit mir, er erzählte mir englische Märchen und sang mir englische Lieder vor. Später lernte ich Französisch von ihm und Bretonisch.«

Es war das erste Mal, daß sie sich mir anvertraute, und was sie sagte, war das Bekenntnis eines Schriftstellers. Damals dachte ich weniger über das nach, was sie über die Sprache gesagt hatte, als über den Umstand, daß ihre Mutter noch lebte, denn sie hatte gesagt, sei sei »dem Geistigen abhold«. Sie hatte große Sorgen, das konnte jeder sehen, und sie hatte sich nicht an ihre Mutter gewandt, sondern an uns – das heißt, an meinen Vater, denn ich glaube nicht, daß sie mich bei ihrer Entscheidung im geringsten berücksichtigt hatte.

Samstag. – Sie hat meine Geschichte von König Gradlon, der Prinzessin Dahud, dem Pferd Morvak und dem Ozean gelesen. Sie nahm sie am Abend des 14. Oktober mit und gab sie mir zwei Tage später zurück; sie kam in mein Zimmer und drückte sie mir unversehens in die Hand und lächelte dabei verhalten ein sonderbares Lächeln. Sie sagte: »Hier ist deine Geschichte. Ich habe nichts angestrichen, aber ich habe mir erlaubt, auf einem gesonderten Blatt einige Notizen zu machen.«

Wie soll ich das Glücksgefühl beschreiben, mich ernstgenommen zu sehen? Als sie die Erzählung mitnahm, konnte ich es ihrem Gesicht ablesen, daß sie sentimentale Ergüsse und rosenfarbene Seufzer erwartete. Ich wußte, daß sie sich täuschte, aber ihre Gewißheit ließ mich an der eigenen zweifeln. Ich wußte, daß sie Mängel finden würde, in dieser oder jener Hinsicht. Und dennoch wußte ich auch, daß das, was ich geschrieben hatte, *geschrieben* war, daß es seine *raison d'être* besaß. Und so wartete ich mit halber Seele auf ihre unvermeidliche Geringschätzung und wußte mit der anderen Hälfte, daß ich so etwas nicht verdient hatte.

Ich riß ihr das Papier aus den Händen. Ich überflog die Notizen. Sie waren praktisch, intelligent und ließen dem, was ich zu erreichen versucht hatte, Gerechtigkeit widerfahren.

Ich hatte versucht, die wilde Dahud als *Verkörperung* – wenn man so will – unseres Strebens nach Freiheit, nach Unabhängigkeit zu zeigen, als Verkörperung unserer eigenen Leidenschaftlichkeit, die wir Frauen besitzen und die die Männer, wie es scheint, fürchten. Dahud ist die Zauberin, die der Ozean liebt und deren Exzesse bewirken, daß die Stadt Is von eben diesem Ozean verschlungen und überschwemmt wird. In einer der mythologischen Sammlungen meines Vaters schreibt der Herausgeber: »In der Legende der Stadt Is empfindet man wie das Vorüberziehen eines Wirbelsturms die Schrecken alter heidnischer Kulte und die Schrecken der in Frauen entfesselten Leidenschaften der Sinne. Und zu diesen zwei Schrecknissen gesellt sich als Drittes das des Ozeans, dem in diesem dramatischen Geschehen die Rolle der Nemesis, des Schicksals zukommt. Heidentum, Weiblichkeit und der Ozean, diese drei Sehnsüchte und Urängste des Mannes, vermengen sich in dieser eigenartigen Legende und finden ein stürmisches und schreckliches Ende.«

Andererseits sagt mein Vater, in früheren Zeiten habe der Name Dahud oder Dahut »die gute Zauberin« bedeutet. Er sagt, sie sei gewiß eine heidnische Priesterin gewesen, so wie in den isländischen Sagas oder wie die jungfräulichen Druidenpriesterinnen der Ile de Sein. Er sagt, vielleicht sei sogar Ys eine ferne Erinnerung an eine andere Welt, in der die Frauen Macht besaßen, eine Welt vor der Ankunft der Krieger und Priester, eine Welt wie das Paradies von Avalon, die Schwimmenden Inseln oder Síd, das gälische Land der Toten.

Warum gelten Verlangen und Sinnlichkeit bei Frauen als etwas so Erschreckendes? Woher nimmt der Verfasser das Recht, sie als Ängste der Männer zu bezeichnen? Er stellt uns als Hexen dar, als Ausgestoßene, als *sorcières*, als Ungeheuer ...

Ich will ein paar Sätze Christabels abschreiben, die mir ganz besonders gut gefallen haben. Ehrlicherweise sollte ich auch die Kritik abschreiben, die sie an dem geübt hat, was ihr als banal oder übertrieben oder unbeholfen erschien – doch diese Worte haben sich meinem Gedächtnis eingegraben.

Einige Bemerkungen Christabel LaMottes zu *Dahud la Bonne Sorcière* von Sabine de Kercoz.

»Du hast durch Instinkt oder Intelligenz einen Weg gefunden, dieser schrecklichen Geschichte eine Aussage und Deine eigene Form der Allgemeingültigkeit zu verleihen, ohne ins Allegorische auszuweichen oder *faux-naïf* zu tun. Deine Dahud ist sowohl ein individuelles Menschenwesen als auch eine symbolisch ausgedrückte Wahrheit. Andere Schriftsteller mögen andere Wahrheiten in dieser Legende sehen (wie beispielsweise ich). Doch Du beharrst nicht kleinlich auf Ausschließlichkeit.

Alle alten Geschichten, liebe Cousine, lassen sich wieder und wieder erzählen, auf je verschiedene Weise. Sorge tragen müssen wir, die einfachen, klaren Formen der Geschichte, die *unverzichtbar* sind – in diesem Fall den zornigen Ozean, den furchtbaren Sprung des Pferdes, Dahuds Sturz von der Kruppe, den Abgrund und so weiter –, lebendig zu erhalten, auszuschmücken – und doch etwas Eigenes hinzuzufügen, was all dies neu erscheinen läßt, so, als sähe man es zum ersten Male, ohne daß man argwöhnen müßte, es aus persönlichen Rücksichten verwendet zu sehen. Dies ist Dir gelungen.«

Freitag. – Nach dieser Lektüre wurde es besser zwischen uns. Ich kann nicht alles wiedergeben, obwohl wir uns bereits fast in der gegenwärtigen Zeit befinden. Ich sagte zu meiner Cousine, wie trostreich es für mich gewesen sei, daß jemand meine Arbeit gelesen habe, insbesondere jemand, der sich darauf versteht, sie einzuschätzen. Sie sagte, es sei dies ein seltenes Erlebnis im Leben eines Schriftstellers, und man tue besser daran, es weder zu erwarten noch sich darauf zu stützen. Ich fragte sie, ob *sie* einen guten Leser besitze, und sie runzelte die Stirn – ganz leicht – und sagte knapp: »Zwei Leser, was mehr ist, als wir erhoffen können. Der eine ist zu nachsichtig, besitzt aber die Klugheit des Herzens. Der andere ist selbst Dichter – ein besserer Dichter –« Sie schwieg.

Sie war nicht verärgert, war aber nicht zum Weitersprechen zu bewegen.

Gewiß widerfährt es Männern ebenso wie Frauen zu erfahren, daß Fremde sie falsch beurteilt haben, sie und das, was sie zu leisten fähig sind, und auf den veränderten Ton zu warten, die veränderte Sprache, die merklich veränderte Achtung, nachdem ihr Werk geschätzt worden ist. Doch *um wieviel mehr* müssen Frauen dies empfinden, da ihnen fast niemand zutraut, sie könnten schreiben oder es auch nur versuchen, und die ein jeder für Wechselbälger oder Ungeheuer zu halten scheint, wenn es ihnen gelingt.

28. Oktober. – Sie ist wie das bretonische Wetter. Wenn sie lächelt und treffende, kluge Scherze macht, kann man sie sich gar nicht anders vorstellen, ganz so wie unsere hiesige Küste, wenn sie im Sonnenlicht lacht, in deren geschützten Buchten Pinien mit breitem Schirm und sogar eine Dattelpalme wachsen, die an den sonnigen Süden denken lassen, den ich nicht kenne. Und die Luft ist so milde und warm, daß man wie der Landmann in der Fabel des Äsop den schweren Übermantel ablegt, die Rüstung, wenn man so will.

Es geht ihr nun viel besser, wie Gode es vorausgesagt hatte. Sie und Hund Wacker unternehmen lange Spaziergänge, auch mit mir, wenn sie mich dazu einlädt oder meine Einladung annimmt. Sie ist auch nicht davon abzuhalten, sich am Alltag des Haushalts zu beteiligen, und unsere vertraulichsten Gespräche führen wir in der Küche oder am Feuer, wo wir Wäsche flicken. Wir unterhalten uns oft über die Bedeutung von Mythen und Legenden. Sie ist sehr begierig darauf, unsere Hünensteine zu sehen, die sich in beträchtlicher Entfernung befinden, an der Küste aufgereiht. Ich habe ihr versprochen, sie hinzuführen. Ich habe ihr erzählt, daß die Mädchen aus den Dörfern noch immer im Reigen um den Menhir tanzen, um den ersten Mai zu feiern – weiß gekleidet umrunden sie ihn in zwei Kreisen, im Uhrzeigersinn und im Gegensinn, und wenn eine von ihnen einen falschen Schritt tut oder müde wird und stürzt oder den Stein berührt, so knuffen und treten die anderen sie unbarmherzig, so wie ein Schwarm von Möwen über einen Eindringling oder lebensuntüchtige Möwe herfallen würde. Mein Vater sagt, dieser Ritus sei ein Relikt eines alten Opferritus, möglicherweise druidischen Ursprungs, die gestürzte Frau stelle einen rituellen Sündenbock dar. Er sagt, der Stein sei ein Männlichkeitssymbol, ein Phallos, den die Frauen aus den Dörfern des Nachts aufsuchten und berührten oder mit bestimmten Mitteln einrieben (Gode weiß darüber Bescheid, aber Vater und ich nicht), um so kräftige Söhne zu bekommen oder die sichere Heimkehr ihrer Männer zu erlangen. Mein Großvater hat behauptet, der Kirchturm sei nur die metaphorische Form dieses alten Steins – er sagte, eine Säule aus Schiefer habe die aus Granit abgelöst, weiter nichts –, und unter ihm hockten die Frauen wie weiße Hennen, während sie in früheren Zeiten seinen Vorgänger umtanzt hätten. Das hat mir nie sonderlich zugesagt, und ich zögerte, es vor Christabel zu wiederholen, die gewiß über einen christlichen Glauben verfügt, wie er auch im einzelnen beschaffen sein mag. Aber ich erzählte es ihr, denn ihr Geist ist frei von Kleinmut, und sie lachte und sagte, so sei es, die Kirche habe die alten heidnischen Gottheiten aufgenommen, sich einverleibt und in mancher Hinsicht sogar überwältigt. Heute wisse man, daß viele der kleineren lokalen Heiligen *genii loci* sind, Geister, die bestimmte Quellen oder Bäume bewohnen.

Sie sagte auch: »Also ist das Mädchen, das beim Tanzen stolpert, auch die gefallene Frau, und die anderen steinigen sie.«

»Sie steinigen sie nicht«, sagte ich, »sie schlagen und treten sie nur.«

»Es gibt Grausameres als das«, sagte sie.

Freitag. – Seltsam mutet mich an, daß sie nirgends als hier zu leben scheint. Es ist fast, als wäre sie aus dem Sturm getreten wie eine Seehundfrau oder Undine, die durchnäßt eine Zuflucht erfleht. Sie schreibt keine Briefe und fragt nie, ob Briefe für sie gekommen seien. Ich weiß gewiß, daß ihr etwas widerfahren sein muß – ich bin kein Kind –, etwas Furchtbares, etwas, wovor sie geflohen ist, wie ich annehme. Ich habe sie nie dazu befragt, denn es ist nicht zu übersehen, daß sie nicht wünscht, darüber befragt zu werden. Bisweilen jedoch verärgere ich sie, ohne mir dessen bewußt zu sein.

So fragte ich sie, wie es zu dem merkwürdigen Namen des Hundes gekommen sei, und sie begann mir zu erzählen, daß er aus einem Scherz heraus so genannt worden war, wegen eines Märchens, in dem eine Blanche und ein Hund Wacker und eine Prinzessin vorkamen. Sie sagte: »Und in unserem Haushalt gab es eine Blanche, und mich nannte man Prinzessin, deshalb nannten wir ihn Hund Wakker–«, und dann wandte sie ihr Gesicht ab und sprach nicht weiter, als hätte es ihr die Sprache verschlagen.

Toussaint, 1. November. – Heute nimmt das Erzählen seinen Anfang. In der ganzen Bretagne nimmt zu Toussaint, dem ersten November, im Monat der Dunkelheit, das Geschichtenerzählen seinen Anfang. Es währt bis zum Ende des Dezembers, des Monats der allergrößten Dunkelheit, bis zur Weihnachtsgeschichte. Überall gibt es Erzähler. In unserem Dorf versammeln die Leute sich um die

Werkbank des Schuhmachers Bertrand oder um den Amboß des Schmiedes Yannick. Sie bringen ihre Arbeit mit und wärmen einander durch das Beisammensein – oder durch die Hitze der Schmiede – und lauschen den Botschaften in der Dunkelheit, die außerhalb ihrer dicken Mauern dräut, dem unerwarteten Knarren des Holzes, dem Flügelschlagen oder gar dem Quietschen der Achsen des holprigen Gefährts des Ankous.

Mein Vater pflegte mir während der zwei dunklen Monate jeden Abend Geschichten zu erzählen. Dieses Jahr wird es nicht anders sein, sieht man davon ab, daß Christabel bei uns ist. Die Zuhörerschaft meines Vaters ist nicht so groß wie bei Bertrand oder Yannick, und sein Erzählen – um die Wahrheit zu sagen – ist nicht so dramatisch wie das ihre, es ist von der gelehrten Höflichkeit geprägt, die ihm eigen ist, einem pedantischen Beharren auf Genauigkeit, es kennt kein Pam! und Pouf!, wie sie Dämon oder Wolfsmann ausstoßen. Und dennoch hat er mir im Verlauf der Jahre den unverrückbaren Glauben an die Geschöpfe seiner Mythen und Legenden eingeflößt. Das Märchen von der Quelle Baratoun, der Feenquelle im Zauberwald von Brocéliande, eröffnete er stets mit einer gelehrten Aufzählung all der möglichen Namen des Waldes. Ich kann die Litanei noch heute aufsagen: Breselianda, Bercillant, Brucellier, Berthelieu, Berceliande, Brecheliant, Brecelieu, Brecilieu, Brocéliande. Ich höre ihn noch heute in pedantischem und geheimnisvollem Ton sagen: »Die Örtlichkeit verändert ihren Namen, wie sie ihre Grenzen und die Ausrichtung ihrer dunklen Wege und bewaldeten Alleen verändert – man kann sie weder festhalten noch eingrenzen, genausowenig wie ihre unsichtbaren Bewohner und magischen Eigenschaften, doch sie währt allezeit, und jeder dieser Namen bezeichnet nur einen Zeitraum, einen Aspekt des Ganzen ...« Jeden Winter erzählt er die Geschichte von Merlin und Viviane, jedesmal die gleiche Geschichte, niemals auf die gleiche Weise erzählt.

Christabel sagt, auch ihr Vater habe ihr des Winters Geschichten erzählt. Sie scheint bereit, sich unserem Kreis um das Feuer einzugliedern. Was wird sie erzählen? Einmal hatten wir einen Besucher, der eine Geschichte ohne Leben erzählte, eine hübsche kleine politische Allegorie mit Louis-Napoléon als Menschenfresser und Frankreich als seinem Opfer, und es war, als hätte ein Netz einen Fang toter Fische mit stumpfen, lockeren Schuppen an Land gezogen, niemand wußte, wohin man den Blick richten, wie man ein Lächeln finden sollte.

Aber sie ist klug, und in ihren Adern fließt bretonisches Blut.

»Leih dein ernst Gehör dem, was ich kundtun will«, sagte sie auf englisch, als ich fragte, ob sie erzählen wolle (ich weiß, daß der Geist in *Hamlet* diese Worte sagt, und sie waren sehr *à propos*).

Gode gesellt sich uns stets zu und erzählt vom jährlichen Verkehr zwischen dieser Welt und *jener*, die jenseits der Schwelle liegt, welche zu Toussaint in beide Richtungen überschritten werden kann, von lebenden Menschen, die jene Welt betreten, und von Kundschaftern oder Vorposten oder Boten, von dort entsandt in unser kurz währendes Tageslicht.

Toussaint, spät nachts. – Mein Vater erzählte die Geschichte von Merlin und Viviane. Die Figuren sind von Jahr zu Jahr nie dieselben. Merlin ist immer alt und weise und weiß um sein Verhängnis. Viviane ist immer wunderschön und wechselhaft und gefährlich. Das Ende ist immer gleich, ebenso das, was das Wesentliche der Geschichte ist – der alte Zauberer, der zu der uralten Feenquelle gelangt, die Anrufung der Fee, ihre Liebe unter den Weißdornbüschen, die Verzauberung des alten Mannes, um zu bewirken, daß er ihr den Zauberspruch verrät, der um ihn einen Turm zu errichten vermag, den niemand als er sehen und berühren kann. Doch innerhalb dieses Gerüsts erzählt mein Vater viele verschiedene Geschichten. Manchmal sind die Fee und der Zauberer wahre Liebende, deren Wirklichkeit nur die erträumte Kammer ist, die sie unter seiner Mithilfe aus Luft in ewigwährenden Stein verwandelt. Manchmal ist er alt und müde und bereit, seine Last abzulegen, und sie ist ein Plagegeist. Manchmal ist es ein Kräftemessen zwischen ihrem Geist und seinem, wo sie von brennender Eifersucht angetrieben ist, von einem dämonischen Willen, ihn zu überwältigen, und wo er über alle Maßen klug und weise und dennoch machtlos ist. Heute abend war er weder so hinfällig noch so klug – er war von der traurigen Höflichkeit dessen, der wußte, daß nun ihre Zeit gekommen war, der bereit war für das, was ihn als ewige Ohnmacht, ewiger Traum, ewiges Nachsinnen erwartete. Die Schilderung der Feenquelle mit ihren kalten, dunklen, kochenden Kreisen war meisterhaft, und meisterhaft waren die Blumen auf dem Bett der Liebenden – verschwenderisch verstreute mein Vater erdachte Primeln und Glockenblumen; er ließ Vögel in dunklen Stechpalmen und Eiben singen, und ich erinnerte mich an meine Kindheit, als ich in Märchen und Geschichten lebte, als ich Blumen und Quellen und verborgene Pfade und machtvolle Gestalten sah und das wirkliche Leben, das Haus, den Obstgarten, Gode, nicht verachtete, nein, aber geringschätzte.

Als er schwieg, sagte sie mit sehr leiser, aber klarer Stimme: »Du bist selbst ein Zauberer, Cousin Raoul. Du wirkst Lichter und Düfte in der Dunkelheit und rufst vergangene Leidenschaften wach.«

Er sagte: »Ich biete mein Können dar, wie der alte Zauberer es vor der jungen Fee tat.«

Sie sagte: »Du bist nicht alt.« Sie sagte: »Ich entsinne mich, daß mein Vater diese Geschichte erzählte.«

»Sie gehört allen.«

»Und was bedeutet sie?«

Da war ich böse auf sie, denn wir sprechen nicht in dieser pedantischen Art des neunzehnten Jahrhunderts über Bedeutungen, wenn wir in den dunklen Nächten beieinander sitzen; wir erzählen und lauschen und glauben. Ich dachte, er würde ihr nicht antworten, aber er sagte nachdenklich und nicht unfreundlich:

»Es ist, so scheint mir, eine der vielen Geschichten, die von der Angst vor dem Weiblichen künden. Von der Angst des Mannes, durch die Leidendschaft unterjocht zu werden, wer weiß – vom Schlaf der Vernunft unter der Herrschaft von – wie soll ich sagen – Verlangen, Intuition, Phantasie. Aber die Geschichte ist viel älter – in ihren versöhnlichen Stellen würdigt sie die alten weiblichen Gottheiten der Erde, die durch das Christentum entthront wurden. So, wie Dahut die gute Zauberin war, bevor sie zur Zerstörerin wurde, so war Viviane eine der lokalen Quell- und Stromgottheiten – denen wir noch immer Tribut zollen mit unseren kleinen Heiligtümern für irgendwelche –«

»Ich habe es immer anders ausgelegt.«

»Und wie, Cousine Christabel?«

»Als Geschichte der weiblichen Eifersucht auf die Macht des Mannes – sie wollte nicht ihn, sondern seine Zauberkunst – bis sie merkte, daß die Zauberkunst ihr nur dazu verhalf, *ihn* zu unterwerfen – und was hatte sie dann mit all ihrem Können erreicht?«

»Das ist eine entstellende Auslegung.«

»Ich besitze ein Bild«, sagte sie, »das den Augenblick des Triumphs darstellt – vielleicht ist es eine Entstellung.«

Ich sagte: »Zuviel Bedeutung ist nicht gut an Toussaint«.

»Die Vernunft soll schlafen«, sagte Christabel.

»Vor der Bedeutung sind die Geschichten da«, sagte ich.

»Wie ich sagte: Die Vernunft soll schlafen«, wiederholte sie.

Ich glaube nicht an all diese *Erklärungen*. Sie mindern, was sie erläutern. Die Idee des Weiblichen ist nicht so strahlend wie Viviane, und die Idee Merlins läßt sich nicht auf die Allegorie männlichen Wissens beschränken. Er ist Merlin.

2. November. – Heute erzählte Gode Geschichten von der Baie des Trépassés. Ich habe Christabel versprochen, daß wir bei gutem Wetter eine Fahrt dorthin machen werden. Der Name bewege sie, sagt sie. Es ist weniger die Bucht der Toten als die Bucht jener, welche die Schranke überwunden haben, die diese Welt von *jener* trennt. Mein Vater sagt, der Name müsse sich keineswegs aus dergleichen herleiten, sondern könne der Bucht deshalb verliehen worden sein, weil an ihrem scheinbar so ruhigen, milden Strand die Überreste von Schiffen und Männern an Land gespült werden, die an den schrecklichen Riffen der Pointe du Raz und der Pointe du Van zerschellten. Aber er sagt auch, die Bucht gelte seit alters her als einer jener Orte auf der Welt – wie Vergils Hain des goldenen Zweiges, wie das, was Tam Lin unter dem Berg findet –, wo zwei Welten einander begegnen. Von hier aus wurden zu Zeiten der Kelten die Toten auf ihre letzte Reise zur Ile de Sein gesandt, wo die druidischen Priesterinnen sie empfingen (kein Mann durfte ihre Insel betreten). Dort fanden sie – so heißt es in manchen Legenden – den Weg zum irdischen Paradies, dem Land goldener Äpfel inmitten von Winden und Stürmen und dunklen Wasserströmen.

Godes Erzählweise kann ich nicht festhalten. Mein Vater hat sie bisweilen aufgefordert, ihm Geschichten zu erzählen, die er Wort für Wort aufzuschreiben versucht hat, um den Rhythmus ihrer Sprache zu bewahren, nichts hinzufügend, nichts weglassend. Doch so getreu er auch verfahren mag, auf dem Papier besitzen ihre Worte kein Leben mehr. Einmal sagte er nach einem solchen Experiment zu mir, er begreife nun, warum die Druiden geglaubt hatten, daß das gesprochene Wort der Lebensodem und das Schreiben eine Form des Todes sei. Zuerst dachte ich an mein Tagebuch, daran, daß ich Christabels Rat befolgen und so genau wie möglich aufzeichnen wollte, was ich vernahm, doch auf seltsame Weise beraubte meine bloße Absicht mein Zuhören und Godes Erzählen bereits des Lebens, und aus Höflichkeit und noch etwas anderem gab ich mein Vorhaben auf. (Doch *Interesse* ist auch etwas Lebendiges, es *muß* eine Möglichkeit geben, über solche Dinge zu schreiben.)

Jetzt also werde ich etwas erzählen, was nicht Godes Geschichte ist, obwohl es sie einmal war. Nochmals. Schreibe es wie eine Erzählung, schreibe es, um es zu *schreiben* – wie klug von mir, dieses Tagebuch nur für mich zu führen. Denn nun kann ich schreiben, um herauszufinden, was ich sah.

Und um Schmerz in Interesse zu verwandeln, in Neugier, die meine Rettung sein soll.

Godes Geschichten benötigen mehr noch als die meines Vaters, daß es draußen finster ist und daß Erzähler und Zuhörer drinnen nah beieinander sitzen. Unsere große Diele ist bei Tageslicht recht kahl und abweisend, kein Ort, der zur Vertraulichkeit einlädt. Doch nachts im Monat der Dunkelheit verhält es sich anders. Holzscheite brennen im großen Kamin – flackernd und unbeständig zu Beginn des Abends, schwarz, wo das Feuer sie nicht erfaßte, doch im späteren Verlauf des Abends glühen die dunkelroten und goldenen Schlacken in ihrem dicken, warmen Mantel aus grauer Asche unter dem brennenden Holz. Und die hohen, lederbezogenen Rücken der Stühle bilden eine Art Mauer gegen die Kälte, die am anderen Ende des Raums herrscht, und der Feuerschein vergoldet unsere Gesichter und rötet die weißen Manschetten und Kragen. An diesen Abenden benutzen wir keine Öllampen – wir arbeiten beim Feuerschein, Arbeiten, die man bei so unbeständigem Licht tun kann, Stricken, Zerschneiden, Flechten. Gode bringt sogar bisweilen einen Kuchenteig mit, den sie anrührt, oder eine Schüssel voll gerösteter Kastanien, die es zu schälen gilt. Doch wenn sie erzählt, erhebt sie beide Hände oder wirft den Kopf zurück oder schüttelt ihr Umschlagtuch, so daß lange, rissige Schatten an der Decke in die Dunkelheit der unsichtbaren anderen Hälfte des Raums verlaufen oder riesige Gesichter mit offenen Mündern und gespenstischen Nasen und Kinnen – unsere eigenen Gesichter, durch die Flammen zu denen von Hexen und Gespenstern verzerrt. Und Godes Erzählen ist das Spielen mit alledem – mit dem Feuerschein und den gestikulierenden Schatten und dem Züngeln von Licht und Dunkelheit, und sie bändigt und bündelt all diese Bewegungen, wie es meiner Meinung nach der Dirigent eines Orchesters mit den einzelnen Instrumenten macht. (Ich habe noch nie ein Orchester gehört. Ich habe ein, zwei damenhafte Harfen gehört und die Pfeifen und Trommeln auf der *Kermesse*, aber all die erhabenen Töne, von denen ich lese, muß ich mir, so gut es geht, über die Orgel in der Kirche vorzustellen versuchen.)

Mein Vater saß in seinem Stuhl mit der hohen Rückenlehne am Feuer, und rötliche Lichter spielten in seinem Bart, der noch nicht ganz ergraut ist, und neben ihm saß Christabel, auf einem niedrigeren Stuhl, tiefer im Dunkeln, deren Hände geschäftig strickten. Und Gode und ich saßen an der anderen Seite des Feuers.

Gode sagte:

»Es war einmal ein junger Seemann, der nichts besaß als seinen Mut und seine blitzenden Augen – die jedoch blitzten hell, so hell – und die Kraft, die ihm die Götter gegeben hatten, nicht eben wenig Kraft.

Er war keine gute Partie für die Mädchen aus dem Dorf, denn es hieß, er sei nicht nur arm, sondern auch unbesonnen, doch die jungen Mädchen sahen ihm nach, wenn er vorbeiging, wie ihr euch denken könnt, und am liebsten sahen sie ihn tanzen mit seinen langen, langen Beinen und seinen geschickten Füßen und seinem lachenden Mund.

Und mehr als alle anderen liebte es die Tochter des Müllers, ihn zu sehen, ein schönes, stattliches und stolzes Mädchen, das drei breite Samtbänder am Rock trug und ihn nicht merken ließ, wie gern es ihn sah, sondern aus dem Augenwinkel mit glänzenden Augen nach ihm sah, wenn er es nicht merkte. Und viele taten das, denn so ist es immer. Die einen werden angesehen, und die anderen können sich nach einem bewundernden Blick verzehren, bis sie der Teufel holt, denn der Heilige Geist macht die Menschen krumm oder gerade, und daran ist nichts zu ändern.

Und der junge Mann kam und ging, denn sein Herz hing an den weiten Reisen, er zog den Walen nach bis über das Ende der Welt hinaus, dorthin, wo das Meer kocht und die großen Fische wie versunkene Inseln in ihm schwimmen und die Meerjungfrauen mit ihren Spiegeln und ihren grünen Schuppen und ihrem gewundenen Haar singen, wenn man den Erzählungen glauben darf. Er war als erster im Ausguck, und seine Harpune war die tödlichste, aber Geld verdiente er keines, denn den Gewinn strich der Schiffseigner allein ein, und deshalb kam und ging er.

Und als er einmal kam, saß er auf dem Platz und erzählte, was er erlebt hatte, und alle lauschten ihm. Und die Müllerstochter kam dazu, so sauber und stolz und adrett, und er sah, daß sie am Rande lauschte, und er sagte, er werde ihr ein seidenes Band aus dem Osten mitbringen, wenn sie wolle. Und sie sagte kein Wort, nicht nein und nicht ja, aber er sah wohl, daß sie es wollte.

Und er ging wieder davon und holte in einem jener Länder, wo die Frauen goldene Haut haben und Haar wie schwarze Seide, von der Tochter eines Seidenhändlers das Band, denn auch dort lieben es die Frauen, einen Mann mit langen, langen Beinen und geschickten Füßen und einem lachenden Mund tanzen zu sehen. Und er sagte zur Tochter des Seidenhändlers, er werde wiederkommen, und er brachte das seidene Band, in duftendes Papier eingeschlagen, und beim nächsten Dorftanz gab er es der Müllerstochter und sagte: ›Hier ist dein Band.‹

Und ihr Herz klopfte gewaltig gegen ihre Rippen, das könnt ihr mir glauben, aber sie bezwang sich und fragte kühl, was sie ihm dafür zu bezahlen habe. Es war ein wunderschönes Band, ein Seidenband in allen Farben des Regenbogens, wie man es in diesem Teil der Welt noch nie gesehen hatte.

Und er war sehr ärgerlich darüber, daß sein Geschenk so behandelt wurde, und sagte, sie habe dafür zu bezahlen, was es die gekostet hatte, von der er es geholt hatte. Und sie sagte:

›Was war es?‹

Und er sagte: ›Schlaflose Nächte, bis ich wiederkomme.‹

Und sie sagte: ›Der Preis ist zu hoch.‹

Und er sagte: ›Der Preis ist festgesetzt, und du mußt ihn zahlen.‹

Und sie zahlte ihn, das könnt ihr mir glauben, denn er sah, wie es um sie stand, und ein Mann, der in seinem Stolz verletzt ist, nimmt sich, was er haben kann, und er nahm es sich, denn sie hatte ihn tanzen gesehen, und sie war ganz verdreht und verrückt in Geist und Verstand durch seinen Stolz und sein Tanzen.

Und er fragte, ob sie auf ihn warten werde, bis er wiederkomme und ihren Vater um ihre Hand bitte, wenn er wieder fortgehe und irgendwo in der Welt eine Zukunft finde.

Und sie sagte: ›Lang werde ich warten müssen, wenn ich auf dich warte, der du in jedem Hafen eine Frau auf dich warten hast, ein Band, das auf jedem Kai in jeder Brise flattert.‹

Und er sagte: ›Du wirst warten.‹

Und sie sagte kein Wort, nicht nein und nicht ja.

Und er sagte: ›Du bist eine Frau mit einem verwünschten Gemüt, aber ich werde wiederkommen, und dann werden wir sehen.‹

Und nach einiger Zeit sahen die Leute, daß ihre Schönheit verschwand und ihr Schritt zu einem Kriechen wurde und daß sie den Kopf nicht mehr erhoben hielt und plump und schwerfällig am ganzen Körper wurde. Und sie begann im Hafen zu warten, um zu sehen, welche Schiffe einliefen, und obwohl sie nach niemandem fragte, wußte ein jeder sehr wohl, warum sie da war und auf wen sie wartete. Aber sie sagte nichts, kein Wort. Doch sah man sie dort oben, wo die Kapelle Unserer Heiligen Frau ist, und sie betete, wie man wohl annehmen muß, wenngleich niemand ihre Gebete hörte.

Und nach noch längerer Zeit, als viele Schiffe gekommen und abgefahren waren und andere wiederum Schiffbruch erlitten und ihre Besatzungen verloren hatten, niemand jedoch von diesem einen Schiff etwas gehört oder gesehen hatte, war es dem Müller, als höre er in seiner Scheune eine Eule schreien oder eine Katze maunzen, doch als er hinkam, war nichts und niemand dort zu sehen als Blut auf dem Stroh. Und er rief seine Tochter, und sie kam und war totenblaß und rieb sich die Augen wie schlaftrunken, und er sagte: ›Auf dem Stroh ist Blut‹, und sie sagte: ›Ich wäre dir dankbar, wenn du mich nicht aus dem Schlaf wecken würdest, um mir zu sagen, daß der Hund in der Scheune eine Ratte getötet oder die Katze dort eine Maus gefressen hat.‹

Und alle sahen, wie weiß sie war, aber sie hielt sich aufrecht, die Kerze in der Hand, und alle gingen ins Haus zurück.

Und dann kam das Schiff zurück, vom Meer in den Hafen, und der junge Mann sprang an Land, um zu sehen, ob sie auf ihn wartete, und sie war nicht da. Nun hatte er sie in Gedanken überall auf der Welt vor sich gesehen, klar und deutlich, wie sie auf ihn wartete, mit ihrem stolzen, hübschen Gesicht und dem bunten Band in der Brise, und sein Herz verhärtete sich, wie ihr verstehen werdet, weil sie nicht gekommen war. Aber er fragte nicht nach ihr, sondern küßte die Mädchen und lächelte und lief den Hügel hoch zu seinem Haus.

Und da sah er etwas, ein bleiches Wesen, das sich im Schatten einer Mauer dahinschleppte, mühsam und zögernd. Und er erkannte sie nicht sogleich. Und sie dachte, sie könne unerkannt vorbeikriechen, da sie so verändert war.

Er sagte: ›Du bist nicht gekommen.‹

Und sie sagte: ›Ich konnte es nicht.‹

Und er sagte: ›Aber trotzdem bist du hier auf der Straße.‹

Und sie sagte: ›Ich bin nicht mehr, was ich war.‹

Und er sagte: ›Was schert mich das? Du bist nicht gekommen.‹

Und sie sagte: ›Es mag dich nichts scheren, aber mir bedeutet es etwas. Die Zeit ist nicht stehengeblieben. Was vergangen ist, ist vergangen. Ich muß weitergehen.‹

Und sie ging.

Und an jenem Abend tanzte er mit Jeanne, der Tochter des Schmiedes, die schöne weiße Zähne und rundliche kleine Hände wie dicke Rosenknospen hatte.

Und am Tag darauf suchte er die Müllerstochter und fand sie in der Kapelle auf dem Hügel.

Er sagte: ›Komm mit mir herunter.‹

Sie sagte: ›Hörst du kleine Füße tanzen, nackte kleine Füße?‹

Und er sagte: ›Nein. Ich höre das Meer, das auf den Strand trifft, und den Wind, der über das dürre Gras streicht, und den Wetterhahn, der sich im Wind dreht und knarrt.‹

Und sie sagte: ›Die ganze Nacht haben sie in meinem Kopf getanzt, so herum und anders herum, so daß ich nicht schlafen konnte.‹

Und er: ›Komm mit mir herunter.‹

Und sie: ›Aber hörst du das Tanzen denn nicht?‹

Und so ging es eine Woche oder einen Monat oder zwei Monate lang – er tanzte mit Jeanne und ging zur Kapelle hoch, wo er von der Müllerstochter immer nur die eine Antwort bekam, und zu guter Letzt wurde er es müde, wie es bei unbesonnenen und schmucken Männern geschieht, und er sagte: ›Ich habe gewartet, obwohl du nicht gewartet hast. Komm nun, oder ich warte nicht länger.‹

Und sie: ›Wie kann ich kommen, wenn du das kleine Ding nicht tanzen hören kannst?‹

Und er sagte: ›Dann bleib bei deinem kleinen Ding, wenn du es lieber hast als mich.‹

Und sie sagte kein Wort, sondern lauschte auf das Meer und den Wind und den Wetterhahn, und er ließ sie allein.

Und er heiratete Jeanne, die Tochter des Schmiedes, und bei der Hochzeit wurde fleißig getanzt, und der Dudelsackpfeifer spielte auf, das könnt ihr mir glauben, und die Trommeln dröhnten und donnerten, und er sprang mit seinen langen, langen Beinen und seinen geschickten Füßen und seinem lachenden Mund umher, und Jeanne war vor lauter Wirbeln und Drehen ganz rot im Gesicht, und draußen erhob sich ein Sturmwind, und die Wolken verschluckten die Sterne. Aber sie gingen fröhlich zu Bett, voll guten Apfelweins, und sie versperrten ihre Türen vor dem Wetter und verkrochen sich in ihre warmen Federbetten.

Und die Müllerstochter kam barfuß und im Hemd auf die Straße und lief hierin und dorthin und hielt die Hände ausgestreckt wie eine Frau, die ein Huhn einzufangen sucht, und rief: ›Warte doch, warte doch.‹ Und *manche* behaupten, sie hätten ein nacktes kleines Kind vor ihr hertanzen sehen, das sie neckte, vor- und zurücksprang, mit ausgestreckten Fingern vor sich deutete und einen Haarschopf wie gelbes Feuer hatte. Und *andere* sagen, es wäre nichts gewesen als aufgewirbelter Staub auf der Straße, in dem sich ein paar Haare und ein Zweig verfangen hatten. Und der Müllersbursche sagte, er habe schon seit Wochen kleine, nackte Füße auf dem Speicher gehen und springen gehört. Und die alten Weiber und die jungen Schlauköpfe, die es nicht besser wissen, sagten, er habe gewiß Mäuse gehört. Und er sagte, er habe im Lauf seines Lebens genug Mäuse gehört, um zu wissen, wann er es mit Mäusen zu tun hätte und wann nicht, und er galt als vernünftiger junger Mann.

Und die Müllerstochter lief hinter dem tanzenden Ding her, die Straßen entlang und über den Platz und den Hügel hoch zur Kapelle, und sie zerkratzte sich die Beine an den Dornen und hielt die Hände ausgestreckt und rief unablässig: ›Warte doch, warte doch.‹ Aber das Ding tanzte immer voraus, so lebhaft, das könnt ihr mir glauben, es glitzerte und drehte sich und wand sich und stampfte mit seinen kleinen Füßen auf Steinen und Rasen auf, und sie kämpfte gegen den Wind an, der sich in ihren Röcken verfing, und gegen die Dunkelheit, die sie blendete. Und sie lief ins Leere, als sie rief: ›Warte doch, warte‹, und stürzte sich zu Tode auf den spitzen Felsen unten am Kliff, und sie fanden sie bei Ebbe, zerschunden und entstellt, gewiß kein schöner Anblick, wie ihr euch denken könnt.

Doch als er auf die Straße trat und es sah, da nahm er ihre Hand und sagte: ›Das ist meine Schuld, weil ich kleinmütig war und nicht an dein kleines, tanzendes Ding glauben wollte. Jetzt aber höre ich es deutlich, oh, so deutlich.‹

Und seitdem hatte die arme Jeanne keine Freude mehr an ihm.

Und als Toussaint kam, erwachte er plötzlich und hörte kleine Hände klatschen und kleine Füße stampfen, rings um sein Bett herum, und kleine Stimmchen riefen in Zungen, die er noch nie gehört hatte, er, der er doch die Welt umsegelt hatte.

Und er warf das Bettzeug ab und sah um sich, und er sah das kleine Ding, ganz nackt und blau vor Kälte und dennoch rosig vor Erhitztheit – so schien es ihm, wie ein Fisch und eine Sommerblume in einem, und es schüttelte sein schimmerndes Köpfchen und tanzte davon, und er folgte ihm. Und er folgte und folgte, immer weiter, bis sie zur Baie des Trépassés kamen, und die Nacht war sternenklar, doch über der Bucht hing ein Nebelschleier.

Und die Wellen kamen eine nach der anderen vom Meer herein,

eine nach der anderen, eine nach der anderen, und da sah er die Toten auf den Wellenkämmen, die aus dem Jenseits kamen, dünn und grau, und sie hielten die kraftlosen Arme ausgestreckt und schwankten im Seegang auf und ab und riefen mit hohen Stimmchen. Und das tanzende Ding stampfte und sprang vor ihm her, und er kam zu einem Boot, das mit dem Bug zum Wasser lag, und als er das Boot bestieg, merkte er, daß es voller Gestalten war, die sich bewegten und drängten, aber unsichtbar blieben.

Er sagte, es seien so viele Tote gewesen – im Boot und auf den Wellenkämmen –, daß das Gefühl der Enge ihm Beklemmungen gemacht habe, denn obwohl sie bloße Schatten waren, durch die er die Hand hindurchstrecken konnte, drängten sie sich eng um ihn und riefen auf den Wellen mit ihren schrillen, aufgeregten Stimmen, und sie waren so viele, so viele, als würde im Kielwasser eines Schiffes nicht ein Schwarm Möwen ziehen, sondern als wären Himmel und Meer nichts als Federn und jede einzelne Feder eine Seele, so sei es gewesen, sagte er später.

Und er sagte zu dem tanzenden Kind: ›Sollen wir das Boot zu Wasser lassen?‹

Und das Ding schwieg und antwortete nicht.

Und er sagte: ›Bis hierher bin ich dir gefolgt, und ich fürchte mich sehr, aber wenn ich zu ihr gelangen kann, will ich dir weiter folgen.‹

Und das kleine Ding sagte: ›Warte.‹

Und er dachte an sie zwischen all den anderen auf dem Wasser mit ihrem abgemagerten weißen Gesicht und ihren flachen Brüsten und ihrem abgezehrten Mund, und er rief ihr nach: ›Warte‹, und ihre Stimme erklang hohl wie ein Echo:

›Warte.‹

Und er drang mit seinen Armen durch die Luft, die voller Wesen war, und er schüttelte seine geschickten Füße im Staub der Toten auf den Bootsplanken, aber nichts bewegte sich, und die Wellen rollten an ihm vorbei, eine nach der anderen, eine nach der anderen, eine nach der anderen. Dann habe er versucht hineinzuspringen, sagt er, es aber nicht vermocht. Und so stand er da bis zum Tagesanbruch und spürte, wie sie kamen und gingen, hereinströmten und zurückwichen, und hörte ihre Rufe und das kleine Ding, das sagte:

›Warte.‹

Und in der Morgendämmerung des folgenden Tages kehrte er als gebrochener Mann in das Dorf zurück. Und er saß mit den alten Männern auf dem Dorfplatz, er in der Blüte seiner Jahre, und sein Mund wurde schlaff, und sein Gesicht verfiel, und die meiste Zeit über sagte er nichts außer ›Ja, ich höre‹ und ›Ich warte‹, nichts als diese zwei Dinge.

Und vor zwei oder drei oder auch zehn Jahren erhob er den Kopf und sagte: ›Hört ihr nicht das kleine Ding tanzen?‹ Und sie sagten nein, aber er ging ins Haus und machte ganz selbstverständlich sein Bett und rief die Nachbarn zusammen und gab Jeanne den Schlüssel zu seiner Seemannstruhe und legte sich nieder, so dünn und abgemagert, und sagte: ›Nun habe ich am längsten gewartet, aber jetzt höre ich es stampfen, das kleine Ding ist ungeduldig, obgleich ich geduldig genug war.‹ Und um Mitternacht sagte er: ›Da bist du ja‹, und er starb.

Und im Raum roch es nach Apfelblüten und zugleich nach reifen Äpfeln, sagte Jeanne. Und Jeanne heiratete den Metzger und gebar ihm vier Söhne und drei Töchter, die alle gesund und kräftig sind, aber keine Neigung zum Tanzen haben.«

Nein, ich habe es nicht erzählt wie Gode. Ich habe ihre Ausschmükkungen weggelassen und meinen eigenen Ton hineingebracht, einen literarischen Ton, den ich vermeiden wollte, etwas Gefälliges, etwas Geziertes, wie es den Unterschied zwischen den Märchen der Brüder Grimm und La Motte Fouqués *Undine* ausmacht.

Ich muß aufschreiben, was ich sah und, schlimmer noch, wenn ich es vermag, was ich dachte. Als Gode erzählte, sah ich, daß Christabel immer schneller strickte und ihren schimmernden Kopf tief über die Arbeit gebeugt hielt. Und nach einiger Zeit legte sie ihre Arbeit beiseite und führte eine Hand erst an ihre Brust und dann an ihre Stirn, als sei ihr heiß und als ringe sie nach Luft. Und dann sah ich, wie mein Vater die unruhige kleine Hand ergriff und festhielt. (Sie ist nicht gar so klein; das zu behaupten ist nur dichterische Verklärung; sie ist kräftig, eine nervöse, aber kraftvolle Hand.) Und sie ließ ihm ihre Hand. Und als Godes Geschichte zu Ende war, beugte er den Kopf und küßte ihr Haar. Und sie legte ihre zweite Hand auf die seine und blieb so sitzen.

Als wir so am Feuer saßen, sahen wir wie eine Familie aus. Ich war es immer gewohnt, meinen Vater für alt zu halten, so alt, und meine »Cousine« Christabel für eine junge Frau etwa meines Alters, eine Freundin, eine Vertraute, ein Vorbild.

Aber in Wirklichkeit ist sie viel älter, als ich es bin, auch wenn sie mir im Alter näher ist als ihm. Und er ist nicht alt. Sie hat selbst zu ihm gesagt, daß sein Haar nicht grau sei, daß er nicht alt sei wie der Zauberer Merlin.

So hatte ich es nicht gewollt. Ich wollte, daß sie bei uns blieb und eine Freundin, eine Gefährtin war.

Ich wollte nicht, daß sie meinen Platz einnahm. Den Platz meiner Mutter.

Das sind verschiedene Dinge. Ich habe nie den Platz meiner Mutter einnehmen wollen, aber mein Platz ist, was er ist, weil es sie nicht gibt. Und ich will nicht, daß eine andere sich um meinen Vater kümmert oder als erste das Recht hat, seine Gedanken, seine Entdeckungen zu erfahren.

Oder sich seine Liebkosungen erschleicht, schreibe es, denn das empfand ich, sich seine Liebkosungen erschleicht.

Als wir zu Bett gingen, hielt ich ihm nicht die Wange zum Kuß hin. Und als er die Arme öffnete, machte ich steif und gezwungen schnell einen Schritt vor und wieder zurück. Ich habe ihn nicht angesehen; ich weiß nicht, wie er es aufgenommen hat. Ich bin in mein Zimmer hochgelaufen und habe die Tür zugemacht.

Ich muß mich vorsehen, daß ich mich nicht ungebührlich benehme. Ich habe nicht das Recht, mich über selbstverständliche Freundlichkeiten zu empören oder eine Veränderung zu fürchten, von der er annehmen kann, daß ich sie begrüße, denn oft genug habe ich mich über unser eintöniges Leben beklagt.

Wie ein Dieb in der Nacht, hätte ich am liebsten herausgeschrien, wie ein Dieb in der Nacht.

Es ist besser, zu schreiben aufzuhören.

November. – Mein Vater findet in letzter Zeit viel Vergnügen an ihrer Gesellschaft. Ich erinnere mich, wie froh ich war, als sie begann, mit ihm zu sprechen, weil ich dachte, dann würde sie uns nicht verlassen und unser Haushalt würde fröhlicher sein. Sie stellt ihm kluge Fragen, klügere, als ich sie stelle oder gestellt habe, weil ihr Interesse neuer ist und weil sie ihm neues Wissen bringt, andere Lektüren, die ihres Vaters und ihre eigene. All meine Gedanken hingegen – außer denen, die meine eigenen sind und ihn nicht interessieren, weil er sie als trivial, weiblich und *unfruchtbar* betrachten würde –, all meine Gedanken, die ihn interessieren könnten, stammen von ihm. Und zuletzt, bevor sie ankam, habe ich nicht mehr viel Anteilnahme für all das aufgebracht – den ewigen Nebel und Regen und den tobenden Ozean und die Druiden und Dolmen und all die alten Zauberbräuche. Ich wollte Paris kennenlernen und dort in Hosen und Stiefeln und einem eleganten Jackett umhergehen wie Mme. Sand, frei und unserer dunstigen Einsamkeit enthoben. Vielleicht habe ich ihm unrecht getan, indem ich selbstsüchtig an mich dachte und indem ich – bisweilen – dachte, er tue mir unrecht, weil er nicht erkannte, welcher Art meine Bedürfnisse waren. Er behandelt sie so zartfühlend, seine Stimme wird so lebendig, wenn er ihr erzählt. Heute erst sagte er, es tue ihm so gut zu merken, wie sehr sie an seinen Gedanken Anteil nehme. Das waren seine Worte: »Es tut mir so gut zu merken, wie sehr du an diesen entlegenen Dingen Anteil nimmst.«

Während unserer Mittagsmahlzeit unterhielten sie sich über die Überschneidung dieser Welt mit dem Jenseits. Er sagte, wie er es oft gesagt hat, daß in unserem Teil der Bretagne – in Cornouaille, in Armoricanien – der alte keltische Glaube weiterbestehe, dem zufolge der Tod nichts anderes sei als ein Schritt – ein Übergang – zwischen zwei Stadien der Existenz eines Menschen, daß es viele solcher Stadien gebe, von denen dieses Leben eines sei, und daß eine Vielzahl von Welten gleichzeitig nebeneinander bestehe, Welten, die sich hier und dort möglicherweise berührten, kreuzten. So komme es, daß in den Grenzbereichen unseres Seins – in tiefer Nacht oder im Schlaf oder in jenem Vorhang von Schaum, wo die feste Erde auf den flüssigen Ozean trifft – Boten sich zwischen den Stadien aufhalten könnten, Boten wie Godes kleines tanzendes Ding. Oder Eulen oder jene Schmetterlinge, die von den Salzwüsten des Atlantiks landeinwärts geblasen wurden.

Er sagte, die druidische Religion, wie er sie auffasse, besitze einen Glauben an den *Mittelpunkt* – es gebe keine lineare Zeit, kein Vorher und kein Nachher – nur einen unbewegten Mittelpunkt – und das

Land Síd, das Land der Glücklichen – welches ihre steinernen Gänge nachahmten, auf das sie hinwiesen.

Für das Christentum hingegen sei dieses Leben als Leben ein Erproben, dem Himmel und Hölle als Absolutes folgten.

In der Bretagne jedoch könne ein Mann in einen Brunnen fallen und sich in einem sommerlichen Apfelgarten wiederfinden oder sich mit seiner Angelschnur im Glockenturm einer untergegangenen Kirche in einem anderen Land verfangen.

»Oder durch das Tor eines Hügelgrabs in das Land Avalon gelangen«, sagte sie.

Sie sagte: »Ich habe mich schon oft gefragt, ob das gegenwärtige Interesse an der Geisterwelt nicht darauf hindeutet, daß die Kelten in diesen Dingen recht hatten. Swedenborg bewegte sich in der Welt der Geister, und er sah dort, wie er sagt, aufeinanderfolgende Seinszustände, die alle der Läuterung dienten, mit ihren jeweiligen Heimstätten und Gotteshäusern und Bibliotheken und Weisheitsschulen. Und seit einiger Zeit sind es nicht wenige, die es danach drängt, sich um die vermeintlichen Botschaften aus jenen fragwürdigen Sphären zu bemühen, welche hinter dem Schleier liegen, der das Diesseits vom Jenseits sondert. Und ich habe selbst Dinge gesehen, die sich nicht erklären lassen – Geisterkränze, von unsichtbaren Händen dargeboten, von strahlendem Weiß und unirdischer Schönheit, Botschaften, mühsam geklopft von kleinen Händen, welche dieses Mittel der Verständigung als ungeschlacht und als ihrer vergeistigten Natur nicht angemessen empfanden, welche sich aber aus Liebe zu den Zurückgebliebenen seiner bedienten; und ich habe Musik gehört, von unsichtbaren Händen auf einem Akkordeon gespielt, das außerhalb der Reichweite der Anwesenden unter einem samtenen Bahrtuch stand, und ich sah Lichter, die sich bewegten.«

Ich sagte: »Ich kann nicht finden, daß diese Taschenspielergaukeleien etwas mit Religion zu tun haben. Oder mit dem, was wir in unseren Flüssen und Quellen hören.«

Meine Heftigkeit schien sie zu überraschen.

»Das kommt daher, daß du den Irrtum begehst zu meinen, Geister verachteten das Vulgäre ebenso wie du. Zu einer Bäuerin wie Gode darf ein Geist sprechen, weil das pittoresk ist, weil sie von romantischen Klippen umgeben ist und gleichzeitig von den allerprimitivsten Hütten und Heimen und weil dichte moralische Finsternis ihr Haus umhüllt. Aber sollte es Geister geben, so wüßte ich nicht, warum sie nicht überall sein sollten oder sein dürften. Du magst einwenden, daß Ziegelmauern und Plüschkissen und Sofaschoner, diese Beweise übertriebener Häuslichkeit, ihre Stimmen ersticken könnten. Letztlich jedoch bedürfen Möbeltischler und Tuchmachergesellen der Seelenrettung – der Versicherung eines künftigen Lebens – nicht weniger als Dichter oder Bauern. Als die Menschen eines schlichten Glaubens gewiß waren – als die Kirche etwas Greifbares in ihrer Mitte war –, da blieb der Geist brav hinter den Altarschranken, und die Seelen wagten sich – mit wenigen Ausnahmen – nicht über den Friedhof und ihre Grabsteine hinaus. Doch nun fürchten die Menschen, daß sie nicht erweckt werden, daß die Gräber verschlossen bleiben, daß Himmel und Hölle nichts weiter waren als verblaßte Fresken auf alten Kirchenwänden, Wachsengel und scheußliche Schreckgespenster – und sie fragen: Was ist dort? Und wenn es den Mann in blankgeputzten Stiefeln und mit goldener Uhrkette oder die Frau in Bombasin und mit Walfischstäben und mit ihrer Vorrichtung, die Krinoline anzuheben, wenn sie Pfützen überqueren muß – wenn es diese fetten, langweiligen Menschen danach verlangen sollte, Geister zu hören, genau wie Gode, warum sollte man es ihnen dann verwehren? Das Evangelium wurde allen Menschen verkündet, und wenn wir in aufeinanderfolgenden Stadien existieren, dann müssen die Materialisten auch in der Welt erwachen, die dieser folgt. Swedenborg sah sie in seinen Visionen den Unglauben und Zorn ausschwitzen wie Haufen glitzernder Maden.«

»Du springst zu schnell vom einen zum anderen, als daß ich etwas darauf erwidern könnte«, sagte ich recht ungnädig, »aber ich habe über das Tischerücken und die Klopfgeister in Papas Zeitschriften gelesen, und mir klingt all das nach Gaukeleien für die Augen der Leichtgläubigen.«

»Du hast Berichte von Skeptikern gelesen«, sagte sie voller Wärme. »Es ist leicht, sich darüber lustig zu machen.«

»Ich habe Berichte von Leuten gelesen, die daran glauben«, sagte ich hartnäckig, »und ich habe wohl gemerkt, daß sie es glaubten.«

»Warum bist du so verärgert, Cousine Sabine?« fragte sie.

»Weil ich dich nie zuvor etwas Dummes habe sagen hören«, erwiderte ich, und es stimmte, auch wenn es zweifellos nicht der wahre Grund für meine Verärgerung war.

»Es ist möglich, mit Taschenspielergaukeleien echte Dämonen herbeizubeschwören«, sagte mein Vater nachdenklich.

November. – Ich habe mich immer für ein liebevolles Wesen gehalten. Ich habe mich oft beklagt, nicht genug Menschen zum Lieben zu haben, Menschen, um die ich ein Aufhebens machen kann. Ich glaube behaupten zu können, daß ich bisher niemals Haß empfunden habe. Der Haß macht mir angst, es ist, als überfiele er mich wie ein Raubvogel, der seinen gekrümmten Schnabel in mein Fleisch schlägt, wie eine hungrige Kreatur mit warmem Fell und Augen voller Zorn, die aus meinen Augen blicken, und meine wahre Natur, meine Freundlichkeit und Hilfsbereitschaft, ist wie gelähmt. Ich kämpfe mit aller Kraft, aber niemandem scheint es aufzufallen. Sie sitzen bei Tisch und unterhalten sich über metaphysische Theorien, und ich sitze daneben wie eine Hexe, die ihre Gestalt verändert, ich schwelle an vor Zorn und schrumpfe vor Scham, aber sie bemerken nichts. Und auch sie verändert sich vor meinem Blick. Ich verabscheue ihren glatten, blassen Kopf und ihre grünlichen Augen und ihre glänzend grünen Füße unter ihren Röcken, so als wäre sie eine Schlange, die leise zischt wie ein Kessel auf dem Herd, aber zubeißt, wenn sie durch Mildtätigkeit in die Wärme gelangt ist. Sie hat riesige Zähne wie die Baba Jaga oder der Wolf in dem englischen Märchen, der sich als Großmutter ausgibt. Wenn sie nach einer Beschäftigung fragt, bietet er ihr *meine* Aufgaben an und streut Salz in die Wunde, indem er sagt: »Das Abschreiben war Sabine eine Last. Ich bin froh, ein zweites Paar so geübter Hände und Augen gefunden zu haben.« Wenn er an ihr vorbeigeht, streicht er ihr über das Haar, das in ihrem Nacken zusammengerollt ist. Sie wird ihn beißen. Sie wird es tun.

Wenn ich dies schreibe, weiß ich, daß ich töricht bin.

Und wenn ich *das* schreibe, weiß ich, daß ich es nicht bin.

November. – Heute habe ich einen langen Spaziergang an den Klippen unternommen. Es war kein gutes Wetter für einen Spaziergang, dicke Nebelschwaden und Gischtfetzen hingen in der Luft, und ein starker Wind blies. Ich nahm Hund Wacker mit, ohne sie zu fragen. Es machte mir Vergnügen zu denken, daß er mir inzwischen überallhin folgen würde, obwohl sie behauptet hat, er sei ein Hund, der nur einen Herren lieben könne. Daß er mich liebt, dessen bin ich mir gewiß, und er paßt zu mir, denn er ist ein trauriges und stilles Tier, er wandert tapfer durch das Unwetter, aber er ist nicht verspielt oder fröhlich, wie Hunde es sein können. Seine Liebe ist ein trauriges Zutrauen.

Sie kam mir nach. Das ist noch nie geschehen. All die Male, als ich hoffte, sie würde kommen oder mir folgen, hat sie es nie getan, es sei denn, ich bat sie darum oder überredete sie zu ihrem eigenen Besten dazu. Aber sobald ich ihr aus dem Weg gehe, kommt sie hinter mir hergelaufen – eilig, aber bemüht, sich die Eile nicht anmerken zu lassen –, in ihrem weiten Umhang mit der Kapuze und mit dem lächerlichen Regenschirm, der im Wind flatterte und vom Wind umgestülpt wird und von überhaupt keinem besonderen Nutzen ist. So ist die Menschennatur – sobald man die anderen nicht länger liebt oder benötigt, kommen sie aus freien Stücken.

Es gibt den Spazierweg, der an all den Denkmälern vorbeiführt – an den Dolmen, dem umgestürzten Menhir, der kleinen Kapelle Unserer Lieben Frau mit der Granitfigur auf der Granitplatte, die sich vom unbehauenen Stein der zwei Altertümer nicht sonderlich unterscheidet und wahrscheinlich aus einem der beiden gefertigt wurde.

Sie holte mich ein und sagte: »Cousine Sabine, darf ich mitkommen?«

»Wie du willst«, sagte ich, die Hand auf der Schulter des Hundes. »Wie es dir beliebt, meine ich.«

Wir gingen eine Weile, und dann sagte sie: »Ich fürchte, ich habe dich verärgert.«

»Nein, keineswegs.«

»Ihr wart so gut zu mir. Es war mir, als hätte ich in der Heimat deines Vaters wahrhaftig ein Sanktuarium, eine Art Heim gefunden.«

»Mein Vater und ich sind froh darüber.«

»Es will mir nicht scheinen, als wärst du froh. Ich habe eine spitze Zunge und ein dorniges Äußeres. Wenn ich irgend etwas gesagt habe –«

»Nein, das hast du nicht.«

»Aber ich habe deinen Frieden beeinträchtigt? Doch zu Anfang schienst du deinen Frieden nicht sehr zu schätzen.«

Ich konnte nichts sagen. Ich ging schneller, und der Hund lief mit großen Schritten mit.

»Alles, was ich berühre«, sagte sie, »zerstöre ich.«

»Dazu kann ich nichts sagen, da du nichts erzählt hast.«

Daraufhin schwieg sie eine Zeitlang. Ich ging immer schneller; ich kenne mich hier aus, ich bin jung und gesund; es fiel ihr nicht leicht, mit mir Schritt zu halten.

»Ich kann nicht darüber sprechen«, sagte sie nach einer Weile, nicht in klagendem Ton – den sie nie anschlagen würde –, sondern schroff, beinahe ungehalten. »Ich kann mich nicht anvertrauen. Ich ziehe mich in mich zurück, nur so kann ich überleben, nur so.«

Das ist nicht wahr, hätte ich sagen wollen, aber ich schwieg. Meinen Vater behandelst du anders, als du mich behandelst.

»Vielleicht hast du zu Frauen kein Zutrauen«, sagte ich. »Das kann dir niemand verwehren.«

»Ich habe Frauen vertraut –« begann sie und schwieg. Dann sagte sie unvermittelt: »Das hat großes Unglück bewirkt.«

Ihre Worte klangen bedeutungsschwer wie sibyllinische Worte. Ich ging noch schneller. Nach einer Weile seufzte sie leise und sagte, sie habe Seitenstechen und wolle umkehren. Ich fragte sie, ob sie Begleitung benötige. Ich fragte es in einem Ton, der es ihrem Stolz unmöglich machen mußte, dieses Angebot anzunehmen, und so war es. Ich berührte den Hund, damit er blieb, was er tat. Ich sah ihr nach, als sie umkehrte, eine Hand an die Seite gepreßt, mit gebeugtem Kopf, schwerfälligen Gangs. Ich bin jung, dachte ich, und ich hätte hinzufügen sollen: Und schlecht, aber ich tat es nicht. Ich sah ihr nach, als sie sich entfernte, und lächelte dabei. Ein Gutteil meiner hätte fast alles darum gegeben, daß es so gewesen wäre wie früher, daß sie nicht so melodramatisch und mitleiderregend gewirkt hätte, aber ich lächelte nur und schritt weiter, weil ich zumindest jung und gesund war.

Notiz von Ariane Le Minier:

Hier fehlen ein paar Seiten, und die Aufzeichnungen werden danach uninteressant und redundant. Deshalb habe ich die Zeit bis Weihnachten nicht kopiert. Wenn Sie wollen, können Sie sich das Material gerne ansehen.

Heiligabend 1859. – Wir gingen alle in die Kirche, um die Mitternachtsmesse zu hören. Mein Vater und ich gehen jedes Jahr in die Messe. Mein Großvater war nicht dazu zu bewegen, die Kirche zu betreten, weil er Republikaner und Atheist war. Ich bin mir nicht sicher, ob die religiösen Überzeugungen meines Vaters dem Curé zusagen würde, käme das Gespräch zwischen ihnen darauf, was es nicht tut. Aber mein Vater glaubt unverrückbar an das Weiterleben der Gemeinschaft, des bretonischen Volkes, und dazu gehört Weihnachten samt all seinen Bedeutungen, den alten und neueren. *Sie* sagt, in England sei sie Mitglied der anglikanischen Kirche, hier aber sei der Glaube ihrer Vorfahren der katholische Glaube in seiner bretonischen Ausprägung. Ich vermute, daß auch ihre Ansichten den Curé in Erstaunen versetzen würden, doch er scheint sie in seiner Kirche willkommen zu heißen, und er respektiert ihren Wunsch nach Einsamkeit. Während des Advents war sie immer häufiger in der Kirche. Sie steht in der Kälte und betrachtet die Arbeit des Bildhauers, der die Kreuzigungsgruppe schuf, die ungeschlachten Figuren, die unter so großen Mühen aus dem widerspenstigen Granit gemeißelt wurden. Unsere Kirche besitzt einen schönen heiligen Joseph auf dem Weg nach Bethlehem, der den Esel führt (sie ist dem heiligen Joseph geweiht). Mein Vater sprach davon, daß bei uns in der Heiligen Nacht den Tieren im Stall die Gabe der Rede verliehen ist, weil alles auf der Welt in ursprünglicher Unschuld dem Schöpfer nahe ist wie einst in den Tagen des ersten Adams. Sie sagte, der Puritaner Milton hingegen schildere den Augenblick der Geburt Christi als den Tod der Natur – er beruft sich auf die Überlieferung, nach welcher griechische Reisende in jener Nacht die Heiligtümer klagen hörten: Weint, weint, der große Gott Pan ist tot. Ich schwieg. Ich sah, wie er seinen Umhang um ihre Schultern legte und sie zu unserem Platz vorne in der Kirche führte, und es erschien mir – Gott stehe mir bei – als Vorwegnahme unseres künftigen Lebens.

Es ist so herrlich, wenn die Kerzen entzündet werden, die die neue Welt, das neue Jahr, das neue Leben versinnbildlichen. Unsere gedrungene kleine Kirche ist der Höhle, in der die Geburt Christi so häufig dargestellt wird, nicht unähnlich. Das Volk kniete und betete, Hirten und Fischer. Auch ich kniete und bemühte mich, meine wirren Gedanken auf die Nächstenliebe, auf etwas wie Wohlwollen hinzulenken, in meiner eigenen Art zu beten. Wie ich es immer tue, betete ich darum, daß die Leute den Geist verstehen mögen, in dem mein Vater diese Feste begeht, denen er Universalität zuspricht – für ihn ist die Geburt Christi die Wintersonnenwende, da die Erde sich dem Licht wieder zukehrt. Der Curé fürchtet ihn. Er weiß, daß er ihm Vorstellungen machen sollte, wagt es aber nicht.

Ich sah, daß sie zuerst nicht kniete und sich dann umständlich und vorsichtig in die Knie beugte, als wäre ihr schwindelig. Als wir wieder saßen, nachdem die Kerzen entzündet worden waren, warf ich einen Blick auf sie, um zu sehen, wie es ihr ging, und da begriff ich. Sie saß zurückgelehnt in der Ecke der Bank, den Kopf gegen eine Säule gelehnt, mit geschlossenen Augen und zusammengepreßten Lippen, erschöpft, aber nicht geduldig wirkend. Sie saß im Schatten, die Schatten in der Kirche hüllten sie ein, aber ich sah, wie blaß sie war. Sie hielt die Hände unter dem Busen gefaltet, und etwas an der Form ihres Körpers, etwas Beschützendes, was von diesen Händen ausging, ließ mich plötzlich erkennen, was sie verborgen hatte und was ich als Bauersfrau und Hausherrin schon längst hätte erkennen müssen. Zu viele Frauen sah ich ihre Hände so halten, um mich zu täuschen. Als sie dort lehnte, sah ich, wie dick sie schon ist. Sie kam wahrhaftig, um Zuflucht zu suchen. Vieles, wenn nicht gar alles, ist damit erklärt.

Gode weiß Bescheid. Sie kennt sich mit diesen Dingen aus.

Mein Vater weiß Bescheid, so vermute ich; er wird es seit längerem wissen, vielleicht wußte er es schon vor ihrer Ankunft. Er empfindet Mitgefühl und den Wunsch, sie zu beschützen, das weiß ich nun, und ich habe Gefühle hineingelesen, die nur in meiner eifersuchtsgepeinigten Phantasie bestanden.

Was soll ich sagen, was tun?

31. Dezember. – Ich merke, daß ich nicht wagen werde, etwas zu ihr zu sagen. Ich ging zu ihr hoch, um ihr Gerstenzucker zu schenken und ein Buch zurückzubringen, das ich mir ausgeborgt hatte, als ich noch nicht zornig auf sie war. Ich sagte zu ihr: »Cousine, es tut mir leid, daß ich so unfreundlich war. Ich habe verschiedenes mißverstanden.«

»So«, antwortete sie nicht sonderlich freundlich. »Es freut mich, daß du feststellst, daß es ein Mißverständnis war.«

»Oh, jetzt weiß ich, wie es steht«, sagte ich. »Ich möchte dir beistehen. Ich möchte dir helfen.«

»So, jetzt weißt du, wie es steht?« sagte sie gemessen. »Du weißt, wie es steht? Wissen wir das wirklich jemals von einem Mitgeschöpf? Dann sage mir, Cousine Sabine, *wie es um mich steht.*«

Und sie starrte mich an mit ihrem weißen Gesicht und ihren hellen Augen, und ich wagte nichts zu sagen. Hätte ich es gewagt, hätte ich es ausgesprochen, was hätte sie dann getan oder gesagt? Es ist so, das weiß ich. Aber ich stammelte, ich wisse nicht, was ich hätte sagen wollen, es scheine mir, daß ich sie schlecht behandelt hätte, und als sie mich weiter unverwandt anstarrte, brach ich in Tränen aus.

»Laß es nicht deine Sorge sein, wie es um mich steht«, sagte sie. »Ich bin eine erwachsene Frau, und du bist ein junges Mädchen mit allen Launen und aller Unbeständigkeit der Jugend. Ich kann auf mich selbst achtgeben. Es verlangt mich nicht nach *deiner* Hilfe, Sabine. Aber ich bin froh, daß du nicht mehr so zornig bist. Zorn vergiftet die Seele, wie ich zu meinem Schaden gelernt habe.«

Ich merkte, daß sie alles erraten hatte, all meine Verdächtigungen, Befürchtungen und feindseligen Gedanken, und daß sie nicht bereit war, mir zu verzeihen. Und da war ich wieder zornig und verließ ihr Zimmer weinend – denn sie sagt, sie brauche keine Hilfe, aber das stimmt nicht, sie hat uns um Hilfe gebeten, sie ist hier, weil sie Hilfe erbeten hat. Was soll aus ihr werden? Aus uns? Aus dem Kind? Soll ich mit meinem Vater sprechen? Es kommt mir noch immer vor, als sei sie Äsops erstarrte Schlange. Bilder können sich der Phantasie bemächtigen und bestehen bleiben, auch wenn sie nicht mehr zutreffen – so daß sich fragen läßt, wer von uns die Schlange ist. Aber sie hat mich so abweisend angesehen. Ich frage mich, ob sie vielleicht ein wenig verrückt ist.

(Ende Januar). – Heute habe ich beschlossen, meinen Vater auf Cousine Christabels Zustand anzusprechen. Ein-, zweimal lag es mir auf der Zunge, doch immer hielt mich etwas zurück, vielleicht die Angst, auch er könne meine Worte mißbilligen. Aber das Schweigen ist wie eine Mauer zwischen ihm und mir. Deshalb habe ich gewartet, bis sie in die Kirche gegangen ist. Jedem geübten Auge muß ihr Zustand inzwischen auffallen. Sie ist zu klein, um es zu verbergen.

Ich ging in das Zimmer meines Vaters und sagte schnell, damit ich nicht in meinem Vorsatz wankend würde: »Ich möchte mit dir über Christabel sprechen.«

»Ich habe zu meinem Bedauern bemerkt, daß du ihr weniger Zuneigung entgegenzubringen scheinst als vordem.«

»Ich glaube nicht, daß sie meine Zuneigung wünscht. Ich habe Dinge mißverstanden. Ich hatte den Eindruck, sie würde dir so vertraut werden, daß ich – daß für mich kein Platz mehr bliebe.«

»Das war sehr ungerecht von dir. Ihr gegenüber und mir gegenüber.«

»Ich weiß es, Vater, denn ich habe es gesehen, ich habe gesehen, in welchem Zustand sie sich befindet, es läßt sich nicht verbergen. Ich war blind, aber jetzt sehe ich es.«

Er wandte sein Gesicht zum Fenster und sagte: »Ich glaube, wir sollten darüber lieber nicht sprechen.«

»Du willst sagen, daß ich es nicht soll.«

»Ich glaube, daß *wir* es nicht sollten.«

»Aber was soll aus ihr werden? Und aus dem Kind? Wollen sie für alle Zeiten bei uns bleiben? Ich bin die Herrin dieses Hauses, ich will es wissen, ich muß es wissen. Und ich will helfen, Vater, ich will Christabel helfen.«

»Die beste Hilfe scheint zu sein, daß wir schweigen.«

Seine Stimme klang ratlos. Ich sagte: »Nun, wenn du weißt, was sie wünscht, bin ich es zufrieden, und ich werde nichts mehr sagen. Ich will nur helfen.«

»Ach, mein Kind«, sagte er, »ich weiß nicht besser als du, was sie wünscht. Ich bin ebenso ratlos wie du. Ich bot ihr ein Heim an, wie sie es erbeten hatte – ›für eine gewisse Zeit‹, hatte es in ihrem Brief geheißen, weiter nichts. Aber sie hat mir nicht gestattet, von – dem Grund für ihre Bitte zu sprechen. Gode hat mich darauf aufmerksam gemacht, bald schon nach ihrem Kommen. Vielleicht wird sie sich an Gode wenden, wenn ihre Zeit gekommen sein wird. Sie gehört zu uns – wir haben ihr Zuflucht angeboten.«

»Sie muß von ihrer Bedrängnis sprechen«, sagte ich.

»Ich habe es versucht«, sagte er. »Sie weigert sich. Als wollte sie ihren Zustand leugnen, sogar vor sich selbst.«

Februar. – Mir ist aufgefallen, daß dieses Tagebuch mir kein Vergnügen mehr bereitet. Lange Zeit über hat es mir weder zum Üben des Schreibens noch zum Schildern meiner Welt gedient, sondern nur als Spiegel meiner Eifersucht, meiner Ratlosigkeit und meines Zorns. Mir ist aufgefallen, daß solche Gefühle nicht gebannt werden, indem man sie niederschreibt, sondern daß sie dadurch erst wirkliches Leben erhalten, so wie die Wachspuppe der Hexe Leben erhält, wenn sie erwärmt und geformt wird, bevor die Hexe sie durchbohrt. Ich begann dieses Tagebuch nicht in der Absicht, einen Mitwisser um mein Ausspionieren der Leiden anderer zu haben. Und ich fürchte mich davor, daß andere es zufällig lesen und die falschen Schlüsse daraus ziehen könnten. Aus all diesen Gründen und im Sinne einer geistigen Disziplinierung will ich deshalb einstweilen darauf verzichten, es zu führen.

April. – Ich erlebe etwas so Merkwürdiges, daß ich darüber schreiben muß, obwohl ich es nicht wollte, aber ich muß es tun, um Klarheit zu gewinnen. Meine Cousine ist nunmehr so angeschwollen, so reif, so schwer, daß es nicht mehr lange dauern kann, und dennoch hat sie kein einziges Wort über ihren Zustand oder ihre Erwartungen zugelassen. Und sie übt eine Art Zauber über uns alle aus, denn keiner von uns wagt es, sie zur Rede zu stellen, sie anzusprechen auf das, was einem jeden sichtbar und dennoch verborgen ist. Mein Vater sagt, er habe mehrmals versucht, mit ihr darüber zu sprechen, und habe es jedesmal nicht vermocht. Er will ihr sagen, daß das Kind uns willkommen ist, denn es gehört zu uns, wie sie, wer auch der Vater sein mag, und wir wollen es aufnehmen und Sorge tragen, daß es großgezogen wird und es ihm an nichts mangelt. Aber er kann nicht sprechen, sagt er, und dies aus zwei Gründen. Der eine ist, daß sie ihn *einschüchtert*; ihr Blick und ihre Miene verbieten ihm, das Thema zu erwähnen, und obwohl er weiß, daß er es tun muß, vermag er es nicht. Der zweite ist, daß er wahrhaftig fürchtet, sie sei wahnsinnig, sie sei auf verhängnisvolle Weise zweigeteilt und erlaube ihrem Gewissen und ihrem uns zugewandten Selbst nicht, Kenntnis zu haben von dem, was ihr bevorsteht. Und obwohl er annimmt, daß sie es wissen müsse, fürchtet er dennoch, es falsch anzugehen und sie so zu erschrecken, daß sie vollends den Verstand verliert, in Tobsucht und Verzweiflung verfällt, so daß er am Ende ihren

Tod und den des Kindes herbeiführt. Er überhäuft sie mit kleinen Liebesbeweisen, und sie nimmt sie voll Anmut entgegen, wie eine Prinzessin annimmt, was ihr gebührt, und spricht zu ihm von der Fee Morgane und Plotin und Abaelard und Pelagius, als würde sie sich damit für die Aufmerksamkeiten revanchieren. Ihr Verstand ist klarer denn je. Sie ist schnell und geistreich und scharf wie eine Klinge. Und mein armer Vater empfindet wie ich zunehmend das Gefühl, selbst verrückt zu sein, indem er sich aus Höflichkeit und dem, was einst Vergnügen war, in diese kunstvollen Disputationen und Revisionen und Rezitationen hineinziehen läßt, während von Fleisch und Blut und handfesten Vorkehrungen die Rede sein sollte.

Ich habe zu ihm gesagt, daß sie nicht unwissend sein kann, da ihre Kleider um die Taille und unter den Armen ausgelassen wurden, mit festen Nähten, umsichtig gearbeitet. Er sagte, er vermute, daß dies Godes Werk sei, und wir beschlossen, da wir weder den Mut noch die Härte besitzen, Christabel darauf anzusprechen, wenigstens herauszufinden, wieviel Gode weiß, ob ihr – was möglich schien, sogar wahrscheinlich – das Privileg größerer Vertraulichkeit zuteil geworden ist. Aber Gode sagte nein, sie habe die Kleider nicht geändert, und Mademoiselle habe es immer verstanden, dem Gespräch eine andere Wendung zu geben, sobald Gode Hilfe anbot, als hätte sie sie nicht verstanden. »Sie trinkt meine *tisanes*, aber sie tut so, als tue sie es mir zu Gefallen«, sagte Gode. Gode sagte, sie habe ähnliche Fälle gekannt, wo Frauen sich rundheraus geweigert hatten, ihren Zustand wahrzunehmen, und die Niederkunft dennoch so leicht und glücklich vonstatten gegangen war wie bei einer jungen Färse im Stall. Andere wiederum, sagte sie, und ihre Stimme klang düster, hätten sich gegen die Niederkunft gewehrt, und das habe den Tod des Kindes, der Mutter oder auch beider zur Folge gehabt. Gode meint, wir sollten es ihr überlassen – an gewissen untrüglichen Zeichen wird sie erkennen, wann es soweit sein wird, und sie wird meiner Cousine Getränke bereiten, die sie beruhigen werden, und sie zumindest in praktischer Hinsicht zur Vernunft bringen. Ich glaube, daß Gode die meisten Männer und Frauen richtig einzuschätzen versteht, wenigstens darin, wo sie dem Animalischen und Ursprünglichen am nahesten sind, aber ich weiß, daß dies nicht für meine Cousine Christabel gilt.

Ich habe erwogen, ihr einen Brief zu schreiben, in dem ich unsere

Ängste und unser Wissen darlegen wollte, weil ihr das Lesen natürlicher ist als das Sprechen und weil sie allein über die mit Bedacht gewählten Worte nachdenken könnte, aber ich vermag mir nicht vorzustellen, wie ein solcher Brief abzufassen wäre und wie sie ihn aufnehmen würde.

Dienstag. – Während der ganzen letzten Zeit war sie sehr freundlich zu mir – auf ihre Weise –, sie sprach über dies und jenes, ließ sich meine Arbeiten zeigen, hat mir insgeheim ein kleines Etui für meine Schere bestickt – ein hübsches Etui mit einem Pfauen darauf, dessen Augen mit blauer und grüner Seide gestickt sind. Aber ich kann sie nicht lieben, wie ich sie geliebt habe, weil sie nicht offen ist, weil sie uns vorenthält, was ihr am Herzen liegt, weil sie mich durch ihren Stolz oder ihren Wahnsinn zwingt, mit einer Lüge zu leben.

Heute konnten wir in den Obstgarten gehen und uns unter den blühenden Kirschbaum setzen. Wir sprachen über die Dichtung, und sie streifte mit augenscheinlicher Gleichmut die Blüten von ihrem weiten Rock. Sie sprach von der Fee Melusine und der Eigenart epischer Dichtung. Sie sagt, sie wolle ein Feen-Epos schreiben, etwas, was nicht auf historischen Tatsachen beruht, sondern auf der Wahrheit der Poesie und der Phantasie – wie Spensers *Faerie Queene* oder Ariosts *Orlando*, wo die Seele frei ist von den Fesseln der Geschichte und des Tatsächlichen. Sie sagt, romantische Dichtungen und Erzählungen seien eine den Frauen gemäße Form. Sie sagt, sie seien das Land, in dem Frauen die Freiheit besäßen, ihre wahre Natur zum Ausdruck zu bringen, so wie auf der Ile de Sein, im Land Síd, anders als in dieser Welt.

Sie sagte, in der romantischen Dichtung ließen sich die zwei Wesensarten der Frauen miteinander versöhnen. Ich fragte sie, welche zwei Wesensarten das seien, und sie sagte, Männer sähen die Frauen als doppelte Wesen, als Zauberinnen und Dämonen und als unschuldige Engel.

»Und sind alle Frauen doppelte Wesen?« fragte ich.

»Das habe ich nicht behauptet«, antwortete sie. »Ich habe gesagt, daß alle Männer die Frauen als doppelte Wesen sehen. Wer weiß, wie die Melusine als freies Wesen war, das kein Auge erblickte?«

Sie sprach vom Fischschwanz und fragte mich, ob ich Hans Andersens Märchen von der kleinen Meerjungfrau kenne, die sich den

Fischschwanz abschneiden ließ, um ihrem Prinzen zu gefallen, und dadurch stumm wurde und außerdem vom Prinzen verschmäht wurde. »Der Fischschwanz war ihre Freiheit«, sagte sie. »Als sie Beine hatte, war ihr, als wandle sie auf Messern.«

Ich sagte, seit ich dieses Märchen gelesen hätte, hätte ich fürchterliche Träume gehabt, in denen ich über Messer ging, und das gefiel ihr.

Und so redete sie weiter, sie sprach von den Schmerzen der Melusine und der kleinen Meerjungfrau, aber kein Wort von den Schmerzen, die auf sie warteten.

Nun hoffe ich, daß ich klug genug bin, um ein Bild oder eine Parabel zu erkennen, und ich weiß wohl, daß man meinen könnte, sie habe mir auf ihre rätselhafte Weise von den Schmerzen einer Frau erzählen wollen. Ich kann dazu nur sagen, daß es mir in jenem Augenblick nicht so erschien. Nein, ihre Stimme war so gewandt und sicher, wie es ihre Nadel ist, wenn sie näht und hübsche Muster verfertigt. Und unter ihrem Kleid sah ich – ich schwöre es – *das* sich bewegen, was nicht sie ist und was nichts gemein hat mit all ihrer Munterkeit.

30. April. – Ich kann nicht schlafen. Ich will mich der Begabung bedienen, die sie mir eröffnet hat, und schreiben, schreiben, was sie getan hat.

Seit zwei Tagen haben wir nach ihr gesucht. Gestern morgen verließ sie das Haus, um zur Kirche zu gehen, wie sie es im Lauf der letzten Wochen immer häufiger tat. Wir haben erfahren, daß die Dorfbewohner sie dort gesehen haben; sie sagen, sie hätten sie stehen sehen, oftmals lange Zeit, und am Fuß der Kreuzigungsgruppe die Darstellungen von Leben und Tod der Heiligen Jungfrau betrachten, sie habe sich gegen den Stein gelehnt, um Luft zu schöpfen, und die Figürchen mit ihren Fingern nachgezeichnet – »wie eine Blinde« in den Worten des einen, »wie ein Steinmetz« in den Worten eines anderen. Und sie hat Stunden im Gebet verbracht oder indem sie still dasaß – das wissen wir, das wissen wir alle, wir so gut wie die anderen –, mit einem schwarzen Schal um den Kopf und mit im Schoß ineinander verkrampften Händen. Gestern sah man sie wie gewohnt die Kirche betreten. Niemand sah sie hinauskommen, aber sie muß die Kirche verlassen haben.

Erst um die Zeit des Abendessens begannen wir nach ihr zu suchen. Gode kam in das Zimmer meines Vaters und sagte: »An Ihrer Stelle würde ich Pferd und Zweisitzer holen, Monsieur, denn die junge Frau ist nicht zurückgekehrt, und ihre Stunde war nah.«

Und im Geist sahen wir schreckliche Bilder meiner Cousine, die gestürzt war und in den Wehen lag, vielleicht in einem Graben oder auf einem Feld oder in einer Scheune. Und wir holten Pferd und Zweisitzer und fuhren die Wege zwischen den steinernen Mauern entlang, blickten in Senken und in abgelegene Hütten, riefen bisweilen, aber nicht oft, denn wir empfanden fast etwas wie Scham, um unsertwillen, weil wir sie hatten weglaufen lassen, und um ihretwillen, weil sie in solch einem Zustand weggelaufen war. Es war für uns alle eine furchtbare Zeit, das weiß ich, aber für mich war es das ganz gewiß. Jeder Schritt war schmerzlich – es will mir scheinen, daß *Ungewißheit* noch schmerzlicher ist als jede andere Empfindung, weil sie sowohl antreibt als auch enttäuscht und lähmt, so daß wir immer mehr den Eindruck hatten, gleichzeitig zu ersticken und zu bersten. Jeder größere dunkle Fleck – ein Ginsterbusch, in dem sich ein Stoffetzen verfangen hatte, ein altes, wurmzerfressenes Faß – löste die heftigsten Hoffnungen und Ängste in uns aus. Wir kletterten zur Kapelle Unserer Lieben Frau hoch und spähten durch die Öffnung in den Dolmen hinein und sahen nichts. Und wir suchten, bis es dunkel wurde, und dann sagte mein Vater: »Gott behüte – sie wird doch nicht von den Klippen gestürzt sein!«

»Vielleicht ist sie bei jemandem aus dem Dorf«, sagte ich.

»Dann hätten wir es erfahren«, sagte mein Vater. »Sie hätten nach mir geschickt.«

Dann beschlossen wir, den Strand abzusuchen – wir fertigten uns große Fackeln, wie wir es tun, wenn Boote oder Schiffe stranden und es Überlebende gibt oder Strandgut. Yannick machte ein kleines Feuer, und mein Vater und ich liefen von Bucht zu Bucht; wir riefen und schwenkten unsere Fackeln. Einmal hörte ich ein Schreien, aber es kam aus einem Möwennest. Wir suchten und suchten, ohne Rast, ohne zu essen, im Mondlicht, bis nach Mitternacht, und dann sagte mein Vater, wir sollten nach Hause gehen, denn während unserer Abwesenheit hätten Nachrichten eintreffen können. Ich sagte, es sei gewiß nicht so, denn dann hätte man nach uns geschickt, und mein Vater sagte, es seien zu wenige, um sich um eine kranke Frau zu kümmern und uns zu holen. Also machten wir uns mit ein wenig Hoffnung auf den Heimweg, aber zu Hause war nichts und niemand außer Gode, die den Rauch befragt hatte und sagte, vor dem nächsten Tag werde nichts in Erfahrung zu bringen sein.

Heute haben wir die Nachbarschaft alarmiert. Mein Vater ließ seinen Stolz zu Hause und klopfte barhäuptig an alle Türen und fragte, ob irgend jemand sie gesehen habe – und alle verneinten es, obwohl sie am Morgen in der Kirche gesehen worden war. Die Bauern halfen, Felder und Landstraßen erneut abzusuchen. Mein Vater suchte den Curé auf. Er verkehrt ungern mit dem Curé, der kein gebildeter Mann ist und sich und meinen Vater in Verlegenheit bringt, weil er weiß, daß er versuchen sollte, die religiösen Ansichten meines Vaters zu tadeln, die ihm gewiß als höchst irreligiös erscheinen. Aber er wagt es nicht, Tadel zu äußern, weil er im Disput den kürzeren ziehen würde und die Achtung der Nachbarn verlieren würde, wenn bekannt würde, daß er sich erdreistet hätte, M. de Kercoz Vorschriften zu machen, selbst um dessen Seelenheils willen.

Der Curé sagte: »Ich vertraue darauf, daß Le Bon Dieu sie beschützt.«

Mein Vater fragte: »Aber haben Sie sie gesehen, *mon père*?«

Der Curé sagte: »Ich sah sie heute früh in der Kirche.«

Mein Vater vermutet, daß der Curé möglicherweise weiß, wo sie sich aufhält. Denn er hat nicht angeboten, bei der Suche nach ihr zu helfen, wie er es doch gewiß getan hätte, wenn er in Besorgnis gewesen wäre. Aber andererseits ist der Curé fett und träge, phantasielos und stumpfsinnig, und vielleicht hat er sich einfach nur gedacht, die Jungen und Kräftigen eigneten sich besser zum Suchen. Ich sagte: »Woher will der Curé so etwas wissen?« Und mein Vater sagte: »Vielleicht hat sie ihn um Hilfe gebeten.«

Ich kann mir nicht vorstellen, wer um alles in der Welt den Curé um Hilfe bitten sollte, erst recht unter den gegebenen Umständen. Er hat vorstehende Augen und einen unförmigen Mund und lebt nur für seinen Magen. Aber mein Vater sagte: »Er verkehrt im Kloster von Ste. Anne an der Straße nach Quimperlé, das auf Anordnung des Bischofs ausgestoßene und gefallene Frauen versorgt.«

»Dorthin kann er sie nicht geschickt haben«, sagte ich. »Es ist eine Stätte des Elends.«

Malle, die Freundin von Yannicks Schwester, ist dort niedergekommen, als ihre Eltern sie verstoßen hatten und niemand sich zur Vaterschaft bekennen wollte, weil, wie es hieß, niemand sich dessen gewiß sein konnte. Malle hat behauptet, daß die Nonnen sie sehr schlecht behandelt und gleich nach der Entbindung gezwungen hätten, zur Buße die kotigen Böden zu schrubben und andere Schmutzarbeiten zu verrichten. Das Kind, sagte Malle, sei gestorben. Sie ging als Stubenmädchen nach Quimper, wo die Krämersfrau, bei der sie arbeitete, sie unbarmherzig verprügelte, und sie starb bald darauf.

»Vielleicht war es Christabels Wunsch, dorthin zu gehen«, sagte mein Vater.

»Warum sollte sie so etwas wünschen?«

»Warum sollte sie irgend etwas von dem tun, was sie getan hat? Und wo ist sie, nachdem wir überall gesucht haben? Und das Meer hat nichts an Land gespült.«

Ich habe gesagt, wir könnten die Nonnen ja fragen. Mein Vater wird morgen zum Kloster fahren.

Mir ist so elend zumute. Ich habe Angst um sie und bin zornig auf sie, und mich dauert mein Vater, ein guter Mann, dem Kummer und Sorge und Scham aufgebürdet wurden. Denn nun wissen wir, daß sie vor der Zuflucht, die wir ihr anboten, weggelaufen ist, es sei denn, sie ist verunglückt. Oder man glaubt, wir hätten sie verstoßen, was uns zu ebenso großer Schande gereicht und was wir nie getan hätten.

Aber vielleicht liegt sie tot in einer Höhle oder auf dem Sand einer Bucht, die wir nicht erreichten. Morgen werde ich mich nochmals aufmachen. Ich kann nicht schlafen.

1. Mai. – Heute war mein Vater bei den Nonnen. Die Superiorin habe ihm Wein angeboten, sagt er, und sie habe gesagt, daß niemand im Verlauf der letzten Tage ins Kloster gebracht worden sei, auf den die Beschreibung Christabels passe. Sie hat gesagt, sie werde für die junge Frau beten. Mein Vater hat gebeten, daß man ihn verständigt, falls ihr Weg sie in das Kloster führen sollte. »Das«, hat die Nonne gesagt, »hängt von dem ab, was die Frau selbst sagt, die Zuflucht sucht.«

»Sie soll wissen, daß wir ihr und ihrem Kind bei uns ein Heim bieten und für sie sorgen wollen, solange sie es wünscht«, sagte mein Vater.

Und die Nonne sagte: »Gewiß weiß sie das, wo auch immer sie sein mag. Vielleicht kann sie in ihrer Not und Bedrängnis nicht zu Ihnen kommen. Vielleicht verbietet es ihr die Scham, vielleicht sind es andere Gründe.«

Mein Vater hat versucht, der Nonne Christabels unverständliches, verstocktes Schweigen zu erklären, aber sie wurde mit einemmal unfreundlich und ungeduldig und verabschiedete ihn. Er hat keinen guten Eindruck von der Nonne, und er sagt, sie habe ihn spüren lassen, daß er in ihrer Macht war. Er ist sehr niedergeschlagen und bedrückt.

8. Mai. – Sie ist wieder da. Mein Vater und ich saßen traurig am Tisch und überlegten erneut gemeinsam, wo wir hätten suchen sollen oder ob sie in einem der zwei Karren oder dem Zweisitzer des Gastwirts fortgefahren sein kann – den einzigen Gefährten, die an jenem verhängnisvollen Tag durch das Dorf fuhren –, als wir im Hof Räder hörten. Und bevor wir aufstehen konnten, stand sie in der Tür. Dieser zweite Anblick, der eines Wiedergängers im hellen Tageslicht, war auf schrecklichere Weise befremdend als ihre damalige Ankunft bei Nacht und Sturm. Sie ist dünn und zerbrechlich und hat ihre Kleidung mit einem großen, schweren Ledergürtel um sich gebunden. Sie ist totenbleich, und ihre Knochen scheinen ihr ganzes Fleisch verdrängt zu haben, denn sie besteht nur mehr aus Kanten und Ecken, als würde ihr Skelett versuchen, nach außen zu dringen. Und sie hat ihr Haar abgeschnitten, das heißt, all die kleinen Locken und Schnecken sind verschwunden – übriggeblieben ist eine Art Haube aus glanzlosen hellen Stacheln, wie totes Stroh. Und ihre Augen blicken blaß und tot aus tiefen Höhlen.

Mein Vater lief ihr entgegen und wollte sie liebevoll umarmen, doch sie hielt ihm eine knochige Hand abwehrend entgegen. Sie sagte:

»Es geht mir gut genug, danke. Ich kann ohne Hilfe stehen.«

Und sie bewegte sich unendlich vorsichtig, mit einem Gang, den ich nur als stolzes Kriechen bezeichnen kann, unendlich langsam, aber aufrecht, zum Feuer und setzte sich. Mein Vater fragte, ob wir sie nicht lieber nach oben bringen sollten, und sie sagte nein und wiederholte: »Es geht mir gut genug, danke.« Aber ein Glas Wein und etwas Brot und Milch nahm sie an, und sie aß und trank beinahe gierig. Und wir saßen mit offenem Mund da und wollten ihr tausend Fragen stellen, und sie sagte:

»Stellt mir keine Fragen. Ich habe nicht das Recht, euch um irgend etwas zu bitten. Ich habe eure Güte mißbraucht, denn so muß es euch erscheinen, obgleich ich keine andere Wahl hatte. Ich werde sie nicht lange mehr mißbrauchen. Bitte fragt mich *nichts*.«

Wie kann ich beschreiben, was wir empfinden? Sie verbietet uns jedes normale Gefühl, menschliche Wärme, menschlichen Verkehr. Vermeint sie, das heißt fürchtet oder erwartet sie, hier zu *sterben*, wenn sie davon spricht, unsere Güte nicht mehr lange zu mißbrauchen? Ist sie wahnsinnig, oder ist sie sehr schlau und verschwiegen und führt einen Plan aus, den sie seit ihrer Ankunft hegte? Wird sie bleiben, wird sie uns verlassen?

Wo ist das Kind? Wir kommen um vor Neugier, und unsere Neugier hat sie voller Schläue oder aus Verzweiflung gegen uns zu wenden verstanden, indem sie wie etwas Sündhaftes erscheint, da *sie* uns jede Anteilnahme, jede Frage untersagt. Ist es am Leben oder tot? Ein Knabe oder ein Mädchen? Was beabsichtigt sie zu tun?

Ich will hier festhalten, was mich beschämt und dennoch ein interessanter Zug der menschlichen Natur ist, daß man nicht zu lieben vermag, wo es so sehr an Offenheit mangelt. Ich spüre ein schreckliches Mitgefühl, wenn ich sie *so* sehe mit ihrem knochigen Gesicht und dem kurzgeschorenen Kopf und mir ihre Schmerzen vorstelle. Aber ich kann sie mir nicht wirklich vorstellen, weil sie es verbietet, und auf sonderbare Weise verkehrt ihr Verbot mein Mitleid in Ärger.

9. Mai. – Gode sagte, wenn man das Hemd eines kleinen Kindes auf die Oberfläche der *feutun ar hazellou* legt, der Feenquelle, so könne man sehen, ob das Kind gesund heranwachsen oder kränkeln und sterben wird. Denn wenn der Wind in die Ärmelchen fährt und das Hemd füllt und über das Wasser bewegt, dann wird das Kind leben und gedeihen. Liegt das Hemd aber schlaff und wird naß und versinkt, dann wird das Kind sterben.

Mein Vater sagte: »Da wir weder des Kind noch sein Hemd zur Hand haben, wird uns diese Weissagung nicht viel nützen.« Sie hat all die Monate über keine Hemdchen genäht, sondern nur hübsche Pennale und mein Etui gefertigt und Bettlaken geflickt.

Die meiste Zeit hält sie sich in ihrem Zimmer auf. Gode sagt, sie habe kein Fieber, leide auch nicht an Auszehrung, sei aber sehr geschwächt.

Vergangene Nacht hatte ich einen Alptraum. Wir befanden uns an einem großen Teich mit sehr dunklem Wasser, dessen Oberfläche wie Jett war, klumpig und glänzend. Um uns herum war eine dichte Hecke von Stechpalmen – als Mädchen haben wir die Blätter gepflückt und mit dem Finger die Dornen abgezählt: *»Il m'aime, il ne m'aime pas.«* Das habe ich Christabel erzählt, und sie hat gesagt, die Stechpalmenblätter seien die richtigen Blätter für dieses Spiel, das in England mit Gänseblümchen gespielt wird, deren Blätter man abzupft. In meinem Traum fürchtete ich mich vor den Stechpalmenbüschen, ich fürchtete sie so, wie man sich vor Schlangen fürchtet, wenn es im Gebüsch raschelt.

In meinem Traum waren wir mehrere Frauen an diesem Teich – wie in vielen Träumen konnte ich nicht erkennen, wie viele wir waren – hinter mir spürte ich die Gegenwart anderer. Gode warf ein Päckchen ins Wasser, das einmal aus lauter Windeln und Umhüllungen zu bestehen schien wie Moses im Schilf auf alten Bildern, ein andermal ein gestärktes, gefälteltes Kindernachthemd war, das bis in die Mitte des Teichs schwebte – die Wasseroberfläche war spiegelglatt – und dort die leeren Ärmchen hob und mit ihnen schlug, um sich aus dem zähen Wasser zu befreien, in dem es ganz langsam versank – Wasser, das zäh war wie Schlamm oder Gelee, nicht wie Wasser, fast wie flüssiges Gestein, und währenddessen wand das Hemdchen sich und winkte gewissermaßen mit den Händen, die es nicht besaß.

Es ist nicht schwer zu verstehen, was dieser Traum bedeutet. Aber das Traumgesicht beeinflußt meine Vorstellung von dem, was geschehen sein mag. Wenn ich mich jetzt frage, was mit dem Kind geschehen ist, sehe ich den schwarzen Teich aus Obsidian und das flatternde weiße Hemdchen, das versinkt.

10. Mai. – Heute kam für meinen Vater ein Brief von M. Michelet, und beigelegt war ein Brief für Christabel. Sie nahm ihn gefaßt entgegen, als hätte sie ihn erwartet, doch als sie ihn genauer ansah, zuckte sie zusammen und legte ihn dann ungeöffnet beiseite. Mein Vater sagt, M. Michelet schreibe, daß ein Freund von ihm den Brief

in der Hoffnung, nicht in der Gewißheit, daß Miss LaMotte sich bei uns aufhalte, geschickt habe. Er bittet uns, ihm den Brief zurückzuschicken, falls sie sich nicht bei uns aufhält und wir ihn ihr nicht zustellen können. Sie hat ihn den ganzen Tag nicht geöffnet. Ich weiß nicht, ob sie es getan hat und wann.

Notiz von Ariane Le Minier an Maud Bailey:

Liebe Professor Bailey,

hiermit endet das Tagebuch; das Notizbuch selbst ist nicht viel länger. Vielleicht hat Sabine de K. ihr Tagebuch in einem anderen Notizbuch fortgesetzt, aber wenn, dann wurde es bisher nicht entdeckt.

Ich hatte mir vorgenommen, Ihnen nichts vom Inhalt zu verraten, um die Überraschung nicht zu verderben (vielleicht war das ein bißchen kindisch, aber ich wollte Ihnen die Verblüffung und Freude nicht vorenthalten, die ich beim ersten Lesen empfand). Wenn ich aus den Cevennen zurück bin, müssen Sie, Professor Stern und ich uns austauschen.

Ich war der Ansicht, daß man in der LaMotte-Forschung bisher davon ausging, sie habe ein sehr zurückgezogenes Leben geführt und in einer glücklichen lesbischen Beziehung mit Blanche Glover gelebt. Wissen Sie von einem Liebhaber oder potentiellen Liebhaber, der als Vater dieses Kindes in Frage kommen könnte? Und es stellt sich die Frage, ob Blanches Selbstmord mit dem zusammenhängt, was wir aus diesem Text erfahren. Können Sie mir darüber mehr sagen?

Übrigens habe ich mich selbst bemüht, herauszufinden, ob das Kind überlebt hat. Das Ste.-Anne-Kloster war mein erstes Ziel, und ich habe es aufgesucht und mich davon überzeugen können, daß es in den leider lückenhaften Unterlagen des Klosters keinerlei Hinweis auf LaMotte gibt. (In den zwanziger Jahren hat eine übereifrige Superiorin, die staubige Papiere als Platzverschwendung betrachtete, die mit der zeitlosen Aufgabe der Ordensschwestern nichts zu tun habe, sehr viel vernichten lassen.)

Ich glaube immer noch, daß der *curé* die Hand im Spiel hatte, wenn auch nur mangels anderer Kandidaten, und ich kann nicht glauben, daß das Kind in einer Scheune zur Welt gebracht und erstickt wurde. Ich kann mir jedoch vorstellen, daß es nicht lange gelebt hat.

Ich lege einige Gedichte und Gedichtentwürfe bei, die ich in Sabines Unterlagen gefunden habe. Ich hatte nie Gelegenheit, LaMottes Handschrift zu sehen, aber ich vermute, daß es ihre Schrift ist; die Gedichte scheinen zu bestätigen, daß die Dinge eine unglückliche Wendung nahmen.

Sabines weitere Lebensgeschichte ist zum Teil glücklich, zum Teil traurig. Sie konnte die drei Romane veröffentlichen, von denen ich Ihnen in meinem Brief schrieb; *La Deuxième Dahud* ist der weitaus interessanteste der drei – seine Heldin ist willensstark und leidenschaftlich, eine Persönlichkeit von mesmerischer Ausstrahlung, und das Buch ist voller Verachtung für die weiblichen Tugenden seiner Zeit. Die Heldin ertrinkt bei einem Bootsunglück, nachdem sie zwei Familien um ihren Frieden gebracht hat; sie ist schwanger, wobei wir nicht erfahren, ob der Vater ihr schwacher Gatte oder ihr byronesker Liebhaber ist, der mit ihr ertrinkt. Die Stärke des Romans ist die Verwendung der bretonischen Mythologie zur Vertiefung des Themas und zur Errichtung seiner inneren, imaginären Ordnung.

Nach langen Auseinandersetzungen mit ihrem Vater, dem sie zuletzt die Erlaubnis abrang, eventuelle *partis* kennenzulernen, heiratete sie im Jahr 1863. Ihr Gatte, ein M. de Kergarouet, war erheblich älter als sie, pedantisch und melancholisch, aber ein liebevoller Ehemann, und es heißt, er sei an gebrochenem Herzen gestorben, ein Jahr nachdem sie im Kindbett gestorben war. Keine der zwei überlebenden Töchter erreichte das Erwachsenenalter.

Ich hoffe, daß all dies von Interesse für Sie war und daß wir später einmal Zeit haben werden, unsere Forschungsergebnisse in Ruhe zu vergleichen.

Darf ich Ihnen zum Schluß sagen, was ich bei unserem kurzen Gespräch hatte sagen wollen – wie sehr ich Ihre Arbeit über das Schwellenthema bewundere? Ich denke, auch unter diesem Gesichtspunkt wird das Tagebuch der armen Sabine für Sie interessant sein. Die Mythologie von Schwellen und Orten des Übergangs ist etwas für die Bretagne Typisches, wie sie selbst sagt.

Mes amitiés

Ariane Le Minier

Ein Blatt mit Gedichtfragmenten. Von Ariane Le Minier an Maud Bailey.

Maria, schmerzensreich –
Sie trug des Kreuzes Pein
Damals – und stets – zugleich –
Wie Schnitte trägt der Stein

Gemeißelt wurde sie
Aus Steines stillem Sein –
Die Sterne rings um sie –
Sie weinen in dem Stein –

Der Schmerz – in Stein gefaßt –
Sein Schmerz, ihrem gemein
Sie trägt des Kreuzes Last
Doch *er* wird nimmer sein –

Es kam so still
Das kleine Ding
Und so geschwind
Schwand es dahin

Der Atem geht
So schwer, so hart
Und innehält
Die Ewigkeit

Blau ist das Fleisch
Das Rot verblaßt
Es kam so still
Und ohne Hast

Ich schreibe über Milch.
Vergeudet fließt ihr Saft
Nahrung, so weiß und mild
Vergoßne Lebenskraft

Amphoren, fest und schwer
Bergen den dunklen Wein
Doch dies verspritzte Weiß
Im warmen Topf war mein

Und nun als Widersinn
Ein Fleck, der dennoch bleicht
Von unschuldigem Weiß
Zur Erde sinkt er feucht

Erde, voll Sommerduft
Nach Kühen und nach Heu
Warm Liebe spendend – stumm –
Stiller, als meine – sei –

Sie läuft über den Tisch
Sie tropft an ihm herab
Und trifft mit leisem Ton
Naß auf ihr staubig Grab

In uns fließt Milch und Blut
Zu nähren unsre Art
Doch unfruchtbar das Naß
Von uns vergeudet ward

Nichts lindert diese Pein
Erlösung nicht verheißt
Das Weiß, das nicht getilgt
Uns, die wir ausgebleicht

Wie ich auch wischen mag
Und scheuern – bis aufs Blut –
Die Milch, die ich vergoß
Vergiftet mir die Luft.

ZWANZIGSTES KAPITEL

Ich press' die Hände
Ans Fensterglas
Ist das dein Schatten
Draußen so blaß?

Wie kommen die Gespenster
In prächtiger Gestalt
Oder so nackt wie Marmor
Weiß und starr und kalt?

Ihr Gedächtnis verfolgt uns
Erinnerungspein
Geliebt und geküßt einst
Die Hand, zart und fein

Sich nun grausig mischend
Dem Staub des Grabs
Anmut und Liebreiz
Würmern zum Fraß

Wandle nicht einsam
In kalter Nacht
Ich komme zu dir
Furchtlos und nackt

Laß deine Finger
Pflücken das Fleisch
Von meinen Knochen
Schmerz – sei erheischt

Ich geb' dir Wärme
Odem gibst du mir
Und unsre Münder
Finden sich – hier

C. LaMotte

Normalerweise wäre es Mortimer Cropper gleichgültig gewesen, wie lange es dauern würde, bis Sir George nachgab. Zu guter Letzt hätte er den Weg in das verfallene Pseudoschloß gefunden, sich die Wehwehchen der behinderten Ehefrau angehört (er kannte sie nicht, konnte sie sich aber plastisch vorstellen, denn er besaß eine lebhafte Phantasie; mit dem richtigen Augenmaß eingesetzt, war sie einer seiner größten Trümpfe in seinem Gewerbe) und nachts die köstlichen Briefe studiert, einen nach dem anderen, ihnen ihre Andeutungen und Geheimnisse entlockt und sie dem hellen Auge seines schwarzen Kastens ausgesetzt.

Aber jetzt blieb keine Zeit für Geduld und Subtilität, denn er mußte James Blackadder zuvorkommen. Er empfand geradezu physische Qualen vor Begierde.

Er hielt seinen Vortrag über die Kunst des Biographen in einer eleganten Kirche in der City, deren Vikar Wert darauf legte, daß sie gut besucht war, und dafür sorgte, indem er Gitarrenkonzerte veranstaltete, Naturheilabende, antirassistische Demonstrationen, Friedenswachen und Debatten über das Kamel und das Nadelöhr und über die Sexualität im Zeitalter von Aids. Cropper hatte den Vikar, den er bei einer bischöflichen Teestunde kennengelernt hatte, davon zu überzeugen gewußt, daß Biographien demselben spirituellen Bedürfnis des modernen Menschen entsprachen wie die Sexualität oder politische Aktivitäten. Denken Sie an die Auktionen, hatte er gesagt, an die Kolumnen der Sonntagszeitungen, die Leute haben das Bedürfnis zu wissen, wie andere Menschen gelebt haben, weil es ihnen selbst hilft zu leben, es ist ein menschliches Bedürfnis. Eine Form der Religion, hatte der Vikar gesagt. Eine Form der Ahnenverehrung, hatte Cropper gesagt. Oder sogar mehr. Sind die Evangelien denn etwas anderes als unterschiedliche Versuche in der Kunst des Biographen?

Nun erkannte er, daß er seinen Vortrag, dessen Termin seit längerem feststand, taktisch nutzen konnte. Er schrieb diskrete Briefe an verschiedene Akademien, die ihm freundlich oder auch feindlich gesonnen waren. Er unterrichtete die Presse davon, daß eine wichtige Entdeckung dem Publikum enthüllt werden würde. Er fand wohlwollendes Gehör bei den Direktoren einiger der neuen amerikanischen Banken und Finanzkonsortien, die in der City immer stärker vertreten waren. Er lud Sir George ein, der nicht antwortete, und den Anwalt Toby Byng, der sagte, es sei sicher sehr interessant. Er lud Beatrice Nest ein und reservierte ihr einen Sitzplatz in der ersten Reihe. Er lud Blackadder ein – nicht weil er dachte, Blackadder würde kommen, sondern weil ihn der Gedanke an Blackadders voraussehbare Irritation über die Einladung belustigte. Er lud den US-Botschafter ein. Er lud Funk und Fernsehen ein.

Cropper hielt sehr gern Vorträge. Er gehörte nicht zur alten Schule derer, die ihr Publikum mit hypnotischem Blick und sonorer Stimme in Bann schlagen – er war ein Hi-Tech-Redner, der mit Bildschirmen und Lichtstrahlen zauberte, mit Tönen und Vergrößerungen. Überall in der Kirche verteilte er Projektoren und durchsichtige Körbe mit Lautsprechern, mit deren Hilfe er wie Präsident Reagan eine hochgradig komplizierte Vorführung mit ungezwungener Natürlichkeit darbieten konnte.

Den Vortrag in der dunklen Kirche begleiteten leuchtende Bilder, die auf zwei Leinwände projiziert wurden. Riesige Ölbilder, schimmernde vergrößerte Miniaturen und frühe Photographien von bärtigen Weisen in den zerfallenen Gewölben gotischer Kathedralen wechselten ab mit Eindrücken der Helligkeit und Geräumigkeit der Robert Dale Owen University, dem glitzernden Schein der Glaspyramide, die die Stant Collection beherbergte, den polierten Kästchen, die die Flechten des ineinandergewobenen Haars Ellens und Randolphs enthielten, Ellens mit Zitronenbäumen besticktem Kissen, der Jettbrosche mit den Rosen des Hauses York auf ihrem Kissen aus grünem Samt. Von Zeit zu Zeit fiel wie zufällig der bewegte Schatten von Croppers adlergleichem Kopf wie eine Silhouette auf die beleuchtete Leinwand, und bei einem dieser Anlässe lachte er, entschuldigte sich und sagte in halb ernstem Ton die sorgfältig einstudierten Worte: Da sehen Sie den Biographen als Bestandteil des Bildes, als beweglichen Schatten, den wir nicht vergessen dürfen. Zu Ashs Zeit wurde die Intuition des Historikers zu einem ehrbaren, ja vorrangigen Gegenstand intellektueller Neugier. Der Historiker ist so unauflöslich Bestandteil seiner Geschichtsschreibung wie der Dichter Bestandteil seines Gedichts, wie der schattenhafte Biograph Bestandteil des Lebens seines Gegenstandes...

An dieser Stelle seines Vortrags ließ Cropper kurz einen Lichtstrahl auf sich richten. Er sprach gewollt schlicht.

»Das, was wir uns alle erhoffen und gleichzeitig fürchten, sind Entdeckungen von solcher Tragweite, daß sie die Arbeit eines ganzen Lebens bestätigen, widerlegen oder zumindest verändern – ein verlorenes Stück von Shakespeare, die verschollenen Texte des Aischylos. Eine vergleichbare Entdeckung wurde vor einiger Zeit gemacht, als man in einem Koffer auf einem Speicher eine Sammlung von Briefen Wordsworth' an seine Frau fand. Man hatte geglaubt, seine Schwester wäre seine große Liebe gewesen, und seine Frau hatte man als langweilig und unwichtig abgetan. Aber hier waren nun die Briefe, die nach all den Ehejahren die sexuelle Leidenschaft beider Partner bezeugten. Die Geschichte mußte neu geschrieben werden, und es war Wissenschaftlern ein ehrerbietiges Vergnügen, dies zu tun.

Ich darf Ihnen mitteilen, daß sich auf dem Gebiet, auf welchem zu arbeiten ich die Ehre habe, dem Gebiet des Dichters Randolph Henry Ash, eine Entdeckung von ähnlicher Tragweite ereignet hat. Es wurden Briefe gefunden, die Ash und die Dichterin Christabel LaMotte gewechselt haben, ein Briefwechsel, der die entsprechenden Forschungsgebiete elektrisieren, nein, *erschüttern* wird. Es ist mir nicht möglich, aus den Briefen zu zitieren, da ich bisher nur wenige zu Gesicht bekommen habe. Ich kann nur dic Hoffnung aussprechen, daß sie den Forschern aller Länder zugänglich gemacht werden, denn es ist im Interesse der internationalen Kommunikation, der freien Zirkulation geistigen Gutes und der Ideen, daß sie einem möglichst weiten Kreis von Interessierten einsehbar gemacht werden.«

Der Abschluß seines Vortrags war aus seiner Leidenschaft entstanden. Es verhielt sich nämlich so, daß Cropper inzwischen die leuchtenden Diapositive der Gegenstände, die er erworben hatte, fast ebensosehr liebte wie die Gegenstände selbst. Wenn er an Ashs Schnupftabaksdose dachte, dann dachte er nicht mehr unbedingt an ihr Gewicht in seiner Hand, an das kalte Metall, das sich auf seiner trockenen Handfläche erwärmte, sondern an die Vergrößerung ihres emaillierten Deckels auf der Leinwand. Niemals hatte Ash solche goldenen Paradiesvögel zu sehen bekommen, solche frischen Trauben, solche tiefroten Rosen, obwohl ihre Farben zu seiner Zeit frischer gewesen waren. Nie hatte er den Glanz auf dem Perlmuttrand gesehen, den das Licht aus Croppers Projektor dorthin zauberte. Cropper zeigte dieses Objekt als Hologramm, das in der Kirche zu schweben schien wie bei einer wundergleichen Levitation.

»Sehen Sie«, sagte er, »das ist das Museum der Zukunft. In Rußland werden die Museen bereits mit diesen Lichtgebilden ausgestattet anstelle echter Exponate und anstelle von Kopien. Alles kann sich an jedem Ort befinden, unsere Kultur ist weltumspannend geworden. Die Originale muß man dort aufbewahren, wo die Luft am geeignetsten ist, wo Atemluft ihnen nicht schaden kann, wie es in der Höhle von Lascaux mit den Wandmalereien geschehen ist. Die moderne Technologie macht den Besitz der Überreste unserer Vergangenheit unerheblich. Wichtig ist nur, daß die Instanzen, denen wir die gefährdeten Altertümer überantworten, über die entsprechenden Fähigkeiten – und Mittel – verfügen, um sie auch bis in die fernste Zukunft zu erhalten und um ihre Abbilder um die ganze Welt zu schicken, Abbilder, die frisch und lebendig sind, lebendiger als die Gegenstände selbst.«

Am Ende seines Vortrags zog Cropper Ashs große goldene Taschenuhr heraus und vergewisserte sich, ob er seinen Zeitplan eingehalten hatte: 50 Minuten und 22 Sekunden. Die naive, beinahe jugendliche Gepflogenheit, die Uhr zu zeigen und einen Scherz über die Kontinuität, über Ashs Zeit und Croppers Zeit zu machen, hatte er aufgegeben, denn obgleich er die Uhr mit seinem eigenen Geld erstanden hatte, gehörte sie seiner eigenen Argumentation zufolge in die sicheren Kabinette der Stant Collection und nicht in seine Tasche. Er hatte einmal mit dem Gedanken gespielt, die Uhr in seiner Hand ihrem Hologramm gegenüberzustellen, aber er hatte gemerkt, daß seine Gefühle dieser Uhr gegenüber, heftige Gefühle, privater Natur waren und mit seinen öffentlichen Auftritten nicht vermischt werden durften. Er war davon überzeugt, daß die Uhr zu ihm gefunden hatte, für ihn bestimmt gewesen war, damit er etwas von R. H. Ash besaß. Sie tickte an seinem Herzen. Er wäre gern ein Dichter gewesen. Er legte die Uhr an den Rand des Pults, um seine Antworten auf die Fragen aus dem Publikum einzuteilen, und sie tickte fröhlich, während die Presse sich des *unbekannten Sexlebens berühmter Viktorianer* bemächtigte.

Unterdessen verfolgte er den undeutlichen Gedanken weiter, daß in den Papieren seiner Vorfahrin Priscilla Penn Cropper von Christabel LaMotte die Rede gewesen war. Er rief in Harmony City an und bat darum, P. P. Croppers Korrespondenz zu sichten, die routinemäßig im Computerarchiv erfaßt war. Am Tag darauf erhielt er via Faxgerät folgenden Brief.

Liebe Mrs. Cropper,

Ihre freundliche Anteilnahme – über die Wasserwüsten – die kreischenden Möwen und das wogende Eis des Atlantiks hinweg – ist mir wohl bewußt. In der Tat ist es schwer vorstellbar – daß Sie – in der angenehmen Hitze Ihrer Wüste – Kenntnis haben sollen von meinen kleinen Seelenkämpfen – wie es schwer vorzustellen ist, daß der Telegraph Verhaftungen und Verkäufe von Menschen und Gütern – von Rand zu Rand des Kontinents – bewirken kann. Doch es heißt allenthalben, daß wir in Zeiten der Veränderung leben. Miss Judge, deren anmutigem Geist die Ergüsse unsichtbarer Mächte nichts Fremdes sind, wurde gestern die unmittelbare Erkenntnis zuteil, daß der Schleier des Fleisches und Verstandes hinweggerissen werden soll – daß es kein Zögern mehr geben wird, kein leises Pochen an die Pforten – sondern die Cherubim lebendig auf Erden wandeln werden, uns zugesellt. Dies schaut sie, wie sie Materielles schaut – das Mondlicht und den Feuerschein in ihrem stillen Raum – die Katze, die elektrische Funken ausstrahlt und das Fell gesträubt hat und aus dem Garten kommt.

Sie schreiben – Sie hätten erfahren – daß ich als Medium – gewisse Kräfte besäße. Dies ist nicht wahr. Von dem, was die empfindsamen Triebkräfte Mrs. Lees' entzückt und angenehm – erschöpft –, sehe ich nichts, höre ich so gut wie nichts. Ich sah Wunder, die sie gewirkt. Ich hörte Instrumente – durch die Luft schwebend, bald hier, bald dort und überall zugleich. Ich sah Geisterhände von großer Schönheit und spürte, wie sie die meinen wärmten und in meinem Griff sich verflüchtigten oder schmolzen. Ich sah Mrs. Lees mit Sternen gekrönt, eine wahre Persephone, ein Licht im Dunklen. Ich sah auch ein Stück Veilchenseife wie einen kampflustigen Vogel über unseren Köpfen kreisen und hörte es ein sonderbares Summen ausstoßen. Aber ich habe keine – Fähigkeit – nicht Fähigkeit – keine Anziehungskraft, ich ziehe entschwundene Wesen nicht an – sie kommen nicht – Mrs. Lees sagt, sie würden kommen, und ich habe Vertrauen.

Es scheint jedoch, daß ich über die Fähigkeit der Kristallomantie verfüge. Ich sehe Wesen, belebt und unbelebt – und Szenen – ich schaute in die Kristallkugel und auf Tinte in einer Schüssel, worin ich sah: eine nähende Frau, das Gesicht abgewendet, einen großen goldenen Fisch mit allen einzelnen Schuppen, eine Wanduhr, die ich später – eine Woche später – in solider Form erstmals auf dem Regal bei Mrs. Nassau senior erblickte – erstickende Mengen Federn. Diese Erscheinungen beginnen als Lichtpunkte – verdichten und umwölken sich – und sind so deutlich sichtbar, als wären es solide Körper.

Sie fragen mich nach meinem Glauben. Ich weiß es nicht. Begegne ich wahrem Glauben, so erkenne ich ihn wohl – wie George Herbert, der täglich mit seinem Herrn Zwiesprache hielt und ihn bisweilen auch für seine Härte schalt:

> O daß dem Staub du eine Zunge gabst
> Zu rufen dich
> Und daß du sie nicht hörst!

In seinem Gedicht über den Glauben spricht er jedoch voll Zuversicht vom Grab – und dem – was jenseits harrt.

> Es werd mein Körper Staub getrost!
> Der Glaube haftet und zählt jedes Korn
> Peinlich und sorgsam, fest vertrauend wohl
> Daß es im Fleisch wiedergeborn.

Mit was für Körpern, in welcher *körperlichen Natur* mögen jene kommen, welche sich vor unseren Fenstern drängen und sich in unserer dichten Luft manifestieren? Sind es die Körper der Auferstehung? Manifestieren sie sich, wie Miss Judge meint, über die kurzzeitige Absentierung von Materie und kinetischer Kraft aus dem Medium? Was umfassen wir, wenn uns die unaussprechliche Gnade gewährt wird – etwas – wieder zu umfassen? Leuchten und Unsterblichkeit, Mrs. Cropper, Weizen, der nie vergeht – oder die Phantomgebilde unseres sündhaften Fleisches?

Staub fällt von uns täglich, wenn wir uns bewegen, lebt kurz in der Luft, wird zertreten – zusammengekehrt – Teile von uns – und warum sollten nicht – diese Jota und Omikron – *aneinander haften*? Oh, täglich sterben wir – und dort – ist es dort vermerkt und gesammelt, wird leeren Schalen Glanz und *Fülle* neu verliehen?

Blumen voll – des Duftes – auf unsren Tischen – besprengt mit Weihwasser – dieser Welt – oder *jener*? Doch welken und verdorren auch sie. Ich besitze einen Kranz – von weißen Rosenblüten – braun und welk – wird er – *dort* – wieder blühen?

Und gerne fragte ich Sie, wenn Sie es wissen, warum jene, die aus – *jener* Welt zu uns kommen – Revenants, Geliebte, die uns besuchen, Wiedergänger –, warum sie so unwandelbar, so beharrlich heiter zu uns sprechen. Lehrt man uns nicht, daß eine ewigwährende Entwicklung unser harrt – Vollkommenheit, die Schritt für Schritt erlangt wird – und nicht sofortige Seligkeit? Warum hören wir nie Stimmen in gerechtem Zorn? Wir haben an ihnen gefehlt – aus Selbstsucht –, und warum sollten sie uns nicht schelten und ihren Zorn spüren lassen?

Welcher Zwang des Fleisches oder der Schicklichkeit, so frage ich mich, macht, daß sie so unweigerlich *süßlich* sind, Mrs. Cropper? Gibt es in unseren trauervollen Zeiten keinen gesunden Zorn mehr – ob göttlich oder menschlich? Mich hungert es ganz außerordentlich danach – nicht Versicherungen von Frieden und Heilung zu hören, sondern die Stimme des Menschen – die von Wunden spricht – von Leid – und Schmerz – auf daß ich diese zu teilen vermöchte – so es mir erlaubt – wie ich sie teilen *sollte* – wie ich alles teilen würde – mit jenen, die ich liebte, einst, in meinem irdischen Leben –

Doch genug nun. Ich habe einen Wunsch. Ich kann Ihnen nicht sagen, was für einen Wunsch, denn ich bin fest entschlossen, niemandem davon zu sprechen – bis sich mir – das Wesentliche – darbietet.

Eine Krume, Mrs. Cropper, eine Krume lebendigen Staubes in meiner Hand. Eine Krume, die mir vorenthalten . . .

Ihrer in Freundschaft gedenkend

C. LaMotte

Cropper gelangte zu der Ansicht, daß dieser Brief deutliche Symptome geistiger Zerrüttung offenbarte. Mit der Interpretation würde er sich später beschäftigen. Im Augenblick verschaffte der Brief ihm das angenehm aufregende Gefühl, auf einer Fährte zu sein. Im Haus von Miss Olivia Judge, bei einer Séance des Mediums Mrs. Lees, hatte Randolph Henry Ash ausgeführt, was er in einem Brief an Ruskin sein »Gaza« nannte – eine Bezeichnung, die in wissenschaftlichen Kreisen für diesen Vorfall verwendet wurde, seit Cropper sie in seinem *Großen Bauchredner* als Kapitelüberschrift eingeführt hatte. Ashs Brief an Ruskin war der einzige Hinweis auf das Geschehen, das die Ursache für sein Gedicht *Mumienfleisch* gewesen sein mußte. Cropper griff zu seinem Exemplar des *Großen Bauchredners* und schlug die entsprechende Stelle auf:

Ich rate Ihnen, sich nicht täuschen zu lassen von dergleichen Kobolden und Ghulen, die mit unseren heiligsten Hoffnungen und Ängsten *ihr Spiel treiben*, oft genug allein aus dem Wunsch, das Alltägliche mit einem *frisson* zu beleben, aber auch, um die schmerzlichen Empfindungen der Trostbedürftigen und der Verzweifelten gewissermaßen zu komponieren, zu dirigieren und zu orchestrieren. Ich will nicht leugnen, daß zu solchen Zeiten *menschliche* und *außermenschliche* Gegenwarten sich bemerkbar machen mögen – zu Possen aufgelegte Kobolde können umhergehen und klopfen und Tintenfässer bewegen – unwissende Männer und Frauen können halluzinieren, wie wir es von Kranken und Verwundeten wissen. Wir alle, werter Freund, verfügen über die schier unbegrenzte Fähigkeit, uns von unseren Wünschen narren zu lassen, zu hören, was wir hören wollen, und zu sehen, was wir uns selbst unablässig als vergangen und verloren vorstellen – es ist dies ein *beinahe allgemeingültiges* menschliches Empfinden, das sehr leicht zu täuschen ist infolge seiner Übererregbarkeit und Unbeständigkeit.

Vor einer Woche weilte ich selbst bei einer Séance, wo es mir gelang, mich so *unpopulär* zu machen, daß ich fast ausgezischt und gekratzt wurde, indem ich nämlich nach einem schwebenden Kranz griff, aus welchem nasse Tropfen auf meine Stirn fielen, und feststellte, daß ich die Hand des Mediums festhielt, einer Mrs. Hella Lees, einer römisch anmutenden Matrone mit bleichem Gesicht und dunklen Schatten unter klaren, schwarzen Augen, die in ruhigem Zustand unheimlich genug wirkt, sobald aber die Geister Besitz von ihr ergreifen, in Zuckungen verfällt und heult und um sich schlägt, was dem unauffälligen Entfernen ihrer Finger aus dem Griff der Hände, die sie auf dem Tisch aus Vorsicht umfaßt halten, sehr zupaß kommen dürfte. Wir saßen in der Dunkelheit – Mondlicht fiel durch die Vorhänge, im Kamin der schwache Schein eines ersterbenden Feuers – und sahen, so vermute ich, das Übliche – Hände erschienen (mit langen, schwebenden Musselingewändern, die ihre Gelenke verdeckten) am anderen Ende des Tisches, Treibhausblumen fielen aus der Luft, aus einer Ecke bewegte sich ein Lehnstuhl zu uns, und etwas *Fleischiges* und zweifellos Warmes berührte unsere Knie und unsere Knöchel. Und Wind fuhr uns durchs Haar, und phosphoreszierende Lichter schwebten im Raum, wie Sie sich wohl denken können.

Unverrückbar ist meine Überzeugung, daß uns etwas vorgemacht wird – ich will nicht behaupten, daß es sich um nichts weiter als Betrug handle, aber die Betreffenden üben ihre Praktiken als Gewerbe aus. Ich erhob also die Arme und suchte und *zog*, und das ganze Kartenhaus – soweit ich dies beurteilen kann – fiel mit lautem Getöse zusammen: Feuerzangen und Bücher und Tischbeine krachten zu Boden, die verborgenen Akkordeons ertönten in Dissonanzen, und die Schelle klapperte – all dies, so scheint es mir *zweifelsfrei*, war mit Mrs. Lees' Person durch ein feines Gewirr unsichtbarer Fäden verbunden. Seither hat man mich für dieses mein Gaza weidlich geschmäht und sogar zur Rechenschaft gezogen, indem ich unter spirituellen Dingen und empfindsamen Seelen geistige Zerstörungen gewirkt haben soll. In all der schwebenden Gaze und den klingenden Zimbeln und den zarten Düften kam ich mir wahrlich vor wie ein ungeschlachter Stier in einem Porzellanladen. *Verhielte es sich jedoch wirklich so*, daß die Geister der Verstorbenen zurückgerufen werden können – was gewönnen wir damit? War unsere Bestimmung seit jeher die, unsere Tage damit zuzubringen, in das Reich der Schatten zu spähen? Es ist viel die Rede von Sophia Cotterell, die ihr totes Kind eine Viertelstunde lang auf den Knien gehalten haben soll, während die Händchen des Kindes die Wangen des Vaters berührten. Handelt es sich um einen Schwindel, der die gepeinigten Gefühle einer Mutter mißbraucht, so haben wir es in der Tat mit Verruchtheit zu tun. *Ist es aber keiner* – und ist die leichte Last auf den Knien weder ein Kobold noch ein Produkt der Einbildungskraft –, müssen wir dann nicht ein Gefühl des Abscheus empfinden, der Abwehr angesichts solch ruhelosen Verweilens im Dunkeln . . .?

In meinem Fall jedoch war Schwindel im Spiel . . .

Cropper überlegte schnell. War es möglich, daß auch LaMotte, die sich damals im Haus von Olivia Judge aufgehalten zu haben schien, Ashs Gaza miterlebt hatte! In Mrs. Lees' autobiographischen Erinnerungen mit dem Titel *Die Pforte zum Schattenreich* gab es ebenfalls eine Schilderung dieser Séance. Mrs. Lees hatte wie gewohnt die Namen ihrer Klienten und die private Natur der Botschaften, die sie erhielten, unkenntlich gemacht. Der Séance hatten zwölf Personen beigewohnt; drei von ihnen hatten einen abgesonderten Raum aufgesucht, wo sie besondere Mitteilungen empfangen sollten, wie die Geister es durch Mrs. Lees angeordnet hatten. Aus der Korrespondenz zwischen Priscilla Cropper und Olivia Judge, einer regen Befürworterin so mancher guten Sache, ging hervor, daß letztere zu jener Zeit eine Gruppe weiblicher Erleuchtungsheischender in ihrem Haus in Twickenham beherbergt hatte. Mrs. Judge hatte Priscilla Cropper regelmäßig über die von Mrs. Lees bewirkten Wunder auf dem laufenden gehalten, aber auch über die Fortschritte anderer Tätigkeiten im Dienst der Menschheit – Veranstaltungen für Geistheilen und die Lehre Fouriers, die Frauenemanzipation und die Prohibition geistiger Getränke.

Die Gruppe in Twickenham hatte den Namen Vestalinnen getragen; Cropper vermutete, daß diese Bezeichnung keinen offiziellen Charakter besessen hatte, sondern nur von den Mitgliedern der Gruppe untereinander verwendet worden war. Es war gut denkbar, daß Christabel LaMotte sich den Vestalinnen angeschlossen hatte. Cropper machte sich mehr und mehr mit ihrer Biographie vertraut, behindert durch die Unkenntnis der Briefe in Lincoln und sein Unvermögen, die lacanianischen Rätsel zu verstehen, in die die feministischen Spekulationen sich kleideten. Er wußte noch nichts von dem fehlenden Jahr im Leben der Dichterin und schenkte den Umständen von Blanche Glovers Selbstmord keine besondere Aufmerksamkeit. Er bat in der

London Library, die über eine ausgezeichnete Abteilung spiritistischer Literatur verfügt, um *Die Pforte zum Schattenreich*, doch das Buch war ausgeliehen. Er versuchte sein Glück bei der British Library, aber deren Exemplar, so erfuhr er aus einem höflichen Schreiben, war im Krieg verbrannt. Er bestellte in Harmony City einen Mikrofilm und wartete.

James Blackadder mühte sich ohne Croppers Elan durch den Band aus der London Library. Auch er hatte anfangs keine Ahnung von Christabel LaMottes Schritten gehabt, und im Unterschied zu Cropper wußte er nichts von der Verbindung zwischen LaMotte und Hella Lees. Aber in einem Brief, mit dem Sir George ihn neugierig machen wollte, war ihm die Erwähnung Mrs. Lees' aufgefallen, und er hatte sich daran gemacht, alle Werke Ashs aus der Zeit um 1859 herum und alles Material über diesen Zeitraum sorgfältig zu prüfen. Er hatte einen Artikel über *Actiniae* oder Seeanemonen gelesen – ohne jeden Gewinn –, und es war ihm aufgefallen, daß es keine Informationen über Ash in den ersten Monaten des Jahres 1860 gab. Er hatte *Mumienfleisch* erneut gelesen; schon immer hatte er sich über die unverhüllte Feindseligkeit gewundert, die darin der weiblichen Protagonistin entgegengebracht wurde und die dem ganzen weiblichen Geschlecht zu gelten schien. Jetzt fragte er sich, ob dieser bislang unerklärlich scheinende Gefühlsausbruch etwas mit den Gefühlen zu tun hatte, die der Dichter für Christabel LaMotte empfand, oder mit den Gefühlen für seine Frau, was auch möglich war.

Die Pforte zum Schattenreich hatte einen tiefvioletten Einband, Goldschnitt und auf dem Buchdeckel die Prägung einer goldenen Taube, die einen Kranz im Schnabel trug und aus einem schwarzen Hintergrund in Form eines Schlüssellochs geflogen kam. Als Frontispiz klebte in einer Umrahmung von neugotischen Spitzbogen eine ovale Photographie des Mediums. Sie zeigte eine dunkel gekleidete Frau an einem Tisch sitzend, die beringten Hände im Schoß gefaltet, die Ketten aus Jett und ein schweres Trauermedaillon trug. Ihr loses Haar war schwarz und glänzend, sie hatte eine leicht gebogene Nase und einen großen

Mund. Ihre Augen lagen unter dichten schwarzen Brauen tief in ihren Höhlen und waren, wie Ash es gesagt hatte, umschattet. Es war ein eindrucksvolles Gesicht, grobknochig und fleischig zugleich.

Blackadder blätterte in den einleitenden Kapiteln. Mrs. Lees stammte aus einer Familie in Yorkshire, die in Beziehung zu den Quäkern stand, und hatte auf einer Quäkerversammlung graue Fremde »gesehen«; sie pflegte um die Köpfe und Schultern der Älteren Gespinste und Wolken odischer Strahlung zu sehen, und als Zwölfjährige hatte sie beim Besuch eines Armenhospizes mit ihrer Mutter über den Kranken dichte Wolken taubengrauen und purpurnen Lichts erblickt und genau voraussagen können, wer sterben und wer genesen würde. Auf einer Quäkerversammlung war sie in Trance geraten und hatte eine Predigt auf Hebräisch gehalten, obwohl sie diese Sprache nie zuvor gehört hatte. Sie hatte Wind in geschlossenen Räumen hervorgerufen und hatte ihre verstorbene Großmutter am Fuß ihres Bettes gesehen, lächelnd und singend. Klopfbotschaften, Tischerücken und Botschaften auf Schiefertafeln hatten ebensowenig auf sich warten lassen wie die Karriere als Privatmedium. Sie hatte sich auch eines bescheidenen Erfolgs als Sprecherin von Geisterreden erfreut, die ihr meistens von zwei Geistern eingegeben wurden, einem Indianermädchen namens Cherry (einer liebevollen Abkürzung von Cherokee) und einem verstorbenen schottischen Chemieprofessor, einem gewissen William Morton, den es schwer angekommen war, sich von den Relikten seiner Skepsis gegenüber dem Spiritismus zu befreien, bis er sich zu seiner wahren Natur bekennen konnte und zu seiner Aufgabe, den noch unter den Lebenden weilenden Sterblichen Hilfe und Wissen zu bieten. Einige dieser Reden zu Themen wie »Spiritismus und Materialismus«, »Materialisationsphänomene und Spektrallicht« oder »Auf der Schwelle« befanden sich im Anhang abgedruckt. Unabhängig vom Thema zeichneten sie sich durch eine gewisse Gleichförmigkeit aus – möglicherweise durch die Trance bedingt –, die an das »Protoplasma menschlicher Sprache mit der milden Würze kosmischer Empfindung« erinnerte, das Podmore in der »alles übertreffenden Eintönigkeit« eines anderen medialen Sprechers entdeckt hatte.

Ashs Gaza hatte in ihr einen ungewohnten Ausbruch unversöhnlichen Zorns hervorgerufen.

Bisweilen sagen materialistisch eingestellte Personen: »In meiner Gegenwart werden die Geister sich ganz gewiß nicht zeigen.« Dies ist wahrscheinlich – sehr wahrscheinlich sogar! Doch sollte niemand damit prahlen, gereicht es doch dem Skeptiker eher zur Schande als zum Ruhm. Der Umstand, daß Menschen eine so positive Ausstrahlung haben können, einen so stark ausgeprägten Skeptizismus, daß dies stärker ist als der Einfluß eines körperlosen Geistes, gereicht dem Individuum gewiß nicht zur Ehre. Ein positiver Geist, der einen spiritistischen Zirkel oder eine Séance aufsucht, hat die Wirkung eines Lichtstrahls in der Dunkelkammer des Photographen; es ist, als nähme man ein Samenkorn aus der Erde, um zu sehen, ob es wächst, es ist wie jeder andere gewalttätige Eingriff in das Wirken der Natur.

Ein positiv eingestellter Mensch wird fragen: »Warum können Geister sich nicht am hellen Tag ebenso zeigen wie im Dunkeln?« Professor Mortons Antwort darauf lautet, daß wir wissen, wie viele Vorgänge in der Natur von den Veränderungen in Licht und Dunkelheit abhängig sind. Die Blätter einer Pflanze können ohne *Sonnenlicht* kein »Oxygen« erzeugen, und vor kurzem erst hat Professor Draper nachgewiesen, daß das Vermögen der einzelnen Farbstrahlen, Kohlenstoff zu zersetzen, sich folgendermaßen über das Spektrum verteilt: Gelb, Grün, Orange, Rot, Blau, Indigo, Violett. Die Geister haben uns immer wieder darauf hingewiesen, daß ihre Materialisation sich am besten im Licht jener Strahlen vollbringen läßt, welche sich im blauen, indigoblauen und violetten Bereich des Spektrums befinden. Könnte man eine Séance ganz im violetten Licht eines Prismas abhalten, würden wir vielleicht die wunderbarsten Dinge erblicken. Ich selbst konnte feststellen, daß ein wenig indigoblauen Lichts, gefiltert durch eine dicke Glasscheibe über einer Laterne, unseren Freunden in Geistergestalt erlaubte, uns Geschenke in materieller Form zu bringen und für eine kurze Zeit luftige Gestalt anzunehmen, die sie aus dem Teleplasma des *Mediums* und den gasförmigen und festen Substanzen im Raum bildeten. In grellem Licht können sie nicht wirksam sein, wie es in früheren Jahrhunderten durch Versuche festgestellt wurde. Erscheinen die Gespenster nicht in der Dämmerung? Begegnen die Kelten nicht den Sendboten der Toten in jenem Monat, welchen sie den schwarzen heißen?

Ein positiv gesinnter Mensch ist oftmals von einer Wolke odischen Feuers von grellem Gelb oder Rot umgeben, lodernd und feindselig, und diese Wolke macht sich jedem Medium und jeder empfindsamen Person bemerkbar. Auch können materialistische Menschen Kälte ausstrahlen, welche die Atmosphäre durchdringt und die Aura – den Fluidalkörper – oder das Teleplasma daran hindert, sich zu materialisieren. Die Gegenwart solcher Menschen spüre ich wie einen Schock in der Lunge, bevor meine Haut die Kälte spürt. Jegliche Exosmose wird durch diese Gegenwart unterbunden, so daß es an der geeigneten Atmosphäre mangelt, die für Materialisationen benötigt wird.

Das wohl abscheulichste Beispiel der Auswirkungen einer solchen Person auf spiritistische Vorgänge, das ich erleben mußte, war das selbstherrliche Auftreten des Dichters Randolph Ash bei einer Séance im Hause Miss Olivia Judges, wo sich in jenen Tagen die Vestalinnen versammelten, jener Zirkel feinsinniger und empfindsamer Frauen, die sich der emsigen Erforschung spiritistischer Wahrheiten verschrieben hatten. Miss Judges herrliches Haus Yew Tree Lodge liegt nahe am Fluß in Twickenham, und viele wunderbare Dinge haben sich dort ereignet – Begegnungen der Lebenden und der Verstorbenen, Zeichen wunderbarer Natur und trostbringende Töne und Geräusche. Elementargeister und Elementarwesen des Wassers vergnügen sich auf dem Rasen, und im Zwielicht hört man sie am Fenster lachen. Distinguierte Persönlichkeiten beiderlei Geschlechts waren bei ihr zu Gast: Lord Lytton, Mr. Trollope, Lord und Lady Cotterell, Miss Christabel LaMotte, Dr. Carpenter, Mrs. de Morgan, Mrs. Nassau senior.

Zu der Zeit, von welcher ich spreche, unterhielten wir zutiefst erleuchtende Gespräche mit unseren Freunden und Führern aus der Geisterwelt – unseren Kommunikatoren –, und viel Wunderbares war uns offenbart worden. Ich glaube, es war Lord Lytton, welcher mir mitteilte, daß Mr. Ash sehr begierig sei, an einer Seance teilzunehmen. Da ich zauderte – denn es ist oft von Übel, einen harmonischen Zirkel zu verändern –, gab man mir zu verstehen, daß Mr. Ash vor kurzem einen schweren Verlust erlitten habe und seelischen Trostes und Zuspruchs dringend bedürfe. Ich hegte dennoch Zweifel, aber Lord Lytton trat wärmstens für seinen Freund ein, und ich gab nach. Mr. Ash hatte zur Bedingung gemacht, daß niemand von seiner Identität und von seinem Kommen erfahren dürfe, so daß er, wie er sagte, auf diese Weise die Ungezwungenheit des Zirkels weniger beeinträchtigen würde, und ich war mit dieser Bedingung einverstanden.

Ich übertreibe nicht, wenn ich sage, daß ich einen *Windstoß* eisigen Skeptizismus im Gesicht spürte und erstickenden Nebel in der Kehle, als Mr. Ash Miss Judges Salon betrat. Miss Judge fragte mich, ob ich mich wohl befinde, und ich sagte, mir sei, als stehe mir ein Fieberschauer bevor. Mr. Ash gab mir nervös die Hand, und die Elektrizität seiner Berührung enthüllte mir ein Paradoxon: Unter dem harten, kalten Eis seines Skeptizismus brannte eine spirituelle Empfänglichkeit und Kraft von ungewohnter Stärke. Er sagte in scherzhaftem Ton zu mir: »Sie also rufen Geister aus unermeßlichen Tiefen?« Ich sagte: »Spotten Sie nicht darüber. Es steht nicht in meiner Macht, Geister zu beschwören. Ich bin ihr Werkzeug; sie sprechen durch mich, wann und wie es ihnen gefällt, nicht wie es mir gefällt.« Er sagte: »Auch zu mir sprechen sie durch das Medium der Sprache.«

Er blickte nervös um sich und sprach zu niemandem aus unserem Zirkel, welcher sieben Damen und vier Herren umfaßte nebst meiner Person. Wie stets bisher waren alle Vestalinnen anwesend, nämlich Miss Judge, Miss Neve, Miss LaMotte und Mrs. Furry.

Wie gewohnt saßen wir in beinahe gänzlicher Dunkelheit um den Tisch. Mr. Ash saß nicht neben mir, sondern zur Rechten des Herrn neben mir, und wie üblich hielten wir alle einander bei den Händen. Ich spürte noch immer die Kälte in Brust und Lunge und mußte wiederholt niesen, so daß Miss Judge mich fragte, ob ich krank sei. Ich sagte, ich sei bereit, unsere Freunde zu fragen, ob sie zu uns sprechen wollten, obgleich ich fürchtete, daß es ihnen nicht möglich sein würde, da die Atmosphäre allzu ungünstig sei. Nach einer gewissen Zeit spürte ich eine schreckliche Kälte an meinen Beinen hochsteigen, und ich begann am ganzen Körper zu zittern. Vielen Trancen geht ein kurzes Gefühl von Schwindel und Übelkeit voraus, doch die Trance, in die ich fiel, wurde eingeleitet durch das Zittern, das uns beim Herannahen des Todes befällt. Mr. Ritter, der zu meiner Rechten saß, bemerkte, daß meine Hände eiskalt seien. An die weiteren Ereignisse dieser Séance besitze ich keine bewußte Erinnerung, Miss Judge jedoch hat Aufzeichnungen gemacht, aus denen ich zitieren will:

»Mrs. Lees zitterte am ganzen Körper, und eine unbekannte heisere Stimme rief: ›Zwingt mich nicht.‹ Wir fragten, ob Cherry gesprochen habe, und erfuhren: ›Nein, nein sie kommt nicht.‹ Wir fragten nochmals, wer gesprochen habe, und die Stimme rief: ›Der Tatermann, ho, ho, ho!‹ und lachte fürchterlich. Miss Neve sagte, daß niedere Geister ihren Schabernack mit uns trieben. Darauf knisterte und klopfte es heftig, und einige von uns spürten, wie Geisterhände ihre Röcke lüpften und ihre Knie betasteten. Mrs. Furry fragte, ob ihre kleine Tochter Adeline anwesend sei, und die abscheuliche Stimme rief: ›Es gibt kein Kind!‹ Dann fügte sie hinzu: ›Neugier treibt den Vogel in die Schlinge‹ und sagte noch andere unsinnige Dinge. Vom Tisch neben Mrs. Lees wurde unter lautem Gelächter ein großes Buch in den Raum geschleudert.

Miss Neve sagte, daß vielleicht ein feindseliges Fluidum im Zimmer sei. Eine andere Dame, die niemals zuvor die Befähigung zum Medium hatte erkennen lassen, begann zu weinen und zu lachen und rief auf deutsch: ›Ich bin der Geist, der stets verneint.‹ Eine Stimme, die durch Mrs. Lees sprach, sagte: ›Vergiß die Steine nicht.‹ Einer der Anwesenden rief: ›Wer bist du?‹, und als Antwort hörten wir alle das Geräusch fließenden Wassers und das Geräusch von Wellen, und zwar mit größter Deutlichkeit. Ich fragte, ob ein bestimmter Geist unter uns weile, der zu einem von uns zu sprechen wünsche. Die Antwort erfolgte durch Mrs. Lees und lautete, es gebe einen Geist, dem es schwergefallen sei, sich zu äußern, der jedoch bereit sei zu sprechen, wenn jene, welche sich angesprochen fühlten, dem Medium in den abgesonderten Raum folgen wollten. Während Mrs. Lees sprach, erklang eine über alle Maßen liebliche Stimme, welche sagte: ›Ich bringe die Gaben der Versöhnung‹, und über dem Tisch wurde eine weiße Hand sichtbar, die einen wunderschönen weißen Kranz hielt, auf dem Tautropfen glitzerten und den silbrige Lichter wie eine Krone umschwebten. Das Medium erhob sich, um in den abgesonderten Raum zu gehen, und zwei Damen, die sehr bewegt waren und schluchzten, wollten ihm folgen, als Mr. Ash plötzlich ausrief: ›Oh, Sie sollen mir nicht entkommen‹ und in die Luft griff, indem er rief: ›Licht! Licht!‹ Das Medium brach ohnmächtig zusammen, und eine zweite Dame sank auf ihren Stuhl, und als Lichter angezündet wurden, sahen wir, daß sie ohne Bewußtsein war. Mr. Ash umklammerte das Handgelenk des Mediums und versicherte, diese Hand habe den Kranz getragen, obgleich dies unser aller Verständnis übersteigt, bedenkt man, wo der Kranz niederfiel und wo der ›Gentleman‹ und das Medium gefunden wurden.«

So hatte Mr. Ash durch sein unüberlegtes und gefährliches Handeln größte Verwirrung und Verwüstungen herbeigeführt und zwei zarte Organismen – den meinen und den der anderen Dame, welche unter diesen verzweifelten Umständen ihre erste Trance erlebte – empfindlich verstört. Und er schien sich nicht im geringsten dessen bewußt, welchen Gefahren er einen dematerialisierten Geist aussetzen konnte, welcher heldenmütig und unter größten Anstrengungen bemüht war, sich auf bisher ungekannte Weise zu materialisieren. Miss Judge berichtet, daß ich wie leblos mit fahlem Gesicht dalag und tief stöhnte. Unterdessen krönte der Dichter Ash seine törichten Handlungen damit, daß er mein Handgelenk fahrenließ und zu der anderen Dame stürzte, welche er bei den Schultern ergriff, allen dringenden Vorstellungen der anderen Vestalinnen zum Trotz, die ihm vor Augen führten, wie gefährlich es ist, Personen in Trance zu stören oder wecken zu wollen. Man hat mir erzählt, daß er wie außer sich immer wieder rief: »Wo ist das Kind? Was ist mit dem Kind geschehen?« Damals stand ich unter dem Eindruck, Mr. Ash frage nach dem Geist eines eigenen verstorbenen Kindes, doch hat man mich aufgeklärt, daß dies nicht sein könne, da Mr. Ash kinderlos sei. Als nächstes sprach eine Stimme durch meine Lippen und sagte: »Wessen Steine waren das?«

Der Zustand der anderen Dame war nun besorgniserregend; sie atmete stoßweise, ihr Puls war schwach und unregelmäßig. Miss Judge forderte Mr. Ash auf zu gehen, was zu tun er sich rundheraus weigerte; er beharrte darauf, daß er eine Antwort verlange und daß ihm »etwas vorgemacht« worden sei. Nunmehr kam ich zur Besinnung und sah ihn; er sah unbeherrscht im höchsten Maße und geradezu erschreckend aus – die Adern auf seiner Stirn waren hervorgetreten, und Zorn färbte seinen Gesichtsausdruck. Um ihn wogte eine Wolke dunkelrot glühenden aktinischen Lichtes, in dem feindliche Kräfte brodelten.

Er erschien mir wie ein *Dämon*, und ich verlangte mit schwacher Stimme, daß man ihn dazu bewegen möge, das Haus zu verlassen. Unterdessen trugen zwei der Vestalinnen den leblosen Körper unserer Freundin fort. Zu unser aller Bestürzung erlangte diese bedauernswerte Dame das Bewußtsein *zwei volle Tage* lang nicht wieder, und als sie zu sich kam, konnte sie nicht sprechen und war außerstande, Nahrung zu sich zu nehmen – so groß war die Erschütterung, die das schreckliche Geschehen in ihrer zarten Konstitution bewirkt hatte.

Mr. Ash jedoch ließ sich nicht davon abhalten, verschiedenen Personen als *Tatsache* zu erzählen, er habe »Betrug« bei einer Séance aufgedeckt, bei welcher er als unparteiischer, objektiver Beobachter zugegen gewesen sein will. Daß er weit, sehr weit davon entfernt war, dies zu sein, bezeugen Miss Judges Bericht und der meine hinlänglich, so hoffe ich zumindest. Als er später sein Gedicht *Mumienfleisch* schrieb, in dem er so geschickt Anspielung und Unterstellung mischt, hielt die breite Öffentlichkeit ihn für einen Verfechter der *Vernunft* im Kampf gegen Spitzbuben. Glücklich müssen sich jene preisen, welche um der Wahrheit willen verfolgt wurden – so nehme ich wohl an –, doch ist nichts schwerer zu ertragen als die *indirekte Verleumdung*, die in diesem Falle der Ohnmacht der Enttäuschung entsprang, dessen bin ich mir gewiß, denn Mr. Ashs Art war zur Gänze die eines *Suchenden*, den der eigene Materialismus um die Botschaften betrog, die er andernfalls hätte erhalten können.

Und kein Gedanke, keine Rücksicht auf meine Schmerzen und die der anderen Dame!

Blackadder hatte jede öffentliche Körperschaft angeschrieben, die auch nur entfernt als Ansprechpartner in Hinblick auf den Briefwechsel zwischen Ash und LaMotte in Frage kam. Er war bei der Behörde vorstellig geworden, die die Ausfuhr von Kunstwerken zu überwachen hatte, und hatte einen Termin beim Minister verlangt; erreicht hatte er ein Gespräch mit einem aggressiven Staatsbeamten, dessen Manieren zu wünschen übrigließen und der ihm erklärt hatte, der Minister sei sich der Bedeutung dieser Entdeckung völlig bewußt, wolle jedoch nicht in den Markt eingreifen. Es sei vorstellbar, einen kleineren Betrag aus den Mitteln des National Heritage Trust zur Verfügung zu stellen, und man sei der Ansicht, Professor Blackadder könne sich bemühen, weitere Mittel durch private Sponsoren oder Spendenaufrufe lockerzumachen. Sollte das Verbleiben dieser alten Briefe in unserem Land tatsächlich von nationalem Interesse sein – so schien der junge Mann mit seinem verschlagenen und leicht verächtlichen Lächeln sagen zu wollen –, dann werden die Gesetze des Marktes auch dafür sorgen, daß sie hierblieben, ohne daß der Staat sich einmischen müßte. Als er Blackadder durch Korridore zum Aufzug begleitete, in denen es wie in den Schulen von einst schwach nach Rosenkohl und Tafellappen roch, sagte er abschließend, er habe während seines Studiums Randolph Henry Ash durchkauen müssen und sei nie richtig schlau aus dem alten Knaben geworden. »Dieses endlose Gebrabbel – finden Sie nicht auch, daß diese viktorianischen Dichter sich selber so furchtbar ernstgenommen haben?« sagte er, als er den Knopf drückte, um den Aufzug aus der Tiefe hochzubefördern. Während der Aufzug quietschend nahte, sagte Blackadder: »Sich selbst ernst zu nehmen, scheint mir nicht das Schlechteste zu sein, was ein Mensch tun kann.« »So geschwollen, finden Sie nicht?« erwiderte der junge Mann sichtlich unbeeindruckt und sperrte den Professor in die Kabine.

Blackadder, der in *Mumienfleisch* und die Erinnerungen Hella Lees versunken gewesen war, wurde sich grimmig dessen bewußt, daß die Gesetze des Marktes nicht weniger unberechenbar und unergründlich waren als irgendwelche unsichtbaren Winde und odischen Strahlungen, die Ash mit seinem Gaza unterbrochen hatte. Außerdem war ihm nur zu bewußt, daß Mortimer Cropper direkten Zugang zu weit mächtigeren Gesetzen des Marktes hatte, als er es sich in den Eingeweiden des Museums erträumen konnte. Er hatte von Croppers Vortrag oder Predigt gehört, wo dieser darauf angespielt hatte. Düster erwog er den nächsten Schritt, als ihn eine Fernsehjournalistin namens Shushila Patel anrief, die in dem Nachrichtenmagazin *Tagesnotizen*, das spätabends gesendet wurde, ab und zu ein paar Minuten für Kulturbeiträge hatte. Miss Patel war gegen Cropper voreingenommen, weil er den kapitalistischen und kulturellen Imperialismus repräsentierte. Sie hatte herumgefragt, und man hatte ihr gesagt, James Blackadder sei der Experte, an den sie sich wenden müsse.

Zuerst war Blackadder unmerklich, aber heftig von der Vorstellung erregt, die Macht des Fernsehens hinter seiner Sache zu wissen. Er gehörte nicht zu den Wissenschaftlern, die in den Medien auftraten; seine Artikel erschienen nur in Fachzeitschriften, und er hatte noch nie in einer Rundfunksendung gesprochen. Er machte sich bündelweise Notizen wie für eine Konferenz, Notizen zu Ash, zu LaMotte, zum nationalen Kunsterbe, zu dem, was die Entdeckung der Briefe für die falschen Interpretationen bedeuten mußte, die im *Großen Bauchredner* vorgebracht waren. Er kam gar nicht auf den Gedanken zu fragen, ob Cropper auch dasein werde; er stellte sich die Sendung wie einen Vortrag in Konservenform vor. Als der Termin nahte, beschlich ihn undeutlich ein Gefühl der Furcht. Er sah sich im Fernsehen Interviews an und beobachtete, wie strenge, zungenfertige Reporter Politikern, Ärzten, Planern und Polizisten unfreundlich ins Wort fielen. Schwitzend erwachte er aus Alpträumen, in denen er seine Abschlußprüfungen wiederholen mußte, ohne sich vorbereitet zu haben – er wurde über die Literatur des Commonwealth geprüft oder über die postderridaschen Strategien der Nicht-Interpretation, oder es prasselten wie aus einem Maschinengewehr Fragen auf ihn ein, was Randolph Ash zum Thema der Kürzungen im Sozialetat zu sagen habe, zu den Krawallen in Brixton und zur Zerstörung der Ozonschicht.

Er wurde mit dem Wagen abgeholt, einem Mercedes, den ein Chauffeur fuhr, der einen snobistischen Akzent hatte und ein Gesicht machte, als würde Blackadders Mackintosh die Sitze beschmutzen. Diese Einstimmung bereitete Blackadder überhaupt nicht auf den Karnickelstall staubiger Kämmerchen voller hektischer junger Frauen vor, in dem er abgesetzt wurde. Benebelt saß er auf einer plüschbezogenen Klappbank aus den fünfziger Jahren und starrte auf einen Wasserkühltank, während er seinen einbändigen Oxford-Ash mit den Händen umklammerte. Man gab ihm einen Plastikbecher unangenehm schmeckenden Tees und sagte zu ihm, er müsse auf Miss Patel warten, die zu guter Letzt mit einem Klemmbrett mit gelbem Papier erschien und sich neben ihn setzte. Sie war auffallend schön; sie hatte zartgeschnittene Züge, trug ihr seidiges schwarzes Haar zu einem komplizierten Knoten geschlungen und um den Hals einen Schmuck aus

Silber und Türkisen, der wie geklöppelt aussah. Sie war in einen blaugrünen Sari gekleidet, der mit silbernen Blumen bedruckt war, und roch nach etwas Exotischem – Sandelholz? Zimt? Sie lächelte Blackadder an und gab ihm für einen kurzen Augenblick das Gefühl, willkommen, ja erwünscht zu sein. Dann wurde sie geschäftsmäßig, legte ihr Brett auf die Knie und sagte: »Ja, und was ist das Wichtige an Randolph Henry Ash?«

Blackadder hatte eine Vision von Bruchstücken seiner Lebensarbeit, hier eine Zeile Schrift, dort ein philosophischer Scherz, den er entziffert hatte, ein Gefühl von der Gestalt des ineinandergewobenen Denkens vieler Menschen, doch nichts davon ließ sich in knappe Worte fassen.

Er sagte: »Er wußte um den Glaubensverlust des 19. Jahrhunderts. Er schrieb über die Geschichte – er verstand darin – er erkannte, was die neuen Fortschrittsgedanken für Auswirkungen auf die menschliche Vorstellung von der Zeit hatten. Er ist eine zentrale Figur der englischen Dichtung. Sie können das 20. Jahrhundert nicht verstehen, wenn Sie ihn nicht verstehen.«

Miss Patel sah ihn verwirrt, aber höflich an. Sie sagte: »Ich muß gestehen, daß ich noch nie von ihm gehört habe, bevor es um dieses Interview ging. Ich habe zwar einen Literaturkurs belegt gehabt, aber da ging es um moderne amerikanische Literatur und postkoloniales Englisch. Sagen Sie mir, warum wir uns heute noch Gedanken über Randolph Henry Ash machen sollen.«

»Wenn wir uns auch nur im geringsten für Geschichte interessieren –«

»Für *englische* Geschichte –«

»Nein. Er hat über jüdische Geschichte geschrieben, über römische, italienische, deutsche Geschichte, über die Prähistorie – auch über englische Geschichte –«

Warum müssen sich Engländer heutzutage immer entschuldigen?

»Er wollte verstehen, wie einzelne Menschen in bestimmten Epochen ihr Leben sahen – vom Glauben bis zum Alltag –«

»Individualismus, verstehe. Und warum ist es wichtig, diesen Briefwechsel im Land zu behalten?«

»Weil er seine Ideen erhellen helfen könnte – ich habe einige der Briefe gesehen – er schreibt über Lazarus – Lazarus hat ihn sehr interessiert – und über die Naturforschung, über die Entwicklung von Organismen –«

»Lazarus«, wiederholte Miss Patel verständnislos.

Blackadder sah sich verzweifelt in dem schwachbeleuchteten hafermehlfarbenen Verschlag um. Er spürte Klaustrophobie in sich aufsteigen. Er war unfähig, einen Anspruch auf Ash in einem einzigen, kurzen Satz vorzubringen. Er konnte sich von Ash nicht weit genug entfernen, um zu erkennen, was andere nicht wußten. Miss Patel machte einen etwas verzagten Eindruck. Sie sagte: »Wir haben Zeit für drei Fragen und ein abschließendes Kurzstatement. Wie wär's, wenn ich Sie frage, was Randolph Ash für unsere heutige Gesellschaft bedeutet?«

Blackadder hörte sich sagen: »Er dachte gewissenhaft nach und zog keine voreiligen Schlüsse. Er war davon überzeugt, daß Wissen unentbehrlich ist –«

»Entschuldigen Sie, ich verstehe nicht ganz –«

Die Tür wurde geöffnet. Eine helle Frauenstimme sagte: »Hier ist der zweite Gast für die Sendung – *Tagesnotizen*, letzter Beitrag, richtig? Ich bringe Professor Leonora Stern.«

Leonora sah prachtvoll und barbarisch aus in Hemd und Hose aus scharlachroter Seide, die leicht orientalisch, leicht peruanisch anmuteten und mit regenbogenfarbenem, gewebtem Stoff gesäumt waren. Ihr schwarzes Haar fiel ihr auf die Schultern, ihre Handgelenke und Ohren und ihr gut sichtbarer Busen waren mit goldenen Sonnen und Sternen behängt. Sie erfüllte den engen Raum neben dem Wasserkühltank mit Glanz und sanften Wölkchen von Moschus- und Blütenduft.

»Ich nehme an, Sie kennen Professor Stern«, sagte Miss Patel. »Sie ist die Expertin für Christabel LaMotte.«

»Ich war in Maud Baileys Wohnung«, sagte Leonora. »Sie haben sie angerufen, und ich war dran. So bin ich hergekommen. Freut mich, Sie kennenzulernen, Professor. Wir haben einiges zu besprechen.«

»Ich habe Professor Blackadder ein paar Fragen über die Bedeutung von Randolph Ash gestellt«, sagte Miss Patel. »Ich würde Sie gerne das gleiche über Christabel LaMotte fragen.«

»Schießen Sie los«, sagte Leonora gutgelaunt.

Blackadder empfand eine Mischung aus subtilem Widerwillen, professioneller Bewunderung und nackter Bestürzung, als Leonora eine eindrucksvolle daumennagelgroße Miniatur von Christabel entwarf: die große, verkannte Dichterin, die kleine Person mit scharfem Blick und spitzer Feder, unbarmherzige Analytikerin der weiblichen Sexualität, lesbischer Sexualität, der Bedeutung des scheinbar Trivialen ... »Sehr gut«, sagte Miss Patel. »Ausgezeichnet, eine aufsehenerregende Entdeckung, ja? Und ganz zum Schluß werde ich Sie fragen, worin die Bedeutung dieser Entdeckung besteht – sagen Sie jetzt nichts. Sie müssen gleich in die Maske. Wir sehen uns in einer halben Stunde im Studio.«

Mit Leonora allein fühlte Blackadder sich unwohl in seiner Haut. Leonora ließ sich neben ihm auf die Bank plumpsen, so daß ihr Schenkel den seinen berührte, und nahm seine Ash-Ausgabe, ohne zu fragen.

»Vermute, ich lese es besser gleich. Randolph Henry war nie mein Fall. Zu männlich. Langatmig. Altmodisch –«

»Nein.«

»Scheint so. Ich kann Ihnen verraten, daß ganz schön viele von uns mächtig alt aussehen werden, mächtig alt, wenn diese Geschichte publik wird. An Ihrer Stelle würde ich dieses Buch unauffällig verschwinden lassen, Professor. Tja. Vermute, daß wir genau *drei Minuten* Zeit haben, um der staunenden Weltöffentlichkeit die Bedeutung dieser Sachen einzubleuen. Sie müssen Ihren Mr. Ash so sexy darstellen, wie Sie können. Sie müssen die Leute packen, Professor, am besten bei den Emotionen. Bringen Sie sie zum Heulen. Überlegen Sie sich, was Sie sagen wollen, und sagen Sie es. Lassen Sie sich von dem hübschen Geschöpf da draußen nicht davon abhalten. Klar?«

»O ja. Äh – klar.«

»Sie müssen mit *einer* Aussage rüberkommen, dann haben Sie gewonnen, Professor.«

»Ich verstehe. Hm. Mit einer Aussage –«

»Möglichst sexy, Professor. *Sexy.*«

Im Zimmer der Maskenbildnerin lagen Blackadder und Leonora nebeneinander zurückgelehnt auf den Sesseln. Er ließ Puderquasten und Schminkpinsel über sich ergehen und dachte an die Hände von Leichenbestattern, als die feinen grauen Krähenfüße um seine Augen durch eine dünne Schicht Make-up verdeckt wurden. Leonora hielt den Kopf nach hinten gebeugt und redete dabei abwechselnd auf ihn und die Maskenbildnerin ein.

»Ich mag kräftige Farben an den Lidrändern – immer nur drauf damit, ich kann's vertragen, bei meiner Hautfarbe und meinem Knochenbau, kein Problem – wie ich schon sagte, Professor, wir müssen uns ernsthaft unterhalten, Sie und ich. Ich wette, daß wir beide gern wüßten, wo Maud Bailey steckt, stimmt's? Sehr gut, und wie wär's mit diesem dunklen Pink hier unter den Augenbrauen – und mit einem männermordenden scharlachroten Lippenstift, aber warten Sie, ich habe selber einen dabei, Sie wissen ja, daß man heutzutage aufpassen muß, was Körperflüssigkeiten betrifft, nichts für ungut – also, wie ich sagte oder besser nicht sagte, Professor, ich habe da eine Idee, wohin die junge Frau gefahren sein könnte – samt Ihrem jungen Mann – ich habe ihnen den Weg gezeigt – haben Sie diesen Glitzerstaub, den man mit dem Pinsel aufträgt, Ma'am, damit das Publikum geblendet wird, zeigen wir ihnen, daß die akademische Welt auch ihren Glamour hat ... Jetzt bin ich für den Kampf gerüstet, Professor, aber keine Sorge, *Ihnen* will ich nichts tun. Ich will für Christabel kämpfen und diesem Widerling Mortimer Cropper eins in die Eier geben, der Christabel nicht in seiner Vorlesung haben wollte und einer guten Freundin von mir gedroht hat, sie mit einer Beleidigungsklage vor Gericht zu bringen, das hat er getan, ich mache keine Witze. Finden Sie nicht, daß er jetzt ganz schön dumm dasteht?«

»Eigentlich nicht. So etwas kommt vor.«

»Tja, aber Sie *müssen* sagen, daß er dumm dasteht, wenn Sie die Papiere behalten wollen, oder?«

Shushila saß zwischen ihren Gästen und lächelte. Blackadder beobachtete die Kameras und kam sich vor wie ein staubiger Barkellner. Staubig und grau zwischen diesen zwei Pfauen, staubig vor Puder – er konnte die eigene Schminke riechen – in dem heißen Licht. Der Moment vor der Sendung schien ewig zu dauern, und dann sprachen sie plötzlich sehr schnell und verstummten ebenso plötzlich, wie bei einem Sprint. Er konnte sich nur ganz schwach an das Gesagte erinnern. Die zwei Frauen, die wie bunte Papageien über weibliche Sexualität und über die Symbole unterdrückter weiblicher Sexualität plapperten, über den Melusinenmythos und die Gefahr, die dem Weiblichen unterstellt wird, über LaMotte und die Liebe, die ihren Namen nicht zu nennen wagt, über Leonoras große Überraschung, als sie feststellte, daß es schien, als habe Christabel einen Mann geliebt. Und seine eigene Stimme: »Randolph Henry Ash war einer der größten Liebeslyriker unserer Sprache. *Ask an Embla* ist eine der größten Dichtungen, die wahre sexuelle Leidenschaft besingen. Niemand hat je herausfinden können, an wen diese Gedichte gerichtet waren. Die Erklärung, die in der Standardbiographie geboten wird, kam mir immer etwas lächerlich und nicht sehr überzeugend vor. Jetzt wissen wir, wer es war, jetzt haben wir Ashs *dark lady* gefunden. Von solchen Entdeckungen träumen Wissenschaftler. Die Briefe müssen im Land bleiben – sie sind Teil unserer Nationalgeschichte.«

Und Shushila: »Professor Stern, was sagen Sie als Amerikanerin dazu? Sind Sie auch dieser Meinung?«

Und Leonora: »Ich finde, die Briefe gehören in die British Library. Mikrofilme und Photokopien kann man in alle Welt verschicken – alles übrige ist reine Sentimentalität. Und ich würde mir wünschen, daß Christabel in ihrem eigenen Land gewürdigt wird und daß Professor Blackadder neben mir, der der bedeutendste lebende Ash-Forscher ist, den Briefwechsel in seiner Obhut hat. Besitzdenken kenne ich nicht, Shushila, ich will nur die Möglichkeit haben, die beste Kritik dieser Briefe zu schreiben, sobald sie veröffentlicht sind. Die Tage des Kulturimperialismus sind Gott sei Dank vorbei ...«

Danach hakte Leonora sich bei ihm ein. »Gehen wir was trinken«, sagte sie. »Sie können einen Drink brauchen. Ich auch. Sie haben sich gut gehalten, Professor, besser, als ich gedacht hätte.«

»Das war Ihr Einfluß«, sagte Blackadder. »Was ich gesagt habe, war eine schauderhafte Karikatur. Ich muß mich entschuldigen, Dr. Stern. Ich wollte damit nicht behaupten, daß Ihr Einfluß an der Karikatur schuld sei, ich wollte nur sagen, daß Ihr

Einfluß gemacht hat, daß ich überhaupt den Mund aufbekommen habe –«

»Ich weiß, ist schon gut. Ich wette, Sie als Schotte trinken Malt.«

Sie fanden sich in einer schummerigen Bar wieder, die nach Bier roch und in der Leonora leuchtete wie ein Weihnachtsbaum.

»Und jetzt erzähle ich Ihnen, wo Maud Bailey meiner Ansicht nach steckt ...«

EINUNDZWANZIGSTES KAPITEL

Mumienfleisch

Komm, Geraldine, der Steine Feuer sieh:
Ich lege meine Hände auf den Samt –
Tritt näher, Kind, willst lernen du die Kunst
Der Kristallomantie, willst lesen du
Die Hieroglyphen meiner Ringe all!
Sieh, wie die Steine funkeln auf der Haut –
Beryll, Saphir, Smaragd und Chrysopras,
Geschenke Vornehmer, doch mir so lieb
Und wert ob ihres mystischen Gehalts,
Der stummen Sprache unsrer Mutter Erd'.

Wie meine sind auch deine Hände zart und weiß.
Berühr' ich sie, springt zwischen dir und mir
Ein Funke über. Spürst du ihn? Wohlan,
So schau die Lichter in den Steinen, und
Sag mir, ob sich Visionen zeigen dir,
Ein mystisches Gesicht, gerötet von
Schwebenden Strahlen aktinischen Lichts,
Oder die Zweige, die verschlungenen,
In Gottes unirdischem Paradies.
Was siehst du da? Ein Spinnennetz von Licht?
Das ist nicht übel. Bald entstehn daraus
Herrliche Bilder aus der Geisterwelt.
Lichter sind Kräfte in unserem Geist,
Die besser nicht zu fassen wir verstehn,
Als wir zu sagen wüßten, wie der Glanz
Des Rosenrots in diesen Stein gelangt,
Blau in den Saphir, Grün in den Smaragd,
Oder warum die bunten Farben glühn
In des arabischen Vogels Federkleid,
Das hier in mildrer Luft grau uns erscheint
Und weiß in der polaren Eiswüste.
Im Garten Gottes sprechen auch die Stein'.

Auf Erden deuten wir ihr Schweigen, lesen wir
Ewige Formen aus dem Licht heraus.

Nimm nun die Kugel aus Kristall, mein Kind,
Und sieh hinein. Sieh nur, wie links und rechts,
Oben und unten, sich verkehrt darin
Und tief innen geheimnisvoll ein Raum
Zu glitzern scheint, eine versunkne Welt,
In der die Flammen züngeln umgekehrt:
Es ist dies Zimmer, auf den Kopf gestellt.
Schau nur, und du wirst alles sich verändern sehn,
Unter dem Einfluß der Psychometrie
Wirst schaun du, was nicht *ist*, sondern Vision.
Verkehrt herum wirst sehn du mein Gesicht, umflort
Von Strahlen rosig, jenen odischen
Strahlungen gleich, von der *Aktinie* unsichtbar
Verströmt um sich, der Seeanemone,
Und nach mir wirst du andre Formen sehn,
In andrem Licht werden sie offenbar
Dir, glaube mir, hab nur Geduld, mein Kind.
Die Kraft, die Gabe launisch ist, die sich
Des Mediums bedient, um solcherart
Den Geistern diesseitige Wirkung zu verleihn,
Sie kommt und geht, wie es ihr ganz allein beliebt,
Unstet wie Irrlichts Flackern narrt sie uns.

Es ist wohl an der Zeit, daß du erfährst,
Was ich dir sagen will. Du bist begabt.
Des letzten Sonntags Trance war tief und echt.
Ich hielt dich ohnmächtig an meiner Brust,
Und Geister drängten sich, aus deinem Mund
Zu sprechen Worte voller Trost, wenngleich
Manche mißbrauchten dich voll Niedertracht,
Zu sagen Dinge, die dein unschuldig Gemüt
In wachem Zustand dächte nicht noch sagt'.
Doch diese wehrt' ich ab, und ich vernahm
Der Geisterstimmen klingenden Gesang,
Daß dich erkoren sie als ihr Kristallgefäß,

So klar und ungetrübt, daß ich sogar,
Unter der Bürde meines Wissens müd,
An deiner Reinheit mich erfrischen könnt'.

Fortan wirst du als Kompagnon mit mir
Séancen leiten, wirst zur Hand mir gehn,
Und wirst dereinst – wer weiß – selbst Seherin,
In deren Macht es liegt, der Geister Welt zu schaun.

Du weißt, wer heute abend kommen wird.
Schwierig ist die Baronin; sie beweint
Den fetten Mops, der fröhlich bellt und tollt
Im Jenseits, wo es ihm an nichts gebricht.
Vor Mr. Holm nimm dich in acht, denn er
Ist Richter, und noch immer ist sein Geist
Verdorben durch des Skeptizismus Gift,
Das schwindet mählich nur und wieder wirkt,
Sobald die kleinste Nahrung es erhält.
Am vielversprechendsten – spirituell
Gesehn –, des Trostes am bedürftigsten
Ist die Gräfin von Claregrove, die ihr Kind,
Den einzgen Sohn, vor einem Jahr verlor.
Ein Fieber raffte ihn, zwei Jahre alt,
Des Sommers auf dem Kontinent dahin.
Sein Stimmchen zu vernehmen, war ihr zwar vergönnt –
Auf Himmelswiesen knüpft er Blumenketten –, doch
Sie weint und weint in einem fort und trägt
Stets bei sich eine Locke seines güldnen Haars,
Die sie von seiner kalten Stirne schnitt.
Voll Inbrunst sehnt sie sich, die kleine Hand
Zu fassen und zu küssen sein Gesicht,
Um so zu wissen, daß er existiert
Und nicht dem Nichts anheimgefallen ist.
Dies sag' ich dir – ich sage es dir, weil –
Kurzum, ich sag' dir dies, weil ich erklären muß,
Wie wir, die wir der Geister Sprachrohr sind,
Wenn deren Zeichen allzu undeutlich,
Bisweilen nachhelfen, verdeutlichen,

Den Manifestationen, die sie uns
Gewähren – unserm Tastsinn, Auge und Gehör –,
Befriedigende Form geben – kurzum,
Wie wir dem, was zu schwach, Nachdruck verleihn.

Gewiß, an manchen Tagen klingen laut
Die Glocken, die bewegt von Geisterhand,
Tanzen im Raum farbige Lichter und
Berühren körperlose Hände uns,
Und wir erschauern. Gaben bringt man uns,
Duftenden Wein, Kränze aus jenem Land,
Das dunkel uns, Hummer vom Meeresgrund.
Doch manches Mal bleibt stumm der Geister Schar.
Ach, auch an diesen Tagen, da mein Fleisch
Nichts ist als Fleisch, da keine Stimme mir
Sich offenbart, kommen die Suchenden
Voll bangen Hoffens und in ihrem Schmerz,
In ihrem Kummer, ihrem Zweifel auch,
Und drum fragt' ich die Geister, und sie gaben mir
Ein Mittel an die Hand, um unfehlbar
Ersatz zu schaffen ganz aus eigenem –
Trost für die Trauernden, dem Skeptiker
Beweise, unanfechtbar und sichtbar.

Es lassen zum Erstaunen aller sich
Führen wie Geisterhände Handschuhe
Mit feinsten Fäden; Kränze unirdisch
Vom Kronleuchter an Fäden senken sich.
Und was *ein* Medium vermag, mein Kind,
Vermögen zwei erst recht und besser noch.
Bist du nicht von Gestalt so zart, mein Kind,
Daß zwischen diesen Schirmen Platz für dich?
Und deine Hände in Glacéhandschuhn
Könnten berühren dies und jenes Knie,
Die Krinoline heben und den Bart
Des Zweiflers netzen mit ätherischem Duft.

Was sagst du da? Du sagst, du lügst nicht gern?
Ich hoffe, du entsinnst dich, wer du bist
Und was du warst, als ich dich zu mir nahm –
Ein hübsches Stubenmädchen, allzu hübsch
Für den Geschmack der Hausfrau, der zudem
Wenig behagt' der seelenvolle Blick,
Mit dem den Sohn des Hauses du bedacht.
Wer half dir da, frag' ich, gab dir ein Heim,
Wer gab dir Nahrung, Kleidung, Zuneigung,
Entdeckte die Talente ungeahnt,
Die in dir schlummerten, und wer erkannt',
Zu welchem Nutzen die Empfindsamkeit
Deines Gemüts sich wohl verwenden ließ?
So, du bist dankbar? Hoffen will ich es.
Nun denn, so zeige mir, daß du mir dankst.

Die kleinen Täuschungen, die wir begehn,
Sind Kunst, denn schlicht *und* vornehm ist die Kunst,
Beides zugleich. Auf wächsern Puppengliedmaßen
Verschwenden Frauen Können und Geschick,
Wie Männern es marmornen Cherubim
Gebührend dünkt; sie sticken voller Fleiß
Auf schlichte Kissen Blumen, strahlend bunt,
Die als Gemälde zierten jeglichen Palast.
Unsere *mises en scène* heißt Lüge du.
Ich nenn' sie Kunstfertigkeit oder Kunst –
Geschichten gleich, die Wahrheiten bergen.

Bedenk, daß jede Kunst ihr Medium besitzt:
Koloratur, Tempera oder Stein.
Durch das der Malerei nimmt an Gestalt
Das Ideal der Mutter jungfräulich
(Sei noch so liederlich beleumundet
Die Dirne, die dem Maler als Modell gedient).
Den Dichtern hilft der Sprache Medium,
Das Ideal zu bilden – und so spricht
Des Dante Beatrice heut zu uns,
Da Staub seit langem ist des Dichters Herz.

Und durch dies armen Körpers Medium,
Der schwitzt und schmerzt, ohnmächtig wird und stöhnt,
Teilen sich die erhabnen Seelen mit
Jenen, welche ihrer Erscheinung harrn.
Sie leiten ihre Kraft in dieses Fleisch,
Entzünden Schwefelhölzer, binden fest
Die Knoten, heben Möbel in die Luft.

Aus Luft und meinem Körperfluidum
Gewinnen Geister greifbare Gestalt.
Wenn nun kein Geist erscheinen will, warum
Sollen nicht du und ich das tun, was sonst
Wir auch tun, wenn die Geister lenken uns . . .
Verstehst du mich?

Ist's heut des Geistes Odem, der so süß
Die Flöte klingen läßt, so sind es wir,
Ihre gelehrigen Schüler, die den Tag
Darauf den Klang erzeugen müssen, sollten sie
Ausbleiben. Und es ist der gleiche Ton,
Die gleiche Weise, klagend und so süß –
Denn Wahrheit ist die Kunst, mein Kind, mag auch
Vor des Gerichtes Schranken sie bestehn
So wenig wie im Glas des Chemikers,
Und wir sind treu dem, was die Geister uns gelehrt,
Wenn wir kunstfertig ihnen nacheifern.

Mein Kind, schau mich nicht so erschrocken an
Mit großen Augen, darin Tränen stehn.
Trink dieses Glas stärkenden Blütenweins –
Das wird dir guttun – komm zu mir – setz dich,
Und gib mir deine Hand. Sieh mich nun an,
Laß uns zusammen atmen. Als ich dich
Zum ersten Mal mesmerisiert, wußt' ich,
Da deine junge Seele zart und sanft
Der meinen sich empfahl, wie vor der Sonn'
Der Blumen Kelche sich entfalten, daß
Du ein besondres Wesen bist, fügsam

Und meinen Kräften zugänglich. Sieh auf,
Und sieh mich an. In meinen Augen ist
Nur Liebe für dich, mögen anderes
Die Geister auch in ihnen offenbarn.
Sei ohne Furcht, und nun beruhige dich,
Laß dich von meinem Arm umfangen, der dich stützt.
Unbeirrbar streb' ich nach deinem Wohl.

Weißt du denn nicht, wie ohnmächtig wir Fraun
Dort sind, wo die Vernunft herrscht, in der Welt
Des Objektiven, wo man alles mißt?
Dort sind wir Spielzeug, Tändelei, Besitz,
Blumen in Vasen, ohne Wurzelwerk,
Zierde für einen Tag, nicht mehr. Doch hier,
In diesem Raum, mit Vorhängen geschützt,
Weich ausgekleidet, dämmerigen Lichts,
Flackernd und ungewiß, wo jede Form
Stets wandelbar scheint, jeder Ton stets unvertraut,
Hier sind wir mächtig, denn hier spricht zu uns
Die Unvernunft, intuitive Wahrnehmung
Von Mächten unsichtbar wird uns zuteil,
Und dieser Mächte Wille zeigt sich uns
Auf galvanischem Weg, spürbar, fühlbar.
Unsere Welt ist negativ. In ihr
Spricht zu uns, durch uns das, was ungesehn,
Was ungehört, ungreifbar, unbegrenzt,
Und wir erfahren es, unsre Natur
Hat teil daran und wird mit Kraft versehn.
Komm in die umgekehrte Welt, mein Kind,
Wo Dinge aufwärts streben wie in dem Kristall,
Wo links rechts ist, wo Uhren rückwärts gehn
Und Frauen thronen hoheitsvoll, geschmückt
Mit Kränzen und mit Kronen, und im Haar
Juwelen – Sardonyx, Mondstein, Rubin
Und Perlen –, wie's für Herrscherinnen ziemt,
Denn wir sind Königinnen, Priesterinnen gar,
Und alles ist unserem Willen untertan.

Ein jeder Magier war ein Schwindler stets.
Nicht besser und nicht schlechter sind wir als
Die Hohepriester jeder Religion,
Welche mit Feuerwerk und Zauberei
Dem trägen Volk den Glauben eingeimpft,
Das Blendwerk für die stumpfen Augen braucht,
Weil unsre Reden sein Verstand nicht faßt.
Nun bist du ruhiger. Das ist gut. Sehr gut.
Mit meinen Händen streiche ich über
Die blauen Venen deiner Arme, und
Kraft fließt dir von mir zu. Sie tut dir gut.
Nun ist dir wohl, nun bist du ruhig, ganz ruhig.

Du nennst dich meine Sklavin. Aber nein.
Vermeide solche Überspanntheiten,
Willst kosten du Erfolg als Medium.
Nenn dich nur meine Schülerin und sei
Mir meine liebe Freundin, und wer weiß,
Ob eine zweite Sibyll Silt am End'
Aus dir nicht wird. Doch jetzt sei brav,
Sei ehrerbietig zu der Damenwelt
Und sanft und kindlich zu den Mannsbildern,
Bring ihnen Tee, lächle und lausche fein,
Denn ihr harmlos Geplauder ist für uns
Von großem Nutzen, wissen wir darum.

Die Gaze hier verborgen liegt, hier sind
Die Blumen, die es regnen soll, und hier
Die Handschuhe, die dich als Geist maskiern.

Du mußt mir helfen, Lady Claregroves Kind zu sein,
Denn sie verzehrt sich ganz danach, es zu berührn.
Wird dunkel es im Raum, so kommst du – *so* –
Reichst deinen Ellbogen – *so* – kurz und schnell –
Legst deine Finger sacht an ihre Wang'
(Sie sind so weich, wie Kinderhände sind).
Was sagst du? Schaden soll es ihr? Wie das?
Sie glaubt, weil sie es will, und das, was wir

Bescheiden wirken, unser kleiner Trug,
Hilft ihren Glauben festigen, ist gut
Folglich, da gut der Zweck. Genug. Nimm dies,
Nimm diese Locke goldnen Haars vom Kopf
Des Stubenmädchens – golden ist's und fein,
Nicht anders als des toten Kindes Haar.
Im rechten Augenblick – versteh mich wohl –,
Wirfst du es dann der Mutter in den Schoß
Oder legst es ihr auf die Hand – und dies
Wird ihr so wohltun, soviel Glück ihr sein,
Daß seine Wärme dich und mich einhüllt.
Wir werden reich beschenkt, Hoffnung wird ihr
Zuteil, nein, Sicherheit . . .

Cetera desunt

ZWEIUNDZWANZIGSTES KAPITEL

Auf der Zuschauertribüne von Newmarket saß Val und sah auf die leere Rennbahn; sie lauschte auf das Geräusch von Hufen, sah, wie die kleine Staubwolke heranpulste, sich in einen Strom glänzender Muskeln und seidigen Fells verwandelte und wie ein langer Blitz vorbeischoß – rötlich, grau, kastanienbraun und wieder rötlich: soviel Warten für einen so kurzen Moment pochenden Lebens. Und das unvermittelte Abfallen der Spannung, die schweißgebadeten Tiere mit ihren zitternden Nüstern, die Menschen, die gratulierten oder die Schultern zuckten.

»Wer hat gewonnen?« fragte sie Euan MacIntyre. »Es ging so schnell, daß ich nichts gesehen habe.« Aber mitgeschrien hatte sie trotzdem.

»Wir haben gewonnen«, sagte Euan. »25:1, das ist nicht schlecht. Wir wußten, daß er was kann.«

»Ich habe auf ihn gesetzt«, sagte Val. »Auf Sieg. Ich hab' auch ein bißchen Geld auf Weiße Nächte gesetzt, weil der Name so hübsch ist, auf Sieg und Platz, aber bei ihm habe ich auf Sieg gesetzt.«

»Siehst du«, sagte Euan. »Schon bist du wie ausgewechselt. Es geht doch nichts über ein bißchen Wetten und ein bißchen Action.«

»Ich hatte ja keine Ahnung, daß es so herrlich ist«, sagte Val.

Es war ein schöner Tag, ein typisch englischer Tag mit blassem Sonnenlicht und Nebelstreifen am Horizont, am unsichtbaren Ende der Rennbahn, wo die Pferde versammelt waren.

Val hatte die Vorstellung gehabt, daß es bei Pferderennen ähnlich sein würde wie in den Wettbüros, die sie aus ihrer Kindheit erinnerte, wo es nach Bier und Zigarettenkippen stank und – so schien es ihr – nach Sägemehl und Männerurin.

Hier aber war Gras, saubere Luft, Heiterkeit, hier tänzelten die schönen Pferde.

»Ich weiß nicht, wo die anderen stecken«, sagte Euan. »Sollen wir nachsehen?«

Euan bildete mit einem weiteren Anwalt und zwei Maklern ein Syndikat, dem das Rennpferd The Reverberator gehörte.

Sie gingen zu der Box, in der der Sieger stand und unter seiner Decke zitterte, ein hellbrauner Hengst mit weißen Fesseln, auf dessen Fell der Schweiß dunkle Striemen bildete und von dem er dampfend aufstieg, um sich mit den Nebelschwaden zu vermischen. Val dachte, wie herrlich das Pferd roch; es roch nach Heu und nach Gesundheit und nach der Anstrengung, die es vollbracht hatte – ein freier, ein natürlicher Geruch. Sie atmete seinen Geruch ein, und das Pferd runzelte die Nüstern und warf den Kopf hin und her.

Euan hatte sich mit dem Jockey und dem Trainer unterhalten. Er kam zusammen mit einem jungen Mann zu Val und stellte ihn ihr als Toby Byng vor, einen seiner Partner. Toby Byng war schmaler als Euan; er hatte ein sommersprossiges Gesicht und über den Ohren helles, lockiges Haar. Seine Glatze sah aus wie eine riesige Tonsur. Er trug Reithosen und verblüffte mit einer eleganten Weste, blaugrün und dandyhaft, unter seinem unauffälligen Tweedjackett. Sein freundliches Lächeln entgleiste für einen Augenblick vor Freude über den Erfolg ihres Pferdes.

»Ich lade dich zum Abendessen ein«, sagte er zu Euan.

»Nein, ich lade dich ein. Das heißt, wie wär's mit einer Flasche Champagner jetzt gleich, weil ich heute abend schon was anderes vorhabe?«

Zu dritt schlenderten sie gemächlich weiter und bestellten sich Champagner, geräucherten Lachs und Hummersalat. Val dachte daran, daß sie seit Menschengedenken nie etwas nur zum Vergnügen unternommen hatte, sah man von einem gelegentlichen Kino- oder Pubbesuch ab.

Sie blickte auf ihr Programm.

»Die Namen sind vielleicht witzig: Weiße Nächte, Vater Dostojewski, Mutter Carrolls Alice.«

»Wir sind eben gebildet«, sagte Euan, »da könnt ihr denken, was ihr wollt. Schau dir nur The Reverberator an. Sein Vater war James, der Schotte, seine Mutter war Rock Drill – und er hat seinen Namen wahrscheinlich bekommen, weil Bohrer irgendwie reflektieren und Henry James offenbar eine Geschichte mit dem Titel ›The Reverberator‹ geschrieben hat. Bei Rennpferden ist es wichtig, daß ihre Namen Rückschlüsse auf die Namen der Eltern ermöglichen.«

»Namen wie Gedichte«, sagte Val, in der der Champagner zunehmend ein Gefühl blaßgoldener Glückseligkeit bewirkte.

»Val interessiert sich für Literatur«, sagte Euan zu Toby; diese Formulierung erlaubte ihm zu seiner Erleichterung, etwas über Val zu sagen, ohne Roland erwähnen zu müssen.

»Ich bin auf dem besten Weg, ein literarischer Anwalt zu werden«, sagte Toby. »Was mir nicht besonders zusagt, das kann ich euch gleich verraten. Ich bin in den fürchterlichsten Hickhack um einen Briefwechsel zwischen toten Dichtern reingeraten. Die Briefe sind kürzlich entdeckt worden, und die Amerikaner bieten meinem Mandanten Unsummen für die Manuskripte, aber die Engländer haben auch Wind davon gekriegt und versuchen jetzt, ein Ausfuhrverbot für das Zeug zu erwirken, indem es zu unveräußerlichem Kulturerbe oder so deklariert wird. Die Interessenten können sich offenbar nicht riechen. Ich hatte beide in der Kanzlei. Der Engländer sagt, es würde die ganze Literaturwissenschaft revolutionieren. Sie kriegen beide immer nur einzelne Briefe zu sehen – mein Mandant ist ein perverser alter Schrat, er gibt nichts aus der Hand ... Und jetzt ist die Presse auch noch hinter der Sache her. Fernsehfritzen und Klatschkolumnisten belagern uns am Telephon. Der englische Professor will sich an die Regierung wenden.«

»Sind es Liebesbriefe?« fragte Euan.

»Das kann man wohl sagen. Aber sehr kompliziert. Die Leute waren fleißige Briefschreiber, das muß man ihnen lassen.«

»Welche Dichter sind es?« fragte Val.

»Randolph Henry Ash, den wir in der Schule hatten, obwohl ich nie was damit anfangen konnte, und eine Frau, von der ich noch nie gehört habe. Christabel LaMotte.«

»Aus Lincolnshire«, sagte Val.

»Richtig. Ich wohne in Lincoln. Wissen Sie darüber Bescheid?«

»Dr. Maud Bailey?«

»Ja, richtig. *Die* würde jeder gern sprechen. Aber sie ist verschwunden. Wahrscheinlich in Urlaub gefahren. Sommerferien. Wissenschaftler machen auch Urlaub. Sie hat damals die Briefe entdeckt –«

»Ich war früher mit einem Ash-Forscher zusammen«, sagte

Val und hielt erschrocken inne, weil sie wie selbstverständlich die Vergangenheitsform verwendet hatte.

Euan legte seine Hand auf ihre und goß Champagner nach.

Er sagte: »Wenn es *Briefe* sind, dann wird es knifflig mit Copyright und Eigentumsrechten.«

»Professor Blackadder – der Engländer – hat Lord Ash hinzugezogen, der offenbar der Copyrightinhaber an den meisten Sachen von Ash ist. Aber der Amerikaner – Professor Cropper – hat die Manuskripte von fast allen Ash-Briefen in seiner Bibliothek, und er ist der Herausgeber der großen Ash-Briefausgabe, deshalb ist seine Position auch verständlich. Die neuentdeckten Briefe scheinen den Baileys selbst zu gehören, und gefunden hat sie diese Maud Bailey. Christabel LaMotte war eine alte Jungfer. Sie ist in dem Zimmer gestorben, wo man die Briefe gefunden hat – sie waren in einem Puppenbett oder so ähnlich versteckt –, und mein Mandant ist furchtbar sauer, weil Maud Bailey ihm nicht gesagt hat, was die Briefe wert sind –«

»Vielleicht hat sie es nicht gewußt.«

»Kann sein. Auf jeden Fall wären alle ziemlich froh, wenn sie auftauchen würde.«

»Ich könnte mir vorstellen, daß sie nicht so bald wiederkommt«, sagte Val und sah dabei Euan an. »Ich könnte mir vorstellen, daß sie ihre Gründe hat, wegzubleiben.«

»Alle möglichen Gründe«, sagte Euan.

Val hatte Rolands plötzliches Verschwinden nie unter einem anderen Aspekt gesehen als dem des ihm unterstellten Wunsches, mit Maud Bailey zusammenzusein. In einem Anfall von Wut und Eifersucht hatte sie in Mauds Wohnung angerufen, und eine sonore, amerikanisch klingende Stimme hatte gesagt, Maud sei verreist. Als sie gefragt hatte, wohin, hatte die Stimme in einer Mischung aus Belustigung und Erbitterung gesagt: »Das zu wissen habe ich leider nicht die Ehre.« Val hatte sich bei Euan ausgeweint, der gesagt hatte: »Aber du *willst* ihn doch nicht mehr, es ist doch vorbei, oder?« Val hatte mit tränenerstickter Stimme geschrien: »Woher weißt du das?«, und Euan hatte gesagt: »Weil ich dich seit Wochen beobachte und die Beweisaufnahme jetzt abgeschlossen habe. So etwas ist mein Job.«

So kam es, daß sie mit Euan in dem Haus bei den Stallungen war. In der kühlen Abendluft gingen sie in dem ordentlichen, frisch gekehrten Hof spazieren; die langen Pferdeköpfe mit ihren großen Augen sahen über die Stalltüren hinaus und beugten sich graziös vor, um mit faltigen, weichen Lippen und großen, harmlosen Vegetarierzähnen Äpfel zu nehmen, die man ihnen anbot. Kletterrosen und Wistarien bedeckten die Ziegelmauern des niedrigen Hauses. Es war ein Haus, in dem man zum Frühstück Nieren, Speck, Pilze und Kedgeree in Silberschüsseln erwartete. Das Schlafzimmer war mit gepflegten alten Möbeln eingerichtet und mit cremefarbenen und rosa Chintzvorhängen, die sich im leisen Luftzug bauschten. Val und Euan liebten sich im rosig gefärbten Licht und sahen aus dem offenen Fenster auf die dunklen Schatten, während der schwache nächtliche Duft der Rosen hereindrang.

Val sah Euan MacIntyres nackten Körper an. Er war die Umkehrung seines Pferdes. Sein Körper war blaß, von chamois bis weiß, aber seine Hände und Füße waren so braun, wie die Fesseln von The Reverberator weiß waren. Und ihre Gesichter ähnelten sich. Val lachte.

»Oh, laß mich dich mit Äpfeln füttern«, sagte sie.

»Was?«

»Das ist aus einem Gedicht. Von Robert Graves. Ich liebe Robert Graves. Seine Sprache erregt mich.«

»Sprich weiter.« Er ließ sie das Gedicht zweimal hintereinander aufsagen und wiederholte es dann selbst.

> Zwischen dem Dunkel geh – im lichten Raum,
> Der eng ist wie das Grab, doch dessen Friedens bar.

»Das gefällt mir«, sagte Euan MacIntyre.

»Ich wußte nicht –«

»Du wußtest nicht, daß Yuppies sich für Gedichte interessieren können. Liebste Val, sei bitte nicht vulgär und dumm.«

»Es tut mir leid. Ich sollte lieber sagen, daß ich nicht weiß, warum du *mich* magst.«

»Wir passen zueinander, findest du nicht? Zum Beispiel im Bett.«

»Ja, aber –«

»So etwas weiß man einfach. Und ich wollte dich endlich mal lächeln sehen. So ein entzückendes Gesicht unter einer Maske permanenter Enttäuschtheit – bald wäre es zu spät gewesen, um das noch zu ändern.«

»Ach, aus purer Barmherzigkeit?« In ihrer Stimme schwang der Ton der Val aus Putney mit.

»Sei nicht albern.«

Aber er hatte schon immer gerne Dinge ins Lot gebracht – zerbrochene Spielsachen, verirrte Kätzchen, abgestürzte Drachen.

»Euan, ich bin es nicht gewohnt, glücklich zu sein. Ich mach' dir nur Ärger.«

»Das werde ich ändern – wir beide werden es ändern. Oh, laß mich dich mit Äpfeln füttern.«

DREIUNDZWANZIGSTES KAPITEL

Der Einbruch oder die Unterbrechung ereignete sich an der Baie des Trépassés. Es war einer der freundlichen Tage der Bretagne. Sie standen in den Sanddünen und betrachteten die langgezogenen Wellen, die sachte vom Atlantik hereinrollten. Amber- und sandfarbene Lichter blitzten im Graugrün des Meeres. Die Luft war warm wie Milch und roch nach Salz und warmem Sand und nach fernen würzigen Blättern, nach Heidekraut oder Wacholder oder Kiefern.

»Wäre die Bucht ohne ihren Namen so magisch oder so düster?« fragte Maud. »Sie sieht so mild und sonnig aus.«

»Wenn man von den Strömungen wüßte, würde man sie vielleicht gefährlich finden. Wenn man Seemann wäre.«

»Im *Guide Vert* steht, der Name käme von einer Verballhornung des Begriffs ›boe an aon‹ – Bucht des Baches – zu ›boe an anaon‹ – Bucht der Seelen im Fegefeuer. Und daß man die Stadt Is traditionell in den Sümpfen an der Flußmündung angesiedelt hat. *Trépassés, passé*, passieren – Namen häufen Bedeutungen. Wegen des Namens sind wir hergekommen.«

Roland berührte ihre Hand, die sich um seine Hand schloß.

Sie standen hinter einer Düne. Eine Sandwelle weiter hörten sie eine laute Stimme, klangvoll, transatlantisch, fremdartig.

»Und das muß die Ile de Sein sein, da draußen, ich habe mir schon immer gewünscht, diese Insel zu sehen, wo die neun schrecklichen Jungfrauen lebten, die nach der Insel Seines oder Sénas oder Sènes hießen, nämlich *sein* – ein phantastisch vieldeutiges und polysemantisches Wort, Sie wissen ja, daß die Franzosen mit *sein* sowohl die Brüste als auch den Schoß bezeichnen, die weiblichen Sexualorgane, und im weiteren bezeichnet das Wort auch ein Fischernetz, das eben Fische enthält, und ein gebauschtes Segel, das sozusagen Wind enthält; diese Frauen geboten über Stürme und lockten Seemänner in ihre Netze, so wie die Sirenen, und sie errichteten diesen Totentempel für die toten Druidinnen – eine Art Dolmen, nehme ich an, was wieder eine weibliche Form ist –, und solange sie daran bauten, gab es alle möglichen Tabus zu beachten, daß sie die Erde nicht berühren durften und die Steine nicht auf den Boden *fallen* lassen durften, weil sie fürchteten, Sonne oder Erde würden sie verunreinigen oder von ihnen verunreinigt werden, wie bei den Misteln, die man nur pflücken darf, wenn man nicht in Berührung mit der Erde ist. Man hat oft angenommen, daß Dahud, die Königin von Is, die Tochter einer dieser Zauberinnen sei und daß sie, als sie zur Königin der versunkenen Stadt wurde, gleichzeitig Marie-Morgane wurde, eine Art Sirene oder Seejungfrau, die Männer in den Tod lockt, und man hält sie für ein Überbleibsel des Matriarchats, wie es die Sènes oder Sénas auf ihrer Insel auch sind. Haben Sie *Die versunkene Stadt* von Christabel gelesen?«

»Nein«, sagte eine Männerstimme. »Ein Versäumnis, das ich berichtigen muß.«

»Leonora«, sagte Maud.

»Und Blackadder«, sagte Roland.

Sie sahen die beiden auf das Meer zugehen. Als sie aus dem Windschatten der Dünen traten, fuhr der leichte Wind in Leonoras offenes Haar und blies ihr dunkle, gekräuselte Löckchen um das Gesicht. Sie trug ein griechisches Strandkleid aus dünner Baumwolle, das sich wie ein Wirbel feiner Falten um sie schmiegte, scharlachrot und mit silbernen Monden bedruckt und über ihrem üppigen Busen von einem breiten silbernen Stoffband gehalten, so daß ihre Schultern nackt waren, deren Goldbraun von keiner englischen Sonne zeugte. Ihre großen und wohlgeformten Füße waren nackt, die Zehennägel waren abwechselnd scharlachrot und silbern lackiert. Während sie ging, verfing der Wind sich in den Falten. Sie erhob die Arme, und ihre Armbänder klirrten melodisch. Hinter ihr ging James Blackadder in Winterschuhen und einem dunklen Parka über dunklen, zerknitterten Hosen.

»Da drüben müßte Nantucket liegen und die weiche, grüne Brust der Neuen Welt.«

»Fitzgerald wird dabei wohl kaum Druidinnen im Sinn gehabt haben.«

»Aber das irdische Paradies ist bei ihm eine Frau.«
»Eine enttäuschende.«
»Gewiß.«

Maud sagte: »Sie haben sich zusammengetan und herausgefunden, wo wir stecken.«

Roland sagte: »Wenn sie hier sind, haben sie auch mit Ariane gesprochen.«

Maud sagte: »Und das Tagebuch gelesen. Wenn Leonora Ariane finden wollte, war das nicht weiter schwierig. Und ich wette, daß Blackadder Französisch kann.«

»Sie müssen eine ganz schöne Wut auf uns haben. Sie müssen denken, daß wir sie reingelegt haben.«

»Meinst du, wir sollten hingehen und uns ihnen stellen?«

»Und was meinst du?«

Maud streckte beide Hände aus, und er ergriff sie.

Sie sagte: »Ich glaube, wir sollten es, und ich glaube, wir können es nicht. Ich glaube, wir verschwinden. Ganz schnell.«

»Wohin?«

»Zurück, wohin sonst?«

»Entzaubert?« fragte Roland.

»Sind wir denn verzaubert? Ich glaube, wir müssen irgendwann wieder zu denken anfangen.«

»Jetzt noch nicht«, sagte er schnell.

»Nein, jetzt noch nicht.«

Schweigend fuhren sie zu ihrem Hotel zurück. Als sie auf den Parkplatz einbiegen wollten, kam ihnen ein großer, schwarzer Mercedes entgegen. Da seine Scheiben dunkel getönt waren, konnte Maud den Fahrer nicht erkennen, aber den Wagen erkannte sie wieder. Der Mercedes fuhr an ihnen vorbei und entschwand in die Richtung, aus der sie gekommen waren.

Die Hotelbesitzerin sagte: »Ein amerikanischer Herr hat sich nach Ihnen erkundigt. Er läßt ausrichten, daß er heute abend hier essen wird.«

»Wir haben nichts Verbotenes getan«, sagte Roland auf englisch.

»Das hat auch niemand behauptet. Er will unser Wissen kaufen oder herausfinden, ob wir noch mehr wissen. Er will an die Briefe heran. Er will die *Geschichte* –«

»Wie sollen wir ihn aufhalten?«

»Wir können uns einfach entziehen, verstehst du? Indem wir auf der Stelle abfahren. Meinst du, er war bei Ariane?«

»Vielleicht fährt er Leonora und Blackadder hinterher.«

»Sollen sie es doch untereinander ausmachen. Sollen sie doch selber das Ende der Geschichte herausfinden. Ich kann jetzt nicht – ich – ich will jetzt nichts weiter wissen. Später vielleicht.«

»Wir können ja zurückfahren. Wir packen und fahren ab.«

»Wir müssen es.«

Sie hatten drei Wochen in der Bretagne verbracht. Als sie so überstürzt geflohen waren, hatten sie gedacht, sie würden die Zeit, die sie sich nehmen wollten, brav und fleißig in der Universitätsbibliothek von Nantes verbringen. Aber da die Bibliothek geschlossen war und Ariane Le Minier verreist war, befanden sie sich gemeinsam in Ferien, zum zweitenmal in diesem Jahr. Sie hatten getrennte Zimmer – mit den obligaten weißen Betten –, aber es gab keinen Zweifel daran, daß ihrem Aufenthalt etwas Ehe- oder Flitterwochenähnliches anhaftete. Beide waren zutiefst verwirrt und hatten dazu sehr ambivalente Gefühle. Jemand wie Fergus Wolff hätte verstanden, diesen Umstand auszunutzen, und hätte es ganz natürlich gefunden, das zu tun, ja, er hätte es gewissermaßen für seine Pflicht gehalten. Aber Maud wäre freiwillig kein zweites Mal mit Fergus Wolff irgendwohin gefahren, während sie mehr als freiwillig mit Roland weggelaufen war. Sie waren miteinander weggelaufen, und sie waren sich der üblichen Konnotationen einer solchen Handlung voll und ganz bewußt. Gelassen und fast so, als parodierten sie ein altes Ehepaar, sagten sie »wir«. »Wollen wir nach Pont-Aven fahren?« fragte der eine von ihnen, und der andere antwortete: »Wir könnten uns das Kruzifix anschauen, das das Vorbild für Gauguins *Christ jaune* war.« Aber sie sprachen nicht über diese Verwendung des Pronomens, obwohl es beiden auffiel und beide beschäftigte.

In den Briefen, die Sir George unter Verschluß hielt, hatte Ash von der Geschichte oder Bestimmung gesprochen, die die toten Liebenden geführt, geleitet zu haben schien. Roland dachte – einerseits mit postmoderner Belustigung, andererseits mit durchaus echter abergläubischer Furcht –, daß er und Maud von einem Plot oder einer Bestimmung geleitet wurden, die sehr wohl nicht die ihre, sondern die der Toten sein konnte. Und der Gedanke ist naheliegend, daß abergläubische Furcht sich in jedes auf sich selbst verweisende, sich selbst reflektierende, nach innen gewandte Spiel mit Spiegeln mischt, jede Spirale, sobald sich herausstellt, daß das Spiel sich verselbständigt hat, daß die Verweise scheinbar unkontrolliert wuchern, das heißt mit ununterscheidbarer Wahrscheinlichkeit, allem Anschein nach einem unerbittlichen Ordnungsprinzip unterworfen, nicht von einer bewußten Intention gelenkt, die – in ihrer Eigenschaft als brave postmoderne Intention – das Aleatorische, die Multivalenz, das »Freie« freudig begrüßen würde, aber gleichzeitig als etwas Strukturierendes, Kontrollierendes begreifen wollen würde, als etwas, was zu einem Ziel führt (aber zu welchem Ziel?). Kohärenz und Geschlossenheit entsprechen tiefen menschlichen Bedürfnissen, die kurzfristig aus der Mode sind, ohne dadurch etwas von ihrem erschreckenden und zugleich so verlockenden Charakter eingebüßt zu haben. Das »Verlieben« ordnet die Erscheinungen der Welt und der Geschichte des jeweiligen Liebenden, es bildet einen kohärenten Plot aus dem, was vorher Wirrwarr war. Roland beunruhigte der Gedanke, daß das Gegenteil der Fall sein könne, daß sie sich so verhalten könnten, wie sie es für dem Plot angemessen hielten, in den sie geraten waren. Und das hieße, die Integrität zu opfern, die sie anfangs gehabt hatten.

So kam es, daß sie weiterhin fast ausschließlich die Probleme der zwei Toten diskutierten. Sie saßen in Pont-Aven vor Buchweizen-Galettes und tranken Cidre aus kühlen Tonbechern und stellten sich Fragen, die schwierig zu beantworten waren.

Was war mit dem Kind geschehen?

Wie und warum, wie unwissend oder wie wissend war Blanche verlassen worden? Wie hatten Ash und LaMotte sich getrennt? Wußte Ash von dem möglichen Kind?

Der Brief, der die an Christabel zurückgeschickten Briefe begleitet hatte, war undatiert. Wann war die Sendung abgeschickt worden? Hatte es danach noch Kontakte gegeben? Eine sich lang hinziehende Affäre, ein unvermittelter Bruch?

Die Gedichte, die Ariane beigelegt hatte, machten Maud still und traurig. Das zweite Gedicht schien ihr anzudeuten, daß das Kind eine Totgeburt gewesen war, und das Gedicht über »vergeudete Milch« erschien ihr als Indiz großer Schuldgefühle bei Christabel angesichts des – wie auch immer beschaffenen – Schicksals ihres Kindes.

Maud sagte: »Frauen, die ihre Kinder nicht säugen können, haben Schmerzen.«

Und sie sprach über das Parodieren von Plots.

»Christabel schrieb damals viel über Goethes *Faust*. Die unschuldige Kindsmörderin war zu der Zeit in der europäischen Literatur ein verbreitetes Thema. Gretchen, Hetty Sorrel, Wordsworth' Martha in ›The Thorn‹. Verzweifelte Frauen mit toten Babys.«

»Wir wissen nicht, ob es wirklich tot war.«

»Ich frage mich immer wieder, warum sie weggelaufen sein soll, wenn sie nicht vorhatte, das Kind zu töten. Sie hatte bei ihnen Zuflucht gesucht. Warum blieb sie nicht dort?«

»Sie wollte, daß niemand erfuhr, was geschah.«

»Es gibt ein altes Tabu, das die Geburt betrifft. In frühen Versionen des Melusinenmythos badet sie nicht, sondern gebiert.«

»Dieselben Muster, dieselben Strukturen.«

Sie sprachen auch über ihre Zukunftspläne – in bezug auf ihre Nachforschungen –, ohne genau zu wissen, wie sie weiter verfahren sollten. Am naheliegendsten war es, nach Nantes zurückzufahren, und das diente ihnen als Vorwand für ihren Aufenthalt in der Bretagne. Maud sagte, Christabel habe sich im Frühsommer 1860 bei Freunden in London aufgehalten – sie wußte nichts von den Vestalinnen. Roland erinnerte sich an eine kurze Erwähnung der Pointe du Raz bei Ash – »*tristis usque ad mortem*«, hatte Ash geschrieben –, aber das mußte nicht bedeuten, daß er dort gewesen war.

Über die Zukunft ihrer Forschungen hinaus machte Roland seine eigene Zukunft Sorgen. Hätte er sich erlaubt nachzudenken, wäre er in Panik geraten, aber die Tage, die zum Träumen einluden, das perlgraue Licht, das sich mit dem dunkelblauen

Himmel abwechselte, und noch etwas anderes ließen ihn das Denken vor sich herschieben. Es sah nicht gut aus für ihn. Er hatte Blackadder einfach im Stich gelassen. Er hatte Val im Stich gelassen, Val, die, wie er wußte, gleichermaßen nachtragend und abhängig von ihm war; er würde zurückkehren und sich abkanzeln lassen müssen – und wie wollte er dann fortgehen, wohin wollte er gehen, wie wollte er leben?

Dennoch hatte sich etwas zwischen ihnen verändert. Sie waren Kinder einer Zeit und einer Kultur, die der Liebe mißtraute, der Verliebtheit, der romantischen Liebe, überhaupt aller Romantik, und die sich im Gegenzug geradezu überschwenglich einer sexualisierten Sprache bediente, linguistischer Sexualität, die Analyse, Zerlegung, Dekonstruktion und Offenlegung der Sexualität zelebrierte. Theoretisch kannten sie sich aus: Sie wußten Bescheid über Phallokratie und Penisneid, über Punktation und Punktion und Penetration, über polymorphe und polyseme Perversion, über Oralerotik, den Stellenwert der Brüste, klitorale Tumeszenz, vesikale Verfolgung, Flüssigkeiten und Organe und ihre Metaphern, Verlangen und Verletzungen, infantile Gier und Oppression und Transgression, die Ikonographie der Cervix und die Bilder für den begehrten, den attackierten, den verschlungenen, den gefürchteten, den expandierenden und kontrahierenden Körper.

Sie suchten Zuflucht im Schweigen. Sie berührten sich wortlos und wie unbeabsichtigt – eine Hand, die auf einer Hand lag; ein bekleideter Arm, der auf einem Arm ruhte; ein Knöchel, der sich über einen Knöchel legte, wenn sie am Strand saßen, und liegenblieb.

Eines Abends schliefen sie nebeneinander auf Mauds Bett ein, nachdem sie sich ein Glas Calvados geteilt hatten. Er schlief zusammengerollt an ihrem Rücken, wie ein dunkles Komma neben ihrer blassen, eleganten Phrase.

Sie sprachen nicht darüber, sondern richteten es stillschweigend so ein, daß die Situation sich wiederholte. Beiden war wichtig, daß sich aus der Berührung nichts ergab, was einer bewußten Umarmung geähnelt hätte. Es wollte ihnen scheinen, als würde die Gemessenheit und Friedfertigkeit dieses uneingestandenen Kontakts ihnen ein Bewußtsein der separaten Existenz in separaten Körpern ermöglichen. Sprache, die Sprache, die sie gewohnt waren, hätte alles zerstört. An Tagen, an denen der Nebel, der vom Meer hereinkam, sie in einen grenzenlosen milchigweißen Kokon einschloß, lagen sie den ganzen Tag auf dem weißen Bett hinter schweren weißen Spitzenvorhängen träge nebeneinander, ohne sich zu rühren, ohne zu sprechen.

Keiner wußte wirklich, was all das dem anderen bedeutete, ob es ihm überhaupt etwas bedeutete.

Keiner wagte zu fragen.

Roland hatte gelernt, sich selbst in theoretischer Hinsicht als Schaltstelle für eine bestimmte Anzahl von Systemen zu betrachten, die lose miteinander verbunden waren. Er hatte sich angewöhnt, seine Vorstellung vom eigenen »Ich« als Illusion zu betrachten, an deren Stelle ein zusammenhangloser Mechanismus trat, eine elektrische Vernetzung unterschiedlicher Begierden, ideologischer Einstellungen und Reaktionen, Sprachformen, Hormone und Pheromone. Diese Vorstellung mißfiel ihm nicht. Er hatte kein Bedürfnis nach romantischer und forscher Selbstbehauptung, und es verlangte ihn auch nicht danach zu wissen, wer Maud wirklich war. Aber er dachte sehr oft über die Frage nach, wohin ihre stumme Zweisamkeit führen mochte – irgendwohin oder nirgendwohin? Würde ihr Bedürfnis danach verschwinden, wie es gekommen war, oder würde es sich verändern, konnte es sich verändern?

Er dachte an die Prinzessin mit ihrem gläsernen Berg, an Mauds leicht verächtlichen Blick, als sie sich kennengelernt hatten. In der Realität – das heißt in der sozialen Welt, in die beide nach diesen weißen Nächten und sonnigen Tagen zurückkehren mußten, denn man sollte allen Welten Gerechtigkeit widerfahren lassen – verband sie wenig miteinander. Maud war eine schöne Frau, auf die er keinen Anspruch erheben konnte. Sie hatte einen Job und einen internationalen Ruf. Schlimmer noch, ein finsterer, veralteter englischer Sozialkodex, den er nicht anerkannte, dem er sich aber unterworfen und ausgeliefert fühlte, klassifizierte Maud als Landadel und ihn als untere Mittelschicht, was bedeutete, daß er in bestimmten Kreisen Maud gegenüber im Vorteil war, in anderen im Nachteil, aber fast nie auf gleicher Ebene mit ihr.

All das waren die Ingredienzen einer hemmungslos romantischen Erzählung. Er befand sich in einer solchen Erzählung, die Ritterromantik mit Kitschromantik bedenkenlos mischte, die eines der Systeme war, die ihn lenkten, wie die Erwartung romantischer Begebenheiten fast jeden Abendländer irgendwann einmal wohl oder übel lenkt.

Er nahm an, daß die romantische Erzählung gesellschaftskritischem Realismus weichen würde, auch wenn der ästhetische Geschmack der Zeit nicht danach war.

Auf jeden Fall hatte die Ankunft Blackadders, Leonoras und Croppers die altbewährte romantische Form der *aventiure* mit den nicht weniger bewährten Motiven des Wettkampfs und der Verfolgungsjagd angereichert.

Während seines Aufenthalts hatte er eine große Vorliebe für einen blaßgelben, gekühlten und nur ganz leicht gesüßten Pudding mit dem Namen Iles Flottantes entwickelt, eine weiße Eischneeinsel auf einem Spiegel gelber Vanillecreme mit nur einem Hauch von Süße. Als er und Maud eilig packten und mit dem Wagen zum Ärmelkanal fuhren, dachte er, wie sehr er diesen Geschmack vermissen würde, wie der Geschmack in seiner Erinnerung verblassen und schwinden würde.

Blackadder sah den Mercedes, als er und Leonora abends zum Hotel zurückkehrten. Er war angespannt und nervös. Ariane hatte Leonora eine Photokopie von Sabines Tagebuch gegeben, und er hatte sich daran versucht, es für sie zu übersetzen, was ihm weitgehend gelungen war. Zuerst hatte er sich von ihrer Energie mitreißen lassen und von ihrer Überzeugung, daß Roland und Maud gemeinsam verschwunden waren, um sie auszutricksen. Als sie sich dann im Besitz des Tagebuchs befanden, hatte er vorgeschlagen, sie sollten zurückfahren, eine gute Übersetzung in Auftrag geben und weiter nachforschen. Leonora, die Ariane ausführlich über Roland und Maud ausgefragt hatte, war nicht von der fixen Idee abzubringen, daß die beiden »etwas vorhätten« und daß man versuchen müsse, sie im Finistère ausfindig zu machen. Wäre das Wetter unfreundlicher gewesen, hätte Blackadder vielleicht dennoch darauf bestanden, in seinen Bau zurückzukehren, zu seinem Handwerkszeug, seiner Schreibmaschine und seinem Telephon. Aber eine verführerische Sonne schien, und er aß ein paar gute Mahlzeiten und sagte, da er nun schon hier sei, wolle er mitkommen und sich Kernemet und die Umgebung ansehen.

Leonora fuhr. Ihr Fahrstil war schwungvoll und kühn, aber nicht beruhigend. Er saß neben ihr und fragte sich, wie er in dieses Abenteuer hineingeraten war. Ihr Parfum erfüllte den Wagen, einen gemieteten Renault, mit seinem Duft. Es roch nach Moschus und Sandelholz und nach etwas Herbem, das widersprüchliche Empfindungen in Blackadder weckte. Sein erster Eindruck war, daß er den Geruch erstickend fand. Darunter spürte er etwas anderes, eine Verheißung von Dunkelheit, Dichte, Fleisch. Ein paarmal blickte er auf Leonoras üppige nackte Schultern und ihre zusammengeschnürten Brüste. Von nahem gesehen, überzogen feine Falten ihre goldbraune Haut, Falten, die nicht vom Alter verursacht waren, sondern von der Sonne. Diese Falten erschienen ihm als bewegend.

»Ich kann Maud nicht verstehen«, sagte Leonora. »Ich kann nicht begreifen, warum sie verschwindet, ohne mir ein Wort zu sagen – schließlich war es *mein* Brief, wenn man so kleinlich sein will, was unter Freunden nicht üblich sein sollte, jedenfalls war das immer meine Meinung, und wir *waren* Freundinnen, wir haben unsere Ideen zusammengeworfen und gemeinsame Papiere verfaßt und so weiter. Vielleicht ist Ihr Roland Michell der typische herrische Macho. Ich kann aus dem Ganzen nicht schlau werden.«

»Ein Macho ist der nicht. Er kann sich nicht durchsetzen, das ist seine größte Schwäche.«

»Dann muß es echte Liebe sein.«

»Damit ist Ariane Le Minier nicht erklärt.«

»Nein. Was für eine Enthüllung! Nicht nur Lesbierin, sondern auch noch gefallenes Mädchen und ledige Mutter. Alle Archetypen, die man sich nur wünschen kann. Das wird das Hotel sein, wo sie stecken sollen. Vielleicht sind sie inzwischen wieder da.«

Sie wollte in den Hotelparkplatz einbiegen, aber der Weg war von dem Mercedes versperrt, der sich zwischen den Torpfosten umständlich rückwärts bewegte.

»Verschwinde«, sagte Leonora. »Hau ab, du Arschloch.«

»O Gott«, sagte Blackadder. »Das ist Cropper.«

»Trotzdem muß er sich verpissen. Er versperrt die Einfahrt«, sagte Leonora gebieterisch und hupte mehrmals energisch. Der Mercedes bewegte sich vor und zurück und vollführte komplizierte Bewegungen, um sich in einen Parkplatz zu quetschen, in den er mit knapper Not passen konnte. Leonora drehte ihr Fenster hinunter und rief: »He, Sie da! Ich hab' nicht den ganzen Abend Zeit! Lassen Sie mich durch! Warten Sie, ja?«

Der Mercedes fuhr vor und zurück.

Leonora fuhr in die Einfahrt.

Der Mercedes bewegte sich umständlich.

»Verdammt, machen Sie die Einfahrt frei, Sie Sack!« schrie Leonora.

Der Mercedes bewegte sich zurück, so daß er noch schiefer zu stehen kam.

Leonora drückte das Gaspedal durch. Blackadder hörte ein widerhallendes Dröhnen und spürte einen Schlag am Rücken. Leonora fluchte und legte den Rückwärtsgang ein. Metall quietschte und kreischte. Die Stoßstangen hatten sich verfangen, und die zwei Autos standen da wie Stiere, deren Hörner ineinander verkeilt waren. Leonora versuchte ungerührt, zurückzusetzen. Blackadder sagte nervös: »Nein, nein, halt.« Das grimmige Schnurren des Mercedes verstummte, das dunkle Fenster glitt nach unten, und Cropper streckte den Kopf heraus.

»Arrêtez, s'il vous plaît. Nous nous abîmons. Veuillez croire que je n'ai jamais rencontré de pires façons sur les routes françaises. Un tel manque de politesse –«

Leonora riß ihre Tür auf und schwang ein nacktes Bein heraus. »Wir sprechen Amerikanisch«, sagte sie. »Sie arrogantes Ekel. Ich erinnere mich gut an den Zwischenfall in Lincoln. Sie hätten mich fast überfahren.«

»Hallo, Mort«, sagte Blackadder.

»Ah«, sagte Cropper, »James. Sie haben mein Auto beschädigt.«

»Das war *ich*«, sagte Leonora. »Und schuld sind Sie, weil Sie keine Manieren haben und nicht blinken.«

»Mortimer, das ist Professor Stern«, sagte Blackadder. »Aus Tallahassee. Die Herausgeberin von Christabel LaMotte.«

»Auf der Suche nach Bailey und Michell.«

»Richtig.«

»Sie sind abgereist. Vor drei Stunden. Niemand weiß, was sie hier getan haben. Oder warum sie abgefahren sind.«

Blackadder sagte: »Wenn Sie gegen Ihre Stoßstange drücken und ich mich auf unsere draufsetze, kriegen wir sie vielleicht auseinander mit etwas Ziehen und Schieben.«

»Der Schaden wird bleiben«, sagte Cropper.

»Wohnen Sie hier?« fragte Leonora. »Wir können das Ganze bei einem Drink besprechen. Ich weiß nicht, wie unser Wagen versichert ist.«

Es war kein erfreuliches Essen. Cropper war fassungsloser, als Blackadder ihn je erlebt hatte, ob es nun an dem Unfall lag, an Rolands und Mauds Flucht oder an Leonoras Gegenwart. Er bestellte sich ein großes Menü und als Vorspeise eine gigantische Platte mit *fruits de mer*, einen wahren Berg Muscheln und Bärte und Panzer, von Algen umgeben auf einem metallenen Piedestal, worauf eine große gekochte Meerspinne oder *araignée* folgte, von aggressivem, heißem Rot, mit Höckern und Wülsten überkrustet, die unzählige Fühler besaß. Vor diesem Festmahl saß Cropper mit einem Sortiment von Werkzeugen, das an eine mittelalterliche Folterkammer gemahnte – Zangen und Zwingen, Stichel und korkenzieherförmige Haken.

Blackadder aß frugal Seehecht. Leonora aß Hummer und redete über Kernemet.

»Traurig, nur die Grundmauern und die Gartenmauer sind stehengeblieben, sonst nichts. Den Menhir gibt es noch, aber vom Haus ist nichts mehr zu sehen. Wissen Sie, wie es LaMotte erging, nachdem sie hier war, Professor Cropper?«

»Nein. Es gibt einige Briefe in meinem Besitz in Amerika, in denen man erfährt, wo sie sich 1861 aufhielt. Aber über die Zeit, die Sie meinen, weiß ich nichts. Ich werde es herausfinden.«

Er machte sich mit einer Zange zum Scherenknacken und einem vorne leicht gebogenen Haken zu schaffen. Die leeren Schalen auf seinem Teller waren höher, als die Tiere gewesen waren, nun, da er alles süße, weiße Fleisch herausgeholt hatte.

»Ich will mir diese Briefe verschaffen, wenn ich kann«, sagte er. »Und ich will den Rest herausfinden.«

»Den Rest?«

»Was mit dem Kind geschah. Was sie vor uns verborgen haben. *Ich will es wissen.*«

»Vielleicht liegt es für alle Zeiten im Grab beerdigt«, sagte Blackadder und erhob sein Glas vor dem unerbittlichen und melancholischen Gesicht gegenüber. »Darf ich einen Toast ausbringen? Auf Randolph Henry Ash und Christabel LaMotte. Mögen sie in Frieden ruhen.«

Cropper erhob sein Glas.

»Darauf trinke ich. Aber ich werde es herausfinden.«

Sie verabschiedeten sich am Fuß der Treppe voneinander. Cropper verbeugte sich vor Blackadder und Leonora und verschwand. Leonora legte Blackadder eine Hand auf den Arm.

»Er macht einem richtig angst mit seiner Intensität; er nimmt alles persönlich – als hätten sie sich versteckt, um ihn zu ärgern. Ihn persönlich.«

»Wahrscheinlich taten sie es deshalb. Unter anderem. Shakespeare hat ihn vor Augen gehabt, als er diesen Fluch schrieb.«

»Ich bin froh, daß ich seinen Leichenwagen angekratzt habe. Haben Sie Lust, mit mir zu kommen? Ich fühle mich so traurig, wir könnten uns ein bißchen trösten. Meer und Sonne machen mich sentimental.«

»Das ist nett von Ihnen, aber lieber nicht. Ich bin gerührt und dankbar und froh, daß Sie mich hergebracht haben – und ich werde es sicher immer bedauern –, aber ich glaube, lieber nicht. Ich fühle mich nicht –«, er wollte sagen, »der Sache gewachsen« oder »Ihnen gewachsen« oder nur »in der Lage dazu«, aber all das hatte etwas Verletzendes.

»Macht nichts. Warum soll man eine gute Arbeitsbeziehung mit Komplikationen belasten, nicht wahr?«

Sie gab ihm zwei schallende Gutenachtküsse und schritt davon.

Am nächsten Tag fuhren sie gemächlich eine Nebenstrecke entlang, weil sie beschlossen hatten, einen kleinen Umweg zu machen und die Kapelle mit Gauguins hölzernem Christus zu besichtigen, als sie hinter sich ein sonderbares und beunruhigendes Geräusch hörten. Es klang wie ein Husten, vermischt mit einem regelmäßigen dumpfen Poltern, dem ein krächzendes Keuchen folgte. Man hätte an ein verletztes Tier denken können oder an einen quietschenden Karren mit einem falsch sitzenden Rad. Es war der Mercedes mit zerquetschtem Kotflügel und offenbar beschädigtem Gebläse, der sie laut knirschend an der nächsten Kreuzung überholte. Sein Fahrer war wieder unsichtbar, und seine Verwundung fiel erschreckend ins Auge.

»Furchtbar«, sagte Leonora. »Unheimlich.«

»Cropper ist der Ankou«, sagte Blackadder aus einer plötzlichen Eingebung heraus.

»Ja, natürlich«, sagte Leonora. »Wir hätten es wissen können.«

»Mit der Geschwindigkeit wird er Bailey und Michell nicht einholen.«

»Wir auch nicht.«

»Es hat sowieso keinen Sinn, sie einzuholen, oder? Wie wär's mit einem Picknick?«

»Ja, das ist eine Idee.«

VIERUNDZWANZIGSTES KAPITEL

Maud saß zu Hause an ihrem Schreibtisch und schrieb für ihren Vortrag über Metaphern ein Freud-Zitat ab:

Nur im Zustand einer vollen Verliebtheit wird der Hauptbetrag der Libido auf das Objekt übertragen, setzt sich das Objekt gewissermaßen an die Stelle des Ichs.

Sie schrieb: »Zweifellos sind Ich, Es, Über-Ich und sogar die Libido nur metaphorische Hypostasierungen von Erfahrungen, die als Einzelereignisse in einer undifferenzierten Gesamtheit von Erfahrungen betrachtet –«

Sie strich »betrachtet« durch und schrieb: »empfunden«.

Beides waren Metaphern. Sie schrieb: »begriffen werden können«.

Sie hatte zweimal »Erfahrungen« geschrieben, was unschön aussah. »Ereignis« war möglicherweise auch eine Metapher.

Sie spürte deutlich Rolands Gegenwart; er saß in einem weißen Bademantel hinter ihr auf dem Boden, an das weiße Sofa gelehnt, auf dem er bei seinem ersten Besuch geschlafen hatte und auf dem er jetzt schlief. Sie spürte mit imaginären Fingern den Flaum seines weichen, schwarzen Haars, das über seiner Stirn widerspenstig aufragte. Sie spürte sein Stirnrunzeln zwischen ihren Augen. Er spürte, daß er nichts zu tun hatte. Er hatte das Gefühl, herumzulungern.

Verließe er das Zimmer, wäre es grau und leer.

Aber wie sollte sie sich konzentrieren, wenn er es nicht verließ?

Es war Oktober. Ihr Semester hatte begonnen. Er war nicht zu Blackadder zurückgegangen. Er war nicht in seine Wohnung zurückgegangen, nur ein einziges Mal, nachdem er Val telephonisch nie erreichen konnte, um sich zu vergewissern, daß sie nicht tot war. An eine leere Milchflasche war ein großer Zettel gelehnt gewesen: FÜR EIN PAAR TAGE WEGGEFAHREN.

Er schrieb Listen von Wörtern. Er schrieb Listen von Wörtern, die sich nicht in die Sätze der Literaturtheorie oder -kritik einfügen ließen. In ihm keimten Hoffnungen – besser gesagt, Ahnungen der Möglichkeit –, Gedichte zu schreiben, aber er war bisher nicht über diese Listen hinausgekommen. Die Listen jedoch entstanden beinahe zwanghaft, und sie bedeuteten ihm unermeßlich viel. Er hatte keine Ahnung, ob Maud ihre Bedeutung begriff – *erkannte* – oder ob sie sie albern fand. Er spürte deutlich Mauds Gegenwart. Er spürte, daß sie spürte, was er empfand: daß er nichts zu tun hatte, daß er herumlungerte.

Er schrieb: Blut, Lehm, Terrakotta, Nelke.

Er schrieb: blond, brennender Dornbusch, Dunst.

Dazu merkte er an: »›Dunst‹ wie bei Donne, ›Liebes-Fieberdunst‹, nicht meteorologisch.«

Er schrieb: Anemone, Koralle, Kohle, Haar, Haare, Nagel, Nägel, Pelz, Eule, Hausenblase, Skarabäus.

Er verwarf: hölzern, Punkt, Glied und andere mehrdeutige Wörter, ebenso »Fleck« und »blank«, obwohl sie ihm unwillkürlich einfielen. Auch beim Wort »Einfall« war er sich nicht sicher, und er konnte nicht entscheiden, wo Verben in dieser primitiven Sprache einzuordnen waren. Einfallen, eingefallen, fällt ein.

Pfeil, Zweig (nicht Ast, nicht Wurzel), Erde, Wasser, Himmel.

Vokabulare sind Kreise und Schleifen, die sich überschneiden. Uns definieren die Linien, die wir überschreiten oder von denen wir uns eingrenzen lassen.

Er sagte: »Ich geh' raus, damit du denken kannst.«

»Nicht nötig.«

»Ist besser so. Kann ich irgendwas besorgen?«

»Nein. Es ist alles da.«

»Ich könnte mir einen Job suchen, in einer Kneipe oder im Krankenhaus als Pfleger.«

»Denk in Ruhe darüber nach.«

»Die Zeit wird knapp.«

»Nimm dir die Zeit, die du brauchst.«

»Ich hab' das Gefühl, bloß herumzulungern.«

»Ich weiß. Das wird sich geben.«

»Das weiß ich nicht.«

Das Telephon läutete.

»Spreche ich mit Dr. Bailey?«

»Ja.«

»Ist Roland Michell bei Ihnen?«

»Es ist für dich.«

»Wer?«

»Mann, jung, gut erzogen. Mit wem spreche ich, bitte?«

»Sie werden mich nicht kennen. Ich heiße Euan MacIntyre, und ich bin Anwalt. Ich würde mich gern mit Ihnen unterhalten – nicht mit Roland, das heißt, ich würde auch gern mit ihm sprechen. Aber ich habe *Ihnen* etwas sehr Wichtiges zu sagen.«

Maud hielt die Hand auf die Sprechmuschel und informierte Roland.

»Hätten Sie Lust, zum Abendessen in den White Hart zu kommen? Gegen halb acht, Sie beide?«

»Das müssen wir wohl«, sagte Roland.

»Vielen Dank«, sagte Maud. »Wir kommen gerne.«

»Da bin ich mir nicht so sicher«, sagte Roland.

Als sie abends die Bar des White Hart betraten, war ihnen etwas mulmig zumute. Es war das erste Mal, daß sie als Paar in der Öffentlichkeit auftraten, falls sie eines waren. Maud war glokkenblumenblau gekleidet, ihr Haar war festgesteckt und glänzte. Roland sah sie mit einer Mischung aus Liebe und Verzweiflung an. Er hatte nichts auf der Welt als Maud – kein Zuhause, keinen Job, keine Zukunft –, und diese Häufung von Negativen ließ es als unmöglich erscheinen, daß Maud ihn noch lange ernst nehmen oder seine Anwesenheit wünschen konnte.

Sie wurden von drei Leuten erwartet, von Euan MacIntyre, der einen anthrazitgrauen Anzug mit einem goldfarbenen Hemd trug, von Val, die ein taubengraues Kostüm mit violetter Bluse trug, und einer dritten Person in einem Tweedanzug mit Glatze und flaumigem Haarkranz, die Euan als Toby Byng vorstellte: »Er ist auch Anwalt, und wir teilen uns ein Pferd.«

»Ich weiß«, sagte Maud, »er ist Sir Georges Anwalt.«

»Deshalb ist er aber nicht hier oder nicht nur.«

Roland starrte verblüfft auf Val, die das Wohlbefinden ausstrahlte, das wirklich teure, gutgearbeitete Kleidung vermittelt, und – auffallender und unmißverständlicher – das selbstsichere Glücksgefühl, das sexuelle Harmonie erzeugt. Sie hatte eine neue Frisur – kurzgeschnitten –, die sich bewegte, wenn sie den Kopf schüttelte, und danach wieder perfekt saß. Die diskreten Violetttöne und schillernden Grauschattierungen ihrer Kleidung waren aufeinander abgestimmt, genau wie die Strümpfe, die hochhackigen Schuhe und der Lippenstift. Er sagte, ohne darüber nachzudenken: »Du siehst *glücklich* aus, Val.«

»Ich dachte, ich versuche es mal.«

»Ich wußte nicht, wo du steckst. Ich habe dauernd angerufen, weil ich mir Sorgen gemacht habe.«

»Das war nicht nötig. Ich dachte, was du kannst, kann ich auch, und bin auch abgehauen.«

»Ich bin froh.«

»Euan und ich wollen heiraten.«

»Ich bin sehr froh.«

»Ich hoffe, nicht *nur*.«

»Nein, natürlich nicht. Aber du siehst so –«

»Und du? Bist du glücklich?«

»In mancher Hinsicht ja. In anderer Hinsicht stecke ich bis zum Hals in Schwierigkeiten.«

»Die Miete ist bis Ende der ersten Oktoberwoche bezahlt. Das ist diese Woche.«

»Das meine ich nicht. Jedenfalls –«

»Euan hat eine Ahnung von den echten Schwierigkeiten, von dem, was mit Randolph und Christabel zu tun hat.«

Sie saßen in einem großen Eßzimmer mit glitzernden Kristallkronleuchtern und holzvertäfelten Wänden an einem Ecktisch, der mit einem rosa Tischtuch und gestärkten rosa Servietten gedeckt war. Auf dem Tisch stand eine Vase mit einem herbstlichen Bukett: mattrosa Astern, blaßviolette Chrysanthemen, ein paar Freesien. Euan bestellte Champagner, und man servierte ihnen geräucherten Lachs, gebratenen Fasan mit Brotsauce, Stilton und ein Zitronensoufflé. Roland fand den Fasan zäh. Die Sauce erinnerte ihn an die weihnachtlichen Kochbemühungen seiner Mutter. Sie unterhielten sich auf sehr englische Weise über das Wetter, und kleine Ströme sexueller Unsicherheit bewegten sich um den Tisch, ebenfalls auf englische Weise. Roland sah, daß Val Maud als schön und kalt beurteilte; er sah, daß Maud Val studierte und über ihn und Val nachdachte, aber er hatte keine Ahnung, zu welchem Urteil sie dabei gelangte. Er sah, daß beide Frauen auf Euans Herzlichkeit und Unbekümmertheit eingingen. Euan brachte alle zum Lachen; Val strahlte vor Stolz und Glück, und Maud erlaubte sich ein Lächeln. Sie tranken guten Burgunder und lachten noch mehr. Maud und Toby Byng stellten fest, daß sie gemeinsame Kindheitsfreunde hatten. Euan und Maud sprachen über das Jagen. Roland kam sich peripher vor, er war ein Beobachter, ein Zaungast. Er fragte Toby Byng, wie es Joan Bailey gehe, und erfuhr, daß sie lange im Krankenhaus gewesen, jetzt aber wieder zu Hause war.

»Mortimer Cropper hat Sir George eingeredet, daß er mit dem Geld für den Verkauf des Briefwechsels – jedenfalls wenn er ihn *ihm* verkauft – Seal Court renovieren und seine Frau mit der allerneuesten Technologie ausstatten kann.«

»Dann hat wenigstens jemand etwas davon«, sagte Roland.

Euan lehnte sich über den Tisch.

»Darüber wollte ich mit Ihnen sprechen. Wer soll etwas davon haben und warum?«

Er wandte sich zu Maud. »Wer ist Copyrightinhaber an den Gedichten und Erzählungen von Christabel LaMotte?«

»Das sind wir. Meine Familie. Meinen wir zumindest. Die Papiere selbst, die Manuskripte, befinden sich im Archiv für Frauenliteratur des Instituts für Frauenforschung der Universität von Lincoln, wo ich arbeite – das heißt die Manuskripte der *Melusine*, der *Versunkenen Stadt*, der zwei Bände mit Märchen und verschiedener Gedichte. Briefe haben wir nicht viele, und Blanche Glovers Tagebuch haben wir auf einer Versteigerung bei Sotheby's gekauft, in aller Heimlichkeit, niemand hatte eine Ahnung von seiner Bedeutung. Die Frauenforschung hat keine großen Mittel zur Verfügung. Wenn die Texte veröffentlicht sind, erlischt das Copyright natürlich wie bei allen anderen Sachen auch nach fünfzig Jahren.«

»Ist Ihnen je der Gedanke gekommen, daß Ihnen das Copyright an Christabels Teil der Korrespondenz zusteht?«

»Ja, aber ich glaube, es stimmt nicht. Ich glaube, sie hat kein Testament oder Legat hinterlassen. Es war so: Als Christabel starb – das war 1890 –, schickte ihre Schwester Sophie einen Pakken Manuskripte an ihre Tochter May, meine Ururgroßmutter – sie war damals ungefähr dreißig, mein Urgroßvater ist 1880 geboren, und May hat 1878 geheiratet. Es gab Verstimmungen – der damalige Sir George hielt nichts von Heiraten zwischen Cousins ersten Grades, wie es da der Fall war. Und die Familien kamen nicht miteinander aus. Deshalb schickte Sophie die Manuskripte mit einem Begleitbrief – ich kann mich nicht genau dran erinnern, aber er besagte in etwa: ›Meine liebe May, ich muß Dir eine sehr traurige Mitteilung machen. Meine geliebte Schwester Christabel starb gestern nacht ganz unvermutet. Sie hat oft den Wunsch geäußert, daß Du ihre Gedichte und Papiere erben sollst, da Du meine einzige Tochter bist und sie großen Wert auf eine weibliche Erbfolge legte. Deshalb schicke ich Dir alles, was ich finden konnte – ich weiß nicht, ob diese Dinge von einem gewissen Wert oder von bleibendem Interesse sind, ich hoffe jedoch, daß Du sie sorgsam aufbewahren wirst, da sie glaubte, wie es auch von anderen bestätigt wurde, daß sie eine bessere Dichterin war, als zu ihren Lebzeiten anerkannt wurde.‹ Sie schrieb auch, daß die Anwesenheit Mays ihr ein großer Trost sein würde, sollte die Tochter sich in der Lage fühlen zu reisen, sie wisse aber, daß die letzte Geburt ihrer Tochter sehr zu schaffen gemacht habe und daß sie viel zu tun habe. Es gibt nichts, was darauf hindeuten würde, daß sie hingefahren ist. Sie hat die Papiere aufbewahrt, aber es hat nicht den Anschein, als hätte sie sich dafür interessiert.«

»Die Manuskripte haben auf Sie gewartet«, sagte Euan.

»Es scheint fast so. Ja. Aber das Eigentumsrecht – ich könnte mir gut vorstellen, daß die Papiere in meinem Besitz in Wahrheit Sir George gehören, weil Christabel ohne Testament starb ... Ich glaube nicht, daß Cropper und Konsorten sich von irgendwelchen moralischen Rechten meinerseits beeindrucken lassen.«

Euan sagte: »So ähnlich habe ich es mir gedacht. Ich habe mir von Val erzählen lassen, was sie weiß –«

»Was nicht sehr viel ist«, sagte Val.

»Genug, was Cropper und Konsorten betrifft. Und dann habe ich meinen alten Freund Toby dazu gebracht, in den ganzen alten Testamenten und Vermächtnissen herumzustöbern, die seine Kanzlei in Verwahrung hat. Das bedrückt ihn natürlich, weil er schließlich *Sir Georges* Anwalt ist. Ihm sind von jetzt an die Hände gebunden. Aber er – sagen wir, wir – wir haben etwas gefunden, was Sie unserer Meinung nach unbedingt sehen sollten. Wir müssen – das heißt *Sie*, aber ich hoffe, Sie werden mich Ihre Interessen wahrnehmen lassen –, wir werden uns sehr sorgfältig überlegen müssen, wie wir weiter vorgehen wollen. Aber meiner Ansicht nach – ich spreche als Anwalt – gibt es keinen Zweifel darüber, wer der legale Eigentümer der Briefe ist. Ich habe eine Photokopie mitgebracht. Gesegnet sei der Kopierapparat. Ich habe die Unterschrift in Ihrem Institut überprüft, während Sie verreist waren. Was meinen Sie dazu?«

Maud nahm das Blatt Papier in die Hand.

Ich diktiere dies meiner Schwester Sophia Bailey heute, am 1. Mai 1890, da ich zu schwach zum Schreiben bin. Ich vermache Sophia mein Geld, meine Möbel und mein Geschirr. Sollte Jane Summers aus Richmond noch leben, soll sie ein Andenken an mich und 60 Pfund erhalten. Meine Bücher, Manuskripte und mein Copyright vermache ich Maia Thomasine Bailey in der Hoffnung, daß sie in späteren Zeiten einmal Gefallen an der Dichtkunst finden mag. Unterzeichnet: Christabel LaMotte in Gegenwart Lucy Tucks, Hausmädchen, und William Marchmonts, Gärtner.

Euan sagte: »Es lag in einem Stapel von Sophies Haushaltsabrechnungen. Aus ihren Unterlagen geht hervor, daß sie Jane Summers ausfindig gemacht und ihr das Geld gegeben hat. Und sie behielt den Zettel. Ich nehme an, sie dachte, sie hätte alles getan, was zu tun war, die Wünsche ihrer Schwester erfüllt, und sie hat den Zettel einfach weggelegt.«

Maud fragte: »Gehören mir dadurch die Briefe?«

»Das Copyright an unveröffentlichten Briefen gehört dem Briefschreiber. Die Briefe selbst gehören dem Empfänger. Es sei denn, sie wurden retourniert, wie es hier geschah.«

»Sie meinen ihre Briefe an ihn?«

»Richtig. Ich glaube – das heißt, Toby sagt –, es gibt einen Brief von ihm, in dem er schreibt, daß er ihre Briefe an sie zurückschickt.«

»Wenn Sie recht hätten, dann würden mir also *alle* Briefe gehören und ich wäre der Copyrightinhaber an ihren Briefen?«

»Richtig. Ganz sicher können wir noch nicht sein. Es ließen sich Einwendungen dagegen vorstellen. Sir George sollte es anfechten, und das wird er mit Sicherheit tun. Das Dokument stellt kein echtes Testament dar, es ist nicht registriert, und es gibt genug Lücken und Schlupflöcher, um es anzufechten. Aber meiner Ansicht nach sollte es möglich sein, Ihr Anrecht auf alle Briefe durchzusetzen, ihre und seine. Die Frage ist nur, wie wir vorgehen können, ohne Tobys Interessen zu schaden, denn seine Position in der Affäre ist ziemlich haarig. Wie kann das Dokument entdeckt werden, ohne daß er die Hände im Spiel hat?«

Toby sagte: »Wenn Sir George Ihren Anspruch anficht, kann das ganze Geld für den Rechtsstreit draufgehen –«

»Wie in *Bleakhouse*«, sagte Val.

»Richtig«, sagte Euan. »Aber mit ihm kann man sich vielleicht arrangieren. Erst mal müssen wir uns überlegen, wie dies hier entdeckt werden kann, ohne daß Toby es findet – vielleicht sollten wir so tun, als wäre er von mir reingelegt worden, indem ich ihn dazu bringe, mir die alten Dokumente zu zeigen, ohne daß er ahnt, welche Beweggründe ich dafür habe, und mein Wissen hinter seinem Rücken verwende –«

»Machiavellistisch«, sagte Val hingerissen.

»Wenn Sie sich vorstellen könnten, mich zu engagieren –«

»Bei mir würden Sie nicht viel verdienen«, sagte Maud. »Wenn die Papiere mir gehören, bekommt sie das Institut für Frauenforschung.«

»In dieser Sache geht es mir nicht ums Geld. Ich mache es, weil es so aufregend ist, so spannend, verstehen Sie? Sie sollten aber darüber nachdenken, daß Sie unter Umständen genötigt sein können zu verkaufen – nicht an Cropper, aber an die British Library oder einen anderen akzeptablen Kunden –, um Sir George abzufinden.«

Roland sagte: »Lady Bailey war gut zu uns. Sie braucht einen elektrischen Rollstuhl.«

Maud sagte: »Das Institut für Frauenforschung ist seit seiner Gründung so gut wie mittellos –«

»Wenn die Sachen in der British Library wären, könntest du Mikrofilme und Mittel und einen Rollstuhl haben –«

Maud sah ihn kampflustig an. »Wenn die Papiere im Institut wären, dann würden sie bewirken, daß Mittel lockergemacht würden –«

»Maud –«

»George Bailey war ausgesprochen unhöflich zu mir – und zu Leonora –«

»Er liebt seine Frau«, sagte Roland, »und seine Wälder.«

»Das ist wahr«, sagte Toby Byng.

Val sagte: »Ich finde, wir sollten nicht über Sachen streiten, die wir – die ihr noch gar nicht habt. Ich finde, wir sollten einen Schritt nach dem anderen machen. Ich finde, wir sollten auf Euan trinken, der sich das alles ausgedacht hat, und den nächsten Schritt überlegen.«

»Du hältst mich für habgierig«, sagte Maud, als sie wieder zu Hause waren.

»Nein. Wie kommst du darauf?«

»Ich spüre, daß du meine Haltung mißbilligst.«

»Du täuschst dich. Welches Recht hätte ich dazu?«

»Das heißt, du tust es. Meinst du, ich soll Euan zum Teufel schicken?«

»Das mußt du wissen.«

»Roland!«

»Es geht mich nichts an.«

Das war das Problem. Er kam sich vor wie eine Randfigur. Er hatte nichts mit ihrer Familie zu tun, mit ihrem Feminismus, mit ihrem unbekümmerten Umgang mit ihresgleichen. Kreise um Kreise, und er war stets Außenseiter. Er hatte dieses – wie sollte man es nennen – diese Untersuchung begonnen und hatte alles verloren – und dabei Maud zu allem verholfen, was ihr dazu dienen würde, weiterzukommen – ob es ihren Job betraf, ihre Zukunft, Christabel, Geld... Es war ihm zuwider, in Restaurants zu essen, die er sich nicht leisten konnte. Es war ihm zuwider, Maud auf der Tasche zu liegen.

Maud sagte: »Wir können nicht zu streiten anfangen, nicht nach allem, was wir –«

Er wollte gerade sagen, daß sie nicht stritten, als das Telephon läutete.

Am anderen Ende war eine zitternde, aufgeregte Frauenstimme.

»Ich möchte bitte Dr. Bailey sprechen.«

»Ich bin am Apparat.«

»Ja. Sehr gut. Ach, Gott. Ich habe hin und her überlegt, ob ich Sie anrufen soll – Sie werden mich für verrückt halten oder sonst was – oder für aufdringlich –, aber Sie waren die einzige, die ich anrufen kann – ich habe den ganzen Abend überlegt, was ich tun soll, und jetzt weiß ich nur, wie spät es ist, viel zu spät für einen Anruf, ich habe jedes Zeitgefühl verloren, vielleicht sollte ich lieber morgen anrufen, das wäre vielleicht besser, aber dann ist es vielleicht zu spät, das heißt, es muß nicht unbedingt morgen passieren, nur sehr bald, wenn ich richtig verstanden habe – aber bei Ihnen hatte ich den Eindruck, daß Sie empfanden – daß Sie Verständnis hatten –«

»Wer spricht da, bitte?«

»O Gott, o Gott. Ich vergesse immer, meinen Namen zu sagen. Ich habe Angst vor dem Telephonieren. Ich bin Beatrice Nest. Ich rufe an wegen Ellen Ash. Das heißt, nicht direkt, ich habe nur das Gefühl – daß ich ihretwegen –«

»Was ist passiert, Dr. Nest?«

»Entschuldigen Sie. Ich will versuchen, alles ganz ruhig zu erklären. Ich habe schon früher versucht, Sie anzurufen, aber Sie waren nicht da. Ich hatte eigentlich gar nicht damit gerechnet, daß Sie abnehmen würden, deshalb bin ich so durcheinander. Ja.«

»Ich verstehe, Dr. Nest.«

»Es geht um Mortimer Cropper. Er war hier – ich meine, nicht hier, ich bin ja jetzt in meiner Wohnung in Mortlake, sondern in meinem Arbeitszimmer im Museum. Er war mehrmals da und hat sich immer sehr auffällig für bestimmte Stellen des Tagebuchs interessiert –«

»Die, wo es um Blanche Glovers Besuch geht?«

»Nein, nein. Die Stellen über die Beerdigung von Randolph Ash. Und heute brachte er den jungen Hildebrand Ash mit – das heißt, so jung ist er nicht, eher ziemlich alt und sehr dick, aber natürlich jünger als Lord Ash, natürlich – vielleicht wissen Sie nicht, daß er Lord Ash bei dessen Tod beerben wird, und Lord Ash ist nicht sehr gesund, das sagt James Blackadder, und er antwortet auf keinen Brief – nicht daß ich oft schreiben würde, dafür gibt es keine Notwendigkeit, aber wenn ich schreibe, antwortet er nicht –«

»Dr. Nest –«

»Ich weiß, ich weiß. Soll ich nicht doch lieber morgen noch einmal anrufen?«

»Nein. Nein. Ich bin sehr neugierig.«

»Ich habe zufällig mitangehört, was die beiden geredet haben. Sie dachten, ich wäre – aus dem Zimmer gegangen. Dr. Bailey, ich bin mir *hundertprozentig sicher*, daß Cropper das Grab der Ashs stören will. Das Grab in Hodershall. Er und Hildebrand. Sie wollen es öffnen. Er will wissen, was in der Kassette ist.«

»In welcher Kassette?« fragte Maud.

Beatrice Nest erklärte ihr sehr umständlich und atemlos, um welche Kassette es sich handelte.

»Er sagt seit Jahren, daß sie ausgegraben gehört. Lord Ash würde das nie billigen, und außerdem bräuchte man dafür eine Genehmigung des Bischofs, daß man das Grab stören darf, und die würde er nie bekommen, aber er behauptet, Hildebrand Ash hätte ein *moralisches Anrecht* auf die Kassette und er selber hätte ein Recht darauf – weil er – weil er – soviel für Randolph Ash getan hat – er hat gesagt – das habe ich gehört – ›Warum machen wir es nicht wie Kunstdiebe, die das Original durch eine Fälschung ersetzen, und denken uns später eine plausible Erklärung für unseren Fund aus?‹ – das hat er gesagt –«

»Haben Sie mit Professor Blackadder gesprochen?«

»Nein.«

»Meinen Sie nicht, Sie sollten es tun?«

»Er kann mich nicht leiden. Er kann niemanden leiden, aber mich ganz besonders. Er wird denken, ich wäre verrückt oder *ich* wäre schuld daran, daß Cropper sich diesen schrecklichen Plan ausgedacht hat – Cropper kann er schon gar nicht leiden. Er würde mir nie zuhören, nie. Ich bin es so leid, gedemütigt zu werden. Sie haben vernünftig mit mir gesprochen, Sie hatten Verständnis für Ellen Ash, Sie werden einen Weg finden, wie man dieses Unternehmen verhindern kann, um ihretwillen.« Dann sagte sie: »Ich habe versucht, Roland Michell zu erreichen, aber er ist verschwunden. Was soll ich Ihrer Ansicht nach tun? Was kann man tun?«

»Roland ist hier, Dr. Nest. Vielleicht wäre es das beste, wir kämen nach London. Wir können ja nicht gut die Polizei einschalten –«

»Nein. Was könnten wir der sagen?«

»Eben. Kennen Sie den Vikar der Kirche, wo sich das Grab befindet?«

»Mr. Drax. Er mag keine Wissenschaftler. Und keine Forscher. Randolph Ash mag er, glaube ich, auch nicht.«

»In dieser Angelegenheit scheint man nur mit Mimosen zu tun zu haben.«

»Und Ash war ein so *großherziger* Mensch«, sagte Dr. Nest, ohne zu versuchen, Mauds Urteil zu widerlegen.

»Hoffen wir, daß der Vikar Mortimer Cropper zum Teufel schickt. Sollen wir uns mit ihm in Verbindung setzen?«

»Ich weiß es nicht. Ich weiß nicht, was richtig ist.«

»Ich werde überlegen. Ich rufe Sie morgen an.«

»Dr. Bailey – bitte – eilen Sie sich.«

Maud war aufgeregt. Sie erklärte Roland, daß sie nach London fahren müßten, und schlug vor, Euan MacIntyre über Croppers mögliches Vorgehen zu informieren und sich mit ihm darüber zu beraten, wie man Croppers Pläne durchkreuzen könne. Roland sagte, das sei eine gute Idee, was es sicher war, obgleich es sein Gefühl unwirklicher Isolation noch verstärkte. Nachts lag er wach, allein in dem weißen Bett, und dachte bedrückt nach. Etwas Geheimgehaltenes war nicht mehr da. Er und Maud hatten ihre »Nachforschungen« geheimgehalten, und solange es dieses Geheimnis gab, hatte es sie verbunden. Jetzt, da es vor aller Augen enthüllt war, schien es ihm durch die aufgeregte Neugier Euans und Tobys fast entweiht, nicht weniger als durch die Begierde und Erbitterung Croppers und Blackadders. Euans Charme und Begeisterung hatten die Übellaunigkeit und Verdrossenheit aus Vals Gesicht weggezaubert und sogar Maud fröhlich und wagemutig gemacht. Es wollte ihm vorkommen, als spräche sie mit Euan und Toby ungezwungener als mit ihm. Er redete sich ein, daß es Val Spaß machte, die Verfolgung an sich zu reißen. Er erinnerte sich an seine ersten Eindrücke von Maud – besserwisserisch, arrogant, anmaßend. Sie war mit Fergus zusammengewesen. Ihre eigenen schweigsamen Spiele waren ein Ergebnis des Zufalls, einer künstlichen kurzen Einsamkeit, des Geheimhaltens. Im Lichte des Tages konnten sie nicht von Dauer sein. Er wußte nicht einmal, ob er es gewollt hätte. Er suchte nach dem, was ihn wirklich beschäftigte, und mußte sich sagen, daß er vor Maud Randolph Ash und seine Worte gehabt hatte und daß jetzt sogar das, das vor allem, verändert und ihm weggenommen war.

Von alledem sagte er nichts zu Maud, die nichts zu bemerken schien.

Euan, der am nächsten Tag eingeweiht wurde, war ebenfalls aufgeregt. Er sagte, sie sollten *alle* nach London fahren und mit Miss Nest reden und einen Kriegsrat abhalten. Vielleicht konnten sie Cropper auf den Fersen bleiben und ihn *in flagranti* erwischen. Es gab gewisse gesetzliche Spitzfindigkeiten bezüglich der Beerdigung in geweihter Erde und auf bloßen Friedhöfen. Hodershall schien ein anglikanischer Friedhof zu sein und demnach geweihte Erde. Er und Val wollten im Porsche vorausfahren und sich in London mit Roland und Maud treffen. Was hielten sie davon, von seiner Bude aus Dr. Nest anzurufen? Er wohnte im Barbican und hatte genug Platz. Toby mußte in Lincoln bleiben und sich um die Nachlässe in seiner Verwahrung und Sir Georges Interessen kümmern.

Maud sagte: »Ich kann bei meiner Tante Lettice wohnen, am Cadogan Square. Sie ist eine uralte Dame. Willst du mitkommen?«

»Ich denke, ich gehe in die Wohnung in Putney.«

»Soll ich mitkommen?«

»Nein.«

Es war kein Ort für sie, diese Wohnung mit dem schäbigen Chintz und dem Katzengeruch. Und sie war übervoll mit Erinnerungen an sein Leben mit Val, an seine Doktorarbeit. Er wollte Maud dort nicht haben. »Ich muß über ein paar Sachen nachdenken. Über meine Zukunft. Was ich tun will. Über die Wohnung, wie ich die Miete zahlen will oder nicht zahlen will. Ich kann eine Nacht allein ganz gut brauchen.«

Maud fragte: »Ist irgend etwas?«

»*Ich muß mir über mein Leben klarwerden.*«

»Entschuldige. Wenn du willst, kannst du bei meiner Tante –«

»Mach dir keine Sorgen. Die eine Nacht bin ich gerne allein.«

FÜNFUNDZWANZIGSTES KAPITEL

Ellen Ashs Tagebuch

25. November 1889. – Ich schreibe dies an seinem Schreibtisch um zwei Uhr morgens. Ich finde keinen Schlaf, und er schläft den letzten Schlaf im Sarg, still und tot, der Seele ledig. Inmitten seiner Besitztümer – meiner Besitztümer oder niemandes von nun an – kam mir der Gedanke, daß sein Leben, seine Gegenwart diesen unbelebten Dingen länger anhaftet als dem Körper, der einst belebt war und nun, ich kann es nicht aussprechen, ich hätte nicht zu schreiben beginnen sollen. Geliebter Mann, wem sonst als dir schreibe ich, die ich hier sitze? Hier, inmitten deiner Dinge, ist mir wohler – die Feder sträubt sich, die Worte »dir«, »deiner« zu schreiben, denn es ist niemand da, und doch ist hier noch etwas anwesend.

Hier liegt ein unbeendeter Brief, dort sind das Mikroskop, die Glasstreifen, ein Buch, dessen Seiten – o mein Herz – noch nicht aufgeschnitten sind. Den Schlaf fürchte ich, Randolph, die Träume, die mich heimsuchen könnten, und deshalb sitze ich hier und schreibe.

Als er dort lag, sagte er: »Verbrenne, was niemand sehen soll«, und ich sagte: »Ja«, ich versprach es ihm. Zu solchen Zeiten scheint uns eine furchtbare Tatkraft zuzuwachsen, schnell zu handeln, bevor es unmöglich wird. Die vulgäre Mode der *zeitgenössischen* Biographien war ihm zuwider – das Durchstöbern von Dickens' Schreibtisch nach den trivialsten Andenken, Forsters unverzeihliche Indiskretionen über die privaten Leiden und Verheimlichungen der Carlyles. Oft sagte er zu mir: Verbrenne, was uns lebendig ist mit dem Leben der Erinnerung, laß nicht zu, daß es in nichtige Kuriositäten oder Lügen umgemünzt wird. Gut erinnere ich mich an die Worte Harriet Martineaus, die in ihrer Autobiographie sagte, das Abdrucken privater Briefe sei in gewisser Weise Verrat, so als würde man ein vertrauliches Gespräch weiterverbreiten, das zwei Freunde in einer Winternacht vor dem Kamin führten. Ich habe ein Feuer gemacht und einiges verbrannt. Noch mehr wird folgen. Die Geier sollen sich nicht an ihm sättigen.

Es gibt Dinge, die ich nicht verbrennen kann – und deren Anblick ich mich nie wieder aussetzen kann. Es gibt Dinge, über die ich nicht verfügen kann, bei deren Verbrennen ich nicht zugegen sein kann. Und all unsere geliebten Briefe aus jenen Jahren törichter Trennung. Was soll ich tun? Ich kann nicht darauf vertrauen, daß man sie mit mir beerdigt. Mein Vertrauen könnte verraten werden. Ich werde diese Dinge mit ihm ins Grab geben, bis ich ihm folge. Mag die Erde sie aufnehmen.

Mortimer Cropper: *Der große Bauchredner*, 1964, Kapitel 26, »Nach des Lebens launischem Fieber«, S. 449 ff.:

Ein Komitee wurde eilends einberufen, um zu erörtern, ob es möglich wäre, den großen Mann in der Westminster Abbey beizusetzen. Lord Leighton suchte den Dekan auf, der bekanntermaßen Vorbehalte ob Randolph Ashs religiöser Gefühle hegte. Die Witwe des Dichters, die aufopferungsvoll und selbstlos während seiner letzten Krankheit an seinem Bett gewacht hatte, schrieb an Lord Leighton und an den Dekan, daß es ihr Wunsch sei und gewiß auch der Wunsch ihres Gatten gewesen war, daß er die letzte Ruhestätte auf dem friedlichen Dorffriedhof von St. Thomas in Hodershall an den North Downs finde, dort, wo der Ehemann ihrer Schwester Faith Vikar war und wo sie einst selbst zu Grabe getragen zu werden hoffe. Und so nahm an einem nassen englischen Novembertag eine Prozession von Persönlichkeiten aus Literatur und feiner Welt den Weg über die schattigen Downland-Landstraßen, wo die Pferdehufe die welken Blätter in den Schlamm traten und die rote Sonne tief am Himmel stand.[22] Sargträger waren Leighton, Hallam Tennyson, Sir Rowland Michaels und der Maler Robert Brunant.[23] Als der Sarg in die Grube gesenkt und mit großen weißen Kränzen bedeckt worden war, legte Ellen eine Kassette darauf, die »unsere Briefe und Andenken« enthielt, »zu kostbar, um sie zu verbrennen, viel zu teuer, um sie jemals den Blicken anderer auszusetzen«.[24] Dann füllte sich das Grab mit Blumen, und die Trauergäste entfernten sich und überließen die letzte, traurige Handlung den Spaten der Totengräber, die den Ebenholzsarg und die zarten Blüten unter der ortsüblichen Mischung aus Kalk, Lehm und Kieseln verschwinden ließen.[25] Ellens Neffe, der junge Edmund Meredith, nahm vom Grabesrand ein Büschel Veilchen mit, das er preßte und in seinem Shakespeare aufbewahrte.[26]

Später ließ Ellen Ash einen schlichten schwarzen Grabstein errichten, in den der Umriß einer Esche eingemeißelt war, von den Wurzeln bis zur Krone, wie er es in einigen seiner Briefe neben der Unterschrift hingekritzelt hatte.[27] Darunter war Ashs Übersetzung des Epitaphs auf Raffael von Kardinal Bembo eingemeißelt, das Raffaels Grab im Pantheon eingemeißelt ist und in Ashs Gedicht über die Ausmalung der Stanzen im Vatikan mit dem Titel »Heiliges und Profanes« zitiert wird.

> Es fürchtete die mächtige Natur, daß er
> Mit seiner Kunst die ihre übertreffen könnt,
> Im ewgen Schlaf regt er sich nimmermehr,
> Und ihr scheint eigne Kraft nicht mehr vergönnt.[28]

Darunter steht geschrieben:

Diesen Stein errichtete dem großen Dichter und treuen, gütigen Gatten Randolph Henry Ash seine trauernde Witwe und Gefährtin aus mehr als vierzig Jahren, Ellen Christiana Ash, in der Hoffnung, daß »nach kurzem Schlummer ewig wir wachen«[29], wo es nie Abschied nehmen heißt.

Kritiker haben sich später über den »hochtrabenden Ton«[30] amüsiert oder irritiert gezeigt, in dem dieser fruchtbare viktorianische Dichter mit dem großen Raffael verglichen wurde, wenngleich zu Beginn unseres Jahrhunderts beide aus der Mode waren. Erstaunlicher dürfte sein, daß zeitgenössische Quellen weder Worte der Kritik daran verzeichnen, daß der christliche Glaube auf dem Grabstein keine Erwähnung findet, noch umgekehrt solche der Bewunderung für den Takt, mit dem Ellen dies zu vermeiden gewußt hatte. Durch die Wahl des Zitats bringt sie ihren Mann vermittels seines eigenen Gedichts und dessen Bezug auf Raffael und Bembo in Verbindung mit dem doppelsinnigen Geist der Renaissance, wie ihn der Rundbau des Pantheons verkörpert, einer christlichen Kirche, die in Form eines klassischen Tempels angelegt worden war. Ob derartige Überlegungen explizit von Ellen Ash angestellt wurden, können wir nicht wissen, obschon denkbar ist, daß er und sie über diese Belange gesprochen haben.

Es fällt schwer, über den Inhalt der Kassette, die zusammen mit Randolph Henry Ash beerdigt wurde und vier Jahre später, als der Sarg seiner Witwe neben dem seinen den vorherbestimmten Platz fand, noch unversehrt gewesen sein soll[31], keine Spekulationen anzustellen. Ellen Ash teilte die Prüderie und Überängstlichkeit ihrer Zeitgenossen, was die Publikation privater Papiere betrifft. Daß auch Randolph diese Skrupel empfunden habe, wird wiederholt behauptet – nicht zuletzt von Ellen selbst.[32] Wir dürfen uns glücklich schätzen, daß er keine diesbezüglichen testamentarischen Verfügungen traf, und noch glücklicher, daß seine Witwe seine vermeintlichen Anordnungen so zögerlich und lückenhaft ausgeführt hat. Welche unschätzbaren Zeugnisse unwiederbringlich verloren sind, wissen wir nicht, doch die vorangegangenen Seiten haben uns das breite Spektrum des Erhaltenen gezeigt. Gewiß muß bedauert werden, daß die, die 1893 seine Ruhe störten, sich nicht bemüßigt fühlten, die verborgene Kassette wenigstens zu öffnen und zum Nutzen der Nachwelt ihren Inhalt zu protokollieren. Die Entscheidungen, die Zeugnisse eines exemplarischen Lebens zu zerstören oder zu verbergen, werden mitten im Leben getroffen oder, häufiger noch, in der Schwärze unmittelbarer *post-mortem*-Verzweiflung und sind gänzlich anderer Natur als das abgewogene Urteil und der Wunsch nach umfassendem, gelassenem Wissen, die auf die heftigen Gemütsbewegungen zu folgen pflegen. Selbst Rossetti bereute es, seine Gedichte mit seiner tragischen Gattin beerdigt zu haben, und mußte sich vor sich selbst und vor ihr erniedrigen, als er sie ausgrub. Ich denke oft an die Worte Freuds über die Beziehung unserer primitiven Vorfahren zu den Toten, die man ambivalent sowohl als Dämonen und Geister als auch als verehrungswürdige Ahnen betrachten konnte: »Daß die Dämonen stets als die Geister kürzlich Verstorbener aufgefaßt werden, bezeugt wie nichts anderes den Einfluß der Trauer auf die Entstehung des Dämonenglaubens. Die Trauer hat eine ganz bestimmte psychische Aufgabe zu erledigen, sie soll die Erinnerungen und Erwartungen der Überlebenden von den Toten ablösen. Ist diese Arbeit geschehen, so läßt der Schmerz nach, mit ihm die Reue und der Vorwurf und darum auch die Angst vor dem Dämon. Dieselben Geister aber, die zunächst als Dämonen gefürchtet wurden, gehen nun der freundlicheren Bestimmung entgegen, als Ahnen verehrt und zur Hilfeleistung angerufen zu werden.«[33]

Ließe sich nicht zur Entschuldigung unseres Wunsches, das Verborgene zu erblicken, geltend machen, daß jene, deren Mißbilligung sie für die nächsten und liebsten Verwandten zu Dämonen werden ließ, heute unsere geliebten Ahnen sind, deren Andenken wir vor aller Augen ehren wollten?

22 So von Swinburne in einem Brief an Theodore Watts-Dunton notiert. A. C. Swinburne: *Gesammelte Briefe*, Bd. V, S. 280. Sein Gedicht »Yggdrasill und die Eibe auf dem Friedhof« soll aus den Empfindungen des Dichters beim Sterben R. H. Ashs inspiriert worden sein.

23 Bericht der *Times* vom 30. November 1889. Dem Reporter fielen »mehrere anmutige junge Mädchen in ungekünsteltem Schmerz und eine große Schar ehrerbietiger Arbeiter neben den literarischen Größen« auf.

24 Ellen Ash in einem Brief an Edith Wharton vom 20. Dezember 1889, abgedruckt in: *Die Briefe R. H. Ashs* (Hrsg. M. Cropper), Bd. 8, S. 384. Eine ähnliche Formulierung ihrer Absichten findet sich in einer Eintragung in ihr Tagebuch (unveröffentlicht), zwei Nächte nach dem Tod des Dichters geschrieben. Das Tagebuch soll in Kürze erscheinen (1967), herausgegeben von Dr. Beatrice Nest vom Prince Albert College der London University.

25 Während ausgedehnter Wanderungen in dieser Gegend konnte ich die charakteristischen Erd- und Gesteinsschichten beobachten, die dunklen Kiesel im weißen Kalkstein, der auf den umgepflügten Feldern wie Schnee schimmert.

26 Die Shakespeare-Ausgabe und die Veilchen befinden sich heute in der Stant Collection der Robert Dale Owen University.

27 Siehe hierzu beispielsweise den Brief an Tennyson in der Stant Collection (vom 24. August 1859), den eine Reihe solch abstrahierter Bäume umsäumt, deren Zweige und Wurzeln ineinander verschlungen sind, einem William-Morris-Fries nicht unähnlich. (Stant MS Nr. 146093 a.)

28 Die lateinische Inschrift lautet: *Ille hic est Raphael timuit quo sospite vinci rerum magna parens et moriente mori.*

29 John Donne: »Tod, sei nicht stolz«, in: *Divine Poems* (Hrsg. Helen Gardner), S. 9.

30 Siehe den bissigen Kommentar von F. R. Leavis in *Scrutiny*,

Bd. XIII, S. 130f.: »Daß die viktorianische Epoche Randolph Ash für einen ernstzunehmenden Dichter hielt, beweisen hinlänglich die feierlichen Totenreden, die ebenso wie der pompöse Grabstein, den seine Frau beisteuerte, behaupten, er sei mit Shakespeare, Milton, Rembrandt, Raffael und Racine gleichzusetzen.«

31 So von Patience Meredith in einem Brief an ihre Schwester Faith berichtet, der sich heute im Besitz Marianne Wormolds, der Urenkelin Edmund Merediths, befindet.

32 Siehe Anmerkung 24 und die erwähnte Eintragung im (unveröffentlichten) Tagebuch vom 25. November 1889.

33 Sigmund Freud: *Totem und Tabu* (*Gesammelte Werke*, Bd. IX), S. 82f.

27. November 1889

Behutsam bewegte die alte Frau sich durch die dunklen Gänge; sie stieg die Treppen hoch, zögerte unentschlossen auf den Treppenabsätzen. Von hinten – jetzt können wir sie gut erkennen –, von hinten und im Halbdunkel hätte man sie für alterslos halten können. Sie trug einen Hausmantel aus Samt und weiche, bestickte Pantoffeln. Sie hielt sich aufrecht, ohne ersichtliche Mühe, obwohl sie korpulent wirkte. Ihr Haar hing in einem langen Zopf zwischen ihren Schultern herab; im Licht ihrer Kerze schien es von hellem Gold zu sein, doch es war gebrochenes Weiß, das Weiß, zu dem hellbraunes Haar verblaßt.

Sie lauschte auf die Geräusche des Hauses. Ihre Schwester Patience schlief im besten Gästezimmer, und in einem Zimmer im zweiten Stock schlief ihr Neffe George, inzwischen ein hoffnungsvoller junger Rechtsanwalt.

Mit gekreuzten Händen und geschlossenen Augen lag Randolph Henry Ash in seinem Schlafzimmer, das weiße Haar von gestepptem Satin umrahmt, den Kopf auf bestickte Seidenkissen gebettet.

Als sie gemerkt hatte, daß sie nicht schlafen konnte, war sie zu ihm gegangen, hatte leise, ganz leise seine Tür geöffnet und ihn lange betrachtet, die Veränderung wahrgenommen. Kurz nach dem Tod hatte er unverändert ausgesehen, nur ruhig und friedlich nach dem Kampf, als würde er sich ausruhen. Jetzt war er fortgegangen, es gab keine andere Gegenwart mehr als die eines zunehmend verfallenden und scharfknochigen Schattenbilds, dessen gelb verfärbte Haut sich wie Pergament über die hervorstehenden Knochen spannte, mit eingesunkenen Augenhöhlen und kantigem Kiefer.

Sie betrachtete diese Veränderungen, sprach mit leiser Stimme ein Gebet in die kompakte Stille und sagte zu dem, was auf dem Bett war: »Wo bist du?«

Wie jede Nacht roch es im ganzen Haus nach gelöschten Kohlefeuern, kalten Kamingittern, altem Rauch.

Sie ging in ihr eigenes kleines Schreibzimmer, wo ihr Damenschreibtisch mit Kondolenzbriefen bedeckt war, die es zu beantworten galt, und die Liste mit den Gästen der morgigen Beerdigung von ihr zu überprüfen war. Sie holte ihr Tagebuch aus der Schublade und ein, zwei Papiere, blickte unentschlossen auf den Papierhaufen und glitt aus dem Zimmer, auf Schlaf und Tod lauschend.

Sie stieg die letzten Treppen zum obersten Stockwerk hoch, wo sich Randolphs Arbeitszimmer befand; es war ihre Lebensaufgabe gewesen, alle und jeden von diesem Raum auszusperren, auch sich selbst. Die Vorhänge waren geöffnet. Von einer Gaslaterne drang Licht herein, und silbriges Vollmondlicht leuchtete fahl. Eine Ahnung vom Geruch seines Tabaks lag in der Luft. Auf dem Schreibtisch Bücherstapel aus der Zeit vor seiner letzten Krankheit. In diesem Raum war immer noch ein Fluidum von ihm und seiner Tätigkeit. Sie setzte sich an seinen Tisch, stellte die Kerze vor sich ab; sie fühlte sich jetzt nicht besser, nein, das nicht, aber weniger trostlos, als wäre, was hier noch weilen mochte, weniger unheimlich, weniger erschreckend als das, was dort unten reglos lag oder schlief.

Neben den Papieren, die sie mitgebracht hatte, war seine Uhr in der Tasche ihres Hausmantels. Sie zog sie heraus und sah nach der Zeit. Drei Uhr. Drei Uhr am letzten Morgen, an dem er in diesem Haus verweilte.

Sie blickte hinter sich, auf die Glastüren der Bücherschränke, die die Kerzenflamme vielfältig zurückwarfen. Sie öffnete aufs Geratewohl Schubladen, in denen sich Bündel von Notizen befanden, in seiner Schrift, in fremden Schriften; wie sollte sie das Schicksal all dessen beurteilen, entscheiden?

An einer Wand war seine botanische und zoologische Sammlung untergebracht. Mikroskope in ihren Holzfutteralen mit Scharnieren und Riegeln, Glasscheiben, Zeichnungen, Präparate. Die Wardschen Kisten mit ihren versiegelten Pflanzenwelten, vom eigenen Atem beschlagen, das elegant verkleidete Seewasseraquarium mit Pflanzen, *Aktinie* und Seestern, vor dem Monsieur Manet den Dichter inmitten seiner Farne gemalt hatte, die an die urzeitliche Vegetation eines Sumpfes oder Ufers denken ließen. All das konnte nicht bleiben. Sie würde seine Freunde vom Museum für Naturkunde um Rat fragen. Vielleicht sollte man es einer geeigneten Bildungseinrichtung stiften – einem Arbeiterklub, einer Schule. Dann fiel ihr sein eigens angefertigter Behälter für Präparate ein, der innen verglast und luftdicht abschließbar war. Sie fand ihn an seinem Ort; der Dichter hatte immer Ordnung gehalten. Der Behälter war genau das, was sie brauchte.

Sie mußte eine Entscheidung treffen, und morgen würde es zu spät sein.

Er war bis zu dieser letzten Krankheit nie ernsthaft krank gewesen, und sie zog sich lange hin; die letzten drei Monate seines Lebens war er ans Bett gefesselt gewesen, und beide hatten gewußt, was eintreten würde, nur nicht, wann, wie schnell. Beide hatten diese Monate in einem Raum, in seinem Schlafzimmer, zugebracht. Sie war unablässig um ihn gewesen, hatte ihm Luft verschafft, sein Kissen aufgeschüttelt, ihn gefüttert, als es dem Ende zuging, und ihm vorgelesen, als selbst das leichteste Buch für seine Hand zu schwer wurde. Sie hatte das Gefühl, daß sie ohne Worte seine Bedürfnisse und Beschwerden spüren konnte. Auch die Schmerzen, auch sie hatte sie in gewisser Weise mitempfunden. Sie hatte still neben ihm gesessen, hatte die dünne, weiße Hand gehalten und hatte gespürt, wie sein Leben verebbte, Tag um Tag. Sein Intellekt nicht. Anfangs war er eine Zeitlang in einem fiebrigen Zustand gewesen, in dem ihn die Gedichte John Donnes obsessiv beschäftigt hatten, aus welchem Grund auch immer; mit wohlklingender Stimme hatte er sie zur Zimmerdecke gesprochen, so daß die Bartlocken neben seinem Mund wehten. Wenn ihm eine Zeile nicht einfiel, rief er: »Ellen,

Ellen, schnell, ich komme nicht weiter«, und sie mußte blättern und suchen.

»Was sollte ich ohne dich anfangen, mein Herz? Das Ende naht, und wir sind zusammen. Du gibst mir Stärke. Wir sind glücklich gewesen.«

»Wir sind glücklich gewesen«, antwortete sie dann, und so war es. Sie waren auch nun glücklich, so, wie sie immer glücklich gewesen waren – nahe beieinander, still, gemeinsam die gleichen Dinge betrachtend.

Sie kam ins Zimmer und hörte seine Stimme:

Was dumpf dahinliebt unterm Mond
Im Sein der Sinne, es vergeht
Am Fernsein und verliert den Grund,
Der seine Elemente hegt.

Sein Sterben gestaltete er stilvoll. Sie sah, wie er sich bemühte, wie er Schmerz, Übelkeit und Furcht die Stirn zu bieten versuchte, um etwas zu ihr sagen zu können, was sie später einmal liebevoll und ehrend erinnern konnte. Manches, was er sagte, war als Schlußwort gedacht. »Ich weiß jetzt, warum Swammerdam Ruhe und Dunkel herbeisehnte.« Oder: »Ich wollte Wahres schreiben und erkennen, was ich von meinem Platz aus vermochte.« Oder für sie: »Einundvierzig Jahre ohne Zank. Ich glaube nicht, daß viele Ehegatten das von sich behaupten können.«

Sie schrieb diese Aussprüche auf, nicht um ihrer selbst willen, obwohl es gute Aussprüche waren, sondern weil sie sie an sein ihr zugewandtes Gesicht erinnerten, an die lebendigen Augen unter der feuchten, faltigen Stirn, an den kaum merklichen Griff der einst so kräftigen Finger. »Weißt du noch – mein Herz – als du – wie eine Wassernixe – auf dem Stein – auf dem Stein an der – der Name – sag ihn nicht – der Quelle der Dichter – der Fontaine de Vaucluse. Du saßest in der Sonne.«

»Ich hatte Angst. Es rauschte so schnell und laut.«

»Du sahst nicht aus, als hättest du Angst.«

Letztlich hatte Schweigen ihre Gemeinsamkeit ausgemacht.

»Es war immer eine Frage des Schweigens«, sagte sie laut zu ihm in seinem Arbeitszimmer, wo sie keine Antwort mehr erwarten konnte, weder Ärger noch Verständnis.

Sie legte die Dinge vor sich hin, die ihre Entscheidung betrafen. Ein Bündel Briefe, mit verblaßten violetten Bändern zugeschnürt. Ein Armband, das sie in diesen letzten Monaten aus seinem und ihrem Haar gearbeitet hatte und das sie mit ihm begraben wollte. Seine Uhr. Ein unbeendeter Brief, undatiert, in seiner Handschrift, den sie in seinem Schreibtisch gefunden hatte. Ein Brief, der in spinnwebdünner Schrift an sie gerichtet war.

Ein versiegelter Umschlag.

Sie zitterte ganz leicht, als sie den Brief in die Hand nahm, der vor etwa einem Monat angekommen war.

Liebe Mrs. Ash,

ich vermute, daß mein Name Ihnen nicht fremd ist – daß Sie von mir wissen – ich kann mir nicht vorstellen, daß es nicht so ist –, doch sollte mein Brief *völlig* überraschend für Sie kommen, bitte ich Sie um Verzeihung. Ich bitte Sie um Verzeihung, daß ich Sie zu diesem Moment belästige, wie immer die Dinge stehen mögen.

Ich habe erfahren, daß Mr. Ash krank ist. Die Zeitungen berichten es, und sie machen kein Hehl aus dem *Ernst* seines Zustands. Man versicherte mir glaubhaft, daß er nicht mehr lange leben werde, doch bitte ich Sie auch hier um Verzeihung, sollte ich mich täuschen, wie es sein mag, wie ich hoffen muß.

Ich habe ein paar Dinge aufgeschrieben, von denen ich inzwischen wünschte, er wüßte um sie. Ob es ratsam ist, zu diesem Zeitpunkt hervorzutreten, das kann ich nicht sagen – schreibe ich, um mich selbst freizusprechen, oder um seinetwillen –, ich weiß es nicht. Ich bin in dieser Angelegenheit in Ihrer Hand. Ich muß mich Ihrem Urteil anvertrauen, Ihrer Großzügigkeit, Ihrem Wohlwollen.

Inzwischen sind wir beide zwei alte Frauen, und zumindest meine Leidenschaften sind seit langem erloschen.

Ich weiß nichts von Ihnen, und das aus dem besten aller Gründe, weil mir nie etwas gesagt worden ist, niemals.

Ich habe, nur für seine Augen, einiges aufgeschrieben – ich spüre, daß ich nicht sagen kann, was es ist – und den Brief versiegelt. Wenn Sie den Brief lesen wollen, liegt es in Ihrer Hand, obgleich ich hoffen muß, daß er ihn lesen wird, wenn dies möglich ist, und entscheiden.

Und wenn er ihn nicht lesen kann oder will ... oh, Mrs. Ash, auch hier bin ich in Ihrer Hand, verfahren Sie mit meinem Pfand, wie Sie gut dünkt, und fühlen Sie sich dazu *ermächtigt*.

Ich war an großem Leid schuld, doch wollte ich Ihnen kein Leid antun, was Gott bezeugen kann, und ich hoffe – Ihnen keines angetan zu haben, keines, das unwendbar wäre.

Ich weiß, daß ich für eine Zeile von Ihrer Hand dankbar wäre – der Vergebung – des Mitleids – der Empörung, wenn es so sein müßte – werden Sie – dies können?

Ich lebe in einem Turm wie eine alte Hexe und mache Verse, die niemand haben will.

Könnten Sie mir in der Güte Ihres Herzens sagen, wie es ihm ergeht – werde ich Gott preisen.

Ich bin in Ihrer Hand. Ihre

Christabel LaMotte

Und den letzten Monat seines Lebens hindurch hatte sie diese zwei Briefe, den versiegelten und den für sie bestimmten, in ihrer Tasche mit sich getragen wie ein Messer. In sein Zimmer und wieder hinaus, in die Zeit, die sie miteinander verbrachten, aus ihr hinaus.

Sie brachte ihm Buketts, die sie zusammengestellt hatte – Winterjasmin, Christrosen, Treibhausveilchen.

»*Helleborus niger*. Warum sind grüne Blütenblätter so geheimnisvoll – Ellen? Weißt du noch – als wir Goethe lasen – die Metamorphosen der Pflanzen – alles ist eins – Blätter – Blütenblätter –«

»Das war im selben Jahr, in dem du über Lazarus schriebst.«

»Ach, Lazarus. *Etiam si mortuus fuerit* ... Glaubst du – im Innersten deines Herzens – daß wir – danach – weiterbestehen?«

Sie beugte den Kopf und suchte nach der Wahrheit.

»Es heißt – der Mensch ist etwas so Eigenes, so Außergewöhnliches – wir können nicht verschwinden – ohne Folgen. Ich weiß es nicht, Randolph, ich weiß es nicht.«

»Wenn nichts ist – werde ich – die Kälte – nicht spüren. Aber laß mich im Freien begraben, mein Herz – ich will nicht – in der Abbey eingesperrt sein. Im Freien, Erde und Luft. Ja?«

»Weine nicht, Ellen. Es ist nicht zu ändern. Ich bedaure nichts. Ich habe nicht – nichts getan, das weißt du. Ich habe gelebt –«

Außerhalb seines Schlafzimmers schrieb sie im Kopf Briefe.

»Ich kann ihm Ihren Brief nicht geben, er ist ruhig und fast glücklich; wie könnte ich jetzt seinen Seelenfrieden stören?«

»Sie müssen wissen, daß ich *schon immer* von Ihrer –« Wie das passende Wort finden? Beziehung, Liaison, Liebschaft?

»Sie müssen wissen, daß mein Mann mir vor langen Jahren wahrheitsgetreu und offen seine Gefühle für Sie entdeckt hat und daß dies, da wir uns darüber verständigt hatten, als etwas, worüber wir uns verständigt hatten, niemals mehr zur Sprache kam.«

Zu oft »verständigt hatten«. Aber besser.

»Ich bin Ihnen dankbar für die Versicherung, daß Sie *nichts von mir wissen*. Ich könnte Ihnen wahrheitsgetreu erwidern, daß ich *nichts von Ihnen weiß, nichts von Belang* – und daß mein Mann Sie liebte, daß er sagte, er habe Sie geliebt.«

Eine alte Frau zu einer anderen, die sich selbst als Hexe in einem Turm bezeichnete.

»Wie können Sie das von mir verlangen, wie können Sie die kurze Zeitspanne zerstören, die mir mit ihm bleibt, *unser* Leben aus kleinen Gesten und unausgesprochenen Banden, wie können Sie meine letzten Tage bedrohen – denn auch meine sind es, *er ist mein ganzes Glück*, das ich bald auf immer verlieren werde –, verstehen Sie das nicht, ich kann ihm Ihren Brief nicht geben.«

Sie schrieb nichts.

Sie saß neben ihm und flocht ihrer beider Haar ineinander, um es auf ein schwarzes Seidenband zu heften. Am Kragen ihres hochgeschlossenen Kleides trug sie die Brosche, die er ihr aus Whitby geschickt hatte, die weißen Rosen des Hauses York aus schwarzem Jett. Die weißen, die weißlichen Haare auf der dunklen Unterlage.

»Ein Armband von hellem Haar – um den Knochen. Wenn mein Grab wieder geöffnet wird – ha, Ellen? Immer – das Gedicht – an das Gedicht gedacht – als an deines, deines und meines – ja.«

Es war einer seiner schlechten Tage. Bisweilen war er bei Sinnen, dann wieder sprach er wirr, entglitt sein Geist – wohin?

»Sonderbare Sache – Schlaf. Man ist – überall. Felder. Gärten. Andere Welten. Im Schlaf – kann man – andere Ebenen betreten.«

»Ja, Liebster. Wir wissen so wenig über unser Leben. Über das, was wir wissen.«

»Sommerwiesen – ich sah sie – nur einen Herzschlag lang. Ich hätte mich – kümmern sollen. Konnte ich das? Ich hätte sie nur – verletzt –«

»Was tust du?«

»Ich flechte ein Armband. Aus unserem Haar.«

»In meiner Uhr. Ihr Haar. Sag es ihr.«

»Was soll ich ihr sagen?«

»Ich weiß – nicht mehr.«

Er schloß die Augen.

Das Haar war in der Uhr, eine sehr lange, sehr feine Flechte von hellstem Goldton. Sie hatte es vor sich auf den Tisch gelegt. Eine ordentlich gebundene Schleife aus blauem Baumwollgarn hielt es zusammen.

»Sie müssen wissen, daß ich es *wußte*, daß mein Mann mir vor langer Zeit offen und wahrheitsgetreu seine Gefühle für Sie entdeckt hat ...«

Und schriebe sie dies, wäre es nicht mehr und nicht weniger als die Wahrheit und klänge doch nicht wahr, und es enthielte nicht die Wahrheit dessen, was gewesen war, des Schweigens unter dem Sprechen, der Momente des Schweigens, die davor und danach gewesen waren, des Schweigens, des Schweigens.

Es war im Herbst des Jahres 1859 gewesen. Sie hatten am Feuer in der Bibliothek gesessen. Auf dem Tisch hatten Chysanthemen gestanden, kupferfarbene Buchenblätter und ein sonderbar changierender Farn, hellbraun, karmesinrot und golden. Es war die Zeit seiner Vivarien gewesen, die Zeit der Seidenraupen, die Wärme benötigten und deshalb im wärmsten Raum untergebracht waren, kleine, farblose Motten und ihre fetten, ungeschlachten Kokons auf kahlen Zweigen, die seinem Studium der Metamorphosen dienten. Sie schrieb *Swammerdam* ab, und er ging auf und ab und sah ihr nachdenklich zu.

»Hör für einen Augenblick zu schreiben auf, Ellen. Ich muß dir etwas sagen.«

Sie erinnerte sich an den Ansturm ihrer Gefühle – wie Seide in der Kehle, wie Nadeln in den Adern, der Wunsch, nichts zu erfahren, nichts zu vernehmen.

»Du mußt nicht –«

»Doch, ich muß. Wir waren stets wahrhaftig miteinander, Ellen, was auch immer war. Du bist meine teure, teure Frau, und ich liebe dich von Herzen.«

»Aber«, sagte sie. »Solche Worte haben immer ein Aber im Gefolge.«

»Das letzte Jahr über war ich in eine andere Frau verliebt. Ich könnte sagen, es sei eine Art Wahnsinn gewesen, eine Besessenheit, wie durch Dämonen. Geblendetheit. Zu Anfang waren es nur Briefe – und dann – in Yorkshire – war ich nicht allein.«

»Ich weiß.«

Schweigen trat ein.

Sie wiederholte: »Ich weiß.«

Er fragte: »Wie lange schon?«, gedemütigt.

»Nicht sehr lange. Nicht durch dein Tun oder Reden, nicht durch etwas, was ich gesehen hätte. Man sagte es mir. Ich hatte eine Besucherin. Ich muß dir etwas zurückgeben.«

Sie hatte das erste *Swammerdam* in ihrem Nähtisch versteckt und holte es hervor, in seinem Umschlag, adressiert an Miss LaMotte, Haus Bethanien, Mount Ararat Road, Richmond.

Sie sagte zu ihm: »Die Passage über das Weltei in dieser Fassung scheint mir besser als die spätere.«

Schweigen.

»Hätte ich nicht davon – von Miss LaMotte – zu dir gesprochen, hättest du es mir dann wiedergegeben?«

»Ich weiß es nicht. Ich glaube nicht. Wie könnte ich es? Aber du hast gesprochen.«

»Miss Glover gab es dir?«

»Sie schrieb zweimal und kam her.«

»Sie hat nichts gesagt, was dich verletzt hätte, Ellen?«

Die arme, aufgelöste Frau in ihren ordentlichen, abgetragenen Stiefeln, die rastlos auf- und abschritt, in all den Röcken, die man damals trug, und ihre taubengrauen kleinen Hände rang. Die Augen hinter den stahlgerahmten Brillengläsern waren von hellem Blau, so blau wie Glas. Und das rötliche Haar und die rötlichen Sommersprossen auf der bleichen Haut.

»Wir waren so glücklich, Mrs. Ash, wir waren einander alles, wir waren unschuldig.«

»Ich kann zu Ihrem Glück nichts tun.«

»Ihr eigenes Glück ist zerstört; es ist eine Lüge, sage ich Ihnen.«

»Verlassen Sie bitte mein Haus.«

»Sie könnten mir helfen, wenn Sie wollten.«

»Verlassen Sie bitte mein Haus.«

»Sie hat nicht viel gesagt. Sie war voller Haß und Verzweiflung. Ich habe sie gebeten zu gehen. Sie gab mir das Gedicht – als Beweis – und verlangte es zurück. Ich habe zu ihr gesagt, sie solle sich schämen zu stehlen.«

»Ich weiß nicht, was ich sagen soll, Ellen. Ich erwarte nicht, sie – Miss LaMotte wiederzusehen. Wir waren übereingekommen, daß – daß dieser Sommer das Ende – das Ende sein würde. Und selbst wenn es anders wäre – sie ist verschwunden, sie ist fortgegangen –«

Sie hatte den Schmerz in seinen Worten gehört, hatte es bemerkt und nichts gesagt.

»Ich kann es nicht erklären, Ellen, aber ich kann dir sagen –«

»Nicht weiter. Nicht weiter. Wir wollen nie wieder darüber sprechen.«

»Du mußt zornig sein – betrübt –«

»Ich weiß es nicht. Nicht zornig, nein. Ich will nichts weiter davon wissen. Laß uns nie wieder davon sprechen. Randolph – es hat nicht *mit uns* zu tun.«

Hatte sie recht oder unrecht getan? Sie hatte getan, was ihrer Natur entsprach, die zutiefst geprägt war von dem Wunsch, nichts zu wissen, zu schweigen, auszuweichen, wie sie in Momenten der Strenge zu sich selbst sagte.

Sie hatte nie seine Briefe gelesen, das heißt, sie hatte nie aus müßiger oder zielgerichteter Neugier in seinen Papieren gestöbert, sie auch nie sortiert oder klassifiziert. Sie hatte Briefe für ihn beantwortet, Briefe von Lesern, Bewunderern, Übersetzern, von liebenden Frauen, die ihm nie begegnet waren.

Eines Tages während jenes letzten Monats war sie hinaufgegangen, mit den zwei Briefen in der Tasche, dem geöffneten und dem ungeöffneten, und hatte in seinem Schreibtisch nachgesehen. Es hatte sie mit einer abergläubischen, körperlich spürbaren Furcht erfüllt. Tagsüber herrschte in seinem Arbeitszimmer ein kaltes Licht, das aus einem Oberlicht hereinfiel, aus welchem man nun Sterne und eine zerfließende, rauchige Wolke sah, das an jenem Tag aber hellen und blauen Himmel gezeigt hatte.

So viele Gedichtentwürfe. So viele Haufen der Enden von Blättern. Sie verdrängte den Gedanken, daß sie für all das die Verantwortung tragen würde. Nicht jetzt. Noch nicht.

Als sie den unbeendeten Brief fand, war es, als wäre sie geleitet worden. Er steckte am Ende einer Schublade voller Rechnungen und Einladungen, und es hätte eigentlich Stunden dauern müssen, ihn zu finden, nicht die wenigen Minuten, die es gebraucht hatte.

Meine Teure,

jedes Jahr schreibe ich um Allerseelen, weil ich es muß, obwohl ich weiß – fast hätte ich gesagt, obwohl ich weiß, daß Du nicht antworten wirst, obwohl ich dergleichen mit Gewißheit nicht sagen kann; *ich muß hoffen*, hoffen, daß die Erinnerung oder das Vergessen – dies ist ganz einerlei – es Dir erlauben wird, mir zu schreiben, mich ein wenig aufzuklären, das düstere Gewicht zu mindern, welches auf mir lastet.

Dein Verzeihen erbitte ich ohne Umschweife für das, dessen mich sowohl Dein Schweigen, Dein verstocktes Schweigen, als auch mein eigenes Gewissen anklagt. Ich bitte Dich, mir zu verzeihen, daß ich überstürzt nach Kernemet geeilt kam, auf den vagen Verdacht hin, Du könntest Dich dort aufhalten, und ohne mich Deiner Erlaubnis zu diesem Schritt zu vergewissern. Vor allem jedoch bitte ich Dich um Verzeihung für die abscheuliche Falschheit, mittels welcher ich mir nach meiner Rückkehr das Vertrauen Mrs. Lees' erschlich und Dich mit so schrecklichen Folgen erschreckte. Du hast mich dafür bestraft, jeden Tag werde ich dafür bestraft, wie Du weißt.

Hast Du aber jemals den Seelenzustand erwogen, welcher mich zu diesen Handlungen antrieb? Dein Tun klagt mich auch meiner Liebe zu Dir an, als wäre sie nichts als brutaler Zwang, als wäre ich ein herzloser Verführer aus einem seichten Roman, vor dem Du fliehen mußtest, entehrt und zugrunde gerichtet. Befragst Du aber Deine Erinnerung redlich – wenn Du es kannst –, wirst Du wissen, daß es *so* nicht war – bedenke, was wir gemeinsam taten, und sage mir, wo war die Grausamkeit, wo die Gewaltsamkeit, wo, Christabel, ließ ich es Dir als Frau und als verstandbegabtem Wesen gegenüber an Liebe und an Achtung mangeln? Daß wir nach jenem Sommer nicht länger ehrenhaft als Liebende Verkehr pflegen konnten, dies, so dünkt mir, wußten wir beide – doch war dies ein Grund, so jäh zwischen einem und dem nächsten Tag eine dunkle Decke herabzulassen, nein, einen stählernen Vorhang? *Damals* liebte ich Dich von ganzem Herzen; ich kann nicht sagen, daß ich Dich jetzt liebte, denn solches wäre in der Tat allzu *romantisch*, ist es doch im besten Falle eine schwache Hoffnung – auf die Psychologie verstehen wir uns beide ausgezeichnet – und Du weißt, daß die Liebe, erhält sie nicht Luft zum Atmen, wird sie absichtlich vernachlässigt und mißachtet, erlischt wie eine Kerze in Humphry Davys Wetterlampe.

Dennoch

Und hätten ihn auch alle aufgegeben,
Vermögst du doch zu leihn ihm ewig Leben.

Und vielleicht sage ich das nur aus Vergnügen am gelungenen Zitat. Darüber hättest Du gelächelt. Ach, Christabel, Christabel, ich ringe mir diese sorgsam gedrechselten Sätze ab, die mit Bedacht geprüft sein wollen, und denke daran, daß wir die Gedanken des anderen zu hören pflegten, schnell, so schnell, daß es nicht nötig war, Sätze zu beenden –

Eines aber *muß ich wissen*, und Du weißt, was es ist. Ich sage: Ich muß wissen, und es klingt fordernd, doch ich bin in Deiner Hand und muß Dich demütig bitten, es mir zu sagen. Was geschah mit meinem Kind? Lebte es? Wie kann ich solches fragen, der ich nichts weiß? Wie soll ich nicht fragen, da ich nichts weiß? Ich sprach sehr lange mit Deiner Cousine Sabine, die mir sagte, was in Kernemet alle wußten – den Sachverhalt –, doch hatte niemand Gewißheit über das, was geschah –

Du weißt, daß ich aus Liebe, Sorge, ja Besorgnis in die Bretagne kam, ich sorgte mich um Dich, um Dein Wohlergehen – ich wollte für Dich sorgen, alles *ins Lot* bringen, soweit dies möglich war. Warum flohst Du vor mir? War Stolz Dein Beweggrund, Furcht, Unabhängigkeit, plötzlicher Haß angesichts der ungerechten Verteilung der Schicksale von Männern und Frauen?

Und dennoch steht einem Mann, der weiß, daß er ein Kind hat oder hatte, mehr aber nicht weiß, ein wenig Mitleid zu.

Wie kann ich es sagen? *Was immer dem Kind widerfuhr*, ich versichere es, *was immer es sein mag*, werde ich verstehen, wenn ich es nur wissen darf, denn das Schlimmste habe ich mir bereits vorgestellt, ich habe es hinter mir, wenn man so will –

Du siehst, ich vermag es nicht zu schreiben, und deshalb kann ich Dir diese Briefe nicht schicken, und zu guter Letzt schreibe ich andere, vorsichtigere, behutsamere Briefe, die Du nicht beantwortest, mein teurer Dämon, meine Peinigerin ... Du weist mich ab.

Wie kann ich je den furchtbaren Satz vergessen, der bei der gespenstischen Geisterbeschwörung erklang?

»Du hast eine Mörderin aus mir gemacht«, wurde gesagt, ich war schuldig gesprochen, und diese Worte können nicht vergessen werden; ich höre sie jeden Tag.

»Es gibt kein Kind«, erklang es aus dem Mund der albernen Person, unter tiefem Stöhnen – wie soll ich wissen, in welcher Mixtur aus Verschlagenheit, ungewollter Erregung, echter Telepathie? Ich sage Dir, Christabel – Dir, die Du diesen Brief nie lesen wirst, diesen wie so viele andere, denn die Grenzen einer möglichen Verständigung sind lange schon überschritten –, ich sage Dir, daß Abscheu und Angst und Verantwortung und die Schwindel und Schmerzen der Liebe, die sich um mein Herz wanden, beinahe allen Ernstes einen Mörder aus mir gemacht hätten –

Sie ergriff den Brief behutsam an einer Ecke, als wäre er ein gefährliches erstarrtes Geschöpf, eine Wespe oder ein Skorpion. Sie machte ein kleines Feuer in Randolphs Kamin und verbrannte den Brief zu schwarzen Aschenflocken, die sie mit dem Schürhaken umwendete. Sie nahm den versiegelten Brief aus der Tasche und überlegte, ob sie auch ihn verbrennen sollte, doch sie ließ das Feuer ersterben. Sie bezweifelte nicht, daß weder er noch sie gewollt hätten, daß der Brief erhalten blieb – gewiß auch Christabel LaMotte nicht, die der Brief anklagte – was getan zu haben? Es war besser, nicht darüber nachzudenken.

Sie machte sich ein Feuer, um sich zu wärmen, und kauerte in ihrem Hausmantel davor, während sie darauf wartete, daß die Flammen Holz und Kohle ergriffen und daß Wärme aufstieg.

Mein Leben, dachte sie, war um eine Lüge herum errichtet, ein Gebäude, das eine Lüge beherbergte.

Sie hatte immer hartnäckig, ja störrisch daran geglaubt, daß ihr unerbittliches Beharren darauf, sich selbst gegenüber wahrhaftig zu sein, ihre Umwege, ihr ständiges Ausweichen, all das, was sie bisweilen ihre *Scharaden* nannte, aufwog, neutralisierte, wenn nicht gar rechtfertigte.

Randolph hatte sich daran beteiligt. Sie wußte nicht, wie er die Geschichte ihrer beider Leben sah. Darüber sprachen sie nicht.

Aber wenn sie die Wahrheit nicht *erkannte* und gelegentlich betrachtete, dann, so schien es ihr, stünde sie auf abschüssigem Boden und würde unweigerlich in einen Abgrund gleiten.

Ihre Vorstellung von der unausgesprochenen Wahrheit der Dinge schien ihr in einer besonders schönen Passage von Sir Charles Lyells *Geologie* ausgedrückt, die sie eines Abends Randolph vorgelesen hatte; ihn hatte die Stelle unmittelbar vor dieser interessiert, die die Theorie von der plutonischen Entstehung des Felsgesteins behandelt.

Sie hatte sich die Passage abgeschrieben.

Die vollkommene Andersartigkeit kristalliner Formationen wie Granit, Hornblendeschiefer und alle übrigen gegenüber jeglicher Substanz, deren Ursprünge uns vertraut sind, erlaubt somit, sie als Folgen von Ursachen zu betrachten, die in unterirdischen Gebieten zur Stunde wirksam sind. Sie gehören nicht zu einer vergangenen Ordnung, sie sind nicht Denkmäler einer früheren Zeit, die in veralteten Buchstaben die Worte und Sätze einer toten Sprache tragen, die lehren uns vielmehr jenen Teil der lebendigen Sprache der Natur, welchen wir durch unseren alltäglichen Verkehr mit dem, was sich auf der bewohnbaren Erdoberfläche bewegt, nicht zu lernen verstünden.

Ellen gefiel der Gedanke der harten, kristallinen Dinge, die unterhalb der »bewohnbaren Erdoberfläche« in Feuerglut entstanden und die nicht »Denkmäler einer früheren Zeit« waren, sondern »Teil der lebendigen Sprache der Natur«.

Ich bin keine gewöhnliche oder hysterische Selbstbetrügerin, sagte sie sich in etwa. Ich halte dem Feuer und den Kristallen die Treue, ich behaupte nicht, es gebe nur die bewohnbare Erdoberfläche, und somit bin ich keine zerstörende Kraft und bin nicht in die Dunkelheit hinausgeschleudert.

Flammen züngelten auf. Sie dachte an ihre Hochzeitsreise, wie sie es von Zeit zu Zeit bewußt tat.

Sie erinnerte sich nicht in Worten. Es gab keine Worte in diesem Zusammenhang, und das machte einen Teil des Grauens aus. Sie hatte niemals zu irgend jemandem darüber gesprochen, auch nicht zu Randolph, ganz besonders nicht zu Randolph.

Sie erinnerte sich in Bildern. Ein Fenster, im Süden, behangen mit Weinlaub und Kletterpflanzen, vor dem die heiße Sonne verglomm.

Das Nachthemd aus weißem Batist, das für diese Nächte mit weißen Liebesknoten und Vergißmeinnicht und Rosen bestickt worden war.

Ein dünnes, weißes, zitterndes Geschöpf – sie.

Der nackte Mann – ein kompliziertes Ganzes, behaart und vor Nässe glänzend, dem Ochsen und dem Delphin verwandt, mit einem wilden, überwältigenden Geruch.

Eine große Hand, vertrauensvoll ausgestreckt, nicht einmal, sondern immer wieder weggestoßen, zurückgestoßen, weggestoßen.

Ein gehetztes Geschöpf, das sich zitternd in eine Zimmerecke kauerte, mit klappernden Zähnen, verkrampften Venen, mit flachem, unregelmäßigem Atem. Sie.

Ein Aufschub, großzügig gewährt, Gläser goldenen Weins, Tage paradiesischer Picknicks, eine lachende Frau in hellblauen Popelinröcken auf einem Felsen, ein gutaussehender Mann mit Backenbart, der sie herabhob und Petrarca zitierte.

Ein Versuch. Eine Hand, die nicht weggestoßen wurde. Sehnen wie aus Stahl, schmerzende Zähne, so fest zusammengepreßt.

Die Annäherung, der verschlossene Eingang, die panische Angst, das Wimmern, die Flucht.

Nicht einmal, sondern wieder und wieder und wieder.

Wann begann er zu ahnen, daß es keinen Sinn hatte, mochte er noch so sanft sein, noch so geduldig, daß es nie einen Sinn haben würde?

Sie erinnerte sich nicht gern an sein Gesicht in jenen Tagen, aber sie tat es um der Wahrhaftigkeit willen – die Verwirrung in seinen Zügen, der fragende und zärtliche Blick, die Güte des Gesichts, das sich brutal wähnte, das sie von sich stieß.

Der Eifer, die Ergebenheit, die furchtbare Liebe, mit der sie seine Abstinenz gutzumachen bestrebt war, die tausend kleinen Annehmlichkeiten, die sie ihm bereitete. Sie wurde zu seiner Sklavin, die vor jedem Wort zitterte. *Er hatte ihre Liebe angenommen.*

Sie hatte ihn dafür geliebt.
Er hatte sie geliebt.

Sie wendete Christabels Brief in ihrer Hand.

Sie heulte auf. »Wie soll ich sein ohne dich?« Sie hielt sich die Hand vor den Mund. Kamen erst die anderen, blieb ihr keine Zeit mehr zum Nachdenken. Sie hatte sie angelogen, hatte ihre Schwestern angelogen, gelogen mit ihren verschämten Versicherungen, daß sie unendlich glücklich seien und das Schicksal ihnen nur keine Kinder gönne ...

Jene andere Frau war in gewisser Weise seine wahre Frau, die Mutter seines Kindes, wie es schien, zumindest für kurze Zeit.

Sie wußte, daß sie nicht wissen wollte, was in dem Brief stand. Auch dem empfahl es sich auszuweichen. Nichts davon wissen, nicht darüber sprechen, so daß es kein sinnloses Folterinstrument ist, wie es sonst erscheinen müßte, wie der Inhalt auch beschaffen sein mochte.

Sie nahm die schwarze lackierte Kassette, die sein Behältnis für Präparate gewesen war, und legte den Brief in das Futteral aus geölter Seide, das sich in der Glasverkleidung befand. Sie fügte das Armband aus ihrer beider Haar hinzu – im Weiß des Alters war das Haar vereint – und rollte den langen, dicken Faden – mehr war es nicht – blonden Haars aus seiner Uhr zusammen und tat ihn dazu. Sie legte ihre zusammengeschnürten Liebesbriefe hinein.

Ein junges Mädchen von vierundzwanzig Jahren sollte nicht auf die Ehe warten müssen, bis es sechsunddreißig und seine Blüte längst vergangen ist.

Sie erinnerte sich daran, daß sie sich damals im Pfarrhaus einmal nackt in einem Drehspiegel gesehen hatte. Sie war höchstens achtzehn Jahre alt gewesen. Kleine, hohe Brüste mit warmen, braunen Kreisen. Haut wie warmes Elfenbein, langes, seidiges Haar. Eine Prinzessin.

Liebste Ellen,

Dein Bild, wie Du im weißen Kleid zwischen den rosigen Teetassen saßest, und all die Gartenblumen – Stockrosen, Rittersporn, Akelei –, die karmesinrot, tiefblau und purpurn hinter Dir leuchteten und Deine entzückende Weißheit noch verstärkten – dieses Bild will mir nicht aus dem Kopf gehen, und warum sollte es das auch, ist es doch mein innigster Wunsch, *gänzlich* erfüllt zu sein vom reinen Gedenken Deiner. Und Du lächeltest, unter Deinem weißen Hut mit den Bändern von zartestem Rosa lächeltest Du mich heute so freundlich an, und ich entsinne mich jeder einzelnen kleinen Schleife, jeder zarten Kräuselung, so daß es wahrlich eine Schande ist, daß ich kein Maler bin, sondern nur ein aufstrebender Dichter, denn sonst könnte ich Dir *zeigen*, wie lieb und wert mir jede kleine Einzelheit ist.

Und lieb und wert halten will ich die Blumen, die Du mir gabst und die nun, da ich Dir schreibe, in einer Vase aus durchsichtigem blauen Glas vor mir stehen – bis zum Tode, dem ihren, nicht dem meinen, welcher noch Jahrhunderte entfernt liegt, denn ich werde sehr lange leben müssen, um Dich lieben und ehren zu können, und dieselbe Lebensspanne muß ich – zu meinem Bedauern proleptisch – damit zubringen, auf das Recht zu warten, dies zu tun. Die weißen Rosen sind mir am liebsten von allen – die Knospen sind noch nicht geöffnet –, und ich verfüge über Dekaden *ihrer* Zeit, das heißt wenigstens Tage meiner eigenen längeren und ungeduldigen Zeitdauer, mich an ihnen zu erfreuen. Wie Du weißt, ist ihre Farbe nicht leicht zu bestimmen, obwohl es den Anschein hat. Sie enthält das Weiß des Schnees und das der Sahne und das des Elfenbeins, welche sich voneinander merklich unterscheiden. Und innen sind die Blüten recht eigentlich *grün* – das Grün der Frische, der Hoffnung, jenes köstliche, kühle vegetabile Blut, welches ein wenig errötet, wenn die Blüten sich öffnen. (Wußtest Du, daß die alten Meister das Elfenbein zarter Haut bewirkten, indem sie auf eine *grüne* Grundierung malten – es ist dies ein merkwürdiges und fesselndes Paradoxon des Optischen.)

Ich halte sie vor mein Gesicht und bewundere sie. Sie duften ganz zart, mit einer Andeutung späterer Fülle. Ich stecke meine neugierige Nase zwischen sie – ohne ihre feinen Blütenblätter zu zerstören – ich kann geduldig sein – jeden Tag werden sie sich etwas weiter entfalten – und eines Tages werde ich mein Gesicht in ihrer weißen Wärme begraben können. Hast Du als Kind je mit den großen Blüten des Mohns gespielt? Wir taten es, wir falteten den Blütenkelch und die festgepreßten seidenen Röcke einen nach dem anderen zurück – zerknittert –, und die arme prunkende, scharlachrote Pflanze ließ den Kopf hängen, welkte und starb – solches Spähen überlassen wir am besten der Natur und ihrer heißen Sonne, welche die Blüten bald genug öffnen wird.

Heute habe ich 70 Zeilen geschrieben, eingedenk Deiner Ermahnungen, fleißig zu sein und nicht den Zerstreuungen nachzugeben. Ich schreibe über Baldurs Scheiterhaufen – und über seine Frau, über Nannas Klage um ihn – und über Hermodurs tapfere und fruchtlose Fahrt in die Unterwelt, um die Göttin Hel zu bitten, ihn freizulassen – all das ist *äußerst* fesselnd, liebe Ellen, denn es legt Zeugnis ab davon, wie der menschliche Geist sich eine menschliche Geschichte eindenkt und erfindet, um sich die großen und schönen und schrecklichen *Beschränkungen* allen Seins zu erklären – das Aufgehen und Untergehen der goldenen Sonne, die Herankunft der Blüten (Nanna) im Frühling – ihr Verbleichen im Winter – das Sträuben der Dunkelheit (die Hexe Thöck, die nicht um Baldur trauern wollte, da er ihr, wie sie sagte, von keinerlei Nutzen war, ob lebend oder tot). Und ist dies nicht ein Thema für die große Dichtung unserer Zeit – nicht weniger, als es das für die mythischen Spekulationen unserer Vorfahren war?

Aber lieber befände ich mich in einem gewissen Garten – in einem gewissen Pfarrhaus – neben einer gewissen – o ja, einer ganz *gewissen* – weißgekleideten jungen Dame, die so ernst dreinblickt und unvermutet so bezaubernd lächelt . . .

Sie las nicht weiter. Mochten sie ihn begleiten. Und dort auf sie warten.

Sie überlegte, ob sie die Jettbrosche, die er ihr aus Whitby geschickt hatte, in die Kassette legen sollte, und entschied sich dagegen. Sie würde sie am Kragen tragen, wenn sie alle nach Hodershall hinausfuhren.

Sie legte Kohlen und Holzscheite nach und entfachte ein kleines, loderndes Feuer, in dessen Schein sie die sorgfältig zensierte, sorgfältig *geklärte* (eine Metapher aus dem Bereich des Kochens)

Wahrheit ihres Tagebuchs fertigte. Später würde sie entscheiden, was sie damit anfangen wollte. Es war beides – ein Schutz vor Vampiren und Aasfressern und ein Köder für sie.

Und warum verbarg sie die Briefe so umsichtig in ihrem versiegelten Schrein? Konnte sie sie dort lesen, wo sie einst sein würde, konnte er es? Dieses letzte Heim war kein Heim; warum sie also nicht den Wesen überlassen, die sich durch den Lehm fraßen, den Würmern, die mit unsichtbaren Mäulern kauten und reinigten und vernichteten?

Ich will, daß ihnen eine gewisse *Dauer* beschieden ist, sagte sie sich. Eine Annäherung an die Ewigkeit.

Und wenn die Vampire sie ausgraben?

Dann wird *ihr* vielleicht Gerechtigkeit zuteil, wenn ich es nicht mehr erleben muß.

Sie dachte: Eines Tages, nicht jetzt, noch nicht, werde ich die Feder aufs Papier setzen und ihr schreiben, um ihr zu sagen – ja, was?

Um ihr zu sagen, daß er in Frieden starb.

Es ihr zu sagen?

Und die kristallinen Formationen, Granit, Hornblendeschiefer, verhießen undeutlich, daß sie nicht schreiben würde, daß der proteische Brief sich in ihrem Kopf um- und umschreiben würde, bis es endlich zu spät wäre, zu spät, um zu schreiben, zu spät. Die andere konnte sterben, sie selbst konnte sterben; beide waren sie alt und bewegten sich dem Grab zu.

Am Morgen würde sie ihre schwarzen Handschuhe anziehen, die schwarze Kassette und einen Strauß der geruchlosen weißen Treibhausrosen nehmen, die über das ganze Haus verteilt waren, und sich seinem letzten, blinden Weg anschließen.

Ich bin in Ihrer Hand.

SECHSUNDZWANZIGSTES KAPITEL

Da Rätsel heutgentags die Sitte sind,
Will ich dir eins erzählen, liebes Kind.

Ein Ort ist's, den ein jeder Dichter findt,
Suchend die einen, andre ahnungslos,
Die einen nach bestandnem Kampf, im Schlaf
Die anderen, im Traum den Weg findend,
Diese durch Labyrinthe mühend sich,
Jene von Todesfurcht beseelt, von Lebenslust,
Und manche, die Arkadien geschaut...

Alles ist da. Der Garten und der Baum,
An seinem Fuß die Schlange, goldne Frucht,
Im Schatten des Gezweigs die Frau,
Der Wasserlauf, der Rasenfleck.
All das, es ist und war. Am Rand der alten Welt,
Im Hain der Hesperiden schimmerte
Golden die Frucht am ewigen Zweig
Und kräuselt' sich dem Drachen Ladon der juwelenprächtige
Kamm,
Scharrt' er mit goldener Klaue, bleckt' den silbernen Zahn,
Und schlummerte und wartete Äonen lang,
Bis Herakles, der listenreiche Held,
Ihn zu berauben, zu bestehlen kam.

Doch anderswo, im Norden weiß und wüst,
In festgefrornen Eises kaltem Glanz,
Wo Zacken glasig scharf wehren den Weg,
Verborgen den Dämonen von Nebel und Frost,
Lag hinter Mauern Freyjas grünes Reich,
Ihr Garten, in dem immer Sommer war
Und wo den Asen der Genuß jener
Besondren Äpfel die Unsterblichkeit,
Ewige Jugend und ewige Kraft verlieh.
Nicht weit davon die Weltenesche sich erhob,

Die ihre Wurzeln in die Höhle streckt',
Wo Nidhögg, schwarze Schlang', an ihnen nagt',
Wurzeln des Lebens, die sich stets erneuerten.
Dort waren auch das Wasser und das Gras,
Die Quelle Urdhar, wo sich alles mischt',
Vergangenheit und Zukunft, jede Farb'
Mit jeder Farb' und mit Farblosigkeit,
Das Wasser still war und bewegt zugleich.

Sind diese Orte Schatten eines Orts?
Die Bäume Schatten eines Baums, entstammt
Das Tier des Mythos menschlichem Gehirn
Oder den Ur-Zeiten, da Eidechsen
So groß wie Wale waren und ihr Schritt
Auf einer Erd' ertönt', die noch kein Mensch betrat,
Im jungfräulichen Urwald jener Zeit...
War es ein Fürst der Finsternis, den wir entthront?
Oder war's unser Geist, der ihn erfand,
Als Namen für uns selbst, für unser Falsch,
Für unsern Ingrimm, unsren Griff voll Gier
Nach Leben, für unsren verletzten Stolz?

Die ersten Menschen gaben diesem Ort
Den Namen, und sie nannten Welt die Welt.
Sie schufen Worte, sagten: Garten, Baum,
Drachen und Schlange, Frau und Gras und Gold
Und Äpfel. Namen schufen sie und Poesie.
Die Dinge *waren*, was durch Namen sie
Geworden. Und sodann vermischten sie
Die Namen, und so schufen sie ein Bild
Oder sichtbare Wahrheit – Goldäpfel.
Die goldnen Äpfel brachten wiederum
Das Wasser silbrig und die Schuppen, die
Wie Borsten ragen von dem Schlangenleib,
Die grünen Blätter an den Zweigen, sanft gebeugt
(Gewunden gar), die denken lassen an
Die anmutigen Gesten eines Frauenarms,
Der Frauen Arme, sanft gebeugt, gewunden gar,

Und aus den Zweigen wob der Wald den Zaun
Ums grüne Gras und um den heilgen Hain,
Wo goldne Früchte, kleinen Sonnen gleich,
In ihren Blätterhöhlen schimmerten,
Und spätere Geschlechter sahen dann,
Wie alles unterschied sich mehr und mehr
Und gleichzeitig vermischt, verwoben war,
Und Teil des Ganzen. Und sie sahn das Band
Zwischen den Dingen und Bewegungen
Und sahn Geschichten folgen aufeinand,
Wo unterm Himmelszelt der Weltenbaum
Allein in einsamem Glanze einst stand.

Wir schaffen, was wir sehen, und sodann
Bevölkern wir's mit Wesen, die wir uns erdacht,
Mit Melusinen und Dryaden, Lamien,
Mit Drachen, feuerspeiend windend sich,
Geheimnis schaffen wir und Aufregung,
Hunger und Schmerz und Lust, Verhängnis auch.
Wir steigern und wir mindern, schmücken aus,
Vervielfachen das Laub, die Vogelschar –
Mit Paradiesvögeln schmückend den Zweig,
Den Fluß Blut führen lassend, eh er klar
Und rein wieder, oder der Edelstein'
Glitzernd Gesplitter, das er fortschwemmt, bis
Im Sand einzig des Wassers Spuren sind,
Wie es seit Anbeginn der Zeit schon war.

Ich seh' des Baumes Rinde grob und dick,
Knorrig und wulstig um den Stamm herum,
Du siehst den Baum als Silberpfeiler schlank.
In einem Labyrinth liegt unser Ort,
Wo Männer starben kraftlos im Gewirr,
In einer Wüste, wo der Tod eintritt
Durch Durst im Angesicht des kühlen Naß',
Das sein mag oder nicht, Luftspiegelung,
Fata Morgana, die wie Eis vergeht
In heißer Sonn', wie Schaum am Meeresstrand.

Alles ist wahr und nichts. Der Ort, er ist,
Ist, was wir ihn genannt, und nicht. *Er ist.*

Randolph Henry Ash: *Der Garten der Proserpina*

Als Roland die Treppe zum Souterrain betrat, beugte sich eine unförmige Frau in einer Kittelschürze über das Geländer.

»Da is' niemand mehr.«

»Ich wohne dort.«

»Ach nee – und wo war'n Se, als se hier wechkam nach zwei Tagen Martirium, wo se vor'm Briefkasten auf'm Boden lach, zu schwach, für um Hilfe zu rufen? Ich hab' die Milchflaschen vore Tür gesehn und die Nothilfe geholt. Jetzt isse im Krankenhaus, Queen Mary's.«

»Ich war bei Freunden in Lincoln. Sprechen Sie von Mrs. Irving?«

»Ja. Schlachanfall. Hüftfraktur. Sacht der Notarzt. Hoffentlich hamse Ihnen den Strom nich abgestellt.«

»Ich bin nur –« setzte Roland an, doch das Mißtrauen, das jedem Londoner zur zweiten Natur wird, und der Gedanke an herumlungernde Einbrecher ließen ihn verstummen. »Ich bin nur hier, bis ich eine andere Wohnung finde«, sagte er vorsichtig.

»Passen Se auf vor die Katzen.«

»Katzen?«

»Als se se wechgebracht ham, sind se fauchend und zischend auffe Straße gewetzt, und jetzt machen se die Abfalleimer unsicher. Unappetitlich. Ich hab'n Tierschutzverein angerufen. Die sollen se einschläfern. Aber bis da einer kommt ... Im Haus drin sind keine mehr. Die sind raus wie Ungeziefer, wenn man Licht anmacht. Mehr wie'n Dutzend.«

»Du lieber Himmel.«

»Riechen Se se denn nich?«

In der Tat. Es war der altvertraute Geruch, verkommen, säuerlich, aber in ungewohnter Intensität.

In der Wohnung war es dunkel wie immer. Er schaltete das Licht im Flur an und sah, daß er auf einem Haufen ungeöffneter Briefe stand, die schlaff und feucht dalagen und in der Mehrzahl an ihn adressiert waren. Er hob sie auf und ging durch die Wohnung, um überall Licht anzumachen. Der Abend brach herein; das Licht in den Fenstern zum Hof war dunkelblau. Draußen miaute eine Katze, und eine andere stieß weiter entfernt einen Schrei aus.

Er sagte laut: »Hör das Schweigen.« Das Schweigen sammelte sich so dicht um seine Stimme, daß er sich schließlich fragte, ob er wirklich etwas gesagt hatte.

Im beleuchteten Flur fiel ihm das Manet-Porträt ins Auge, der festumrissene Kopf, das wache, aufmerksame Gesicht, das an ihm vorbei in die Ferne sah mit seinem unveränderlich gesetzten und neugierigen Blick. Die Flurbeleuchtung ließ die photographierten gemalten Lichter in der durchsichtigen Dichte der Kristallkugel aufschimmern. Sie illuminierte die Spuren und Andeutungen reflektierten Lichts auf den Glasbehältnissen der Farne und der Meereslandschaft hinter Ashs Kopf. Manet dürfte nahe an ihn herangetreten sein und das Licht gesehen haben, das den nun seit langem toten Augen ihr Leben verlieh.

Gegenüber ragte auf dem Photo des Gemäldes von G. F. Watts Ashs Kopf silberhaarig vom nur als Schatten angedeuteten Körper empor, aus der drapierten Leere des skizzierten Gehrocks, und starrte möglicherweise prophetisch, schön gewiß, wach und streng wie ein antiker Falke sein solides und sinnliches Gegenstück an.

Die Porträts zeigten erkennbar denselben Mann, und doch waren sie völlig verschieden, um Jahre und um Sichtweisen voneinander entfernt. Und doch erkennbar derselbe Mann.

Roland hatte sie als Teil von sich betrachtet. In welchem Ausmaß sie es für ihn gewesen waren, begriff er erst jetzt, da er sie als etwas außerhalb seiner, als etwas eigenes sehen konnte; kein Winkel, kein Knochen, kein Fleckchen erkennbaren weißen Lichts stammte von ihm, hatte mit ihm zu tun.

Er machte den Ofen im Flur an und die Gasheizung im Wohnzimmer und setzte sich auf das Bett, um seine Briefe zu lesen. Einer war von Blackadder, und er legte ihn sofort zuunterst in den Haufen. Es gab ein paar Rechnungen und Postkarten von Freunden, die Urlaub machten. Und es gab Briefe, bei denen es sich um Antworten auf seine letzte Routinebewerbung zu handeln schien. Sie trugen exotische Briefmarken. Hongkong, Amsterdam, Barcelona.

Lieber Dr. Michell,

ich freue mich, Ihnen mitteilen zu können, daß die Universität von Hongkong Ihnen eine Anstellung als Lektor im Fachbereich Englisch anbieten kann. Die Anstellung ist fürs erste auf eine Zeitdauer von zwei Jahren begrenzt, woraufhin eine Nachprüfung erfolgen wird...

Das Gehalt beträgt...

Es würde mich sehr freuen, wenn Sie unser Angebot annehmen könnten. Darf ich Ihnen in diesem Zusammenhang sagen, wie sehr mich Ihre Arbeit »Zeile um Zeile« über R. H. Ash begeistert hat, die Sie Ihrer Bewerbung beigelegt hatten? Ich hoffe, daß sich die Möglichkeit ergeben wird, mit Ihnen darüber zu diskutieren.

Für eine baldige Antwort wären wir dankbar, da uns zahlreiche Bewerbungen für diese Stelle vorliegen. Wir haben versucht, Sie telephonisch zu erreichen, aber ohne Erfolg.

Lieber Dr. Michell,

wir freuen uns, Ihnen mitteilen zu können, daß Ihre Bewerbung um eine Assistentenstelle an der Freien Universität von Amsterdam erfolgreich war. Die Beschäftigung beginnt im Oktober 1988, und wir erwarten von Ihnen, daß Sie innerhalb von zwei Jahren nach Antritt Ihrer Tätigkeit Holländisch lernen werden; Ihre Lehrtätigkeit wird jedoch hauptsächlich auf englisch abgehalten werden.

Eine umgehende Antwort wäre erwünscht. Professor de Groot bittet mich außerdem, Ihnen zu sagen, daß er Ihre Arbeit »Zeile um Zeile« über R. H. Ash sehr schätzt...

Lieber Dr. Michell,

mit großer Freude schreibe ich Ihnen, um Ihnen mitzuteilen, daß Ihre Bewerbung als Lektor an der Autonomen Universität von Barcelona erfolgreich war und daß wir Ihnen diese Stelle ab Januar 1988 anbieten können. Es ist uns ein besonderes Anliegen, die Vorlesungen und Kurse über die Literatur des 19. Jahrhunderts zu vertiefen, und Ihre Arbeit über R. H. Ash hat uns sehr beeindruckt...

Roland war so sehr an das durchdringende Bewußtsein der eigenen Erfolglosigkeit gewöhnt, daß er auf den unerwarteten Blutandrang des Erfolgs nicht vorbereitet war. Sein Atem stockte. Der schäbige, enge Raum verbog sich vor seinen Augen plötzlich, wurde wieder wie zuvor, und Roland sah ihn wie aus der Ferne, als Gegenstand des Interesses, nicht als erstickendes Gefängnis. Er las die Briefe ein zweites Mal. Die Welt öffnete sich vor ihm. Er dachte an Flugzeuge und eine Kajüte auf der Fähre von Harwich nach Hook van Holland, an den Schlafwagen von der Gare d'Austerlitz nach Madrid. Er dachte an Kanäle und an Rembrandt, an mediterrane Orangen, an Gaudí und Picasso, an Dschunken und Wolkenkratzer, an einen kurzen Blick auf das verborgene China und an die Sonne über dem Pazifik. Er dachte mit einem Schauer der Erregung, mit der er seinen Text entworfen hatte, an »Zeile um Zeile«. Die mißmutige Selbstverachtung, die Mauds theoretische Sicherheit und ihre Selbstgewißheit in ihm bewirkt hatten, löste sich auf wie Nebel. Drei Professoren hatten seinen Text explizit bewundert. Wie wahr, daß man den Blick anderer benötigte, um sich der eigenen Existenz gewiß zu sein. Nichts an dem, was er geschrieben hatte, hatte sich verändert, und doch hatte sich alles verändert. Bevor ihn der neue Mut verließ, öffnete er schnell Blackadders Brief.

Lieber Roland,

es stimmt mich etwas besorgt, daß ich so lange nichts von Ihnen gehört habe. Ich hoffe, Sie werden sich in absehbarer Zeit in der Lage sehen, mir von dem Briefwechsel zwischen Ash und LaMotte zu berichten. Vielleicht interessiert es Sie zu erfahren, welche Schritte ergriffen wurden, um ihn »der Nation« zu erhalten. Vielleicht nicht; Ihr Vorgehen in dieser Sache ist mir schwer verständlich.

Ich schreibe Ihnen nicht deshalb und auch nicht wegen Ihres unentschuldigten Fernbleibens von der British Library, sondern weil die Professoren de Groot aus Amsterdam, Liu aus Hongkong und Valverde aus Barcelona mich dringend angerufen haben, weil sie Sie einstellen wollen. Diese Chancen sollten Sie wahrnehmen. Ich habe ihnen versichert, daß Sie sich melden werden, sobald Sie zurückkommen, und daß Sie frei sind. Aber ich muß über Ihre Pläne instruiert sein, um zu wissen, wie ich Ihre Interessen wahrnehmen soll.

Ich hoffe, Sie sind nicht krank. Ihr

James Blackadder

Nach einer kurzen Anwandlung pikierter Irritation, während der er den ganzen Brief in Blackadders sarkastischstem Schottisch hörte, wurde Roland bewußt, daß dieser Brief höchstwahrscheinlich ein sehr großmütiges Schreiben war – wesentlich freundlicher, als er es verdient hatte. Oder enthielt er einen verborgenen machiavellistischen Plan, Kontakt mit ihm aufzunehmen, um ihn dann zu massakrieren? Wohl kaum; der bedrohliche und repressive Dämon im Untergeschoß des Britischen Museums erschien ihm im neuen Licht zumindest teilweise als Elaborat seiner eigenen abhängigen Phantasie. Blackadder hatte über sein Schicksal zu entscheiden gehabt, und es hatte geschienen, als wolle er ihm nicht helfen. Und jetzt, da Roland frei sein konnte, engagierte er sich, um ihm zu dieser Freiheit zu verhelfen, nicht, um sie zu verhindern. Roland dachte über die ganze Entwicklung nach. Warum war er weggelaufen? Zum Teil wegen Maud – die Entdeckung war zur Hälfte ihre gewesen, und keiner von ihnen hätte sich einem Dritten anvertrauen können, ohne den anderen zu verraten. Er beschloß, nicht über Maud nachzudenken. Noch nicht, nicht hier, nicht in diesem Zusammenhang.

Er begann, unruhig auf- und abzugehen. Er überlegte, ob er Maud anrufen sollte, um ihr von den Briefen zu erzählen, und beschloß, es nicht zu tun. Er mußte allein sein und nachdenken.

Ihm fiel ein sonderbares Geräusch auf, ein Scharren oder Sägen, als versuchte jemand, in die Wohnung einzudringen. Es hörte auf und setzte wieder ein. Roland lauschte. Begleitet wurde das Scharren von einem unvertrauten, an- und abschwellenden Maunzen. Sein Erschrecken wich, als er begriff, daß es Katzen waren, die an der Matte vor seiner Wohnungstür kratzten. Im Garten erhob sich volltönendes Katzengeheul, das vom Hof aus erwidert wurde. Er fragte sich müßig, wie viele es sein mochten und was aus ihnen werden würde.

Er dachte über Randolph Henry Ash nach. Die Lektüre der Briefe hatte ihm Ashs Leben vertrauter gemacht und hatte ihn von Ash entfernt. In den Tagen seiner Unschuld war Roland Leser gewesen, nicht Verfolger; er hatte sich Mortimer Cropper überlegen und Ash in gewisser Weise gleich gewähnt, ihm zumindest verbunden, dem Dichter, der für ihn als den intelligenten Leser geschrieben hatte. Die Briefe aber hatte Ash weder für Roland noch sonstwen geschrieben, nur für Christabel LaMotte. Rolands Fund stellte sich als Verlust heraus. Er holte die Briefentwürfe aus ihrem Versteck, einem Ordner auf seinem Schreibtisch mit der Aufschrift *Notizen zu Äneis VI*, und las sie noch einmal.

»Seit unserer außergewöhnlichen Unterhaltung konnte ich an nichts anderes denken.«

»Seit unserer angenehmen und unerwarteten Unterhaltung mußte ich beständig daran zurückdenken.«

Er erinnerte sich an den Tag, als diese schwarzgeränderten Blätter aus R. H. Ashs Vico geflattert waren. Er erinnerte sich, daß er Vicos Proserpina gesucht hatte. Er erinnerte sich, daß er mit Ashs *Garten der Proserpina* beschäftigt gewesen war und versucht hatte herauszufinden, inwieweit Ashs Proserpina sich auf Vicos Proserpina-Ceres bezog. Er holte seinen Band der *Ausgewählten Werke* aus dem Regal, setzte sich an den Schreibtisch und las.

Der Schriftsteller kann für den Leser die ursprünglichen Genüsse des Essens, Trinkens, Betrachtens und der Sexualität erschaffen oder wenigstens wiedererschaffen. Jeder Roman enthält seine obligate *tour de force*, das goldene, grüngesprenkelte Omelett mit feinen Kräutern, das zu butteriger Formlosigkeit verschmilzt und nach Sommer schmeckt, oder die sahnefarbene menschliche Hüfte, deren Einbuchtung eine warme Höhle offenbart, gekraustes Haar, das verborgene Geschlecht. Aber er verbreitet sich für gewöhnlich nicht über den nicht weniger intensiven Genuß des Lesens. Dafür gibt es verschiedene naheliegende Gründe, deren naheliegendster die regressive Natur dieses Genusses ist, die an eine *mise en abîme* grenzt, denn die Wörter lenken die Aufmerksamkeit auf Macht und Schönheit von Wörtern, und so immer weiter *ad infinitum*, so daß sich der Phantasie ein Eindruck von papierner Trockenheit aufdrängt, von etwas Narzißtischem und gleichzeitig unangenehm Fernen, ganz anders, als es die Unmittelbarkeit sexueller Erregung oder der duftende Granatschimmer guten Burgunders ist. Und doch sind Menschen von Rolands Wesensart am wachsten und am ungestümsten, wenn das Lesen seine Macht über sie wirkt, eindringlich und gleichmäßig zugleich.

Dies ließe sich erwägen, wie Roland es erwog, als er zum vielleicht zwölften- oder sogar zwanzigstenmal den *Garten der Proserpina* las, ein Gedicht, das er in dem Sinne »kannte«, daß er alle Wörter dieses Textes bereits in seinem Gedächtnis abgerufen hatte, der Reihenfolge nach und ohne Reihenfolge, als Zitate und als entstellte Zitate – aber auch in dem Sinne, daß er die Wörter voraussagen oder gar aufsagen konnte, die als nächste folgen würden oder sich der Stelle, die sein Geist faßte, wie Vogelkrallen einen Ast fassen, eben erst undeutlich näherten. Dies ließe sich erwägen, und es ließe sich erwägen, daß der Schriftsteller allein schrieb und der Leser allein las, daß sie miteinander allein waren – ohne dabei zu leugnen, daß der Schriftsteller möglicherweise mit Spensers goldenen Äpfeln in der *Faerie Queene* allein war, mit Proserpinas Garten, der inmitten von Asche und Schlacken hell erstrahlte, daß er möglicherweise mit seinem geistigen Auge, seinem Augapfel, Primaveras goldene Frucht erblickte, das verlorene Paradies schaute, das jener Garten war, wo Eva an Pomona und Proserpina erinnerte. Er war allein und wieder nicht allein, als er schrieb, denn all diese Stimmen sangen zu ihm, sie sangen dieselben Wörter – goldene Äpfel –, und sie sangen an verschiedenen Orten verschiedene Wörter – ein irisches Schloß, eine unbekannte Hütte mit biegsamen Wänden und runden, blinden, grauen Augen.

Ein und derselbe Text erlaubt verschiedene Lektüren – ehrerbietige Lektüren, Lektüren, die nachzeichnen und sezieren, Lektüren, die das Rascheln unerhörter Töne vernehmen, und solche, die zum Vergnügen oder zur Belehrung triste kleine Pronomen zählen und eine Zeitlang nichts von golden oder von Äpfeln mitbekommen. Es gibt persönliche Lektüren, die sich persönliche Bedeutungen zusammenklauben: Liebe, Widerwillen, Angst, die den Leser beherrschen und ihn nach den entsprechenden Gefühlen suchen lassen. Und es gibt tatsächlich unpersönliche Lektüren, bei denen das geistige Auge die Zeilen verfolgt und das geistige Ohr sie singen hört.

Hin und wieder gibt es Lektüren, die dem Leser buchstäblich die Haare zu Berge stehen lassen, wo jedes einzelne Wort lodert und leuchtet – hart und klar, unendlich und unmißverständlich, wie feurige Steine, wie Sternenfunkeln im Dunkeln –, und Lektüren, wo das Wissen, daß wir den Text anders, besser oder genauer *erkennen werden*, jeder Möglichkeit vorauseilt zu sagen, was wir von ihm erkannt haben und wie wir es erkannt haben. Bei solchen Lektüren folgt dem Eindruck, daß der Text dem Leser als etwas völlig Neues, nie Gesehenes erscheint, beinahe gleichzeitig der Eindruck, daß dieses Neue *immer schon* enthalten war, daß der Leser dies wußte und es *immer schon* gewußt hat, obwohl dieses Wissen sich in diesem Augenblick zum erstenmal bemerkbar gemacht hat, erkannt worden ist.

Roland las den *Garten der Proserpina*, als wären die Wörter feurige Steine oder lebendige Geschöpfe. Er sah den Baum, die Frucht, die Quelle, die Frau, das Gras, die Schlange, sah sie als einzelne und als Mannigfaltigkeit. Er hörte Ashs Stimme – gewiß, nein, zweifellos war es seine Stimme –, und er hörte, wie die Sprache sich bewegte, ihre Muster wob, die außer der Reichweite jedes Menschen lagen, Schriftstellers wie Lesers. Er hörte Vico sagen, daß die ersten Menschen Dichter und die ersten Wörter Namen waren, und er hörte seine eigenen sonderbaren, notwendigen und bedeutungslosen *Listen*, die er in Lincoln verfertigt hatte, und begriff, was sie bedeuteten. Er begriff, daß Christabel die Muse und Proserpina war und es gleichzeitig nicht war, und das kam ihm so interessant und *angemessen* vor, daß er laut lachen mußte, als ihm diese Erkenntnis bewußt wurde. Ash hatte ihn auf diese Suche gebracht, und er hatte den Schlüssel gefunden, mit dem er ausgezogen war, und alles fiel von ihm ab – der Brief, die Briefe, Vico, die Äpfel, seine Listen.

»Und im Garten wehklagten und heulten sie, sie erhoben ihre Stimmen und heulten laut vor Hunger und Verzweiflung.«

Die Photographie von Randolph Henry Ashs Totenmaske über seinem Schreibtisch war zweideutig. Man konnte sie betrachten, als blickte man die Innenseite einer Form an oder als wären Wangen, Stirn und leere Augen dem Betrachter zugewandt erhaben. Man sah sie von innen – man befand sich hinter den geschlossenen Augen wie hinter einer Maske, wie ein Schauspieler; und man sah sie von außen und blickte auf das Ende, möglicherweise endgültig. Als Frontispiz befand sich in Rolands Buch eine Photographie des Dichters auf dem Totenbett mit der weißen Mähne und dem Ausdruck großer Müdigkeit, der eingefangen worden war im Moment des Übergangs vom Zustand der Lebensähnlichkeit zu dem der Totenstarre. Diese Toten, Manets wachsamer, kluger Sinnenmensch und Watts' Prophet, waren ein und derselbe Mann, obgleich sie auch Manet und Watts waren, und auch die Wörter waren eins – Baum, Frau, Wasser, Gras, Schlange und goldene Äpfel. Roland hatte diese Aspekte immer als Teil seiner selbst betrachtet, er hatte mit ihnen gelebt. Er erinnerte sich daran, mit Maud über die Theorien vom inkohärenten Ich gesprochen zu haben, dem Ich, das aus widersprüchlichen Systemen von Meinungen, Begierden, Sprachen und Molekülen bestand. All das war Ash und war es nicht, und dennoch kannte er Ash, auch wenn dieser nicht Teil seiner selbst war. Er berührte die Briefe, die Ash einst berührt hatte, über die Ashs Hand, die seine Wörter umformte oder verwarf, sich bewegt hatte, drängend und behutsam zugleich. Er sah auf die Spuren des Gedichts, glühend noch immer.

Ash sagte – nicht exklusiv zu ihm, er war nicht vor anderen privilegiert, obgleich er in diesem Moment, zu diesem Zeitpunkt da war und den Dichter verstand –, daß das Wichtige die Listen waren, die Wörter, die die Dinge benannten, die Sprache der Poesie.

Er hatte gelernt, daß jede Sprache ihrem Wesen nach inadäquat war, daß sie nie von dem sprechen konnte, was war, sondern nur von sich selbst.

Er dachte über die Totenmaske nach. Er hätte sagen können,

daß Maske und Mann tot waren, und hätte es nicht sagen können. Was sich in ihm verändert hatte, war, daß die Möglichkeiten, es zu sagen, nun interessanter waren als der Gedanke, daß es nicht gesagt werden konnte.

Er spürte riesigen Hunger. Als er sich eine Dose Mais holen ging, hörte er wieder die Katzen, die miauten und vor seiner Tür kratzten. Er entdeckte einen Stapel Sardinenbüchsen – er und Val hatten frugal gelebt und diese Konserven als Notration aufbewahrt. Er öffnete eine Dose, leerte den Inhalt auf eine Untertasse, die er neben die Tür stellte, und öffnete die Tür. Gesichter sahen zu ihm hoch, dreieckige, glatte, dunkle Gesichter mit goldenen Augen, eulenhafte, schnurrbärtige Gesichter, Tigerkatzen, ein rauchgraues Kätzchen und ein großer, orangerötlicher Kater. Er rief sie her, wie er Mrs. Irving hatte rufen hören. Einen Augenblick zögerten sie vor der Tür mit zur Seite geneigtem Kopf, und er sah, wie ihre Nüstern sich weiteten und den Ölgeruch in der Luft erschnupperten. Dann stürzten sie an ihm vorbei herein, und der Fisch war in Sekundenbruchteilen verschwunden, zwei Köpfe, die schnappten und schlangen, ein Gewirr von Beinen und geschmeidigen Körpern, das Klagegeheul derer, die leer ausgingen. Er öffnete noch mehr Dosen und stellte eine Reihe von Untertellern auf. Weiche Tatzen eilten die Treppe zum Souterrain herunter, weiße, spitze Zähne gruben sich in das Fischfleisch, zufriedene Pelze strichen schnurrend um seine Beine und sandten kleine elektrische Funken aus. Er sah ihnen zu. Fünfzehn Katzen. Sie sahen zu ihm auf mit klaren, glasgrünen Augen, lohfarbenen Augen, gelben und amberfarbenen Augen, deren Pupillen sich im Licht seines Flurs zu Schlitzen verengten.

Er dachte sich, daß es keinen Grund gab, nicht in den Garten zu gehen. Er ging durch das Souterrain, gefolgt von tapsenden Tieren, und öffnete die verbotenen Riegel, die eingerostet waren und quietschten. Er mußte hohe Papierstapel vor der Tür wegräumen. (Val hatte gesagt, sie stellten eine Brandgefahr dar.) Er drehte den Schlüssel im Sicherheitsschloß um und stieß die Tür auf. Kalt, feucht und erdig drang die Nachtluft herein; die Katzen liefen ihm voraus ins Freie. Er stieg die Steinstufen hoch und ging an der Gartenmauer entlang, über sein gewohntes eingeengtes Blickfeld hinaus, und befand sich unter den Bäumen des schmalen Grundstücks.

Es war ein nasser Oktober gewesen; den Rasen bedeckten verklumpte Blätter, obwohl manche der Bäume noch grün waren. Die Bäume reckten ihre verwinkelten Arme, die sich schwarz vom rosigen Dunst der Straßenbeleuchtung abhoben, die vor der Schwärze der Nacht zu liegen schien, statt sich mit ihr zu mischen. Als ihm der Zutritt verboten gewesen war, hatte er den Garten in seiner Phantasie für eine große Fläche atmender Blätter und echter Erde gehalten. Jetzt, da er draußen war, schien alles kleiner, aber immer noch geheimnisvoll, der Erde wegen, in der Dinge wuchsen. Er sah die Spalierbäumchen an den roten Ziegelsteinen der gewundenen Mauer, die einst General Fairfax' Grund in Putney umgeben hatte. Er trat an die Mauer und berührte sie, die gebackenen Ziegel, die damals fest aufeinandergefügt worden waren und noch immer hielten. Andrew Marvell war Fairfax' Sekretär gewesen, und er hatte in Fairfax' Garten Gedichte geschrieben. Roland wußte nicht genau, warum er ein so großes Glücksgefühl empfand. Lag es an den Briefen, an Ashs Gedicht, an den unerwarteten Zukunftsaussichten oder nur daran, daß er allein war, was er von Zeit zu Zeit dringend brauchte und in letzter Zeit nicht gehabt hatte? Er ging den Weg an der Mauer entlang bis zum Ende des Gartens, wo zwei Obstbäume den Blick auf den Nachbargarten überschatteten. Er sah über den Rasen zu dem finsteren Haus zurück. Die Katzen folgten ihm. Ihre geschmeidigen Körper glitten in die Schatten der Bäume auf dem Gras und wieder hinaus, jetzt im Licht glänzend, jetzt schwarz wie Samt im Dunkeln. Ihre Augen leuchteten auf, unvermittelt, rötlich, mit bläulichem Funkeln in der Mitte, grünstreifige Kurven im Dunkeln, die aufschienen und verschwanden. Er war so froh, sie zu sehen, daß er mit einem dümmlichen Lächeln auf dem Gesicht dastand. Er dachte an die Jahre, die er in ihrem dumpfen Gestank verbracht hatte, in der tropfenden Höhle, in der er gelebt hatte, und empfand nun, da er auszog – denn daß er auszog, daran gab es keinen Zweifel –, nichts als Zuneigung für sie. Morgen würde er überlegen müssen, wie er ihr Überleben gewährleisten wollte, aber jetzt begann er an

Wörter zu denken; Wörter quollen aus einem Brunnen in ihm, Listen von Wörtern, die sich von selbst zu Gedichten formten, »Die Totenmaske«, »Die Mauer von Fairfax«, »Ein Dutzend Katzen« – Gebilde, die er hören, fühlen, beinahe sehen konnte, von einer Stimme zusammengefügt, die er nicht kannte, die aber die seine war. Die Gedichte waren keine Beobachtungen, keine Anrufungen, keine Betrachtungen zu Leben und Tod, aber sie enthielten von alledem etwas. Er fügte noch eines hinzu – »Katzensprung« –, denn es fiel ihm auf, daß er etwas darüber sagen wollte und konnte, wie Formen sich einstellten und Gestalt annahmen. Morgen würde er ein Notizbuch kaufen und sie aufschreiben. Jetzt hatte er genug zu schreiben, die Mnemonik.

Er war sich der Seltsamkeit des Unterschieds zwischen Vorher und Nachher bewußt: Vor einer Stunde hatte es keine Gedichte gegeben, und jetzt kamen sie wie Regen und waren wahr.

SIEBENUNDZWANZIGSTES KAPITEL

Bisweilen kommt uns die Begierde an,
Das Leben zu verschlingen; *mehr*, heißt's dann,
Und mehr, obwohl es unsren Vorrat kürzt
An Zeit und Frieden, der gering genug.
Doch uns treibt Gier und Neugier. *Wissen wollen wir*,
Wie etwas ausgeht, wie's beschaffen ist,
Ob fest, ob schwach die Kettenglieder, die
Das Ganze bilden, fein gestaltet sie
Oder mit kühner Hand roh ausgeführt.
An ihnen tasten wir entlang uns, außerstand,
Der Neugier blanke Kette, die zur Fessel uns
Geworden, zu verlassen. Und sie führt
Uns durch das Leben – »*Dann*, und *dann*, und *dann*« –
Zu unsrer Tage End', wie wir's geahnt.
Doch uns gelüstet es nach Messer, Pfeil und Schling',
Letzter Umarmung, goldnem Ehering,
Nach Schlachtruf, heisrem Krächzen auf dem Sterbebett,
Obwohl wir wissen – oh, wie gut –, daß sie
Eins sind, das Ende, Finis, die Erschütterung,
Die alles endet und auch uns. Gelüstet es
Uns eitle Wesen, lebhaft, mit Verstand begabt,
Nach der Bewegung Stillstand, nach Gewißheit, die
Den Rachen stopft, obwohl dies Wissen uns
Vergehn läßt, wie beim Hochzeitsflug vergeht
Das Wespenmännchen, das in Seligkeit
Das Ende seiner kurzen Lebensspanne findt?

Randolph Henry Ash

Die Mortlake-Konferenz fand in einer unwirklichen Atmosphäre der Verschwörung und Ausgelassenheit statt. Sie wurde in Beatrice Nests Haus abgehalten. (Beatrice hatte den Vorschlag gemacht, und die Verschwörer waren übereingekommen, daß Mortlake außerhalb des Bereichs von Mortimer Croppers Aufmerksamkeit lag.) Beatrice machte Zwiebelkuchen, grünen Salat und Mousse au Chocolat, wie sie es früher für ihre Doktorandinnen gemacht hatte. Kuchen und Mousse sahen köstlich aus, und Beatrice war glücklich. Da ihre Aufmerksamkeit vom Anlaß der Zusammenkunft, Mortimer Croppers finsterem Vorhaben, völlig absorbiert war, fiel ihr die Spannung zwischen einzelnen ihrer Gäste nicht auf, das, was nicht ausgesprochen wurde, das, was an die Stelle dessen trat, was nicht ausgesprochen wurde.

Maud traf als erste ein; sie trug ihren grünen Seidenturban, der mit der Meerjungfrauenbrosche festgesteckt war, und machte einen strengen und geistesabwesenden Eindruck. Sie stand in einer Ecke und betrachtete die silbergerahmte Photographie von Randolph Henry Ash auf Beatrices kleinem Sekretär, dort, wo üblicherweise Familienphotos standen. Der Mann auf dem Bild war nicht der silberhaarige Weise, sondern ein jüngerer Mann mit buschigem schwarzem Haar und einem Gesichtsausdruck, der fast etwas Draufgängerisches hatte. Maud begann das Bild automatisch semiotisch zu analysieren – die Silberverzierungen des Rahmens, die Wahl des Bildes, den Umstand, daß der Abgebildete den Betrachter anzusehen schien mit dem starren Blick jener, die vor der Zeit des Schnappschusses für Photographien stillsaßen. Den Umstand, daß die Photographie den Dichter zeigte und nicht seine Ehefrau.

Als nächste kamen Val und Euan MacIntyre. Beatrice konnte sich nicht vorstellen, was die beiden mit der Konferenz zu tun hatten. Sie erinnerte sich, Val ab und zu mit verdrossener Miene in der Arbeitsgruppe in der Ash Factory gesehen zu haben. Ihr fiel Vals strahlender, leicht herausfordernder Gesichtsausdruck auf, aber sie machte sich keine Gedanken darüber, da ihre Aufmerksamkeit sich ganz auf die bevorstehende Besprechung konzentrierte. Euan gratulierte ihr zu ihrer Geistesgegenwart, Cropper belauscht und den anderen davon berichtet zu haben; er sagte, das ganze Unternehmen sei wahnsinnig aufregend, und das wirkte auf Beatrices Gemüt nicht weniger beruhigend als der gelungene Zwiebelkuchen und die Mousse und zerstreute endgültig ihre anfängliche Zaghaftigkeit und Ängstlichkeit.

Ihnen folgte Roland, der kein Wort zu Maud sagte, sondern mit Val ein langes Gespräch über irgendwelche wildgewordenen Katzen anfing, die gefüttert werden mußten und über die man mit dem Tierschutzverein verhandeln mußte. Beatrice hörte das Schweigen zwischen Roland und Maud nicht, und ebensowenig konnte ihr auffallen, daß Roland niemandem etwas von Hongkong, Barcelona und Amsterdam sagte.

Beatrice hatte Blackadder selbst angerufen und ihm in ganz selbstverständlichem Ton mitgeteilt, daß sie Kontakt zu Dr. Bailey und Roland Michell aufgenommen habe und sich mit ihnen treffen wolle, um den Briefwechsel zwischen Ash und LaMotte zu besprechen sowie ein Vorhaben Professor Croppers, von dem sie durch Zufall erfahren hatte. Als sie diesem letzten Konferenzteilnehmer die Tür öffnete, stellte er ihr mit einem Blick, in dem sich Verlegenheit und Belustigung mischten, Professor Leonora Stern vor. Leonora blendete das Auge des Betrachters mit einem wollenen purpurnen Kapuzencape mit schwarzen Seidenfransen und einem scharlachroten Russenkittel aus schwerer Seide über weiten, schwarzen Chinahosen. Sie sagte zu Beatrice: »Ich hoffe, Sie haben nichts dagegen, daß ich mitgekommen bin. Ich verspreche Ihnen, daß ich nicht stören werde, aber aus wissenschaftlichen Gründen bin ich an diesem Treffen sehr interessiert.« Beatrice merkte, daß es ihrem runden Gesicht nicht gelang, ein Willkommenslächeln aufzusetzen. Leonora sagte: »Bitte, bitte! Ich bin auch so still wie ein Mäuschen. Ich schwöre Ihnen, daß ich nicht hinter irgendwelchen Manuskripten her bin, weder heimlich noch öffentlich. Ich will nur die verdammten Dinger *lesen*.«

Blackadder sagte: »Ich glaube, Professor Stern könnte uns eine große Hilfe sein.«

Beatrice hielt die Tür auf, und die beiden kletterten die steilen Stufen zu ihrem kleinen Wohnzimmer im ersten Stock hoch. Beatrice bemerkte selbstverständlich ein gewisses vielsagendes Schweigen, mit dem Blackadder Roland zunickte, aber daß die lange und dramatische Umarmung zwischen Leonora und Maud unausgesprochene Informationen und Vorwürfe überdeckte, das merkte sie natürlich nicht.

Sie saßen in Sesseln und auf Stühlen und hielten die Teller auf den Knien. Euan MacIntyre eröffnete die Diskussion, indem er sagte, er müsse seine Anwesenheit erklären und er sei als Rechtsberater Maud Baileys gekommen, die seiner Ansicht nach die rechtmäßige Besitzerin der Briefe LaMottes sei und mit großer Wahrscheinlichkeit auch die rechtmäßige Besitzerin der Manuskripte von Ashs Briefen, wenn auch nicht des Copyrights an letzteren, welches bei den Erben Randolph Ashs lag.

»Briefe gehen als Gegenstände in den Besitz des Empfängers über, aber das Copyright verbleibt beim Absender. Im vorliegenden Fall wissen wir, daß Christabel LaMotte die Rückgabe der Briefe verlangt hat und daß Ash ihrem Wunsch bereitwillig entsprochen hat, wie es Roland und Maud bezeugen können, die den ganzen Briefwechsel vor Augen hatten. Ich verfüge über einen rechtlich validen Beweis, ein unterzeichnetes, vor Zeugen abgefaßtes Testament, mit dem Christabel LaMotte *alle* ihre Manuskripte Maia Thomasine Bailey vermacht, Mauds Ururgroßmutter. Der tatsächliche Besitzer dürfte Mauds Vater sein, der noch am Leben ist, aber er hat bereits vor längerer Zeit alle Manuskripte, die er von seiner Vorfahrin geerbt hat, seiner Tochter als Schenkung übergeben, die sie wiederum im Archiv für Frauenliteratur hinterlegt hat. Er weiß noch nichts von der Entdeckung dieses Testaments; wir vermuten, daß er auch von den Presseberichten über die hohen Geldbeträge nichts weiß, die Cropper Sir George Bailey angeboten hat, der sich für den Eigentümer der Briefe hält. Wir gehen davon aus, daß es so gut wie unwahrscheinlich ist, daß Mauds Vater die Briefe an die Stant Collection verkaufen würde, da er die Interessen seiner Tochter als vorrangig betrachtet.

Ich sollte vielleicht noch sagen, falls einer von Ihnen an das Copyright-Gesetz denkt, daß ein Copyright *vom Datum der Publikation an* für die Dauer der Lebenszeit des Verfassers sowie zusätzlich fünfzig Jahre gültig ist und im Falle posthumer Publikation für die Dauer von fünfzig Jahren vom Datum des Erscheinens an. Der Briefwechsel ist unveröffentlicht, und folglich verbleibt das Copyright bei den Erben der Verfasser der Briefe. Wie ich bereits ausführte, gehören Briefe den Empfängern, Copyrights an ihnen den Absendern. Wir wissen nicht, welche Haltung Lord Ash in diesem Fall einnehmen würde, aber wir dürfen vermuten, daß Cropper Hildebrand Ash dazu überredet hat, ihm das Copyright an den Briefen zu gewähren.«

Blackadder sagte: »Er ist ein unangenehmer Mensch und ein skrupelloser Manipulierer, aber als Herausgeber arbeitet er gründlich und skrupulös, und es wäre meines Erachtens kindisch, ihm die Abdruckgenehmigung für diese Briefe in seiner Ausgabe zu verwehren. Ich nehme an, daß es theoretisch möglich wäre, ihm den Zugang zu den Briefen zu verwehren, wenn sie im Lande bleiben, und daß es theoretisch ebensogut möglich wäre, daß Hildebrand Ash die Abdruckgenehmigung jedem anderen verweigert, so daß niemand vorankommt. Natürlich darf man Lord Ash nicht vergessen. Er könnte unter Umständen eine erste britische Ausgabe erlauben, um das Copyright zu etablieren, bevor Cropper sie veröffentlichen darf. Mr. MacIntyre, erwarten Sie länger anhaltende rechtliche Streitigkeiten mit Sir George Bailey?«

»Unter Berücksichtigung seiner Streitsucht und seines derzeitigen *de-facto*-Besitzes der Briefe: ja.«

»Lord Ash ist schwerkrank.«

»Ich weiß.«

»Dr. Bailey, darf ich Sie fragen, was Sie zu tun gedächten, wenn Sie sich im Besitz der gesamten Korrespondenz befänden?«

»Ich glaube, es wäre verfrüht, sich darüber Gedanken zu machen, und ich empfinde fast ein bißchen abergläubische Furcht dabei – die Briefe gehören mir noch nicht und werden mir vielleicht nie gehören. Wäre es der Fall, dann würde ich sie im Land behalten wollen. Natürlich würde ich mir wünschen, LaMottes Briefe im Archiv für Frauenliteratur zu haben – obwohl es dort mit den Sicherheitsvorkehrungen hapert, aber alles übrige, was meine Familie von ihr geerbt hat, befindet sich dort. Andererseits kann ich nicht wirklich wünschen, daß die Briefe auseinandergerissen werden. Ich habe sie gelesen, und ich weiß, daß sie zusammengehören. Nicht nur, weil sie im Zusammenhang gelesen werden müssen, sondern weil sie ein Ganzes sind, eine Einheit.«

Daraufhin sah sie schnell zu Roland und wieder weg; sie richtete den Blick auf die Ash-Photographie, die sich zwischen ihm und Val befand.

»Wenn Sie die Briefe an die British Library verkauften«, sagte Blackadder, »hätten Sie Geld für das Archiv.«

Leonora sagte: »Wenn Wissenschaftler aus aller Welt in das Archiv kämen, *das* wäre von Nutzen für das Archiv.«

Roland sagte: »Ich fände es gut, wenn Lady Bailey einen elektrischen Rollstuhl haben könnte.«

Alle schauten plötzlich zu ihm.

»Sie war nett zu uns, und sie ist krank.«

Maud errötete bis an die Haarwurzeln.

»Daran habe ich selber schon gedacht«, sagte sie leicht gereizt. »Wenn mir die Briefe tatsächlich gehören – und wenn ich sie zur Hälfte oder ganz an die British Library verkaufe –, dann können wir ihr den Rollstuhl schenken.«

»Er würde ihn dir vor die Füße schmeißen«, sagte Roland.

»Soll ich ihm die Manuskripte schenken, um seinen Stolz nicht zu verletzen?«

»Nein, das sollst du nicht. Es geht nur darum –«

Blackadder sah mit Interesse den keimenden Streit zwischen den Entdeckern der Briefe. Er sagte: »Es würde mich übrigens interessieren zu erfahren, wie Sie beide an den Briefwechsel gelangt sind.«

Alle sahen Maud an, die Roland ansah.

Jetzt war der Augenblick der Wahrheit gekommen, der auch der Augenblick der Enteignung war oder vielleicht, besser gesagt, des Exorzierens.

»Ich las Vico«, sagte er. »Ashs Ausgabe der Vico-Übersetzung von Michelet in der London Library. Und da fielen diese ganzen Zettel aus dem Buch. Lateinische Zitate, Briefe, Einladungen. Ich habe Professor Blackadder natürlich davon informiert. Aber ich habe ihm nicht gesagt, daß ich – daß ich zwei Entwürfe – Entwürfe von Briefen an eine Frau gefunden habe – an wen, ging nicht aus ihnen hervor – aber er hat sie kurz nach einem Frühstück bei Crabb Robinson geschrieben – und ich habe nachgeforscht und festgestellt, daß es sich um Christabel LaMotte handelte. Und daraufhin habe ich mich an Maud gewandt – weil sie mir genannt worden war – von Fergus Wolff, ja – von ihrer Verwandtschaft zur Dichterin wußte ich nichts – und sie hat mir Blanche Glovers Tagebuch gezeigt – und da haben wir uns gefragt, ob es in Seal Court irgend etwas geben könnte – wir sind hingegangen, um es nur von außen anzugucken, und haben zufällig Lady Bailey kennengelernt und konnten das Turmzimmer besichtigen, in dem Christabel gelebt hat – und da fiel Maud ein Gedicht über Puppen ein, die Geheimnisse bewahren, und sie hat ein Puppenbett untersucht – das noch immer in Christabels Zimmer war – und alles gefunden – die Briefe, die unter der Matratze versteckt waren –«

»Und Lady Bailey hat sich mit Roland angefreundet, der vergessen hat zu erzählen, daß er ihr das Leben gerettet hat, und sie hat ihm angeboten, daß er die Briefe lesen dürfte, um sie zu beraten, so daß wir um Weihnachten wiederkamen –«

»Und da haben wir sie gelesen und uns Notizen gemacht –«

»Und Roland ist darauf gekommen, daß LaMotte Ash auf seiner zoologischen Expedition nach Yorkshire 1859 begleitet haben könnte –«

»Und deshalb sind wir hingefahren und haben – nun ja – eine ganze Menge Beweise in den Texten von beiden Dichtern gefunden – Beweise, daß sie zusammen dort gewesen sein müssen – Redewendungen aus der Gegend und Landschaftsbeschreibungen, die nur dorthin passen, in der *Melusine* und die gleichen Zeilen in Gedichten von beiden – sie *war* mit ihm dort –«

»Und dann haben wir herausgefunden, daß LaMotte in dem Jahr vor Blanche Glovers Selbstmord, über das man nichts weiß, in der Bretagne war –«

»So, so, habt ihr das?« sagte Leonora.

Maud sagte: »Es war unverzeihlich von mir, Leonora. Ich habe die Adresse von Ariane Le Minier abgeschrieben und bin hingefahren, ohne dir Bescheid zu sagen – weil es nicht mein Geheimnis allein war, sondern auch das von Ash – und Roland – wenigstens kam es uns damals so vor. Und Dr. Le Minier gab uns eine Kopie von Sabine de Kercoz' Tagebuch, und daraus ging hervor, daß ein Kind geboren wurde – von dem nichts weiter bekannt ist –«

»Und dann kamen Sie und Professor Cropper, und wir sind zurückgefahren«, sagte Roland knapp.

»Und wie im Märchen war auf einmal Euan mit dem Testament zur Stelle –«

»Ich kenne den Anwalt von Sir George; wir teilen uns ein Pferd«, sagte Euan zur großen Verwirrung Beatrices.

»Es scheint klar zu sein«, sagte Blackadder, »daß *Mumienfleisch* sich gegen LaMottes Beziehung zu Hella Lees richtet und daß LaMotte bei der Séance anwesend war, die Ash so gefühllos unterbrochen hat, und ich könnte wetten, daß Ash glaubte, LaMotte wolle über die Séance mit dem toten Kind kommunizieren, was ihn fürchterlich wütend machen mußte, wenn es sein Kind war.«

»Und ich«, sagte Leonora, »weiß über eine gute Freundin und Feministin, die im Büro der Stant Collection arbeitet, daß Cropper Faxe von Briefen LaMottes an seine spiritistische, sozialistische, mesmeristische Ururgroßmutter Priscilla Penn Cropper geordert hat, in denen es um große Schuldgefühle geht.«

»Was uns«, sagte Blackadder, »auf zwei, nein drei abschließende Fragen bringt.

Erstens: Was geschah mit dem Kind – lebend oder tot?

Zweitens: Was will Cropper herausfinden – und aufgrund welchen Wissens?

Drittens: Wo sind die Briefentwürfe?«

Wieder sahen alle Roland an. Er zog seine Brieftasche heraus und entnahm die Briefe ihrem Versteck.

Er sagte: »Ich habe sie an mich genommen. Warum, weiß ich nicht. Ich hatte es nicht vor – ich wollte sie nicht *behalten*. Ich weiß nicht, warum ich sie genommen habe – es war auf einmal ganz selbstverständlich – ich meine, niemand hatte sie berührt, seit er sie in den Vico gelegt hatte, als Lesezeichen oder was auch immer. Ich muß sie zurückgeben. Wem gehören sie eigentlich?«

Euan sagte: »Wenn das Buch der London Library geschenkt oder vermacht wurde, gehören sie wahrscheinlich ihr. Das Copyright an ihnen gehört Sir Ash.«

Blackadder sagte: »Wenn Sie sie mir geben, kann ich Ihnen versprechen, daß sie an ihren ursprünglichen Platz zurückkommen, ohne daß peinliche Fragen gestellt werden.«

Roland stand auf und ging zu Blackadder, dem er die Briefe aushändigte, und Blackadder konnte der Versuchung nicht widerstehen, sie an Ort und Stelle zu lesen, das Papier liebevoll zu wenden, die Handschrift voller Besitzerfreude zu erkennen.

»Sie haben uns ganz schön an der Nase herumgeführt«, sagte er sarkastisch zu Roland.

»Eins führte zum nächsten.«

»In der Tat.«

»Ende gut, alles gut«, sagte Euan. »Fast wie das Ende einer Shakespeare-Komödie, finden Sie nicht? Wie heißt gleich der Bursche, der am Ende von *Wie es euch gefällt* auf einer Schaukel runterkommt?«

»Hymen«, sagte Blackadder mit einem verhaltenen Lächeln.

»Oder wie die Auflösung am Ende eines Krimis. Ich wollte immer schon einmal Albert Campion sein, und wir haben unseren Bösewicht noch nicht dingfest gemacht. Ich schlage vor, Dr. Nest erzählt uns jetzt, was sie mitgehört hat.«

»Ja«, sagte Beatrice, »das war so – sie wollten das Ende von Ellens Tagebuch anschauen, das heißt nicht das *Ende*, sondern ihre Beschreibung von *seinem* Ende und die Stelle, wo von der Kassette die Rede ist, für die Professor Cropper sich immer so auffällig interessiert hat, von diesem Behältnis, das bei Ellens eigener Beerdigung noch intakt war, Sie wissen, welche Stelle ich meine. Und ich bin auf die Toilette gegangen – es war niemand da, Professor Blackadder, in Ihren Räumen war niemand zu sehen –, und Sie wissen ja, daß es ein wahnsinnig langer Weg ist bis dahin und wieder zurück – und als ich wiederkam, rechneten die beiden nicht mit mir, und ich hörte Professor Cropper sagen – nicht wörtlich, aber ich habe ein ziemlich gutes Gedächtnis, und ich habe mir seine Worte gemerkt, weil ich so schockiert war –, er sagte also in etwa: ›Es könnte jahrelang unser Geheimnis bleiben, und wenn Sie es dann erben, kann es ans Licht kommen, dann finden Sie es einfach, und ich kaufe es Ihnen ab, alles, wie es sich gehört.‹ Und Hildebrand Ash sagte: ›Moralisch gehört es mir sowieso, oder? Da kann der Vikar doch gar nichts machen?‹ Und Cropper sagte: ›Ja, aber der Vikar ist so unkooperativ, und diese lächerlichen englischen Gesetze gegen Grabschändung – man braucht eine besondere Genehmigung des Bischofs, um ein Grab zu öffnen –, ich glaube, wir dürfen da kein Risiko eingehen.‹ Und darauf sagte Hildebrand Ash: ›Es gehört mir, und ich darf damit machen, was ich will.‹ Und Professor Cropper sagte, es gehöre sowohl Hildebrand als auch der Welt und er wolle ein

›diskreter Treuhänder‹ sein. Und Hildebrand sagte, es würde ein richtiges Halloween-Abenteuer sein, und Professor Cropper sagte ganz streng zu ihm, es gehe um ein seriöses wissenschaftliches Unternehmen und er müsse bald nach New Mexico zurück...

Und dann dachte ich, es wäre langsam Zeit, mich bemerkbar zu machen, damit sie am Ende nicht merkten, daß ich gelauscht hatte. Und deshalb ging ich ein paar Schritte zurück und kam dann etwas lauter wieder, so daß sie mich hören konnten.«

»Grabschändung traue ich ihm ohne weiteres zu«, sagte Blackadder emotionslos.

»Ich auch«, sagte Leonora. »In den Staaten kursieren die abartigsten Geschichten über ihn – Sachen sollen aus den Vitrinen verschwunden sein – in kleinen Sammlungen –, Sachen von besonderem Interesse wie Edgar Allan Poes Krawattennadel, die er versetzt hatte, ein kurzer Brief Melvilles an Hawthorne – solche Sachen. Eine Freundin von mir hatte einen Nachfahren von Margaret Fuller fast soweit gehabt, daß er bereit war, ihr einen Brief zu verkaufen, in dem es um ein Treffen mit englischen Schriftstellern in Florenz ging, kurz vor ihrer verhängnisvollen Heimreise – einen in feministischer Hinsicht überaus wichtigen Brief –, und Cropper tauchte auf und wedelte mit einem Blankoscheck, aber er kriegte einen Korb. Und am nächsten Tag wollten sie das Manuskript holen, und siehe da, weg war es. Es ist nie wieder aufgetaucht. Aber *wir* sind davon überzeugt, daß Cropper der gleiche Fall ist wie diese gestörten Millionäre, die sich auf Bestellung die *Mona Lisa* und die *Kartoffelesser* stehlen lassen –«

»Vielleicht hat er das Gefühl, daß die Sachen ihm tatsächlich zustehen«, sagte Roland, »weil er sie am meisten liebt.«

»Eine sehr nachsichtige Interpretation«, sagte Blackadder und wendete Ashs Briefe in der Hand hin und her. »Wir dürfen uns also ein unzugängliches Privatmuseum vorstellen, das er nachts heimlich aufsucht, um sich an Dingen zu erfreuen, die außer ihm niemand zu sehen bekommt –«

»So lauten die Gerüchte«, sagte Leonora. »Sie wissen, wie es mit Gerüchten ist. Sie haben ihre Eigendynamik. Aber in diesem Fall könnte ich mir vorstellen, daß es eine reale Grundlage gibt. Die Fuller-Geschichte ist wahr, das kann ich bezeugen.«

»Was sollen wir jetzt tun?« fragte Blackadder. »Die Polizei alarmieren? Uns bei der Robert Dale Owen University beschweren? Ihn zur Rede stellen? Beides wäre ihm egal, und vor der Polizei stünden wir ziemlich dumm da – sie können nicht monatelang auf Verdacht Gräber bewachen. Und wenn wir ihn jetzt verscheuchen, wartet er in aller Ruhe ab bis zum nächstenmal. Wir können ihn nicht des Landes verweisen lassen.«

Euan sagte: »Ich habe in seinem Hotel angerufen und in Hildebrands Haus auf dem Land und dabei ein paar interessante Dinge erfahren. Ich habe mich als ihr Anwalt ausgegeben, der ihnen etwas Wichtiges mitteilen muß, und erfahren, wo sie sich tatsächlich aufhalten, nämlich im Old Rowan Tree Inn in den North Downs, in der Nähe von Hodershall. *Beide*. Das hat etwas zu bedeuten.«

»Wir sollten Drax Bescheid sagen, dem Vikar«, sagte Blackadder. »Andererseits hat das nicht viel Sinn, weil er Ash-Forscher und literarische Touristen nicht ausstehen kann.«

»Ich habe eine Idee«, sagte Euan. »Das klingt jetzt vielleicht ein bißchen nach Räuberpistole und *toujours* Albert Campion, aber ich glaube wirklich, daß wir am besten beraten wären, ihn *in flagranti* zu erwischen und ihm abzunehmen, was er ausgebuddelt hat.«

Zustimmendes Gemurmel ging durch das Haus. Beatrice sagte:

»Wir könnten ihn erwischen, bevor er das Grab entweiht.«

»Theoretisch, rein theoretisch ja«, sagte Euan, »aber in der Praxis könnte sich die Notwendigkeit ergeben, das in Sicherheit zu bringen, was sich dort befindet, falls sich dort etwas befindet.«

»Meint ihr«, fragte Val, »daß er glaubt, in dieser Kassette das Ende der Geschichte zu finden? Es gibt keinen Grund, warum es so sein sollte. Die Kassette kann alles mögliche oder gar nichts enthalten.«

»Das wissen wir, und er weiß es auch. Aber diese Briefe haben uns alle mehr oder weniger blamiert – nichts von dem, was wir uns aufgrund des bisherigen Wissens zurechtgereimt hatten, stimmt wirklich. Kein einziges Gedicht Ashs nach 1859 kann unabhängig von dieser Affäre gesehen werden – wir werden alles neu einschätzen müssen, zum Beispiel seinen Widerwillen gegen den Spiritismus.«

»Und LaMotte«, sagte Leonora, »galt immer als die lesbische Dichterin *par excellence* – was sie auch war, aber nicht nur, wie wir nun wissen.«

»Und *Melusine*«, sagte Maud, »präsentiert sich unter einem völlig neuen Gesichtspunkt, wenn man weiß, daß die Landschaften zumindest teilweise Yorkshire-Landschaften sind. Ich habe das Epos nochmals gelesen. Keine einzige Verwendung der Worte ›Esche‹ und ›Asche‹ kann als bedeutungslos eingestuft werden.«

Euan sagte: »Wie wollen wir den Leichenräubern das Handwerk legen? Denn das, vermute ich, ist der Hauptzweck unserer Zusammenkunft.«

Blackadder sagte zweifelnd: »Vielleicht kann ich Lord Ash einschalten.«

»Ich glaube, ich habe eine bessere Idee. Ich denke, wir sollten Spione auf sie ansetzen, die ihre Schritte überwachen.«

»Und wie?«

»Wenn Dr. Nest richtig verstanden hat, wollen sie bald die Kassette ausgraben. Und ich denke, wenn zwei von uns im selben Gasthaus wohnen – zwei, die Cropper nicht kennt –, könnten die beiden die anderen alarmieren oder ihn notfalls allein stellen, ihn bis zum Friedhof verfolgen und ihm mit einem legal aussehenden Stück Papier Einhalt gebieten – wir müssen es drauf ankommen lassen. Val und ich könnten das machen. Ich kann Urlaub nehmen. Und Sie, Professor Blackadder, haben, wenn mich nicht alles täuscht, eine Verfügung, die den Export von Manuskripten Ashs untersagt, solange die entsprechende Behörde keine Entscheidung getroffen hat –«

»Wenn man nur verhindern könnte, daß er ihre Ruhe stört«, sagte Beatrice.

»Ich frage mich«, sagte Blackadder, »was in dieser Kassette ist oder war.«

»Und für wen es hinterlegt wurde«, sagte Maud.

»Sie lockt einen immer weiter und verwirrt einen immer wieder«, sagte Beatrice. »Man soll wissen und nicht wissen. Sie hat bewußt aufgeschrieben, daß die Kassette existierte, und dann hat sie sie begraben.«

Val und Euan gingen als erste, Hand in Hand. Roland sah zu Maud, die von Leonora sofort in ein intensives Gespräch und eine Reihe demonstrativ versöhnlicher Umarmungen gezogen wurde, und er verließ das Haus mit Blackadder. Sie gingen nebeneinander den Gehsteig entlang.

»Ich habe mich sehr schlecht benommen. Es tut mir leid.«

»Ich glaube, es war verständlich.«

»Ich war wie besessen. Ich mußte es einfach wissen.«

»Haben Sie von den Stellen gehört, die man Ihnen anbietet?«

»Ich weiß nicht, wie ich mich entscheiden soll.«

»Sie haben ungefähr eine Woche Gnadenfrist. Ich habe mit den Kollegen gesprochen und Ihr Lob in höchsten Tönen gesungen.«

»Das war sehr nett von Ihnen.«

»Sie können was. Ihr Text ›Zeile um Zeile‹ hat mir gut gefallen. Anständige Arbeit. Ich habe seit neuestem eine Stelle für einen Full-Time-Mitarbeiter in Sachen Ash, falls es Sie interessiert – wahrscheinlich ein Nebeneffekt meines Fernsehauftritts, finanziert von einem schottischen philanthropischen Gremium, das ein Anwalt leitet, der Ash-Fetischist ist.«

»Ich weiß nicht, was ich tun soll. Ich weiß nicht einmal, ob ich Wissenschaftler bleiben will.«

»Nun ja, Sie haben eine Woche Zeit zum Nachdenken. Melden Sie sich, wenn Sie Lust haben, sich mit mir zu beraten.«

»Danke. Ich will ein bißchen nachdenken, dann komme ich.«

ACHTUNDZWANZIGSTES KAPITEL

Der Old Rowan Tree Inn befindet sich etwa eine Meile oder anderthalb Kilometer außerhalb von Hodershall im Schutz einer Biegung der North Downs. Er ist im 18. Jahrhundert aus Kieselstein und Schiefer erbaut worden, ein längliches, niedriges Haus mit einem moosbewachsenen Schieferdach, das an eine kurvenreiche Straße grenzt, die über eine weitgehend kahle Hügellandschaft führt. Auf der anderen Seite der Straße, etwa eine Meile entfernt, liegt an einem grasbewachsenen Feldweg die Kirche der Gemeinde Hodershall, steinern und gedrungen, ebenfalls unter einem Schieferdach, mit schlichtem Kirchturm und einem Wetterhahn in Form eines fliegenden Drachens; sie wurde im 12. Jahrhundert errichtet. Kirche und Gasthof liegen abseits vom Dorf selbst, das hinter dem Hügel gelegen ist. Der Old Rowan Tree Inn hat zwölf Gästezimmer, fünf an der Straßenseite und sieben in einem modernen Anbau, der aus dem gleichen Stein wie das Hauptgebäude angefügt ist. Der Gasthof besitzt einen Obstgarten mit Tischen und hölzernen Schaukeln für Sommergäste. Er findet in allen Restaurantführern Erwähnung.

Am 15. Oktober hielten sich wenig Gäste in ihm auf. Es war warm für die Jahreszeit – die Bäume waren noch immer belaubt –, aber sehr naß. Fünf der Gästezimmer waren besetzt, zwei von Mortimer Cropper und Hildebrand Ash. Cropper hatte sich das schönste Zimmer ausgesucht, das über der soliden und stattlichen Haustüre, von dem aus man den Feldweg sah, der zur Kirche führte. Hildebrand Ash hatte das Zimmer daneben. Sie wohnten seit einer Woche in dem Gasthof und hatten in Gummistiefeln, gewachsten Jacken und Parkas lange Wanderungen in den Downs unternommen. In der Bar, die dunkel und holzvertäfelt war, mit glitzernden Messingarmaturen und grünen Lampenschirmen über den diskreten Lichtquellen, hatte Cropper ein-, zweimal angedeutet, daß er mit dem Gedanken spiele, sich hier ein Haus zu kaufen, in dem er einen Teil des Jahres verbringen und schreiben wolle. Er hatte Makler aufgesucht und Anwesen besichtigt. Er kannte sich mit der Forstwirtschaft aus und interessierte sich für biodynamische Landwirtschaft.

Am 14. Oktober fuhren Ash und Cropper nach Leatherhead, wo sie die Kanzlei Densher and Winterbourne besuchten. Auf dem Rückweg machten sie bei einem Gartencenter halt und kauften gegen Barzahlung mehrere Spaten sowie eine Spitzhacke, die sie in den Kofferraum des Mercedes luden. Am Nachmittag machten sie einen Spaziergang zur Kirche, die wie üblich zum Schutz vor Vandalen abgesperrt war; auf dem Friedhof sahen sie sich die Grabsteine an. Am Eingang des kleinen Friedhofs, der mit altersschwachen Eisengittern umzäunt war, befand sich eine Notiz, der sich entnehmen ließ, daß die Gemeinde St. Thomas zu einer Gruppe von drei Gemeinden gehörte, die von Vikar Percy Drax betreut wurden. Die Eucharistie und der Morgengottesdienst wurden in St. Thomas am ersten Sonntag jedes Monats gefeiert, der Abendgottesdienst am letzten Sonntag.

»Diesen Drax kenne ich nicht«, sagte Hildebrand Ash.

»Ein besonders unangenehmer Zeitgenosse«, sagte Mortimer Cropper. »Die Schenectady Poetry Fellowship hat dieser Kirche ein Tintenfaß verehrt, das Ash bei seiner Amerikatournee benutzt hat, und einige seiner Bücher mit eingeklebtem Photo, die er für amerikanische Bewunderer signiert hat. Sie haben auch eine Vitrine besorgt, in der die Gegenstände ausgestellt werden können, und Mr. Drax hat sie in der *allerfinstersten* Ecke aufstellen lassen und mit einem staubigen Bahrtuch aus Flanell zudekken lassen, ohne jeden Hinweis auf ihren Inhalt, so daß kein zufälliger Besucher merken kann, was sie enthält...«

»Der ohnehin nicht reinkommt«, sagte Hildebrand Ash.

»Richtig. Und dieser Drax ist nicht gut auf Ash-Forscher und -Bewunderer zu sprechen, die von ihm die Kirchenschlüssel haben wollen, um dem Dichter ihre Ehrerbietung zu erweisen. Er sagt – ich habe Briefe von ihm, in denen er es schreibt –, die Kirche sei das Haus Gottes und nicht Ashs Mausoleum. *Ich* kann da keinen Widerspruch entdecken.«

»Sie können die Sachen doch zurückkaufen.«

»Ich könnte. Ich habe ihm beträchtliche Schenkungen angeboten – nur dafür, daß ich sie als Leihgabe bekomme. Die Bücher befinden sich in der Stant Collection, aber das Tintenfaß ist ein Unikat. Er ist der Ansicht, daß es leider nicht in der Natur des Geschenks sei, daß er darüber verfügen könne. Er hat kein Interesse daran, die Bedingungen zu verändern, unter denen das Geschenk gemacht wurde. Er ist im höchsten Grade unfreundlich.«

»Wir können sie doch gleich mitnehmen«, sagte Hildebrand, »wenn wir schon einmal dabei sind.«

Er lachte; Mortimer Cropper runzelte die Stirn.

»Ich bin kein Dieb«, sagte er streng. »Es geht mir nur um die Kassette – von deren Inhalt wir nur Mutmaßungen anstellen können – der Gedanke, daß sie in der Erde zerfällt, während wir die legalen Rechte erwerben, sie auszugraben – der Gedanke, *vielleicht nie zu erfahren* –«

»Der Wert –«

»Der Wert ist nicht zuletzt der, den *ich* dafür veranschlage.«

»Und der ist hoch«, sagte Hildebrand. Es war keine Frage.

»Und der ist hoch, selbst wenn die Kassette leer wäre«, sagte Cropper. »Nur um meines Seelenfriedens willen. Aber sie wird nicht leer sein, das *weiß* ich.«

Sie umrundeten den Friedhof mehrmals. Alles war ruhig, englisch und naß. Die meisten Gräber stammten aus dem 19. Jahrhundert; ein paar waren älter, und sehr wenige waren neueren Datums. Randolphs und Ellens Grab lag in einer Friedhofsecke im Schatten einer grasbewachsenen Erhebung, auf der eine alte Zeder und eine noch ältere Eibe standen, die den stillen Winkel vor den Augen jedermanns abschirmten, der den Pfad zur Kirchentür nahm. Gleich neben dem Grab verlief das Eisengitter, hinter dem sich eine hügelige Weide anschloß, von einem Flüßchen durchtrennt, auf der gleichmütige Schafe grasten. Jemand hatte bereits zu graben begonnen; grüne Rasenstücke waren säuberlich vor dem Gitter aufgeschichtet. Hildebrand zählte dreizehn Stück.

»Eines am Kopf und eine doppelte Reihe... Das könnte ich machen. Ich kann Rasen stechen, ich kümmere mich zu Hause um den Rasen. Wollen Sie das Grab so herrichten, daß es aussicht, als wäre nichts gewesen?«

Cropper dachte nach. »Wir könnten es versuchen. Wenn wir alles ordentlich zurücklegen und altes Laub drüberstreuen und darauf vertrauen, daß alles wieder festwächst, bevor irgend jemandem etwas auffallen kann... vielleicht wäre das am besten, am klügsten.«

»Wir könnten eine falsche Fährte legen, Indizien verstreuen, damit sie denken, Satanisten hätten eine schwarze Messe gefeiert, hö, hö.« Hildebrand grunzte und kicherte wiehernd. Cropper sah das feiste, schweinchenrosa Gesicht an und verspürte leisen Ekel – mit dieser geistlosen Kreatur würde er weit mehr Zeit verbringen müssen, als ihm lieb sein konnte.

»Wir können nur hoffen, daß niemand etwas merkt. Alles andere ist *nicht* in unserem Interesse. Sobald auffällt, daß das Grab beschädigt wurde, wird ihnen auch auffallen, daß wir uns in der Gegend aufgehalten haben. Dann müssen wir ihnen dreist die Stirn bieten. Wenn wir die Kassette finden und mitnehmen, kann niemand beweisen, daß es sie je gegeben hat, auch wenn sie graben und nachsehen. Was sie nicht tun werden, weil Drax es nicht zulassen wird. Aber das beste für uns ist – ich wiederhole –, daß niemand etwas merkt.«

Als sie den Friedhof verließen, begegneten sie einem jungen Paar in grünkarierten Jacken und Gummistiefeln zum Schutz vor dem alles durchdringenden Regen, das sich auf sehr englische Weise fast nicht vom Landschaftshintergrund abhob. Die beiden betrachteten die steinernen Köpfe lachender Cherubim oder Engelchen auf zwei hohen Grabsteinen; die rundlichen Füße der kleinen Geschöpfe ruhten auf Totenschädeln, die ihnen als Fußschemel dienten. »Tag«, sagte Hildebrand mit seiner Landedelmannstimme, und sie erwiderten »Tag« im gleichen Ton. Niemand sah den anderen an, alles sehr englisch.

Am Abend des 15. Oktober speisten Cropper und Hildebrand im Restaurant, das wie die Bar getäfelt war und einen steinumfaßten Kamin besaß, in dem ein gemütliches Feuer prasselte. Cropper und Hildebrand saßen zur einen Seite des Feuers; zur anderen Seite saß ein junges Paar, das nur Augen füreinander hatte und auf dem Tisch Händchen hielt. Glitzernde Ölbilder von Pfarrern und Junkern des 18. Jahrhunderts, geschwärzt und fast unkenntlich gemacht vom Kerzenrauch und von den Firnisschichten der Jahrzehnte, starrten steif aus ihren Rahmen. Sie aßen im Kerzenlicht Lachsschaum mit Hummersauce, Fasan mit Brotsauce und Kartoffelchips, Stilton und Cassissorbet *maison*. Cropper genoß das Essen mit Bedauern. Er würde auf beträchtliche Zeit hinaus nicht in der Lage sein, hierher zurückzukommen, und er hatte sich immer gern in diesem Teil der Welt aufgehalten. Der Old Rowan Tree Inn gefiel ihm mit seinen romantisch unebenen Böden, die im Parterre gefliest waren und im ersten Stock unter Teppichen knarrten, mit seinen Fluren, die so eng und niedrig waren, daß Cropper den Kopf neigen mußte. Das Wasser machte merkwürdige Klopf- und Räuspergeräusche, die ihm genauso teuer waren wie der unablässige silbrige Wasserstrom aus den goldenen Armaturen seines stromlinienförmigen Badezimmers in New Mexico. Beides war gut in seiner Art, das gemütliche, enge, verräucherte alte England und die trockene Sonnenhitze, das Glas, die luftigen Stahlbauten, die Weite New Mexicos. Sein Blut pochte, er war erregt, wie er es immer war, wenn er sich im Aufbruch befand, wenn sein Geist wie der Mond über seiner Flugbahn von einer Erdmasse zur anderen schwebte, wenn er weder hier noch dort wirklich war. Aber diesmal spürte er es stärker als sonst. Die Zeit bis zum Abendessen hatte er in seinem Zimmer mit Fitneßtraining verbracht – Lockerungsübungen, Dehnen, Beugen, Strecken –, um seinen Körper biegsam und geschmeidig zu erhalten. Er strengte sich gern an. In seinen langen schwarzen Trainingshosen und seinem Frotteesweater stand er vor dem großen Spiegel. Mit seinem romantisch zerzausten silbergrauen Haar erinnerte er an die Piraten unter seinen Vorfahren oder zumindest an ihre Hollywoodversion.

Hildebrand sagte: »Und dann heißt es: USA, *here we come*. Wissen Sie, daß ich noch nie da war? Ich kenne es nur aus dem Fernsehen. Sie müssen mir beibringen, wie man Vorträge hält.«

Cropper dachte wehmütig, daß er sein Vorhaben vielleicht lieber – oder besser – allein ausgeführt hätte. Aber dann wäre es wirklich Diebstahl gewesen, Einbruch und Diebstahl, während er so nur einem natürlichen Prozeß ein wenig nachhalf, indem er Hildebrand etwas abkaufte, was in Bälde dessen Eigentum gewesen wäre, sehr bald sogar, wenn man seinen Auskünften über Lord Ashs Gesundheitszustand Glauben schenken durfte.

»Wo haben Sie den Mercedes geparkt?« fragte Hildebrand.

»Erzählen Sie mir von –« sagte Cropper im verzweifelten Bemühen um einen unverfänglichen Gesprächsgegenstand. »Erzählen Sie mir von Ihrem Garten, von Ihrem Rasen.«

»Woher wissen Sie von meinem Rasen?«

»Sie haben davon erzählt. Der Zusammenhang ist unwichtig. Was für einen Garten haben Sie?«

Hildebrand begann mit einer umständlichen Beschreibung. Cropper ließ seinen Blick durch das Restaurant wandern. Das Flitterwochenpärchen hatte die Köpfe über dem Tisch zusammengesteckt. Der Mann, der auf unauffällige Weise gut aussah und ein blaugrünes Jackett aus einem Kaschmir-Woll-Gemisch trug, das Cropper als Dior-Modell identifizierte, führte ihre verschlungenen Hände zu seinem Mund und küßte die Innenseiten der Handgelenke des Mädchens. Das Mädchen trug eine elfenbeinfarbene Seidenbluse, in deren Halsausschnitt eine Amethystkette auf der glatten Haut zu sehen war, über einem purpurnen Rock. Es streichelte das Haar seines Partners und befand sich offenbar in jenem hingerissenen und selbstvergessenen Zustand, der kurzfristig jedes Bewußtsein von der Anwesenheit anderer ausschließt.

»Wann müssen wir los?« fragte Hildebrand.

»Nicht hier«, sagte Cropper. »Erzählen Sie mir, erzählen Sie mir –«

»Haben Sie Bescheid gesagt, daß wir abfahren?«

»Ich habe noch für morgen nacht bezahlt.«

»Gutes Wetter heute. Ruhig. Guter Mond.«

Auf dem Weg zu ihren Schlafzimmern begegneten sie dem jungen Paar, das aus der hölzernen Telephonzelle im Flur trat. Mortimer Cropper neigte den Kopf. Hildebrand sagte: »Nacht.«

»Gute Nacht«, sagte das Paar im Chor.

»Wir gehen heute früh ins Bett«, sagte Hildebrand. »Wandern macht müde.«

Das Mädchen lächelte und hakte sich bei seinem Begleiter ein. »Wir auch. Wir gehen auch ins Bett. Gute Nacht.«

Cropper wartete bis um ein Uhr. Stille herrschte. Das Kaminfeuer gloste noch schwach. Die Luft war schwer vor Stille. Er hatte seinen Mercedes an der Parkplatzausfahrt geparkt; da sich an allen Zimmerschlüsseln ein Sicherheitsschlüssel für die Eingangstür befand, würde es kein Kunststück sein, unbemerkt in das Hotel zurückzukehren. Der große Wagen schnurrte leise über die Straße und den Feldweg zur Kirche entlang. Cropper stellte ihn unter einem Baum am Friedhofstor ab und holte aus dem Kofferraum Sturmlaternen und die neuerworbenen Werkzeuge. Es regnete leicht; der Boden war naß und glitschig. Cropper und Hildebrand arbeiteten sich im Dunkeln zum Grab der Ashs vor. »Schauen Sie«, sagte Hildebrand, der in einem Flecken Mondlichts zwischen der Kirche und dem Hügel stand, wo sich Eibe und Zeder befanden. Eine große weiße Schleiereule umkreiste den Kirchturm mit gemessenen Flügelschlägen, eindrucksvoll, ohne einen Laut von sich zu geben, ganz konzentriert auf ihre Jagd.

»Unheimlich«, sagte Hildebrand.

»Ein schönes Tier«, sagte Cropper, der seine eigene Erregung, das eigene Gefühl von Macht und Gewißheit, das er in Muskeln und Geist verspürte, mit dem gemessenen Flügelschlag, dem schwerelosen Schweben identifizierte. Über der Eule bewegte der Drache sich sachte hierhin und dorthin, quietschend, innehaltend und dann wieder von einer unvermittelten Luftbewegung in Gang gesetzt.

Sie mußten schnell arbeiten. Es war für zwei Männer viel zu tun, wollten sie vor Tagesanbruch fertig sein. Sie stachen den Rasen aus und stapelten ihn. Hildebrand sagte atemlos: »Haben Sie eine Vorstellung, wo es liegen kann?« Es wurde Cropper bewußt, daß er zwar eine sehr *genaue* Vorstellung hatte, der zufolge der Gegenstand im Herzen der Grabstätte lag, daß diese Vorstellung aber lediglich ein Produkt seiner erhitzten Phantasie war; er hatte die Szene der Wiederbestattung der Kassette vor seinem inneren Auge so oft gesehen, daß er die Stelle einfach erfunden hatte. Aber er war nicht umsonst der Nachfahre von Shakern und Spiritisten. Er vertraute auf die Intuition. »Wir fangen am Kopf an«, sagte er, »graben tief genug und arbeiten uns langsam zum Fuß des Grabes vor.«

Sie gruben, und neben ihnen wuchs der Haufen aus Lehm und Kieselsteinen, abgehackten Wurzeln, Knöchelchen von Wühlmäusen und Vögeln, Steinchen und Steinen. Hildebrand grunzte und stöhnte beim Arbeiten, und seine Glatze glänzte im Mondlicht. Cropper stieß seinen Spaten freudig in den Erdboden. Er hatte das Gefühl, eine Grenze des Erlaubten überschritten zu haben und in gewisser Weise ein neuer Mensch zu sein. Er gehörte nicht zu den mausgrauen alten Gelehrten, die nur Stubenluft kannten und tagein, tagaus auf ihren vier Buchstaben hockten. Er war *aktiv*, und er würde fündig werden, denn so war es vorherbestimmt. Er zielte mit seinem scharfen Spaten und stach wieder und wieder zu, mit erschreckender Freude, er zertrennte und durchdrang alles, das Schlüpfrige wie das Harte. Er zog sein Jackett aus; er spürte voller Vergnügen die Regentropfen auf seinem Rücken, und er spürte freudig, wie sein Schweiß ihm zwischen den Schulterblättern und die Brust hinunterlief. Er stach zu, wieder und wieder. »Weiter so«, sagte Hildebrand, und Cropper zischte: »Nicht aufhören«, während er mit bloßen Händen an einer langen, gewundenen Wurzel der Eibe zerrte und sein großes Messer hervorzog, um sie abzuschneiden.

»Hier muß es sein, hier, ich weiß es.«

»Vorsichtig. Wir wollen die – die – äh – nicht stören, wenn wir es verhindern können.«

»Nein. Es wird sicher nicht nötig sein. Machen Sie weiter.«

Wind kam auf. Er klatschte leise, und ein, zwei Bäume auf dem Friedhof knarrten und rauschten. Ein überraschender Windstoß lüpfte Croppers Jackett von dem Grabstein, auf den er es gelegt hatte, und ließ es zu Boden fallen. Cropper dachte daran, daß am Grund der Grube, die er aushob, Randolph Ash und seine Frau Ellen lagen oder das, was von ihnen übrig war – ein Gedanke, den er so konkret bisher nicht gedacht hatte. Im Licht der Sturmlaternen waren nur die Spuren ihrer Spaten und die nackte, kalt riechende Erde zu sehen. Cropper sog die Luft ein. Irgend etwas schien in der Atmosphäre zu schwingen, zu schwanken, zu zittern, als wolle es ihm ins Gesicht schlagen. Einen Augenblick lang spürte er eindeutig eine *Gegenwart*, nicht die einer Person, sondern die eines beweglichen *Etwas*, und er blieb einen Moment lang wie gebannt auf seinen Spaten gelehnt stehen. Und in diesem Augenblick brach der große Sturm über Sussex herein. Eine lange Windzunge brauste heulend über sie hinweg, geballte Luftmassen stürzten Hildebrand entgegen, der sich atemlos auf dem Hosenboden mitten im Lehm wiederfand. Cropper begann wieder zu graben. Ein dumpfes Heulen und Pfeifen setzte ein, dem sich ein Chor kreischender, seufzender und knarrender Geräusche anschloß, das Wehgeheul der Bäume. Ein Dachziegel löste sich vom Kirchendach. Cropper öffnete den Mund und schloß ihn wieder. Der Wind raste durch den Friedhof wie ein Wesen aus einer anderen Dimension, das schreiend in eine Falle geraten war. Die Zweige der Eibe und der Zeder gestikulierten wild.

Cropper grub unerbittlich weiter. »Ich kriege es«, sagte er, »ich *kriege* es.«

Er forderte Hildebrand auf, weiterzugraben, aber Hildebrand konnte ihn nicht hören und sah nicht zu ihm hin; er saß neben einem Grabstein im Dreck und hielt seinen Jackettkragen zu, um sich vor dem Wind zu schützen.

Cropper grub, Hildebrand kroch um die Ausgrabungsstätte herum. Die Stämme der Eibe und der Zeder begannen zu schwanken, sich von der Stelle zu bewegen und zu stöhnen.

Hildebrand zog Cropper am Ärmel. »Halt, halt. Aufhören. Zu gefährlich. Weg hier.« Regen peitschte schneidend gegen seine Wangen.

»Noch nicht«, sagte Cropper, der seinen Spaten wie eine Wünschelrute ausrichtete und dann zustach.

Er traf auf Metall. Er kniete nieder und suchte mit den Händen. Er hatte es – einen länglichen Gegenstand, korrodiert und überkrustet, seinen Schatz. Er setzte sich auf den Nachbargrabstein und umklammerte seinen Fund.

Der Wind verbiß sich am Kirchendach und riß noch mehr Dachziegel ab. Die Bäume schrien und schwankten. Cropper zerrte an der Kassette, versuchte, sie mit der Messerklinge zu öffnen. Der Wind fuhr ihm ins Haar und warf es ihm ums Gesicht. Hildebrand Ash hielt sich die Hände vor die Ohren. Er kroch näher und schrie Cropper ins Ohr: »Ist es das?«

»Ja. Richtige Größe. Ja.«

»Und jetzt?«

Cropper deutete auf die Grube. »Zuschaufeln. Ich bring' die Kassette ins Auto.«

Er machte sich auf den Weg. Töne und Geräusche erfüllten die Luft, ein Winseln und Wimmern, das die Bäume und Hecken mit ihren Ästen und Zweigen erzeugten, die sie emporschleuderten und nach unten rissen. Dachziegel durchschnitten pfeifend die Luft und trafen krachend auf den Boden oder an Grabsteine. Cropper eilte weiter, sein Gesicht war von Blättern und Harz verschmiert, aber unterwegs tastete er begierig die Kassette ab. Als er sich damit abmühte, das Friedhofstor zu öffnen, das wie besessen in seinen Angeln zitterte, seiner Hand entglitt und ihm damit das Leben rettete, hörte er ein Rauschen und Bersten, wie er es von ausbrechenden Ölquellen in Texas kannte, und daneben ein Zischen, Kreischen und Krachen von geradezu unnatürlicher Lautstärke. Der Erdboden unter seinen Füßen schien zu beben; er setzte sich nieder, und vor seinen Augen kam eine graue Masse herunter wie ein Hügel, begleitet vom Rauschen zahlloser Blätter und Zweige in der stürmischen Luft. Und als letztes Geräusch – neben dem Rauschen – ertönte etwas wie Trommeln, Zimbeln und Theaterdonner. In seiner Nase mischten sich Erd-, Harz- und Benzingeruch. Ein Baum war mitten auf den Mercedes gestürzt. Er hatte keinen Wagen mehr, und den Rückweg zum Gasthof versperrte mindestens ein umgestürzter Baum, möglicherweise mehrere.

Er kämpfte sich gegen den heulenden Wind zum Grab zurück, während ringsum weitere Bäume krachend umfielen. Als er die Erhebung erreichte und den Lichtstrahl seiner Sturmlaterne auf sie richtete, sah er, wie die Eibe ihre Arme hochwarf und wie am Fuß des rötlichen Stammes plötzlich ein breiter, weißer Spalt aufriß, worauf der Baum sich schwankend neigte und krachend ganz langsam in einem Nadelschauer umkippte, bis die letzten Fasern rissen und der Baum zitternd über dem Grab liegenblieb, das er bedeckte. Cropper konnte weder vor noch zurück. Er rief: »Hildebrand!«, und es war ihm, als würde die eigene Stimme in sein Gesicht zurückgeweht. War er bei der Kirche sicherer? Konnte er dorthin gelangen? Wo war Hildebrand? Der Sturm ließ kurz nach, und er rief noch einmal.

Hildebrand rief zurück: »Hilfe! Wo sind Sie?«

Eine andere Stimme sagte: »Hier, bei der Kirche. Warten Sie.«

Durch die Zweige der Eibe sah Cropper Hildebrand im Gras zwischen den Gräbern zur Kirche kriechen, wo ihn eine dunkle Gestalt erwartete, die ihn mit einer Taschenlampe anleuchtete.

»Professor Cropper?« sagte die Gestalt mit klarer, fester Stimme. »Ist alles in Ordnung?«

»Ich bin offenbar zwischen umgestürzten Bäumen eingeklemmt.«

»Wir werden Sie rausholen, keine Sorge. Haben Sie die Kassette?«

»Welche Kassette?« fragte Cropper.

»Ja, ja, die hat er«, sagte Hildebrand. »Bringen Sie uns hier weg, ich halte diesen Horror nicht mehr aus.«

Ein leises Knistern ertönte, fast wie die elektrischen Manifestationen bei Hella Lees' Seancen, und die Gestalt sagte: »Ja, er ist hier. Ja, er hat die Kassette. Wir sind von umgestürzten Bäumen umzingelt. Wie sieht's bei euch aus?«

Knister, knister.

Cropper beschloß, sein Heil in der Flucht zu suchen. Er drehte sich um. Es mußte möglich sein, um den Baum herumzukriechen – aber plötzlich waren noch mehr Bäume im Weg, eine Hecke, hoch und schuppig, wo vorher nichts gewesen war.

»Es hat keinen Zweck«, sagte die Gestalt, als könnte sie Gedanken lesen. »Sie sind umzingelt. Und auf Ihrem Mercedes liegt ein Baum.«

Cropper sah hinter sich und erkannte im Licht der Taschenlampe des anderen Roland Michell, Maud Bailey, Leonora Stern und James Blackadder, die wie merkwürdige Blüten, Früchte oder Weihnachtsbaumschmuck durch die Zweige spähten, und eine verklärte Beatrice Nest, die mit nassem, weißem, wolligem Haar wie eine Hexe oder Prophetin herabstieg.

Es dauerte anderthalb Stunden, zu Fuß zum Old Rowan Tree Inn zurückzuwandern. Die Londoner waren vor Einbruch des Sturms in Mortlake losgefahren, in ihn hineingeraten, bevor sie am Friedhof ausstiegen, und hatten aus Blackadders Peugeot eine kleine Säge mitgenommen und die Walkie-talkies, die Euan besorgt hatte. Mit der Säge und Croppers Werkzeug bahnten sie sich einen Weg über und unter gefällten Bäumen hindurch, so gut es ging, bis sie die Straße erreichten, wo sie Girlanden von Kabeln und dunkle Fenster sahen. Der Strom war ausgefallen. Cropper führte die anderen zum Gasthof; die Kassette umklammerte er immer noch. In der Diele hatte sich ein Trüppchen verirrter Lastwagenfahrer, Motorradfahrer und Feuerwehrmänner eingefunden, und der Wirt verteilte Kerzen in Flaschen. Große Wasserkessel kochten auf dem Propangasherd in der Küche. Zu keinem anderen Zeitpunkt wäre das Erscheinen so vieler nasser und schmutziger Leute weit nach Mitternacht weniger aufgefallen. Croppers Fänger, die ihn auf sein Zimmer begleiteten, nahmen Kaffee und heiße Milch mit – und auf Euans Vorschlag hin Brandy. In Croppers Gepäck und Hildebrands nagelneuem Reisegepäck fand man trockene Kleidung für alle. Alles war so unwirklich, und das Gefühl, überlebt zu haben, war so stark, daß alle fröstelnd dasaßen, ein undeutliches Gefühl des Wohlbehagens verspürten und lächelten. Keiner von ihnen konnte sich dazu aufraffen, wütend oder auch nur empört zu sein. Die Kassette stand zwischen zwei Kerzen auf dem Tisch in der Fensternische, rostig, erdverkrustet, naß. Die Frauen saßen in Pyjamas nebeneinander auf Croppers Bett – Maud in Croppers schwarzem Seidenpyjama, Leonora in seinem roten Baumwollpyjama und Beatrice in Hildebrands grün und weiß gestreiftem Schlafanzug. Val und Euan trugen ihre eigene Kleidung und sahen normal aus. Blackadder trug Baumwollhosen und einen Pullover aus Hildebrands Garderobe. Euan sagte: »Ich wollte immer schon einmal sagen: ›Sie sind umzingelt.‹«

»Sie haben es sehr gut gesagt«, sagte Cropper. »Ich kenne Sie nicht, aber ich habe Sie schon gesehen. Im Restaurant.«

»Und im Gartencenter und bei Densher and Winterbourne und gestern auf dem Friedhof. Ich heiße Euan MacIntyre und bin Dr. Baileys Anwalt. Ich bin der Ansicht, beweisen zu können, daß sie die Eigentümerin der Manuskripte des Briefwechsels ist, der sich derzeit im Besitz von Sir George Bailey befindet.«

»Aber das hat nichts mit dieser Kassette zu tun.«

»Sie wird *mir* gehören«, sagte Hildebrand.

»Ohne die Befugnis durch den Bischof, die Genehmigung des Vikars und die Genehmigung Lord Ashs haben Sie sich verbrecherischerweise durch Grabschändung in den Besitz dieser Kassette gebracht, und ich kann sie Ihnen wegnehmen und Sie in Zivilarrest nehmen. Außerdem kann Professor Blackadder ein Schreiben vorweisen, das den Export des Kassetteninhalts untersagt, solange seine Bedeutung als nationales Erbe nicht geklärt ist.«

»Ich verstehe«, sagte Mortimer Cropper. »Vielleicht enthält die Kassette nichts. Oder nur Staub. Wollen wir – gemeinsam – ihren Inhalt inspizieren, da wir nun einmal außerstande sind, dieses Haus oder unsere respektive Gesellschaft zu verlassen?«

»Wir sollten sie in Ruhe lassen«, sagte Beatrice. Sie blickte um sich und sah, daß nicht mit Unterstützung zu rechnen war. Mortimer Cropper sagte: »Wenn Sie das finden, dann hätten Sie mich in Zivilarrest nehmen können, bevor ich sie fand.«

Blackadder sagte: »Sehr wahr.«

Leonora sagte: »Warum hat sie sie so ins Grab legen lassen, daß man sie finden konnte, wenn sie es nicht wollte? Warum lag das Ding nicht an ihrem Busen – oder seinem?«

Maud sagte: »Wir müssen das Ende wissen.«

»Wir können nicht sicher sein, es dort zu finden«, sagte Blackadder.

»Aber wir müssen nachsehen«, sagte Maud.

Cropper förderte ein Ölfläschchen zutage, rieb die Scharniere mit Öl ein und entfernte den Rost mit der Messerspitze. Nach langen Sekunden setzte er die Messerspitze am Verschluß an und drückte. Der Deckel sprang hoch, und man sah die Glasverkleidung von Ashs Futteral, trübe und fleckig, aber intakt. Cropper öffnete auch sie mit seinem Messer und nahm den Inhalt heraus, einen Beutel aus geölter Seide, der folgende Gegenstände enthielt: ein Armband aus geflochtenem Haar mit einer Silberschließe in Form verschlungener Hände, einen blauen Umschlag, in dem sich eine lange Strähne geflochtenen hellblonden Haars befand, einen Packen aus geölter Seide, der Briefe enthielt, die mit einem Band verschnürt waren, und einen länglichen versiegelten Umschlag von ehemals weißer Farbe, auf dem in bräunlichen Buchstaben stand: *An Randolph Henry Ash*.

Cropper fuhr mit den Fingerkuppen an den Kanten des Briefpackens entlang und sagte: »Ihre Liebesbriefe, wie sie gesagt hat.« Er sah den versiegelten Brief an und reichte ihn Maud. Maud sah die Handschrift an und sagte: »Ich glaube, das heißt, ich bin mir fast sicher ...«

Euan sagte: »Wenn der Brief versiegelt ist, wird die Eigentumsfrage mehr als spannend. Gehört er dem Absender – da nicht entgegengenommen – oder dem Empfänger, in dessen Grab er ungeöffnet lag?«

Bevor irgend jemand Widerspruch erheben konnte, hatte Cropper den Umschlag ergriffen, sein Messer unter das Siegel geschoben und ihn geöffnet. Im Umschlag waren eine Photographie und ein Brief. Die Photographie war fleckig und mit silbernen Blitzern und schwarzen Trübungen bedeckt wie altes Spiegelglas, aber hinter alledem schimmerte die gespenstische Gestalt einer Braut unter Schleiern und einem Blumenkranz, die ein Bukett aus Lilien und Rosen in der Hand hielt.

Leonora sagte: »Miss Havisham. Die Braut von Korinth.«

Maud sagte stockend: »Nein – nein – ich begreife –«

Euan sagte: »Ja, nicht wahr? Ich dachte es mir. Lesen Sie den Brief vor. Sie kennen die Handschrift.«

»Soll ich?«

Und so kam es, daß Christabel LaMottes Brief an Randolph Ash in diesem Hotelzimmer vor dieser sonderbaren Versammlung disparater Sucher und Jäger laut vorgelesen wurde, bei Kerzenlicht, während draußen der Wind heulte und an den Fenstern rüttelte auf seinem rasenden Flug über die Hügel.

Mein Teurer – mein Teurer –

man sagt mir, daß Du sehr, sehr krank bist. Es ist nicht recht von mir, Dich zu dieser Zeit mit wenig passenden Erinnerungen zu stören – doch ich muß – Dir etwas sagen – ich muß es. Du wirst einwenden können, daß es vor achtundzwanzig Jahren hätte gesagt werden sollen oder gar nicht – was wahr sein mag – doch konnte oder wollte ich es nicht. Und nun denke ich ohne Unterlaß an Dich, ich bete für Dich, und ich weiß – ich weiß es seit vielen, vielen Jahren –, daß ich Dir unrecht getan habe.

Du hast eine Tochter, die gesund ist und verheiratet und Mutter eines hübschen Knaben. Ich schicke Dir ihr Bild, dem Du entnehmen kannst, wie hübsch sie ist und daß sie – wie ich mir einbilde – beiden Eltern ähnlich sieht, *von deren Elternschaft sie nichts weiß.*

All das ist einfach – wenn auch nicht leicht hinzuschreiben. Aber die Geschichte dessen? Ich schulde Dir nicht nur die Wahrheit des Bekenntnisses, sondern auch den Hergang – vielleicht *mir selbst*, wer weiß – ich habe mich an Dir versündigt – doch aus Gründen –

Jegliche Geschichte besteht aus Tatsachen – und aus Leidenschaft und Farben von der Menschen Hand. Die Tatsachen zumindest will ich Dir berichten.

Als wir uns trennten, *wußte ich* – wenngleich nicht mit letzter Sicherheit – daß die Folgen sein würden – was sie dann waren. An jenem letzten düsteren Tag waren wir einig – einander zu verlassen – und niemals zurückzublicken. Und ich war bereit, mich daran zu halten, um meines Stolzes und um Deinetwillen – was auch kommen mochte. Und ich traf Vorbereitungen – Du würdest es nicht glauben, wie ich berechnete und plante – und fand einen Ort (den Du später *entdecktest*, gewiß), an dem ich niemanden als mich für unser Geschick verantwortlich machen konnte – ihres und meines – und besprach mich mit der einzigen Person, die mir helfen konnte – meiner Schwester Sophie – die sich bereit fand, mir mit einer Lüge zu helfen, welche zu einem Roman besser gepaßt hätte als zu meinem stillen, ruhigen Leben – doch die Notwendigkeit schärft den Verstand und stärkt die Entschlossenheit – und unsere Tochter wurde in der Bretagne geboren, im Kloster, und nach England gebracht, wo Sophie sie als *ihr Kind* aufnahm und aufzog. Und Sophie hat sie in ihr Herz geschlossen und geliebt, wie es keine andere Frau vermocht hätte, die *nicht ihre wahre Mutter* war. Sie ist unbeschwert über Felder und Wiesen gelaufen und hat einen Vetter geheiratet (in Wahrheit keinen Vetter) und lebt mit ihm in Norfolk und ist glücklich.

Und ich kam hierher – wie ich heute weiß, nicht lange nach unserer letzten Begegnung bei Mrs. Lees' Séance, wo Du so erbittert warst, so haß- und zornerfüllt – und auch ich war es, weil Du *die Wunden meiner Seele* wieder öffnetest – und ich dachte mir – denn so sind wir Frauen –, daß auch Du ein wenig leiden solltest, denn den größeren Teil des Leidens auf dieser Welt tragen *wir*. Als ich zu Dir sagte, Du habest mich zur Mörderin gemacht, sprach ich von der *armen Blanche* – deren schreckliches Ende mich jeden Tag aufs neue quält. Du aber glaubtest, ich spräche wie Gretchen zu Faust. Und da dachte ich – mit ein wenig Bosheit infolge meiner übergroßen geistigen und körperlichen Erschöpfung –, mag er es denn glauben, wenn er mich so wenig kennt, mag er sich quälen. Im Kindbett sind wir Frauen voller Bitterkeit gegen den *Urheber* unseres Elends – denn als solches erscheint es uns –, der nicht für die Leidenschaft eines Augenblicks mit lange währender Verwüstung an Körper und Seele büßen muß. So dachte ich damals – doch heute bin ich ruhiger. Heute bin ich alt.

Ach, lieber Randolph, hier sitze ich wie eine alte Hexe in ihrem Turm und schreibe meine Verse, der Gnade meines ungehobelten Schwagers ausgeliefert, ein Schmarotzer – wie ich es mir nie hätte träumen lassen –, der vom Glück (im pekuniären Sinne) der Schwester lebt ... Und ich schreibe Dir, als wäre es gestern erst gewesen, von dem Zorn, der wie eiserne Ringe um meine Brust brannte, von meinem Haß und meiner Liebe (zu Dir, zu meiner süßen Maia und auch zur armen Blanche). Doch es war nicht gestern, und Du bist sehr krank. Ich wünsche Dir, daß Du gesunden mögest, Randolph, und ich segne Dich und bitte Dich um Deinen Segen und um Dein Verzeihen, wenn Du es gewähren kannst. Denn ich wußte wohl – wie auch nicht? –, daß Du ein großzügiges Herz besitzt und Dich um uns gekümmert hättest – um mich und Maia –, doch ich hegte die geheime Furcht – und nun kommt alles zutage – doch die Wahrheit ist immer das beste, nicht wahr? –, ich fürchtete, daß Du sie zu Dir nehmen könntest, Du und Deine Frau, als Euer Kind – und sie war mein, ich hatte sie geboren – *ich konnte sie nicht fortgeben* – und verbarg sie so vor Dir – und Dich vor ihr, denn sie hätte Dich gewiß geliebt – ~~eh, was habe ich getan?~~

Hier könnte ich nun aufhören – ich hätte aufhören können mit meiner Bitte um Verzeihung. Ich sende dieses Schreiben Deiner Frau – die es lesen oder nach Gutdünken damit verfahren mag – ich bin in ihrer Hand –, doch es ist so gefährlich verlockend, nach all den Jahren zu Dir zu sprechen – ich vertraue mich ihrem und Deinem guten Willen an – denn in gewissem Sinn ist dies mein Testament. Ich hatte wenig *Freunde* in meinem Leben und unter diesen *Freunden* zwei nur, denen ich vertraute – Blanche – und Dich – und beide liebte ich zu sehr, und sie starb eines schrecklichen Todes, Dich hassend und mich. Heute jedoch, als alte Frau, trauere ich am meisten nicht den wenigen bittren und süßen Tagen der Leidenschaft nach – welche wohl *jedermanns* Leidenschaft hätte sein können, denn alle Leidenschaft strebt, so scheint es, dem gleichen Ende zu, dem gleichen

Zweck –, nein, was ich betrauere, glaube ich (und sagte ich, wäre ich nicht vom Alter geschwätzig), sind unsere Briefe, unsere Briefe über die Dichtkunst und anderes, die offenbarten, wie vertraulich und zutrauend des einen *Geist* sich im anderen erkannte. Gern wüßte ich, ob Du jemals eines der wenigen Exemplare meiner *Schönen Melusine* zu Augen bekamst und ob Du Dir dachtest – einst kannte ich sie – oder, was Dir zugestanden hätte – »Ohne mich wäre diese Geschichte niemals erzählt worden«. Die Melusine und Maia – beide verdanke ich Dir, und ich bin Deine Schuldnerin geblieben. (Ich denke mir, daß meine Melusine *nicht sterben* wird, sondern daß Leser sie erkennen und sie retten werden.)

Die letzten dreißig Jahre habe ich der Melusine Leben hier geführt – ich bin im Geiste um die Zinnen dieser Festung geflogen und habe dem Wind mein Sehnen anvertaut, mein Kind zu sehen und zu wiegen und zu lieben, mein Kind, das von mir nicht weiß. Sie war ein glückliches Wesen, von sonnigem Gemüt, zutraulich und wunderbar *direkt* in allem, was sie tat. Ihre Adoptiveltern liebte sie von ganzem Herzen, auch den stumpfsinnigen Sir George, von dessen dickem Blut kein einziger Tropfen in ihren Adern fließt, den sie jedoch durch ihre Gutherzigkeit und durch ihr hübsches Gesicht bezauberte – was ihr und mir nicht zum Schaden gereichte.

Mich hat sie nicht ins Herz geschlossen. Wem sonst als Dir kann ich dies offenbaren? Sie sah mich als *sorcière*, als altes Weib aus einem Märchen, das mit glitzerndem Auge darauf lauert, daß sie sich den Finger sticht und in den fühllosen Schlaf des *Erwachsenendaseins* gerät. Waren es Tränen, die in meinen Augen glitzerten, sah sie es nicht. Lassen wir dies, denn ich erfülle sie mit Furcht, mit Abscheu – sie spürt, sehr zu Recht, daß ich allzu besorgt um sie bin, und sie begreift, was das Natürlichste ist, als *unnatürlich*.

Doch mußt Du denken – so die Erschütterung angesichts dessen, was ich Dir enthüllte, Dir noch Kraft läßt, über meine enge Welt nachzudenken –, daß ein Romanzenschreiber, wie ich es bin (oder ein wahrer Dramatiker, wie Du es bist), nicht fähig sei, ein solches Geheimnis seit nunmehr dreißig Jahren zu wahren (denke nur, Randolph, dreißig Jahre), ohne eine *peripeteia* herbeizuführen, ein *dénouement*, irgendeine heimliche oder offene Enthüllung. Aber wärest Du hier, so wüßtest Du, daß ich es nicht wagen kann – um ihretwillen, denn sie ist so glücklich, und um meinetwillen, die ich mich vor dem fürchte, was ich in ihren Augen lesen könnte. Sagte ich es – *und sie wiche vor mir zurück* – was dann? Und Sophie versprach ich damals, daß ich für alle Zeiten Stillschweigen wahren würde – und ohne Sophie hätte es keine Hilfe und kein Heim für mein Kind gegeben.

Sie spielte und lachte wie Coleridges zierliches Elfenwesen – entsinnst Du Dich unserer Briefe über *Christabel*? Mit Büchern hat sie sich nie anfreunden können, nie. Ich schrieb Geschichten für sie, die ich drucken und binden ließ, und gab sie ihr, und sie lächelte und dankte mir so reizend und legte sie fort. Nie sah ich sie zum Vergnügen lesen. Sie liebte das Reiten und das Bogenschießen und spielte die Spiele der Knaben mit ihren (sogenannten) Brüdern ... und heiratete zuletzt einen Vetter, der ihr Spielkamerad war seit ihrem fünften Lebensjahr. Ich wollte ihr ein sorgenfreies Leben sichern, und das hat sie gehabt – aber es ist nicht mein Leben, es hat mit mir nichts zu schaffen, und ich bin die alte Jungfer, die man nicht liebt ...

So bin ich in gewissem Sinne dafür bestraft worden, daß ich sie Dir vorenthielt.

Erinnerst Du Dich an das, was ich Dir über das Rätsel von dem Ei schrieb? Über das Ei als *eidolon* meiner Einsamkeit und *Selbstgenügsamkeit*, die Du bedrohtest, ob Du es wolltest oder nicht? Und die Du zerstörtest, Liebster, obwohl Du mir nur Gutes wolltest, wie ich weiß und glaube. Und bisweilen frage ich mich – hätte ich mich in meinem unzugänglichen Schloß hinter Zinnen und Palisaden versteckt – wäre ich dann wohl eine große Dichterin geworden – Dir vergleichbar? Ich frage mich – *verwies* Dein Geist den meinen – wie der des Antonius den des Cäsar – oder hat Deine Großherzigkeit mich bereichert, wie Du es *erstrebtest*? All dies ist so verworren und vermischt – und wir liebten einander – um des anderen willen, aber zuletzt war es um Maias willen (die von ihrem »wunderlichen Namen« nichts wissen will und nur May gerufen wird, was sie kleidet).

So lange war ich voller Zorn – zornig auf uns alle, auf Dich, auf Blanche, auf mich. Und nun, nahe dem Ende, »ruhigen Geistes, da alles Feuer verglüht«, gedenke ich Deiner mit ungetrübter Liebe. Ich las *Samson Agonistes* und las von dem Drachen, für den ich Dich einst hielt – als wäre ich das Federvieh gewesen –

Seine Tugend zu Flamme plötzlich
Unter der Asche angefacht –
Kam nicht wie der Drache der Nacht,
Des Dorfes zahm Geflügel
Im Schlaf ... zu überfallen –

Ist dies nicht treffend und schön? Erflammten wir nicht – erflammtest nicht *Du*, und ich ward entzündet? Werden wir weiterbestehen und uns aus unserer Asche erheben – wie Miltons Phönix?

... gleich dem Vogel, der, aus sich gezeugt,
Und hausend in Arabiens tiefstem Wald,
Nur sich und keinem zweiten gleich,
Verzehrt vom Feuer, das als Opfer wallt,
Doch in der Asche neu geboren,
Aus Ohnmacht sich in glühender Gestalt,
Zu größerm Werk erkoren;
Und ob der Leib auch stirbt, es lebt der Ruhm
In aller Zeiten Heiligtum.

Willst Du die Wahrheit wissen – so hätte ich lieber allein gelebt. Doch da dies nicht möglich war – und wohl fast niemandem erlaubt ist – danke ich Gott für Dich – danke ich ihm, daß Du der Drache warst, wenn es nun einen Drachen geben muß –

Ich muß den Brief beenden. Eines noch: Dein Enkel (und der meine, so befremdlich es scheinen mag). Er heißt Walter und deklamiert Gedichte zur größten Verwunderung seiner bäurischen Verwandtschaft. Ich habe ihm große Teile des *Alten Seefahrers* beigebracht; und er sagt die Stelle über die Wasserschlangen und die der Vision des glitzernden Auges, das zum Mond blickt, voll tiefen Empfindens auf, mit glänzenden, hellen Augen. Er ist ein gesunder Knabe und wird *leben*.

Ich muß enden. So Du imstande oder bereit bist – laß mich wissen, daß Du meine Zeilen gelesen hast. Daß Du mir verzeihst, dies zu erbitten wage ich nicht.

Christabel LaMotte

Alle schwiegen. Maud hatte mit klarer, ausdrucksloser Stimme zu lesen begonnen, die am Ende vor unterdrückten Emotionen zitterte.

»Ho!« sagte Leonora.

Cropper sagte: »Ich habe es geahnt. Ich wußte, daß etwas Großes dahintersteckte –«

Hildebrand sagte: »Ich verstehe nicht –«

Euan sagte: »Illegitime Kinder konnten damals nicht erben. Sonst wäre Maud die rechtmäßige Erbin aller in Frage kommenden Dokumente. Ich habe vermutet, daß es sich um etwas Derartiges handeln würde. In viktorianischen Familien wurden illegitime Sprößlinge meistens auf diese Weise untergebracht – man versteckte sie in normalen Familien, damit sie nicht unter ihrer Herkunft zu leiden hatten –«

Blackadder sagte: »Was sagen Sie dazu, Maud, daß Sie von beiden abstammen – wie passend, daß Sie selbst den Mythos – nein, die Wahrheit – Ihrer eigenen Herkunft erkundet haben.«

Alle sahen Maud an, die das Photo ansah. Sie sagte: »Ich kenne es von zu Hause. Sie war meine Ururgroßmutter.«

Beatrice Nest war in Tränen aufgelöst. Sie stiegen ihr in die Augen und fielen. Maud streckte eine Hand aus. »Beatrice –«

»Entschuldigen Sie bitte. Aber es ist so schrecklich zu denken – er kann es nie gelesen haben, nicht wahr? Sie hat all das für niemanden geschrieben. Sie hat auf eine Antwort gewartet – und er konnte nicht antworten –«

Maud sagte: »Sie kennen doch Ellen. Was denken Sie, warum sie den Brief zusammen mit ihren Liebesbriefen in die Kassette gelegt hat –«

»Und mit ihrem Haar«, sagte Leonora. »Das blonde Haar muß Christabels Haar sein –«

Beatrice sagte: »Wahrscheinlich wußte sie nicht, was sie tun sollte. Sie wollte ihm den Brief nicht geben, und sie hat ihn nicht gelesen – ich kann mir gut vorstellen, daß sie ihn einfach aufgehoben hat –«

»Für Maud«, sagte Blackadder. »Sie hat ihn für Maud aufgehoben.«

Alle sahen Maud an, die mit blutleerem Gesicht dasaß, den Brief in der Hand hielt und das Photo anstarrte.

Maud sagte: »Ich kann jetzt nicht denken. Ich muß erst schlafen. Ich kann nicht mehr. Morgen früh können wir weiter beraten. Ich weiß nicht, warum ich so fertig bin, aber ich bin es.« Sie wandte sich an Roland: »Hilf mir, ein Bett zu suchen. Und die ganzen Papiere sollte Professor Blackadder in seine Obhut nehmen. Nur das Photo würde ich gerne über Nacht behalten, wenn ich darf.«

Roland und Maud saßen nebeneinander auf dem Rand eines Himmelbetts, dessen Behänge goldene William-Morris-Lilien bedeckten. Im Licht einer Kerze in silbernem Kerzenhalter betrachteten sie das Hochzeitsphoto. Weil es so schwer zu erkennen war, steckten ihre Köpfe beieinander, der dunkle und der helle, und beide konnten das Haar des anderen riechen, in dem der Geruch des Sturms hing, der Geruch von Regen, aufgewühltem Lehm und von zertretenen Blättern. Und darunter war ihr eigener warmer menschlicher Geruch.

Maia Bailey lächelte sie heiter an. Sie sahen ihr Gesicht nun vor dem Hintergrund von Christabels Brief und sahen darin trotz der silbrigen Blitzer und des Altersschimmers ein fröhliches, ein zuversichtliches Gesicht, das Gesicht einer Frau, die ihren Kranz mit Anmut trug und die vergnügt, nicht aufgeregt posierte.

»Sie sieht Christabel ähnlich«, sagte Maud. »Siehst du es?«

»Sie sieht dir ähnlich«, sagte Roland, und er sagte: »Sie sieht Randolph Ash auch ähnlich. Die Stirn. Der breite Mund. Da, die Augenbrauen.«

»Also sehe ich Randolph Henry Ash ähnlich.«

Roland berührte ihr Gesicht. »Ich wäre nie darauf gekommen, aber es stimmt. Die gleichen Dinge – hier, die Augenbrauen, da, der Mund. Jetzt, wo ich es weiß, würde es mir immer auffallen.«

»Ich weiß nicht so recht. Es hat etwas Vorherbestimmtes, etwas Unnatürliches. Richtig dämonisch. Als hätten sie Besitz von mir ergriffen.«

»So geht es einem mit Vorfahren immer. Selbst mit ganz bescheidenen, wenn man das Glück hat, sie zu kennen.«

Geistesabwesend strich er über ihr feuchtes Haar.

Maud fragte: »Und jetzt?«

»Was meinst du damit?«

»Was passiert jetzt? Mit uns?«

»*Du* wirst deinen Rechtsstreit durchfechten müssen. Und die Briefe herausgeben. Ich – ich habe verschiedenes vor.«

»Ich dachte – könnten wir beide die Briefe zusammen edieren?«

»Das ist nett von dir, aber es ist nicht nötig. Du bist die zentrale Figur in der ganzen Geschichte, immer mehr. Ich habe mich nur hineingestohlen – im wahrsten Sinn des Wortes. Aber ich habe einiges gelernt.«

»Was hast du gelernt?«

»Oh – von Ash und Vico, über die Sprache der Poesie. Ich – ich – ich habe verschiedenes zu schreiben.«

»Bist du mir böse? Es kommt mir so vor. Warum?«

»Nein. Das heißt doch, ich war es. Deine Selbstsicherheit – wissenschaftlich, als Feministin, auch mit den Leuten aus deiner Schicht, aus deiner Welt, wie Euan. Ich habe gar nichts – ich hatte nichts, besser gesagt. Und ich habe angefangen – dich gern zu haben. Stolz ist in diesem Zusammenhang veraltet, ich weiß, aber mir hat es trotzdem etwas ausgemacht –«

Maud sagte: »Mir ist –«, und schwieg.

Er sah sie an. Ihr Gesicht wirkte im Kerzenlicht wie aus Marmor gemeißelt. Eisige Höflichkeit, unbeirrbare Undurchdringlichkeit, wie er sich in Gedanken oft gesagt hatte.

Er sagte: »Ich habe dir noch nicht erzählt, daß mir drei Jobs angeboten worden sind. In Hongkong, Barcelona und Amsterdam. Die ganze Welt steht mir offen. Ich werde nicht da sein, um die Briefe mit dir zu edieren. Sie haben nichts mit mir zu tun.«

Maud sagte: »Mir ist –«

»*Was* ist?« fragte Roland.

»Wenn ich – irgendwas – empfinde –, wird mir am ganzen Körper eiskalt. Ich gefriere. Ich kann – ich kann nicht darüber sprechen. Ich – ich – kann nicht mit Emotionen umgehen.«

Sie zitterte. Sie sah noch immer kühl und etwas verächtlich aus – schuld waren ihre ebenmäßigen Züge. Roland sagte: »Warum wird dir kalt?« Seine Stimme klang sanft.

»Ich – ich habe es *analysiert.* Es liegt an meinem Aussehen. Wenn man eine bestimmte Art von gutem Aussehen hat, gehen die anderen mit einem um, als wäre man eine Art *Besitz*. Als wäre man nicht lebendig, nur weil man so –«

»So schön«, sagte Roland.

»Ja, klar. Man wird zu einer Art Eigentum oder zu einem Götzenbild. Das will ich nicht. Aber so war es jedesmal.«

»So muß es aber nicht sein.«

»Aber du – hast mich auch nicht gemocht – als wir uns kennengelernt haben. Ich kann damit umgehen. Ich benutze es sogar.«

»Ja. Aber willst du immer allein sein? Willst du das wirklich?«

»Es geht mir wie ihr. Ich verbarrikadiere mich hinter meinem Schutzwall, *damit ich meine Arbeit tun kann*. Ich weiß, was sie für ihr unzerstörtes Ei empfand, ihre Autonomie, ihre Selbstgenügsamkeit. Ich kann mir nicht vorstellen, darauf zu verzichten. Verstehst du das?«

»O ja.«

»Ich schreibe über Schwellen, Pforten, Bastionen, Festungen.«

»Eindringlinge, Invasoren.«

»Gewiß.«

»Damit habe ich nichts zu tun. Ich bin selbst einsam.«

»Ich weiß. Du – du würdest nie – die Grenzen verwischen –«

»Mich vordrängen –«

»Nein, und deshalb fühle ich –«

»Du fühlst dich sicher –«

»O nein, überhaupt nicht. Ich liebe dich. Ich wollte, ich täte es nicht.«

»Ich liebe dich auch«, sagte Roland. »Es paßt mir nicht in den Kram – jetzt, wo ich endlich eine Zukunft habe. Aber so ist es nun mal. Schlimmer konnte es nicht kommen. Alles, was wir – was wir gelernt haben, nicht zu glauben – die völlige Besessenheit, bei Tag und Nacht. Wenn ich dich sehe, dann bist *du* lebendig, und alles übrige – es verschwindet einfach. Löst sich in Luft auf.«

»Eisige Höflichkeit, unbeirrbare Undurchdringlichkeit.«

»Woher weißt du das?«

»Das denkt jeder von mir. Fergus zum Beispiel.«

»Fergus vereinnahmt Leute. Ich kann dir nicht viel anbieten.

Aber ich kann dich *Du* sein lassen, ohne dich zu vereinnahmen –«

»In Hongkong, Barcelona oder Amsterdam?«

»Ja, natürlich, wenn ich dort bin. Ich würde deine Autonomie nicht bedrohen.«

»Oder bleib hier und liebe mich«, sagte Maud. »Liebe ist etwas Furchtbares, sie zerstört –«

»Sie kann auch raffiniert sein und erfindungsreich«, sagte Roland. »Wir können uns Schliche und Wege ausdenken – nach Amsterdam ist es nicht weit –«

Kalte Hände berührten sich.

»Komm, wir gehen ins Bett«, sagte Roland. »Mach dir keine Sorgen.«

»Davor habe ich auch Angst.«

»Sei nicht so ein Feigling. Ich pass' schon auf dich auf.«

Und sie zogen die ungewohnten Kleidungsstücke aus, Croppers vielfarbige Leihgaben, und kletterten nackt in die Tiefen des Himmelbetts und seiner Matratzen und bliesen die Kerze aus. Und langsam und unendlich behutsam, unter zahllosen Verzögerungen und Ablenkungen und indirekten Annäherungen bemächtigte sich Roland – um einen veralteten Begriff zu verwenden – schließlich ihrer weißen Kühle und ergriff Besitz von ihr und erwärmte sie mit seinem Körper, bis es keine Grenzen mehr zu geben schien; und im Morgengrauen hörte er wie aus weiter Ferne ihre helle Stimme, freudig und triumphierend, ungehemmt und furchtlos.

Am Morgen roch die ganze Welt neu und anders. Es war der Geruch der Zeit danach, ein grüner Geruch, ein Geruch wie von zerkleinerten Blättern und tropfendem Harz, von gefälltem Holz und vergossenem Saft, ein beißender Geruch, der an den Geruch angebissener Äpfel erinnerte. Es war der Geruch von Tod und Zerstörung, und er roch frisch und lebendig und hoffnungsversprechend.

POSTSKRIPTUM 1868

Manches ereignet sich, ohne erkennbare Spuren zu hinterlassen, ohne daß darüber gesprochen oder geschrieben wird, obwohl es falsch wäre zu sagen, daß alles Nachfolgende unbeeinflußt davon seinen Lauf nimmt, als hätte es jenes nie gegeben.

An einem warmen Tag im Mai begegneten einander zwei, die niemals von ihrer Begegnung sprachen. Und so kam es dazu.

Es war eine Wiese voller Gras und voller Sommerblumen: blaue Kornblumen, leuchtendrote Mohnblüten, goldgelbe Butterblumen, ein Schleier von Ehrenpreis, ein Muster von Gänseblümchen, wo das Gras niedriger wuchs, Skabiosen, gelbe Löwenmäulchen, Margeriten, blasse Kornraden, wilde Stiefmütterchen, Bibernellen und Hirtentäschel, und an die Wiese grenzte eine Hecke aus wilder Möhre und Fingerhut, überragt von Heckenrosen, die blaß zwischen den dornigen Zweigen und Blättern leuchteten, von süßduftendem Geißblatt, von wildwuchernden Zaunrüben und den dunklen Blüten des bittersüßen Nachtschattens. Alles blühte so üppig, als könnte es nie ein Ende finden. Die Grashalme glänzten smaragdgrün, besprenkelt von diamantenen Lichttupfern. Süß und klar sangen Lerche, Amsel und Drossel, und Schmetterlinge – blau, schwefelgelb, kupferrot und zartweiß – flogen von Blüte zu Blüte, vom Klee zur Wicke zum Rittersporn, geleitet von unsichtbaren violetten Pentagrammen und Spiralen des Lichts, das die Blütenblätter aussandten.

Und ein Mädchen schaukelte auf einem Tor, ein Mädchen in blauem Kleid und weißer Schürze, das vor sich hinsummte und eine Kette aus Gänseblümchen flocht.

Und ein Mann, großgewachsen, bärtig, dessen Gesicht von einem breitkrempigen Hut überschattet war, ein Wanderer mit einem Eschenstock in der Hand, der wie ein geübter Wanderer aussah, näherte sich zwischen hohen Hecken.

Er blieb stehen und sprach mit dem Kind, das lächelte und fröhlich antwortete, während es weiter schaukelte. Er fragte, wo er sich befinde, wie das Haus unten im Tal heiße, dessen Namen er in Wahrheit sehr wohl wußte, und er fragte das Mädchen nach seinem Namen, und es sagte, es heiße May. Es sagte, es habe noch einen anderen Namen, der ihm nicht gefalle. Er sagte, das könne sich vielleicht ändern, da Namen sich im Verlauf der Zeit zu verwandeln pflegten, zu wachsen und zu schrumpfen: und er hätte den langen Namen gern gewußt. Und darauf sagte sie, eifriger schaukelnd, sie heiße Maia Thomasine Bailey und ihre Eltern lebten in dem Haus unten im Tal und sie habe zwei Brüder. Er sagte zu ihr, Maia sei die Mutter des Hermes, des Diebes, Künstlers und Psychopompos, und er kenne einen Wasserfall des Namens Thomasine. Sie sagte, sie habe ein Pony mit dem Namen Hermes gekannt, schnell wie der *Wind*, o ja, aber von einem Wasserfall mit einem solchen Namen habe sie noch nie gehört.

Er sagte: »Ich glaube, ich kenne deine Mutter. Du siehst ihr sehr ähnlich.«

»Das sagt sonst niemand. *Ich* glaube, daß ich meinem Vater ähnlich sehe. Mein Vater ist stark und gut und nimmt mich zum Reiten mit, schnell wie der *Wind*.«

»Ich glaube, auch deinem Vater siehst du ähnlich«, sagte er darauf, und er umfaßte sie ganz ruhig und gelassen, um sie nicht zu erschrecken, und setzte sie neben sich nieder. Und sie saßen nebeneinander und redeten in einer Wolke von Schmetterlingen, wie er es mit größter Klarheit erinnern sollte und wie sie es immer undeutlicher erinnerte, je weiter das Jahrhundert voranschritt. Schwarzglänzende und smaragdgrüne Käfer liefen vor ihren Füßen umher. Sie erzählte ihm von ihrem fröhlichen Leben, von ihren Vergnügungen und ihren Wünschen. Er sagte: »Du machst den Eindruck, außerordentlich glücklich zu sein«, und sie sagte: »Oh, das bin ich, o ja.« Und dann saß er eine kurze Weile schweigend da, und sie fragte ihn, ob er Ketten aus Gänseblümchen zu flechten verstehe.

»Ich werde dir einen Kranz flechten«, sagte er, »eine richtige Krone wie für eine Maienkönigin. Du mußt mir aber dafür etwas schenken.«

»Ich habe nichts, was ich schenken kann.«

»Gib mir eine Haarlocke – eine Strähne.«

»Wie in einem Märchen.«

»Ja, wie in einem Märchen.«

Und er flocht ihr einen Kranz oder eine Krone aus biegsamen Zweigen, in die er grünes Laub wob und Blüten von jeder Farbe – Efeu und Farne, silbrige Gräser und die Sternblüten des bittersüßen Nachtschattens und die der Klematis, Rosenblüten, Geißblattblüten und Belladonnablüten (»Du weißt aber, daß du diese nicht in den Mund nehmen darfst«, sagte er, und sie erwiderte verächtlich, daß sie dies wohl wisse, da sie oft genug ermahnt worden sei).

»So«, sagte er und bekrönte den hellblonden Kopf. »Wunderschön wie ein Feenkind. Oder wie Proserpina. Kennst du

das schöne Feld Enna, wo Proserpina, da sie Blumen pflückte, selbst
die schönere Blume, von dem dunklen Dis gepflücket ward, welches
die Ceres so viele Mühen kostete, sie in der ganzen Welt zu suchen?«

Sie sah ihn an, stolz und ein wenig geringschätzig, und hielt den Kopf unter der Last des Kranzes aufrecht.

»Ich habe eine Tante, die mir immer Gedichte aufsagt. Aber ich mag keine Gedichte.«

Er zog eine kleine Schere aus der Tasche und schnitt behutsam eine lange Locke aus dem butterblumengelben Haar, das ihr über die Schultern fiel.

»Warte«, sagte sie, »ich flechte es, damit es hält.«

Während ihre kleinen Finger beschäftigt waren und sie vor Anstrengung die Stirn runzelte, sagte er: »Wie schade, daß du keine Gedichte magst. Ich bin auch Dichter.«

»Oh, dich mag ich ja«, erwiderte sie schnell, »du kannst schöne Dinge fertigen und bist nicht so komisch –«

Sie hielt ihm die geflochtene Strähne hin, die er zusammenwand und in seine Uhr legte.

»Sag deiner Tante«, sagte er, »daß du einen Dichter sahst, der nach der Belle Dame Sans Merci suchte, doch dich fand, und der ihr seinen Gruß entbietet, da er sie nicht stören will auf seinem Weg zu neuen Ufern und frischen Weiden.«

»Ich will versuchen, mich daran zu erinnern«, sagte sie und rückte ihre Krone zurecht.

Und er küßte sie, ruhig und gelassen, um sie nicht zu erschrekken, und ging seines Weges.

Und auf dem Heimweg begegnete sie ihren Brüdern, und es kam zu einer Rauferei, und die schöne Krone zerbrach, und sie vergaß die Botschaft, die nie ausgerichtet wurde.

John Bunyan ist zitiert nach *Pilgerreise zur seligen Ewigkeit* von Johann Bunyan (Dinglingen 1922, ohne Angabe des Übersetzers); die Gedichte von John Donne sind wiedergegeben in der Fassung von Werner von Koppenfels (erschienen in *Alchimie der Liebe*, Berlin 1991); die Angaben zur nordischen Mythologie stützen sich auf Mircea Eliades Arbeiten zur Religionsgeschichte, und die Freud-Zitate entstammen dem Aufsatz »Totem und Tabu« in Band XIII und dem Text »Abriß der Psychoanalyse« in Band XVII der Gesammelten Werke, Frankfurt a. M.; sogenannte Dialektbegriffe verdanken sich größtenteils der *Deutschen Mythologie* von Jacob Grimm; die Lacan-Zitate sind den Texten »Le Stade du miroir« und »L'Aggressivité en psychanalyse« entnommen (Paris 1966); Herman Melvilles *Moby Dick* wird zitiert in der Übersetzung von Fritz Güttinger (Zürich 1953), Jules Michelets Schrift *Das Meer* in der Fassung von Rolf Wintermeyer (Frankfurt a. M. 1987); John Miltons *Verlornes Paradies* ist nach der Ausgabe von 1791 (Mannheim, ohne Angabe des Übersetzers) wiedergegeben, sein *Samson Agonistes* in der Übersetzung von Hermann Ulrich aus dem Jahre 1947 (Freiburg); die konsultierte Ausgabe der Werke des Theophrastus Paracelsus ist die fünfbändige, von Will-Erich Peuckert herausgegebene (Darmstadt 1967), und das Zitat stammt aus dem Traktat »Liber de nymphis« in Band III; das Vico-Zitat ist wiedergegeben in der Übersetzung von Erich Auerbach aus dem Jahr 1924; die okkultistischen Termini sind die Frucht der Lektüre von *Der moderne Okkultismus* (von Dr. B. Schidlof, 1924), *Wissenschaftlicher Okkultismus* (von A. Messer, Leipzig 1927) und *ABC der Geheimwissenschaften* (von J. Winckelmann, Berlin 1956).

Englische Literatur in der edition suhrkamp und in den suhrkamp taschenbüchern

Susanne Amrain: So geheim und vertraut. Virginia Woolf und Vita Sackville-West. Erstausgabe. st 2292

James Graham Ballard: Die Betoninsel. Roman. Aus dem Englischen von Herbert Genzmer. st 1953

– Die Dürre. Science-fiction-Roman. Aus dem Englischen von Maria Gridling. PhB 116. st 975

– Der Garten der Zeit. Die besten Science-fiction-Erzählungen. Aus dem Englischen von Michael Walter und anderen. PhB 256. st 1752

– Hallo Amerika! Science-fiction-Roman. Aus dem Englischen von Rudolf Hermstein. PhB 95. st 895

– Hochhaus. Roman. Aus dem Amerikanischen von Michael Koseler. st 1559

– Das Katastrophengebiet. Science-fiction-Erzählungen. Aus dem Englischen von Charlotte Franke und Alfred Scholz. PhB 103. st 924

– Kristallwelt. Roman. Aus dem Englischen übersetzt von Margarete Bormann. PhB 75. st 818

– Der vierdimensionale Alptraum. Science-fiction-Erzählungen. Aus dem Englischen von Wolfgang Eisermann. PhB 127. st 1014

– Die Zeitgräber. Und andere phantastische Erzählungen. Aus dem Englischen von Charlotte Franke. PhB 138. st 1082

Samuel Beckett: Der Ausgestoßene. L'Expulsé. The Expelled. Deutsche Übertragung von Elmar Tophoven. Mit Illustrationen von Roswitha Quadflieg. st 1006

– Endspiel. Fin de partie. Endgame. Deutsche Übertragung von Elmar Tophoven. Französische Originalfassung. Englische Übertragung von Samuel Beckett. st 171

– Glückliche Tage. Happy Days. Oh les beaux jours. Deutsche Übertragung von Erika und Elmar Tophoven. Englische Originalfassung. Französische Übertragung von Samuel Beckett. st 248

– Das letzte Band. La dernière bande. Krapp's Last Tape. Deutsche Übertragung von Erika und Elmar Tophoven. Englische Originalfassung. Französische Übertragung von Samuel Beckett. Mit Szenenphotos. st 200

– Malone stirbt. Roman. Aus dem Französischen von Elmar Tophoven. st 407

– Mercier und Camier. Aus dem Französischen von Elmar Tophoven. st 943

– Molloy. Roman. Deutsch von Erich Franzen. st 229

– Der Namenlose. Roman. Übertragen von Elmar Tophoven, Erika Tophoven und Erich Franzen. st 536

115/1/9.93

Englische Literatur
in der edition suhrkamp und
in den suhrkamp taschenbüchern

Samuel Beckett: Warten auf Godot. En attendant Godot. Waiting for Godot. Deutsche Übertragung von Elmar Tophoven. Vorwort von Joachim Kaiser. st 1
– Watt. Deutsch von Elmar Tophoven. st 46
– Wie es ist. Deutsch von Elmar Tophoven. st 1262
Algernon Blackwood: Das leere Haus. Phantastische Geschichten. Deutsch von Friedrich Polakovics. PhB 12. st 30
– Rächendes Feuer. Phantastische Erzählungen. Ausgewählt von Kalju Kirde. Aus dem Englischen von Friedrich Polakovicz. Erstausgabe. st 2227
– Der Tanz in den Tod. Unheimliche Geschichten. Ausgewählt von Kalju Kirde. Deutsch von Friedrich Polakovics. PhB 83. st 848
Tania Blixen: Ehrengard. Aus dem Englischen von Fritz Lorch. Mit einem Nachwort von Brigitte Kronauer. st 1770
– Ehrengard. Aus dem Englischen von Fritz Lorch. Mit einem Nachwort von Brigitte Kronauer. st 1906
– Moderne Ehe und andere Betrachtungen. Aus dem Dänischen von Walter Boehlich. Mit einem Nachwort von Hanns Grössel. st 1971
Edward Bond: Gesammelte Stücke. 2 Bde. es 1340
Bernard Crick: George Orwell. Ein Leben. Aus dem Englischen von Friedrich Polakovics unter Mitwirkung von Harald Raykowski. st 1778
Lord Dunsany: Das Fenster zur anderen Welt. Phantastische Erzählungen. Deutsch von Friedrich Polakovics. PhB 161. st 1189
T. S. Eliot: Werke. Vier Bände in Kassette. st 1561/1562/1567
– Band 1: Die Dramen. Sweeney. Agonistes. Mord im Dom. Der Familientag. Die Cocktail Party. Der Privatsekretär. Ein verdienter Staatsmann. st 1561
– Band 2 und 3: Essays I und II. Herausgegeben von Helmut Viebrock. st 1562
– Band 4: Gesammelte Gedichte 1909-1962. Herausgegeben und mit einem Nachwort versehen von Eva Hesse. Zweisprachig. 2., revidierte Auflage mit einem neuen Nachwort. st 1567
Henry Green: Der Butler. Roman. Aus dem Englischen von Walter Schürenberg. Mit einem Nachwort von Jürgen Manthey. st 1880
– Gesellschaftsreise. Roman. Aus dem Englischen von Gerhard Vorkamp. st 1972
– Liebesspiele. Roman. Deutsch von Werner Horch. st 1803
Lillian Hellman: Eine unfertige Frau. Ein Leben zwischen Dramen. Aus dem Englischen von Kyra Stromberg. Mit einem Nachwort von Ruth-Esther Geiger. st 1910

115/2/9.93

Englische Literatur
in der edition suhrkamp und
in den suhrkamp taschenbüchern

Robert Irwin: Der arabische Nachtmahr. Roman. Aus dem Englischen von Annemarie Schimmel. st 2266

M. R. James: Dreizehn Geistergeschichten. Aus dem Englischen von Otto Knörrich. PhB 247. st 1705

James Joyce: Werkausgabe in sechs Bänden. es 1434-1439

– Band 1: Dubliner. Übersetzt von Dieter E. Zimmer. es 1434

– Band 2: Stephen der Held. Ein Porträt des Künstlers als junger Mann. Übersetzt von Klaus Rechert. es 1435

– Band 3: Ulysses. Aus dem Englischen von Hans Wollschläger. es 1100

– Band 4: Kleine Schriften. Übersetzt von Hiltrud Marschall und Klaus Reichert. es 1437

– Band 5: Gesammelte Gedichte. Anna Livia Plurabelle. Deutsch von Wolfgang Hildesheimer und Hans Wollschläger. es 1438

– Band 6: Finnegans Wake. (Nur in Kassette lieferbar.) es 1439

– Anna Livia Plurabelle. Einführung von Klaus Reichert. Übertragen von Wolfgang Hildesheimer und Hans Wollschläger. st 751

– Briefe. Ausgewählt aus der dreibändigen, von Richard Ellmann edierten Ausgabe von Rudolf Hartung. Deutsch von Kurt Heinrich Hansen. st 253

– Briefe an Nora. Herausgegeben und mit einem Vorwort versehen von Fritz Senn. Übersetzt von Kurt Heinrich Hansen. st 1931

– Finnegans Wake. Deutsch. Herausgegeben von Klaus Reichert und Fritz Senn. es 1524

– Penelope. Das letzte Kapitel des ›Ulysses‹. Englisch und deutsch. Übersetzt von Hans Wollschläger. es 1106

Stanislaus Joyce: Das Dubliner Tagebuch des Stanislaus Joyce. Herausgegeben von George Harris Healy. Deutsch von Arno Schmidt. st 1046

Flann O'Brien: Aus Dalkeys Archiven. Roman. Aus dem Englischen von Harry Rowohlt. st 2143

– Der dritte Polizist. Roman. Aus dem Englischen von Harry Rowohlt. st 1810

– Das harte Leben. Roman. Aus dem Irischen übertragen von Annemarie Böll und Heinrich Böll. st 2196

– Irischer Lebenslauf. Eine arge Geschichte vom harten Leben. Herausgegeben von Myles na Gopaleen. Aus dem Irischen ins Englische übertragen von Patrick C. Power. Aus dem Englischen ins Deutsche übertragen von Harry Rowohlt. Illustrationen von Ralph Steadman. st 986

115/3/9.93

Englische Literatur
in der edition suhrkamp und
in den suhrkamp taschenbüchern

Bernard Shaw: Gesammelte Stücke in Einzelausgaben. 14 Bände. Herausgegeben von Ursula Michels-Wenz. st 1850-1863

- Band 1: Die Häuser des Herrn Sartorius. Komödie in drei Akten. / Frau Warrens Beruf. Stück in vier Akten. Deutsch von Harald Mueller und Martin Walser. st 1850
- Band 2: Helden. Candida. Deutsch von Wolfgang Hildesheimer (Helden) sowie von Annemarie Böll und Heinrich Böll (Candida). st 1851
- Band 3: Der Teufelsschüler. Man kann nie wissen. Komödie in vier Akten. Deutsch von Hans Günter Michelsen und Harald Mueller. Begleittexte deutsch von Ursula Michels-Wenz. st 1852
- Band 4: Cäsar und Cleopatra. Historisches Drama. Deutsch von Annemarie Böll und Heinrich Böll. Mit Begleittext des Autors. st 1853
- Band 5: Mensch und Übermensch. Komödie in vier Akten. Deutsch von Annemarie Böll und Heinrich Böll. Mit dem Brief an Arthur Bingham Walkley. st 1854
- Band 6: Major Barbara. Komödie in drei Akten. Deutsch von Helene Ritzerfeld. st 1855
- Band 7: Des Doktors Dilemma. Eine Tragödie. Deutsch von Hans Günter Michelsen. st 1856
- Band 8: Heiraten. Eine Debatte. Deutsch von Dieter Hildebrandt. st 1857
- Band 9: Falsch verbunden. Komödie in drei Akten. Deutsche Erstausgabe in der Übersetzung von Alissa und Martin Walser. Mit der Vorrede des Autors »Eltern und Kinder«. st 1858
- Band 10: Pygmalion. Deutsch von Harald Mueller. st 1859
- Band 11: Haus Herzenstod. Eine Phantasie englischer Themen nach russischer Manier. Deutsch von Hans Günther Michelsen. Mit einer Vorrede des Autors und einer Nachbemerkung. st 1860
- Band 12. Die heilige Johanna. Dramatische Chronik in sechs Szenen und einem Epilog. Deutsch von Wolfgang Hildesheimer. st 1861
- Band 13: Der Kaiser von Amerika. Eine politische Extravaganz. Deutsch von Annemarie Böll und Heinrich Böll. Mit der Vorrede des Autors und einem Interview. st 1862
- Band 14: Die Millionärin. Deutsch von Alf Poss./Die goldenen Tage des guten König Karl. Deutsch von Christine Koschel und Inge von Weidenbaum. Erstausgaben in diesen Übersetzungen. st 1863
- Unreif. Roman. Deutsch von Siegfried Trebitsch, für diese Taschenbuchausgabe revidiert. st 1226

115/4/9.93

Englische Literatur in der edition suhrkamp und in den suhrkamp taschenbüchern

George Turner: Sommer im Treibhaus. Science-fiction-Roman. Aus dem Englischen von Michael Koseler. PhB 272. st 1822

John Wyndham: Kuckuckskinder. Roman. Aus dem Englischen von Christiane Schreiter. st 1893

115/5/9.93